王学泰 著

# 水浒江湖
## 理解中国古代社会的另一条线索

王学泰文集

主编 郑雷

广西师范大学出版社

·桂林·

水浒江湖：理解中国古代社会的另一条线索
SHUIHU JIANGHU：LIJIE ZHONGGUO GUDAI SHEHUI DE LING YITIAO XIANSUO

**图书在版编目（CIP）数据**

水浒江湖：理解中国古代社会的另一条线索 / 王学泰著. -- 桂林：广西师范大学出版社，2025.2.
（王学泰文集 / 郑雷主编）. -- ISBN 978-7-5598-7687-4

Ⅰ．I207.412

中国国家版本馆 CIP 数据核字第 2025JX8090 号

广西师范大学出版社出版发行
　广西桂林市五里店路 9 号　　邮政编码：541004
　网址：http://www.bbtpress.com
出版人：黄轩庄
全国新华书店经销
广西民族印刷包装集团有限公司印刷
　南宁市高新区高新三路 1 号　　邮政编码：530007
开本：635 mm × 965 mm　1/16
印张：26.5　插页：2　字数：380 千
2025 年 2 月第 1 版　2025 年 2 月第 1 次印刷
印数：0 001~5 000 册　定价：92.00 元

如发现印装质量问题，影响阅读，请与出版社发行部门联系调换。

# 目　录

引　言 /001

**江湖溯源及历史** /013

**《水浒传》第一个告诉读者游民江湖的存在** /035

　　游民的江湖社会 /036

　　成熟的游民是江湖的主体 /051

　　江湖的中坚和领袖——社会边缘人 /055

　　江湖人中的特类——江湖艺人 /083

**宋代"水浒"故事形成及其要素考辨** /093

　　"水浒"故事所依据的历史真实 /095

　　南"水浒"故事钩沉及其要素 /116

　　南"水浒"故事中有重要影响的诸要素 /120

## 元代的北"水浒" /151

  东平——元初杂剧创作中心 /154
  北"水浒"故事及其要素 /158

## 《水浒传》的成书 /173

  从事叙事性作品创作和演出的江湖艺人 /174
  "说话"的门类 /182
  "朴刀杆棒"背后的生活与台前的故事 /187

## 《水浒传》的主题 /221

  简单的回顾 /222
  《水浒传》是什么人的故事？ /224
  《水浒传》的主题——江湖人奋斗成功与失败的故事 /238

## 江湖人的梦 /249

  底层人的"快活"梦 /250
  梁山人的皇帝梦 /253
  梁山人的平等梦 /259

## 《水浒传》的思想倾向与创新 /265

  《水浒传》的思想倾向 /266
  《水浒传》的思想创新（上）/286
  《水浒传》的思想创新（下）/309

## 《水浒传》中的江湖人物 /321

成功的江湖领袖——宋江 /322

江湖的中坚力量（上）/340

江湖的中坚力量（下）/369

江湖上的芸芸众生（上）/507

江湖上的芸芸众生（下）/401

## 不是结语的结语 /417

# 引 言

## 从江湖的泛化说起

20 世纪 80 年代，金庸武侠小说以及流行港台的一些通俗小说、通俗电影进入大陆，使得思想领域里的一元化状态逐渐瓦解（在历史的进程中文艺的演变往往起着先头兵的作用）。它对大众文化影响尤剧，甚至在这种影响下构筑出一套有别于主流社会的"大众话语"，流播于"大众"，特别是青少年"大众"之间，进而渗透到主流文化或精英文化之中。

例如武侠小说中竭力描绘的半真半假的"江湖"就成为流传非常广泛的话语，是文化领域或社会领域中使用极为频繁的一个词语。如果用"百度"搜索一下"江湖"这个词语的话，可以找到的相关网页词条有四百三十多万条。翻一翻这些网页，真是五花八门，其中许多就是以江湖命名的网站。这些网站有官方的、有民营的，更多是个人的。许多用"江湖"命名的网站之前还加上了带有各种情绪色彩的辞藻，如"逍遥江湖""欢乐江湖""铁血江湖""雨诗江湖""芜聊江湖""乌伤江湖""飘零江湖""黑黑江湖""飞飞江湖""梦幻江湖""梦断江湖""风云江湖""酷屋江湖""不如相忘于江湖"等。我们从这些名字的色彩上不仅可以看出"江湖"这个概念影响的广泛，而且还可以大致地感觉到在这些名称后面主持者和参与者的心态。

金庸和其他一些新派武侠小说作家与旧式武侠小说作家不同，他们大多受过新式教育，他们笔下的"江湖"带有理想化和文人士大夫的色彩，并通过荧屏、银幕和网络得到极度的张扬，因而它的影响极为广泛，涉及许多领域。一时间，仿佛是处处江湖、事事江湖，例如 2004 年 10 月报纸上就出现过这样的标题:"力帆不容徐明独霸江湖,坚持改革,但要按法律办事"。光看标题以为是黑社会之争呢,实际上这条新闻是讲重庆力帆集团不赞成大连实德的老总对于足球改革的意见。这里的"江湖"是指"足球界"。指足球界为"江湖",还有"周铁民(足球领队)惊呼:这个江湖太可怕!"又如"谢军重出江湖",这个"江湖"是指国际象棋界。如果说称体育界、文艺界为"江湖"是沿袭过去对江湖艺人的说法,那么有些"江湖"则会令人感到奇怪,如:"衡南高考状元面临落榜——谁还在讲江湖道义!"这里的"江湖"是指什么?恐怕连写作者也不一定很清晰,难道官方举办的高等院校统一考试的考官们要遵守"江湖道义"吗?按上下文来看,这里的"江湖"是指"社会",然而,"江湖道义"能够与"社会公德"画等号吗?更令人奇怪的是非常现代的"股市""金融"也与江湖结缘了,例如一篇评论经济学家郎咸平著作的文章中说:"名震江湖的郎咸平的《运作》《整合》两本案例集,他满脑都是股市江湖的风声鹤唳,刀光剑影,一个一个的案例,读下来深觉这真是金融江湖掌故的汇集。"(金羊网)这仅仅是随手拈来的一些例子,可以看到"江湖"几乎无所不在,特别是在青年人的口中,什么领域都可以称之为江湖。至于什么是江湖,江湖在哪里,它的确切的内涵是什么,却是不十分清楚的。

为什么大众话语很快吸收了"江湖"这个词?各种武侠文艺作品的影响力之大以外,很重要的一点是,由于改革开放以来一元化经济和单位制度的逐渐解体,人们逐渐趋于独自面对社会情状,而秩序化的公民社会还没有形成,此时起着秩序化作用的还是人们常说的"组织"。这在没有"组织"的和在"组织"之外的人看来有些"乱",很不适应。于是他们很容易把自己所处的环境比作武侠小说中缺少秩序、打拼由己的江湖。

对于"70后"和"80后"的年轻人来说,"组织安排""组织统筹"已经成为过去,而这些人大多又都是独生子女,缺少生存能力和社会经验,他们独立面对社会时,"江湖感"要比他们的上一辈更甚。再加上大众语汇追逐生动时髦和反主流性,许多"旧社会"的行帮隐语、地下社会的黑话大量涌入主流语汇,青年人好奇,媒体媚俗,"江湖"一类的流行就成为自然而然的事,实际上未必人人都懂得它真正的内涵。

自武侠小说问世以来(近世武侠小说滥觞于清末民初),"江湖"就成为武侠活动的典型环境,许多武侠小说就直接以"江湖"命名,如最早的平江不肖生(向恺然)的《江湖奇侠传》。另外,在20世纪50年代之前,也就是中国共产党在实施大规模的社会改造之前,的确也存在一个世俗的"江湖",许多沉沦于社会底层的人士在这里谋生存、闯天下,它充满了刀光剑影、阴谋诡计,既令人羡慕追逐,也令人望而生畏。著名评书艺人连阔如在20世纪30年代以"江湖客"的笔名在北平《时言报》发表了长篇连载《江湖丛谈》,介绍江湖行当、行话和内幕。

江湖那么引人注目,但评价和研究江湖的著作却很少。如果搜索一下国家图书馆所藏书籍的名目,有"江湖"这个词的,就达八百余种,除了以江湖命名的武侠小说之外,就是半真半假的回忆和记录旧时"江湖"奇闻逸事的书籍了。至于江湖的研究著作却不多见,严格地说是没有。这不能不说是个很奇怪的现象。

## 江湖泛化和武侠小说

当今"江湖"一语泛滥的第一原因是武侠小说的流行,许多青年人是从这些小说里知道了这个词。从通俗文学研究角度来看,江湖已经成为武侠小说环境背景和人物形象活动的场所或依托,侠客与武林界的败类都在江湖中打斗与生存。我们阅读武侠小说、欣赏由武侠小说改编的电视剧都离不开江湖,"江湖"这个词很快进入了人们日常生活的语境之中,用以传情达意。在理解和分析武侠小说及其对社会的影响时,江湖是绕不过去的话题。

现代武侠小说作者群中第一个较有成就的是向恺然(平江不肖生)。他是旧派武侠小说创作的代表人物,其名作《江湖奇侠传》也可视为旧派武侠小说的代表作。小说中设计了昆仑、崆峒、邛崃、峨眉四大剑仙集团。这四派中的侠客或是为了意气,或是为了历史恩怨,或是为了争夺码头,有时也为了善恶是非而互相争斗,这些构成了奇幻荒诞的江湖生活。侠客们的思想性格和全书的故事情节就在这些江湖生活的演变中发展。各派武林人物颇有技术含量的真实打斗和幻想的腾云驾雾、飞剑杀人纠缠在一起,它们与各种离奇虚幻的故事、荒诞悖理的情节把江湖烘托得神秘奇险，云谲波诡。这使得受众感到天外还另有天，正常的世界之外还有一个迥异于人间的世界。书中的武侠无论善恶，都生活和奋斗在这种虚拟的环境背景之中，这也可以算一种"典型环境"吧。这种不真实的环境中不可能塑造出具有真实感的人物形象。从这部作品也可以看出旧派武侠小说的一个重要特征，他们完全像制造商品一样去写小说，其目的就是卖钱吃饭，很少有超出经济以外的追求。因此这些作家笔下的江湖不能与现实生活中的江湖画等号，武侠小说中的江湖是根据读者需求的口味制造出来的。

由于旧派武侠小说的作者中有许多（如姚民哀、还珠楼主、白羽、郑证因等）是久历江湖的游民或游走于社会边缘的人物，应该说他们是了解和熟悉真实的江湖生活的，只是为了吸引读者才去编造一些离奇古怪的故事。当然这不是说他们的作品都是向壁虚构，有的作者（如姚民哀）笔下的江湖生活相对较为真实，但由于他们的思想倾向接近游民，在评价书中的人物形象和故事的善恶是非时多是混乱的，有的没有特定的价值观，有的就是赤裸裸地表现了游民意识。

现代新派武侠小说作家很多，金庸、梁羽生可作为他们的代表。这些人多是新式学校教育出来的知识分子，也懂得新的文艺理论，在写作之前是有追求的。他们很重视自己作品的意义（包括政治意义、社会意义、文化意义），这似乎与旧派武侠小说不同了，如金庸的小说就力图塑造是非善恶的江湖，要通过武侠小说张扬正义。但他们对于真正存在的江湖实际上是很隔膜的（有的把江湖等同于帮派），更缺少底层社会生活的经验。因此新派武侠小说作家笔下的江湖不是根源于现实生活，而是来源于自己的想象。他们小说中人物的活动飘忽不定，树杪山巅，荒滩大漠，在中国大地上，今日西北，明天江南，任其去来；他们不事家人产业，好像不食人间烟火的世外高人。这种人物生活奋斗的场所——江湖，带有鲜明的文人士大夫色彩，因此书中江湖上的善恶是非多是儒家思想或老庄思想引申出来的，如《书剑恩仇录》中的华夷之辨，《笑傲江湖》中的正邪之分，以及独善兼济、潇洒出尘等观念。这些是现实生活中的江湖绝不可能有的，更非江湖人所追求的。陈家洛、令狐冲都带有文人士大夫气质，远离他们的实际身份。

可见不管是旧派还是新派，只要是写武侠小说，江湖就不可少。江湖就是那些"高来高去"的武侠们生活奋斗的场所,并夹杂着适应各种读者欣赏趣味的各种元素(怪奇、惊险、勇猛、坚毅、义气、痴情等),很容易被人们接受,并做随心所欲的解读,因此才出现了无处不江湖、无人不江湖的奇怪场面。要深入了解武侠小说必须对"江湖"有个正确的认识。

## 现实生活中的江湖

自从中华人民共和国成立以来,大陆构筑了行政管理型的组织化社会。这个社会逐渐替代了过去的自生社会,包括城市中未充分发展的市民社会、城乡中的宗法社会和半隐性的江湖社会。江湖从此在大陆消失,城市人都生活在每一个单位之中,农村人则被编制在每一个生产队之中。这种秩序严格而且严密,每个人都被固定在网络的一个点上,因此整个大陆基本上没有"脱序人"[1],也很少有盲目流动的人口。江湖,与人渐行渐远;如果说起江湖,那只是旧社会(即1949年之前)的事,甚至被视为是旧社会的腐朽病灶。

### 一、江湖溯往

半个世纪以前,很多艺人自称为江湖艺人;一些算命的、卜卦的、卖野药的、卖刀剪的、卖篦梳的、卖估衣的也会说自己是闯江湖的。民众也把这些人的自吹自擂和娴熟而具有迷惑力的语言,称之为"江湖口",而"江湖口"在人们心里是离欺骗不远了,要有警惕。江湖人中有许多是做小生意的,也可以说是将本求利的买卖人。可是只要一沾"江湖"二字,给人的感觉总是有点欺骗性,与正常的坐商和在一定范围内经营的小商小贩不同。

至于"江湖艺人",给老百姓的印象也是与技艺超群、见多识广、精明能干联系在一起的。走江湖的艺人们经常说的一句话"平地抠饼",就是说他们是在一无所有的前提下谋生存、求发展的。他们走遍全国各地,甚至有渡海出洋的,把"江湖"之网撒遍天下。

---

[1] 脱序人,指脱离主流社会秩序的人口。详见拙作《游民文化与中国社会》。

从现实生活体验中人们感觉到江湖的存在，一般民众也会感觉到江湖人是与自己不同的异类。底层社会的人对于他们既有羡慕，又有恐惧。羡慕他们能够自由自在、云游四方（其实江湖人自有游荡之苦，这是主流社会人们不能领会的），朋友遍天下；恐惧则由于作为半隐性社会的江湖自有其神秘性，升斗小民对于神秘的东西，自然会有三分畏惧。因此，那个时代的普通民众对于江湖、江湖人是敬而远之的，但又是隔膜的。那时对于江湖的记载很少。

作为江湖艺人的连阔如先生是位有心人。他自幼生活在江湖之中，以卖艺为生。他又擅长写作，在20世纪30年代以"云游客"的笔名在北平（今北京）《时言报》上发表长篇连载作品《江湖丛谈》。1938年由时言报社结集出版，共三集。此书除了介绍北平的天桥、天津的三不管等江湖艺人作艺场地的生成与变迁，以及艺人小传、艺人生活状况外，还以大量的篇幅记述和揭露了江湖内幕，使我们对20世纪上半叶北方江湖的状况有个概括的了解。特别是此书的第一章"江湖溯源及历史"对江湖做了全方位的介绍。

江湖虽是个有别于主流社会的群体，但江湖人也生活在主流社会之中。他们如何实现自己的群体认同呢？这就要靠江湖的规矩，最直接的就是隐语，江湖人称之为"春点"（也有写作"唇典"的）。作者开宗明义地说：

> 什么叫作"春点"呢？读书人离不开字典、字汇、《辞源》等书籍。江湖之人不论是哪行儿，先得学会了春点，然后才能吃生意饭儿。普通名称是"生意人"，又叫吃"张口饭"，江湖艺人对于江湖艺人称为"老合"。敝人曾听艺人老前辈说过："能给十吊钱，不把艺来传。宁给一锭金，不给一句春。"由这两句话来作证，江湖的老合们把他们各行生意的艺术看得有泰山之重。

为什么把"春点"看得如此之重？这是自己身份的标志，也是找到自己人的密码。江湖人浪迹四方，只有找到其他江湖人才能获得支持和帮助，才能在新码头上有自己的立锥之地。隐语把江湖人连锁在一起，形成一个类似社会的群体。

那么什么是江湖人呢？连阔如从自己的直观认识出发写道：

> 江湖艺人在早年是全都打"走马穴儿"，向来不靠长地，越走的地方多，越走的道路远，越有人恭维说他跑腿的，跑的腿长。可是走那河路码头，村庄镇市，各大省城，各大都会地方，不论天地间的什么事都懂得，那才能算份腿儿。如有事不懂便搁一事，一行不懂便搁一行。到了哪个地方，事事不明，事事不懂，便算搁了念啦。

所谓"搁了念"，也就是当不成江湖人了。在那时，江湖人有两个特征，一是跑的地方多，用形象的话说是"腿长"，"腿儿"越"长"越受尊重。用连阔如的话说就是"老合们是跑腿的，天下各国，我国各省都能去到。越去的地方多，阅历越深，知识越大，到处受欢迎"。他还以"幻术大王"韩秉谦为例，韩到过"外洋各国"，中国的更不在话下。江湖人谈起韩秉谦都称赞说那"才是个'腿'呢！这样的称呼在江湖中，至尊至荣。故此，江湖人自称'我们都是跑腿的'"。反之则为江湖人鄙视，所谓"死尸不离寸地"。二是多知多懂，所谓万事通，百行灵。这也与跑的地方多、经历丰富有关。江湖人为了生存也比较注重学习，累积经验。"跑腿的"三个字生动描绘出江湖人四处奔走的形象。

既然是"跑腿的"，每到一地，先要拜码头。如果当地有江湖老大，自然要拜会老大，请求照应。如果当地江湖人也是外地客，那也要"行客拜坐客"。当地主人或先来者有义务向初来乍到的客人介绍当地的民情风俗，介绍场地给江湖人做生意开拓空间。拜会同道还有一个好处，如果江湖人发现此地不适于自己做生意，要弃之而去，那么当地主人和"坐客"往往要给离此而去的"行客"凑盘缠、路费，打发他去别处。这是江湖的惯例，也是江湖人讲义气的表现。

从《江湖丛谈》的记载中我们可以大略了解六十年前中国北方，特别是河北、河南、山东、山西以及"东三省"东南一带江湖人的构成及其组织活动的情况。上面所罗列的江湖上的各种行当，江湖人称其为"金"（或作"功"，算卦相面）、"皮"（江湖游医、卖野药的）、"彩"（变戏法、杂技、摔跤）、"挂"（保镖、打把式卖艺的）、"平"（评书、相声、大鼓、小唱）、"团"（街头卖唱、乞丐、走村串巷卖唱）、"调"（搭天棚、画匠、吹鼓手、杠房）、"柳"（梨园行、登台唱戏的），其中保镖与沿路打劫的土匪强盗往往是一体，他们也可以归入"挂"类。从江湖行当与人员构成的复杂性可以看出，江湖人用以糊口和发展的手段，有的是光荣、有益、合法的，有的是无益、有害、非法的。其共同点就是一无所有和满世界游动。从社会分层上来说，江湖人绝大多数属于游民阶层。江湖除了有形的组织，如长春会外，更多的还是用隐语（春点）、规矩（包括各种禁忌——由于其命运的不确定性，禁忌极多）和江湖伦理（如义气）构成的一个场。它是无形的，但人们能够感到它的存在。

在社会能够实行有效控制的时期，江湖是隐性的，因为它是官府打击的对象，例如康雍乾时期，连歃血订盟、焚表结拜，律法规定首犯都要杀头[1]；秘密帮会的成员则是抓到一个杀一个（以有无凭证[2]为准）。可是到了社会控制失效的清末民初，主流社会对于江湖组织——长春会则是半承认的态度，把它与乡间传统的民间社会、社火等同视之。而城乡间的传统会社如庙会、社火之类也以得到江湖人支持为荣。官方还不便承认它，它不能在管理部门备案，对其组织者、成员也只是不抓不捕。连阔如本身也是江湖人，但他出于良知，在《江湖丛谈》中毫不讳言江湖黑暗的一面——内斗、出卖、欺诈。在书中他着重揭露江湖人不择手段弄钱的黑幕，提醒善良的人不要上当受骗，在当时，这样做是难能可贵的，因为这

---

[1] 凡异姓人歃血订盟焚表，结拜弟兄，不分人数多寡，照谋叛未行律，为首者拟绞监候。其无歃血盟誓焚表事情，止结拜弟兄，为首者杖一百，为从者各减一等（谨案此条雍正三年定）。一、凡异姓人，但有歃血订盟焚表结拜兄弟者，照谋叛未行律，为首者拟绞监候。为从减一等。若聚众至二十人以上，为首者拟绞立决，为从者发云贵两广极边烟瘴充军。其无歃血盟誓焚表事情，止序齿结拜弟兄，聚众至四十人以上，为首者拟绞监候，为从减一等。若年少居首，并非依次齿序列，即属匪党渠魁，首犯拟绞立决，为从发云贵两广极边烟瘴充军。如序齿结拜，数在四十人以下，二十人以上，为首者杖一百流三千里。不及二十人者，杖一百枷号两月，为从各减一等（谨案此条乾隆三十九年改定）。见《钦定大清会典事例卷七七九·刑部》。

[2] 所谓凭证就是秘密帮会发的票布。

等于挡人财路,而挡人财路是江湖重大禁忌之一,会招致极为严厉的报复。书中的这些揭露不仅对于当时潜在的受害群体——广大平民百姓是极为有益的(有些骗术现在仍在使用),也给研究者提供了可信的史料。

## 二、当代江湖

连阔如笔下的江湖在1949年后逐渐消失。这是因为实现了行政管理组织化的社会以后,一切自生的社会(包括当时合法与不合法的)及其文化便被彻底地扫除了。这是自宋代以来没有一个政权能做到的。但由于这种依靠行政组织形式管理的社会与经济生产相背离,很难持久。于是,便有了1978年的改革开放。原有的社会控制形式发生了改变,例如人民公社解体,单位作用日渐改变,从全能型转变为专业型,单位不再承担社会的职能。这样,社会逐渐由行政组织型向自生型回归。

从公社、生产队游离出的入城人员,以及单位解体后下岗的职工都要自己单独面对社会,独自去打拼。他们之中的大多数不能适应新的环境,因为人们习惯于生活在组织严密的共同体之中,个性和进取能力或说自己找饭吃的能力萎缩了。人们要生存和发展时的第一期待便是组织的力量,原有的垂直的组织形式不行了,指望不上了,于是人们开始关注个体之间的横向联系,不仅新的联系方式大量涌现,如同乡会、同学会、战友会、网友会、车友会、影友会等,旧有的、曾被打烂的组织方式如宗族、庙会,包括江湖等也在复活(当然这种回归远不像话语泛滥那样夸张)。

随着农村多余的劳动力进城、城里企业的减员增效,江湖人的数量也在激增,特别是江湖艺人发展得很快。我们看惯了演艺界明星不断在电视荧屏上闪现,以为艺人过的都是如此富有、如此靓丽的优越生活,不了解也不知道大量的跑大棚艺人在江湖挣扎,他们不仅面临着物质上的困境,而且受到有权者的打压。吴文光的《江湖报告》[1]其副标题是"一个以大棚为个案而展开的田野调查",书中用文字与摄影方式记录的就是当代江湖艺人的生活,从中可见江湖人的艰辛。过去许多活跃于江湖、后基本灭绝的行当又重新出现,如游丐、游医、游僧、游道、贩毒者、娼妓等,又

---

[1] 吴文光《江湖报告》,中国青年出版社,2001。

如"金"门中的相面、算卦、批八字、黄雀衔卦、看风水等，还十分繁盛，受到广泛的追捧。甚至过去为江湖老合们所不齿的专以拐卖妇女儿童为业的"老瀍"，现在也有泛滥的趋势，令人痛心疾首。江湖人之间也有相当的联系，甚至也有江湖人的有形组织（如诈骗团体），但总的说来，在国内或说某个地域尚未形成一个"场"[1]，因而还不能说有成熟、完整的江湖出现。它还在初级阶段。

---

[1] "场"是江湖人活动的空间，可以感受到，但它是无形的。这个"场"的形成有赖于江湖人长期和频繁的活动。

# 江湖溯源及历史

### 江湖本义

江湖作为一个名词既有本义,也有许多引申义。这里我们从它的原始义说起。

生活离不开水,原始时代的人都是逐水而居的,所以水很早就在人们的头脑里留下了深刻的印象。先人在思考世界本原和秩序时,水被列为八大重要元素之一[1]。江、湖二字在金文中就分别出现过(字形有异),"江"专指为长江,"湖"与现在的湖字同义。到了春秋战国时期,江、湖就连缀成为一个词,首先出现在《庄子》之中,如《逍遥游》中的"今子有五石之瓠,何不虑以为大樽而浮于江湖"。这是说既有可容五石的葫芦,何不漆作酒樽样子,捆在腰间,漂浮于江湖呢?又如《大宗师》中的"泉涸,鱼相与处于陆,相呴以湿,相濡以沫,不如相忘于江湖",意为与其在困难境地中相濡以沫,还不如悠游于江河湖海,互不相识。[2]《庄子》中所讲的"江湖"是江湖最初的本义,指江河湖海。

九州之内,江河("江"从特指长江,"河"从特指黄河,逐渐成为泛指一般江河)纵横,湖泊遍地,江湖既给人们以舟楫之便,把不同地区的人们联系在一起,也给人们行路交通造成了困难,成为人们之间的自然屏障。《诗经·汉广》中就有"汉之广矣,不可泳思;江之永矣,不可方思"的名句。另外,江湖的浩渺广大,与城镇的喧嚣嘈杂、狭小局促相比,给

---

[1] 八卦:乾、坤、震、巽、坎、离、艮、兑。其中"坎"具象为水。
[2] 所引《庄子》皆见《诸子集成》中的《庄子集解》,上海书店出版社1986年影印20世纪30年代世界书局排印本。

人以宽广和舒适之感。因此，人们说到江湖总会有不同的感受。当用江湖泛称地域时，在秦汉时期多指江南，而当时的江南，还保留了许多很少开发的江河湖沼、榛莽山林。这时的江湖带有一种荒蛮气，与人烟稠密的地区，特别是与繁华城市相比显示出巨大的反差。另外，江湖尽管有"舟楫之利"，但它毕竟不同于宽阔平直的"畇畇周道"，"江湖多风波，舟楫恐失坠"，行走在江湖上也是充满艰险的。

我们从江湖的多重属性和多方面的含义，可以推想不同的人使用江湖这个词时，会有不同的心态，寄托了不同的价值。比如，厌倦城市的纷乱嚣攘、软尘十丈，那么，他们心目中的江湖便是空旷悠远、静谧安闲的，是远离了争名逐利的。《关尹子·六七》中说："好仁者多梦松柏桃李，好义者多梦刀兵金铁，好礼者多梦簠簋笾豆，好智者多梦江湖川泽，好信者多梦山岳原野。"在城市物质条件远较山野为优时，大约只有智者才会身在魏阙，心怀江湖。《后汉书·马援传》后附族孙棱传中"江湖多剧贼"的"江湖"就是现在江苏的长江两岸，地域荒蛮，给作奸犯科之徒以隐蔽之所。《后汉书·冯衍传》中说到王莽篡位后的天下形势："于是，江湖之上，海岱之滨，风腾波涌，更相骀藉。四垂之人，肝脑涂地，死亡之数，不啻太半。"

这个"江湖"虽然也与具体的地点有关，但从整个的叙说中，可见形势的危殆涉及面之广。这些江湖都与艰辛凶险相联系。

有的"江湖"是与安全逸豫相联系的，如上面所引的"不如相忘于江湖"的江湖就意味着无边无际的追求与自由。《史记》中记载越国大夫范蠡协助勾践消灭了吴国、洗雪了会稽之耻后，知道勾践这个人只能共患难不能共安乐，所以他"乃乘扁舟浮于江湖，变名易姓"。这个"江湖"对于范蠡来说不仅是安全的，也是自由的。

词汇与话语的流行和传承被涂上许多色彩，因为它常常在某个或某几个特定的语境中使用，于是这种语境的情态就渐渐地渗入这个词语中。于是本来用以表述自然现象的江湖，在它的使用和流行过程中逐渐涂上了人文色彩，并最终成为有人文内涵的概念。后来江湖词义的演变实质就是其人文内涵的演变，因此才会有文人士大夫的江湖、商人的江湖与"江湖人"的江湖产生，它们各自发展，形成区别。

## 文人士大夫的江湖

士大夫本指官僚和官僚的后备军；科举制度产生后，一些知识人可以通过写作进入官僚队伍，人们称之为"文人"。中唐以后，两种人合流，统称文人士大夫。文人士大夫形成之前，官僚的预备队称为"士人"。

西周，"士"本是最低级的贵族，春秋时期贵族社会解体，士人游离了出来，有的在朝做官，有的在野闲居。从这个时期起，有的士人就用"江湖"或"江海"这些概念表明自己在野的身份及其与统治者不合作的态度。因此自一开始，"江湖"就有些象征性，象征着士人不为当权者奔走的独立身份和立场，道家特别喜欢这样使用。可是在两千多年的士人生活与思想演进史中，他们使用"江湖"这个概念时，除了自然界的江湖外，大致可分为两种不同的含义：一是士人居住的江湖；一是士人行走的江湖。前者是耿介拔俗，潇洒出尘，远离名利，带有理想性质；后者则不免随波逐流，满脸尘俗，阿世取容，是沉沦于社会下层的士人的生活现实。

### 一、隐居者的江湖

由于江湖的广阔浩渺、荒僻鄙野，恰恰与热闹繁剧、名利所在的庙堂市井相对立，于是，当文人士大夫隐遁时，江湖（或称"江海"）便成为他们的首选之地。这里没有了朝市的喧嚣嘈杂和争名夺利，成为厌倦了鸡争鹅斗的士人们向往的静谧休憩的好场所。如果细心分析，可见这个词义与江湖最初所带有的安全、自由、舒适等色彩有关，甚至可以说就是从范蠡"乃乘扁舟浮于江湖"的"江湖"，或庄子说的"相忘于江湖"的"江湖"发展来的[1]。

---

[1] 江湖最初只是一个纯粹表述自然现象的名词，后来逐渐成为表述社会现象的名词，其间有个转化过程。这个过程在先秦完成没有，我认为没有完成。先秦文献中的江湖还是表述自然现象的，但其中已经含有人文色彩。近读张远山先生解读《庄子·内篇》的文章，他在讲读《逍遥游》中的"今子有五石之瓠，何不虑以为大樽而浮于江湖，而忧其瓠落无所容?"时，注"江湖"云："'江湖'被后世广泛沿用，成为中华文化不可或缺的名相，证明沿用者无不洞悉'江湖'与'庙堂'的对抗性，否则没有理由偏偏选取庄子独创的'江湖'做'庙堂'的对词。"（见《社会科学论坛》2007年3月，第24页。）他认为"江湖"在先秦已经成为与庙堂对立的社会意象，并认为庄子对庙堂是取抗拒态度的。我认为庄子只是从个人生命宝贵出发，对统治者采取不合作的态度，说他反抗专制似太过。

隐居这个概念在先秦就产生了。儒家经典《易经·蛊》卦辞上九的爻辞就是"不事王侯，高尚其事"，以不做官为高明、高尚。《庄子》一书描写许多不与统治者合作的隐士，像作为后世隐士仿版的许由、南郭子綦、接舆等都是庄子创造出来的。隐士顾名思义就是要脱离官场，脱离繁华之地，也就是脱离城市，走向乡野，走向江河湖海，来到不为人所知的地方去。近几千年隐士所向往之处，"遁亦有门，隐亦有方"，于是"江湖""江海"就成了隐居的象征。庄子把隐士比作"非梧桐不止，非练实不食，非醴泉不饮"的鹓鶵，于是，隐士居住的江湖自然也高洁起来。高洁固高洁，但物质条件肯定不如城市。魏国的中山公子牟，自小享受荣华富贵，长而企慕隐居，到山林荒野去生活，后来受不了，对另一位隐者瞻子吐露其心迹说："身在江海之上，心居乎魏阙之下，奈何？"虽然身体在隐居之所，但是心却在系念着朝廷，不是关心国政，而是系念着那里的舒适与繁华，怎么办？这在当时是个两难选择。后来留下"身在江海（或江湖），心存魏阙"这个成语，遂成为假隐士的写照。

经过几百年的酝酿，到了两汉之后，"江湖"可以与士人归隐、隐居画等号了。晋代文士潘岳在其名作《秋兴赋》[1]中自述其志说：

> 仆野人也，偃息不过茅屋茂林之下，谈话不过农夫田父之客。摄官承乏，猥厕朝列。夙兴晏寝，匪遑底宁。譬犹池鱼笼鸟，有江湖山薮之思。

潘岳自谓本是个山林乡野之人，没想到做了官，可是自己适应不了官场的规矩，在官场上仿佛是池中鱼、笼中鸟一样还在思念着江湖山林。这里的"江湖山薮之思"虽然还是个比喻，实际上，它已经是隐遁之所的代表了。潘岳[2]生活在西晋，东晋著名诗人陶渊明笔下的江湖就是隐者生存和居住的场所，他在《与殷晋安别诗》中愤然说："良才不世隐，江湖

---

[1] 见《六臣注文选》卷十三，《四部丛刊》本。
[2] 潘实际是个热衷名利之徒，赋中所说不能算数。元好问有诗讽刺他说："高情千古《闲居赋》，争信安仁拜路尘。"

多贱贫"。陶本身就是江湖的"贱贫"之一。这是真实的,既然选择了在野,就不能辞其"贱贫"。在与争名夺利的朝市相对时,江湖才显示出意义。《南齐书·高逸传序》中说:"故有入庙堂而不出,徇江湖而永归。隐避纷纭,情迹万品。"这里的"庙堂"是指朝廷,"江湖"就是士人的隐居之所。只有彻底告别名利才能心安于江湖,士人在一帆风顺时,没有几个人能够想到江湖,只有在倒霉时才后悔不迭。秦始皇的宰相李斯在一人之下、万人之上时,志得意满,绝不会想起归隐,只有当他和儿子"具五刑",最后被送上刑场时,才对儿子说:"吾欲与若复牵黄犬俱出上蔡东门逐狡兔,岂可得乎?"直到要被杀头了才想起与家人一起过平民生活的温馨,这不太晚了一点吗?

身在江湖,心安神定的也不会很多。有进取之心像诸葛亮,高卧隆中,自比管仲乐毅,日夜分析天下大势,揣摩政治大计,并未打算终老湖山,所谓待时而为者。然而没有遇到心目中的真主,他也不会贸然表白自己的心迹。这一种以天下为己任、抱道而隐的士人,是隐者当中最被后世尊敬的一类,如王猛、谢安、李泌等。

隐士当中最为人们嗤笑的是假隐士,他们平常高隐山林,悠游江湖,只要皇帝一纸诏书到来,真伪立判。南朝孔稚圭的《北山移文》所讽刺的周子,就是不耐贫穷和寂寞,富贵临门,马上改变了自己志向的假隐士周颙。

## 二、文人士大夫江湖的确立

到了隋唐,体现了文人士大夫人文特质的江湖已经稳定了下来,文人之间一提到"江湖",必然是与远离官场、远离争斗、远离名利和人品高尚联系起来。盛唐期间诗人王昌龄送朋友回乡的诗中写道:"故人念江湖,富贵如埃尘。"必须看透了富贵名利,方能与之言江湖。到了江湖,与之相伴的只是"独立浦边鹤,白云长相亲",与大自然融为一体了。没有了争斗,就得与风云鸟兽同群,这种寂寞是对隐士的另一项考验。

朝市的繁华对于士人是个诱惑,向往江湖就要告别庙堂和市井的金碧辉煌、花团锦簇,过一种简约的生活。唐玄宗写过一首送唐代著名道士司马承祯(他曾向玄宗推荐了李白)还天台山隐居的诗:"江湖与城阙,异迹且殊伦。"很明白地说出了朝堂与江湖的对立。正像鲁迅的《故事新编·出关》中所说,"譬如同是一双鞋子罢,我的是走流沙,他的是上朝廷的"。

江湖与朝廷虽是两条路,但此一路人都要吃饭。喧嚣的江湖中也不能缺少了吃的、喝的,否则文士们是高卧不下去的。所以有人很俏皮地说,隐居实际就是回家安心当地主。以杜甫、王维、孟浩然为例,杜甫是世代奉儒为官,其父曾任兖州司马、奉天令;王维父为汾州司马;孟浩然少时隐居襄阳,也是因为家中"素业唯田园"[1]。这些都是吃穿不愁的人。鲁迅也说:"凡是有名的隐士,他总是已经有了'优哉游哉,聊以卒岁'的幸福的。倘不然,朝砍柴,昼耕田,晚浇菜,夜织屦,又那有吸烟品茗,吟诗作文的闲暇?"[2]很讲现实的中唐诗人元结懂得这一点,他在《贼退后示官吏作》诗中写到他对官场失望,表示要辞别官场:"思欲委符节,引竿自刺船。将家就鱼麦,归老江湖边。"他想把官印符节归还朝廷,不再做官了,撑上一条船,把全家安顿到一个出产"鱼麦"的地方,隐居终老。

唐代的文人士大夫可分两大部分:一是出身于豪门望族,如陇西李氏、荥阳郑氏、太原王氏、琅琊王氏、清河崔氏等;一是庶族清门(连曹操后代到了唐代都"于今为庶为清门"了)。不管是贵族遗子,还是寒门秀士,在国运日隆的时代大多能把自己的前途升沉与国家命运结合起来,但真正能够融入这个时代的还是少数,这样有责任感的文人士大夫们在归隐和报国之间有难以协调的矛盾。杜甫的《自京赴奉先县咏怀五百字》,用三十二行诗句反复陈述仕与隐在他内心引起的激烈斗争:

> 非无江海志,潇洒送日月。
> 生逢尧舜君,不忍便永诀。
> 当今廊庙具,构厦岂云缺。

---

[1]《孟浩然集·涧南园即事贻皎上人》:"弊庐在郭外,素业唯田园。左右林野旷,不闻城市喧。钓竿垂北涧,樵唱入南轩。书取幽栖事,还寻静者论。"
[2]《鲁迅全集》第六册《且介亭杂文二集·隐士》,人民文学出版社,1956。

葵藿倾太阳，物性固莫夺。
顾唯蝼蚁辈，但自求其穴。
胡为慕大鲸，辄拟偃溟渤？
以兹悟生理，独耻事干谒。
兀兀遂至今，忍为尘埃没。
终愧巢与由，未能易其节。

"江海志"就是隐居，诗人说我想归隐过自由自在的生活，但恰好碰上如此好的时代。虽然，我们大唐英才累累，完全可以构建我们国家这座大厦，但君如尧舜，我怎么能做逃兵呢？杜甫把自己融入了那个时代，不仅做官要"致君尧舜"，就是归隐江湖，也不能忘却民众的疾苦。正如宋人黄彻所说："所谓忧在天下，而不为一己失得也。禹、稷、颜子不害为同道，少陵之迹江湖而心稷契，岂为过哉。孟子曰：'穷则独善其身，达则兼济天下。'其穷也未尝无志于国与民，其达也未尝不抗其易退之节，早谋定，出处一致矣。是诗先后周复，正合乎此。"[1]这里充满盛唐时代举国上下的自信。尽管士人内心还有想隐居的冲动在，但为了国家朝廷，他们还是以求仕为主的，不管这条路有多艰难。杜甫漂泊夔州时，时时想到处于动乱中的国家，他《秋兴八首》中的第七首全篇写的都是对京都长安昔日繁华兴盛的追忆，最后两句："关塞极天唯鸟道，江湖满地一渔翁。"漂泊江湖的渔翁还在心系朝廷，天地之间大约也就这一位渔翁。

中唐以后，面对着日益衰落的大唐王朝，文人士大夫心理产生了微妙的变化。李商隐这样写道："永忆江湖归白发，欲回天地入扁舟。"(《安定城楼》)诗人想利用自己年轻的生命为国效力，整顿乾坤之后，再归隐江湖。

唐人把江湖作为庙堂的对立面来看待，这是很有些贵族气派的。因为对立的另一面就是对等，隐士包括野老渔翁、樵子田夫，他们与豪门贵族、高官显宦是并肩而立的，谁也不比谁矮一头。"初唐四杰"之一的骆宾王在《晦日楚国寺宴序》中说："情均物我，缁衣将素履同归；迹混污

---

[1]《蛩溪诗话》卷十，人民文学出版社，排印本。

隆，廊庙与江湖齐致。"在盛大的宴会上江湖隐士竟然与贵官坐在一起，其受到的尊重可以想见。

实际上"士"才有资格谈隐，在初唐和盛唐期间许多"士人"是贵族出身，家有田产乃至庄园，还有广泛的人脉。他们有家有业，回到了家，填饱肚子还是没有问题的；就是到了陌生的地方，人脉也会起作用。就连被人们视为"贫病老丑"的杜甫也是如此。杜甫说"杜曲尚有桑麻田"，杜曲就在长安南郊，这可能是他的永业田。另外，在东都洛阳他也有家产。杜甫在成都草堂隐居时，不仅剑南节度使（相当于原成都军区司令员）严武帮他，离成都不远的彭州牧高适也时时接济他。正因为有着种种优越条件，杜甫在华州司功参军的任上，稍不得意，就敢弃官而去，冒险到秦州、同谷那样偏远落后的地区去。因为家业和人脉是这类士人的底气。

### 三、士人行走的江湖

作为士人隐居之所的江湖，如果经营得好，是舒适而惬意的，可是士人为了寻求出路，甚至是为了谋求生活资料，奔走于江湖时，他的感觉就完全不同了。中唐以后，庶族出身的文士逐渐活跃于官场，科举制度也使一些出身贫寒的士人走上了政治舞台。这些人对于隐居江湖就不能像他们的前辈那样洒脱，说走就走。他们比较多地考虑吃饭问题。虽然归隐还是文人士大夫的口头禅，用以赞美别人，或拿来抬高自己，但家中没有那点"薄产"，外无依靠，内里必然缺少底气，不敢轻易付诸实施，因为做官的收入可能是他重要的经济来源。士人对官场、官僚体系的依附加强了，他们对归隐江湖的向往自然相对减轻了。

唐代虽然确立了科举考试制度，士人可以通过科考出仕做官，但每年才录取一二十人，数量很少。另外，科举考中只是取得了做官的身份，要真正出仕，还要通过复杂的吏部考试，许多士人等不及。当时出仕门路很多，例如州府、边远的地方长吏（特别是统揽军政大权的节度使）都可以开幕府，自己延聘士人进入，协助工作，慢慢升迁（杜甫有诗云："十年出幕府，自可持军麾"），这是一条路。另外皇帝也常常直接拔擢才智之士到朝廷来做官，在一些特别时刻，如遇上重大喜庆或灾难，皇帝会有向野"求贤"的举动。但不管直接受皇帝征召还是应地方大吏之聘,其先决条件是要有名。怎么才能有名?最重要的一条就是与众不同。大多士人都在孜孜以求奔走仕途,突然有个人出来四处张扬说:"我厌倦了,归隐江湖(或山林)了。"必然为大家瞩目。"江湖"成了引人注目的一块招牌。然而"隐"得又不能太远,如果钻到深山老林或邈远江湖,人们可能惊奇于一时,但很快就会把你忘了。在离"朝市"不太远的山林或江湖隐一段时间,这样就有了隐士美名。皇帝征召、大官延聘时会优先想到这些人。这样的隐居不是为了"逃官",而是为了做官,而且比正常途径要快得多。这种"江湖"实际上成为"跑官"的一条路径。

杜甫在长安住了十来年,考试、献赋(向朝廷直接表白自己的文学才能)、奔走豪门都做过,受尽屈辱,最后仅得到一个看守器杖的九品小官。他总结这段生活的辛酸写道:

> 骑驴十三载,旅食京华春。
> 朝扣富儿门,暮随肥马尘。
> 残杯与冷炙,到处潜悲辛。[1]

而李白与杜甫走的道路正相反,他或仗剑游侠,或修道归隐,两种反常行为再加上本人优越的才智,这些为他积聚了极高的名望,后由玉真公主推荐,唐玄宗下旨征召。入朝后备受优待,连唐玄宗都说:"卿是布衣,名为朕知,非素蓄道义,何以及此!"[2]安排他做翰林待诏,可见名望与出仕的关系。

隐居与出名挂了钩,此时已经不是为归隐而归隐了,而是隐居成了曲线做官之道。隐居之地也不是安谧的、荒野的江湖了。唐代最被看好的隐居地点是距长安数十里远的终南山,这是最易为庙堂所知的地方,人称终南捷径。

---

[1]《杜工部集·奉赠韦左丞丈二十二韵》,见辽宁教育出版社《新世纪万有文库》本,1997。

[2][唐]李阳冰《草堂集序》,见中华书局《李太白全集》。

最高统治者为了表示自己求贤若渴，对于名声大、清望高的隐士要下诏敦请，有的还要一请、二请、三请的，韩愈就有诗讽刺李渤说："少室山人索价高，两以谏官征不起。"[1]这位李渤要价很高，朝廷两次以谏官（品级虽不高，但清望很高，被人尊敬，而且极易入相）征召，他都不肯出山。隐士毕竟不少，名声越大，下届朝廷便可以更大的官。

当隐士、隐居有了现实好处的时候，它的道德形象也被摧毁了。隐居也成了一种可供选择的吃饭之道，于是当隐士就成了一块招牌，成了招牌自然也就有了"啃招牌边"的了。因此，鲁迅说："必须欲'隐'而不得，这才看作士人的末路。唐末有一位诗人左偃，自述他悲惨的境遇道：'谋隐谋官两无成'[2]，是用七个字道破了所谓'隐'的秘密的。"[3]这种打穿后壁之言更进一步降低了隐士在人们心目中的地位。

官要谋，"隐"也要谋，这个"谋"就是现在"跑官"的"跑"。跑自然就离不开城镇山川，奔走江湖，于是"江湖"对于文人士大夫来说不只有隐居之所这一层含义，也用以指通向做官的艰苦之路。这条路既有自然江湖风波艰险，也包含通往仕途之路运作的艰难。

唐代的科举考试采用的是推荐与考选相结合的制度。考试之前，高官名公往往向考官推荐人选，被推荐的士人一般在长安早已大有文名。当时没有报刊广播，没有印刷的书籍，他们的文名怎么来的？原来唐代有一种叫作"行卷""温卷"的习俗[4]。唐代文士要得到文名就得不断把自己的诗文作品写成卷子（类似今日书画卷轴）献给当时有政治或文化影响力的人。程千帆先生据文献对这个习俗做了概括的介绍：

> 所谓行卷，就是应试的举子将自己的文学创作加以编辑，写成卷轴，在考试以前送呈当时在社会上、政治上和文坛上有地位的

---

[1]《寄卢仝》，见《韩昌黎诗系年集释》，古典文学出版社，1957。
[2] 此句应作"谋身谋隐两无成"，全诗为：谋身谋隐两无成，计拙深惭负耦耕。渐老可堪怀故国，多愁翻觉厌浮生。言诗幸遇名公许，守朴甘遭俗者轻。今日况闻搜草泽，独悲憔悴卧生平。(《寄韩侍郎》)体味诗意"谋身"也即个人发展，也即是"谋官"。
[3]《鲁迅全集》第六册《且介亭杂文二集·隐士》，人民文学出版社，1956。
[4] 有人称此为"制度"，实际上并没有人或官方对此做出过规定，还是称习俗比较准确。

人，请求他们向主司即主持考试的礼部侍郎推荐，从而增加自己及第的希望的一种手段。[1]

行卷之后，为引起注意和防止遗忘，过一些时候还要再去呈献自己的作品，这叫"温卷"。

不仅在长安参加科举考试时如此，士人到外地游览、游学，一般也都要到州郡拜望长官，也要向长官们行卷。《幽闲鼓吹》记载这样一个故事：

> 丞相牛公应举，知于頔相之奇俊也，特诣襄阳求知。住数月，两见，以海客遇之，牛公怒而去。去后，忽召客将问曰："累日前有牛秀才，发未？"曰："已去。""何以赠之？"曰："与之五百。"

于頔是当时特别好客的地方官，韩愈也曾经求得他的帮助。这次是因为忙，才对牛僧孺有些慢待。从中可见，士人游历州郡，不单纯是为了获得名声，大多有所干求，希望从长官那里得到一点物质上的援助，也就是《儒林外史》中常常写到的"打秋风"。

唐代的士人，特别在初唐盛唐期间，成年以后大多都要在江湖上漫游，杜甫称之为"壮游"。壮游的目的是多重的，主要是开阔眼界，增长知识，扩大交游，为自己制造声望，所以也称之为游学。

到了中晚唐，奔走于江湖的士人的目的发生了微妙的变化，他们更多的是追求物质上的帮助或争取人身的依附[2]。此时的江湖给人们的感觉不是超脱功利，也不是静谧和与世无争，而是充满了艰难，并给人一种苦涩之感。现今常常为人乐道的"茶神"陆羽，原是个弃儿，被僧人养大，本来处于优伶之间，为世人所轻。后来他努力读书，游走于江湖，与文人禅僧往来；在江浙一带，走了许多地方，也得到过一些地方官吏的帮助。他以教人烹茶为回报，很像后世的清客，最后得到士人社会认同，被荐为"太子文学"。这时的江湖不是归隐的地方，反而成为求官的路途。这类的士

---

[1] 程千帆《唐代进士行卷与文学》，上海古籍出版社，1980，第3页。
[2] 唐代地方官吏可以自己选聘一些僚佐，有功名的人可以，没有功名的白丁也可。

人不是个别现象，盛唐以后，越来越多。中唐的李群玉就以"幽沉江湖，分托渔樵"自比，这里的"江湖"已经不是可以骄人的"高卧"之处，而是"幽沉"的炼狱了。中唐的崔郾多次"知贡举"（主持科举考试），刻意搜罗"江湖之士"，此时沉沦江湖的士人成为达官贵人同情可怜的对象了。

随着地位的变迁，江湖士人的道德形象也受到了质疑。《云溪友议》记李播在做蕲州知州时，有个士人李生到他这里来"打秋风"，向他"行卷"。李播打开卷轴一看原来是自己过去写的诗章，他很惊讶地说："这不是我的旧稿吗？"李生很惭愧，说："我用您的诗章，在江淮一带行卷很久了，人家都认为是我的作品，您就赠给我吧。"李播笑着说："我这辈子也就是在州郡做地方官了，这些对我完全无用了，就算你的吧。"李生感谢之后说："以后我还要到江陵我表丈卢尚书那里去。"李播问："卢尚书叫什么？"李生回答："卢弘宣。"李播说："李秀才，你错了，那是我的亲表丈啊！"李生很惶恐谢罪："既然您已经把诗作送给我了，那么连表丈一起借给我吧。"这个游走江湖的李生还有什么人格？这批潦倒江湖的人给江湖涂上了一层无赖的色彩。

### 四、士人江湖的堕落

到了宋代，刻书与教育相对普及了，科举制度日益完善，贫寒之家出身的人有的通过艰苦努力和科举考试走进统治集团，因而刺激了许多人读书，使得读书人数激增，当时士人只有做官是唯一的正途。

宋代科举制度造就了许多合格、有成就的文人士大夫，如王禹偁、寇准、范仲淹、梅尧臣、欧阳修、韩琦、司马光、王安石、苏轼、苏辙等，推动了社会进步和文化的发展。他们对社会有一种自觉意识，不仅达则兼济天下，即使退隐江湖，也不忘国家。范仲淹在《岳阳楼记》中用极其精练的语句把它概括出来："不以物喜，不以己悲；居庙堂之高，则忧其民；处江湖之远，则忧其君。是进亦忧，退亦忧；然则何时而乐耶？其必曰'先天下之忧而忧，后天下之乐而乐'乎？"这几乎成为后世有家国责任感士人的座右铭。

虽然宋代科举取士比历代都多，但仍是僧多粥少，不能出仕的也很多。这些不能进入仕途的士人如果家乡有房子有地，回乡归隐，高卧不出，还有可能。如果本属贫寒，好容易挣扎着读完了书，幻想"朝为田舍郎，暮登天子堂"，当幻想破灭之后，再回家继续贫寒的务农生活是很困难了。于是这些不能重返农村下层社会的读书人分为两批，下者混迹于游民之中，参与了通俗文艺作品的创作和演出，成为江湖艺人；上者则依傍豪门，成为清客篾片，或成为游荡于江湖的谒客游士，寄食豪门。宋代游走江湖的士人（与游走江湖的人数激增有关）比唐代更为不堪，依傍权贵，助纣为虐，迹近帮凶；一些帮闲文人则是坑蒙拐骗，公开索要。沈括《梦溪笔谈》记载：

> 工部胡侍郎则为邑日，丁晋公为游客，见之，胡待之甚厚，丁因投诗索米。明日，胡延晋公，常日所用樽罍悉屏去，但陶器而已。丁失望，以为厌己，遂辞去。胡往见之，出银一箧遗丁曰："家素贫，唯此饮器，愿以赆行。"丁始谕设陶器之因，甚愧德之。

丁谓在没有发达时，游走江湖，直接"投诗索米"，这在唐代还不多见[1]，而在宋代则不是个别现象。北宋末，阮阅编《诗话总龟》特别为"投献"设了一门，可见当时江湖游士的强求索要已经成为风气。其中记载诗人张球向当时居高位的吕夷简献诗云：

> 近日厨中乏短供，孩儿啼哭饭箩空。
> 母因低语告儿道，爷有新诗谒相公。[2]

这是借孩子啼哭发出最后通牒，吕夷简只好"以俸钱百缗遗之"。

有的游士为了赚取同情甚至编造故事，换取资助。宋代范正敏在《遁斋闲览》中讲笑话说，李廷彦给上官献《百韵诗》，其中有句："舍弟江南殁，家兄塞北亡。"上官看了很悲伤，安慰他说："想不到您家如此不幸。"

---

[1] 朋友之间投诗要求帮助不在此例，如杜甫初到成都生活困难，给在就近（彭州）做地方长官的老友高适写诗："为问彭州牧，何时救急难？"
[2] 见《增修诗话总龟·投献门》，民国商务印书馆《四部丛刊》本。

李廷彦赶忙起坐谢罪说:"实在没有此事,我只是为了对偶亲切罢了。"李廷彦还是个老实人,但老实人为什么还如此下笔呢?恐怕这不是为了"对偶亲切"能解释的。这是当时写作投献诗的风气,都是要渲染自己的不幸,为强索制造理由,上面引的张球诗不也是那样吗?他还把自己不懂事的叔叔也要拖出来,都写到诗中,李廷彦则是连兄诗中,才闹了那样的笑话。

到了南宋,地盘小了,官员的名额少了,读书人和拥挤在仕途上的人并没有减少。《西湖老人繁盛录》中记载,南宋招考太学生的年份到临安投考的考生达十万人。太学总共容量为一千余人,不可能全部待补,如果待补者为三分之一的话也就四五百人,所取者只占投考者的千分之四五而已。进仕之途更窄于此,宋代是三年一科,一科最多不过一千人,每年合三百多人,而全国待考的举子常在数十万人之多。这数十万人,大多要游荡于江湖之间以觅取衣食。我们熟悉的许多诗人、词人就是游荡江湖的士人,如词人中的姜夔(白石)、刘过、吴文英(梦窗),诗人中的敖陶孙、刘仙伦、叶茵、戴复古等,还有许许多多不知名的诗人、词人。南宋中晚期的临安有个著名的书商陈起,他喜欢写诗,也爱与这些奔走江湖、生活潦倒的诗人来往,送给或借给他们书看,为他们提供住所,给他们一些物质上的帮助,出版他们的诗集,还编选了一部合集《江湖集》,专门收录这些不得意诗人的作品。用陈振孙《直斋书录解题》给《江湖集》做题注的话说,此书"取中兴以来江湖之士以诗驰誉者"刊之。这个"江湖之士"已经不是我们通常理解的隐居的"江湖之士",而是为谋衣食奔走江湖之士了。

这种"江湖之士"当时也称作"谒客",因为他们以干谒为生。后来研究中国诗史者,称之为江湖派。南宋末年方回在《瀛奎律髓》中说:

> 庆元、嘉定以来,乃有诗人为谒客。龙洲刘改之(刘过)之徒,不一其人,石屏(戴复古)亦其一也。相率成风,至不务举子业。干求一二要路之书为介,谓之"阔匾",副以诗篇,动获千

缗以至万缗。[1]

当然能够获得"千缗",甚至是上"万缗"馈赠的毕竟是极少数幸运者,大多数还是为了养家糊口,历来被视为言志述怀的诗歌也成为干求的工具,用以要钱索米。士人之节,扫地以尽。南宋诗人林希逸说:

> 今之世诗盛矣,不用之场屋,而用之江湖,至有以为游谒之具者。少则成卷,多则成集,长而序,短而跋。[2]

在这种情况下士人还有什么自尊?江湖诗人余俦访某贵官,久而不出,余俦等烦了,感到特别屈辱,题诗壁间:

> 谒人久不出,兀坐如枯骸。
> 苍头前置词,问我何因来。
> 士节久凋丧,人情易嫌猜。
> 本无性命忧,不去安待哉![3]

意思是说,我还没有到不被接见就要饿死的地步。从中可见诗人的辛酸和愤怒已经达到极点,最后拂袖而去。

余俦也许特别敏感或衣食之忧尚不迫切,而那些子女牵衣索饭、家中等米下锅的士人,就不得不放下身段来看府主眼色了。到了这种地步,不用说独立意志了,就是自己本来面目也要收起来,唯主人是从。江湖词人中姜夔被人们视为有"魏晋风度""弱不胜衣"的清高之士,可是他也是江湖游士,其作风也不免有谒客痕迹。例如,姜夔擅作词,通音律,自己能谱曲,是位非常有成就的词人,其词风清雄峻拔,早已定型。可是当他依附范成大之时,和后来到辛弃疾幕中作客时的作品风格都有所变化,尽量

---

[1] 转引自张宏生《江湖诗派研究》,中华书局,1995。
[2] 《跋玉融林镳诗》,转引自《江湖诗派研究》。
[3] 转引自《江湖诗派研究》。

向府主靠拢。这就是游走江湖的"谒客气",姜夔尚且如此,不用说等而下之的刘过、吴文英、史达祖了。

可见当士人家无恒产,讲敌义无出路,处在"谋官谋隐两无成"的状态时,他们眼中的江湖与隐士眼中的江湖是完全不同的:

> 世途难着脚,况复是江湖。[1]
> 江湖千里客,桑柘一春深。[2]
> 七十老翁头雪白,落在江湖卖诗册。[3]
> 落魄江湖梦里寻,起来佳处散烦襟。[4]

这种江湖完全没有了隐士江湖的静谧与悠闲,再也不是士人们向往的社会风暴的避风港。它充满了艰辛与风险,这里既有漂泊流离的行役苦辛,更包含了攀缘于拥挤的仕途的感受。士人隐居的江湖是仕途上过来人的居所,他们已经不愁吃喝了,才能感受到江湖的安逸。而"江湖游士"不仅绝大多数还没有入仕,关键在于他们还没有吃饭之资,而且对他们来说更迫切的还是谋食。当然他们的最高目的还是位置通显,至少也要争得个一官半职,但希望逐渐成为绝望以后,他们更期待回到那个隐者的江湖去。陈必复《江湖》诗有句云:"江湖路远总风波,欲向山中制芰荷。"想逃回真正的江湖,在那里得到休憩与平复。然而这只是转瞬即逝的一闪念,如果家乡真有一个值得他留恋的安乐窝,他也不会奔走江湖了。落魄文士奔走的江湖已经很接近下面所说的江湖人的江湖了。

总之,作为隐居的"江湖"还是士人人格独立的象征,唐人刘长卿诗云:"江湖无限意,非独为渔樵。"(《送友人游越》)也就是说,归隐江湖远比躬耕田野内容丰富多了,它就包含有自甘作"化外之人"的意思。隐居之所以历来被人赞颂,在于它是一种与当权者不合作的、独立自主的生活态度。皇权专制社会中,人们内心深处很少对统治者有绝对好感,因此

---

[1] 胡仲参《竹庄小稿·书怀呈曾性之》。
[2] 张炜《题〈莲峰集〉后》,见《江湖后集》。
[3] 戴复古《石屏诗集·市舶提举管仲登饮于万贡堂有诗》。
[4] 赵庚夫《落魄》,见《江湖后集》。

极易把同情心给予社会中的受难者和那些与统治者不合作者。隐士也多自我标榜"世人皆浊我独清,世人皆醉我独醒",如韩愈称颂伯夷的"特立独行,穷天地、亘万世而不顾者也"(《伯夷颂》)。这些或真诚或作秀的表白进一步拉开与朝堂的距离,更增强了这个"江湖"的独立性,然而,它还是主流社会的一部分,并不反主流,只是主流的一个补充。何况这个江湖也是不稳定的,时时发生变化,一旦它失去了物质基础,便成了落魄文士的江湖了。

当士人抱怨江湖的苦难时,此时的江湖便成了他们谋生谋食的场所,过去他们营造的江湖脱离世俗名利的道德形象也便垮塌了。这里既有大自然的艰险,更不乏社会制造的苦难,士人如果久久地沉沦于此,便容易滑向社会的边缘,成为反主流社会的中坚力量,此时士人谋生谋食的江湖与游民的江湖便没有严格的分界线了。这一点我们在下面阐述"游民的江湖"时还要谈到。

## 游民的江湖

### 一、游民与其生活的空间

上一节讲了文人士大夫的江湖,尽管隐居的江湖与游走的江湖苦乐殊途,但还都属于文人士大夫生活的空间,与一般底层百姓关系不大。下面要讲的江湖是江湖人生活奋斗的空间,现今常用的江湖的内涵就是由此生发出来的。拙作《游民文化与中国社会》一书中曾提及,江湖——游民生活的空间。以后还会说到江湖是江湖人生活奋斗的空间,两者并不矛盾,江湖人的主体是游民,游民脱离了宗法网络以后,在江湖上闯荡,日渐成熟,锻炼成了江湖人。

在拙作《游民文化与中国社会》中关于游民和游民群体有较深入的论述,这里只做简单的介绍。脱离了宗法网络的游民虽然历代都有,就是游民这个词在先秦也已产生了,但其形成群体还是始于宋代。

### 二、两个有利于游民汇拢为群体的客观条件

宋代有两个客观条件是游民聚拢成群体的前提。一是土地所有权流转

加快，从而导致依附于土地的宗法农民大量地被抛出宗法网络。这是因为宋代采取了不立田制、不抑兼并的政策。宋以前的朝代初建立时大多要建立本朝的土地制度（如均田制、屯田制、限田制），为了保护田制，必然对土地的买卖控制较严。而"宋朝'不抑兼并'，几乎不做任何限制。用当时人的话来说，即是'有钱则买，无钱则卖'"[1]。这样自古以来由国家统一配置土地的制度便被打破了，土地与财产转移特别迅速，造成了"田宅无定主"的趋势，并形成了"贫富无定势"的局面。土地所有权的流动第一个破坏的就是宗法网络，因为宗法制度的物质基础就是有固定的土地，动乱时期也有整个宗族流动的，但那是短暂的，而且到达目的地后也须有土地固化它（如福建、广东客家的建造围屋、土楼及占有周围的土地就是一例）。大批人员从土地和宗族中脱离了出来，要生存，或是到尚未开发地区（例如深山老林）开垦，或是游荡于城乡之间，找点糊口的营生，这些人就是生活在城市底层的游民。

第二个客观条件是城市结构的变迁，即从城坊制到街巷制的转化。以前的城坊制是大城套小城，居民区与市场区分离。每天这些"小城"（居民区和商业区东、西市）很早就关门上锁，不许人们出入，游民进入城市也很难生存。宋代街巷制的城市是因工商业的发展繁荣而产生的，这种形制又进一步促进城市手工业、商业、服务业的发展。它的开放式的特点，使得外来人口可以进入、生存甚至发展。城市的繁荣给到城市里谋生的游民以机会，游民这一廉价劳动力进入城市更刺激了城市消费的膨胀，形成了商业、服务业空前的繁荣。宋代的户籍制度也利于外来人口在城市寄居，统治者意识到城乡户籍应有差别，因此设立了从来未有的"坊廓户"，以此名目来登记城市人口。坊廓户中也分为"主户""客户"，主客户之别在于是否有房产物业。客户，特别是低等级的客户（主客户根据财产分为十等）大多是初进入城镇的游民，一无所有，依靠打工为生，租住他人的房子。这样在城市之中必然会形成一个游民群体。

---

[1] 张邦炜《宋代婚姻家族史论·两宋时期的社会流动》，人民出版社，2003，第350页。

## 三、是游民，不是市民

研究宋代城市史都要言及市民问题，如果就其居住地点而言，还无大错，但论者往往与欧洲中世纪主权城市的市民（由商人、手工场主、手工工人、学徒构成）等同起来，这就非常荒谬了。欧洲主权城市的市民享受法律规定的权利，是资本主义时代的大小资本家和工人阶级的前身。而宋代城市市民除了一些以财产作后盾的商人和各种产业的业主外，大多属于没有前途、没有任何保障的游民。

宋代城市工商业的繁荣，大多依赖官府消费、国家购买，以及贵族、官僚的畸形消费。这些需求是不确定的，随着政治变迁而消长。封建性的城市又是专制政治的中心和军事据点，而这些条件往往是"其兴也勃，其亡也忽"的，城市重要性消失，工商业马上萎缩，其底层从业人员立时成为无所依归的绝望者。另外，在古代的中国城市里专制的法权十分强大，工商业、服务业的发展不足以催生各个阶层都有法定权利保障的市民社会。进入城市的游民只能作为廉价劳动力而存在，时时刻刻处在不稳定状态。

游民进入城市，不等于进入了主流社会。他们仍然是这个社会的零余者，时时都有被统治者驱赶出城的危险。皇权专制时代，当统治者感到城市人口超出负荷的时候，首先想到的就是"驱游民"。城市中的游民即使能够糊口于一时，也很难长期定居。坊廓客户还是有房子住的，有户籍的。陆游的《老学庵笔记》卷六记载："京师沟渠极深广，亡命多匿其中，自名为'无忧洞'。甚者盗匿妇人，又谓之'鬼樊楼'。国初至兵兴，常有之，虽才尹不能绝也。"这些干犯法律的亡命客就是不在现实社会秩序之中的游民，而那些依靠十指谋生的，也极易被抛入游民的队伍。

游民进入城市（特别是大城市如汴京、临安），生产了大量的廉价商品和提供了廉价服务，这只是满足住居在城市的达官贵人的高消费，资本积累相对薄弱，更没有形成有可能向资本主义制度演进的市民社会。处在社会底层、没有任何保障、生活极不安定的人有意无意地形成了一个有别于主流社会的社会，这个社会是隐性的、带有反主流色彩的，它就是江湖。宗法网络游离出来的游民，城市里工商业、服务业淘汰出来的失落者，生活中各种各样的失败者，社会上形形色色的不逞之徒，总之，为主流社会不容或对主流社会不满的各色人等都可以汇流到江湖中来，在此谋生或谋求发展。

而且皇权专制社会中城市的繁华往往转瞬即逝，营造繁华的商人、手工业者、打工者既非身份社会的"商人之子恒为商""工人之子恒为工"，也没有欧洲中世纪晚期工商城市行业协会对于所属的商人、手工业者的保护。他们的前途就是作鸟兽散，有点余钱的返乡购置田产，没有资财的便沉沦江湖。这样江湖很像个"储水池"，它承接着由于社会破碎而游离出来的人。这些走投无路的人汇聚在江湖，逐渐形成一种力量。他们不仅因为被主流社会排挤而居无定所，谋食成为第一需要，而且，这种生活方式也造就了他们独特的、迥异于宗法人的思想性格。这种独特的思想性格又通过与他们有近似生活经历的江湖艺人表达出来，使后人对这个游民的江湖有所了解。第一次透露了这个消息的便是中国第一部描写游民奋斗成功与失败故事的长篇小说《水浒传》。虽然《水浒传》成书在明中叶，但其故事却是自宋代累积而成，它所反映的江湖生活确实也是宋代的。

本书所探讨的也就是《水浒传》与江湖的关系。是因为有了游民群体，有了游民意识，有了游民为了生存和发展所展开的奋斗，才有了宋江的故事、杨志的故事、武松的故事、鲁智深的故事……最后才有了鸿篇巨制的《水浒传》。我们从《水浒传》发现还有一个与正经的"经史子集"中的记载不同的江湖，这个江湖活跃着的大多是主流社会所不屑的人，有"不逞之徒"，有"作奸犯科"之人，更多的还是没家没业的流浪汉。这个江湖有不为主流社会所知的冒险经历、生活方式和道德观念，这使我们耳目一新。

另外，《水浒传》作为中国第二部成功的通俗长篇小说对后世有着不可估量的影响，成为社会底层人物和广大游民反抗和奋斗的教科书。《水浒传》全面而生动展示的江湖人的生活和奋斗、江湖人的理想和道德，以及江湖活动的方式和规范，不仅新奇有趣，为大多数人所未曾经历，也给后世游民以及各种各样边缘人士的组织化进程提供了范本，成为他们奋斗发展的教科书。它甚至也给予主流社会各个阶层的人以不同程度的影响，使得《水浒传》中的江湖及其连带思想意识普及到整个社会中去。《水浒传》不仅要在文学史上占有崇高的地位，也应在思想史上有其一席之地。

# 《水浒传》第一个告诉读者游民江湖的存在

## 游民的江湖社会

上一章我们谈到游民的江湖,这个江湖在宋代就已出现,但第一次告诉我们有这个江湖存在的则是创作于明代的《水浒传》。此书第九回"柴进门招天下客　林冲棒打洪教头"中,写到被发配的林冲来到官道旁的酒店,酒店主人对林冲说:

> 你不知俺这村中有个大财主,姓柴名进,此间称为柴大官人,江湖上都唤做小旋风,他是大周柴世宗子孙。自陈桥让位,太祖武德皇帝敕赐与他誓书铁券在家中,谁敢欺负他。专一招接天下往来的好汉,三五十个养在家中。

这段话中最值得关注的就是"江湖上都唤做小旋风"这句。柴进是个贵族,不仅有特权,犯死罪皆可免刑,而且有钱,挥金似土。他与富贫两界皆有往来,我们设想,他在拜访官员、富翁时,会不会在自己的拜帖上大模大样地写上"小旋风柴进"呢?这是绝不会的。因为"小旋风"这个绰号只是属于江湖的,江湖上才这样称他;他如果与江湖人往来,互不相识时,才会亮出这个绰号。小旋风就是柴进闯荡江湖的"字号",用以和江湖人认同。主流社会、官府不仅不会认同,而且把有这类绰号的人视为异类、匪类。我们看《水浒传》第三十三回"宋江夜看小鳌山　花荣大闹清风寨",宋江在清风山上救了清风寨知寨刘高的老婆,谁知她恩将仇报,在清风寨遇到宋江，把他捉下，诬蔑他是清风山的强盗。宋江不承认，只说自己是"郓城客人张三"。刘高为了坐实他就是江湖强人，于是在往上报告的公文中把他说成是"郓城虎张三"：

> 一连打了两料，打得宋江皮开肉绽，鲜血迸流。（刘高）便叫："把铁锁锁了，明日合个囚车，把郓城虎张三，解上州里去。"

这便是"绰号"的妙用，江湖人用它来寻找自己人，主流社会用它坐实匪人。江湖上流行的绰号成了识别匪人的依据，可见这个江湖是与主流社会相对抗的，它有着不同于主流社会的价值观，与官府分庭抗礼，为主流社会所不容，甚至遭到打压。这些我们能从《水浒传》中找到许多例子来说明。

## 与主流社会迥异的江湖社会

### 一、什么是社会？

中国古汉语中原有社会这个词，最初指因为"社祭"（社为土地神）人们的临时结合。到了宋代用以称呼为了某个目的建立的组织，如《水浒传》第二回端王（后来的宋徽宗）要高俅踢球，高俅说不敢，端王说："这是齐云社，名为天下圆。但踢何伤。"这个"齐云社"，当时人们便称之为"社会"，是蹴气球（或名蹴鞠）爱好者的组织，因为是为了踢球建立的组织，所以加入者就泯灭世俗上人们身份的差别。明代中叶以后，秘密反政府的结社出现，人们也称之为"秘密会社"或"秘密社会"。这是古汉语社会的含义。近代日人认为中国的社会与英语中的society意义相近，遂以之互译。英语中的society和法语中societe均源出于拉丁语socius，意为"伙伴"。可见英语原义所指比汉语更宽泛一些。

现代社会学上所说的社会是指人类个体构建而成的群体，他们占据一定空间，可以互相沟通，因此有了彼此可以听懂的语言或符号，有独特的文化和风俗习惯，人与人之间也已经有了分工。社会不能简单地等同于群体，社会是人类相互有机联系、互利合作形成的群体。

人类社会是生产发展与人类文明的产物，它有别于处于自然状态的人群。自然状态的人群大多情况下是偶遇，南来北往的人偶然会合在一起。他们南北胡越，各有各的文化特征，各有各的目的，彼此各不相干。而社会的人有大体上相近似的目的、价值取向和文化特征，因此社会成员之间互有认同，并有较密切的联系，有的还是有目的、有系统结构的组织。社会一般有生产、有分工、有交换。社会具有连续性、承继性，对前代的物质生产产品和精神生产产品自然而然产生继承关系。社会是个活体，它有适应能力和自我调节能力，与外部世界和自然环境的协调是其能够生存发展的关键。一旦这个社会缺少协调能力，日益僵化，那么它离寿终正寝的时日也就不远了。

最大的社会就是立足于地球的人类社会。不过在古代，当地域把人们分割成为无数个封闭的体系的时候，人类社会只是一句空话，只有彻底实现全球化或遇到强大外星入侵力量，才会有真正的一统的人类社会。

中国自实现"大一统"之后，仿佛一个国家就是一个社会，其实不然。不仅山川阻隔，各地形成了各自不同的习俗和传统，而且小农经济自然而然会产生地方割据势力，严重的时候与朝廷分庭抗礼。这些不同的地域、不同的民族居住地区都可能形成独立自在的小社会。在"大一统"观念的支配和皇权专制的统治下，天下一家、四海同风当然是统治者的最高企盼，因此，在本质上他们是不能容忍这些小社会存在的，但实际上又无可奈何。

对于由江湖人构成的江湖社会，统治者往往更不能容忍。原因有二，其一是前面说的那些小社会，往往由于地域关系远离皇权专制的中心区域。对于这些远方殊俗、天高皇帝远的地方，统治者鞭长莫及，而且小社会对于主流社会的中心地区伤害或影响也很小。而江湖则不同，江湖不是地域差别构成的，它是由于社会成员构成的不同而形成的（下面还要细说），而且江湖社会是寄生在主流社会上的，越是皇权专制的中心，可能江湖人越多。寄生者与宿主是须臾不可离的关系。其二，由于地域和风俗差别形成的小社会很少扩展，就在该地区自生自灭。江湖则不同，它与主流社会是寄生与宿主的关系，而且非常容易产生寄生与宿主颠倒的现象。因此，皇权专制制度下的统治者对于江湖是采取驱散或打压态度的。不过在专制制度下江湖是作为隐性社会存在，要打压则是"上穷碧落下黄泉，两处茫茫皆不见"的，况且主流社会中的许多边缘人物多与江湖有或明或暗的勾结，也很难打掉。遇有社会动乱，江湖社会中的许多人往往会成为反叛者的领袖或骨干，成为改朝换代的先锋。

二、显性社会与隐性社会

显性社会很好理解，就是我们所生长、生活和发展的自然群体。这里虽然看不到国家的力量，但确实是在国家力量保护下得以存在的。另外统治者允许公开存在的社会组织，也是显性社会。具体到宋代，包括各级国家组织、政府组织，以及国家的基础——宗法组织等。这些不仅是公开的，而且它们在社会运动中占有主导地位，并受到国家权力的保护，任何人不能反对和非议，我们称它为主流社会。这种社会的政治制度是皇权专制主义，它不允许任何民间独立的组织存在。可是任何强势政府都不能完全杜绝民间组织的发生与存在，因为民间有自己的利益需要争取和保护，组织起来才有力量，这是人所共知的。因此越是弱势人群越期待组织，而弱势人群又有一股天然的反主流趋势，这样的组织很容易挑战主流社会，因此更为统治者所不容，他们的组织只能以秘密的形式存在和发展。弱势人群为求生存而组织起来，这种组织往往最活跃，仿佛一股暗火，在地底下运行。我们称这种社会为隐性社会。秘密组织中最大量存在的是游民组织。

三、江湖只是一个"场"

脱离了宗法网络的游民等于失去了一切，因为他们的亲缘、地缘、职缘关系都在宗法网络之中。宗法网络是一个共同体，对于其中所有的成员都是又保护、又控制的。长期在这种又被控制、又被保护的共同体中生活，其独立自主的能力萎缩了，不善于自己面对社会。当这些宗法人一旦没有了宗法，脱离了土地，其无能和无奈都是可以想象的。于是，游民自觉或不自觉地都要寻找伙伴，结成团伙，人多势众，去争取属于自己或不属于自己的利益。其中有形的，如最简单的结拜义兄义弟，复杂的如结成秘密会社（这是明中叶以后的事）；无形的就是逐渐形成的"江湖"。

"江湖"严格地说不是"组织",而是游民之间拥有的共同命运、价值、文化和认同。这类人多了,又在不同程度上受到江湖文化的影响,于是江湖变成了可以互相交流沟通的社会。然而,它只是一个场,物理学上说电子的流动形成了电场,我认为江湖人(成熟的游民)的流动形成了江湖。江湖人没有固定的共同生存的地域,他们需要行走,江湖人都是走出来或闯出来的,没有人一生下来就是江湖人,因此没有"走"和"闯"就没有江湖。那么江湖到底在哪里呢?江湖在城镇,也在乡村;在热闹繁华的市井,也在荒寒闭塞的山野和波光浩渺的湖海。也就是说哪里有江湖人的身影、有江湖人在那里为生活而奋斗,哪里就是江湖。

具体地说,《水浒传》中所写的东京的桑家瓦子[1]里有"说话"人在那里说评话《三国志》;郓城县的勾栏里白秀英在演唱诸般宫调;渭州街头,打虎将李忠在那里打把式卖膏药;揭阳镇上,病大虫薛永在那里使枪棒献艺……这些大中城市、乡野小镇的瓦子勾栏、市场街头就是江湖。在这里,江湖与市井是重合的。乡村古柳,盲翁作场;荒途僻野,流浪艺人在这里打野呵,江湖艺人深入山村水甸作艺,那么乡野农村就是江湖。至于茶楼酒肆,也是三教九流聚会之所,江湖人在这里联络感情,交流情报。江湖中许多秘密组织常在这里设置眼线,观察官方和江湖动向。这种公共场所仿佛是江湖的神经节,许多江湖人的活动从这里播散开去。《水浒传》中多处写到人们在酒楼饭店里获取江湖信息,林冲得知柴进对江湖人热情款待是在酒店,石勇遇宋江、戴宗遇石秀都是在酒店。梁山酬报宋江、刘唐与宋江密谈也去了酒店。可见其功能。不过有些僻野地方的酒楼饭店也很危险,这是江湖人开设的黑店,是不法的江湖人杀人越货、牟取暴利的场所,它们自然更是江湖。其他如远离城市的桃花山、少华山、二龙山、黄泥冈、对影山、饮马川等都是强人做无本买卖的地方;浔阳江上,有做"稳善"买卖的张横、李俊、童威、童猛等,那么这些山川江河就是江湖。人们说江湖险恶,有时就是指这些政府很难管到、非法暴力泛滥的地方。

总之,从空间来说,市井、乡村、道路、湖海都可以是江湖,也都可

---

[1] 这个瓦子很有名,《今古奇观》中的《宋四公大闹禁魂张》《闹樊楼多情周胜仙》都提到它。

能不是江湖，关键在于，它是不是江湖人活动的场所。

这是不被主流社会认同的社会，但江湖人是不事生产的，他们要从主流社会获取生活资料，这种获取有的是合法的，有的是非法的。江湖人的合法活动主要是从事运输、经纪、各种各样的冲州撞府的演出以及觅食四方的"金"（名目众多的算命、预测行当）、"皮"（江湖游医、卖野药的）、"彩"（变戏法、魔术）、"挂"（跑马卖解、练武术、看家护院、走镖等）等行当，这些与主流社会的人也是互相需求的。但江湖人也从事许多非法活动，《水浒传》中写了大量的这类活动。因此以游民为主体的江湖社会从宋代产生之后，一直处在半地下状态，我们称之为隐性社会。我们视江湖为一个"场"，就是它确如物理学上的"场"，客观存在，而又无形，感觉得到，但抓不到。

## 《水浒传》中的江湖社会

### 一、江湖概貌

《水浒传》不仅第一次告知读者江湖社会的存在，并在书中对于这个隐性社会的存在、运作、特征、规范做了深入的描写，让我们知道宋代除了文人士大夫的主流社会外，还有一个大家都有所感觉，但谁也不愿意刨根究底、把它说透的社会存在。《水浒传》绘声绘色地描写了它，记载和传播了江湖文化，使得后世的江湖人欣赏向慕和学习效法。《水浒传》成了江湖人的教科书。

《水浒传》用较多文字评介江湖是在第二十七、二十八回，这是讲武松在十字坡发生的故事。母夜叉孙二娘与她的丈夫菜园子张青在这里开一家黑店，久历江湖的武松早就看透其中的玄机，他用半挑逗、半正经的话揭露这黑店的可怕：

> 我从来走江湖上，多听得人说道："大树十字坡，客人谁敢那里过？肥的切做馒头馅，瘦的却把去填河。"

那时在市路官道、山林荒野经营旅店的大多属于江湖人，非江湖人也干不了这一行,所以自宋代以来就有"车、船、店、脚、牙,无罪也该杀"[1]的俗谚,其中"店"就是指开店的。孙二娘的店还是黑店,而且这个店,不顾江湖规则,对于来客,一概不论,只要有利可图,便一律做了。武松挑逗的话还只是个说江湖的引子,后来武松与孙二娘不打不相识,与孙的闲聊似有意似无意地向读者介绍江湖。先是张青说:

> 小人因好结识江湖上好汉,人都叫小人做菜园子张青。俺这浑家姓孙,全学得他父亲本事,人都唤他做母夜叉孙二娘。他父亲殁了三四年,江湖上前辈绿林中有名,他的父亲唤做山夜叉孙元。小人却才回来,听得浑家叫唤,谁想得遇都头。小人多曾分付浑家道:"三等人不可坏他。第一是云游僧道,他又不曾受用过分了,又是出家的人。"则怎地也争些儿坏了一个惊天动地的人。原是延安府老种经略相公帐前提辖,姓鲁名达,为因三拳打死了一个镇关西,逃走上五台山,落发为僧。因他脊梁上有花绣,江湖上都呼他做花和尚鲁智深。使一条浑铁禅杖,重六十来斤,也从这里经过。浑家见他生得肥胖,酒里下了些蒙汗药,扛入在作坊里,正要动手开剥。小人恰好归来,见他那条禅杖非俗,却慌忙把解药救起来,结拜为兄。打听得他近日占了二龙山宝珠寺,和一个甚么青面兽杨志,霸在那方落草。小人几番收得他相招的书信,只是不能够去。

仅仅是因为"胖",鲁智深差点儿没作了十字坡的包子馅儿。鲁智深在《水浒传》中是何等人物,凶猛、武艺高强、见义勇为,可以说是上上等。可是江湖险恶,像他那样经验丰富老到的人物也有马失前蹄的时候。张青接着说:

---

[1] "车"指赶车的;"船"指行船的;"脚"指搬运夫;"牙"指牙行。《儿女英雄传》第三回作者叙述中有"世上最难缠的无过'车船店脚牙'"的话。另外《金钟传》第三十一回李金华对两个开店的人说:"所以说,车船店脚牙,无罪就该杀。你二位记着这话,万别作的至于该杀了,人不得而杀者,天亦不能改过。"

只可惜了一个头陀，长七八尺一条大汉，也把来麻坏了。小人归得迟了些个，已把他卸下四足。如今只留得一个箍头的铁界尺，一领皂直裰，一张度牒在此。别的都不打紧，有两件物最难得。一件是一百单八颗人顶骨做成的数珠，一件是两把雪花镔铁打成的戒刀。想这个头陀也自杀人不少，直到如今，那刀要伸半夜里啸响。小人只恨道不曾救得这个人，心里常常忆念他。又分付浑家道："第二等是江湖上行院妓女之人。他们是冲州撞府，逢场作戏，陪了多少小心得来的钱物。若还果了他，那厮们你我相传，去戏台上说得我等江湖上好汉不英雄。"又分付浑家道："第三等是各处犯罪流配的人，中间多有好汉在里头。切不可坏他。"不想浑家不依小人的言语，今日又冲撞了都头。幸喜小人归得早些，却是如何了起这片心？

没杀鲁智深，但却大卸八块了一个"头陀"。本来江湖人对于走江湖的都有些微的同情心，江湖常言有"既落江湖内，都是苦命人"。张青对孙二娘规定的三种人不杀和"常常忆念"他认为不该杀的头陀，说明他还有点江湖人的自觉，这种江湖自觉是使得江湖人能够结合起来的基础。母夜叉孙二娘内心一点也没有人应该有的情感，当然也没有了江湖自觉。她成了江湖动物，或像马幼垣先生所评点的是"最凶残的禽兽"，她是那么理性地、有条不紊地操作她那毫无人性又极端恐怖的"买卖"。像屠宰分割牛羊那样来处理人体是她的乐趣。这还让人说什么！赚黑心钱、杀戮磨去了人应该有的一切。在孙二娘指导经营下的十字坡黑店即使不被官府剿灭，也会被其他江湖人所摧毁。这次如果不是张青及时出现，武松可能就会把孙二娘灭了。

江湖的恐怖极有震慑力，武松和张青：

两个又说些江湖上好汉的勾当，却是杀人放火的事。武松又说山东及时雨宋公明，仗义疏财，如此豪杰，如今也为事逃在柴大官人庄上。两个公人听得，惊得呆了，只是下拜。武松道："难得你两个送我到这里了，终不成有害你之心。我等江湖上好汉们说话,你休要吃惊,我们并不肯害为善的人。我不是忘恩背义的。你只顾吃酒。明日到孟州时,自有相谢。"

江湖上的事情连两个解差都"惊得呆了,只是下拜",当时衙门黑暗,像董超、薛霸一类的公差,什么坏事没见过、没干过?但他们还是身处主流社会,对江湖不了解或了解不深,所以听到武松等人的闲聊,才知道江湖的厉害。这些可以说是江湖的概貌。

## 二、江湖人求生觅食的场所

江湖为什么如此恐怖?它不像文人士大夫的江湖,文人士大夫的江湖是士大夫们厌倦了官场的鸡争鹅斗,回归自然,休养生息、陶冶性灵的所在,而游民的江湖则是江湖人求生存、争发展的场所,为一点利益也要争。因为游走江湖的大多是脱离了宗法网络、在宗法社会中断绝生存之路的游民。游民一无所有,空手练空拳,全凭个人心智、个人力量和勇气胆量以求生存和发展。这里没有了士大夫江湖中与世无争的气度,这里不仅要"争",而且没有主流社会中所应遵守的规则。饥饿能够把人驱赶到最原始的状态中去,游民们为了生存,有时仅仅为了一餐便能剥去几千年形成的文明的积淀,这些绝不是衣食不愁的人所能想象的。我们看一段江湖艺人白玉乔、白秀英父女在郓城县勾栏卖艺的情景:

> 那白秀英唱到务头,这白玉乔按喝道:"虽我买马博金艺,要动聪明鉴事人。看官喝采,道是去过了。我儿且回一回,下来便是衬交鼓儿的院本。"白秀英拿起盘子,指着道:"财门上起,利地上住,吉地上过,旺地上行。手到面前,休教空过。"白玉乔道:"我儿且走一遭,看官都伺赏你。"白秀英托着盘子,先到雷横面前。雷横便去身边袋里摸时,不想并无一文。雷横道:"今日忘了,不曾带得些出来。明日一发赏你。"白秀英笑道:"'头醋不酽彻底薄',官人坐当其位,可出个标首。"雷横通红了面皮道:"我一时不曾带得出来,非是我舍不得。"白秀英道:"官人既是来听唱,如何不记得带钱出来?"雷横道:"我赏你三五两银子,也

不打紧,却恨今日忘记带来。"白秀英道:"官人今日见一文也无,提甚三五两银子。正是教俺望梅止渴,画饼充饥。"白玉乔叫道:"我儿,你自没眼,不看城里人村里人,只顾问他讨什么。且过去,自问晓事的恩官告个标首。"雷横道:"我怎地不是晓事的?"白玉乔道:"你若省得这个门庭时,狗头上生角。"众人乔和和来。雷横大怒,便骂道:"这忤奴怎敢辱我!"白玉乔道:"便骂你这三家村使牛的,打甚么紧。"有认得的喝道:"使不得!这个是本县雷都头。"白玉乔道:"只怕是驴筋头。"雷横那里忍耐得住,从坐椅上直跳下戏台来,揪住白玉乔,一拳一脚,便打得唇绽齿落。众人见打得凶,都来解拆开了。又劝雷横自回去了。

因为雷横是梁山好汉,所以作者在叙述中有所偏袒。其实白氏父女也是游民,他们也在江湖上混,冲州撞府,以觅衣食。碰巧郓城县县太爷是白秀英的老相识,小人得志,有些张牙舞爪,说了一些与他们的身份不相符的话,招摇了一些,但他们要的也是他们应该得到的钱。江湖艺人谋生不易,用张青的话说就是"逢场作戏,陪了多少小心得来的钱物"。如果不是白秀英与郓城知县的关系,白玉乔那顿打是白挨的。毛泽东讲到"游民无产阶级"谋生求财的方式时,把这个阶层的人分为五类:兵、匪、盗、丐、娼;谋生方式为:打、抢、偷、讨、媚。[1]白氏父女忘了这个"媚",这本来是"娼"的职责,他们以为巴结上县太爷,自己就是小太爷了,从而惨死江湖。这是一个女游民的下场。这说明他们还是缺少江湖生活经验的,老江湖怎么会如此得意忘形呢?

再举一个男的——后来上了梁山的病大虫薛永。他"祖父是老种经略相公帐前军官。为因恶了同僚,不得升用。子孙靠使枪棒卖药度日"。当他到揭阳镇上卖艺时没有去拜镇上的一霸没遮拦穆弘、小遮拦穆春兄弟,这是作为江湖人的薛永不成熟的地方。江湖艺人到一个地方演出哪有不拜码头的呢?穆春下令镇上居民谁也不许给他钱也是事出有因的。薛永练完了把式之后打钱时做了谦卑的表示:

---

[1] 见《中国农民中各阶级的分析及其对于革命的态度》,《中国农民》第1期,1926。

那人却拿起一个盘子来，口里开呵道："小人远方来的人，投贵地特来就事。虽无惊人的本事，全靠恩官作成。远处夸称，近方卖弄。如要筋重膏药，当下取赎。如不用膏药，可烦赐些银两铜钱，赍发咱家，休教空过了盘子。"那教头把盘子掠了一遭，没一个出钱与他。那汉又道："看官高抬贵手！"又掠了一遭，众人都白着眼看，又没一个出钱赏他。宋江见他惶恐，掠了两遭，没人出钱。

后来宋江见没有人给钱，众人"都白着眼看"，薛永很"惶恐"，才拿出五两银子给他，从中可见宋江对江湖人的理解与同情。难怪薛永感激涕零：

这五两银子，强似别的五十两。自家拜揖，愿求恩官高姓大名，使小人天下传扬。

薛永此时也不免对揭阳镇"没一个晓事的好汉，抬举咱家"而生怨言。白秀英凭着姿色、薛永凭着武功还都是有点气性的，谋生虽难，他们还有点怨。像流落渭州的金翠莲、江州酒楼被李逵用一个指头打昏的宋玉莲，连"怨"的能力也没有，她们只有用哭来维持心理平衡。这些都是用合法的手段争取生存的游民，他们用自己的技艺让大家开心，只是为了在这个世界活下去。当他们使用合法手段不能生存的时候，非法活动便增加了。有力气的、有武艺的便向匪、盗方向发展，有的落草上山，有的称霸地方。揭阳三霸，除了穆氏兄弟是庄园主外，李俊李立、张横张顺这两霸都是游民。

谋生觅食就免不了争斗，这是最原始的争取生存空间的争斗。这种争斗必然是伴随着残忍与黑暗的，在这种情态下，孙二娘黑店的出现就是题中应有之义了。在这个空间中游民的第一需要是生存，这是江湖存在的依据。与这个江湖相邻的是"沟壑"，在江湖上挣扎的人，大多还是填于沟壑。正像杜甫两句诗所说的："但觉高歌有鬼神，焉知饿死填沟壑"。当人们濒临饿死的时候，除了那些经过长期精神训练的人，大多还是要崩溃的。《水浒传》给雄壮英武的游民那么多美丽的发迹变泰的幻想，实际上大多是很难实现的。招安做官、为皇权卖力，也不是那么容易，即使走上了这条路，最后也多是悲剧，因此《水浒传》中宋江等人被赐死倒是比较真实的。金庸武侠小说中所写的为了莫名其妙的原因打打杀杀的江湖，不关心谋生觅食，仿佛那些侠客都是不食人间烟火的世外高人，这是文人士大夫化了的"江湖"，甚至其潇洒出尘风格超越了文人士大夫的江湖，简直是神仙的世界，但与真的江湖没有什么关系。金庸的江湖仿佛是儿童卡通片中的城堡、森林、国王、公主等，只是开展儿童想象的背景罢了。

### 三、江湖社会的价值观、规范和特征

江湖社会是个有别于主流社会的隐性社会，它有着自己的价值观，也有自己判断是非的标准。因此江湖人的行为与主流社会的人区别十分明显，稚嫩江湖人往往还要在服装鞋帽头饰发式以及言谈话语中凸显这种差别，增加"自己人"之间的认同，而不顾外界的非议和鄙视。但成熟的江湖人更注重江湖规范，以是否遵守规范来区别内外。人们从这些内在的东西也会感觉到江湖的存在，它制约江湖人的生活，成为他们公认的准则，并且依此形成了一个评价体系。它能给江湖人带来一些便利，也会制造一些麻烦。前面说到江湖类似电"场"，这是无形的，但场中"电子"却都遵照着一统的原则运行，正是这些原则才决定了"场"的实在性。江湖中却也有有形的组织，如游民中的盗匪所占据的山头，《水浒传》中少华山、清风山、桃花山、对影山等，以及后世的游民组织——秘密会社都是。统治者有办法镇压剿灭那些有形的组织，可是对于无形的"江湖"，对于这个无所不在而又无处可在的"场"却束手无策，特别是对于能够确定这个"场"的一些原则更是无能为力。

《水浒传》"智取生辰纲"一节写到吴用到三阮家邀请三兄弟入伙。在闲聊时，吴用为了挑拨他们对生活困境不满，向他们买十四五斤大鱼，问他们石碣村水浅，为什么不去梁山泊打鱼。阮小五说，在先这梁山泊是我弟兄们的衣饭碗，如今绝不敢去。阮小七也说，这个梁山泊去处，难说难言。如今泊子里新有一伙强人占了，不容打鱼。

吴用又说道："你们三个敢上梁山泊捉这伙贼么？"阮小七道："便捉的他们，那里去请赏？也吃江湖上好汉们笑话。"吴用道："小生短见，假如你们怨恨打鱼不得，也去那里撞筹，却不是好。"

后来吴用说晁盖知道有一笔大买卖要拦路去取，想在他前面先取了。阮小五马上否定说："这个却使不得。他既是仗义疏财的好男子，我们却去坏他的道路，须吃江湖上好汉们知时笑话。"坏了强人抢劫的财路、捉强盗到官府那里领赏，在阮氏兄弟看来是"吃江湖上好汉们笑话"的事。显然这种价值观是与主流社会相反的，这反映了江湖游民与官府天然对立的倾向。江湖社会更强调报恩，强调要接纳与自己同命运的人。当走投无路的林冲拿了柴进的介绍信到梁山要求入伙时，寨主白衣秀士王伦心胸狭窄、嫉贤妒能，不肯接受。朱贵、杜迁都劝说王伦收回成命，没起作用。

宋万也劝道："柴大官人面上，可容他在这里做个头领也好。不然，见得我们无义气，使江湖上好汉见笑。"

最后，宋万的话起作用了，为什么？还是"义气""使江湖上好汉见笑"。这些话说的是江湖人的根本规则，王伦如果完全不考虑，以后很难在江湖上立足。宋江在清风山要求释放刘高的妻子："但凡好汉犯了'溜骨髓'（亲近女色）三个字的，好生惹人耻笑……怎生看在下薄面，并江湖上大义两字，放他下山回去，教他夫妻完聚如何？""江湖大义"竟然包括不能太亲近女色，这肯定是主流社会不能认同的，但作为江湖人又极好色的矮脚虎王英却接受了。"江湖大义"是江湖人的根本规则，吃江湖这碗饭的，不能轻易违反。

游民大多来源于农民和其他的个体劳动者，他们进入城市谋生、大多也要靠出卖体力。然而进入江湖，江湖人对于体力劳动评价不高，因为光靠出卖劳动力，不仅所获有限，而且极不稳定。因为奔走江湖者大都有得到"外财"（意外之财和本业以外的收入）的企望，江湖上英雄好汉们也很少以精勤为谋生和发展的手段。他们几乎都是"常有大度，不事家人生产作业"（司马迁对刘邦的描写）。晁盖是乡村富户，宋江是县中小吏，卢俊义是城镇的财主，这些梁山领袖的共同点是弄枪使棒，仗义疏财，结交天下好汉。宋、卢虽有家室，但却不以女色为意，冷落妻妾，弄得后院起火。晁盖连妻子都不娶，只是与江湖好汉来往。就连农民出身的李逵也是"自小凶顽，不爱劳动，专爱打架，史讲是"从小不务农业，只爱刺枪使棒"。江湖人不把劳动生产作为自己生存和发展的重要手段，因此就整个江湖来说是寄生在主流社会上面的。江湖人也看不起农村的庄稼汉，第三十二回写孔亮追赶打他的武松："背后引着三二十个庄客，都是有名的汉子。怎见的？正是叫做：长王三，矮李四。急三千，慢八百。笆上粪，屎里蛆。米中虫，饭内屁。鸟上刺，沙小生。木伴哥，牛筋等。这一二十个，尽是为头的庄客"。当然"长王三"三字句是说书人的套语，但从中可以看出作者对于乡村和市井一般劳动者的看法，认为这就是一批"蠢汉"。

　　上述一些例子，是从《水浒传》的故事情节、人物话语表现出的独特的价值标准和独有的道德舆论原则。实际上《水浒传》的作者不止一次直接表现自己的江湖倾向、宣传江湖人的价值观念。

　　例如社会底层的民众，特别是游民对于当时（宋代）社会流行的重文轻武风气不满，这是当时统治者贯彻重文轻武政策的结果。作者常常谴责"大头巾"（大头巾也就是身处高位的文官），认为当今的种种社会问题"都是那大头巾弄得歹了"。第七十一回"忠义堂石碣受天文"更是把这种谴责作为梁山武装造反集团的宗旨，作者赞梁山泊好处时说："可恨的是假文墨，没奈何着一个圣手书生，聊存风雅；最恼的是大头巾，幸喜得先杀却白衣秀士，洗尽酸悭。""假文墨"也是对靠读书作文出身的大小官员的讽刺。一个小小的清风寨还要两个知寨，让文的做正知寨，武的是副的。副知寨花荣恨死了这个正知寨刘高，他说："近日除将这个穷酸饿醋来做个正知寨，这厮又是文官，又没本事。自从到任，把此乡间些少上户诈骗，乱行法度，无所不为。小弟是个武官副知寨，每每被这厮怄气，恨不得杀了这滥污贼禽兽。"真是切齿之声如闻，一句"穷酸饿醋"不仅生动表现出花荣对于刘高的痛恨和鄙视，其实这也反映江湖人对于靠耍笔杆博取功名的人的敌视。

我们说江湖是非主流社会,可对于江湖人来说江湖就是"天下"。第二回少华山骚扰史家村,史进逮住了陈达,朱武用计,求史进把少华山的三个头领一起抓了,"一发解官请赏",史进听了,寻思道:

他们直恁义气!我若拿他去解官请赏时,反教天下好汉们耻笑我不英雄。

在史进眼中江湖就是"天下"。我们从这些例子里可见江湖人的行为是受到江湖舆论制约的,江湖有属于自己的舆论,也有属于自己的道德评价标准。这种道德舆论的评价与主流社会是截然不同的。

从《水浒传》中还可以见到江湖舆论的传播特别快,似乎江湖上还有自己的信息渠道,许多事情仿佛长了腿,一发生,很快就在江湖人中传扬开来。例如林冲上梁山后受到寨主王伦的排挤,鲁达拳打镇关西,后来又在五台山出家等,这些事情发生不久,江湖好汉们就知道了,好像有专门报道江湖新闻的报纸和记者似的。又如,一些非游民身份的人在江湖上投些资,救助一些游民,这种做法不仅让受惠者感激无穷,而且其他江湖人很快就知道了。江湖人之间也乐于传扬这些事,使得"投资者"在江湖上"扬名立万(儿)"。宋江、晁盖、柴进都是江湖上的闻人,有的想投奔他们,有的想与他们交往,有的想一瞻风采,他们不仅被江湖人传颂,而且自然而然成为江湖领袖。这类人只要振臂一呼,就会从者如云,聪明的统治者都要提防他们。生辰纲是一笔数字可观的财宝,公孙胜知道了,刘唐知道了,他们不自己领头召集江湖人去取,而是一个从蓟州、一个从潞州跋涉数百里来到郓城,告诉晁盖,请他出面组织力量截取。可见晁盖已经被他们视为江湖领袖了,只有他领头干才会成功。宋江号称及时雨,当他奔走江湖,遇到危险之时,只要亮出字号,马上逢凶化吉。晁、宋等人被那么多的江湖人认同,除了他们平时的所作所为外,还有赖于传播。

江湖上的传播和互相联系中逐渐产生了秘密语,或者称之为黑话。这是江湖人自我认同的工具,也是犯罪过程中一种自我保护的武器。不过《水浒传》中的江湖还在初期,秘密语产生了,但还不够发达。第六回写鲁智深与史进在赤松林偶然相遇,"智深说姓名毕,那汉撇了朴刀,翻身便剪拂"。"剪拂"意为下拜,但"拜"音近"败",江湖人多涉冒险犯法,忌讳颇多,代以吉利语"剪拂"(同"湔祓",意为提携)。其他还有如"搭墩"(跌坐在地)等。当时秘密语数量还不多,到了清代江湖的秘密语就十分发达了。江湖上不同的行当和不同的组织都有独特的秘密语,彼此不能相通,把圈子划得很小。其词汇量也十分丰富,如天地会(洪门)的秘密语中有独立意义的词汇就在千个以上,掌握起来也不是那么容易的。江湖上的黑话也仅仅是在江湖上用,不会进入大雅之堂,传统的雅俗之分是很严格的(现在有些电视节目主持人满口黑话,一些洋人学中国话,把黑话当作中国民间语言的精华去学习,是很可悲的。有的洋人在中国生活很长时间,学了一口流氓话走,还以此自炫,也是很可笑的),它的使用范围十分明确。

# 成熟的游民是江湖的主体

### 产生游民的社会背景

《水浒传》中的江湖,也就是游民奋斗的江湖是由江湖人决定的,有了江湖人才会有江湖。那么什么才是江湖人呢?

这一小节读者可以参照拙作《游民文化与中国社会》(增修版)[1],这里只做些提纲挈领的简要说明。中国的古代,如果就经济形态来说,是以小农生产为主的农耕社会;从社会基础来说是宗法社会,生活在基层的人按照血缘关系组织起来;从国家组织层面来看是皇权专制社会,国家对于全社会实行垂直的、分层分级的控制,于是绝大多数的人一生下来就被束缚在他所生活的地方。作为未来的农业人,他的地缘、血缘、亲缘关系都在他赖以维持生存的土地上。他像树木一样被牢牢地栽在他耕作的土地上,受土地的束缚,受宗法网络和行政双重控制。他没有独立的人格,是匍匐

---

[1] 王学泰《游民文化与中国社会》(增修版),同心出版社,2007。

在皇权专制脚下的臣民；他不能独立地面对社会，需要族长、家长来代表。长期生活在这种制度下，他的个性萎缩了，离开了这种制度的安排就很难生存了。

由于各种原因（其中最重要的是人口增长，宗法制度企盼多子多福，殊不知这种企盼正是促进宗法解体的主要原因），有一些人从宗法网络中抛离出来，这些被抛出宗法宗族的人便是游民。游民离开他原有的土地后，等于离开了他原有的一切，因为他的一切社会关系都在他原有的土地上。这些一无所有的游民，如何求得生存呢？最简单的是再找另一块土地去垦种，这在土地没有充分开发的时期是完全可能的。例如先秦时期，为什么《诗经·硕鼠》的作者敢于怒气冲冲地斥责统治者为"硕鼠"？而且还颇有底气地宣称："硕鼠硕鼠，无食我黍。三岁贯女，莫我肯顾。逝将去女，适彼乐土。乐土乐土，爰得我所。"就是因为那时还有许多尚未开垦的土地，"此处不养爷，自有养爷处"。可是随着中国人口越来越增加，未开垦的土地越来越少，游民的出路安置就成了大问题。儒家的理想是"无旷土，无游民"[1]，希望人们能够各得其所。其实，他们说的两个命题是不兼容的。他们不懂得"旷土"是游民得以谋生的场所，真正没有了"旷土"，游民只好辗转沟壑。游民的另一办法是进入城市打工谋生，这在宋代以前有些困难。第一是那时城市少，游民投奔的机会就小。第二，城市工商业不发达，进入城市没有工打，一样不能生存。何况那时城市之中是城坊制（相当于大城套小城——坊），坊都有坊门，夕闭朝启，商业都集中在特定的坊中（如长安的东市、西市）。游民进了城市不能融进去，仍然不得生存（这里讲的只是大概情况，不是一个也进不去），仍然面临着被驱逐，甚至死亡。我们前面讲到了宋代城市改成了街巷制，工商业服务业的畸形繁荣，使进入城市的游民有工可打，暂时免去了辗转沟壑的恐惧，他们生存下来了，逐渐地形成游民群体。

---

[1]《礼记·王制》。

## 从游民到江湖人

得以生存下来的游民,其思想意识必然产生变化,比如不能再像宗法人那样萎缩,也不能像在宗法家族那样循规蹈矩,否则他早就消失了,也生存不下来。游民在其冒险生涯和种种艰辛的际遇中形成了独特的想法,或者说其独特的生活方式必然造成独特的性格及独特的思想意识。此时又是通俗文艺大发展的时期,游民介入了通俗文艺的创作和演出,游民的思想意识必然渗透到这些作品之中,这些思想意识被通俗文艺作品固化下来。于是,就有了游民文化。游民文化逐渐启发了游民的自觉,游民逐渐成熟了,成了为谋生奔走的江湖人。

游民思想意识究竟是什么样子的?当然,游民没有写一本书讲一讲自己的想法。我们在这里大谈游民意识有几个根据,一是社会存在对于社会意识的影响。游民有了与宗法人完全不同的生活方式,他们怎么能够不产生有别于宗法人的想法呢?二是我们从江湖艺人创作的文艺作品中发现了一些很独特的思想意识,这些想法不是文人士大夫的,也不是宗法农民的,从而证明了游民的特殊生活经历使他们的社会行为方式发生了变化。例如,20世纪60年代出土的明成化年间(1465—1487)刊刻的《新编全像说唱足本花关索出身传等四种》,其中的《花关索出身传》一开篇就写到刘备、关羽、张飞三人一见如故,"在青口桃源洞""姜子牙庙王"前"对天设誓",打算今后干一番大事业。刘备对关、张二人说:"我独自一身,你二人有老小挂心,恐有回心。"

> 关公道:"我坏了老小,共哥哥同去。"张飞道:"你怎下得手杀自家老小?哥哥杀了我家老小,我杀了哥哥底老小。"刘备道:"也说得是。"

于是关、张二人约定互相杀光对方的家属。张飞跑到关羽老家蒲州解县,杀死了关家大小十八口,只是因为不忍心才带走了已经长大成人的关羽的长子关平,放走了怀有身孕的关羽的妻子胡金定,后来金定生下小英雄关索。关羽杀了张飞的全家。办完这些事后:

将身回到桃源镇，弟兄三个便登呈（程）。

前往兴刘山一座，替天行道作将军。

这个残忍而古怪的故事，大悖于中华民族自古以来重视家庭的传统观念，它所反映的思想意识不能见容于作为主流意识形态的儒家思想也是非常明显的。如果把它说成是要造反之前的农民的想法更是扞格难通，因为与外界交往较少的农民更为重视家庭，追求家庭成员之间的和谐与温馨，"家和万事兴"就是老百姓们的企望。台湾学者韦政通在《中国文化与现代生活》中指出家庭的情感纽带维系着家庭中每一个人，家中每一个人的成功都是全家的成功，每一个人的失败则是全家的失败。社会地位卑微的农民更是把家庭看成是自己的"安乐窝"，至今北方农村尚有"三十亩地一头牛，老婆孩子热炕头"的谣谚。而且，农民多是聚族而居，不是谁想灭掉自己的全家就可以灭掉的，这是会震动整个宗族的。这种把家庭看作干"大事业"的累赘、必须清除干净的想法，只能是反映了沉沦在社会底层的游民为改变自己的命运，铤而走险之前的独特的心态[1]。像这一类大悖宗法社会价值的例子还能举出很多，有兴趣的可参看拙作《游民文化与中国社会》。

游民的江湖生涯中所产生的想法与做法，除了个体的应激反应之外，必然也有理性思维的参与。我们上面谈到江湖人的价值观、道德舆论、评价体系等等都是理性总结的结果，但其基础仍是游民思想意识，不过更成熟了，更有利于他们与同命运的人结合起来去争取自己的利益。能够认同这些理性思维的游民就成了江湖人。

游民是大量的，生生灭灭，他们争取生存、谋求发展的地方就是江湖。刚刚脱离宗法网络的游民懵懵懂懂，不懂江湖规则、不知道江湖价值

---

[1]《花关索出身传》的确也把蜀汉刘备等帝王将相争夺天下的历史看作到"兴刘山"做"替天行道"的强人的故事。南宋李心传《建炎以来系年要录》卷十八记载：建炎二年（1128）六月，建州兵乱，"军士叶浓等相与谋，互杀妻子以为变。是夜，纵火焚掠，盗本州观察使印，突城而出，进犯福州"。看来"花关索"中的情节也不只是出于艺人想象，是有现实生活为依据的。

时，还不能算江湖人。像李逵在江州做小牢子时期，什么都不懂，胡打胡闹，还算不上江湖人。直到上梁山以后，才逐渐接受江湖规范。

## 江湖的中坚和领袖——社会边缘人

如果以《水浒传》为喻，游民仿佛是山寨的小喽啰，最高也就是个小头目，而那些绿林班头、江湖领袖多是生活在主流社会的边缘人物，他们在江湖上兴风作浪，带领游民去争取属于和不属于自己的利益，当然更多的还是实现自己的野心。宋江、柴进、晁盖、鲁智深、杨志等都是社会边缘人。

这些人物在未脱离主流社会时，或由于社会地位，或由于当局的排挤，或由于自己的选择，他们处在社会的边缘，非常容易走上反社会的道路。这些人政治能量大，他们带着自己的能量投入江湖，定会引起社会动荡。这些人群曾经引起统治集团的关注，但没有很好的办法对他们进行有效的控制。

**什么是社会边缘人？**

"社会边缘人"有广义、狭义两种。广义地说凡是脱离主流社会的都可以视为社会边缘人，包括那些浪迹江湖的游民，甚至还有已经进入反社会团体的，因为相对于全社会来说，他们是处在边缘状态的。狭义的社会边缘人是指处于主流社会边缘的人，这种人时时刻刻会脱离主流社会，站到主流社会的对立面去，成为主流社会的反对者。统治者对于这类人物特别关注（有时关注过分，起反作用，反而促成他们向对立面的转化），谨防他们冲击主流社会、对统治阶级的地位和利益造成威胁。

过去的边缘人不像现代那么潇洒，现在有的现代人仅仅把"边缘"看成是"一种生活方式，是一种'非主流'的生活方式"，并认为"假如一个社会里面所有的人都局限于'主流'的生活方式，那么，这个社会的创造力和生命力的源泉迟早会枯竭"。意识到这一点的边缘人是独来独往、天马行空的。可是在古代社会里,处于边缘状态的人常常要被视为"造反者"的后备军,是要受到主流社会的嫉视,甚至要被送上火刑场的。布鲁诺不就是一个例证吗?处在下层的边缘人更是要被打压的。

应该看到中国社会既不像欧洲中世纪,教皇、教士、贵族、农奴、商人、手工业工人,各守其业,历数代而不变,也不像现代欧洲人的社会角色,像万花筒似的,变得令人眼花缭乱。中国社会中的绝大多数人与欧美近代相比,其社会角色是相对稳定的;如果与欧洲的中世纪相比,各阶层之间的流动还是很频繁的。因此,一个王朝的兴盛时期,社会秩序比较稳定,统治者、被统治者各安其位,士农工商各司其职。此时某个社会群体处于社会主流还是游荡在边缘,是可以清清楚楚显示出来的。

不同历史发展阶段是有不同的社会边缘人的。中国古代是宗法社会,这个社会的边缘人就是脱离宗法的人。在这些人没有违法、没有身陷囹圄、没有啸聚山林的时候,他们还是被主流社会视为处在边缘状态的,后来被打入另册,被看作是易于犯罪的群体。久而久之,游民的生存状态逐渐把他们从社会边缘引向与主流社会对抗,也有许多本属于主流社会中的各阶层的人物由于种种原因成为社会边缘人。

**社会边缘人形成的原因**

社会边缘人的形成大致有三种原因:一是经济的原因迫使主流社会的人流向边缘,二是统治者的政策导致一些本应属于主流社会的群体边缘化,三是一些身处主流的人士主动走向边缘。

### 一、经济状态把主流人群推向边缘

古代社会的基础是"士农工商"四民,他们被视为社会的柱石。这是从社会结构角度看的。如果从经济角度观察,其财产的多寡、生产效率的高低,则是其社会地位是否能得到保证的一个重要原因,没有饭吃的人自然会产生一种边缘感。历史学家孙达人在《中国农民的变迁》一书中指出,宗法社会的中国农民的生产可用"小""少""散"三字概括。"小",生产规模狭小,唐代均田制,还能维持大量耕田白亩的小农,到了宋代,人口激增，平均户耕作的田亩减少一半还多，以后是越来越小。"少"，是指财产很少，直可以"一贫如洗"形容。宋代大多客户农民仅以农耕不足以糊口，还要从事其他副业以补不足。"散"，主要指居住分散，除了宗族戚里外，没有其他交往。手工业者、商人大多也是如此。这种经济现实，则很容易破坏他们对社会地位的感觉[1]。特别是农民，正如汉代晁错所说：

> 今法律贱商人，商人已富贵矣；尊农夫，农夫已贫贱矣。故俗之所贵，主之所贱也；吏之所卑，法之所尊也。上下相反，好恶乖迕，而欲国富法立，不可得也。[2]

晁错上述的目的是希望朝廷"贵粟"，通过"贵粟"增加农民收入，提高农民的地位，使得农民既富且贵，否则食不果腹，衣不蔽体，任你把这些人捧到天上，他们也不会有社会主人的感觉。因此，从社会规定来说，士农工商，特别是"农"是处于社会主流行列的，但是贫困则把他们抛向社会边缘。因此部分农村人口边缘化，最后成为流民或游民，这是小农的经济状况日益恶化形成的。历史教科书常常提到农民起义，如果农民有田有地，得到社会的尊重，何以到以造反求生存的地步？历史上绝大部分农民武装暴动都是因为活不下去了，最后到了或者饿死，或者造反而死的两者选其一的时候，铤而走险的就会占多数。

《水浒传》的梁山好汉中几乎没有正经的农民，石碣村的渔人"三阮"、登州山下猎户"二解"可以勉强算广义的农民。"二解"是因为受到毛太公诬陷迫害进了监狱，"三阮"是因为梁山泊占据了湖面，打不成鱼，官府不作为，不肯管。阮小五道：

> 如今那官司，一处处动弹，便害百姓。但一声下乡村来，倒先把好百姓家养的猪、羊、鸡、鹅尽都吃了，又要盘缠打发他。如今也好教这伙人奈何！那捕盗官司的人，那里敢下乡村来。若是

---

[1]《全汉文》卷十八。
[2]《论贵粟疏》。

那上司官员差他们缉捕人来，都吓得屎尿齐流，怎敢正眼儿看他！

官府祸害百姓的程度超过了强盗，与其请他们来剿匪，还不如与匪相安无事。官府与民间豪强恶霸的剥夺与压迫使这些身处主流社会的人想当良民而不可得，从而走向江湖，成为江湖人。

### 二、统治者政策把一些人置于社会边缘

古代社会是皇权专制社会，最高统治者的意志对于社会的走向影响极大。他们制定的政策和法令也可能把某个阶层或某个群体推到社会边缘，有些是十分荒唐的。例如宋代武将焦光瓒率部降金，宋乃贬其部伍为"堕民"；明初把元末割据一方的张士诚和方国珍的部属划为"堕民"，这些人群被驱逐出主流社会，世世代代都是边缘群体，人们称之为"贱民"。这些是属于皇帝个人意志所造成的社会现象。宋代有两项重要的政策把本属统治阶级的人推向社会边缘，使得他们成为江湖的后备军。这两项政策，一是"吏"的社会地位的骤然降低，二是重文轻武的政策。

#### （一）宋代"吏"社会地位骤然降低

谈到官吏，许多人会认为官和吏是一体的，只是品秩高低差别而已。这种观念是不准确的，官吏之间从来源、职守、地位到外界的看法与评价历来就有不同。到了宋代官和吏的差别被朝廷的政策拉大了，"吏"不能参加科举考试，转官也日益困难，逐渐边缘化，明代和明以后则成为边缘人，甚至堕落为贱民。

古代社会能够担任官员的都是士大夫。先秦是贵族社会，士大夫都是靠血缘决定的。秦代以后通过察举、九品中正制度以及后来的科举考试，使得一部分平民中有文化的也可以进入士人的行列。士人进入国家机构叫作官；而庶人进入国家机构的叫作吏，或称作"庶人之在官者"。孟子在回答北宫锜问周朝爵禄时说："下士与庶人在官者同禄，禄足以代其耕也。"朱熹注云："庶人在官，府史胥徒也。"所谓"府史胥徒"就是后世说的吏胥。吏是有文化的庶人，他们在官府中负责些抄抄写写的工作；胥则是差役。官是国家机构中的主体，是主事的，而吏胥则是被支使的。唐宋以前，底层士人也有做吏的，从没有品级的吏做起，积累年资劳绩，通

过"入流",有了品秩,正式为官,甚至也有由此发达的。汉代的能臣干吏赵广汉、张敞、王尊等都是出之可以为将,回朝可以为相的人物,但都是吏人出身。后来这种情况发生了变化,清代的牟愿相说:

> 唐宋以来,士其业者,不为吏胥。为吏胥者,则市井奸猾巨家奴仆及犯罪之人,以是吏胥贱。吏胥既贱,为之者皆甘心自弃于恶。行己若狗彘,噬人若虎狼,以是吏胥横。吏胥日横,其势足以攫财货快恩仇。[1]

不仅吏胥的来源成了问题,而且品质似乎也成了问题,于是,官、吏区别越来越大,甚至成为陌路殊途,其转捩关键与宋初一次科举考试有关。端拱二年(989),宋太宗赵光义亲自主持科举考试:

> 时中书令史、守当官陈贻庆举周易学究及第,既而上知之,令追夺所授敕牒,释其罪,勒归本局。[2]

《文献通考》记载得更为详细一些:

> 上亲试举人,有中书守当官陈贻庆举《周易》学究及第。上知之,令追夺所受敕牒,释其罪,勒归本局。因谓侍臣曰:"科级之设,待士流也,岂容走吏冒进,窃取科名!"乃诏自今中书、枢密、宣徽、学士院、京百司、诸州系职人吏,不得离局应举。[3]

其实,宋太宗这段话说得有问题。他说"科级之设,待士流也",参加考试并非都是"士"!唐代应科举考试的,要有人推荐,绝大部分都是士人,但也有没有背景的庶人。经过五代五六十年大战乱,中原地区豪门

---

[1] 《皇朝经世文编·说吏胥》卷二十四。
[2] 《续资治通鉴长编》卷三十。
[3] 《文献通考·选举考》卷三十五。

大姓基本消灭殆尽，况且宋代立朝以来，谱牒凌乱，应科举考试的绝大部分成了没有背景的庶人，他们只有被科举取中才变成士人。可见科举考试制度的设置就是为庶人开辟了进入仕途的道路，吏人也是庶人，而且比一般庶人更为接近仕途，为什么他们反而不能参加呢？其实这正如后世的明太祖朱元璋所说："科举初设，凡文字词理平顺者，皆预选列，以示激劝。唯吏胥心术已坏，不许应试。"[1] 实际上这些有平民生活经历的皇帝，必然有与吏胥打交道的经历，皇权专制的蛮横无理、腐败污秽都会在这些吏胥身上体现出来。他们不会由此检讨皇权专制本身，而透过于这些执行者。因此他们宁肯让没有官府生活经验的平民通过考试进入官场，也不愿意这些干过脏活的吏胥进入官僚主体的队伍。这个制度使得吏的性质发生了根本变化，吏胥越来越被士人看不起，由此社会声誉也直线下降，由吏转官越来越难。有个故事很能说明问题。宰相府的堂吏（类似当今总理办公厅主任），位高权重，原来由吏人充任，宋太祖赵匡胤认为"多为奸赃"，用流内官员如县令、主簿等充当，三年一换。后来寇准为宰相，将刑部、大理寺、三司等衙门法直、副法直官等过去由吏人充任的，改作士人。后来因为"士大夫耻与为伍"，本来的良法美意作废了。宋仁宗时，苏洵感慨说难道吏胥之中就没有贤者，古人用人不拘一格，现在"胥史贱吏，独弃而不录，使老死于敲榜趋走，而贤与功者不获一施，吾甚惑也"。[2] 最令人不解的是，宋代吏胥普遍没有俸禄，只是在王安石变法之中，才议定给朝内各部的吏人发薪，各路州县衙门的还没有。这样吏胥要生存，只得盘剥百姓，造成老百姓"破产坏家"。正如司马光在《论财利疏》中所说：

> 又府史胥徒之属，居无廪禄，进无荣望，皆以啖民为生者也。上自公府省寺、诸路监司、州县、乡村、仓场、库务之吏，词讼追呼、租税繇役、出纳会计，几有毫厘之事关其手者，非赂遗则不行。是以百姓破家坏产者，非县官赋役独能使之然也，大半尽

---

[1]《太祖实录》卷六十七。
[2]《嘉祐集补遗·广士》。

于吏家矣。[1]

官与吏差别越来越大,甚至日趋良贱殊途,出身士人的官员越来越贱视吏胥。苏洵在《广士》中还说:"长吏一怒,不问罪否,袒而笞之;喜而接之,乃反与交手为市。其人常曰:'长吏待我以犬彘,我何望而不为犬彘哉?'是以平民不能自弃为犬彘之行,不肯为吏矣,况士君子而肯俯首为之乎!"官员自恃出身"华贵",如猪狗一样对待吏胥,遂使吏胥沦为猪狗。

吏胥在士人的眼中十分不堪,但又绝不可少。过去有句俗谚说"铁打的衙门流水的官",也就是衙门经历千古绝不可少,但在其中主事的官员如同流水转换不息。按照一般规定,官员都是三年一任,但从唐代开始不论朝廷官员还是地方官员,真正能做满三年的是少之又少。因此,官员对于本衙门的规章制度,乃至本衙门的业务,上任时是两眼一抹黑,走时也不会知道多少。自秦始皇以来中国是皇权专制社会,天下只有皇帝一人有权,各种层级官员的权力是皇帝授予的。被授予权力的官员是不是会一心一意为了皇帝掌权,还是在掌权过程中夹带自己的私货,这是皇帝最关心的。另外在天高皇帝远的地方,官员会不会滥用权力,不考虑朝廷长远利益?这些都需要皇权掌控。皇帝用什么掌握?就是用各种规章制度、各种法律法令,要求官员要遵守规章制度和法律法令。自唐代以后都是靠文章取士,即使像苏轼那样饱学的士大夫在一首诗中都说:"读书万卷不读律,致君尧舜知无术。"当然这是发牢骚的话,但从中可知,苏轼不仅不读法律法令,而且大有不屑一读的意思。而且不同的衙门,各种条例都是积年而成,动辄上百卷、千卷,官员流转于不同的衙门之间,哪有精力一一熟悉,只好听任熟悉这些的吏胥作为。

可是吏胥就不同了,他们本质上是"役",是为国家服役,没有年限。他们熟悉自己这一摊儿了,便兄传之弟,父传之子,各种条例法律成为他们世代做吏胥的业务,官员没有他们等于没有规矩方圆,没法处理公务。南宋功利派学者叶适曾说,宋朝南渡之后,档案散佚,"旧法往例"往往

[1]《温国文正公文集》卷二十三。

就根据吏人的记忆，他们说什么就是什么，人们又没法反驳他们，因为没有依据。因此当时人们说："今世号为'公人世界'，又以为'官无封建，而吏有封建者'，皆指实而言也。"[1]

从上述可总结以下几点：

1. 吏胥是衙门的办事人员，与官不同，他们出自庶人；而官大多出于士人。
2. 吏胥与官员之间虽然有别，但自宋代以后才良贱分途，差别越来越大。
3. 宋代的吏人不能参加科举考试，从此入流为官的希望越来越小。
4. 宋代吏胥基本上没有薪俸，他们要生存就得盘剥百姓，特别是到衙门来办事的百姓。
5. 在这种生存环境中吏胥的公德、私德只能日益堕落。
6. 吏胥熟悉各种规章制度，官员士人看不起他们，但又少不了他们。他们是各种衙门能够维持正常运转的关键。

上面所述是把吏胥连读，如果细分一下，吏指处理文字工作的文案人员，如宋江一类；胥指差役，包括范围较广，捕快、看守等皆是，如雷横、戴宗。

我们弄清了这些，就不会笼统地说宋江是小官吏了。从这些分析中可以感受到，本来是统治阶级一员的吏胥，并没有处在主流社会的中心点上。统治阶级少不了他们，国家对社会的统治要依仗他们，但他们还受到鄙视、贱视，没有前途，只能捞钱，但也怕出事。吏胥，特别是州县地方衙门的吏胥，他们平时与江湖人少不了打交道，因为江湖人脱离了主流，为了生存，作奸犯科之事是少不了的。这些大多也要经吏胥之手来处理，吏胥绝了升官的希望，也就缺少了操守，脚踩黑白两道，既能弄钱，也更易处理案子，共同糊弄上官，后世的兵匪不分、警匪一家从宋代就开始了。宋代统治者对待吏胥的政策把他们推向社会边缘状态。

《水浒传》一百零八将中有多少吏胥？梁山第一吏就是宋江。

宋江未下海时只是社会边缘人物，作为吏道纯熟的吏人，平时坑法自

---

[1]《水心先生文集·吏胥》，卷三。

肥，作奸犯科，"专犯忌讳"之处肯定不少，所以才在家中挖了地窖以作临时避祸之用。可是站在梁山立场的"说话"人不这样看：

> 且说宋江他是个庄农之家，如何有这地窖子？原来故宋时为官容易，做吏最难。为甚的为官容易？皆因那时朝廷奸臣当道，谗佞专权，非亲不用，非财不取。为甚做吏最难？那时做押司的，但犯罪责，轻则刺配远恶军州，重则抄扎家产，结果了残生性命，以此预先安排下这般去处躲身。又恐连累父母，教爹娘告了忤逆，出了籍册，各户另居，官给执凭公文存照，不相来往，却做家私在屋里，宋时多有这般算的。

"说话"人说得虽然不无道理，但他却没有指出吏人只有冒风险、"犯罪责"才能获得利益，因为他们老在犯罪边缘游荡，所以才怕偶然失脚坠落下去，故需要未雨绸缪。另外，吏人熟悉各种朝廷控制官吏的法律条例，可以要挟官员处也甚多，又如叶适所说，朝廷"不信官而信吏，不任人而任法"，作为吏人，在执法中可以上下其手之处甚多。

上面说到宋代吏胥大多没有工资，用京剧《苏三起解》中解差崇公道对犯人苏三说的话就是："我们大堂不种高粱，二堂不种黑豆。不找你们打官司的要，找谁要去？"《水浒传》第三十八回江州看管牢房头目戴宗向新来的囚犯索钱的情景，真可以当得穷凶极恶四个字。宋江挥金似土，肯于花钱，"仗义疏财，扶危济困"。他简直就是赵公元帅，人走到哪里，钱就撒到哪里，大方得超出人们的想象。这些热情接待江湖朋友和普遍施惠的钱是哪里来的？估计也和戴宗差不太多。《水浒传》还说他"每每排难解纷，只是周全人性命"，"更兼爱习枪棒，学得武艺多般。平生只好结识江湖上好汉"，这几乎与晁盖一样。他的这种做法实际上是在江湖上的一笔笔投资，到时候会有回报的。实际上江湖上称他为"及时雨"和对他的仰慕就是对他的回报。

宋江投入江湖好像有些被迫，实际上狡兔三窟。宋江早就把闯江湖看成他发达的一条通衢了。看他在浔阳楼所题《西江月》上阕："自幼曾攻经史，长成亦有权谋。恰如猛虎卧荒丘，潜伏爪牙忍受。"作为一个吏人，他为什么"攻经史"、学习"权谋"呢？想必他把自己发达的道路寄托在对主流社会的抗争上。他还会与周围的人搞好关系，郓城县中从知县时文彬到卖糟腌的唐牛儿都与宋江有极好的关系，这些都是他对抗主流社会的资本，也是他之所以能成为江湖领袖人物必备的资质，这一点是一百零八将中的其他人所缺乏的。宋江本来就与江湖有着广泛的联系，最后也投奔了江湖。吏人的边缘化是社会造成的，上梁山吏胥之多仅次于游民、武将。梁山的一百零八将中吏胥除了宋江外，还有裴宣、乐和（文吏）；朱仝、雷横、戴宗、武松、李云（武吏）。其他杨雄、蔡福、蔡庆、李逵可能都属于"胥"，他们是差役性质的，供官和吏驱使，比吏又低了一级。

（二）重文轻武的政策

1. 重文

宋代是古代中国两千多年的皇权专制社会中最重视文人士大夫的朝代，有与士大夫共天下的气度。对于文臣也比较宽仁，杀士大夫的现象很罕见。

开国皇帝赵匡胤是武将出身，通过政变取得政权，他做皇帝以后最担心的就是会不会有武将照方抓药，用同样的方式取代他。因此，他对武人采取优容政策，杯酒释兵权，用金银财宝、歌儿舞女向帮他打天下的将军实行赎买政策，但治理国家的大权他考虑还是交给读书人为好。

> 乾德改元，先谕宰相曰："年号须择前代所未有者。"三年，蜀平，蜀宫人入内，帝见其镜背有志"乾德四年铸"者，召窦仪等诘之。仪对曰："此必蜀物，蜀主尝有此号。"乃大喜曰："作相须读书人。"由是大重儒者。

这只是一个偶发事件，太祖改年号乾德时曾嘱咐宰相不要和以前有的年号相重，可是还是发现重了，问学士窦仪，窦仪说这一定是后蜀铸造的铜镜，后蜀曾有此年号，因而太祖说了这句改变历史风气的话；"作相须读书人。"此后不仅宋代如此，明清两代也基本如此。宋代以前，文武官员分途并不明显，唐代往往是武臣出将入相，武将挂有宰相头衔的很多。不要说唐初战乱初定之时，就是盛唐玄宗时少数民族将领哥舒翰也曾任"尚书左仆射，同中书门下平章事"，为宰相之一。当时权相李林甫专任少数民族将领如高仙芝、安禄山等在边塞长期担任总揽军、政、财大权的节度使，其原因之一就是他们"不识文字，无入相由，然而禄山竟为乱阶，由专得大将之任故也"[1]。可见"识文字"的武将，如果功劳大、能力强，入相的可能性就很大。宋代特别是北宋，出将入相的正与唐代相反，往往是文臣，韩琦、范仲淹这些著名的文士都做过宰相或副相（参知政事），但也曾率兵与西夏作战，而且还很成功。

文人地位的提高制度化的原因是科举制度的完善与扩大。叶梦得曾说：

> 国初犹右武廷试进士，多不过二十人，少或六七人。自建隆至太平兴国二年更十五榜，所得宰相毕文简公一人而已。自后太宗始欲广致天下之士，以文治，是岁一百九人，遂得吕文穆公为举首，与张仆射齐贤，宰相二人。自是取人益广，得士益多。[2]

建隆是宋太祖的开国年号，直到太宗继位的太平兴国二年（977），当时还是每年一考，但每榜所取人数平均下来也就十余人。到宋太宗重文、重视科举取士的政策定了下来，录取人数激增。到了真宗朝，防止科举考试不公正现象的措施也都开始实施，如景德四年（1007）的封卷和糊名制度，大中祥符元年（1008）实行的官员子弟"别坐就试"（另开考场）制度，大中祥符八年（1015）建立誊录院，负责考卷的誊录工作，避免考官认识考生的笔迹。这一套力求公平的考试制度一直使用到清末。

洪迈《容斋随笔》曰：

> 太宗雍熙二年、端拱元年，礼部放进士之后，虑有遗材，至于再试再放。雍熙复试几百七十六人，端拱复试诸科，因此得官者至于七百，一时待士可谓至矣。
> 
> 真宗咸平三年，亲试举人，上临轩三日无倦色，得进士陈尧咨以下四百九人，诸色四百三十余人。又试进士五举、诸科八举，

---

[1]《旧唐书》卷一〇六。
[2][宋]叶梦得《避暑录话》卷上。

及尝经御试，或年逾五十者，得进士及诸科凡九百余人，共千八百余人，其中有晋天福随计者。较艺之详，推恩之广，近代未有也。[1]

考试制度的完善和取士之多造成了官吏泛滥，也就是史论家们常常批评的宋代冗官现象。太宗以后，进士几乎垄断了朝内外的高官美职。进士出身的司马光批评这种现象说：

国家用人之法，非进士及第者不得美官，非善为诗赋论策者不得及第，非游学京师者不善为诗赋论策。以此之故，使四方学士皆弃背乡里，违去二亲，老于京师，不复更归。[2]

士人为了猎取功名终老京师考场。从宋代以后，科举制度是面对广大民众的，民间的秀士，只要有学识、能写文章，都可能"朝为田舍郎，暮登天子堂"，这自然造成民间崇文的空气，重文轻武不仅只是朝廷的一项政策，而且成了具有全民基础的社会风气。

2. 轻武

轻武的政策最初来源于对武官的防范，也来源于自五代以来形成的军人的传统。唐末五代时期为了防止军人逃跑，实行了黥面的政策：

天祐三年七月，梁祖自将兵攻沧州，营于长芦。仁恭师徒屡丧，乃酷法尽发。部内男子十五以上，七十以下，各自备兵粮以从军，闾里为之一空。部内男子无贵贱，并黥其面，文曰"定霸都"，士人黥其臂，文曰"一心事主"。由是燕、蓟人士例多黥涅，或伏窜而免……[3]

---

[1]《文献通考》卷三十。
[2]《文献通考》卷三十一。
[3]《旧五代史》卷一三五。

这个幽州军阀刘仁恭，在朱温的强攻之下，"酷法尽发"，最后搞了个"部内"全民皆兵，实行"黥面""黥臂"的措施，免得逃跑。后来朱温因为士兵厌战多逃逸，也搞了文面，记其军号，以便识别，跑了好抓。于是，这种做法遂流行于五代。苏洵评论这种做法时说：

> 燕帅刘守光又从而为之黥面涅手之制，天下遂以为常法，使之判然不得与齐民齿。故其人益复自弃，视齐民如越人矣。[1]

五代处于战乱时期，梁唐晋汉周，每个朝代都很短，那时的军人来源主要是抓兵，抓到谁是谁。如果说当时抓兵黥面还只是一个临时性措施的话，到了宋代，不仅承继这种政策，而且把它作为立国建军的制度固定下来，名之为"养兵"。

养兵很简单，就是在有天灾人祸之时，游民泛滥，把他们招募在军中，当兵吃粮，免得这些人对社会造成震荡。宋太祖还很以他的养兵制度自得。他们这种制度下是"盖凶年饥岁，有叛民而无叛兵，不幸乐岁变生，有叛兵而无叛民"。可是这种队伍当中充斥着游民和城市游手好闲之徒，使得军队素质下降，几乎成为一个准游民团体。于是军人，这个本来应当受到社会尊重的行当，反而受到社会舆论贱视。宋元时流行的民谚就有"做人莫做军，做铁莫做针"[2]，从军者本人也是如此看待，"做了军时，别无活路头也"[3]。这种舆论更使得宋代中下级军官和广大士兵自暴自弃，使他们的思想情绪更加接近处于社会底层的游民。

另外，宋代对犯人的惩罚中就有一项"黥面"发配，脸上有了金印；而军人也是这样，远远看去竟没有什么区别，视之如盗贼。使军人"不得与齐民齿"，自然增长了军民隔阂，甚至是互相敌视。社会上存在歧视军人的风气，特别是文人士大夫更加如此。

北宋官至枢密使的狄青，是北宋建朝之后最为成功的军人，其为人也很低调。其年龄与韩琦同，狄青每语人曰："韩枢密功业官职与我一般，

---

[1]《嘉祐集·衡论·兵制》卷五。
[2][3]《新编五代时平话·汉史平话》，上海古籍出版社，1993。

我少一进士及第耳。"也就是说韩琦是文官,他出身行伍,因而处处为韩所抑制,狄青也总觉得比韩琦矮一头。

> 韩魏公(韩琦)帅定,狄青为总管。一日会客,妓有名白牡丹者,因酒酣劝青酒曰:"劝斑儿一盏。"讥其面有涅文也。青来日遂笞白牡丹。后青旧部焦用押兵过定州,青留用饮酒,而卒徒因诉请给不整,魏公命擒焦用,欲诛之。青闻而趋就客次救之。魏公不召,青出立于阶下,恳魏公曰:"焦用有军功,好儿。"魏公曰:"东华门外以状元唱出者乃好儿,此岂得为好儿耶!"立青而面诛之。青甚战灼。久之,或白:"总管立久。"青乃敢退,盖惧并诛也。其后魏公还朝,青位枢密使,避水般家于相国寺殿。一日,衩衣衣浅黄袄子,坐殿上指挥士卒,盛传都下。及其家遗火,魏公谓救火人曰:"尔见狄枢密出来救火时着黄袄子否?"其后彗星出,言者皆指青跋扈可虑,出青知陈州。同日,以魏公代之。是夕,彗灭。[1]

这段记载说了三件事,都可以看出这位当时最高武官的地位。歌伎白牡丹竟敢嘲笑他脸上有黥文,称他为"斑儿";狄青想救旧部而不可得,还差点把自己搭进去;穿黄袄子指挥士兵救火,这最后一点竟被言官指责"跋扈可虑",最后以罢去"枢密使"(掌握全国军队),贬出汴京了事。这还是因为有正直的欧阳修为他说话。其实,从欧阳修写的《论狄青札子》更可以看出朝廷和士大夫对于武官的偏见与歧视:

> 臣窃见枢密使狄青,出自行伍,号为武勇,自用兵陕右,已著名声,及捕贼广西,又薄立劳效。自其初掌机密,进列大臣,当时言事者已为不便。今三四年间,虽未见其显过,然而不幸有得军情之名。推其所因,盖由军士本是小人,面有黥文,乐其同类,见其进用,自言我辈之内出得此人,既以为荣,遂相悦慕。

[1]《默记》卷上。

加之青之事艺实过于人，比其辈流又粗有见识，是以军士心共服其材能。国家从前难得将帅，经略招讨常用文臣，或不知军情，或不闲训练。自青为将领，既能自以勇力服人，又知训练之方，颇以恩信抚士。以臣愚见，如青所为，尚未得古之名将一二。但今之士卒不惯见如此等事，便谓须是我同类中人，乃能知我军情而以恩信抚我。青之恩信亦岂能遍及于人，但小人易为扇诱，所谓一犬吠形，百犬吠声，遂皆翕然，喜共称说。且武臣掌机密而得军情，不唯于国家不便，亦于其身未必不为害。然则青之流言，军士所喜，亦其不得已而势使之然也。

臣谓青不得已而为人所喜，亦将不得已而为人所祸者矣。为青计者，宜自退避事权，以止浮议。而青本武人，不知进退。近日以来，讹言益甚，或言其身应图谶，或言其宅有火光，道路传说以为常谈矣，而唯陛下犹未闻也。

这段话看起来是欧阳修体恤狄青的话，并设身处地在为狄青说话，指出他在陕西、广西都曾力破强敌，功劳卓著；又会带兵、练兵，得到士兵的拥护，是国家的干城。但马上又说"尚未得古之名将一二"，这不知是怎么衡量的。又说"青本武人，不知进退"，其实狄青为人极谦和，这里面不仅有文人士大夫对"武人"和军人的偏见，欧阳修也借此向皇帝说有"不知进退"缺点的狄青又受到士兵的爱戴则极可能犯僭妄的大罪，这是颇能击中宋代皇帝软肋的话。于是狄青必须离开权力中心，这也是为他好。枢密使相当于现在的总参谋长，位尊权重，尚且如此，一般武将可以想见。

《水浒传》中也反映了武将受文官歧视、社会歧视的现实，清风寨的知寨刘高除了贪赃枉法和使阴谋诡计外一无所长，但他是正知寨，就有能力陷害武将、副知寨花荣，他的话在上级那里要比花荣的话管用。第三十四回有两段反映下层武官受到文臣压抑的话。一段是燕顺劝霹雳火秦明不要再回青州：

燕顺道："总管差矣！你既是引了青州五百兵马，都没了，如何回得州去？慕容知府如何不见你罪责？不如权在荒山草寨住几时。本不堪歇马，权就此间落草，论秤分金银，整套穿衣服，不强似受那大头巾的气？"

另一段是秦明劝黄信投降入伙时说：

你又无老小，何不听我言语，也去山寨入伙，免受那文官的气。

这些话语，如出一辙，是当时江湖人的普遍看法。秦明还在主流社会时不敢公开这样说，一旦出离了主流，马上就是江湖声口。《水浒传》一书中处处为武将鸣不平，抨击"假文墨""大头巾"（高级文官）、文官，代表了社会边缘人的心声。这种政策把武官特别是低级武官推向了社会边缘人，有的甚至自觉或不自觉、自愿或不自愿地投向江湖。

《水浒传》中一百零八将出身于武官的二十多人，就其数目来说，在梁山上仅次于游民，但多是八九品的小武官。最被读者们津津乐道的是豹子头林冲，对他的介绍中最唬人的是"八十万禁军枪棒教头林武师"。实际上"八十万"只是个修饰词，是修饰"禁军"的。北宋徽宗时禁军增加到八十万人，所以称禁军时，加了一个"八十万"，以壮其势，并非林冲是八十万禁军的总教头。北宋禁军正式军官中也没有"教头"一职，熙宁变法后重视禁军的教练，史书中才提到教练。金人侵入中原后，建炎元年（1127）皇帝才下诏说："射士挽弓至二石五斗以上，及教头满七年无过者，皆补官。"[1]可见教头在当时的军队里只是一个职务而非军官。到了南宋，武职官中才有了"训练官"，以掌禁军的"教阅训练"，其员缺时也是在部队内选，相应的品位高不了。作者为了突出林冲与高俅的矛盾，有意把他的官职提升，以相匹配，实际上林冲只是个介于士卒与武将之间的兵头将尾。又如鲁达一出场，向史进自我介绍说："洒家是经略府提辖，姓鲁讳个达字。"后来大家称他"鲁提辖"。其实经略使府官员中没有"提

---

[1] [宋]李心传《建炎以来系年要录》卷一四四绍兴十二年载："司农少卿土赏兼实录院检讨官。"

辖"这个编制，这只是个差遣。其职责不在于带兵、练兵，而是买办管理军器甲仗一类（"提辖"一职存在着"兵马钤辖"这个历史原型——编注）。关胜是"蒲东巡检"，当时"蒲"仅仅是个县，在此任巡检只能是八九品的小武官。这些沉沦下僚的小武官，更受所谓"大头巾"的气，因此他们极易从边缘人滑入江湖。

### 三、人人可做的自我选择

主流社会的人士，或对主流社会不满，或受外界影响，或由于个人的爱好选择了社会边缘状态。也就是说，社会没有逼迫他，也没有人迫害他，走向边缘完全是他个人的选择。现在"走向边缘"没有什么现实的危险了。可是古代人们勇敢地脱离主流，洒脱地走向边缘的人是不多的。沉沦于社会底层的、处于社会边缘状态的人，许多人通过发家致富、科举考试，甚至是捐纳买官等多种途径挤入主流社会，从而改善自己的处境。

另外，也有从主流走向边缘的。这大多是不安于平庸和不愿循规蹈矩生活的年轻人。他们追求冒险，追求不平凡，这些想法和行为也可以促使他们离开自己本应有的社会位置，成为边缘人物。例如一些向慕古代侠客的热血青年，勇于充当社会良心，打抱不平，反抗社会，便成为自我边缘化的游侠。当然有野心的人更容易成为边缘人，如项羽见到秦始皇车驾的威风，倡言："彼可取而代之。"刘邦则说："大丈夫当如此也。"如果他们只是说说就完事了还好，当他们处心积虑，筹备实现这些向往时，就走到了社会的边缘。这类人最为统治者头痛，防备也最严。事实上，项羽、刘邦的确也成为灭秦的主力军。"楚虽三户，亡秦必楚"，项羽、刘邦就是其中的"两户"。这类人在社会的大动荡中，搏风击浪，以求一逞，往往改变了历史的面貌。这些人是被统治者视为不逞之徒的，是社会边缘人物最值得关注的一类。

《水浒传》一百零八将中不乏自愿选择社会边缘状态的人士。

晁盖是郓城县东溪村富户，属于农民富裕阶层。他"平生仗义疏财，专爱结识天下好汉"，"最爱刺枪使棒，亦自身强力壮，不娶妻室"。这些做法不要说在八九百年前的宋代，就是在前二三十年的中国也会被作为"不逞之徒"的另类分子来看待。因为皇权控制的社会，不允许个人太出格,俗谚就有"枪打出头鸟"之说。不论这个"鸟"是"好鸟"还是"恶鸟",关键打的是"出头"。为什么呢?因为皇权控制的社会喜欢的是"平庸一律",平庸既好识别,又好控制。宗法社会是宗族和行政双控制的社会。晁盖搞什么"仗义疏财""专爱结识天下好汉",带有古代游侠色彩的行为,这是宗法人不能认同的,更不是宗法社会平民百姓所应该有的品质。汉代荀悦的《汉纪》中论及西汉郭解时说游侠们:

> 简父兄之尊而崇宾客之礼,薄骨肉之恩而笃朋友之爱,忘修身之道而求众人之誉,割衣食之业以供宴享之好。

宗法社会中最重要的是血缘关系,每个人的情感都应该从有血缘关系的人开始,而游侠们把"父兄""骨肉"都怠慢了,花很多钱去追求"朋友"和"宾客"的欢心,这在正统人士看来是不可理解的,也是应该口诛笔伐的。从书中来看,晁盖所结交的朋友大多不是社会主流的人物,如吴用这样心怀异志、唯恐天下不乱、处于社会底层的小知识分子;有的是文吏宋江,武吏如朱仝、雷横一类,交友的方法也主要是给钱、请吃请喝,这也不是儒家倡导的交友之道;有的慕名朋友还是匪类,如刘唐、公孙胜之类。从《水浒传》中不仅看不到家境富裕的晁盖如何照顾自己的宗族(这在宗法社会中是义务),而且书中还写他"不娶妻室",这更显得"另类"。孟子说"不孝有三,无后为大",晁盖断绝自己后代的做法肯定是为当时社会舆论所不容的。晁盖还有一点特别引人注目,就是"最爱刺枪使棒"。宋代禁止老百姓习武,真宗大中祥符二年(1009)下《禁约河北民弃农业学禁术诏》,其中说"禁咒之方、击刺之术,既靡缘于南亩,实有乱于齐民"[1]。河北是当时抗辽的前沿阵地,这些地方都不许百姓学习"击刺之术",其他地方可以想见。这样干犯朝廷的禁令,非要"好武"之人,自然是被主流社会排挤和打压的。

从表面来看晁盖是边缘人,实际上,晁盖一只脚已经跨出边缘,为什么刘唐、公孙胜知道了"生辰纲"的消息不自己联系几个哥们儿去做,而

---

[1]《宋大诏令集》卷一九九。

要千里迢迢到郓城报告给晁盖,由晁盖领头去做?这说明晁盖与宋江不同,他在没有正式下海之前已经是黑社会的头头和江湖领袖了。晁盖的威望使得江湖人相信他,相信只有在他的领导下,这笔买卖才能做得好,不洒汤漏水。

贵族出身的柴进,也是个怪人。沧州道酒店老板介绍他:"他是大周柴世宗子孙。自陈桥让位,太祖武德皇帝敕赐与他誓书铁券在家中,谁敢欺负他。专一招接天下往来的好汉,三五十个养在家中。常常嘱付我们:'酒店里如有流配来的犯人,可叫他投我庄上来,我自资助他。'"他的爱好可能是富贵已极、生活无聊的反映。北宋的繁盛时期,没有理想的高官显宦无不沉湎酒色。太平时期宰相晏殊有一首《踏莎行》结句是"一场愁梦酒醒时,斜阳却照深深院",反映的是百无聊赖的心情。柴进也是如此,他百无聊赖了,不像晏殊一样追逐声色,而是好武、打猎,结交一些"个色"的人物。于是就与江湖上的作奸犯科之徒来往,形成了接济流放犯的特殊爱好,无非借此寻求刺激和冲破凡庸的感觉。这其中是不是怀有对祖上帝业的追恋,在与社会边缘人物打交道、资助流落江湖和陷于困境中的为主流社会所不容的人物中是不是另有所图,书中没有写,我们也不好这样猜测,但世俗和当时的统治者准会做这方面的猜测。因此,为保护自己计,柴进显得不智。更愚蠢的是柴进还昭告四周,让他的仆人庄客乃至连附近酒店的老板都知道主人的这个癖好,为柴进招呼流放的配军,这实际上是向现政权挑战,因此堕入江湖对于柴进来说是早晚的事,何况江湖上,特别是梁山,又时刻在打他的主意呢。柴进在江湖上撒的钱肯定比宋江多,但他不像宋江那样刻意经营,带有贵公子玩儿票的性质,因此他的声望就远不如宋江。宋江一看就是能够凝聚江湖人的领袖,而柴进最多也就是个施主。

鲁智深在出家以前是个小军官,家徒四壁,没有妻小,按说也是个社会边缘人。但他有幸在"小种经略相公"手下当差,又是"小种经略相公"父亲推荐来的,没有感受到"大头巾""假酸文"对他的歧视欺辱。本来他应该在边庭凭着一刀一枪为朝廷立功,封妻荫子的,可是这位鲁提辖、后来的鲁智深是个有侠风侠骨、眼睛里容不得半粒沙子的透明人,遇到不平,就要出手,自己把自己推出了主流社会,踏上不归的江湖路。鲁智深行为的出发点都是洁白无瑕的，是一心为人的。他好打抱不平，像古代游侠一样有充当社会良心的冲动，见到不平就不能忍耐。先是救助不相识的金老父女，军官当不成了，出家当了和尚；后来为救好汉林冲，连和尚也做不成了，只得下海，上了二龙山。另外，要校正社会的不公，他没有去走合法的道路，他凭着自己"经略府提辖"（经略府中没有提辖这个官位，权当是个小军官罢）的身份解决一个卖肉的，明显是不法行为。宋代边庭上经略使有时是上马管军、下马管民的，鲁达提出诉讼，肯定会赢，也帮了金氏父女。但他没有这样做，这与他的江湖性格有关。他是军官，但思想上更亲近江湖中的武夫（如史进相见时的表现）或不法之徒，喜欢快刀斩乱麻，于是采取了惩恶复仇的方式。

还有农家子弟史进。在梁山泊一百零八将中，史进是第一个出场的。他在第二回（如果"洪太尉误走妖魔"那回算"楔子"的话，那就是第一回）一亮相，给读者的感觉是漂亮、阳光、心怀开阔的大男孩。他"刺着一身青龙，银盘也似一个面皮，约有十八九岁"，争强好胜，但又真正佩服有本事的人。王进把他打倒了，他不仅没有恼羞成怒，反而是"便去旁边掇条凳子，纳王进坐，便拜道：'我枉自经了许多师家，原来不值半分。师父，没奈何，只得请教。'"这对于青年人，特别是富家子弟，真是难能可贵。

史进是华阴县史家庄史太公的儿子，本来父亲给他积攒了不少的家当，而且就只他一个儿子，只要他专心务农，管理家业，克绍箕裘，一定是个平稳舒适的一生，可是他不喜欢。史进从小酷爱舞枪弄棒，老爸一味纵容他（可能史太公从庄主和地方里正角度来看觉得武术对做农民是有用的），气死了老娘。两父子没有约束了，老爸尽量支持儿子学武，儿子又从师傅王进那里学来了武术的全套本事。史进在文武二途上不仅选择"武"，而且选择了见义勇为和义气一类的人生信条。他两次中了少华山神机军师朱武的计谋，被拖入江湖。后来，又为了救画匠王义的女儿王娇枝行刺贺太守，差点儿丢了性命，难怪他与鲁智深气味相投。一百零八将中只有他俩才是真正有侠风的江湖人。

这些人物从社会边缘到与主流社会发生激烈冲突，最后投入江湖。他们走上叛逆道路的过程不同，个性更是千差万别，但还是有许多共同特征可寻的。如：好武，爱使枪弄棒，好结交朋友，不重宗族家室（有的根本就没有），不好女色，不注重子嗣，肯于帮助江湖朋友，为他们付出金钱或性命，富于冒险精神，与社会谨小慎微的君子迥异。这些特点，许多是处于主流社会的人所不具备的。有了这些特点，自然会与主流社会疏离，统治者会将这些人视为不逞之徒。这是《水浒传》给读者留下的总的印象，但其中还是以"好武"为堕入江湖的关键。江湖人都要好武，因为非此则不能在遍地荆棘的江湖闯荡。宋江本是文吏，整天与文书打交道，他"刀笔精通，吏道纯熟，更兼爱习枪棒，学得武艺多般"。其他如秀才萧让，虽不能说是书家，至少可以说是个书手吧。"因他会写诸家字体，人都唤他做圣手书生。又会使枪弄棒，舞剑抡刀。"一个文弱的书生也要让他"舞剑抡刀"。篆刻家金大坚"开得好石碑文，剔得好图书玉石印记，亦会枪棒厮打"。裁缝、铁匠这些手工业者名列一百零八将中，也都与武沾边。例如侯健，"祖居洪都人氏，江湖上人称他第一手裁缝。端的是飞针走线，更兼惯习枪棒，曾拜薛永为师。人都见他瘦，因此唤他做通臂猿"。裁缝高手，惯习枪棒，也就有江湖绰号，成了江湖人。打铁的汤隆自述"小人贪赌，流落在江湖上。因此权在此间打铁度日。入骨好使枪棒，为是自家浑身有麻点，人都叫小人做金钱豹子"。这是因为赌与"好使枪棒"成了江湖人……还可以举出许多例子，只要是梁山需求的，能上梁山"舞枪弄棒"是个最起码的条件。

唐代士人还是文武并重，连杜甫、李贺这类或是"贫病老丑"或是弱不禁风的人都有一份对于"武"的企慕和追求，像杜甫的"呼鹰皂枥林，逐兽云雪冈。射飞曾纵鞚，引臂落鹙鸧。苏侯据鞍喜，忽如携葛强"[1]，李贺的"见买若耶溪水剑，明朝归去事猿公"[2]，这些诗句或是现实，或是想象，都可看出是唐代士人对"武"的向往，那时"武"是与贵族和上层社会相结合的。而宋代"武"沉沦于社会底层，无论哪个阶层的人，一好武就离江湖人不远了。"武"的贵族气从宋代开始消失了，成为下层社会谋取衣食、保卫自己的技艺。

---

[1] 杜甫《壮游》。
[2] 李贺《南园十三首》。

## 永远的灰色的一群

主流社会里边缘人物的边缘状态，虽然与其处境有一定关系，但大多是他们自己选择的结果。晁盖、柴进完全可以本本分分地过自己的日子，享受人生的乐趣，他们不缺少这样的物质条件。可是他们不这样做，这不是外部环境造成的，而是他们自己不愿意过那种安定而平庸的日子。他们内心深处一定有更隐秘的追求，他们许多超出常人的行为也有特定的心理依据，可惜《水浒传》作者施耐庵（假定是他）这位古代的作者还不善于深入挖掘和描写这些人物的内心世界。

在生活中，社会边缘人如果不搞惊天动地的非法活动，当局是很难发现他们的。其主要原因就是那些直接与老百姓打交道、替统治者实现社会控制的吏胥也在边缘化，惺惺相惜，他们自然不会去举报或打压与自己同命运的人，最多也就是在他们非法获益时自己参加分肥而已。社会边缘人大多能与周围的同道者和不同道者保持良好的关系，即使搞非法活动也不祸害当地人（江湖上有"兔子不吃窝边草"的说法），因此对他们的识别实际上是很困难的，更不要说控制了。由此我们也可以理解江湖作为一个与主流社会对抗的隐性社会为什么能够长期存在，而且处于半隐性状态。如清代乾隆中叶以后镇压天地会极为严厉，只要发现有私藏票布（天地会员的证明）必斩，可是两广一带（特别是广西）前赴后继，而且票布、天地会文件照样流传，开香堂、焚表结义（康熙年间在《大清律》中写明这要判斩刑的）一些活动仍然在搞，地方上睁一只眼闭一只眼；云贵川一带政府的衙役"海袍哥"（参加哥老会）几乎是上下共知的事实，官匪一家、兵匪一家已经成为传统。其主要原因就是他们在地方上有极大的势力可以脚踩官匪两面，地方有什么大事都能摆平。社会边缘人俨然是一方的领袖，他们越在江湖上有威望，就越为地方官吏所依仗；越为地方官吏所依仗，就越在江湖上吃得开。这是宗法社会逐渐瓦解、公民社会建立遥遥无期时的社会景象。

社会边缘人物就在江湖的边沿，有人处在社会边缘时就已经和江湖人物往来，甚至结成团伙，在江湖上做感情上的投资，为将来下海做准备。这其中有不少可能是真正威胁到皇权统治的人，历史教科书上所说的"农民起义的领袖"如宋代方腊、钟相、杨幺,元代张士诚,明代李自成,清代洪秀全等大多是这类人物。因此,统治者对于这类边缘人物特别关注,如何识别和处置这类人就是统治者绞尽脑汁也要解决的问题。但是社会边缘人是个灰色的群体,由于客观的社会条件而成为边缘人的还好识别,也好处理(如宋代皇帝对于武将老是心怀惴惴,监督很严,甚至是凭空猜疑,岳飞的冤案就与这种心态有关,可是又不能不用武将),那些心怀不逞之徒就很难识别,更难处理。中国古代社会生产率不高,能够负担的社会组织和控制的成本有限,因此古代关于社会组织和控制的思想(这种组织是需要花钱的)虽然很发达,例如《墨子·尚同》中讲最高统治者如何实行逐级监督、互相监督,最后让统治者运作情治机器,如臂使指,但这仅限于思想,如果完全实行需要经济条件的配合。古代政治实践中的社会组织化程度是不高的,仅仅到达县一级(不同时代略有差别)。而社会边缘人的政治能量很大,社会想要实现对他们的控制几乎是不可能的。下面仅就宋代的例子,看一看统治者在这方面所做的努力。

## 宋代的社会边缘人

我们研究通俗小说,应该特别关注宋代的情况,因为通俗文艺作品到了宋代才大张其道,江湖文化(指游民的江湖)也是在宋代才被披露出来的,我们也有理由认为江湖文化到了宋代才真正形成。从《水浒传》这一类通俗小说中可以感觉到一些社会边缘人的感召力、动员力和凝聚力。唐代的文人士大夫"谋官谋隐(实际上是回乡当地主)两无成",还要努力向主流社会靠拢;到了宋代,本来在主流社会有安适生活的偏偏向往江湖,要在江湖上一争高低,寻觅前途,岂非咄咄怪事!其实这说怪也不怪,因为他们必有追求,才会有这样的付出。由于经济特别是工商业的发展,从经济上说,宋代处于中国古代社会的巅峰。我们从宋代铸币量就可知宋代经济的大体状况。唐代每年铸钱最高额不过三十三万贯,北宋初年,每年铸钱八十万贯,到了景德年间(1004—1007)每年铸一百八十万贯,熙宁年间(也就是王安石变法期间)高达每年六百万贯(当然当时的货币外流情况也很严重,辽、西夏,甚至日本、高丽都从宋走私货币),就这样也无法满足商品经济发展带来的流动性需要,这才发明了交子——纸币。经济、文化的发达使得社会分工复杂化,行当也越来越多,商业、手工业、服务业、娱乐业的繁荣和各种奇技淫巧等,对于人们的欲望都是个巨大的刺激。科举向全社会开放和日益公平召唤更多中下层社会读书人通过科举改换门庭,但也给更多的人带来失望。正途不行,滑落社会底层的读书人,有的就会产生不逞之心,产生"战退玉龙三百万"的非分之想。再加上政策上的原因,宋代社会边缘人的数量、能量都是很可观的。这不仅反映到《水浒传》一类文学作品中,在宋人的诗文中也有表现。

南宋诗人华岳(?—1221)是个怪人。华岳字子西,号翠微,史书记载他"轻财好侠",他也好武,而且是太学中的武学生。他敢作敢为,主张恢复中原,但不赞成仓促行事。开禧元年(1205),韩侂胄北伐。华岳上书,言其"专执权柄,公取贿赂,畜养无籍吏仆,委以腹心,卖名器,私爵赏,睥睨神器,窥觎宗社,日益炎炎,不敢向尔"。所用将领,多由贿赂而至。韩侂胄大怒,下之建宁(今福建建瓯)狱。后来北伐失败,韩侂胄诛,华岳放还。嘉定十年(1217),登武科第一,为殿前司官属,郁郁不得志。后来又密谋除去当时大权倾朝的史弥远,下临安狱,被杖死。像这样以太学生和殿前司小武官的身份敢与两个权相作对,真是很少。史弥远知道此事后,把华岳抓来,"犹呼岳至庭下,曰:'我与尔有何怨尤,而欲相谋?'"[1]像华岳这种富于冒险精神、有侠风的武人,实际上也近于社会边缘人了。我们从他的著作中也可以看到,他与社会上各阶层的人物都有交往,特别是下层,甚至作奸犯科之徒。他知道这些人的需求、向往和社会能量,希望朝廷能把他们罗致到官府来,替代那些死样活气的禁军,完成北伐大业。开禧三年(1207)他向朝廷献《平戎十策》,提出如何击败金人、恢复北方领土的对策。其中有《取士》一篇,对当时社会边缘人的能量和正面或负面的作用有深入的分析,并提出了控制他们的办法:

夫名山大川,秀由所钟;隋山乔岳,神由所降。千岁之日至,

---

[1] [南宋]叶绍翁《四朝闻见录》甲集。

则间世之士生。必有翘楚之材，特起之子，梦寐未形，占卜未见，寓于贫贱闾阎流俗之中，隐于耕农商贾草莱医卜之下。罗之以科举邪？彼不善于章句之儒；诱之以利禄邪？彼不由于闻达之路；置之于驻扎将佐之中邪？彼不生于营垒行伍之地。三城桐柏之耕农，罗源贾木之樵牧，六安辽峰之高隐，羊岘房陵之商贩，类多抱负所长，高出世表。能否相参，有无相授，非不欲求用于世以尽其所蕴。然上则招致无方，而下则无阶可进；内则搜访无术，而外则无门可入。是必庙堂广于延纳，而无间于疏远；幕府勤于听览，而无拘于早暮；监司州县专于荐举，而不遗于微贱。其门有八：一曰有官，谓沉溺下僚，不能自奋；二曰无官，谓素在草茅，不能自达；三曰世家，谓将帅子孙，不能自效；四曰豪杰，谓江湖领袖，山林标准；五曰罪戾，谓曾犯三尺，求脱罪籍；六曰黥配，谓才气过人，轻犯刑法；七曰将校，谓素有谋略，久淹行伍；八曰胥靡，谓隐于吏籍，不得展布。……其有言词浮诞、簧鼓世俗者焚之；其有互易乡贯、指陈他事者毁之。言词朴直，无令弃之，恐过人之资，拙于朱墨；虚词华丽，无令收录，恐科目之儒，例于奔竞。如此则闻达者既至，不求闻达者，亦得以识其姓名；利禄者可招，无心利禄者，亦得以知其岩穴。

不然则草莱之雄，未能尽至，反有以滋他日匹夫窥觊之私；山林之奸，不能尽收，适有以启异时萧墙睚眦之衅。

这段话钱锺书先生在《宋诗选注》的"华岳小传"中提到，他说华岳提到的这些人可以算得是《水浒传》的一篇总赞。在我看来，这篇《平戎策》讲的就是如何发现和识别社会边缘人物，如何把他们罗致到朝廷，化消极力量为积极力量，把可能危及社稷的"草莱之雄""山林之奸"变成抗金力量。即使眼前他们还不会立即投奔到朝廷来，但如果把他们的名字记录在档，他们的住址也被有司掌握，将来有事找他们时也是心中有数，这就十分方便了。华岳认为他们是"英雄豪杰"，但又是十分危险的"英雄豪杰"，你不收纳他们，小者他们会扰乱社会，大者就有可能与朝廷对抗。

华岳把社会边缘人分为八类：包括沉沦于下层的小官，没有官职的穷隐士，没落的武将子孙，江湖领袖，急于脱离犯人处境的罪人，有才气、不怕犯罪的流放犯，久在行伍的小武官，有才力、有抱负的小吏。这八类人都在我们上面所说的三种情况之内，他们有的是因为穷，有的是被政策排挤到社会边缘，有的是有理想有抱负有才能的杰出之士。他们很难以现有的罗致人才的形式把他们纳入彀中，"罗之以科举邪？彼不善于章句之儒；诱之以利禄邪？彼不由于闻达之路；置之于驻扎将佐之中邪？彼不生于营垒行伍之地"。科举、推荐、招军均不成，他们想入无门；朝廷想纳，也不知从哪里下手。华岳主张对这些人应该先进行测试，看谁有才能，便编入"人才库"，或给予现实利益，或作为后备人选。但这些毕竟是纸上的东西，很难变成可操作的方案，又因为名分、礼制与其政策的完整性限制，统治者不可能根本改变对吏人、武将的政策，更不可能从罪犯、流放犯中大量选拔官吏，至于"江湖领袖、山林标准"则是统治者打击的对象，根本不可能在一个晚上变成依靠对象，即使把他们招拢了来，地位的差距、多年的隔阂所造成的猜忌也不可能一下子消失。因此边缘人大量地回归主流社会几乎是不可想象的，更大的可能还是舍主流社会而去，堕入江湖，成为江湖中的中坚力量。专制统治者也不可能全面招揽社会边缘人，纳入他的控制系统。

《平戎十策》中还描写了这些江湖人物的技艺能力和他们在与金人作战中可能发挥的作用，这一段才真正像第七十一回"忠义堂石碣受天文　梁山泊英雄排座次"之后的对一百零八将的"总赞"：

> 夫有一技则生一材，有一材则济一用，因技以求材，因材以制用。其说有六。一曰合格，谓身及等仗，体无残疾。二曰亡命，谓漂泛淮海，鼓诱溪洞。三曰逋逃，谓惧罪逃窜，思得自效。四曰破格，谓等仗虽悭，而骁勇过人，肢体虽残，而武艺尤敌。五曰盗贼，谓累犯刑法，无生可谋；甘为盗贼，无术可禁。六曰私贩，谓私贩商榷，偷瞒商税；广行招致，随材任用。其有犯法，必杀无赦，仍令选择材技，分为十等，各置将队。有善穿窟穴可以攻城者，聚为一卒，名曰窟穴将，以备攻城之用。有善弄潮泛水可以浮渡者，聚为一卒，名曰波涛将，以备锥贼船之用。有善

攀缘上屋缘梁走柱可以登陟者，聚为一卒，名曰楼阁将，以备登城越险之用。有善飞烟射火流光走爆可以通放者，聚为一卒，名曰烟火将，以备烧毁城邑之用。有善夜行不以灯烛可以暗袭者，聚为一卒，名曰潜身将，以备惊劫贼营之用。有善捕兽获禽笼槛教使可以驯熟者，聚为一卒，名曰飞走将，以备充神出怪、疑兵惑敌之用。有善上竿立索可以超望者，聚为一卒，名曰轻捷将，以备登高望远、窥伺空便之用。有善知海道蹊径黄黑洋岛者聚为一卒，名曰洋海将，以备浮江泛海、潜兵密渡之用。有善撑驾船舰验风辨云者，聚为一卒，名曰风云将，以备移风易霭、闪误舟船之用。有善雕镌陶铸机织销画者，聚为一卒，名曰机巧将，以备不测，设为怪服异旗误敌之用。其余搭材工匠，悉如常法，则兼收并蓄，悉无所遗。苟以为长而及等仗者为弓手枪手，短而插指板者为弩手斧手，不知弓枪弩斧之外，犹有余用也。无籍之子弟为马军，新刺之百姓为步人，知步人马军之外，犹有余材也。不曾犯徒、不曾刺环、无残疾者，可以充招，而不知犯徒、刺、环、欠指、眇目之中，其果勇有大过人者。今我国家诸军驻扎之兵，并已差出，而守营垒者皆老弱队外无用之卒。诸州禁卒及寄招三分之兵，并已拣发，而留家基者皆残疾废弃之士。去岁，他郡未知丰歉，而福建一路，禾苗白死，收不及半，泥足方干，而民已告饥；刘锃方解，而籴已告涌。若不尽行招致凶恶无赖亡命之子归为国家大用，臣恐奸雄不出而无籍亡命，反为吾境之内忧；妖祥乌合无归而啸聚，反为我山林之怪异。平居无事犹可讳者，今方兴举恢复大事，可不预为之计哉！此招军之法，臣所以拳拳于论事之次也。

我们读了这段文字，对《水浒传》中关于梁山好汉来源的复杂、其军寨的布置以及对战争的想象就不奇怪了。华岳走得更远，他的招降纳叛、兼容并蓄，竟敢把"亡命""逋逃""盗贼"和违法的"私贩"（宋代国营专卖的项目太多，私商是动辄得咎的）都列入他的"人才网"中，令人瞠目。让人耳目一新的还是华岳倡导的军队组织编制方式，这是《武经总要》等朝廷所编纂、颁行的军事经典中所不讲的。他说的"窟穴将""波涛将""楼阁将""烟火将""潜身将""飞走将""轻捷将""洋海将""风云将""机巧将"等,是不是都可以与梁山好汉的能人对号?如时迁、单廷珪、魏定国、王定六、戴宗、孟康、凌振、张顺、张横、李俊,这些多数在一百零八将中并不太显眼的人物,都有特长,能够在战争中显示一技之长。华岳的方案与《水浒传》作者思路十分接近,他们更多地反映了底层社会的文士或江湖人的意见,这也许更符合实战要求。《水浒传》中第七十一回一百零八将排完座次之后,"有篇言语,单道梁山泊的好处",其中有云:

或精灵,或粗卤,或村朴,或风流,何尝相碍,果然认性同居;
或笔舌,或刀枪,或奔驰,或偷骗,各有偏长,真是随才器使。

这种兼容并蓄各种性格和"随才器使"的想法,与华岳的"有一技则生一材,有一材则济一用,因技以求材,因材以制用"多么相像,这不仅对朝廷和社会安定有用,更重要的是可以防止"妖祥乌合无归而啸聚",从而造成"吾境之内忧"。实际上,华岳所述的那些人士,许多已经是江湖人,他们正在社会的缝隙中挣扎搏斗,现在还没有闹大事、出大乱子,是因为还没有机会。华岳也说到,现在这种机会正在形成,"福建一路,禾苗白死,收不及半,泥足方干,而民已告饥;刘铎方解,而籴已告涌"。去年,由于天灾,福建路刚刚收获完毕,人们已经没有粮食吃了。饥饿驱使老百姓起来造反,江湖人很快就会成为他们的骨干和领袖,到那时就不好收拾了。华岳不是吓唬统治者,历来改朝换代,不都是走这样的程序吗?我们从华岳的上书中能够感受到当时江湖人士十分活跃,时时有可能浮出水面,投入社会动乱。

华岳研究军事,向皇帝上书,坦陈恢复大计,自然是一腔热血,但他的建议本身和武学生的身份,显然被视为是一种另类行为的。统治者能够做而且要努力去做的,还是加强对于边缘人物的控制。他们要弄清边缘人物的数目、姓名,在造户口册时要注明,限制和管理其活动,避免出现不可控制的混乱局面。对于那些在统治者看来是"不逞之徒"的人,更要严加看管。具体如何做，各个朝代还是各有特点的。总的说来，宋代因为缺少经验，对于社会边缘人管得不多。明代开国皇帝朱元璋出身于游民，他对游民、江湖人、社会边缘人都有很清醒的认识。他特别注重控制士农工商的活动范围，限制活动自由，连商人长途贩运都要有"路引"（凭证），并对所去方向、远近均有所控制。学生士子读书不许住庙。清代对于特别需要注意的边缘人物则是通过户口册控制，在造户口册时，把他们打入"另册"。

## 江湖人中的特类——江湖艺人

江湖艺人是江湖人中一个特殊的阶层。上面在谈到江湖人的主体——游民时，强调游民有着与宗法人不同的性格和思想意识，这是由他们的生活方式和独特的经历决定的。游民在江湖日久，经过磨炼之后逐渐形成游民意识、游民文化，并通过江湖艺人创作的文艺作品固化下来，反过来又对游民发生影响，逐渐启发了游民的自觉，促使他们成熟起来，由游民转变成了为谋生奔走的江湖人。因此江湖艺人是使游民文化得以成熟、扩大、流传的关键的一群。世世代代都有游民，游民旋生旋灭，除了让人们知道曾有过干大事的陈胜、吴广外，对后世很少有影响，到了宋代，情况不同了，其根本原因就在于有了江湖艺人。

### 历代艺人

最初，专业的演艺人员只活跃于宫廷，是娱乐统治者的。他们是宫廷奴隶，为君王和宫廷之内的主子们演出，让他们开心一笑。史籍上很少有关于民间专业艺人的记载，任二北先生编著的《优语录》是收录各代艺人语录的，书中所收代以前的艺人绝大多数都是宫廷优人。这些人可能因为一句话得到君王的欣赏，获得大量的赏赐；也可能因为一句话不当，掉了脑袋。他们不管有多风光，出入朝堂，揶揄公卿，金殿显贵，甚至为史官所关注，但其地位是很低下的。司马迁在《答任少卿书》中说"文史星历，近乎卜祝之间，固主上所戏弄，倡优所畜，流俗之所轻也"。注意"倡优所畜"这句话，"倡优"也就是艺人，他们的卑贱是不言而喻的，像倡优那样蓄养，对于有自尊的人来说，没有比这更可怜的了。

除了宫廷外，王侯、贵族、豪强以及仕宦之家养伎乐、女乐也是自古有之的。从历代诗文记载看，以唐代为最盛，因为唐代特别规定了官吏可以按品级享有女乐。唐中宗神龙二年（706）九月敕，"三品以上，听有女乐一部，五品以上，女乐不过三人，皆不得有钟磬"[1]。对于有功之臣，朝廷的奖赏之中往往有女乐。"天宝十载九月二日敕，五品以上正员清官，诸道节度使及太守等，并听当家畜丝竹，以展欢娱，行乐盛时，覃及中外。"[2]不仅赏赐，还鼓励官员购置"女乐"。诗人白居易的"樱桃樊素口，杨柳小蛮腰"是尽人皆知的，樊素、小蛮都是他花钱买得并由他训练出来的歌女。

"君子之泽，五世而斩"，诸侯贵族的府邸也好，皇帝宫廷也好，都没有永远不变的。社会动乱，原有的社会等级解体，府邸的败落，宫廷的崩坏，都会使得一部分倡优伎乐流落于民间，觅食于江湖之上，不少艺人还是以他们的技艺谋生的。唐代诗人杜甫晚年的作品《观公孙大娘弟子舞剑器行》中就写了唐玄宗时梨园弟子（也就是宫廷艺人）公孙大娘的弟子李十二娘流落到夔州，在宴会上献艺，使得与宴者想起了开元盛世。开元时名闻朝野的宫廷歌手李龟年，杜甫在洛阳长安都听到过他的演唱。安史之乱期间，李龟年流落到当时尚是荒蛮之地的湖南，"每遇良辰胜景，常为人歌数阕，座上闻之，莫不掩泣罢酒"[3]。杜甫为此写了《江南逢李龟年》，有"正是江南好风景，落花时节又逢君"的名句。当然出现这种情况不只是安史之乱后，只要有大规模的社会动乱和改朝换代，必然使宫廷和贵族豪门的艺人流落民间。所以宋代以前的艺人，虽然多被朝廷、贵府所垄断，但还是有一些流落在民间的。不过那时宫廷或贵府蓄养的艺人流落民间，其艺术也就走到了尽头。女艺人大多是"老大嫁作商人妇"，男艺人则采取各种方式谋生，献艺大多也是偶一为之。就像中唐时诗人元稹在浙

---

[1][2]《唐会要》卷三十四。
[3]《明皇杂录》。

东做节度使时所说:"乃有俳优周季南、季崇,及妻刘采春,自淮甸而来,善弄《陆参军》,歌声彻云。"因为宋代以前艺术的市场还远未形成,不要说京城以外的荒村小镇,就是东西两京、"扬一益二"这唐代四个特大城市,其中有多少艺术市场(除了与出卖色相结合的女伎)?艺人服务的对象多是达官贵人,那些面向广大民众的,往往是宗教的为劝善和为了宣传教义而推出的通俗性演出。

## 江湖艺人的产生

到了宋代,工商业的发达,经济的繁荣,导致城市建制的变化(从大城套小城的城坊制变为开通坊墙、街道纵横的街巷制)和城市人口激增。北宋超过十万以上人口的城市有十多个,首都开封汴京人口在百万以上。除了皇室贵族有自己单独享用的娱乐以外,广大的城市居民也有娱乐的需求。特别是在城市居住的贵族和各级官员享受着优厚的待遇,有进行娱乐消费的能力。大量驻防城市的禁军,许多是带家属的,他们也有对精神愉悦的追求。这种具有很强消费能力的需求,自然会刺激艺术市场的兴起。

艺人从哪里来呢?如果期待从宫廷、贵府淘汰下来的艺人转为民间服务,这是不现实的。何况太平年代,宫廷、贵府艺术消费的需求比民间更旺。于是,卖方从来都是为买方而存在的这个市场规则起作用了,民间艺人逐渐从各行各业中涌现出来,他们承担起了娱乐城市居民的工作。

那时还没有培养艺人的各种技艺艺术院校,历代艺术创作和表演的经验也很少以文字方式传承。通过师傅、徒弟口传心授方式传承艺术经验的又多被宫廷与贵府所养,在社会底层很少能看到他们的身影。因此,我们看到的是初创的民间艺人,他们筚路蓝缕,以启山林,一切都要自己来。由于需求旺盛,投入此业者多,在北宋期间通俗文艺突然呈现出特别繁荣的景象。不仅艺人多,演出的艺术品类也多,除了我们熟悉的说话讲史、诸宫调、杂剧、俗讲等外,各种通俗的曲艺形式有数十种之多。这些民间艺人大体可以分作两类,一是相对比较稳定,在城市中固定的瓦子里献艺,可称作"瓦舍艺人"或"勾栏艺人"。如熙宁、元祐年间在都城汴京"说诨话"(类似单口相声)的张寿一待就是三十几年:

往岁，有丞相薨于位者，有无名子嘲之。时出厚赏，购捕造谤。或疑张寿山人为之，捕送府。府尹诘之，寿云："某乃于都下三十余年，但生而为十七字诗，鬻钱以糊口，安敢嘲大臣。纵使某为，安能如此著题。"府尹大笑，遣去。[1]

张寿说的"十七字诗"类似现在的"三句半"，官府怀疑他嘲弄宰相之死，他才做了这个辩解。另外一种是冲州撞府路歧艺人，这种艺人大多是技艺较差，不叫座，会的东西也少，很难长期在一个地方演出，于是，他们选择了走，奔波于各地。元杂剧《刘千病打独角牛》跑江湖的折拆驴定场诗云：

路歧歧路两悠悠，不到天涯未肯休。
有人学的轻巧艺，敢走南州共北州。

这类人更苦，不仅在江湖上风餐露宿，而且路上的劫匪、歇宿的黑店，特别是各地的"地头蛇"都对路歧人的生命和演出构成威胁。当然江湖生活也使他们增长了应付能力和对生活的理解与认识，甚至提高了艺术水平，最后在大城市的瓦舍勾栏中能有一席之地，路歧人变成了瓦舍艺人。瓦舍艺人由于艺术水平的下降，由于长时间生活在大城市，生活狭隘，不能出新了，也会舍弃城市奔走各地。当然由于社会动乱、战乱，城市萧条，没有市场了，更会使大批的瓦舍艺人成为路歧人。然而不管是瓦舍艺人还是路歧人，我都定义为江湖艺人，而且是中国表演艺术史上的第一代江湖艺人。

## 第一代江湖艺人

为什么定义瓦舍艺人、路歧艺人这些生活在社会底层的民间艺人为江

---

[1]《渑水燕谈录》卷十。

湖艺人呢？

我认为这是由他们的生活经历决定的。两宋活跃于城镇的民间艺人，无论是献艺于瓦舍勾栏也好，还是冲州撞府打野呵做路歧艺人也好，他们都是从游民转变来的。他们也与其他游民一样，脱离宗法的控制和保护，被宗法网络抛离出来，走上了一条不确定的生活之路，此后他们过的多是没有稳定收入、没有固定居址和固定职业的极不安定的生活。游民是江湖人的主体，作为游民的民间艺人自然也是江湖人。这些艺人不是为某个特定的人家或特定地方服务，他们是流动的，在江湖上奔波，接受江湖的考验。即使是在瓦舍勾栏献艺的艺人，看似稳定了，但他们时时有可能被排斥出去，到江湖上闯荡，也有可能被地头蛇或官府欺压。上面举的张寿山人的例子，也说明了艺人没有任何保护的处境。

我们从一些通俗小说中看到，一些民间艺人也是先成游民后为艺人的。《水浒传》中的金翠莲自述说："奴家是东京人氏，因同父母来这渭州投奔亲眷，不想搬移南京去了。母亲在客店里染病身故。"后来遂被"镇关西"郑屠强占为妾，又被郑的大妻赶出家门，郑又迫使他们"还钱"，"没计奈何，父亲自小教得奴家些小曲儿，来这里酒楼上赶座子。每日但得些钱来，将大半还他，留些少子父们盘缠"。书虽是明代所写，故事必有宋代渊源。另外一篇宋代话本《汪信之一死救全家》讲兄弟汪革（字信之）与哥哥汪孚赌气离家出走：

> 径走出门，口里说道："不致千金，誓不还乡！"身边只带得一把雨伞，并无财物，思想："那里去好？我闻得人说，淮庆一路有耕冶可业，甚好经营。且到彼地，再作道理。只是没有盘缠。"心生一计：自小学得些枪棒拳法在身，那时抓缚衣袖，做个把势模样。逢着马头聚处，使儿路空拳，将这伞权为枪棒，撇个架子，一般有人喝采，赍发几文钱，将就买些酒饭用度。

汪革离家后只有一把雨伞，别无财物，也成了游民，幸亏他学过武术，便以卖艺为生，得以到达他想开辟自己事业的地方——宿松。

另外，我们还可以从一些具体艺人身份的演变中看出他们是来自社会底层的游民。城市繁荣，一些脱离了宗法的人到城市来谋生，本是出卖劳动力或做小商小贩，他们或是爱好艺术，或是发现了自己有这方面的才能，而这又足以维持自己生活的时候，他们下海当了艺人。这一点我们从一些艺人的绰号上就可以发现，如《东京梦华录》（记汴京开封）、《西湖老人繁胜录》《都城纪胜》《梦粱录》《武林旧事》（记临安杭州）等书中所记载的艺人有枣儿徐二郎、酒李一郎、粥张二、估衣毛三、仓张三、熬肝朱、极绦张茂、尹常卖等。为什么这些艺人都有个绰号呢？这些绰号就是他们做艺人之前的职业。他们从艺之前可能就是卖枣儿的、卖酒的、卖粥的、卖估衣的、管粮仓的、卖炒肝儿的、织绦子的、走街串巷的小商贩等，以前的职业成了区别他们的标志。这些说明，北宋、南宋之间通俗文艺兴起，对于艺人需求量很大，所以才能从其他行业中吸取人才。这与后代有传承、有明确规则的江湖艺人还是有很大区别的。

我推测他们大多不是城市中最初的定居者，而是脱离了宗法网络、从农村进入城市谋生的游民（类似现在从农村涌入城市的农民工）。从这些绰号还可以看出这些艺人原先从事的行当，没有什么高贵、稳定的职业，而且多处于社会底层。他们活动于城乡之间，熟悉生活，有闯荡能力和进击精神，能够在城中的瓦舍勾栏献艺固然不错，如果做个流浪艺人，他们也不会把"江湖"视为畏途。实际上也就是由这些在江湖上奋斗、争夺生存和发展权利的人构成了江湖。江湖造就了一代又一代艺人，这些艺人们也把培养适应和应付"江湖"的能力作为自己一种必备的功课去学习。

## 江湖艺人对江湖生活的适应

金、元南戏中有一出《宦门子弟错立身》，写的是金国故事，描写一个宦门子弟完颜寿马因沉迷于戏曲表演，又爱上了山东东平府散乐艺人王金榜，遂冲破了父亲河南府同知完颜永康的阻挠，抛弃了优越的富贵生活和为官做宦的个人前途，追随王金榜的戏班一直从河南到山东。一路上，乞讨为生，"模样似乞丐，盖纸被。日里去街头，教他求衣食。夜里弯蜷楼下睡"。经历了千辛万苦，王金榜的父亲才开口建议他"不争你要来我家,我孩儿要招个做杂剧的"。然而马上又在考试中设置了重重障碍刁难他,看他是不是吃江湖这碗饭的材料。先问他会演什么戏,寿马回答:

> 我做《朱砂担浮沤记》《关大王单刀会》;做《管宁割席》破体儿;《相府院》扮张飞;《三夺槊》扮尉迟敬德;做《陈驴儿风雪包待制》;吃推勘《柳成错背妻》;要扮宰相做《伊尹扶汤》;学子弟做《螺蛳末泥》。

这还不成,又说要招"做院本的",希望他会创作,寿马过关了;又说"只招写掌记的",希望他在剧团兼任写写算算,寿马能成;又说"招个摇鼓吹笛的",小剧团演员大多要兼任文武场,寿马也通过了。可见那时跑江湖、作艺人虽属"贱业",但每个艺人都是拳打脚踢,一个人当几个人用。那些身份高贵的人几个能干得了呢?经过多方刁难,寿马总算进了班子,从此开始了正式的江湖生活。

江湖生活的第一考验是走路,"路歧歧路两悠悠,不到天涯未肯休。这的是子弟下场头,挑行李怎禁生受"。不是空身走,要背上行头道具,要挑担子。第二考验是放下架子"撞府共冲州,遍走江湖之游。身为女婿,只得忍耻含羞","休休,提起泪交流,那更担儿说重心忧。我亲朋知道,真个笑破人口"。最后拉下脸儿来,都能接受了。"背杖鼓有何羞!提行头怕甚的",颇有些江湖任我行的意思,成为一个坦坦然然的江湖人。是爱情的力量促使完颜寿马勇于完成从宦门子弟到江湖人的转变,正像戏中所唱的:"只得同欢共乐同鸳被,冲州撞府,求衣觅食","我和你同心意,愿得百岁镇相随,尽老今生不暂离"。当然最后完颜永康原谅了儿子,接纳了儿媳。永康与郑元和的父亲郑公弼不同,郑公弼宁肯打死儿子也不能让他丢人现眼。这可能与女真贵族汉化程度不深有关。

这个故事生动地再现了江湖艺人成长的过程,只是社会给江湖带来的艰辛写得少了些。因为《宦门子弟错立身》还只是经过大量删节的残本,我想全本当不会缺少这方面的描写,只是我们看不到了。

不仅古代江湖艺人如此,近世的江湖艺人也是如此,跑的地方越多,才越被江湖人尊重。

20世纪在江湖艺人中流行着一首《西江月》，用于同行之间"盘道"与认同，也表达了自己的志向。其上半阕说："一块醒木为业，扇子一把生涯。江河湖海便为家，万丈风涛不怕。"[1]

的确，艺人们尽管有经验、有智慧、有勇气奔走四方，但他们面对的不仅是自然界的江湖风浪，更多的还要受到各地有势力者的刁难和侵扰。这些有势力者可能属于官方主流社会，也可能是地方宗族势力，但更多还是其他江湖人在那里聚集起来的势力。江湖人与江湖人的斗法（所谓"盘道"）更为激烈，非得分出个上下高低不可，因为这涉及江湖这碗饭到底是谁吃的问题。然而江湖人之间的冲突，不是增大了他们之间的差别，而是把双方磨合得更相像，正因为相像，所以争夺得更为激烈。

江湖人不管是出在哪个地域，他们给主流社会一个统一的印象。我们一看到某人就知道他是江湖人，一看到某人的言行有江湖气，就是江湖人共同的风貌长期给我们熏染的结果。江湖人之所以有这种共同性，除了他们经济地位、社会地位的共同性以外，也与他们之间长久地争斗与磨合分不开。因为有了共同性，所以他们都称自己为江湖艺人。直到现在港台一些从事表演的艺员，仍然认为自己是江湖艺人。

## 江湖艺人不能简单地用"民间艺人"概括

通俗文艺就是市场文艺，它是作为商品向人们出售的。这种文艺是随着两宋工商业的发达而发展起来的，江湖艺人就是靠出售通俗文艺吃饭的。他们不仅仅是通俗文艺的表演者，也是创作者（当然表演本身也是二度创作，这里的"创作"指故事的原作，前面说的完颜寿马不就是会演也会写吗）。传统通俗小说中有相当一部分是江湖艺人的作品，传统戏曲和曲艺也是一样。因此考察中国通俗文艺发展史，在研究作者时，江湖也是不能逃避的。那些用"民间"一词概括这类艺人的做法往往不能反映江湖艺人的本质特征，从而也不能揭示江湖艺人作品真正的思想内涵。当然江湖艺人不是官，也可以用"民间"来表述，但中国古代是宗法社会，真正的

---

[1] 见《江湖内幕》。

"民间"乃是宗法农民，江湖艺人通过其作品所传达出的思想意识是不能代表宗法农民的，而且两者之间有极大的差别。真正反映宗法农民意识的，乃是"牛郎织女""孟姜女哭长城"之类的民间传说，和许许多多反映他们想法和生活的诗文。这些反映的是男耕女织生活的完美和反暴政、要求轻徭薄赋的理想。而江湖艺人创作或参与创作的小说戏曲等所反映出的思想意识与农民有极大的差异，特别对于"江湖"，宗法农民就不能理解。他们理想的生活是男耕女织，是"三十亩地一头牛，老婆孩子热炕头"，是和平宁静，而江湖的争斗、江湖的黑暗、江湖的机巧、江湖的残酷完全是他们所不能理解和接受的。农民与游民的差别正像李逵与他的哥哥李达的差别一样，李逵贸然回家，李达是要把他拿下的。江湖人的思想与宗法制度下的民间思想（宗法社会的民间思想基本上是儒家思想，再夹杂一些佛教与道教的通俗思想）是南辕北辙的，怎能用"民间艺人"一词就把江湖艺人的特质涂抹掉了呢？

从历史上看，作为侠客、造反者、游民、社会边缘人乃至艺人游走、生活和奋斗的江湖也确实存在过。它是这些零余者、流浪者、失意者的共同的社会，因为它受到统治者的打压和主流社会的排挤，所以呈隐性状态。江湖就其本质说乃是游离出主流社会之外的人活动的空间，它与主流社会有一种互动关系，这种关系甚至影响了中国的历史进程。因此，对于江湖的研究不仅具有文学的意义，也包含有历史学、社会学的意义。由江湖艺人创作和演出并反映游民、江湖人生活和理想的文艺作品，也在"组织"和丰富着江湖，使得江湖的性格日益凸显、江湖规则日益明晰，于是江湖也在召唤更多的游民、社会边缘人投入其中。《水浒传》与它的衍生作品正是这样一种反映游民、江湖人生活、奋斗与理想的通俗文艺作品，它在社会史、文化史上的影响是难以估量的。

# 宋代"水浒"故事形成及其要素考辨

作为长篇小说的《水浒传》成书当在明代，但"水浒"故事的形成要比书早得多，学术界一般认为"水浒"故事的雏形当形成于宋江事件发生不久的南宋初年，由坊间"说话"人演说流传。这一点我们从《水浒传》中所遗留"说话"人的痕迹看得很清楚[1]。在南宋一百多年中，经过说书艺人的不断创造，围绕着宋江和宋江集团的故事便形成一个系列。我们今天对这些故事情节虽不能尽知，但从宋代、元代一些记载和现存《水浒传》故事情节推度，大体上还能寻绎出这些故事的一些基本要素，我称之为南方"水浒"故事系列。另外，宋江的故事发生在北方。北方，特别是金、元时期，同样也在传播宋江的故事，但以杂剧最为突出，创作与"水浒"有关的剧本以数十计。传至今天，能够确定是元人创作的有六种。如果单从故事情节来看，这些"水浒"戏与《水浒传》有很大差别，甚至可以说是天差地别，然而如果就思想文化要素分析，《水浒传》对于元代"水浒"戏的承继也是十分明显的。因此研究《水浒传》的成书过程必须考察南宋"水浒"故事系列形成及其具有影响力的要素，如果从地域角度来说就是"南水浒"故事及其要素；也要考察元杂剧中"水浒"戏的形成及其具有影响力的要素，也就是"北水浒"故事及其要素。虽然"南""北""水浒"有时代先后的差别，但更多的还是地域的差别。这种差别不仅是自然地理的，更是政治的、文化的。《水浒传》中许多矛盾，

---

[1]《水浒传》第二十三回："说话的，柴进因何不喜武松？原来武松初来投奔柴进时，也一般接纳管待。"第二十六回："说话的，为何先坐的不走了？原来都有士兵前后把着门，都似监禁的一般。"第三十一回："休道是两个丫鬟，便是说话的见了，也惊得口里半舌不展。武松手起一刀，也杀了。"从这些遗迹看，《水浒传》起源于说话是毫无疑义的。

其根本原因就在于它是"南""北"合成的，包含两个系列中的基本要素。

当然，南北"水浒"系列的共同点就是讲述的都是发生在北宋末的宋江和宋江集团打家劫舍的故事。这可以说是"水浒"故事的本源，是文学创作所依据的生活真实，我们就从这里谈起。

## "水浒"故事所依据的历史真实

南宋初年经历了北宋灭亡中原沦陷的剧变，回想起许许多多北宋末的时事，文人士大夫多着眼于当年东京汴梁的无边风月及其破败，于是便有《东京梦华录》一类的诗文出现。流传特别广的是刘子翚的《汴京纪事》二十首中的两首：

> 梁园歌舞足风流，美酒如刀解断愁。
> 忆得少年多乐事，夜深灯火上樊楼。
>
> 辇毂繁华事可伤，师师垂老过湖湘。
> 缕衫檀板无颜色，一曲当年动帝王。[1]

前一首写的是宋末文人士大夫醉生梦死的享乐生活，他们出入汴京最高级的酒楼——樊楼，夜以继日地追逐酒色。第二首写北宋末汴京第一名妓李师师战乱之后穷愁落魄、流落湖湘的情景。樊楼、李师师都是那个时代娱乐业的象征，也是汴京畸形繁荣的象征。组诗也反思与痛斥了宋徽宗的奢侈腐化和奸臣蔡京等人的弄权误国，但其中更多的还是表现出对于繁华不永的哀伤。而通俗文学像《大宋宣和遗事》中关于晁盖和宋江的故事则在反思：为什么一个好端端的大宋王朝被弄得国破家亡，二帝被俘？虽然通俗文艺都是娱乐性的，但是时代的阴影不能不在其间有所反映。

---

[1] 见刘子翚《屏山集·汴京纪事》卷十七。

"水浒"的故事正是在这个时期首先在临安一带流行起来的[1]。可以想象当年江湖艺人中的"说话"人（相当于现今的评书演员）在瓦子里以口舌谋生时的情景，那时还没有成本大套的现成故事供他们作为演出的底本。"说话"人中相当一部分是从现成的史书和佛、道两教经典中撷取一些现成的故事，加以改造，以取悦听众。但生活在社会矛盾尖锐时代的人，更关注的恐怕是现实问题。南宋初年，临安的不少居民都是来自中原地区甚至首都汴京，是战乱把他们驱赶到这里。他们关切自己的家乡是不言而喻的，也会思考为什么昔日的全盛繁华，弄成现在的江山半壁，尚不得安稳？

宋江三十六人造反、受招安和打方腊的故事不仅本身具有传奇性，说起来动听，演起来好看，能够招徕观众，而且这个故事还极富社会性，从中能反思许多社会问题，批判统治者过度奢侈，揭露社会的贫富不均，评析统治者的失策导致中原沦陷等。观众听了解气，也能涤除观众胸中郁积的烦恼和不平。这样有意思的题材必然被一些有生活体验、有见识的艺人关注。然而它不能照生活的原样出炉，宋江原来毕竟是拉杆子造反，反抗现实秩序的，这不仅统治者不允许，也是生活在主流社会的听众不能接受的，因此宋代的"水浒"系列融合了当时普通民众最关切的反抗异族侵略和统治的问题。

那么宋江与宋江集团的历史真相是什么样子的呢？

## 是否有宋江？

宋江是《水浒传》的主人公，但历史上是否有此人？这本来是不成问题的，因为《宋史》上有记载，历来学者又没有否定的。近些年来，有的学者借口《宋史》这部"正史"历来不被史家看好，其中记录宋江的片段也确有瑕疵，从而不承认历史上有什么宋江。说宋江是从文学人物演变成

---

[1]《水浒传》乃至《大宋宣和遗事》中的文字涉及地理知识时，谈到北方错误极多，涉及南方则错误极少。由此可知作者长期生活在南方，极有可能最初的"水浒"故事就是在临安的瓦子演出的。

历史人物的,弄假成真。说《水浒传》中的人物是"朝真野假",在朝官员如高俅、蔡京、童贯等都是真的(其实宿元景也非真的历史人物,而是文学形象),梁山好汉则都是文学形象。并说《宋史》上的记载都是"以讹传讹",如《〈水浒传〉中的悬案·历史上的宋江之谜》[1](以下简称《悬案》)中说:

> 宋江的大名,不仅载入正史,而且载入皇帝本纪。然而正是载有宋江大名的《宋史》本身却互相抵牾,自相矛盾。这儿说"淮南盗宋江",那儿说"宋江起河朔"。既然是"淮南盗",为什么又在梁山泊安营扎寨,被称为"梁山好汉"?《水浒传》中说宋江"播乱在山东",那为什么作为《水浒传》故事起源的《宣和遗事》的背景却在山西的太行山?宋江到底是何许人也?他的家在太行山还是在梁山附近的郓城?宋江生于何地,葬于何处?宋江在何地举行起义?宋江是受招安了,还是投降了,还是被杀害了?如果是受招安或投降,那么受招安或投降后授何官职?赴何处上任?其上司是谁?部下是谁?宋江参加打方腊了吗?打方腊中死的英雄葬于何处?或者英雄下落如何?在何处当官?死后葬在何处?

如果按照这个查证的提示来考索历史人物,不要说查一个九百多年前的民间抢劫者,不能完全弄清楚,就是查数十年前抗日战争中有影响的人物,也未必能够一一弄清楚。我们是因研究《水浒传》而涉及宋江,我们要搞清楚的仅仅是:

(一)历史上有没有宋江这个人?
(二)他的造反活动在什么地方?
(三)他是否被朝廷招安了?招安之后是否打过方腊?
(四)其结局如何?
(五)宋江本人与《水浒传》中作为文学形象的宋江有何差别?

---

[1] 王珏、李殿元《〈水浒传〉中的悬案·历史上的宋江之谜》,四川人民出版社,1997,第67页。

《悬案》一书批评《宋史》中关于宋江的记载有矛盾，批评胡适相信《宋史》中《徽宗本纪》《张叔夜传》《侯蒙传》关于宋江的三条记载，并指出这些记载之间有矛盾，这是有道理的。但由此得出"宋江，史无其人"的结论则是荒唐的。《悬案》一书作者考察了历史上关于宋江的记载之后自信地说：

> 根据现有材料，我们可以推知，当年有个无名氏创作了《智取生辰纲》等宋江故事，十分受人欢迎，街头巷尾，茶余饭后，人们爱扯宋江。所以龚圣与说"宋江事见于街谈巷语"。起先，人们认为"不足采著"，但后来有"高如、李嵩辈传写"，"士大夫亦不见黜"，于是有人画像，龚圣与也跃跃欲赞了。这股"宋江热"，热到元代东平，竟和《三国》并驾齐驱，甚至超过了《三国》热，于是，出现了《宋江》一书。这《宋江》就是《水浒》的前身，它是无名氏的作品。明代的郎瑛说"《三国》《宋江》二书乃杭人罗贯中所编"，这说明《水浒传》在郎瑛那个时候还叫《宋江》。郎瑛说《宋江》也是罗贯中所编，这是由于《三国》是罗所编，人们把它们相提并举，合而为一了。由于《三国》基本上是真人真事，人们也就认为《宋江》也是真人真事了。现在应当明确《三国》和《水浒》的区别。
>
> 胡适说宋江是由历史人物变成了"梁山泊神话"，不对，应是"梁山泊神话"变成了历史人物。怎么变成的呢？由小说而入家传、墓志，由家传墓志而入野史，由野史而入《宋史》。前述写过嘲墓志诗的赵翼在《二十二史札记》中评《宋史》："所据家传、表志、行状之类，皆子弟门生所以标榜其父师者"，"多自录不实之言"。[1]

按照这个逻辑，不仅《宋史》中《张叔夜传》《侯蒙传》是张家、侯

---

[1] 王珏、李殿元《〈水浒传〉中的悬案·历史上的宋江之谜》，四川人民出版社，1997，第90页。

家后代为先辈唱赞歌,而被史家滥收,不足采信,连现存的三篇墓志铭——张守的《秘阁修撰蒋圆墓志铭》、范圭的《宋故武功大夫河东第二将折公墓志铭》、汪应辰的《承议郎王公墓志铭》都是墓主家的自吹自擂,自说自话,毫无史料价值。是这样吗?我们可以不用《宋史》,只用宋人留下的资料考察一下宋江的真伪。

## 关于宋江的宋人史料

我们暂且同意作者的逻辑,但宋江为后世所知不仅仅来源于《宋史》和几篇墓志铭,当时一些文人作品中如诗文、野史、笔记等也有记载。这些作者多是声名很好的文士或颇有声誉的史家,他们有的就与宋江同时,又与这个宋江造反事件毫无利益关系,难道他们的记载都不足信吗?下面我按照作者时代将这些有关宋江的记载排列如下:

### 一、李若水的《捕盗偶成》

与宋江同时的北宋名臣李若水亲眼看到宋江被招安,为此他写了一首诗《捕盗偶成》:

> 去年宋江起山东,白昼横戈犯城郭。
> 杀人纷纷剪草如,九重闻之惨不乐。
> 大书黄纸飞敕来,三十六人同拜爵。
> 狞卒肥骖意气骄,士女骈观犹骇愕。
> 今年杨江起河北,战阵规绳视前作。
> 嗷嗷赤子阴有言,又愿官家早招却。
> 我闻官职要与贤,辄啖此曹无乃错。
> 招降况乃非上策,政诱潜凶嗣为虐。
> 不如下诏省科繇,彼自归来守条约。
> 小臣无路扪高天,安得狂词裨庙略。[1]

---

[1]《四库全书·忠愍集》卷二。

李若水（1093—1127），广平曲周（今属河北）人。以太学生登科入仕，钦宗时官至吏部侍郎。靖康间宋徽宗、钦宗被俘，备受羞辱，李若水仗义执言，怒斥金国大太子，英勇不屈，被割舌，挖目断手而死，时年三十五，后谥忠愍。《宋史》入"忠义传"。像这样正直的人，大约不会说谎。这首诗中描写宋江一伙招安后入城的生动情景，大约也很难向壁虚构。不会是先听了关于"《智取生辰纲》等宋江故事"，才梦幻似的见到入城投降的宋江一伙，然后写入自己的诗中。如果相信李若水写的是真实场景，我们从中可以看出几个事实：第一，宋江起事于山东。宋代没有"山东"的行政区划，这里说的山东就是京东路，包括兖徐曹青郓密齐济沂登单濮潍淄等州。宋江活动的规模很大，闯的乱子很大，上为皇帝所知。第二，这一伙的头面人物有三十六人，全部被封官了。第三，未招安时，他们冲州撞府，敢于攻打城镇，使人民受到许多灾祸。这些事实仍是传世《水浒传》的主调，不过因为作者的立场在宋江一方，曲为之讳。

## 二、方勺的《泊宅编》

记载了北宋末年青溪（浙江淳安）方腊武装暴动始末的笔记《泊宅编》，其中也提到宋江：

> （宣和二年，十二月）初七日，歙守、天章阁待制曾孝蕴，以京东贼宋江等出入青、齐、单、濮间，有旨移知青社，一宗室通判州事，守御无策，十三日又陷歙州，乘势取桐庐、新城、富阳等县。
>
> 自青溪界至歙州界，有鸟道萦纡，两旁峭壁，仅通单车。方腊之乱，曾待制出守，但于两崖上驻兵防遏，下瞰来路，虽蚍蜉之微皆可数，贼亦不敢犯境。会宋江扰京东，曾公移守青社，掌兵者以雾毒为解，移屯山谷间，州遂陷。[1]

---

[1] [宋]方勺《泊宅编》卷五。

《泊宅编》作者方勺（1066—?），字仁声，金华人。元丰六年（1083）入太学，曾官管勾虔州常平。元祐五年（1090），赴杭州应试，不第，遂无意仕途，寓居乌程泊宅村，自号泊宅翁。方勺的年龄比李若水还大，宋江也与他同时。《泊宅编》本来是记载方腊攻陷歙州（今安徽歙州）和原来歙州守曾孝蕴被调离的原因，其中涉及宋江活动的情况：其一，宋江活动于青州、齐州、单州、濮州；这与李若水说的"山东"相合。《悬案》一书作者也不相信方勺的记载，认为青州应称"山东"，宋江扰"青、齐、单、濮间"不应称"京东贼"。其实宋代没有山东建制，青州等地即属于"京东路"管辖，朝廷文件不像诗文那样随意，称这些地区为"山东"。《悬案》的质疑是没道理的。其二，宋江活动高潮在宣和二年（1120）年底。实际上，曾孝蕴未到青州履任，改知睦州，后又改为杭州（见南宋所编的《临安志》和《新安志》）。其实，无论睦州还是杭州，都被方腊攻占，曾孝蕴不可能到该州履任。他们只是有了这个职务，参与对方腊的剿灭战役。这一条与上一条的记载者就是一般文士，这其间既无利益驱动，也无各种易引起是非的所谓"家传、表志、行状"之类文字的干扰，只是记录他们所见所闻的一些事情，应该是最可靠的。

### 三、《续资治通鉴长编》

李焘的《续资治通鉴长编》卷十八中记录："宣和二年十二月，盗宋江犯淮阳及京西、河北，至是入海州界，知州张叔夜设方略讨捕招降之。"

这是宋代严肃史家第一次记载宋江事。李焘（1115—1184），生于北宋末年，其少年时正是宋江活动时期。他积四十年之力完成《续资治通鉴长编》。此书完成于淳熙十年（1183），被评为"取材广博，考订精赅，为治宋史之要籍"，因此这部史书是严肃的历史著作。书中关于宋江的记载虽然简略，但值得重视。李焘的记载表明：其一，宋江是被张叔夜打败，张在与宋江的交锋中，使用了一些计策，迫使其投降。其二，宋江活动的地方包括京东西路（"京西"，现在山东的西部、西南部如郓州、济州、单州、徐州等）、河北东路（读者不要一看到"河北"就与现在的河北省联系起来，北宋时现在山东的西部、西北部，如滨州、德州、临清、高唐、聊城等都属于河北东路），在海州（今连云港）归降。

### 四、《东都事略》

王偁的《东都事略》关于宋江的记载与《宋史》大同小异。其中《徽宗本纪》中记："宣和三年（1121）二月……淮南盗宋江陷淮阳军，又犯京东、河北，入楚、海州……五月丙申，宋江就擒。"

《张叔夜传》与《侯蒙传》：

> 张叔夜……以徽求献阁待制知海州。会剧贼宋江剽掠至海，趋海岸，劫巨舰十数。叔夜募死士千人，距十数里，大张旗帜，诱之使战。密伏壮士匿海旁，约候兵合，即焚其舟。舟既焚，贼大恐，无复斗志，伏兵乘之，江乃降。

> 宋江寇东京，蒙上书陈制贼计曰："宋江以三十六人，横行河朔，京东，官军数万，无敢抗者，其材必过人。不若赦过招降，使讨方腊以自赎，或足以平东南之乱。"徽宗曰："蒙居间不忘君，忠臣也。"起知东平，未赴而卒。

如果说《宋史》在正史中是比较芜杂的，固有定评，指出其中舛讹的学者也不少，对它的记载有怀疑，尚属正常，但《东都事略》历来被视为良史，而且是宋人写宋史，可信度较高，不能以一般野史目之。其纪事、评论受到史学家的赞扬。《四库全书总目》中说此书"叙事约而赅，议论亦皆持平……宋人私史，卓然可传"。《东都事略》在淳熙十二年（1185）上呈朝廷，这时只距宋江起事六十余年。作者王偁是史学世家，其父王赏在绍兴十二年（1142）三月任"实录"修撰[1]，此时距离宋江起事只二十年，宋江事件对王赏来说还是"新闻"。《东都事略》数度提到宋江事，如果宋江是当时的"假新闻"，担负着修撰国史责任的王赏会不出来纠正？这三条《宋史》中也有，但因其中有一些细节的改动，被《悬案》视为编造。应该说《东都事略》在叙事逻辑上可訾议处不多。

从《东都事略》中可见：其一，宋江这股造反部队于宣和三年（1121）

---

[1] [宋]李心传《建炎以来系年要录》卷一四四绍兴十二年载："司农少卿王赏兼实录院检讨官。"

五月被平定（这个时间与有的记载说宋江参与了平定方腊的战役相矛盾，后面再议）。其二，宋江是被张叔夜打败并迫使其投降的。而且记载中所写到张叔夜的谋略，正与李焘记载中所说的"设方略"相呼应。这些绝不是仅凭事主本人的家传就能进入记载的。其三，宋江活动的地方包括京东西路（现在山东的西南部）、楚州（今淮阴）。其四，议及宋江投降后，到东南平方腊以自赎。

**五、《皇宋十朝纲要》**

李埴的《皇宋十朝纲要》卷十八中记录：

> 宣和元年十二月，招抚山东盗宋江……宣和三年……二月……庚辰，宋江犯淮阳军，又犯京东、河北路，入楚州界。知州张叔夜招抚之，江乃降。六月辛丑，辛兴宗、宋江破贼上苑洞。

李埴是李焘之子。这一则记载有三点值得注意：其一，宋江两次被招抚，一是宣和元年十二月，一是宣和三年。其二，宋江第二次招安因与"犯淮阳军……"连类言之，仿佛"犯淮阳军"、"犯京东"、（犯）"河北路"、"入楚州界"、"招抚之"、"江乃降"这六个行为动作都是在"宣和三年二月庚辰"这一天完成的，当然这是不可能的。那么，我们分析一下二月庚辰这个日子最有可能是记录这六件事中哪一件的？我认为最有可能是记终结那件事的，也就是"江乃降"的。因为作为宋朝廷的史官，如果只选一个日子记载宋江作乱事件全过程的话，一定会选他们认为最完满的那一天，也就是宋江投降了，整个事件平息了。确认了这一点，六月破方腊的上苑洞也就不奇怪了。其三，具体记载了宋江在征方腊中立功的情况。

**六、《三朝北盟会编》**

徐梦莘所著《三朝北盟会编》收录宋徽宗、钦宗、高宗三朝大量原始史料，其中也提到了宋江：

> 宣和二年，方腊反睦州，陷温、台、婺、处、杭、秀等州，

东南震动，以贯为江浙宣抚使，领刘延庆、刘光世、辛企宗、宋江等军二十余万往讨之。[1]

张叔夜，字嵇仲，开封人。侍中徐国公耆之后也。通经史，善属文，习兵法，长于诗咏，有文武大材。……知海州，破群盗宋江有功，宣和末京东大盗四起，擢叔夜知济南府，与京东制置使梁方平协谋，屡平巨寇。[2]

《林泉野记》曰："光世字平叔，延庆次子也。能骑射，有胆勇，稍通书史庄老孙吴之学。从父与夏人战，常身先士卒，屡擒酋首。……宣和二年，方腊反于睦州，光世别将一军，自饶趋衢婺，出贼不意，战多捷，数郡之民皆为立生祠。腊败走，入清溪洞，光世遣谍察知其要险难易，与杨可世、宋江并进，擒其伪将相，送阙下。迁团练使。"[3]

徐梦莘（1126—1207）注意收集北宋南宋之交的史料，网络旧闻，荟萃同异，引用官方和私人著作两百多种，书成于绍熙四年（1193），其中每条都是有依据的。第一条出自《中兴姓氏奸邪录》，张叔夜那条出自《靖康小雅》，这些书籍都是当时的作品，它们印证了《东都事略》和《皇宋十朝纲要》。其中唯一的差别是"纲要"与宋江一起进洞追捕方腊的是辛兴宗，"会编"是辛企宗。《三朝北盟会编》卷第八十八"靖康中帙"六十三之中，收入了《张叔夜家传》的一些内容。张的《以病乞致仕官观劄子》中说：

臣本无技能，徒以片文只字，误历禁近，逮出守海堧，会剧贼猝至，偶遣兵斩捕，贼势挫衄，相与出降。蒙恩进秩，其后济南郡盗贼蜂起，朝廷犹录微效，于宫祠中擢知济南，贼稍平，移青州。正月中金人寇京师，诏发兵入援，臣等奏乞兵，与诸将追

---

[1] 徐梦莘《三朝北盟会编》卷第五十二"靖康中帙"二十七。
[2] 徐梦莘《三朝北盟会编》卷第八十八"靖康中帙"六十三。
[3] 徐梦莘《三朝北盟会编》卷第二一二"炎兴下帙"一一二。

击胡骑,及席益到青,臣代还至都。

这是张叔夜因病向皇帝申请退休的奏章,其中说到他出守海州(海埂)时曾降剧贼,写给朝廷的正式文件,并可与李焘、王偁、李埴许多记载相印证,应该说是确切无疑的。

### 七、《建炎以来系年要录》

李心传《建炎以来系年要录》记宋高宗一朝史事,卷七涉及与宋江有关的史斌:

(建炎元年七月)是月……贼史斌据兴州,僭号称帝。斌本宋江之党,至是作乱,守臣向子宠望风逃去。先是子宠在州设关隘甚备,陕西士民避难入蜀者,皆为子宠所扼,流离困饿,死于关隘之下者不可胜计。斌未入境,子宠弃城先遁,斌遂自武兴谋入蜀。成都府利州路兵马钤辖卢法原,与本路提点刑狱邵伯温共议,遣兵扼剑门拒之,斌乃去,蜀赖以安。

后来史斌被宋抗金名将吴玠所杀。

李心传(1166—1243)是宋代重要的史学家。其《建炎以来系年要录》成书于嘉定元年(1208),以国史、日历为主,也参照当时的野史笔记、案牍奏议等,是北南宋之交一部极有价值的史书。从这则记载中可见,北宋灭亡之后,宋江的一些余党仍有与官府继续对抗者。史斌可能就是《水浒传》九纹龙史进的原型。

### 八、《续资治通鉴长编纪事本末》

杨仲良的《续资治通鉴长编纪事本末》虽然史料来自李焘的"长编",但由于"长编"佚去徽宗、钦宗两朝,它仍有史料价值。其中载:

宣和三年四月戊子,初,童贯与王禀、刘镇两路预约会于睦歙间,包帮源洞于中,……刘镇将中军,杨可世将后军,王涣统领马公直并裨将赵明、赵许、宋江,既次洞后……

杨仲良也是南宋中叶人士,他记载的宋江擒方腊与"纲要""会编"都有不同。一是主将变了,"纲要"没说清楚,仿佛是辛兴宗;"会编"中是刘光世,而"本末"则是王涣。地点也有差别,"纲要"是上苑洞,"本末"是帮源洞。元杂剧水浒戏中《燕青扑鱼》的唱词为"则俺那梁山泊上宋江,须不比那帮源洞里的方腊"。估计可能各地语音的差别,造成记载不同。

另外,宋代史料中,还有一些与宋江集团中的人物名字相同或相近,在北南宋之交很有作为的人物(如太行山民间抗金武装领袖人物张横,梁山渔人领袖人物、大败金兵的张荣等),但史书上没有标明他们是宋江余党,即使他们的事迹为宋代"水浒"故事系列所吸纳,也不能表明他们就是宋江集团中的人物。

## 史料的小结

上面所列有关宋江的史料都是宋人留下的,其中有的作者与宋江同时,有的虽属后人的追记,但所依据也多是宋江同时代人留下的史料,包括官方和私人的撰述(这些史料大多我们今天看不到了),绝非街谈巷议、口耳相传的小道新闻,也非家谱墓志,自我标榜。因此,它们是基本可信的,根据这些,可以确定:

第一,宋江是确有其人的,他只是一个武装抢劫团伙的首领。这个团伙的起事没有什么政治目的(不像方腊、史斌一造反就称帝,建立朝廷),主要不法行为就是"剽掠",抢劫钱财。

第二,这个团伙的骨干是三十六人,采取流动作战的方针,冲击力强。人不多,动静很大,不仅惊动朝廷,而且汴京以东数百平方公里的地方,从民到官,无不闻宋江而震惊。

第三,他们纵横驰骋于京东、河北、淮阳之间。按现代区划说,就是河南东部、河北东南、山东西部、江苏东北部。如果以梁山为中心,其最北、最西、最南都不过二三百公里。这一块地域对于以骑兵为主的队伍来说，并不算大。不过从历史记载来看宋江活动之时并未以梁山为根据地；从常情推测，像宋江如此小股但影响力又很大的武装反叛力量，如果有固定的根据地，朝廷一定会派大部队进剿，很难待住。

第四，最后，宋江被海州知州张叔夜打败，遂被招安。

第五，被朝廷派遣到南方，参与平定方腊的作战，并在追捕方腊战役中立有战功，最后协同其他将领在"上苑洞"（或称"帮源洞""青溪洞"）抓住方腊。

这五点是大多史书的一致意见。其中只有《东都事略·徽宗本纪》所说的宣和三年"五月丙申，宋江就擒"，与宋江参与征方腊有矛盾，因为方腊于宣和三年四月下旬被擒获。有人根据这一条咬定宋江没有"征方腊"之举，由此出发，认为所有关于宋江被招安和征方腊的记载都是伪造的。有的人认为有两个宋江，一个是劫匪，一个是统兵的将军[1]。第一种说法没法证明为什么有那么多宋人留下的史料不约而同地都言之凿凿说宋江有"征方腊"之举（包括北方元杂剧）；第二种意见没法说明这位"将军宋江"为什么只在"征方腊"中出现过一次，后来再无踪影。而且北南宋之交宋江大名鼎鼎，如果真的有位将军也叫宋江，史家涉笔至此，一定要做说明的，讲明此将军非彼劫匪。

我的理解是《东都事略·徽宗本纪》中记录宋江投降的时间有误。张叔夜招降宋江之后，宋江马上就被派往南方（宋代执行招安政策时，往往如此。被招安者一投降，马上就被派往战争的前线。后面专谈招安时还要说到稍后的宰相李纲特别强调这一点），其中时间差很小，因此才出现互相矛盾的现象。

方勺的《泊宅编》、李焘的《续资治通鉴长编》，二书记载了宣和二年十二月宋江纵横驰骋京东、河北一带，事情闹大，为朝廷所知，马上组织力量征讨，未言何时招安。唯有《皇宋十朝纲要》宣和三年二月庚辰之下记"宋江犯淮阳军，又犯京东、河北路，入楚州界。知州张叔夜招抚之，江乃降"。后又记他参与平定方腊，则宋江投降当在三年二三月间。记宋江宣和三年五月投降，仅有《东都事略·徽宗本纪》一家（后《宋史》抄

---

[1] 见《宫崎市定说水浒》之"两个宋江"，陕西人民出版社，2008。

《东都事略》)。为什么《东都事略》独一家说"五月丙申,宋江就擒"。有月有日,言之凿凿,确切之至?《宋会要辑稿·捕贼》(下)有如下记载:

> (宣和三年)五月三日诏:"近缘诸州军守臣,间非其人,以致盗贼窃发。唯徽猷阁待制知海州张叔夜,直龙图阁知袭庆府钱伯言,直龙图阁知密州李延熙,能责所部斩捕贼徒,声绩著闻,寇盗屏迹,宜进职一等,以为诸郡守臣之劝。"

这个五月三日就是《东都事略·徽宗本纪》中的"五月丙申"。"本纪"在史书中是专为皇帝所作,其中按年月日编排这位皇帝在位时的重要史实,对这一朝历史起提纲挈领的作用。唐宋史书本纪多据本朝"日历"(史官逐日记录有关朝政的史册)撰写。王偁也不例外,他根据徽宗朝"日历",把徽宗下诏褒扬张叔夜"斩捕贼徒"有功的日子当作招安宋江的日子来记录了。当时没有"电传",张叔夜招安宋江一事不仅不可能当日就传到朝廷,而且徽宗此诏表彰了张、钱、李三人,三人也不可能同在一日立功,其受表彰必然与张叔夜实施招安的日子有相当的差距。因此宋江实际被招安的日子应该是李埴《皇宋十朝纲要》中的二月庚辰,即二月十五日,而非宣和三年五月初三。

## 关于宋江的私人记载

肯定了上面我们所征引的宋人诗文和史传等基本可信的记录,再看当时一些私人记载,就会觉得它们还是有一定的参考作用的,许多可作旁证。如张守《毗陵集·秘阁修撰蒋圆墓志铭》中讲蒋圆:

> 未几,徙知沂州。宋江聚亡命,剽掠山东一路,州县大振,吏多避匿,公独修战守之备,以兵扼其冲。贼不得逞,祈哀假道。公呿然阳应,侦食尽,督兵鏖击,大破之。余众北走龟、蒙间,卒投戈请降。或请上其状。公曰:"此郡将职也,何功之有焉?"

《悬案》说这一段纯粹是"天方夜谭"。其实如果明白了历来造反部队的作战风格,张守说的大体不差。唐德刚在《晚清七十年》中说:

> 传统的流寇作战方式,多为裹胁农民,钻隙流窜,飘忽如疾风暴雨;其锋不可当。撄其锋者,无不粉身碎骨。因此官军追剿亦有一套不成文法。他们照例是以邻为壑,只追不堵。堵则自取灭亡,有百害无一利;追则可以趁火打劫,随地报功请赏,有百利无一弊。正面官军如躲避不了,也只有死守城池和险要,或旁敲侧击,绝不正面堵截。在这一公式之下,则流寇一起,便滚起雪球,如入无人之境。尾追官军也就养寇自重,呼啸相从,绝不放松。[1]

这里引唐德刚先生这段讲太平天国初起与清军作战中的一段话,意在说明冷兵器时期底层民众武装暴动时作战方式的冲击性。宋代宋江虽然没有这么大的规模,也不一定"裹胁农民",但他们三十六骑骠骑,风来雨去,其冲击力之强也是不言而喻的。说他们"剽掠山东一路,州县大振,吏多避匿",也毫不奇怪。蒋圆所在,恰好地形险要,恰恰能够扼住其"冲",骑兵如果丧失了驰骋纵横的冲击力,那就只有挨打的份儿了。再说宋代兵制特点是具有战斗力的禁军,都在守卫京城、边防和重要的城镇,一般州县只是厢军和乡兵,多充杂役,很少有战斗力,哪里经得住凶猛骑兵冲击。至于蒋圆是不是受到宋江的"投戈请降",这倒有可能是蒋圆的自吹,因为他并未以此上报,墓志铭中也没有说宋江就是他招降的,但他一度阻挡了宋江骑兵的冲击,把他们引向龟、蒙,以邻为壑,这是完全有可能的。这篇墓志铭记录了宋江集团的作战方式。

汪应辰的《文定集·显谟阁学士王公墓志铭》记载了王师心在北宋末年做沭阳尉时曾与宋江交锋。

> 师心……政和八年(1118)进士第,授迪功郎、海州沭阳县

---

[1] 唐德刚《晚清七十年》,岳麓书社,1999,第94页。

尉。时承平久，郡县无备，河北剧贼宋江者，肆行莫之御。既转
掠京东，径趋沭阳。公独引兵追击于境上，败之，贼遁去。

其实，细加分析，不难看出，沭阳县尉王师心的做法是属于"或旁敲
侧击"一类，在一旁占些便宜，把强人赶出本县县境，免得给本县造成损
失，为上司所追究。

值得注意的是范圭的《宋故武功大夫河东第二将折公墓志铭》，此碑
于1939年出土于陕西省谷县。其中记载：

> 方腊之叛，用第四将从军，诸人藉才，互以推公，公遂兼帅
> 三将兵，奋然先登，士皆用命。腊贼就擒，迁武节大夫，班师过
> 国门，奉御笔捕草寇宋江。不逾月，继获，迁武功大夫。

宋代史料中关于折可存的记载很少，他曾一度降金[1]。他参与讨方腊
《宋史》《续资治通鉴》都有记载。后来的"奉御笔捕草寇宋江"也不是没
有可能。当时的史籍中凡是提到宋江讨方腊的，都没有说宋江的下场。折
可存墓志铭所说，可能是宋江最后的结局。

南宋中叶以后还有一些有关宋江的记载，例如周密《癸辛杂识》（续集
上）中的《宋江三十六赞》，《大宋宣和遗事》中关于宋江以及"水浒"系
列中的人物故事和元朝编纂的《宋史》中有关宋江的记载。但由于前二书
近于文学，后者多抄于《东都事略》，故略而不书。

1994年第4期《文学遗产》的《宋江征方腊新证》[2]中引《五云赵

---

[1]《大金吊伐录》记："折可存系归降逃走。"
[2]《五云赵氏宗谱》十八卷载有北南宋之交名相李纲《赵忠简公言引录》云：会淮寇（指宋江）扰攘郡邑，睦盗（指方腊）占据江左。皇上以兵政属中官，王师失利，隐不以闻。公（指赵忠简公）议淮寇剽悍猾贼，唯防掠绝饷，始可就擒。乃移檄郡邑，无城者吅筑，无兵者吅募，储粮之场吅为置卫。于是县各有城，粮各有卫，淮南、山东各如令，盗有菜色。叔夜一鼓而擒之，实公定计为先也。再议睦寇，则以寇贼攻寇贼，表宋江为先锋，师未旬月，贼已俘献。谈笑而折冲万里，公之勋烂焉。皇上以为能，封武功伯，食邑五百户。子奉、奏皆蒙荫补。时辛丑（宣和三年）十二月也。

110　水浒江湖——理解中国古代社会的另一条线索

氏宗谱》十八卷载有北南宋之交名相李纲《赵忠简公言引录》。此文所言"赵忠简公"[1]即赵期。《全宋诗》根据赵氏家谱，载赵期小传（1066—1137），云赵期字友约，祖籍洛阳，宋初宰相赵普四世孙。哲宗绍圣元年（1094）进士，官至国子祭酒，以镇压宋江、方腊有功封武功伯。后随宋高宗南渡，定居缙云，谥忠简。遍查北宋南宋之交的公私记载，全无此人。所谓"武功伯"云云，根本也不是宋代封爵，而是明代爵位。由此可知，所谓"赵忠简公"，纯属子虚乌有；《赵忠简公言引录》亦系赵家后人伪造。假托名人以提高自己宗族的地位和影响，是清代以来许多宗族谱、家族谱的通病。《宋江征方腊新证》和《全宋诗》赵期小传作者对《五云赵氏宗谱》未做深考，盲目相信，不足采信。

## 宋江武装斗争的性质

大多研究者不相信宋江集团就是三十六人（骑）的队伍，而认为是三十六伙，像汉末黄巾的三十六方一样。三十六人只是将领，每个人之后都有一大群。如果真是这样，宋江武装集团的规模起码人数在数万以上，其规模要比方腊还大。而从现在零星的记载来看，不是这样。从宋代社会的现实环境来看，也很难形成如此规模的武装反抗集团。若果真是如此，那就需要有大块的根据地以驻兵，要有强大的后勤供给，另外官方也要调动数以万计的禁军去镇压，这些都没有发生。如果发生了，在很长时间没有大规模战乱发生的宣和初期，这是很能引起社会关注的。我们从历史记载来看，不是这样。其实就整个宋代而言都很少有大规模的底层民众武装反抗，那时几百人的武装叛乱就是大事了[2]。这与宋代开国皇帝赵匡胤设计的兵制有关。宋神宗元丰五年（1082）与诸臣讨论使用武力对付南方少数民族的武装叛乱问题说：

> 前世为乱者，皆无赖不逞之人。艺祖平定天下，悉招聚四方

---

[1] 南宋初名臣赵鼎也谥"忠简公"。
[2] 何竹淇《两宋农民战争史料汇编》，中华书局，1976。

宋代"水浒"故事形成及其要素考辨

无赖不逞之人以为兵，连营以居之，什伍相制，节以军法，厚禄其长，使自爱重，付以生杀，寓威于阶级之间，使不得动。无赖不逞之人既聚而为兵，有以制之，无敢为非，因取其力以卫养良民，各安田里，所以太平之业定，而无叛民，自古未有及者。艺祖养兵止二十二万，京师十万余，诸道十万余。使京师之兵足以制诸道，则无外乱；合诸道之兵足以当京师，则无内变。内外相制，无偏重之患，天下承平百余年，盖因于此。[1]

无赖游民，各朝各代，无世无之。这本来是涣散社会对抗政府的无组织力量，但到了五代十国时期，无赖游民几乎成为改朝换代、颠覆社稷的中坚力量，令统治者恐惧，也引诱统治者对他们加以利用。赵匡胤长期生活在社会下层，很懂这一点，遂把他们纳入军队，成为稳定社会、拱卫朝廷的长城。这不能不说是他的一大发明。可是这带来了两个问题，一是军队的素质差（纪律差，战斗力不强，带有流氓色彩）；二是随着人口的增长，游民增多，则队伍日益庞大，国家支出则水涨船高，财政日益支绌。但它的长处在于有效遏制了底层社会的武装造反，北宋南宋加起来超过三百年，史家常常说它处在"积贫""积弱"状态，可是宋朝自始至终没有大规模的底层民众武装造反活动。对它生存构成威胁的是北部和西北部少数游牧民族武装的南侵。

太祖既定天下，尝令赵普等二三大臣，陈当今已施行、可利及后世者。普等历言大政数十。太祖俾更言其上者，普等历毕思虑，无以言，因以为请。太祖曰："吾家之事，唯养兵可为百代之利，盖凶年饥岁，有叛民而无叛兵，不幸乐岁变生，有叛兵而无叛民。"普等顿首曰："此圣略，非下臣所及。"予谓议者以本朝养兵为大费，欲复寓兵于农之法，书生之见，可言而不可用者哉。[2]

---

[1]《续资治通鉴长编》卷三二七。
[2]《邵氏闻见后录》卷一，中华书局，1983。

我们知道，历朝大规模的造反都是先有勇敢者发难，然后大批走投无路的饥民跟进，紧接着是统治者集团内部分裂，其中一部分也揭竿而起，与广大民众站在一起，从而天下分崩离析，形成群雄逐鹿的局面，最后由"高材疾足者"先得。宋代由于制度的安排很难形成这种局面。比如有了天灾人祸，老百姓活不下去了要反抗，而军队被朝廷控制着，有吃有喝，不会响应民众，形成"有叛民而无叛兵"的局面；一旦军队闹事，因为不一定有天灾，老百姓尚能存活，也不会冒险支持，所以"有叛兵而无叛民"。在这种军事背景下，宋代武装起义大多规模很小，而且以自生自灭者为多，基本上没有延及全国的。最大的事件也就是在局部地区闹上一两年便被镇压下去。如北宋中叶的王小波、李顺就在青城、彭山一带，没有离开蜀中；后来在贝州起事的王则，始终没离开贝州城。北宋末年的方腊就在浙东一带，短暂地占领了杭州等大城市，也很快就被消灭。

　　宋江集团在这些造反者当中是个异数，因为他们人数少，采取流动作战的方针，没有根据地，也不打出建立新朝廷的旗号和诱使广大民众参加的口号，就是以"剽掠"为主（宋代工商业的畸形繁荣使得便于携带的、流动的财富如金银珠宝之类大量增多[1]，也给突击抢劫带来了方便），东突西冲，自然为官民所畏惧。宋江本人也与《水浒传》所描写的谦恭得近于懦弱不同，而是如元代陈泰《江南曲》的小序中说，"宋之为人，勇悍狂侠。其党如宋者，三十六人"。[2]宋江的这种性格，符合他作为抢劫集团领袖的身份。

　　另外，宋江三十六人之间的团结和作战中的配合也使得这个集团特别具有战斗力。《宋史·张叔夜传》记载张招降宋江的过程：

　　　　宋江起河朔，转略十郡，官军莫敢撄其锋。声言将至，叔夜使间者觇所向。贼径趋海濒，劫巨舟十余，载卤获。于是募死士

--------

[1]《东京梦华录》卷五，记北宋末年东京汴梁的繁华程度："其正酒店户，见脚店三两次打酒，便敢借与三五百两银器，以至贫下人家，就店呼酒，亦用银器供送。有连夜饮者，次日取之。诸妓馆只就店呼酒而已，银器供送，亦复如是。其阔略大量，天下无之也。"

[2] 马蹄疾《水浒资料汇编》，中华书局，1977，第295页。

得千人,设伏近城,而出轻兵踞海诱之战。先匿壮卒海旁,伺兵合,举火焚其舟。贼闻之,皆无斗志。伏兵乘之,擒其副贼,江乃降。

这与《东都事略》中《张叔夜传》差不太多。其中"擒其副贼"一句为《东都事略》所无。这表现出宋江集团之间互相顾念,与民间相传的"来时三十六,去后十八双。若还少一个,定是不还乡"(《大宋宣和遗事》)短诗,可以互相印证。后来在元代"水浒戏"和《水浒传》中发展成为结拜兄弟之间的义气,这种游民道德也成为《水浒传》中的重要思想之一。

流动作战,又屡屡得手,使得宋江的大名遍及汴京以东的山东、河北、淮南诸地区。人怕出名猪怕壮,宋江有名了,自然就有人冒其名,模仿其行动特点,肩扛其招牌,开自己的分店(元杂剧《梁山泊黑旋风负荆》和《水浒传》都有真假宋江的故事)。这样造成了处处都有宋江的信息在传播,弄得到处都是宋江,遂有"转略十郡"传闻。其实宋江集团起灭仅仅一两年间的事,哪会有如此广大的活动领域?宋江的名声大了,许多官员也以参与剿捕宋江为荣。于是出现了许多有意无意的造假行为。《桂林方氏宗谱》所载徐直之所撰《忠义彦通方公传》中讲方庚(彦通)于宣和三年参与了征剿方腊、宋江的军事活动:"公遂得生擒腊,献军中,槛送京师,腰斩于市。所破州县,渐复敉宁。是年,宋江三十六人,猖獗淮甸,未几亦就擒"[1],用此昭告子孙。像这类私人记载,与大多历史记载不同。作者、传主皆非见于史传的名人,很难说他们借此说谎。我怀疑《传》中所说的"宋江三十六人"可能就是冒牌货。虽然为蒋圆、王师心写墓志铭者皆是当时名流大老,但他们所说的也未必皆实。在蒋、王二人自己看来他们对抗的就是宋江,其实也不一定。这样来思考,对于宋人关于宋江记载中的许多矛盾也就不奇怪了。

历史上真实的宋江集团就是来去如飘风、由二十六人组成的武装抢劫团伙。他们没有政治目标,也没有固定的根据地,基本上是抢了就跑的

---

[1] 马蹄疾《水浒资料汇编》,中华书局,1977,第289页。

一伙。他们不是正义的坐标，也非恶德的代表。其实哪朝哪代没有强盗和偷窃？盗窃有什么进步性？就是反对当时官府也不一定都是正当的、正义的。固然皇权专制社会的政府有作为阶级压迫工具的一面，但还有掌握公共权力、维持公共秩序的一面。因此，研究历史、评价历史人物要突破这一关，破除"盗贼"崇拜，设身处地，还原历史的本来面貌。

例如过去把宋江定位为农民起义领袖，有的历史学家要维护农民领袖的光辉形象坚决否认他曾经被招安。后来李若水的《捕盗偶成》发现了，无可奈何，承认招安了，但又不承认宋江曾征方腊。好像宋代一些文人不约而同地在制造宋江征方腊的冤案，为此作假证，说起来好像天方夜谭，但面对大量的史料就是采取不承认主义。其实，退一步说，即使宋江集团就是"农民起义"，也非历史先进力量的代表，农民领袖也出不了"成王败寇"的怪圈。从宋代的历史背景看，宋江和宋江集团参加者应该多是脱离了宗法网络和行政管治的游民，他们冒险求生存求发展的激烈行动，必然让许多游民羡慕万分。游走江湖的游民信息最灵，知道宋江一类游民奋斗的故事也最多，因此宋江的故事才能被江湖艺人演绎出来，而且采取了与宋江相同的立场，弄得一些研究者怀疑，最初传播宋江故事的可能就是他的老部下吧？[1]

到了南宋，宋江的故事能够很快流行开来，除了官方与朝廷的关注，更多还是进入城市的游民的热衷谈论，特别是一批转化为江湖艺人的游民，宋江的传奇冒险经历必然被他们加油添醋，逐渐变为一系列的故事。城市居民由于好奇和消遣，也愿意听和接受，弄得宋江的名声越来越大。当城市居民在想象他的造反活动时，必然会因现实状况而异，现实的政治弊端和金人入侵自然会进入宋江集团的故事系列。

---

[1] 孙述宇《〈水浒传〉的来历、心态与艺术》，台湾时报文化出版事业有限公司，1981。

# 南"水浒"故事钩沉及其要素

## 故事钩沉所依据的资料

"水浒"故事系列是在何时何地作为一档文艺节目开始出现的,其具体情节如何,现在都已不可考了。我们今天只能通过一些宋人或宋末元初人的记载和传世《水浒传》中的一些原始话本的遗留来推考南"水浒"故事和对后来《水浒传》有重要影响的一些要素。这些记载主要存留在以下作品中。

### 一、《大宋宣和遗事》

《大宋宣和遗事》中有关"水浒"的故事,可能就是临安艺人"说话"底本的汇集。其中包括杨志等督运"花石纲";杨志卖刀;智取生辰纲;宋江通风报信;宋江杀惜;九天玄女授宋江天书,要求"天罡院三十六员猛将,使呼保义宋江为帅,广行忠义,殄灭奸邪";三十六人齐聚梁山泊,他们上应天象,受招安,为国家出力,征讨方腊。虽然《大宋宣和遗事》有元人增写、编辑的痕迹,可是体味其内容,书当写于南宋初年,即距北宋灭亡不太久的时间里。文字中流露出对北宋末年奸臣当道的愤恨,对徽、钦二帝俘虏生活的同情与悲哀,这是南宋初年那个特定时代的感情,是后人难以伪造的。

### 二、《癸辛杂识》

周密的《癸辛杂识》所载的龚开《宋江三十六人赞》及序。钱锺书先生曾说:"直到南宋灭亡,遗老像龚开痛恨'乱臣贼子'的'祸流四海',才想起宋江这种'盗贼之圣'来,仿佛为后世李贽等对《忠义水浒传》的看法开了先路。"[1] 钱先生分析的是龚开创作赞语及小序的动机,更重要的还是写作的依据。

---

[1]《宋诗选注·序》,人民文学出版社,1979。

宋江的故事，龚开是从"街谈巷语"中听来的。后来经过李嵩的"传写"[1]作画，使这三十六位好汉更加栩栩如生，他便有了为宋江等人的画像写"赞"语的冲动了。画赞中称赞宋江及其部下"不加称王，而呼保义"，"中心慕汉，夺马而归，汝能慕广，何忧数奇"，描写他们在民族斗争中出生入死的故事，称许他们在战乱中坚持民族立场。这也透露出在临安演播"水浒"时，除了《大宋宣和遗事》中反映游民的传奇和市井细民的日常生活之外，还编入了抗金甚至抗元的故事。例如关于"浪里白跳张顺"，龚开赞道，"雪浪如山，汝能白跳。愿随忠魂，来驾怒潮"。有的研究者就认为这写的是一位在抗元战争中牺牲的民兵将领，他牺牲在长江之中，"越数日，有浮尸溯流而上，被介胄，执弓矢，直抵浮梁，视之，顺也。身中四枪六箭，怒气勃勃如生，军中惊以为神，结冢殓葬，立庙祀之。然自此围益密，水道连锁数十里，以大木下撒星桩，虽鱼鳖不得度矣"[2]。《宋江三十六人赞》中多次提到"太行山"，并说他们的英雄故事在太行山上展开，在这座名山上留下深刻的痕迹。

### 三、罗烨《醉翁谈录》

宋末罗烨《醉翁谈录》的《舌耕序引·小说开辟》介绍"说话"诸家，所载"小说"目录中"公案"类的"石头孙立"，"朴刀"类的"青面兽"，"杆棒"类的"花和尚""武行者"等故事，我们现在不可得见了，但从题目上便可知是属于"水浒"系列的，大约这些故事与《水浒传》中孙立、杨志、鲁智深、武松的故事相去不远。

传世的《水浒传》由两部分构成。一是上梁山聚义以前，英雄好汉的个人传奇故事，如鲁达鲁智深救人水火的传奇，林冲逼上梁山的传奇，宋江黑白两道的传奇，武松游走江湖的传奇，顾大嫂解救解珍、解宝的传奇等。这些在北方流传的"故事"系列中都是我们看不到的，这些故事实质是"朴刀杆棒"和"发迹变泰"类型的故事。另一部分是英雄好汉会聚梁

---

[1] 如何理解"传写"，胡适认为传写是编成故事。他说："宋元之际，已有高如、李嵩一班文人'传写'这种故事。"见《水浒传考证》，载《〈水浒〉评论资料》，上海人民出版社，1975。

[2] 周密《齐东野语》卷十八，中华书局，1983。

山、排座次之后，梁山成为独立的武装力量，俨然敌国，他们与朝廷的战争及受招安后"征四寇""平方腊"等，这实际上是"士马金鼓"的故事。与上半截故事有了性质上的差别。

### 四、吴从先《小窗自纪·读〈水浒传〉》

另外，明代万历间有位随笔作家吴从先，在其所著笔记《小窗自纪》中，有一篇《读〈水浒传〉》。文中所说的《水浒传》与传世本有很大区别，带有明显的南"水浒"的遗迹。作者把"水浒"故事背景设计在金人侵占了首都汴京，南宋小朝廷已经在杭州诞生。此时不仅外患频仍，还有内乱，"高托山自河北起，张仙自山东起，方腊起于睦州，宋江起于淮南"。宋江本人是一"亭长"，为人讲义气，好交朋友，抚孤济茕，不吝金钱，后来因为接受贿赂，被发配江州，路过淮南，被江湖上的朋友救起，进入山水寨，被众人拥戴为寨主。而他对拥戴他的江湖朋友说，要在国家危难之际，"立大功名"。后被招安，为平定内乱建立了功业，但因为蔡京、童贯等奸臣当政，"同朝之中，咸谓贼不可共处"，最终被"毙之药酒中"。吴从先感慨地说，"呜呼，宋之君臣亦忍矣哉"。这个《水浒传》也有个人英雄传奇：

若李逵之虎，时迁之甲，武松之嫂，智深之禅，戴宗之走，张顺之没。又明示以宋无不可用之人。

从这些故事里可以看出，在南"水浒"系统中，"忠义"是最重要的主题。无论讲什么样的故事，都是为了拯危救亡，抵抗金人。甚至贯穿忠义这个主题，写了宋江集团被招安，外抗金兵，内平叛乱，最后冤屈而死。传统道德强调"忠臣不怕死"，因此要突出"忠义"，都要写忠臣因被冤枉而死。

## 宋代"水浒"故事中的要素

我们从宋人留下的这些零零星星的记载，结合后世出现的《水浒传》

可以看出，《水浒传》中的基本要素（包括生活的、思想的、艺术的）在宋代已经出现。其中包括：三十六人、梁山泊、山寨、太行山、忠义、江湖和市井生活等。

　　为什么要从现存的有关宋代"水浒"故事中抽出这些要素来加以讨论研究呢？关于《水浒传》的成书过程、《水浒传》的主题以及它与历史真实的关系是争辩了几百年的问题，可是研究者很少从《水浒传》中题材、思想等重要因素形成和传承角度进行系统考辨。《水浒传》是历代许多作者共同完成的，作品中初期形成的一些要素必然对后世产生影响。许多研究者把《水浒传》中一些情节的设置归结为最后写定者个人意识的产物（比如把《水浒传》中仇视青年妇女的倾向，解释为作者施耐庵可能是情场的失败者，借此摅怀；又如说写招安是作者地主阶级思想的反映云云）。这些人不懂得这类从说唱通俗文艺演变来的通俗小说，主题和基本情节早已确定下来，后来的写定者对其基本倾向是无能为力的。我们分析这些要素就是从中可以得知《水浒传》的基本倾向。

　　另外，《水浒传》还有许多谜团，例如宋江怎么从一个只有三十六人的小股武装抢劫集团（当然不排除它也带有武装造反的性质）变成了有根据地、有政治口号（替天行道——不过这个口号是元代形成的，宋代没有），进可攻、退可守的反抗朝廷的武装队伍？为什么按照梁山"排座次"时规模足以打到东京去，夺"大宋皇帝的鸟位"了，却还要卑辞厚礼、买通官僚（甚至买通妓女）、靠走后门去受招安投降？如果我们对于宋代留下的、后来构成《水浒传》要素的来龙去脉有所了解，对于要素的历史真相、文化内涵和社会意义有所了解，《水浒传》的许多内在矛盾自然冰释。因此总结宋代"水浒"故事形成的要素并加以考辨，弄清其形成及演变的过程，对于深刻理解《水浒传》和认识其成书过程是简单而便利的手段。

# 南"水浒"故事中有重要影响的诸要素

## 三十六人与九天玄女

宋江集团成员有三十六人,这既是历史事实,又是南宋在创作"水浒"故事时不肯稍加改动的重要情节。从最早的北宋李若水《捕盗偶成》中的"三十六人同拜爵",到较晚的《东都事略》中侯蒙所说的"宋江以三十六人,横行河朔、京东,官军数万,无敢抗者,其材必过人"。到了文学作品之中"三十六人"这个情节仍然被保留了下来。周密所传的龚开《宋江三十六赞》中,不仅把三十六人姓字名谁都一一写了出来,排列有序,而且每人都有绰号,这是史籍没有提到的。这有两种可能,一是他们有绰号,但这些不登大雅之堂的东西,主流社会的史官不屑一顾;二是没有绰号,是文艺家们创造的。如果结合《大宋宣和遗事》中的记载分析,这批宋江集团的人都有绰号,这是他们走江湖的字号(意为招牌)。《画赞》与《遗事》两者记载略有差别,可能是流传过程中的变异。

"三十六"在中国传统文化中属于神秘数字。上古,人们习惯用数字来抽象五彩缤纷的世界。《易经》中有"太极生两仪,两仪生四象,四象生八卦"之说,太极是一;《易经》的卦爻中阳爻用"九",阴爻用"六",也是用两个数字替代,这象征着万事万物皆由"九""六"生发而出。道家也有"道生一,一生二,二生三,三生万物"的说法。这些被赋予抽象含义的数字日益神秘化和宗教化。中国土生土长的道教在建立自己教义和神仙谱系时,也由这些数字中获得许多灵感。道教的神仙谱系中就有"三清四御""九真九圣""三十六真人"等。

宋江集团活动时期正是宋徽宗宣和年间。徽宗是个崇尚道教的皇帝,特别是被士大夫视为"左道""妖人"[1]的林灵素现身朝堂以后,徽宗迷信道教达到高潮。他自称"教主道君皇帝",林灵素会一些幻术,徽宗令他日侍其侧,称之为"聪明神仙",封为玉真教主,对他言听计从,连蔡京

---

[1] 见《邵氏闻见后录》卷三十。

那样的宠臣和太子都动摇不了徽宗对林灵素的宠信，徽宗还在全国提倡道教，打压佛教。当时文士耿延僖所作《林灵素传》中说：

> 灵素遂纵言佛教害道，今虽不可灭，合与改正，将佛刹改为宫观，释迦改为天尊，菩萨改为大士，罗汉改尊者，和尚改德士，皆留发顶冠执简。有旨依奏。[1]

这样，崇道之风遍及全国，并形成一股崇道抑佛的热潮。蔡绦在《铁围山丛谈》中记载：

> 政和以后，道家者流始盛，羽士因援江南故事，林灵素等多赐号"金门羽客"，道士、居士者，必锡以涂金银牌，上有天篆，咸使佩之，以为外饰；或被异宠，又得金牌焉。[2]

正是在这种社会风气的影响下，南宋"水浒"故事中也免不了涂有道教的色彩。宋江集团共三十六人，也许是偶然的，也许是在当时崇尚道教风气影响下，有意凑成三十六人，模仿道教的"三十六真人"，借以张扬和自励。江湖艺人在处理这"三十六人"要素时，更进一步拉近了与道教的关系，使它带有神秘与勇武的色彩。宋代"水浒"故事中就有了九天玄女将"天书付天罡院三十六员猛将使呼保义宋江为帅，广行忠义，殄灭奸邪"的情节（《大宋宣和遗事》），把这三十六人说成是"天罡院的三十六员猛将"。所谓"天罡院"也就是北斗丛星的形象说法，这个说法拉近了宋江集团与道教的关系。第一，天罡本身就是道教词汇。它本义为北斗七星斗柄。后道教称北斗丛星中有三十六个天罡星，每个天罡星各有一神，合称"三十六天罡"。传统的中国人相信"天上一颗星，地上一颗钉"，所谓"钉"也就是人。三十六天罡又都是武将，称为天将。道教崇奉的《北方真武祖师玄天上帝出身全传》中称三十六天将都是真武大帝收服的神，

---

[1] 见《宾退录》卷一。
[2] 《铁围山丛谈》卷三。

全部隶属真武麾下，其中著名的如关公（关羽）、赵公明（武财神）、龟蛇二将等。这些天神天将，武艺高强，兼有法力，道士在斋醮做法时，常召请他们下凡驱鬼捉妖。本来是一伙抢劫集团，被说成是天兵天将下凡，于是"水浒"故事获得了正面意义。第二，"九天玄女"也属于道教神仙谱系。早在魏晋时期，道士实施炼金术之前即须祭玄女，即"皆立太乙、玄女、老子坐醮祭"[1]。而且九天玄女与道教中特别崇拜的黄帝、西王母有着密切的关系。《集仙录》[2]中说黄帝与蚩尤九战九不胜。黄帝归于太山，三日三夜，天雾冥冥。

> 王母乃命一妇人人首鸟身谓帝曰："我九天玄女也。"授帝以三宫五意阴阳之略，太一遁甲六壬步斗之术，阴符之机，灵宝五符五胜之文，遂克蚩尤于中冀，剪神农之后，诛榆冈于版泉，而天下大定，都于上谷之涿鹿。

于是，九天玄女被视为黄帝之师，指导黄帝打败蚩尤，安定天下。她又被崇奉为战神，有了她的指导，战争就能取胜。宋江亲自得到九天玄女的眷顾，不仅得到"天书"，而且指示他们"广行忠义，珍灭奸邪"。由于宋江集团的斗争受到神仙指使、有神仙帮助，后来引出"替天行道"也就自然而然了。

南"水浒"故事一开端就被赋予道教神仙色彩，一方面是当时社会风气所致，一方面也体现作者肯定这个不能为主流社会所容故事的用心之苦。崇道抑佛的倾向直到《水浒传》中还保留着。

## 梁山泊

如果说"水浒"系列所倚赖故事情节是有关宋江集团的事迹和传说的话，其故事所依赖的场景则是山东梁山泊。

---

[1]《抱朴子·内篇·黄白》。
[2]《太平广记》卷五十六。

梁山泊，《水浒传》中这里是天下好汉的聚义之处。从文学角度看，它是故事的发生地和情节演变的重要环境。自从元杂剧中的"水浒戏"和明代《水浒传》出现，宋江集团就与梁山泊不可分割地联系在一起，而且这个梁山泊是山东郓城附近的，而非在方志上都很难找到的太行山的梁山泺。说到宋江和宋江集团的故事都不能撇开梁山泊，否则是说不清的。而且这个故事形成后，失去了梁山泊也便失去了光彩。

在考订宋江事迹文字中，我指出宋江集团是个流动武装集团，是没有固定的根据地的。但我们从史书上所记载的宋江集团活动的地域——"京东""河北""淮阳""楚州"等地，可以想象，这个集团是以梁山泊为中心，东、北、南、西南等方向做放射状活动，梁山泊仿佛是他们的活动中心或休整时的栖息地（短期有可能）。于是人们（特别是从北方逃难到南方的难民）谈到宋江时，都要说到梁山泊。我想正是由于这个原因，《大宋宣和遗事》中说到宋江或宋江集团的人犯法之后，为了逃避追捕都要上"梁山泊"。可是南宋"水浒"故事的创作者和演播者们，是不熟悉北方地理的临安"说话"人，他们弄不清梁山泊在哪里，往往混同于太行山。他们认为在连绵不断的太行山中有个梁山泊。

## 一、从美丽的梁山泊到"多盗"的梁山泊

"水浒"，"浒"是水边的意思。梁山泊中有座不大的梁山，梁山之上修了一座寨子，梁山寨面对汪洋一片的湖水，因此梁山寨就是"水浒"。元代杂剧作家高文秀的《黑旋风双献头》剧中的梁山寨主宋江说："寨名水浒，泊号梁山。纵横河港一千条，四下方圆八百里。东连大海，西接济阳，南通巨野、金乡，北靠青、齐、兖、郓。有七十二道深河港，屯数百只战舰艨艟；三十六座宴楼台，聚几千家军粮马草。"虽然这些都是文学语言，但其中对"梁山泊"的描写"纵横河港一千条，四下方圆八百里"等，并未夸大。梁山泊本名大野泽，五代时，因为湖面北移，环绕着梁山而成巨泊，始有梁山泊之名。自五代、北宋，多次被溃决的黄河水灌入，面积逐渐扩大。熙宁、元丰、元祐间，黄河多次溃决，大量河水汇入大泽，梁山泊周围达八百里，蔚为壮观，成为诗人歌咏的对象。北宋韩琦

《过梁山泊》[1]诗云：

> 巨泽渺无际，斋船度日撑。
> 渔人骇铙吹，水鸟背旗旌。
> 蒲密遮如港，山遥势似彭。
> 不知莲芰里，白昼苦蚊虻。

一眼看不到边际的湖面和偶见有鼓乐排场的官船就感到惊骇的渔民，都告诉读者梁山泊的广阔与荒野。大约这是黄河溃决不久的梁山泊，无边无际的洪水给这里带来的是灾难和恐惧。

苏辙的《梁山泊见荷花忆吴兴五绝》[2]：

> 南国家家漾彩舲，芙蕖远近日微明。
> 梁山泊里逢花发，忽忆吴兴十里行。
> 终日舟行花尚多，清香无奈着人何。
> 更须月出波光净，卧听渔家荡桨歌。
> 行到平湖意自宽，繁花仍得就船看。
> 回头却向吴侬说，从此远游心未阑。
> 花开南北一般红，路过江淮万里通。
> 飞盖靓妆迎客笑，鲜鱼白酒醉船中。
> 菰蒲出没风波际，雁鸭飞鸣雾雨中。
> 应为高人爱吴越，故于齐鲁作南风。

苏辙写的是比韩琦晚几十年的梁山泊的风景。此时的梁山泊比以前温柔可爱了许多，仿佛是十里荷花的江南。这固然与诗人的心情有关，但这里水光山色、鸟语花香和诗人所感受到的江南水乡的风韵，肯定是社会安定和经济生产发展的产物。

---

[1]《安阳集》卷五，见巴蜀书社版《安阳集编年笺注》。
[2]《栾城集》卷六，见上海古籍版《栾城集》。

宋神宗时期"王安石变法"是自梁启超以来备受赞美歌颂的。实际上这次变法问题很多，它给宋朝带来的灾难远远大于熙宁元丰之间的小小成就（国家财政收入的增加与同西夏作战取得一两次小胜）。其根本原因在于变法只注意增加国库收入，却忽视了各个阶层的利益，而且急功近利，做了许多折腾老百姓的蠢事。苏辙的《梁山泊次韵（李公铎）》[1]一诗中写道：

近通沂泗麻盐熟，远控江淮粳稻秋。
粗免尘泥污车脚，莫嫌菱蔓绕船头。
谋夫欲就桑田变，客意终便画舫游。
愁思锦江千万里，渔蓑空向梦中求。

梁山泊作为航行通道给行人和运输带来了许多方便。王安石变法中因有"方田水利法"刺激了趋炎附势之徒的想象，要大搞"围湖造田"（时议者将涸此泊以种菽麦），抽干梁山泊来种大豆小麦。如《渑水燕谈录》所录：

往年士大夫好讲水利，有言欲涸梁山泊以为农田者，或诘之曰："梁山泊，古巨野泽，广袤数百里。今若涸之，不幸秋夏之交行潦四集，诸水并入，何以受之？"贡父适在坐，徐曰："却于泊之傍凿一池，大小正同，则可受其水矣。"坐中皆绝倒，言者大惭沮。

过去一些论者说这是反对变法的旧党人士编造的政治笑话。其实这则笑话在当时多有传闻。刘攽（贡父）不冷不热的讽刺很难彻底打消争利者的欲念。梁山泊肯定是那时被折腾的重点对象之一，不久这个美丽的地方突然以"素多盗"闻名了。一个在新旧党争中锻炼出来的酷吏蒲宗孟，他知郓州之时：

---

[1]《栾城集》卷六，见上海古籍版《栾城集》。

> 梁山泊素多盗，宗孟痛治之。虽小偷微罪，亦断其脚筋。盗虽为衰止，而所杀不可胜计。[1]

残酷的手段可能会有暂时成功，但说到底还是为渊驱鱼，为丛驱雀，把善良的民众驱赶到武装抗争的道路上去。

神宗以后，新旧党之争把朝内的政治斗争扩散到社会。政策是朝令夕改，而且长时间的奸佞当道，再加上好大喜功的宋徽宗，以"丰亨豫大"作为"治国"和自己享乐的指标。所谓"丰亨豫大"，说白了就是花钱越多越好，奢侈靡费，毫无节制，以致宋徽宗即位不几年，财政上就出现了严重的亏损和赤字，全年的赋税总收入仅够应付八九个月的支出。"及蔡京为相，增修财利之政，务以侈靡惑人主，动以《周官》'唯王不会'为说（《周礼》中有言，君王不受会计制度的约束，其实那只是指一些生活细节），每及前朝惜财省费者，必以为陋。至于土木营造，率欲度前规而侈后观。"[2]作为宰相的蔡京不仅不劝谏徽宗，反而制造"理论"，推波助澜。鼓励宋徽宗不要小气，要敢于放手花钱。如此"逢君之恶"，宜为宋徽宗一朝的奸臣之首。至于钱从哪里来？还不是伸手向老百姓要，加重对老百姓的盘剥。从此天下不太平，即使徽宗末年没有金人入侵，其所面临的重重社会矛盾也不容乐观。

> 杨戬……政和四年，拜彰化军节度使……历镇安、清海、镇东三镇……有胥吏杜公才者，献策于戬，立法索民田契，自甲之乙，乙之丙，展转究寻，至无可证，则度地所出，增立赋租。始于汝州，浸淫于京东西，淮西北，括废陂、弃堰、荒山、退滩及大河淤流之处，皆勒民主佃。额一定后，虽冲荡回复不可减，号为"西城所"。筑（按当为梁）山泺，古巨野泽，绵亘数百里，济、郓数州，赖其捕鱼之利。立租算船纳值，犯者盗执之。一邑

---

[1]《宋史》卷三二八，中华书局。
[2]《宋史》卷一七九，中华书局。

率于常赋外增租钱至十余万缗，水旱蠲税，此不得免。[1]

上有宋徽宗的挥霍，下就有奸臣替他搜刮，从老百姓手中把他们赖以生存的土地抢夺过来。像梁山泊属于"大河淤流之处"，本来自然环境变化的产物，是大自然赐予老百姓的。但"溥天之下，莫非王土"，老百姓只拥有"使用权"，而没有"所有权"（欧洲"罗马法"有"先占权"，土地谁先开垦就归谁所有）。老百姓想不"使用"还不行，"皆勒民主佃"，要求百姓必须要"佃"，并确定租额，以后"大河淤流"，要是有所变化，土地少了，租额也不能减。这样做实际上等于抢劫。而且梁山泊附近的人要下湖捕鱼捉蟹，如不"立租算船纳值"，就当作强盗抓起来。当统治者、政府把普通民众视作强盗的时候，那么老百姓就真的要做"盗"了。于是，美丽的梁山泊成为盗薮。杨戬死于宣和三年（1121），这正是宋江三十六人纵横驰骋京东路之时。说梁山泊多盗正是在宋徽宗政和、宣和之间，这在《宋史》中屡有记载：

> 梁山泊多盗，皆渔者窟穴也。凡籍十人为保，使晨出夕归，否则以告，辄穷治，无脱者。[2]

徽宗时善于理财的干吏许几做郓州知州时，把梁山泊附近的渔民编排起来，互相连保（王安石变法发明的），用以镇压当地所谓的"盗"。

另一个任京东路"提点刑狱"，也即负责京东路司法的长吏任谅有更多的办法对付梁山泊的"盗"：

> 梁山泊渔者习为盗，荡无名籍，谅伍其家。刻其舟，非是不得辄入。他县地错其间者，镵石为表。盗发，则督吏名捕，莫敢不尽力，迹无所容。

---

[1]《宋史》卷四六八，中华书局。
[2]《宋史》卷三五三，中华书局。

带有志怪小说色彩的《夷坚志》在《乙志》第六卷上也提到梁山泊：

宣和七年，户部侍郎蔡居厚，罢知青州，以病不赴，归金陵。疽发于背，命道士设醮。倩所亲王生作青词，少日而蔡卒。未几王生暴亡，三日复苏，连呼曰："请侍郎夫人来。"夫人至，王乃云，初如梦中有人相追逮，拒不肯往。其人就床见执，回顾身元在床卧，自意已死，遂俱行。天色如浓阴大雾中，足常离地三尺许，约十数里至公庭。主者问何以诡作青词诳上苍，某方知所谓，拱对曰："皆是蔡侍郎命意，某行文而已。"主者怒稍霁，押令退立。俄西边小门开，狱卒护一囚，杻械联贯立庭下，别有二人舁桶血，自头浇之，囚大叫，顿挈苦痛，如不堪忍者。细视之，乃侍郎也。主者退，复押入小门，回望某云："汝今归，便与吾妻说，速营功果救我，今只是理会郓州事。"夫人恸哭曰："侍郎去年帅郓时，有梁山泊贼五百人受降，既而悉诛之，吾屡谏不听也。今日及此，痛哉。"乃招路时中作黄箓醮，为谢罪请命。

这本来是个讲因果报应的故事，但它也与梁山泊联系起来，可见宋徽宗时梁山泊多"盗"是广为众人所知的。而且这些"盗"在当时人们心目中多是梁山附近依靠捕鱼捉蟹为生的普通百姓，实因过度的盘剥，才铤而走险。在他们放下武器之后，又无辜被杀，自然会冤动天听，杀人者受到报应。有的研究者说，蔡居厚所杀的"梁山泊贼"就是"宋江一伙"，这是绝不可能的。一是时间不对，二是以往来驰突、精悍勇猛著称的宋江三十六人，主要在陆上作战，不是活动于水泊之上的"梁山泊贼"。

## 二、金人入侵时的梁山泊

宋徽宗的报应终究来了，金人的铁蹄踏碎了"丰亨豫大"的美梦。金人南侵，北宋灭亡，二帝"巡狩"，徽宗受尽折磨侮辱之后，最终死于苦寒的北方，算是他为自己荒唐的、奢侈的二十五年皇帝生涯所付出的代价。然而宋朝的北方，中原社会的崩溃在徽宗政和年间就开始了。南宋王明清的《挥麈录》[1]中说：

> 祖宗开国以来，西北兵革既定，故宽其赋役，民间生业，每三亩之地，止收一亩之税，缘此公私富庶，人不思乱。政和间，谋利之臣建议，以为彼处减匿税赋，乃创置一司，号西城所，命内侍李彦主治之。尽行根刷拘催，专供御前支用。州县官吏，无却顾之心，竭泽而渔，急如星火。其推行为尤者，京东漕臣王宓、刘寄是也。人不堪命，遂皆去而为盗。胡马未南牧，河北蜂起。游宦商贾，已不可行。至靖康初，智勇俱困。有启于钦宗者，命斩彦，窜斥宓、寄，以徇下宽恤之诏，然无乡从之心矣。其后散为巨寇于江、淮间，如张遇、曹成、钟相、李成之徒，皆其人也。

当时，为了皇帝的个人享乐，"谋利之臣"巧立名目，搜刮百姓，竭泽而渔，弄得"人不堪命"，只得去做强盗。因此，金人没有南下之时，汴京以北许多地区，乱象已具，道路淤塞，民心涣散。钦宗继位，似乎要改弦更张，杀掉主持西城所的李彦，但为时已晚。后来，钦宗畏惧入侵的金人，应对失策，汴京沦陷，北宋灭亡。

金兵大举南进，使得畸形繁荣的汴京转瞬之间变成了人间地狱，而且安定了一百余年的中原地区也遭受到空前的蹂躏和浩劫：

> 初贼围城，放兵四掠，东及沂西至濮、兖，南至陈、蔡、颍，皆被其害。陈蔡二州，虽不被害，属县焚烧略尽。淮泗之间荡然矣。京城之外，坟垄悉遭掘，出尸，取其棺为马槽，杀人如割麻，臭闻数百里。京城以故，数大疫，死者过半。自城破后，物价大贵，米升三百，猪肉一斤六贯，羊肉一斤八贯，牛马肉至二万，亦无得者。街巷有病气未绝者，俄顷已被剔剥，杂诸牛马肉卖之。

---

[1]《挥麈录·后录》卷二。

菜蔬已尽,唯取软者啖之。至番贼去尽,乃稍平复。[1]

可见汴京沦陷后,京东路的沂州以西,濮州、兖州,京西路的陈州、蔡州、颍州所受破坏的情景。国家、政府不仅丧失了保护人们的能力,而且国家机器崩毁时的碎片(军队解体后的散兵游勇)也成为人们的一大祸害。例如汴京失陷时,十多万军民,夺万胜门出逃,被金人打散,"有得脱者,悉走京西,聚为盗贼,李孝忠、党忠、祝进、薛广、曹瑞、王在之徒皆是也"[2]。而且此时,金人还在不停地向南深入,沿途仍在不停地骚扰。在这个极其混乱的世界上,老百姓要想生存,唯一的途径是拿起武器,组织起来,武装自保。上引《挥麈录》中所说"其后散为巨寇于江、淮间"的"巨寇"大多是流民武装集团,《三朝北盟会编》说的也是。只是他们常常抢劫北宋向南流亡的人,很少抗击南侵的金人,所以南宋政府称他们为"盗"。这些人多从京西路南下,京东、郓州、梁山泊一带也同样有武装流民集团在活动。《三朝北盟会编》中记载:

> 张荣,梁山泊渔人也。聚梁山泊有舟师三二百人,常劫掠金人。杜充为留守时,借补荣官至武功大夫,遥郡刺史,军中号为张敌万。金人进兵取维扬也,荣乘闲率舟船自清河而下,满舟皆载粮食,驻于鼉潭湖,积荻为城,以泥傅之,渐有众万余。金人屯于孙村浦寿河也,屡遣人攻之,阻湖淖皆不能近。是时天寒冰冻,金人已得楚州,遂并力攻其荻城。荣不能当,焚其积聚,弃荻城,率舟船遂入通泰州。[3]

张荣本是梁山泊的渔民,他们之所以能够聚众起事,东京留守杜充之所以收编他们,都是源于金人的入侵。张荣所统领的实际上是流动于水上的武装团伙,从梁山泊一直流动到楚州、扬州(现在的苏北)一带。流

---

[1] 徐梦莘《三朝北盟会编》卷第九十六"靖康中帙"七十一。
[2] 徐梦莘《三朝北盟会编》卷第七十"靖康中帙"四十五。
[3] 徐梦莘《三朝北盟会编》卷第一四三"炎兴下帙"四十三。

民武装起来组织起来的目的就是求生存,当他们杀人放火,劫掠官员百姓之时,统治者称他们为"盗";当他们劫掠金人,骚扰金人南侵的部队时,又被南宋统治者称为"忠义",是"义军"。其实这两个称呼都是有水分的。张荣本人勇敢善战,力敌万人,人称"张敌万"。他在接受了南宋朝廷的武功大夫封号之后,带领他那支部队,满载军粮(当时中原一带极端缺粮),紧咬着南侵金军的尾巴。为了解除这一后顾之忧,建炎四年(1130)深冬,金军占领楚州(今江苏淮安)后,趁天气寒冷,湖水结冰、舟船无法行驶之时,调集重兵攻打张荣。张荣只好放弃荄城,率义军转战通州(今江苏南通),引兵入兴化,在缩头湖(今江苏兴化东)筑水寨防守。

> 挞懒在泰州,谋往渡江,欲先破荣水寨,尽载兵于舟,直犯水寨。时荣亦出数十舟载兵与金人船相遇。金人有战舰在前,不可近;荣遑遽欲退,不可。荣望金人舟,徐顾其众曰:"无虑也。金人止有战舰数只在前,余皆小舟。方水退,隔泥淖,不能近岸。我舍舟而陆,杀棺材中人耳。"遂皆弃舟登岸,大呼而杀之。金人不能骋,舟中自乱,溺水或陷于泥淖者不可计。挞懒收余众,约二千,奔还楚州。泥淖中,金人犹有未死者,凡两三日诛戮殆尽。[1]

这次战役收复了淮东,杀死金兵约五千余人,连主帅挞懒的女婿不剌芦达万户也被俘虏。这一战在当时影响很大,使得挞懒从此不敢贸然南侵,而且当地人将名字不雅的"缩头湖"改为得胜湖,以纪念这次胜利,一直到清代都没有改这个名字。这是梁山泊人在金人南侵时在历史上留下的印迹。

在"水浒"故事形成的初期,创作者对于梁山泊到底在什么地方还是不清楚的。为什么又把宋江集团的故事与梁山泊联系起来呢?我想不外以下三个原因:第一,梁山泊是靠近汴京最大的湖泊,在北宋时是十分有名

---

[1] 徐梦莘《三朝北盟会编》卷第一四五"炎兴下帙"四十五。

的，梁山泊有事往往会震动京都。第二，宋江三十六人打家劫舍的流动作战又多在梁山泊周围地区，人们想到宋江的故事往往联想到梁山泊。第三，北宋南宋之交梁山泊又是充满了武装暴力活动的地方，这里有官府的压迫，也有外来民族的入侵；有对压迫剥削的反抗，也有抢劫和偷盗。这是一个会给人们留下深刻记忆的地方。南宋临安瓦子里的说话人把宋江与梁山泊联系起来是不奇怪的，但作为江南艺人，他们又不知道梁山泊的确切方位。当时太行山在临安叫得最响，因为那是忠义人、忠义巡社抗金活动最频繁的地方，于是便把梁山泊与太行山联系了起来，仿佛梁山泊在太行山中。《大宋宣和遗事》中智取生辰纲后，晁盖一干人等"前往太行山梁山泊去落草为寇"了。梁山泊这个要素到了元代由于东平杂剧作家所写的"水浒戏"的介入才更加强化了。在宋代"梁山泊"是属于太行山的，这一点在《水浒传》仍留有痕迹。如梁山有座宛子城，它是梁山山寨的中心。其实那座宛子城真的是在太行山。

## 太行山与忠义

太行山是华北地区的重要山系，而忠义是一种思想意识，两者怎么能扯在一起呢？但在南宋，特别是南宋初期，此时统治者最关注的意识形态就是忠义，太行山从某种程度上来说就是忠义的载体，因为那里活跃着许多不领薪俸官饷的民间抗金武装。忠义大约也是南宋军民苦撑危局的重要动力，没有这个意识形态怎么能让人们凝聚在一起呢？这在宋代"水浒"系列中也有反映。上面引的九天玄女授给宋江的"天书"中就有"广行忠义，殄灭奸邪"，连神仙也加入意识形态的动员。

太行山在南"水浒"中的遗迹不仅在《大宋宣和遗事》和《宋江三十六赞》中屡次被提到，而且在《水浒传》中还常常提到宛子城（碗子城）。关于"水浒"故事发生地，宋人多认同太行山。实际上从历史真实来看，作为流寇的宋江集团没有迹象到过太行山。宋江集团活动的范围虽然很大，但是以山东西部、西南部为多，也去过鲁西北、河北东路的东南部，总之是在梁山的周围地区活动，到汴京以西的可能性不大。在说话人弄不清梁山泊真正的方位时，他们便取用了他们头脑深处另一个记忆——太行山。

中原沦陷后，民间的抗金武装多在此地活动，或以此为根据地。这些民间武装说他们是"强盗"，或者说是"义军""义民"都有些勉强，然而南宋从统治者到民众都愿意把他们想象成为"义军""义民"，赞誉他们为"忠义"。因为南宋小朝廷的安全需要抗金的思想和情感支撑，从上到下，认同忠义。因此说话人即使意识到宋江不过是梁山泊一带活动的抢劫集团，当他们认同宋江集团的活动时，也要把他们与太行山联系起来，这是时代的要求，也是受众的要求。作为一种商业活动的通俗文艺演出怎么能够远离受众的要求呢？

## 一、太行山与宛子城

"水浒"故事的背景，讲宋江、梁山泊、山寨读者都不会感到陌生，谈到"太行山"就未免会感到突兀。其实，《水浒传》第十六回"杨志押送金银担 吴用智取生辰纲"中有一段描写黄泥冈的文字提到太行山，说杨志一行：

> 正行之间，前面迎着那土冈子。众人看这冈子时，但见：
> 顶上万株绿树，根头一派黄沙。嵯峨浑似老龙形，险峻但闻风雨响。山边茅草，乱丝丝攒遍地刀枪；满地石头，磕可可睡两行虎豹。休道西川蜀道险，须知此是太行山。

按照《水浒传》中的故事情节，黄泥冈应该在济州（今山东巨野）。宋代，济州下领四个县，其中有郓城县。黄泥冈劫取生辰纲的案子发了以后，济州府缉捕使臣何涛到郓城逮捕郓城管辖下的晁盖等人时，何涛对宋江说"敝府管下黄泥冈上一伙贼人"，明确讲明了黄泥冈是属于济州府管辖的，怎么在这段韵文中却变成"须知此是太行山"了呢？虽然《水浒传》中的文字常常地犯地理常识的错误，但像这种自相矛盾的还不多见。由此可以推想，这段韵文当是宋代有关"水浒"故事系列中存留下来的。

我们考察宋代有关宋江"水浒"故事原貌的主要依据是《大宋宣和遗事》和周密《癸辛杂识》记载的龚圣《宋江三十六赞》。"遗事"中"智取生辰纲"的故事与杨志无关，生辰纲是梁师成派马县尉负责押运的。马县尉一行人也不是过黄泥冈，而是行到"五花营堤上田地里，见路傍垂杨掩映，修竹萧森，未免在彼歇凉片时"。"五花营"在哪里呢？"遗事"中说在"南洛县"。宋代没有南洛，只有洛南县，在今天河南省中部偏西。洛南县虽然不在太行山中，但离太行不算远。

《大宋宣和遗事》写了六个关于宋江（或称"水浒"系列）的故事，包括"杨志等押花石纲违限配卫州""孙立等夺杨志往太行山落草""宋江因杀阎婆惜往寻晁盖"等都标明他们落草之地是太行山。《大宋宣和遗事》成书于元代，但很多故事是宋代完成的。宋人周密所记录的龚圣《宋江三十六赞》中也有五处出现"太行"。

  玉麒麟卢俊义：白玉麒麟，见之可爱。风尘太行，皮毛终坏。
  浪子燕青：平康巷陌，岂知汝名。太行春色，有一丈青。
  神行太保戴宗：不疾而速，故神无方。汝行何之，敢离太行。
  没遮拦穆横：出没太行，茫无畔岸。虽没遮拦，难离伙伴。
  船火儿张横：太行好汉，三十有六。无此火儿，其数不足。

这五个人可分三组。卢俊义、燕青是一组，《水浒传》中他们是主仆，而且燕青对卢十分忠诚，有舍身救主之举。"遗事"中卢、燕没有这种关系了，他们都是太行山的好汉，二者不同的是：卢俊义是个久历江湖、具有沧桑感的领军人物；而燕青则是游戏于"平康巷陌"（花街柳巷）的市井小郎，"一丈青"是说他有"皎如玉树临风前"的好身材，这个充满了青春气息的少年造反者可能也是卢俊义的追随者。第二组是戴宗、穆横。这二人都善于行走。戴是速度快，但不急迫；穆是不畏艰险，没有阻挡。这里的"太行"不是一般的太行而是道路特别险峻、有羊肠九坂之称的太行山东南端。第三组是船火儿张横。南宋初太行山中真有一位抗金义士叫张横的，"张横有众一十八人，啸聚于岚、宪之境，大金捕之，往往失利"。他曾在太行山上大显威风。《金史》中还记载：

  皇统二年（宋高宗绍兴十二年，1142），是年，太原义士张横败国兵于宪州，擒岚、宪两州同知，及岢岚军判官。至是，帅府遣两州同知及判官，领太原兵千五百人追捕。既与张横相遇，望风而溃，多坠崖死，两州同知与判官尽为横所擒。[1]

张横部下重要头领十八人，恰恰是三十六人的一半。

太行山绵延千里，在抗金战斗中，提到太行山比较容易想到山西中部甚至北部汉人的武装反抗。其实宋代的抗金忠义多集中在太行山东南麓，即现在的山西东南的晋城市泽州县与河南北部沁阳市之间的羊肠九坂。这里距离洛阳很近，离汴京也不算远，进可攻，退可守。如果收复了中原，还可以北向进攻太原。

在两省交界的万山丛中，有个重要的关隘叫作"碗子城"，在《水浒传》中，讹为"宛子城"，书中多次提到，在第一回"洪太尉放走妖魔"之后，预告全书的故事情节时就说：

有分教：一朝皇帝，夜眠不稳，昼食亡餐。直使宛子城中藏猛虎，蓼儿洼内聚神蛟。

第十一回柴进向林冲说："自这南方有个去处，地名唤做梁山泊，方圆八百余里，中间宛子城、蓼儿洼。"第三十五回宋江也说："山东济州管下一个水乡，地名梁山泊，方圆八百余里，中间是宛子城，蓼儿洼。"其后的"祝家庄上三番闹，宛子城中大队来""宛子城重添羽翼，梁山泊大破官军"，都可见宛子城已经成为梁山泊的象征。元人的"水浒"杂剧《燕青搏鱼》还把"宛子城"写成"皖子城"：

一齐的去那皖子城中送老，上稍里不眠花，下场头少不的落一会草。

"宛子城"正字应该是"碗子城"，其状如碗。现在这个小城的残迹还在，从网上还可以看到它残迹的照片。梁山泊的宛子城正反映了南宋人对

---

[1]《大金国志》卷十一。

碗子城的记忆,而碗子城是北方金人统治下汉人武装反抗的象征。

"碗子城""是为太行山之绝顶"[1],在今山西省晋城市泽州县晋庙铺镇碗城村附近,是晋东南边界上的最后一个村,与今河南省沁阳市常平村邻近。相传这是唐朝名将郭子仪所筑,古城堡南边是深壑幽谷,北边是悬崖峭壁。古代著名的"羊肠九坂"就在这里,碗子城就是扼守这条古道的重要建筑。城并不大,约六百平方米,石墙约六米高、四米厚,城内现在已经无人居住,但还能够依稀看到古代屋舍的遗址。它又从属于位于晋庙铺镇的天井关(又名太行关),是这一组防守关隘中的一个,居于太行山南端要冲。北宋靖康元年(1126)改称雄定关,自古为兵家必争之地,这使它成为太行山的代表。

元代名臣耶律楚材曾写诗描写这里山川险峻和地理环境的重要:

云冷风高天井关,太行岭上看河湾。
九州占绝中原地,一堑拦回左界山。
王霸纷争图未卷,英雄鏖战血犹殷。
华阳春草年年绿,汗马南来不放闲。[2]

历来自北方荒漠南下逐鹿中原的游牧民族,常常要途经这里,把它视为必须占领的制高点,从这里进可俯瞰中原大地,退也可守三晋。北宋南宋之交这里出了一位敢于抵抗"南来汗马"的王彦。中原、三晋的人,在金人入侵中原以后无法南逃,便进入太行山,修坝建寨,武装自保。太行山是北方忠义之所在。

## 二、太行之子王彦

王彦字子才,河内人,也有的称他为怀州人,不论河内还是怀州,就是今天的河南省沁阳市。该市在太行山东南麓,上面说的紧挨着碗子城的常平村就属于沁阳市,现今常平村还在与晋城市的碗城村争夺碗子城的归

---

[1]《读史方舆纪要》卷四十三。
[2]《元诗选初集·过天井关》。

属权。可以说宋代的怀州、泽州都有一部分在太行山上。王彦就生在这里，可以说是太行人。他自幼养成坚韧彪悍的性格，少年习武，"政和五年（1115），徽宗皇帝临轩阅试，以武艺中选，恩补下班祗应（不入流品的、最低等的小武官）"[1]。曾经在种师道（即《水浒传》中提到的老种经略相公，小种经略相公是其弟种师中）麾下与西夏作战立功。靖康初年，当金兵占领了王彦的老家怀州时，他开始抗金斗争，影响越来越大，追随者越来越多。他创立了"八字军"：

八字军者，河北土人也。建炎初，王观察彦为河北制置使，聚兵太行山，皆涅其面，曰："誓杀金贼，不负赵王"。故号八字军。[2]

从建炎元年（1127）到二年，王彦多次在太行山一带击败金兵，他作战特别勇猛，又有很强的组织能力，他的部队属于自发抗金武装中组织较好、战斗力较强的一支，即使面临危难，也能应付自如。史书记载说：

王彦在西山聚兵，既集，常虑粮储不继。一日发军士运粟，会奸人有告虏帅者，金人乘虚遽以大兵薄彦垒。彦率亲兵乘高御之，众稍却。彦大呼勇士，众力战，且以强弩飞石齐发，金人方稍退。金人有死者，皆以马负尸而去。自此金人布长围，欲持久困彦。彦绝馈运者旬余，彦檄召诸寨，兵大至，金人乃遁去。[3]

王彦在敌人中很有名，有的金人将领，闻名丧胆，怵于与他交锋。当被派往进攻王彦营垒时竟有"跪而泣"者，并说："王都统寨坚如铁石，未易图也。必欲使某将者，愿请死，不敢行。"[4]北宋灭亡后，王彦在河北西路新乡、共城一带坚持抗金，在民间有很大的号召力。王彦的"行状"

---

[1]《王彦行状》，见《三朝北盟会编》卷第一九八。
[2]《建炎以来朝野杂记》卷第十八。
[3][4] 徐梦莘《三朝北盟会编》卷第一四。

中说他心怀忠义，身先士卒，与士卒同甘共苦，治军有方，受到当地军民的一致拥护：

> 未几，两河响应，招集忠义民兵首领如傅选、孟德、刘泽、焦文通等一十九寨，人十余万众，绵亘数百里，金鼓之声相闻，自并汾、相、卫、怀、泽间倡义讨贼，皆受公约束。[1]

其中的"怀""泽"就是指怀州和泽州，即前面说的沁阳和晋城，其他相州（河南安阳）、卫州（河南汲县）等也都在太行山脉东南侧，这些州县治下的一些方域就在太行山的崇山峻岭之中。"怀""泽"之间那座面积虽小，但地理位置十分重要的碗子城，一定是王彦和他的八字军以及数十万支持他的"两河忠义之士"与金兵作战时重要的关隘。

主持中原一带抗金的老将宗泽，为王彦请官，宋高宗授王彦为"武功大夫忠州防御使河北制置使"，原是虚衔。在汴京，宗泽接见了王彦，并握着他的手说："公力战河北，以沮金人之心腹，忠勇无前，海内所闻。"南宋词人刘克庄有词云："当年太行山百万，曾入宗爷驾驭，今把做握蛇骑虎。"就是说宗泽胸怀广阔，以收复中原、洗雪靖康之耻为念，接纳了大量的民间武装抗金队伍。

王彦的"行状"中还说，"时金人锐意中原，特以公在河朔，兵势张甚，故未暇南侵"，这段话虽然有点夸张，但不是说王彦已经有如此大的武装力量，而是说它已经成为北方民众抗金的一面旗帜，王彦的精神鼓舞力量、号召力对金人的牵制远大于军事力量。

后来张浚做四川宣抚使，奏明皇帝要王彦当他的"前军统制"。于是王彦又转战于陕西、甘肃、汉中、巴蜀、荆南等地，官至方面大员——宣抚使。绍兴六年（1136）七月，王彦率领"八字军"来到南宋的临时首都临安，担负保卫首都的任务。王彦官居浙西制置副使（见《宋史·王彦传》），面临着南侵金兵巨大压力的临安官吏与平民，有了号称"天下精兵"[2]的"八字军"的保护，自然会感到安全了很多。而且，"八字军"

---

[1][2] 徐梦莘《三朝北盟会编》卷第一九八，引《遗史》。

的到来使得江浙一带的官民对于中原地区"忠义"人士以及他们的武装抗金增加了许多感性认识。

南宋自立朝以来便不断地表彰中原一带民众的武装结社，赞许他们的抗金与自卫。本来，北宋统治者对于治下的百姓习武、私藏兵器和武装结社都是采取严厉禁止的政策的，但此时，北方的统治者换成了与宋统治者不共戴天的金人，本着敌人的敌人就是朋友的原则，凡是反抗金人统治或坚持与金人战斗的北方民众，不管是谁当朝都会奉上一顶"忠义人"的帽子，称他们的组织为"忠义社"或"忠义巡社"，甚至倡导北方民众建立这样的组织。

### 三、忠义与抗金武装

中原沦陷之时，高宗即位后不久，朝中就有人主张联合江北中原民间自发的抗金力量，"言者论江北之民，誓不从敌，自为寨栅，群聚以守者，甚众。望训以恩意，有功者推恩。从之。"[1]这是建炎四年（1130）的建议。绍兴元年（1131），宋高宗就"募人往京东、河南伺察金、齐动止，仍赍诏慰抚忠义保聚之人"[2]，鼓励他们建立"忠义巡社"，对于领头人还根据统率人员的多少，给予不同的官职。为那些死于国事的"忠义人"立庙祭祀，不仅给予精神上的表彰，对于南归的"忠义人"还给以土地，有田产还给以免税若干年的优待。绍兴十三（1143）年命史官编纂《靖康建炎忠义录》，收录这个时期为大宋尽忠的各种人士，有官员士大夫，也有平民百姓。一时"忠义"之名，响彻大江南北。文人士大夫们在自己的著作中讨论"忠义"问题，被金人羁押十六年的朱弁的《忠义录》，著名的洪迈《容斋随笔》都以大量的篇幅讨论和宣扬忠义和忠义人。俗话说"板荡识忠臣"，长达一百余年的南宋小王朝，从始至终，都有外来威胁，因此这一百多年中，不论是当朝统治者，还是关心国家民族命运的文人士大夫都在不停地宣扬忠义。"八字军"是最早的忠义样板，理学、诗词创作乃至初步形成的"水浒"系列都脱离不了"忠义"这个主题。我们现在

---

[1]《建炎以来系年要录》卷三十四。
[2]《宋史》卷二十六，中华书局。

能够见到的《水浒传》最古本当为《京本忠义传》，仅存两片残页共八百九十六字，版心上端有"京本忠义传"字样，从字体、纸张等风格判断，老一代版本学家顾廷龙先生认为是明正德嘉靖年间书坊所刻。可见"水浒"最初成书，其名字是继承了南宋"水浒"故事的传统，称作"忠义传"的。

可以设想，南宋在临安瓦子里的江湖艺人要演说宋江集团的传奇故事时很自然地与太行山上的"忠义巡社"的故事挂起钩来，因为他们的共同点太多了。例如他们都是起于民间底层，都是靠武力打出自己的发展前景，换句话说就是靠"朴刀杆棒"从而达到"发迹变泰"的。他们最后都接受朝廷委任招安，他们都奉行"忠义"路线……在后世的我们看来这两者是很好分别的，宋江集团是北宋的，忠义社是南宋的事。为什么南宋的说话人却不能分别呢？我们看到的宋江最晚的记载是宣和三年（1121），南宋起于1127年，这中间只有五六年光景。许多有名的忠义领袖，在北宋就有名了，王彦就是一个。

王彦的"八字军"在与金人辗转作战中，在担任拱卫行在临安之前，还在巴中待过一个时期。王彦《行状》中就说当时任川陕宣抚处置使的张浚"俄又令公移军渠州，照应巴、达等州一带关隘"[1]，命令王彦在这一带驻军，担任防守任务。紧挨着达州、渠州就有个"梁山军"。"梁山军"当然驻有"军"建制的军队，但它也是一个地区。王彦部队中会不会有"梁山军"军人、会不会梁山军的居民加入了王彦的部队？这也是容易把太行山混同于梁山的原因之一。但不管说太行山的故事也好，说梁山的故事也好，都不能赤裸裸歌颂打家劫舍、拦路抢劫等非法行为，也不能拂逆主流社会人们的好恶，因此借用太行山抗金人士的忠义精神阐释宋江集团的故事，就是一种合情合理的选择。当然，这是我的推度，也许江湖艺人主观上没有这样想，他们根本上分不清太行山人与宋江集团有什么不同。因为现实生活中也就是这样，本来差不太多的两个事物，可以因人的主观需求被分成两个截然不同甚至是截然对立的事物。

可惜南"水浒"故事中的"太行山"部分已经不传于世，我们只能从

---

[1] 徐梦莘《三朝北盟会编》卷第一九八"炎兴下帙"九十八。

《大宋宣和遗事》《宋江三十六赞》《醉翁谈录》等书的零碎记载和《水浒传》个别情节中找到些这个故事的蛛丝马迹。《大宋宣和遗事》中的"九天玄女"所授"天书"的"广行忠义"体现在受招安,"后遣宋江平方腊有功,封节度使"上。当然这里面还有许多具体的过程,是没有传下来呢?还是我们看到"遗事"仅仅是说话人的"梁子"[1]呢?现在已经很难判断了。《宋江三十六赞》的中心就是"忠义"。南宋遗老龚开为什么要为一伙"盗贼"写赞,就因为龚开认为宋江等人不是一般的盗贼。他们"识性超卓,有过人者"。什么是"识性"?是指识别能力,也就是说他们懂得大是大非,在大是大非面前能有正确选择。例如宋江虽然能够拉杆子,树起自己的旗帜,有个颇有冲击力的武装团体,但却能"不假称王,而呼保义","不称王"很好理解,"而呼保义"是什么意思?"保义"是"保义郎"的省称。保义郎是宋代武官阶官(用以定武官级别)名,武官阶官五十二阶,保义郎是第五十阶,正九品。南宋有时以此官羁縻民间领袖,民间也称那些官匪之间的土豪为"保义"。洪适的《盘洲文集·除浙西提举赴阙奏方庚状》中谈到徽州帮源洞形势险要,四面皆山,中间是块平坦的耕地,居民很多。这里的人聚族而居:

> 方庚实为之桀,聚族皆惮服之。所欠朝廷一真命为重。绍兴二十四年(1154),李流知徽州日,方庚以岁旱率其党五十余人至郡借粮。本郡疑其为后患,守臣接之厅事,馆之僧舍,置酒郡圃,以兵官主席。又于教场阅习禁军驰射,令方庚观之。守臣嘱其控制盗贼,方庚欣然承命。且云,万一本州要使唤之时,只得一白帖,权摄巡尉,便当诣前。其人黑而长,徽人谓之,方庚三面,称之为"保义",众皆能言,非臣敢为虚语。前年严州草窃,闻守臣亦尝令摄威平寨官,实欲羁縻之。以此得见,方庚志在官爵。臣虽不得其聚兵实数,传者谓已有银枪一万,而三衙逋卒亦颇亡命其间。亦有弓矢,转相教习。若天时无水旱,内外无甲兵,则此岂足置虑。万一疆场有惊,其党近在畿甸之内,恐小跳梁,便相

---

[1] 旧时评书艺人说书用的提纲。

牵制，为肘腋之患，贻宵旰之忧。臣谓军兴之际，右列一命，固不深系名器之重。若朝廷呼之，观其人物言语果有可用处，以密院一使臣名目，小人易于感恩，便可得其死力。

这个方庚就是清代方宗棠所撰《桂林方氏族谱》中的方氏祖先。他就是个介于土匪和良民之间的"民间领袖"。他敢带着五十多人向当地地方官"借粮"。地方官向他炫耀了一番朝廷武力之后，也不敢已甚，拉拢他为地方上"控制盗贼"（这句话的真正含义是，你向盗贼说不要在我的辖区闹），方庚欣然承命（说明官府对他的重视）。当地人称他为"三面"，大约是指他在黑白两道和宗族内都吃得开，所谓路路通，也称之为"保义"。我们从方庚的行为中可以体会"保义"的含义。后来匪患一起，地方官任命方庚代理"威平寨"知寨，如《水浒传》中刘高、花荣，满足方庚做官的欲望。方庚自己拥有武力，"银枪一万"，数目很可观了，还有一些散兵游勇掺杂其中，战斗力不可小觑。洪适指出方庚就是"志在官爵"，要满足他这个愿望，建议皇帝给他一个小官，以除"肘腋之患"。从方庚事迹可见宋江经过民间的加工，方、宋二人当是差不多的人物，他们上利于国，下不为祸于民，大大胜过那些"世之乱臣贼子"。这些乱臣贼子只考虑自己眼前的利益，"畏影而自走，所为近在一身，而其祸未尝不流四海"。而宋江等人，接受招安，参与平定方腊，在龚开看来这是"义"与"勇"的结合。在"赞"中，对于宋江集团是既有赞美，也有批评的，其衡量尺度就是"忠义"。例如批评"智多星吴学究"，"古人用智，义国安民。惜哉所予，酒色粗人"，把智的定位与"义"和国家人民的安危联系起来，批评吴学究不配称"智多星"。传世的《水浒传》中吴用虽然不能说是"酒色粗人"，但他的"智"大多是"阴谋诡计"，不登大雅之堂的东西。《水浒传》中还有"水浒"故事的抗金遗迹。第六十回说段景住"盗得一匹好马"，"唤做照玉夜狮子马，乃是大金王子骑坐的"，与梁山作对、并射死了梁山寨主晁盖的曾头市曾长者和曾家五虎"原是大金国人"。一百二十回本的《水浒传》中征辽故事就是影射抗金战争的，所以写到那些辽国亲贵和将领有不少是金人姓氏的。另外，吴从先读到失传古本《水浒传》中就明明白白地写着，当宋江被啸聚之徒推举为"寨主"后，他与众人约誓：

> 宋室流离，金人相隈，苟能我用，当听其指挥，立大功名。此寄命之乡，非长久之计也。[1]

这些遗迹都表明，南宋"水浒"故事系列中，抗金和忠义一定是重要的主题。

《宋江三十六赞》针对"浪里白跳张顺"写道："雪浪如山，汝能白跳。愿随忠魂，来驾怒潮。"这个张顺很可能融入了南宋咸淳间在襄阳保卫战中牺牲的民兵部将张顺的事迹（民间口头传承的文学的一个重要特点就是不断纳入与现实密切相关的新内容以招徕受众）。张顺被《宋史》收入"忠义传"，周密的《齐东野语》卷十八也有详细的记载。他是位有极好水性的水军头领，死在水战之中，最后"有浮尸溯流而上，被介胄，执弓矢，直抵浮梁，视之顺也。身中四枪六箭，怒气勃勃如生，诸军惊以为神，结冢殓葬，立庙祀之"[2]。周密的记载更生动。张顺赢得了南宋军民的尊敬和怀念。龚开更是无保留地赞美。

更重要的一点是，自宋代以来为了要突出"忠义"，都要写坚持"忠义"的人受冤屈而死，以彰显忠义之人都是能够认准目标，不计得失，生死以之。正因为他死得冤枉才更说明他的"忠"，用"悲剧"来感天动地。明人吴从先读到的那本《水浒传》就写了宋江等人为国家立了大功，自己手握军队，但受冤枉后仍然坦然饮毒酒而死，这就把宋江歌颂到极致。这一点为传世的《水浒传》所继承。

从这些可见南"水浒"故事系列的贯穿思想应该是"忠义"，虽然这表达了宋人团结在赵宋王朝的周围共同抵御金人、后来是蒙古入侵者的心愿，但它也是一种遮盖，是江湖艺人借以把表现游民生活和愿望的故事推销出去的包装。我们钩索关于宋江集团的"忠义"故事，乃至阅读《水浒传》所着力刻画的"忠义"主题的故事时都感到勉强，这就与江湖艺人创

---

[1]《小窗自纪》，中华书局，2008。
[2]《宋史》卷四五〇，中华书局。

作"水浒"时内心分裂有关。他们要表达的是"朴刀杆棒""发迹变泰",非要加进点"忠义",非得用它去包装,这怎么能不别扭呢!

## 山寨、水寨、山水寨

虽然《大宋宣和遗事》《宋江三十六赞》中没有出现"山寨""水寨"这两个词,仅出现过"寨内"二字,不言而喻,在"遗事"作者的心中,宋江三十六人是有个山寨作为根据地的,因为在作者的心目中宋江集团不仅仅是三十六人,而是一个极有力量的武装群体。不管是在太行山也好,在梁山泊也好,既然进山"做落草强人"的话,就必然要有个寨子以安顿他们。九天玄女赐给宋江"天书",嘱咐他要做"三十六人"之帅,这就表明宋江是山寨的寨主。宋江得了"天书"也说明三十六天罡在山寨聚义是上应星象的,是有光明前途的,因此自然而然,山寨便成为梁山好汉追求的人生理想的所在。

### 一、南宋之前的山寨

"山寨""水寨"本指筑有防御工事的山庄水村,"寨"这种类型的军事据点是五代时期发展起来的(过去叫"堡坞",一般说来"堡坞"的规模大一些)。这是乱世时期自保的一种措施,如果在朝廷相对稳定时期,很难作为进攻的根据地和出发点。以抢掠为目的的"流寇"也不会长期蜷踞在一个偏于一隅的小寨子里。

自石敬瑭向契丹割让了燕云十六州以后,北方中原对于北方的游牧民族来说几乎是无险可守了。北宋建立之后,就与辽国处于尖锐的对立之中。河北东西两路(现在的河北中部南部、天津南部)就是前线,然而这里一马平川,完全暴露在敌人武力威吓之下,游牧民族的铁骑可以长驱直入。此时,光是靠城墙已经不能保障人民的安全了,北宋仁宗时的宰相文彦博在一封奏折中向皇帝说,河北靠近边境的百姓,辽兵一来,就往山寨跑,相信山寨的保护能力,而不是城池。因此,自北宋中叶以来,朝廷对建置山寨特别重视。

《宋会要辑稿》的"方域"一类中收录大量有关山寨的资料。从中我们可以看到，自从宋真宗大中祥符之后，就有在边地建寨的记载。以熙宁、元丰以后为多，北宋最多的是元符、崇宁、政和等年间。但大量的山寨不是在宋辽边界，这可能与辽国的日渐衰落丧失了对宋的威胁力有关。此时宋统治者的注意力转向了现今的陕西西北、甘肃东北、宁夏北部，因为西夏在边境上的侵扰活动日益加剧。在现今两湖、两广、四川等与西南少数民族接壤的地区建造了许多山寨、水寨，目的当然是防备外来的骚扰。对于地方建寨积极的，朝廷往往予以表扬、"赏功"；对于官员还要提职，甚至快速升职。可见对把建寨作为防御和自保军事工事的重视是宋人军事活动的一个重要的传统。

到了南宋，两淮成为四战之地，修筑山水寨不仅是当地百姓求生所必需，也成为南宋朝廷关注的战略问题。正像一首伪托宋江写的《念奴娇》中的句子："借得山东烟水寨，来买凤城春色。"吴从先的《小窗自纪·读水浒传》中写到宋江犯罪之后刺配江州，道经淮"而梁山啸集徒众，有鸡鸣狗盗之风焉，及闻江来，众哗迎入壁，推为寨主"。可见南"水浒"之中必有许多关于"烟水寨"的故事，可惜没有能够传下来。我们只能从《水浒传》中对于山寨的描写领会一二。

## 二、山寨对于南宋小朝廷的重要性

我们读《大宋宣和遗事》和《宋江三十六赞》都很难体会当时公私所记载的"横行河朔、京东，官军数万，无敢抗者""啸聚亡命，剽掠山东""转略京东，径趋沭阳"等，宋江集团以运动剽掠为主的作战风格。好像宋江一伙就是猫在山寨之中，至多也就是就近打劫的一伙。这说明"水浒"故事一诞生就与历史真实拉开了距离。

南"水浒"故事诞生的时刻正是宋金对峙时期，金人在中原一带的势力逐渐稳固。南宋江湖艺人创作北方民间的"忠义"故事时，自然会想到他们要坚持抗金自然会有山寨、水寨或山水寨来庇护自己，他们不可能老过马上的生活。他们在创作宋江集团的故事时，如果刻意突出"太行忠义"，就会联想到山寨；如果战争现实给他们带来了触动，就一定会想到水寨。因为此时南宋已经蜷局于淮河之南，无论是两淮还是荆襄，多的就是泽国水乡。因此，以山寨等堡垒作为根据地的想法自然而然地融入了

"水浒"的故事。据明代吴从先《小窗自纪·读〈水浒传〉》，认为梁山就在两淮一带，宋江被迎为山水寨的寨主，他"据淮南也，约束诸叛，纠集群豪，广纳亡命"，战斗在抗金第一线，是南宋朝廷的干城。宋江集团脱离了历史真实，开始与山寨、山水寨结合在一起，否则是不能抗金、不能突出忠义主题的。这是从南"水浒"开始的，它不传于世，《水浒传》就成为第一个大写山寨和山寨英雄好汉的成功的长篇文学作品，后世读者对于山寨的了解也大多根据此书与由此书衍生的通俗文艺作品，如戏曲和说唱之类。山寨进入文艺作品始于宋代。

南宋朝野上下最关心的是两淮地区的防务问题。宋金交界有三块，两淮、荆襄、川陕。两淮以西大多有山川险阻，对于善用骑兵和处于攻势的金国不利。而两淮中除了淮西有些丘陵外，淮东就是一马平川，当然靠近东海有些河湖港汊、沼泽湿地。思想家叶适曾对这一地区的自然形势和人群做了分析，认为两淮地区处在"四战之地"，宋金一有交手，这一地区的人民是第一受害者，但他们心向大宋，如果能够帮助他们建寨自保，这样，敌人不在时可以耕作，敌人来时入寨自保，敌人退了可以纵兵骚扰：

> 窃照去岁虏入两淮，所残破处，安丰、濠、盱眙、楚、庐、和、无为七郡，其民奔迸、渡江求活者，几二十万家；而依山傍水相保聚以自固者，亦几二十万家。今所团结，即其保聚不流徙者，虽不能尽在其中，大约已十余万家。其流徙者，死于冻饿疾疫，几殚其半。而保聚之民，亦有为虏驱掠而去者，散为盗贼，则又不在焉。度今七郡之民通计三十万家，和议未定，室庐不成就；使和议有定，其短长之期，又未可知。此三十万家者，终当皇皇无所归宿。
>
> 盖淮上四战之场，虏敌往来之地，民生其间，势固应尔。然自古立国，未尝不有以处之也。无以处之，则地为弃地，而国谁与共守。设使今岁边报复急，此三十万家者，又将奔迸流徙，而丧其生乎。春秋战国之时，画国而守，人为城邑，小为垒壁。百里之国，皆有边面，自非暴君苛政，其民未尝散之四方。两汉以后，裂为南北，中原不合者，凡数百年。人在战地，各自为家，

养生送死，老子长孙，未尝有阙。彼非有以自守，不肯轻弃，其乡安能如此！自唐以后，至于本朝，以和戎为国。是千里之州，百里之邑，浑然一区，烟火相望，无有捍蔽。一旦胡尘猝起，星飞云散，无有能自保者。南渡之后，前经逆亮之祸，近有仆敌撵之寇，累世生聚，一朝荡然。故某昨于国家营度规恢之初，以为未须便做。且当于边淮，先募弓弩手，耕极边三十里之地，西至襄汉，东尽楚泗，约可十万家列屋而居，使边面牢实，虏人不得逾越，所以安其外也。

盖汉唐守边郡而安中州，未有不如此者也。今事已无及，长淮之险，与虏共之，唯有因民之欲，令其依山阻水，自相保聚。用其豪杰，借其声势，縻以小职，济其急难，春夏散耕，秋冬入保，大将凭城郭，诸使总号令。虏虽大入，而吾之人民，安堵如故。扣城则不下，攻壁则不入，然后设伏以诱其进，纵兵以扰其归，使此谋果定，行之有成，又何汲汲于畏虏乎！所以安其内也夫。徒手搏虎，以幸其毙，一夫之勇也。一夫之勇未必验，而一夫之怯，其为验也决矣。为天下者，不以天下之大，而就一夫之勇。故某愿朝廷以谋困虏，以计守边，安集两淮，以捍江面，使淮人不遁，则虏又安敢萌窥江之谋乎！故堡坞之作，山水寨之聚，守以精志，行以强力，少而必精，小而必坚，毋徇空言而妨实利。[1]

靠建设山水寨，就能把本来无险可守的两淮地区，建成能使百姓虽在战地，在强敌屡至的情况下，却能免于颠沛流离，各自为家，"养生送死，老子长孙，未尝有阙"，过正常人的生活。而且还能相机而战，让敌人来得了，出不去，从而保障长江天堑的安全，保障长江以南宋朝主体。

南宋有位国子学的武学生华岳，是个有心人。他关心国事，做了许多调查研究，非常熟悉当时南宋的政治和军事现状。开禧三年（1207），他上《平戎十策》，嘉定元年（1208）上《治安药石》，向朝廷陈述他对抗

---

[1] [南宋]叶适《安集两淮申省状》。

金的战略和战术思想，希望南宋统治者振作起来。这两份关于军事的建议书都收在《翠微先生北征录》中。这两篇文章中都对建设山水寨予以足够的重视。华岳从现实角度进一步指出，两淮一带许多州县连像样的城池都没有：

> 今观之，淮水以南二十余郡，州之有城，自山阳、合肥、浮光、濠梁、历阳、黄冈、维扬、仪征、德安、鄂州数州，各系近年以来节次修筑，稍成次第。他如龙舒、濡须、盱眙、安丰诸郡，虽有城壁之名，而基址卑陋，砖石摧倒，有不若豪民之墙壁。县之有城，自天长、六合、南巢、应城数县，各系渡江之后渐次增广，稍成规模。其他如舒城、霍丘、六安、庐江、京山、孝感、淮阴、宝应诸县，虽有县官治事之所，而所谓城壁者，间断有无，不足以隔犬彘。平时无高深之备，每有缓急，村落之民奔入镇市，则镇市愈至于伤残；镇市之民辐凑城邑，则城邑愈至于蹂践。反无山寨、水寨以为近便安葺之计，则沿边之民焉往而不转徙哉？承平以来，淮、汉州军凡二十有二，主客户凡一千四百余万。以一十二郡之广，以一千四百万户口之众，而州之有城者不过六七，县之有城者不过八九。纵使亚武接踵，所置几何？况于封城之相远，道路之不通，有非仓卒所能造其郛鄘之间哉。[1]

从国防角度来看，建设山水寨更为迫切，否则县不成县，州不成州，扩展起来就是国将不国。华岳认为最好是把山寨、水寨建设成"内则团结乡兵，而济以木石；外则策应大军，而扼其隘阻"的壁垒。这样山寨不仅仅是自保的措施，还可以配合朝廷大军，在整个战局中起举足轻重的作用。华岳指出，自从南宋立国以来，强调恢复中原，对于荆襄、两淮的防守则恬不介意。他说要能攻，首先要善守，"靖康、绍兴之间，淮、汉不守山水两寨，千里之民辐凑渡江，内则阻于关隘之不得通，外则绝于津渡之不可过"，不守山寨，竞相逃窜，最终拥堵一团，想逃跑都不可能。他说：

---

[1]［南宋］华岳《翠微先生北征录·治安药石·边防要务三·山水寨》。

（恢复中原）功业之不振，盖根于淮汉之不守。而淮汉之不守，实自夫山寨、水寨之不保也。唯能行下淮、汉诸司，劝率土豪形势，修筑山水两寨。每一寨置寨官一员，令借补官资，以为之主宰。每十寨置寨将一员，令吏部注阙，以为之统率。民有自备钱粮修筑一寨者，官为推恩；民有纠率众财自创一寨者，官为推赏。如此，则于官无费，于民有备，而守边之政举矣。[1]

没有山寨、水寨，不要说恢复中原，最后连江南也不可保。这样建设山寨就被提高到战略高度，成为南宋抵抗金人侵略和恢复中原的带有根本性的战略问题。可惜，这些都是言者谆谆，听者藐藐，根本没有人把它当作一回事。

华岳也是个实干家，他在《北征录》中对于山寨、水寨如何建设，需要什么材料设备都做了详细的说明。他还说：山寨、水寨是"天造地设，自不容以小智私意所可得而增损者"，是自然与人力完美的结合，在抗金和恢复故土的斗争中一定会显示出伟大力量。由此可见山寨在南宋关心国事和边防的士人心中的位置。在这种氛围里演说"水浒"故事的艺人创造出一个设备完善，并带有联络、侦察、反侦察设备的山水寨和金人做斗争是毫不奇怪的。

如果我们对照《翠微先生北征录》中对山寨、山水寨及其军事国防思想的陈述与描写，以及华岳在现实生活中的遭遇（后来，他下狱、被杀），我感到南宋没有能够重用这位思路开阔、实干，对于宋金百年来的战争又深入思考的军事思想家。他的想法没有被南宋统治者所采纳，然而《水浒传》中的梁山好汉们对于梁山泊山水寨建设以及山水寨在进攻和防守中的作用却与华岳关于山水寨的想法暗合，是南"水浒"故事创作者知道和接受了华岳的意见，还是这些意见本来就是当时下层文士的共同想法呢？现在是难以查考了。

---

[1]［南宋］华岳《翠微先生北征录·治安药石·边防要务三·山水寨》。

# 元代的北"水浒"

宋高宗绍兴三十一年（1161），金人迁都到汴京，其后三年"隆兴和议"成，宋金之间的长期对抗暂归平静，金人对中原的统治逐渐稳固，形成了宋金南北分治的状态。此时正是号称"小尧舜"的金世宗在位，史书说他"宽仁爱人，雅有大度。历（视）[事]两朝，亲见干戈之荼毒，崎岖日久，心颇厌之"。因而他竭力促成南北和议，"和好既成，迄三十年无寸兵尺铁之用。尝遇饥年，每命所在官司，开仓赈恤。诸国来朝，有见其强盛而致疑者，终不肯加暧昧之诛，是致户口殷繁充实"[1]。这样，战乱之中破败的城市日渐恢复，随之通俗文艺作品也得到恢复与发展。世宗大定六年（1166），皇帝大会群臣开始用"百戏"，引为欢娱；安定的生活，使得城市居民也有了对文化消费的需求。朝野上下都有娱乐的需求，从而使得院本杂剧勃然而兴，元代陶宗仪的《南村辍耕录》著录院本杂剧七百余种，并产生了董解元《西厢记诸宫调》这样艺术形式新颖的杰出作品。"董西厢"一开始就唱道：

打拍的不知个高下，谁曾惯对人唱他说他？好弱高低且按捺。话儿不提朴刀杆棒、长枪大马。

可见作为戏曲雏形的"诸宫调"的诸多作品中，在当时已经有演唱"朴刀杆棒"如宋江一类游民奋斗故事的了。因此，到了元杂剧中出现大量以宋江和宋江集团的故事为描写内容的"水浒"戏就不奇怪了。

虽然元代文化与南宋有一定的传承关系，但由于地域不同，北方受到

---

[1]《大金国志》卷十八。

金人和蒙古两个以游牧起家的少数民族影响，风格粗犷，相对来说受皇权专制理论的约束也较少。当然金人、蒙古人的统治尚有奴隶制残迹的遗留，统治者压迫剥削的手段更野蛮一些，但相对也粗疏一些、粗糙一些，这种统治下，反压迫、倡导抗争的文艺作品反而比相对文明但压迫剥削手段也更细腻些的南宋更易漏网。这样我们就能理解为什么在民族压迫、阶级压迫都很严酷的社会环境里，反而出现了与主流思想意识激烈对抗的文艺作品。元代出现的大量有关宋江和宋江集团的杂剧就属于这类作品，这类戏曲大多是根据社会上流传的有关宋江与宋江集团的故事编纂的。我把这些称之为北"水浒"系列。

那么元代出现了多少"水浒"戏呢？据香港刘靖之《元人水浒杂剧研究》[1]统计，有三十六种，现在传世有十种，散佚的有二十六种。

传世的有：高文秀《黑旋风双献头》、康进之《梁山泊黑旋风负荆》、李文蔚《同乐院燕青博鱼》、无名氏《鲁智深喜赏黄花峪》、无名氏《争报恩三虎下山》、无名氏《都孔目风雨还牢末》（又名《大妇小妻还牢末》）、无名氏《梁山五虎大劫牢》、无名氏《梁山七虎闹铜台》、无名氏《王矮虎大闹东平府》、无名氏《宋公明排九宫八卦阵》。这些剧本的写作时间，现已很难确定。大多研究者认为前六种是元代的，后四种是元末明初的。

另外，传世的本子在传唱中也有改动。刘靖之将这十个本子分为三部分。其一，剧作者为元人，而剧本部分被编剧者和伶工篡改、修饰过的。这一类包括：高文秀《双献头》、康进之《杏花庄》、李文蔚《燕青扑鱼》。其二，原剧本是元人所撰而经过后人改编、增删的。这一类包括：无名氏《黄花峪》、无名氏《三虎下山》、无名氏《还牢末》。其三，剧本洋溢着浓厚的儒家思想和归顺朝廷意识，但仍然赞赏、肯定梁山好汉的英雄形象的，属元明间的作品。这一类包括：无名氏《梁山五虎大劫牢》、无名氏《梁山七虎闹铜台》、无名氏《王矮虎大闹东平府》、无名氏《宋公明排九宫八卦阵》。

另外已经散佚的"水浒"戏有：李文蔚《燕青射雁》，王实甫《诗酒丽春园》（写李逵故事），杨显之《黑旋风乔断案》，红字李二《折担儿武

---

[1] 刘靖之《元人水浒杂剧研究》，香港三联书店，1990。

松打虎》《板踏儿黑旋风》《窄袖儿武松》《全伙儿张弘》《病杨雄》，高文秀《黑旋风诗酒丽春园》《黑旋风穷风月》《黑旋风大闹牡丹园》《黑旋风乔教子》《黑旋风斗鸡会》《黑旋风敷衍刘耍和》《黑旋风借尸还魂》《双献头武松大报仇》，庾天锡《黑旋风诗酒丽春园》，康进之《黑旋风老收心》，无名氏《张顺水里报冤》《一丈青闹元宵》《孙孔目智赚明昌梦》《鲁智深大闹消灾寺》《搬运太湖石》《小李广大闹元宵》《宋公明劫法场》《宋公明喜赏新春会》等二十六种。

元杂剧传世者不过一百六十余种，"水浒"戏占了十六分之一，比例不小。特别值得关注的传世"水浒"杂剧大多与东平府有关，或剧本故事的发生地在东平，或作者与东平有关（东平人，或在东平居住过），写"水浒"戏最多的高文秀，他就是东平人。东平是元杂剧重要的创作中心之一，东平在元代文化中地位很重要。

# 东平——元初杂剧创作中心

## 战乱中的一块绿洲

金末元初，战乱再一次给北方的经济文化带来很大破坏，元灭金的战争中杀戮之残酷、破坏之严重，更甚于百年前的宋金之战，而东平府（所辖包括今山东省的东部）却是个例外。这个地区长达四十余年（1221—1264）在严实、严忠济父子统治之下，社会较为安定，东平成为战火遍地的中原地区中的一块和平的绿洲、安详的乐土。

蒙古灭金时，为了减少阻力，对于地方实力派采取了"统战"政策。只要他们归顺蒙古，不帮助金国，允许他们保有实力，在其势力范围实施统治，甚至可以世袭，称之为世侯。当时有许多实力派选择了这条道路，其中做得最成功的当属严实父子。

严实（1182—1240），字武叔，金末泰安长清（今山东长清）人。美风仪，少有侠风。蒙古攻金，被征兵，为百夫长，后代理长清令。1220

年，严实投降蒙古将领木华黎，"拜金紫光禄大夫，行尚书省事"。严实归降蒙古后，先后攻占曹、濮、单、东平等地，于1221年进驻东平。后来其统治范围包括今河北南部、东部，河南东北部，山东西北、西南部地区，俨然小邦之君。

严实父子注重经济生产的恢复和发展，而且都以养士闻名。这是乱世之中扩张自己实力、求得生存的重要手段。严实"既握兵柄，专生杀，时年已长，经涉世故久，乃更折节自厉，间亦延儒士，道古今成败，于前人良法美意所以仁民爱物者，辄欣然慕之"。这是金元之际最重要的文人元好问对他的评价[1]。元好问在《杨君神道碑》进一步赞美他："东平严公喜接寒素，士子有不远千里来见者。"其实当时这样做的"世侯"不止严实一人，但他做得最好，资本又雄厚，轻财仗义，使得张皇于战乱的文人学者归心。那时往来于东平并享大名的文士不止上面提到的元好问，其他如王若虚、王恽、胡祗通、王磐、杜仁杰、宋子贞、杨奂、李昶、商挺、孟祺等等，几乎囊括了金元之际中原地区最重要的文人学者。他们在这里写诗作文、讨论学问、设帐授徒、兴办教育、倡导礼乐，于是，东平自然而然地成为当时的文化中心。

## 通俗文艺的恢复与活跃

另外，北宋时期城市里发展起来的通俗文艺，包括一些不知名的文人、戏曲作家乃至江湖艺人和为朝廷服务的乐户，靖康之后，大部分去了南方，也有一部分被金人掳走。中原安定以后，他们就成为金国宫廷乐人和活跃于城乡的散乐艺人。金末之乱，很多艺人也避乱于东平，待元朝安定以后，蒙古统治者也在汉族文人士大夫鼓励支持下，开始制礼作乐，《新元史·乐志》中记载：

> 太常所用乐，本《大晟》之遗法也。自东都不守，大乐氏奉其乐器北入燕都。燕都丧乱，又徙汴、蔡。汴、蔡陷没，而东平

---

[1] 元好问《遗山先生文集·东平行台严公神道碑》。

严侯独得其故乐部人。国初，征乐于东平，太常徐公典乐，奏于日月山，乞增宫县、登歌、文武二舞，令旧工教习以备大礼。

要继承北宋徽宗时的"《大晟》之遗法"，那就非宫廷乐人不可。其"遗法"既然到了东平，朝廷就多次向东平要。严忠济还主动向朝廷进献过乐人。

东平不仅聚集了服务朝廷的乐户，这里还居住着江湖艺人。以金末元初艺人生活为题材的杂剧《宦门子弟错立身》，其中所写的家庭剧团演员就是东平府人士：

老身赵茜梅，如今年纪老大，只靠一女王金榜，作场为活，本是东平府人氏。

这是女主人公王金榜的妈妈，她和丈夫带着女儿冲州撞府，奔走江湖，演戏卖艺以谋生。一个出身于官宦家庭的子弟完颜寿马看上了王金榜，毅然投入这家庭剧团，跟着王家闯江湖去了。

东平府社会安定，又靠近运河，元代注重运输业，运输业的恢复发展也要求商业与服务业发展，这些成为城市繁荣的动力。东平的城市生活亦如北宋之开封、南宋之杭州，文化娱乐逐渐兴盛起来。它直接促成了宋金院本与元代杂剧之交替与繁荣，东平府成为当时戏剧活动和创作中心之一，因此才会有那么多"水浒"戏活跃在当地舞台上，上面说的十种现存的"水浒"戏中有五种是以东平为背景的。

长期生活在东平的杜仁杰[1]写了一篇散套《耍孩儿·庄家不识勾栏》，描写乡下农民第一次进城到剧院看戏的感受。杜仁杰一生很少离开山东，以在东平居住的时间为多。因此散套所写勾栏应该就在东平，曲子中还说到"背后么末敷演刘耍和"，刘耍和是当时极负盛名的杂剧艺人，也有很

---

[1] 杜仁杰（1197？－1282），字仲梁，号止轩。儿名之元，先号善大（一作善甫），晚号散人。济南长清（今属山东省）人。客食严门，后入东平严实幕。仁杰工诗能文，喜作散曲，颇有文名。与胡祗遹、王恽及魏初诸公卿名士均有交往。其子元素官福建闽海道廉访使，赠翰林院承旨、资善大夫，谥文穆。

长时间在东平作场，杜仁杰善于说笑话，而且闻名一时。南戏中的《宦门子弟错立身》的第十出中有这样的句子："你课牙比不上杜善夫"，第十二出有"我学那刘耍和行步踪迹"。看来杜仁杰与刘耍和都是有全国影响的人物，连南戏中都提起他们。"行步踪迹"大约指台步姿势优美；"课牙"也作"磕牙"，是鲁西北方言，即插科打诨、谐谑谈笑之意。这篇散套也是谐谑百出，令人捧腹。借一位乡下老农的口，描写勾栏演出的热闹：

> 风调雨顺民安乐，都不似俺庄家快活。桑蚕五谷十分收，官司无甚差科。当村许下还心愿，来到城中买些纸火。正打街头过，见吊个花碌碌纸榜，不似那答儿闹穰穰人多。
>
> ［六煞］见一个人手撑着椽做的门，高声的叫"请请"，道"迟来的满了无处停坐"。说道，"前截儿院本调风月，背后么末敷演刘耍和"。高声叫："赶散易得，难得的妆合。"
>
> ［五煞］要了二百钱放过，听咱入得门上个木坡，见层层叠叠团圞坐。抬头觑是个钟楼模样，往下觑却是人旋窝。见几个妇女向台儿上坐，又不是迎神赛社，不住的擂鼓筛锣。
>
> ［四煞］一个女孩儿转了几遭，不多时引出一伙。中间里一个央人货，裹着枚皂头巾顶门上插一管笔，满脸石灰更着些黑道儿抹。知他待是如何过？浑身上下，则穿领花布直裰。
>
> ［三煞］念了会诗共词，说了会赋与歌，无差错。唇天口地无高下，巧语花言记许多。临绝末，道了低头撮脚，爨罢将么拨。
>
> ［二煞］一个妆做张太公，他改做小二哥，行行行说向城中过。见个年少的妇女向帘儿下立，那老子用意铺谋待取做老婆。教小二哥相说合，但要的豆谷米麦，问甚布绢纱罗。
>
> ［一煞］教太公往前挪不敢往后挪，抬左脚不敢抬右脚，翻来覆去由他一个。太公心下实焦燥，把一个皮棒槌则一下打做两半个。我则道脑袋天灵破，则道兴词告状，划地大笑呵呵。
>
> ［尾］则被一胞尿爆的我没奈何。刚挨刚忍更待看些儿个，枉被这驴颓笑杀我。

元代的北"水浒" 157

曲子生动地描写了当时戏曲演出的全过程，包括演出广告、招徕观众、勾栏内外的形制、演出的内容以及演员们的才智与搞笑的情景，反映了东平城市及其附近乡村人家生活的安定和他们对于文娱生活的追求。有需求就有市场：有人要看戏，就有人演戏；有演戏的，就有剧本创作。东平也就成了元初杂剧创作的中心之一。至于剧本的内容是多种多样的，但梁山泊即在东平西侧，宋江集团曾经在这一带活动，当地肯定流传着许多有关宋江的故事。前些年，东平湖畔银山镇西汪村瑞相寺遗址发现了一块"重修瑞相寺碑"，立碑时间是明朝嘉靖二十七年（1548）。碑上镌刻着"峰会古宋梁王名江，忠义聚寨，名立良山也"，报道说这明确记载了宋江在立良山聚义称王的事实，这类新闻显然是为了吸引眼球，没有什么学术价值。嘉靖时期，《水浒传》已经刊刻流传，再说传世的《水浒传》之前，就有了大量以"水浒"为题材的通俗文艺形式（如说书、演唱、戏曲）在广泛流传。因此与其说这些所谓"遗迹"是历史事件的真实记载，不如说是在通俗文艺作品影响下所生发的许许多多的演绎。我们从可笑的"忠义厅"、"宋江井"、"宋江钟"、"石碣村"（阮氏三雄老家）、"黑店铺"（孙二娘黑店）、"黑风口"（黑旋风李逵守地）、"天王冢"等所谓"遗址"的出现更可以看出这一点。然而还是无风不起浪，最初表现宋江和宋江集团的通俗文艺作品还是有点生活依据的，否则不会以中国之大，独此地关于宋江集团传说特多。

## 北"水浒"故事及其要素

曾经生活在东平的元初杂剧作家高文秀、康进之根据当地关于宋江故事的传说写了大量有关"水浒"的杂剧，这构成宋江故事的又一系统——梁山泊系统。流传至今的有关"水浒"故事的杂剧有三十多种，而高、康二人就有十种，可惜大多散佚。写《燕青扑鱼》的李文蔚也是元初人，大约与白朴同时，在江西做过县令一类小官。其他传世的"水浒"戏作者姓名皆佚，不过我们从这些剧本中所反映的游民意识来看，处于社会底层的江湖艺人至少是参与剧本的创作或修订的。

## 与公案戏相类似的故事

现存的元代水浒戏中除了与传世《水浒传》类似的如康进之的《梁山泊黑旋风负荆》(与第七十三回"黑旋风乔捉鬼 梁山泊双献头"类似)，无名氏的《梁山五虎大劫牢》《梁山七虎闹铜台》(这两出戏都近似《水浒传》第六十一至第六十三回吴用智赚卢俊义)，无名氏的《宋公明排九宫八卦阵》(类似第七十六回宋公明排九宫八卦阵)之外，其他四出"水浒"戏都是揭露和批判当时司法制度黑暗，好人受冤、恶人横行的。人们把申冤的希望寄托在梁山好汉身上，这些戏所表达和反映的是元杂剧很重要的一个主题。元代时蒙古统治者以一个落后的游牧民族，统治文化相对先进、人口众多的汉人，的确是力不从心的。他们贯彻民族歧视和压迫的政策，把人分为四等，最高等级的蒙古人常常担任地方最有权力的长官——达鲁花赤。达鲁花赤为蒙古语，意为"镇守者"，实际上是民族压迫的代表。当时的行政区划如路、府、州、县等各级地方政府虽然都设有长吏，如路的总管，府、州、县的令尹等，但在这些长吏之上还要设一个达鲁花赤，实权掌握在他手中。但他们大多没有文化，不识字，不懂汉语，可是拥有最后的决定权。在这种制度下，可以想见这会搞出什么样的政治和法治来。特别值得注意的是元初没有什么法律。大德间名臣郑介夫曾上《太平策》说：

> 今天下所奉以行者，有例可援，无法可守，官吏因得以并缘为欺。如甲乙互讼，甲有力则援此之例，乙有力则援彼之例，甲乙之力俱到，则无所可否。迁调岁月，名曰"撒放"，使天下黔首茧茧然，狼顾鹿骇，无所持循。始之所犯，不知终之所断，是陷之以刑也，欲强其无犯得乎？

不仅无法可守，即使有些号令或行政命令之类也是三天两头变来变去，造成执法混乱。

> 今者号令不常，有同儿戏。或一年二年前后不同；或纶音初

降，随即泯没，遂致民间有一紧二慢三休之谣。上无道揆，下无法守，不闻如是可以立国者。京都为四方取则之地，法且不行，况四方之外乎？

郑介夫还指出当朝和地方官员只重视"刑名"（刑事犯罪），因为这会有"赃罚"，也就是说能来钱，从而忽视"婚、田、钱、债"等民事纠纷，因为它们没有油水。在郑介夫看来民间纠纷关系社会的安定：

> 殊不知民间争竞之端，无不始于婚、田、钱、债，而因之以至于奸盗杀人者也。宪司巡按，每以赃罚为重，而一切民讼，略不省察。殊不知百姓负冤，上无所诉，是开官吏受赃之路也。审囚决狱官每临郡邑，唯具成案行故事，出断一二，便为尽职。不知大辟以下，刑名公事甚不少也。各县官吏，未饱其欲，每闻上司官至，则将囚徒保候，审录既毕，仍复收禁，此皆无法之弊也。[1]

许多纠纷无法可守，朝令夕改，再加上官员颟顸，执法者贪渎，在这种司法环境下，冤错假案还不比比皆是？《双献头》《燕青博鱼》《黄花峪》《还牢末》《争报恩》这五出戏中不仅都有冤案，而且其中官员都不能秉公执法。他们有的爱钱，有的官官相护，有的拖拉委蛇，共同的是昏聩。这五出戏中，案子都缘于民事案中的婚姻问题，或是豪门子弟强霸良家妇女，或是奸夫淫妇谋害亲夫，最后都闹出人命，而且即使出了人命官府也解决不了，还得梁山好汉以武力解决。这些好像在证明郑介夫所说的"殊不知民间争竞之端，无不始于婚、田、钱、债，而因之以至于奸盗杀人者也"。

《双献头》等前三出戏中各写了一个衙内，即白衙内、杨衙内、蔡衙内。这些衙内，如同《黄花峪》里蔡衙内的自白：

> 花花太岁为第一，浪子丧门世无对。阶下小民闻吾怕，则我

---

[1] 见《元史纪事本末·律令之定》，中华书局，1979。

是势力并行蔡衙内。自家蔡衙内的便是，表字蔡疙疸。我是那权豪势要的人，嫌官小做不的，马瘦骑不的，打死人不偿命，长在兵马司里坐牢。我打死人如在房上揭一片瓦相似，不到半年，把瓦都揭净了。

元杂剧中的"衙内"多影射当时的蒙古官员、勋贵、权臣。打死汉人不偿命，不仅是句威慑的话，而且是正式法律，写在史书上：

诸蒙古人因争及乘醉殴死汉人者，断罚出征，并全征烧埋银。[1]

规定蒙古人杀了汉人，只要负担点"烧埋银"就可以了。

如果汉人殴伤了国人（蒙古人），则要杀头，严惩不贷。这种带有鲜明的民族压迫的法律更助长了蒙古人有恃无恐的气焰。元杂剧中那些衙内一个个仗势欺人，支使官府，像蔡衙内所说的"嫌官小做不的，马瘦骑不的，打死人不偿命，长在兵马司里坐牢。我打死人如在房上揭一片瓦相似，不到半年，把瓦都揭净了"，不仅仅是丑角插科打诨的玩笑话，而是千真万确的事实。元代"水浒"戏中对衙内的控诉与其他许多元杂剧的公案戏中这类描写没有什么显著的区别，不同的是公案戏中最后都要靠清官或者明君解决问题，而"水浒"戏中则是水泊梁山，是梁山好汉靠武力解决问题。梁山泊上的宋江集团之所以能够以正面形象面对观众，就是因为他们敢于打压"衙内"一类丑类，替老百姓申冤报仇。从这一点来看他们与包公没有什么区别。

## 从"水浒"戏中看北"水浒"特征

以上说的是"水浒"戏中与元代公案戏类似的一面。"水浒"戏还有作为"水浒"戏独特的一面，作为通俗小说史的研究者关注它对《水浒传》形成的影响，这一方面我们可以与南"水浒"对比来看。

---

[1]《元史》卷一〇五，中华书局。

## 一、关于梁山泊

前面谈到宋江集团的活动范围与梁山泊有关,南"水浒"故事的作者们也觉得这个故事活动应与梁山有关。这样写成于南宋的《大宋宣和遗事》(后世有修改)中,把宋江和宋江集团的好汉们送上了梁山泊,但作者们弄不清梁山泊在哪里。我们从"遗事"的行文看,作者仿佛认为梁山泊就在太行山上。到了"水浒"戏中就不是这样了,它们把宋江集团故事的发生地点定位在山东的梁山泊。于是,宋江集团有了明确的根据地——梁山泊。首次确立了"水浒"英雄就是"梁山好汉"这个称呼——"某乃梁山泊好汉山儿李逵"(《还牢末》)。"梁山好汉"在中国通俗文化中有着长远的影响。这个梁山泊再不是地理方位不清了,它在东平府之侧,是方圆八百里的巨野泽。这个大湖对于生活在东平的文士来说是太熟悉了,几乎每个"水浒"戏都有这段介绍梁山泊的套语:

> 我聚三十六大伙,七十二小伙,威镇于梁山。俺这梁山,寨名水浒,泊号梁山,纵横河阔一千条,四下方圆八百里。东连大海,西接咸阳,南通巨野金乡,北靠青济兖郓。有七十二道深河港屯,数百只战舰艨艟;三十六座宴台,聚百万军粮马草。声传宇宙,五千铁骑敢争先;名播华夷,三十六员英雄将。俺这梁山,一年喜的是两个节令:清明三月三,重阳九月九。

虽然说得有些夸张,南北大体还对,东西则不免离谱。如果说是通过黄河连接,亦勉强可通。这样一来,宋江集团就不是由三十六人组成、来去如飙风的抢劫团体了,他们是有山头、有地盘(包括领水)、有组织、有制度(一年春秋两假)、有庞大武装力量的一股割据势力了,俨然敌国。这种定式后来被《水浒传》的作者接受和发展。

不过梁山泊在"水浒"戏中还只是一个背景,几乎所有的"水浒"戏(不包括元末明初的《梁山五虎大劫牢》《梁山七虎闹铜台》)一开台,"水浒"的背景已经设置完毕。也就是说"水浒"戏中的梁山好汉的故事是在"上应天象"的梁山好汉上山齐备和山水寨已经建设成功之后展开的。而南"水浒"我们从"遗事"中的宋江要凑足"三十六员猛将"上合"天罡之数"思考中可见，说话人在演说"水浒"故事时是着重讲述一个个零散的好汉是如何会聚在梁山泊，以凑足天罡之数的。后来的《水浒传》也把重点放在梁山聚义过程，其中精彩的故事都在梁山泊的形成过程中。这个过程中的故事才是表现游民生活的"朴刀杆棒"的故事和反映游民人生理想的"发迹变泰"的故事。可是我们读"水浒"戏，觉得这些戏除了片段的唱词外，总的说来是缺乏精彩之笔的，就是因为它写的故事都是在梁山已经形成之后，"三十六大伙，七十二小伙"已经齐聚梁山，缺少了"朴刀杆棒"的冒险和曲折，没有"发迹变泰"的憧憬和追求，光彩自退。戏中的故事大多发生在梁山的春秋两个假期之中，好汉放假下山，或奉命出差办事过程中，矛盾由之产生，太过巧合，自然缺少生活气息。

宋江和宋江集团，从三十六发展成为一百零八将，梁山泊浩渺无边，梁山成为江湖好汉聚义之所，成为江湖人向往追求的目标，甚至成为界定人物肯定还是否定的标尺。而且作者仿佛是梁山的一分子，他在述说梁山泊的故事时，把故事中的人分为好坏两类，凡是拥护、亲近、支持梁山的就是正面的，反之就是负面的。这些在"水浒"戏已露端倪。戏中的正面人物、受害者往往是梁山的朋友。后来的《水浒传》与"水浒"戏中判断是非的方法如出一辙。

## 二、梁山人物的游民本色

虽然，我们很难知道南"水浒"中宋江确切的形象了，但从《大宋宣和遗事》和《三十六赞》中可见，宋江虽然杀了阎婆惜，逃亡在江湖上，但他不仅是个杀人犯，还是个武装集团的领袖，他有政治主张和行动策略。《三十六赞》说他是"不假称王，而呼保义。岂若狂卓，专犯讳忌"。作为造反领袖而不"称王"，仅仅以一个小武官自居。《大宋宣和遗事》说九天玄女娘娘委任他为三十六人的领袖，而且要他"广行忠义，殄灭奸邪"。他也不负所托。《水浒传》中塑造宋江这个形象，基本上是按照这个路数，并发扬光大。如写他的轻财好义，能够为人排难解纷，肯于为朋友两肋插刀，义薄云天，而且能够容人、善于接纳各路人等（如晁盖听说时迁鼠窃狗偷，就要杀投靠梁山的杨雄石秀，而宋江救了他们），有些政治手段，这更突出了他作为领袖的品质。而元杂剧中的宋江则更像皇权专制社会中

底层社会的造反派。《双献头》宋江上场时自白:

  家住梁山泊,平生不种田。刀磨风刃快,斧蘸月痕圆。强劫机谋广,潜偷胆力全。弟兄三十六,个个敢争先。
  某姓宋名江字公明,绰号及时雨者是也。幼生曾为郓州郓城县把笔司吏,因带酒杀了阎婆惜,被告到官,脊杖六十,送配江州牢城。因打此梁山经过,有我八拜交的哥哥晁盖,知某有难,领喽啰下山,将解人打死。救某上山,就共第二把交椅坐。哥哥晁盖三打祝家庄身亡,众兄弟拜了某为头领。

  其他戏中与此大同小异,只是《燕青博鱼》又加上"一脚踢翻烛台,延烧了官房,被官军拿某到官"。这几句更突出了宋江不管不顾、放荡不羁的强人[1]性格和当时闯的乱子之大。我觉得这个人倒很像历史上的真宋江,带领三十六员骠骑,"横行河朔、京东,官军数万,无敢抗者"的宋江。《水浒传》中宋江几次被梁山救助,但在上梁山问题上推三阻四,只是增加了"为文要曲"的文学趣味,作为一个江湖领袖不太会这样,对于他们来说抓住时机是很重要的。宋江上场诗中的"强劫机谋广,潜偷胆力全",真是活画出三十六人抢劫集团领头人的形象,没有这样的胆识,能够成为"弟兄三十六"的大哥吗?我在《游民文化与中国社会》中阐释游民性格时指出,游民是有主动进击精神的,北"水浒"故事中的宋江就是这样,否则他怎么能把弟兄们带领到"发迹变泰"的路途上呢?另外,《水浒传》中夸张了宋江"呼保义"和"及时雨"的品格,对梁山弟兄无不体贴入微,对民众爱护。这都是儒家思想指导下领袖人物的品质,"水浒"戏中还原了宋江的山大王形象。燕青逾假不归,被他执行纪律打瞎了眼睛,还让他独自下山治疗,并不那么婆婆妈妈的,好像有些冷酷。熟悉《水浒传》的对宋江还感到不可理解,其实《水浒传》中的宋江被作者儒生化(或说道学化)、文人化了。

  从南"水浒"故事所留下的蛛丝马迹来看,宋江集团的构成是复杂

---

[1] 宋人为文说到强人,往往指性格强悍之人,非特定指为强盗。

的。虽然有游民，但军官在其中占了很大比例。如大刀关胜，在《三十六赞》中赞语是"大刀关胜，岂云长孙。云长义勇，汝其后昆"。把他与关羽联系起来，在"遗事"中，关胜是个"指使"，为小军官。《水浒传》中把关胜的地位又提高了一步。他上梁山很晚，但在梁山的地位却很高，坐了第五把交椅，成为五虎上将之首。这是沾了传说中祖宗关老爷的光。可是在"水浒"戏中的关胜，头上没有任何光环，他像一般头领一样被宋江差遣下山打探消息。《争报恩三虎下山》[1]中关胜是个重要角色。写到关胜卖狗肉、认李千娇为义姐，展示的是个窝囊的流浪汉：

卖狗肉。卖狗肉！这里也无人。某乃大刀关胜的便是。奉宋江哥哥的将令，每一个月差一个头领下山打探事情。那一个月肯分的差着我，离了梁山，来到这权家店支家口，染了一场病，险些儿丢了性命。甫能将息，我这病好也，要回那梁山去，争奈手中无盘缠。昨日晚间偷了人家一只狗，煮得熟熟的，卖了三脚儿，则剩下一脚儿。我卖过这脚儿，便回我那梁山去了。

这是不是有点亵渎了武圣人关公？有的研究者觉得这种写法亵渎了关胜，平心而论，他是"堂堂八尺身躯，细细三柳髭髯，两眉入鬓，凤眼朝天，面如重枣，唇若涂朱"的儒将，还是"水浒"戏中写的卖狗肉的？哪像个抢劫集团中的干将呢？其实江湖艺人对于官场、官员的事知之很少，倒不如他们写起江湖流浪汉来得得心应手。读者看惯了《水浒传》中"一表非俗""手捋髭髯，坐看兵书"带有点装模作样的关胜，如果就真实的宋江抢劫集团来说，江湖流浪汉参与的可能性更大一些。

徐宁、花荣在南"水浒"中也是军官，《水浒传》中还着意描写他们文雅的一面。可是在《三虎下山》中，他们都是一副流氓无赖的作风，在

---

[1]《争报恩三虎下山》是一出与《水浒传》思想大相径庭的戏。《水浒传》中敌视年轻有美色的少女，而此剧以李千娇为女主角，她搭救了三个下山办事的梁山好汉——关胜、徐宁、花荣，三人对她感激不尽，分别拜她做姐姐，后来李千娇受到她家中小妾王腊梅的陷害，关胜等三人下山劫法场，救李千娇上山，还帮助他们夫妇团圆。

饭馆里吃完粥不给钱，连碗盏都打破了。

《还牢末》中的刘唐，心胸狭窄，鼠肚鸡肠，专干落井下石之事。好像失去了"梁山好汉"的道德与风采，也不够义气。

《水浒传》是表现游民的生活与奋斗的，但最终还是出于文化程度较高的文士之手，其中无论是关于游民生活的描写，还是在塑造人物形象上，表现出的思想倾向都不免有儒家思想的影响，而"水浒"戏的作者更接近社会底层，文化也不能与《水浒传》作者相提并论，因此，他们笔下的梁山人物更接近实际，或说更像游民。

### 三、摒弃了"忠义"的梁山好汉

忠义在南"水浒"故事中是意识形态，表明"水浒"系列是倡导与主流社会相同的思想。因为要"忠义"就得报国，就得歌颂为朝廷献身的人士。南"水浒"故事作者竭力攀附忠义，虽然与当时的民族矛盾有关，但也有取容主流社会的不得已因素在内（江湖艺人们创作"水浒"故事时也有表达"要做官，杀人放火受招安"的冲动）。元代的"水浒"戏中是不谈忠义的，甚至"水浒"戏中连"忠义"一词都很少见，只是在"忠义堂"这个特定概念上出现，《争报恩三虎下山》中李千娇唱的"谢得你梁山泊上多忠义，救了咱重生在世"出现了一次，但这与主流社会和朝廷无关，只是李千娇本人受到梁山的救助而发出的赞美。没有了"忠义"，那么在"遗事"中告诫宋江等人要坚持"广行忠义，殄灭奸邪"的九天玄女娘娘，自然也没有存在的必要了，因此元代的"水浒"戏中没有九天玄女的位置。

这种摒弃"忠义"的现象也是南北"水浒"故事差别之一。其原因就是民族压迫使得北方下层文士的写作中天然存在着一种反抗情绪，而那些游走江湖的艺人谋生不暇，也缺少像主流社会和统治者献媚的动力，何况在天高皇帝远的东平。

元代政治和社会背景与宋代大不相同，最高统治者换了异族人，国人分列四等，汉人、南人位列三、四，科举一停八十年（13到14世纪按蒙古统治中国北方时算），即使恢复科举之后，出仕做官也很难进入核心（台湾学者王明荪《元代的士人与政治》一书中有具体统计）。大多汉族文人士大夫被边缘化了,有些甚至连基本生活都得不到保障。如元杂剧《冻苏秦》中主人公苏秦提着要饭的瓦罐沿街题诗,《曲江池》中主人公郑元和唱着莲花落挨门乞讨,这些情境就是元代许多落魄文人的写照。当然,主动向统治者靠拢、自作多情的文人不是没有,但大多数处于社会下层的文人对元代时蒙古统治者有一种离心倾向。这点从一些杂剧的思想内容就可以看出来,杂剧作者多是社会下层文人,他们觉得没有必要像南宋那样向观众表白宋江故事的"忠义"性质了,本来就是外加的"忠义"便从"水浒"戏中悄悄退出了。这里附带说一句,不仅"水浒"戏中没有了"忠义",就是在其他杂剧中也很少见了,"忠义"在现存一百六十余个杂剧中,只有纪君祥的《赵氏孤儿》等两三个戏曲中出现过四五次。

而读者熟悉的是带有"忠义"意识形态的《水浒传》,对此很不适应。特别是在塑造人物形象时,没有"忠义"作思想主干,读者会感到"水浒"戏中的梁山好汉突然成了陌生人,似乎是一批异类。如果从游民文化角度来看,"水浒"戏似乎比《水浒传》更接近历史真实一些,没有固定的意识形态的支持,写作回归自然。

### 四、取代"忠义"的"替天行道"

南"水浒"中强调"忠义"肯定是出于现实社会需求考虑的,而北方,特别是在13到14世纪蒙古人统治下,老百姓不情愿,而蒙古人的粗糙而残酷的统治还不懂用这一套管制人们的思想,总之在思想控制上还不太在行,因此在"水浒"戏中明目张胆地摒弃了"忠义"。江湖艺人提出了一个南"水浒"中没有的新词——"替天行道"[1],作为北"水浒"的主题词。

> 黑旋风拔刀相助,双献头号令山前。宋公明替天行道,到今日庆赏开筵。[2]

---

[1] 关于"替天行道"的含义与思想演变后面在分析《水浒传》中还要谈,这里只简略讲一下它在元代"水浒"戏中的意义。
[2] 高文秀《双献头》。

涧水潺潺绕寨门，野花斜插渗青巾。杏黄旗上七个字，替天行道救生民。[1]

俺梁山泊远近驰名，要替天行道公平。忠义堂施呈气概，结交尽四海豪英。[2]

强夺了良人妇女，坏风俗不怕青天。虽落草替天行道，明罪犯斩首街前。黑旋风拔刀相助，刘庆甫夫妇团圆。[3]

占下了八百里梁山泊，搭造起百十座水兵营，忠义堂高挷杏黄旗一面，上写着"替天行道宋公明"。[4]

最早出现"替天行道"的当属高文秀的《双献头》。这是在李逵杀了奸夫淫妇之后，宋江表示庆祝的话。这个"替天行道"具体是什么意思呢？也就是宋江在这之前所说的杀了"倚势挟权"的白衙内和与他通奸的"泼贱妇"，解救了深陷牢狱的孙孔目，替他申了冤。孙孔目又是宋江的把兄弟。在人们心目中"天"应该至清至明，分清善恶好坏，应该秉持公心，对待一切。正像元人关汉卿所写的冤案缠身的窦娥所唱：

有日月朝暮悬，有鬼神掌着生死权，天地也，只合把清浊分辨，可怎生糊突了盗跖、颜渊？为善的受贫穷更命短，造恶的享富贵又寿延。天地也，做得个怕硬欺软，却原来也这般顺水推船。地也，你不分好歹何为地？天也，你错勘贤愚枉做天！

天已经如此昏聩，这时梁山好汉出现了，在宋大哥主持下，平反冤案，有仇的报仇，有冤的报冤，这就叫"替天行道"。生活在皇权专制社会下，平时人们对这种制度的非人性与黑暗的感受还不明朗，只有进了监狱，才确确实实感到这是个有日无天的地方。因此平反冤狱、昭雪冤案，最能受到老百姓的欢迎。"替天行道"的群众基础正在此。

[1] 康进之《李逵负荆》。
[2] 无名氏《还牢末》。
[3] 无名氏《黄花峪》。
[4] 无名氏《三虎下山》。

《李逵负荆》的"替天行道"的正义含量最高,因为"替天行道"虽然只是梁山泊的一面招牌,但戏剧故事本身是矫正梁山好汉自身错误的,虽然这个错误是冒名顶替者犯的。《还牢末》的"替天行道"追求的是司法公平,梁山为老百姓惩治奸夫淫妇就是"替天行道"。"黄花峪"的"替天行道"与此同义。

元代早期的"水浒"戏是独立发展起来的,我们从中看不到南"水浒"的影响。元末明初的"水浒"戏就有了"替天行道"与"忠义"合流的倾向。例如《五虎大劫牢》一剧也讲"替天行道有功能",可是此戏第二支曲子《混江龙》就唱道:

> 我端的言无虚诳,我也曾战官军迭并数千场。爱的是忠臣孝子,敬的是德性贤良,害的是倚势挟权豪贵客,救的是无挨困苦受孤孀。端的是谁敢相侵傍!俺可便威名广大,四海传扬。

这种思想与《水浒传》中差不太多了。"德性贤良""忠臣孝子"这一类是上面说的五出"水浒"戏中所不谈的。从这里也可见北、南"水浒"故事思想上的差别。当两者合流便带来很难统一的矛盾。

"替天行道"的口号确立了梁山泊的正面意义,这一点为创作于明代的《水浒传》所继承。然而《水浒传》是从南"水浒"发展来的,主导的意识形态是"忠义",因此其中"替天行道"的口号很难有再度发展的机会,而且还没有像元代"水浒"戏那样直接地与公案戏挂钩。七十回之前,梁山泊以集体形式发生的攻击行动,如打祝家庄、攻打青州、攻打大名府、打曾头市等都与"替天行道救生民"没有什么关系。

北"水浒"故事也像南"水浒"一样,作者一涉及北方就会发生地理错误,北"水浒"故事《燕青扑鱼》就有"俺是那梁山泊里的宋江,不比那洞庭湖的方腊"。

## 五、红巾、茜红巾和"朴刀杆棒"

元杂剧中早期的"水浒"戏是包含有较强的游民意识的,在作者心目中强盗、贼也不一定都是负面的。他们虽然也称梁山好汉为贼、强盗,但他们写的故事告诉我们,梁山好汉不是贼和强盗。读者会从剧本中感到作者内心的矛盾,几千年传统的教育与他写的故事发生了冲突。这个问题连梁山好汉自己也没有解决。《双献头》中李逵下山,改了名字,宋江嘲笑他"虽然更了名,改了姓,你这般茜红巾,腥衲袄,干红搭膊,腿绷护膝,八答麻鞋,恰便似那烟熏的子路,墨染的金刚。休道是白日里,夜晚间揣摸着你呵,也不是个好人"。自己嘲笑自己。在《燕青博鱼》《还牢末》《争报恩》中,燕青、李逵、关胜、徐宁、花荣,在与他人交往时,通报完自己姓名,马上就说"我不是歹人",听者也会马上回答:"你不是歹人,正是贼的阿公哩。"这可能成为一个套路,几出戏都这样写。从这里也能感觉到作者的内心是有矛盾的。

主流社会排斥"强盗","强盗"居然也要打出自己的标志自绝于主流社会,古有赤眉黄巾,到了宋代则有红巾。造反,不做良民做强盗而头裹红巾,大约始于北宋的方腊。方勺的《泊宅编》中记载:

> 宣和二年十月,睦州青溪县竭村居人方腊,托左道以惑众,知县事、承议郎陈光不即钮治。腊自号圣公,改元永乐,置偏裨将,以巾饰为别,自红巾而上凡六等,无甲胄,唯以鬼神诡秘事相扇摇。[1]

看来只是一般造反民众(小喽啰)裹红巾,各级将领以"巾"上点缀装饰为区别。此后关于"红巾"的记载多了起来。靖康之变后,北方民众奋起抗金者也是头裹红巾。"河东南路都总管萧庆招降太行红巾首领齐实、武渊、贾敢等送于粘罕,罕尽杀之于狱。然杀降不祥,自齐实之徒被害,无复降者也。"[2]这是金人对于"红巾"的记载。南宋史家也有记载:"然河东之民与之稔熟,略无所惧,又于泽潞间劫左副元帅宗维寨,几获之。故金捕红巾甚急。然真红巾终不可得,但多杀平民,亡命者滋益多,而红

---

[1] [宋]方勺《泊宅编》卷三。
[2] 《大金国志》卷七。

巾愈炽。"[1]"河东"是指当今的晋南、晋东南一带。南宋统治下的内乱，造反者也戴红巾，"兴元叛兵张福、莫简作乱，以红帕蒙首，号'红巾队'，焚利州，杀总领杨九鼎，破阆、果，入遂宁"[2]。可见头裹红巾已经成为当时造反者或民众起事的一个标志，因此"红巾"就与强盗、反贼、叛逆等同起来。山大王们也不避讳，要做强盗就自自然然地戴起红巾。如宋人话本《错斩崔宁》中写的"静山大王"拦路抢劫时的情境：

> 只见跳出一个人来：头带乾红凹面巾，身穿一领旧战袍，腰间红绢搭膊裹肚，脚下蹬一双乌皮皂靴，手执一把朴刀。

"乾红凹面巾"只是比"红巾"多了两个形容词。到了元末规模巨大的白莲教起义就是头裹红巾的，后来又称"红巾军"，可是当时的主流社会称之"红巾贼"。明太祖朱元璋参加过"红巾"，所以他改换门庭做了皇帝之后，一直避讳"贼"，有些人不知或忘了这个忌讳，给皇帝上表时误写了"贼"或与"贼"音相近的字而丢了脑袋。

元杂剧"水浒"戏"红巾"加了一个"茜"字，"茜"即血茜草，可做染料，用茜草染成的"茜红巾"的颜色可以想见。于是"茜红巾"或"红茜巾"就成为强盗与贼的代名词了。用一句文词说："茜红巾"已经成为盗匪的意象。在元杂剧中不仅"水浒"戏中这样写，其他一些通俗文艺作品中也如此（如《大唐秦王词话》中写到山大王也是"头戴茜红巾，身穿皮锁甲"）。而且红巾之外还加了些"衲绵袄""朴刀"之类。

"水浒"戏中作者为什么屡屡用盗匪的意象坐实梁山泊一伙确是盗匪？这是当时主流社会的意见，但在戏曲故事中又赋予他们以正面意义，并用它们与官府、衙内、元代时蒙古统治者相对照，这也符合当时底层人的意愿。这也正是作者内心矛盾之所在。

---

[1]《建炎以来系年要录》卷九。
[2]《宋史》卷四〇三，中华书局。

元代的北"水浒" 171

# 《水浒传》的成书

关于《水浒传》成书过程的研究是个热门话题，历来多是从版本的流传和演变、"水浒"人物和故事的本事考证或历史背景（如宋金战争，钟相、杨幺洞庭湖战事等）索隐角度来推想《水浒传》的形成。这里我要从江湖艺人、说话艺人的参与，通俗文艺内容的分类角度来考察"水浒"的形成过程。

前面讲了为了满足城镇人娱乐和精神生活的需求出现了第一代江湖艺人，这些江湖艺人的出现不仅壮大了艺人的队伍，更重要的是，他们为通俗文艺的创作与表演开拓了新的领域。为什么这样说呢？江湖艺人多是脱离了宗法网络的游民，每个人都有其独特的经历，或是辛酸苦难，或是千难万险。而且作为一种过去不曾有过的社会群体，他们产生了一些在正统人士看来不登大雅之堂的思想意识。这些独特生活经历和思想意识必然在他们创作与演出中发生影响，酝酿出过去不曾有的文艺作品来。

## 从事叙事性作品创作和演出的江湖艺人

### 通俗的叙事性的文艺作品的涌现

所谓叙事性文艺作品是以社会生活、社会事件为描写内容的。通俗点说就是有情节、有故事、有人物的文艺作品。宋代以前，传统的占主流地位的文学形式主要是诗歌、散文。诗歌以抒情诗为主，叙事诗有，但不发达，最有名的不外是汉魏南北朝乐府中的《陌上桑》《羽林郎》《孔雀东南飞》《木兰辞》等；散文以纪事为主，好的脍炙人口的散文名篇，也多是以抒情感人取胜，如司马迁的《报任安书》、诸葛亮的《出师表》等，鲜有以写故事吸引读者的名篇。因此总的说来，从先秦到宋，叙事性的文学作品是不多的，其艺术性也很难与抒情性作品比肩。

宋代出现的通俗文艺作品，直白地说就是市场文艺。这种作品是用来换钱的商品，而且是马上兑现的。过去江湖艺人流行着一句话，叫"平地抠饼"。这句话生动地描写了他们的创作、演出与金钱的直接对应关系。当作品与钱的关系如此切近的时候，艺人演出时的第一反应就是能不能拿到钱。因此，什么内容与形式最能招徕观众，艺人们就出售什么。叙事性作品有人物、有故事、有情节，这样自然就会产生不可中断性，就会有悬念，于是就牢牢抓住了受众，也抓住了他们的钱袋。叙事性文艺作品是应市场要求而兴起的。当然这不是说宋代以前就没有这类作品，敦煌变文中就有不少宋以前的作品。但那些大多与宗教宣传有关，从故事上、情节上与人物塑造上，是没法与宋代叙事性作品相比的。

宋代通俗文艺中叙事性作品大体可分三类。一是说话类（以说为主），包括讲史、小说、说诨话、说经（当然这种"说经"不是说经典中的"要言妙道"，而是说其中生动的故事）等；二是说唱类（以唱为主），包括诸宫调、叙事鼓子词、唱赚、合笙、乔合笙、陶真等；三是戏曲类，包括杂剧、南戏、参军戏、傀儡戏、影戏等。如此丰富的艺术形式，真是百花齐放，当然与此相应的还有大量操作这些艺术形式的艺人。

## 从事通俗文艺作品创作的艺人

通俗文艺作品刚刚出现时，创作者与演出者不是分得很清的。前面举的《宦门子弟错立身》那出戏中，女主人公王金榜的父亲，招考完颜寿马时，不仅要求他会演能唱，而且要他能写本子、编戏，这样寿马就是表演创作一肩挑了。但这不等于那时没有专业作者，因为一般说来江湖艺人大多是游民，文化程度比较低，像完颜寿马那样文化水准的，可能整个宋金时期也不会有几个。完颜寿马以官宦子弟之身，一变而为江湖艺人，那是极特殊的例子。因为演出者文化水平低，演员兼创作的毕竟是少数，再加上许多艺术形式还不够成熟，也比较粗糙，还要靠不断地提供新本子以招徕观众，不像后来梨园界所说的"生书熟戏"（言观众爱听没听过的书，爱听非常熟的戏，以便跟着唱）。仅金院本杂剧，在陶宗仪的《南村辍耕录》著录的，就有七百余种。可见当时对新本子的需求是很迫切的，这就需要专业作者。宋金元时期也的确出现了一批这样的作者，然而因为他们的社会地位低、文采一般，大多没有详细的记载传世，只是从一些通俗文艺作品中得知他们的存在。

### 一、通俗文艺作品的创作者

宋元两代某些通俗作品中常常提到"书会"和书会中的"先生"或"才人"。如《简帖和尚》：

> 当日推出这和尚来，一个书会先生看见，就法场上做了一只曲儿，唤做《南乡子》……话本说彻，且作散场。

《简帖和尚》见《清平山堂话本》，写一个和尚用计破坏了一个小武官皇甫松的家庭，使皇甫休妻，和尚从而娶之，后计谋败露被重棒处死。和尚被推到法场时，被书会的先生看到，写了这篇小说。也有的称之为"才人"。元杂剧《汉钟离度脱蓝采和》一开始汉钟离与蓝采和脱离了角色身份的对唱，这类似后世的点戏，亮一亮自己的班子所会的曲目：

> 甚杂剧请恩官望着心爱的选。（钟云）你这句话敢忒自专么！（正末唱）俺路歧每怎敢自专。这的是才人书会划新编。（钟云）既是才人编的，你说我听。（正末唱）我做一段"于祐之金水题红怨"，"张忠泽玉女琵琶怨"。（钟云）你做几段脱剥杂剧。（正末云）我试数几段脱剥杂剧。（唱）做一段老令公刀对刀，小尉迟鞭对鞭，或是三王定政临虎殿。（钟云）不要，别做一段。（正末唱）都不如《诗酒丽春园》。

蓝采和向观众推介这出戏，说希望得到大家的喜爱。汉钟离驳斥他说：

"你说话算数吗？"蓝采和说："我一个路歧艺人的话，算不得数。但这个剧本可是书会里的'才人'编的"。汉钟离说："既然是书会才人编的，你再介绍一下。"于是蓝采和又介绍了同是书会才人的《于祐之金水题红怨》和《张忠泽玉女琵琶怨》。《金水题红》即"红叶题诗"的故事，正名为《韩翠颦御沟流红叶》，题目为《于祐之金水送情诗》，是元代著名曲家白朴所作，白朴终生不仕，寄情词曲与杂剧创作，被江湖艺人视为"书会才人"。白朴长期在杭州、金陵生活，这些地方都有书会，白朴投身其中，也不奇怪。《玉女琵琶怨》为元初曲家庚天锡所作，天锡与关汉卿等齐名。"脱剥杂剧"指武戏。白朴、庚天锡虽在当时就享大名，但他们还是沉沦于社会下层、为衣食奔走的"书会才人"。

宋人，特别是南宋人热衷于结社。《乾淳岁时记》记杭州在南宋孝宗皇帝时习俗：

> 二月八日，为桐川张王生辰，霍山行宫，朝拜极盛。百戏竞集，如绯绿社（杂剧）；齐云社（蹴球）；遏云社（唱赚）；同文社（耍词）；角抵社（相扑）；清音社（清乐）；锦标社（射弩）；锦体社（花绣）；英略社（杖棒）；雄辩社（小说）；翠锦社（行院）；绘革社（影戏）；净发社（梳剃）；律华社（吟叫）；云机社（撮弄）。

踢球、摔跤以及各种行当（包括妓女）、各种爱好都可以结社以便交流，于是读书人便组织了"书会"。而且在南宋非常之多，都城临安的书会就不止一个。《都城纪胜》说："其余乡校、家塾、舍馆、书会，每一里巷，须一二所。"可见它是一种普泛的组织，不一定就是下层文人的组织。[1]但杭州书会很多，几乎每个里巷都有，那么必有一些是下层文人和有文化的民间艺人经常去或由他们组织起来的书会。这样的书会常常会组

---

[1] 周密《齐东野语》卷十七记"朱晦庵按唐仲友事，或云吕伯恭尝与仲友同书会，有隙，朱主吕故抑唐，是不然也"。此言吕祖谦曾与唐仲友"同书会"。吕、唐二人都是有较高社会地位的文人士大夫。

织娱乐性的活动[1]，并且参与通俗文艺作品的策划和演出。大多数"说话"人还混迹江湖，成为游民群体中最能反映与表达游民意识的精英人物。这些无望做官，只能在通俗文艺领域一显身手的游民知识分子，在江湖艺人中间起了主导作用，他们还在生活上互相帮助，艺术上互相切磋。这些以江湖艺人为主体的书会是带有行会性质的。

南宋末周密（号草窗）的《武林旧事》记载的"书会"中有这些人士：作"赚"（一种说唱艺术）绝伦的李霜涯，善作"谭词"的李大官人、叶庚、周竹窗，耍"猢狲"的平江周二郎、贾廿二郎等。可以推测在这样的书会里，写诗作文，填词拍曲，定会涉及能够换钱的通俗作品的演出问题。前面说的"书会先生""书会才人"就是这种类型的书会中有写作能力、有才情的下层文人。他们的主要工作就是为艺人们写唱词、编剧本、创作和编辑话本小说以供艺人们演出使用。一些艺人加入书会，一方面可能他们本身也有写作能力（南宋文化教育相对普及，有些游民知识分子[2]，如元代的红字李二是艺人，也写了许多出"水浒"戏）；另一方面他们有演出的经验，他们进入书会随时与文士交流，使得书会先生的作品更能切合他们的演出实际。

我们现在知道的南宋书会有"九山书会"，它在温州，直至今日温州还有"九山街"，这个书会是以地名命名的。传世的宋代南戏《张协状元》就是九山书会才人的作品。张协一上场的唱词里就点明了。另外南戏《董秀英花月东墙记》也出自九山书会中一位名叫史九敬先的才人的手笔。杭州有古杭书会，编撰了南戏《小孙屠》。到了元代，汉族文人士大夫受到歧视，又数十年停科举，读书人没有了出路，沉沦于社会底层，有更多的人参与了南戏、杂剧、小说及其他通俗文艺作品的创作。那时著名的书会有"玉京（或作'御京'）书会""元贞书会"。元代著名的戏曲作家、散曲家都是书会中的"才人"，如关汉卿、马致远、李时中、睢景臣等。

后代的艺人有继承的条件，两宋艺人恐怕就是创作多于继承。即使继

---

[1] "若今书会所谓谜者，尤无谓也"，见《齐东野语》卷二十。可见书会还搞猜谜活动。
[2] 详见拙作《游民文化与中国社会》（增修版），同心出版社，2007，第195页。

178　水浒江湖——理解中国古代社会的另一条线索

承也多是以书坊编刻的话本荶来简单的故事（往往多是提纲挈领式的），或者从笔记小说或通俗史书撷取来主要情节，然后演绎成为一个有人物、有较复杂情节冲突、有广阔社会场景的有声有色的"说话"，这就需要艺人们靠自己的生活阅历和知识储备加以丰富。

传世的《水浒传》虽然成书于明代，但有许多地方遗留着书会先生编纂和江湖艺人演出的痕迹，第九十四回有这样的文字：

> 看官听说，这回话都是散沙一般，先人书会流传，一个个都要说到。这时难做一时说。慢慢敷衍，关目下来便见。看官只牢记关目头行，便知衷曲奥妙。

这段文字是说话人跳出故事情节直接面对听众，告诉听众如何把握故事情节，要抓住关键，这关键性的情节往往反映到回目上。通俗文艺演出中艺人创作余地很大，"说话"人尤其是这样。

## 二、通俗文艺的表演者

"说话"的艺人都有一个二度创作问题，因此"说话"人如果是文盲、一字不识就很难想象。两宋知名的说书艺人之中有多少是文人、读书人，现在已经很难统计，不过，我们还是可以从那些"周进士""戴忻庵""张解元""许贡士""戴书生""乔万卷""徐宣教"等的称呼中，看出他们都应该是读书人，起码是识字的。当然如"进士""解元""宣教"之类的称呼可能是自高其位置，带有广告性质，但不能否认说书艺人中有的文化程度还相当高，特别是以讲史为特长的评书艺人[1]。如《梦粱录》所说，有些艺人"诸史俱通"，"记问渊源甚广"，"能讲一朝一代故事，顷刻间捏合"。这些人中当有不少读书人出身的，他们熟悉史书，并能用自己的生活感受去丰富历史。南宋罗烨在《醉翁谈录》中也对"小说人"大加赞赏：

---

[1] 宋代的"说话"（近于现代的评书），与"讲史"分别很严，各有代表人物。近代评书中讲史与讲述一般故事已经没有什么差别。这里都把他们视为说书艺人。

夫小说者，虽为末学，尤务多闻。非庸常浅识之流，有博览赅通之理。幼习《太平广记》，长攻历代书史。烟粉奇传，素蕴胸次之间；风月须知，只在唇吻之上。《夷坚志》无有不览，《绣莹集》所载皆通。动哨中哨，莫非《东山笑林》；引倬底倬，须还《绿窗新话》。论才词有欧苏黄陈佳句；说古诗是李杜韩柳篇章。

这段话是对优秀的"说话"艺人演员资质的评价。

第一，要腹笥宽阔，学识渊博，不仅要多读史书和小说如《太平广记》《夷坚志》之类，还要熟记古今著名诗人、词人（如李白、杜甫、韩愈、柳宗元和欧阳修、苏东坡、黄庭坚、陈师道）名篇佳句。这不是胡乱吹捧的。我们读宋话本《碾玉观音》的入话，其中引咏春诗词十一首，并把这些诗词纳入"春光为什么消失"这个逻辑话题，以吸引听众。

第二，要能把握书场的氛围，反应要灵敏机智，要有运作知识和故事的能力。有趣的故事藏在"胸次之间"，如何把它们调动在"唇吻之上"，并让听众感到有趣，就是一般的文人也难达到。这不单纯是个技巧问题，还要有各种生活阅历，懂得各种人情世故，有临场即兴发挥和随机应变的能力。《水浒传》"武松血溅鸳鸯楼"一回，写到两个丫环，被武松杀了一个，在杀第二个之时："那一个却待要走，两只脚一似钉住了的，再要叫时，口里又似哑了的，端的是惊得呆了。休道是两个丫环，便是说话的见了，也惊得口里半舌不展"。这一段绝非《水浒传》"施耐庵"的手笔，而是"说话"人临场的发挥。我们从中甚至可以感觉到说书人的表情声口。

第三，艺人演出中要常常用笑料抓住观众。江湖艺人有句话说"万象归春"，所谓"春"是指笑料，意为各种曲艺形式都要有笑料，这样才能招徕到观众。罗烨所说的"哨"意为"逗弄"，意为凑趣，说白了就是搞笑。"动哨中哨"是指搞笑要到位，不要甩"臭包袱"[1]。

第四，要注意开头"引"和结尾"底"，两者都要漂亮。开头的入话要吸引人，结尾也要有余波荡漾。口头艺术就是要用话语抓住受众。

从罗烨对小说人的描述可见，"说话"这碗饭是不好吃的。

---

[1] "包袱"，相声称笑料为包袱，包袱一抖就要响（满堂笑），否则为"臭包袱"。

鲁迅说他写小说的人物模特"没有专用过一个人，往往嘴在浙江，脸在北京，衣服在山西。是一个拼凑起来的脚色"[1]。演说"小说"的艺人也要有这种能力，他们能够从史书、古代文简义狭的小说里撷取一个或几个故事情节，便在顷刻之间把不同时代、不同地域、不同生活环境中的人所发生的故事"捏合"在一起，并使受众听来觉得合情合理，不是"关公战秦琼"，这就不是一般占哔小儒能做到的。

从两宋留下的对"说话"艺人的记载，不仅说明这些表演通俗文艺的艺人有文化，而且在其实践中逐步掌握艺术创作与表演的规律，两宋的"说话"艺术达到相当高的水平，颇有感染力。《醉翁谈录·小说开辟》一节对于"小说说话"的艺术魅力称赞备至：

说国贼怀奸从佞，遣愚夫等辈生嗔。说忠臣负屈衔冤，铁心肠也须下泪。讲鬼怪令羽士心寒胆战；论闺怨遣佳人绿惨红愁。说人头厮挺，令羽士快心；言两阵对圆，使雄夫壮志。谈吕相青云得路，遣才人着意群书；演霜林白日升天，教隐士如初学道。瞳发迹话，使寒士发愤；讲负心底，令奸汉包羞。

罗烨的描述不仅说明了他对于小说教化功能的重视，也展示了当时"说话"所达到的艺术境界。如此强烈的艺术感染力，除了艺人演技高超与阅历丰富的原因之外，也与艺人们的艺术积累有关。

北宋以后，江湖艺人虽然未必建立传承体系，但先辈艺人对后辈艺人还是有影响的，特别是在节目的传承方面。而且后辈艺人还特别尊重先辈艺人的艺术创造，常常在自己的演说中提到他们，称之为"老郎"。《醒世恒言·勘皮靴单证二郎神》讲的北宋末年故事，但从小说叙述者口吻来看，似是南宋艺人的作品。在故事收尾，假神仙被押上法场时写道：

当日看的真是挨肩叠背。监斩官读了犯由，刽子叫起恶杀都来，一齐动手，剐了孙神通，好场热闹。原系京师老郎传流，至

---

[1] 鲁迅《南腔北调集·我怎么做起小说来》。

今编入野史。

这个故事被"老郎"编纂之后，被人们比作野史，意在彰显它的可信度。《喻世明言·陈御史巧勘金钗钿》入话一开篇就说"闻得老郎们相传的说话"。味其文意，或也是宋元艺人的创作。《水浒传》中也留有"老郎"的痕迹，第七十回写到没羽箭张清"昔日老郎有一篇言语，赞张清道"，这说明《水浒传》成书前，其故事曾被多代艺人演说。

两宋，特别是南宋，最高级的艺人就是进宫为皇帝和宫廷服务的艺人。"说话"人之中也有成为宫廷艺人的，甚至被授予一定的官职。南宋理宗时便有所谓王六大夫在宫廷演说史部的故事，他会编也会说，后被封为宫中祗候，享有俸禄。另外，还有王防御，号委顺子，也以说史供奉得官。不过这只是极少数，大多数"说话"人还是混迹江湖，成为游民群体中最能反映与表达游民意识的精英人物。

## "说话"的门类

当代的评书、大鼓书等与宋代"说话"有一定的传承关系[1]，北方流行的传统评书以武打故事为主，传之于今日的大约二十九部。根据书的内容，大体可分为四类，包括：（一）长枪袍带书，《封神榜》《列国演义》《西汉演义》《东汉演义》《三国演义》《隋唐传》《薛家将》《五代残唐杨家将》《十粒金丹》《精忠说岳》《明英烈》《明清演义》；（二）短打公案书，《粉妆楼》《大宋八义》《宏碧缘》《明清八义》《永庆升平》《三侠剑》《包公案》《海公案》《彭公案》《施公案》《于公案》《小五义》《水浒传》《儿女英雄传》；（三）神怪书，《济公传》《西游记》；（四）狐鬼书，《聊斋》。我们生活在

---

[1] 明末清初，说书艺人柳敬亭于康熙元年（1662）随漕运总都蔡士英来北京说书，收王鸿兴为徒，是为北京有说书艺人之始。后世艺人都是王鸿兴传人。清雍正十三年（1735）曾在掌仪司立案，有皇家颁发的龙票。评书最初是说唱相兼，如同西河大鼓、乐亭大鼓等。光绪间，引入清官，因在禁地演唱诸多不便，遂改"评讲"，去掉弦鼓，改用评话演说。于是，说评书这种表演形式就被固定下来。

今世，觉得这种分类没有什么意义，最多也只是便于掌握评书书目而已。宋代对于当时的"说话"也有分类，并把这些类目记载下来，这就给后世的研究者提供了十分宝贵的资料。因为传世的有关宋代"说话"评介资料十分稀缺，这些分类及其名目提供的信息是十分丰富的。

## "说话"的门类

北宋孟元老的《东京梦华录》、南宋周应合的《都城纪胜》、南宋佚名的《西湖老人繁胜录》、吴自牧的《梦粱录》、周密的《武林旧事》、罗烨的《醉翁谈录》等都记载了宋代"说话"的分类。其中最详尽的应属《都城纪胜·瓦舍众伎》和《梦粱录·小说讲经史》。《都城纪胜》中说：

> 说话有四家：一者小说，谓之银字儿，如烟粉、灵怪、传奇；说公案，皆是搏刀杆棒及发迹变泰之事；说铁骑儿，谓士马金鼓之事。说经，谓演说佛书；说参请，谓宾主参禅悟道等事。讲史书，讲说前代书史文传、兴废争战之事。最畏小说人，盖小说能以一朝一代故事顷刻间提破。合生与起令、随令相似，各占一事。商谜旧用鼓板吹"贺胜朝"，聚人猜诗谜、字谜、戾谜、社谜，本是隐语。

南宋吴自牧在《梦粱录·小说讲经史》中说：

> 说话者谓之舌辩，虽有四家数，各有门庭。且小说名银字儿，如烟粉、灵怪、传奇；公案：朴刀杆棒、发迹变泰之事。有谭淡子、翁三郎、雍燕、王保义、陈良甫、陈郎妇、枣儿余二郎等，谈论古今，如水之流。谈经者，谓演说佛书；说参请者，谓宾主参禅悟道等事；有宝庵、管庵、喜然和尚等。又有说诨经者戴忻庵。讲史书者，谓讲说通鉴、汉唐历代书史文传，兴废争战之事，有戴书生、周进士、张小娘子、宋小娘子、丘机山、徐宣教。又

《水浒传》的成书

有王六大夫，元系御前供话，为幕士请给讲，诸史俱通。于成淳年敷演《复华篇》及《中兴名将传》，听者纷纷。盖讲得字真不俗，记问渊源甚广耳。但最畏小说人，盖小说者，能讲一朝一代故事，顷刻间捏合。合生与起令随令相似，各占一事也。商谜者，先用鼓儿贺之，然后聚人猜，诗谜、字谜、戾谜、社谜，本是隐语。

关于"说话有四家"，由于周应合和吴自牧记载得不甚清楚，历来研究者各有各的解释，我比较倾向于陈汝衡先生的意见。这里我们先剔除了以机智引人发笑的各种谜语（即商谜）、隐语和诱发人们宗教情绪的"说经""说参请"，以及完全是即兴性质的借题发挥的"合生"以外，只剩下"小说"一种。它又分为演说文故事的"银字儿"和演说武故事的"公案""铁骑"两类。"银字儿"因以有"银字儿"这种乐器伴奏而得名，其内容包括"烟粉、灵怪、传奇"等；说武故事的"公案"和"铁骑儿"两类的内容又有区别，前者是讲"朴刀杆棒、发迹变泰之事"，后者是讲"士马金鼓之事"；另外就是"讲史书"（宋代被排除在"小说"之外，现在列在小说之中），它所说的乃是"前代史书文传、兴废争战之事"。可见，文故事所说的多是小儿女的悲欢离合和社会上流传的怪怪奇奇之事，它的"卖点"就是小儿女和吃饱了饭没有多少事可干的老太太一类人。而"武故事"（"讲史书"也可以归入广义的武故事里去）内容丰富，题材广泛，能激动许多不同身份的人，连退位做太上皇颐养天年的宋高宗赵构也不例外。清诗人厉鹗根据宋代各种史料撰写的《南宋杂事诗》中有云："一编小说奉升平，德寿闲消永日清。笑唤何人来演史，穆书生与戴书生。"

退了休的皇帝还喜欢听事关兴亡的武故事，可能与他亲历社会动乱、国家兴亡有关，而高宗的皇后吴老太太就爱听爱看"神怪幻诞等书"[1]。

这类武故事中有着激烈尖锐的社会矛盾，不采用"武"的办法就无法解决。或是手执"朴刀杆棒"的侠盗，浪迹江湖，拯危扶困，杀人放火，

---

[1]［宋］张端义《贵耳集》（上）。

制造血案，最终坏人受到王法的惩治，好人沉冤昭雪，而且打抱不平的侠盗往往还受到封赏；或是忠良之后，受到奸臣诬陷，备经苦难，最终金戈铁马，立功沙场，用血证明了他们的忠贞，终于得到皇帝的信任。奸臣受到惩办，忠臣也得以继承先人遗业，皆大欢喜。江湖艺人所讲说的"史书"的许多故事也与后者相近，只是情节更为复杂一些。在这类故事的情节里，矛盾的展开与解决的过程中，人物的命运发生了巨大的变化，而且往往是好人得到好报，他们的命运得到很大的改善，大体上是由坏变好，其社会地位也有了很大的提升，这就是"发迹变泰"。

分析到此，读者可以看出"银字儿"中的"烟粉、灵怪、传奇"，从内容上来说没有什么新奇之处，因为从六朝的志怪小说到唐代以来的传奇小说如《洞冥记》《搜神记》《神异记》《续玄怪录》《酉阳杂俎》《传奇》等书中的许多故事就是演说这类故事的。武故事中"士马金鼓"也不甚奇，其内容就是以历来统治者之间或汉族统治者与外族统治者之间兵戎相见的战争（有的研究者认为这类故事专指南宋初年爱国将领的抗金斗争，恐不确，但包括这类故事），从《左传》以来大量的史书都是以这些内容为主的，所以梁启超称"廿四史"为"相斫书"。南宋词人辛弃疾在登上京口北固楼，凭栏北望，想到南朝的刘裕与北魏的战争时，就有"想当年，金戈铁马，气吞万里如虎"（《永遇乐》）的名句。可见，所谓"铁骑儿""士马金鼓"并非到了"中兴诸将"时代才有。这些书目的内容表现的是史书中写到的正规战争，其底本就是古代和当代（也就是宋代）的战争史。古代传统通俗文学也有表现这一内容的作品，敦煌石室所出的变文与话本中就有，如《伍子胥变文》《捉季布传文》《李陵变文》《张义潮变文》《韩擒虎话本》等。总结一下：在两宋，通俗文学中的"烟粉、灵怪、传奇"和"铁骑儿""士马金鼓"之类，都在通俗文学中有先例，并不是新鲜的内容；两宋"说话"中为听众提供全新内容的故事大约只有"朴刀杆棒"和"发迹变泰"两项，这两个名称也是宋代以前有关通俗文艺作品的记载中未曾提及的，它们完全是原创性的。

《水浒传》的成书

## 新类型"说话"的出现

"朴刀杆棒"和"发迹变泰"两种新类型的"说话"的出现，不仅在民间受到欢迎，就是皇帝也喜欢，因为它多是演绎当代事情，内容新鲜火爆。南宋初年有个名"纲"的太监，他擅长"说话"，用此伺候和娱乐宋高宗。他也能自己编撰。

> 杜充守建康时，又秉义郎赵祥者，监水门。金人渡江，邵青聚众，而祥为青所得。青受招安，祥始得脱身归，乃依于内侍纲。纲善小说，上喜听之。纲思得新事编小说，乃令祥具说青自聚众以后踪迹，并其徒党忠诈及强弱战斗之将，本末甚详，编缀次序，侍上则说之。故上知青可用，而喜单德忠之忠义。

这位内侍"纲"是先搜集素材编写小说，再根据小说为皇帝讲述，他所编写的小说可以称之为底本。因为这位太监认识赵祥，而赵一度在邵青队伍中，于是纲请赵讲述邵青的故事。

邵青（？—1140）是个造反起家的人物，济南人，本为五丈河船工，后为盗。靖康之变后，聚舟于楚泗间，建炎三年（1129）受杜充招安。邵青是也打金人，也抢劫杀人，而且滥杀无辜，屡次被招安，又屡叛。绍兴年间被招安，官枢密院水军统制，绍兴十年（1140）为濠州兵马钤辖，金兵陷濠州，巷战而死。单德忠是邵青部将，愿意受招安，邵青犹豫不决，另一部将阁在坚决反对招安。于是，在诸将谒见邵青聚会时，"德忠起身欠伸，即掣刀杀在于坐。众皆惊，德忠曰：'今邵统制欲归朝廷，唯阁在不从，今杀之，敢有不归朝廷者依此。'众默然"[1]。邵青出来责备单德忠篡权，单德忠吃泥土发誓，表明他对邵青的忠诚。这个故事一些情节是不是有点像《水浒传》中林冲火并王伦？邵青攻打太平州之战，由于知州郭伟率军民坚持防守，战争特别残酷。郭伟还有用反间计除掉邵青智囊魏曦的故事，也离奇曲折。通过上述可见，邵青的故事正反映游民的冒险生活。

---

[1] 徐梦莘《三朝北盟会编》卷第一四九"炎兴下帙"四十九。

皇帝也是常人，他也喜欢曲折和具有冒险刺激的故事，但皇帝就这个故事做出的政治判断也许与一般听众不同。他认为邵青可用，最后还被招安。赞美单德忠忠心耿耿。内侍"纲"情况特殊，先把故事打成演讲底本的艺人应该是少数，多数艺人只有记载故事梗概（也就是评书术语中的"梁子"）和诗词赋赞的秘本。邵青造反与受招安的故事不知道是否流传到瓦子里？是否经过跑江湖的艺人们演说？如果被这些艺人演说了，他们一定把邵青故事归类于"朴刀杆棒"一类。

## "朴刀杆棒"背后的生活与台前的故事

### 作为"说话"艺术一类的"朴刀杆棒"

记录北宋汴京繁盛的《东京梦华录》在"市瓦伎艺"条中记载瓦子里的"说话"科目，比较简略，仅提到五种，都是最常见的，即"讲史、说三分、说诨话、小说、五代史"。没有提"朴刀杆棒""发迹变泰"等类，不等于北宋没有这类故事。"小说"一类涵盖面广，许多后世的"说话"的分类如"烟粉、灵怪、传奇、说公案"都可以包括其中。

"朴刀杆棒""发迹变泰"的分类最早见于周应合的《都城纪胜》。周是南宋中叶以后人士，《都城纪胜》记录了南宋初年至中叶杭州工商百业和服务业、娱乐业繁盛的状况。我们从"瓦舍众伎"的记载来看，南宋初期，由于战乱，游民激增，影响到了通俗文艺作品。由于江湖人多了，以通俗文艺为业者也多了，题材更丰富了；由于社会动乱制造着生死苦难、悲欢离合，"国家不幸诗人幸"，这些为文艺创作提供了丰富的题材。因此《都城纪胜》中"说话"分类细腻（如"说话有四家"之类），正反映了当时通俗文艺的繁盛与发展。

历来通俗小说的研究者们没有把"朴刀杆棒"作为"说话"中的一类，给予充分的注意。胡士莹先生甚至把"朴刀杆棒""发迹变泰"一律归入"银字儿"之中,认为它们所表现的也是"哀艳动人"的故事。[1]我们仅从字面上看,"朴刀杆棒"的粗犷勇武与"发迹变泰"的大悲大喜,怎么能与"哀艳动人"联系在一起呢?这个结论离事实太远了,很难为人们所接受。数十年来一直研究说唱艺术的陈汝衡先生不同意这个意见,他在《说书史话》中说:

> 所谓"朴刀杆棒",是泛指江湖亡命,杀人报仇,造成血案,以致惊动官府一类故事。再如强梁恶霸,犯案累累,贪官赃吏,横行不法,当有侠盗人物路见不平,用暴力方式,替人民痛痛快快地申冤雪恨,也是公案故事。

也就是说,"朴刀杆棒"是讲述与"武"有关故事的,但它又不是表现正规军队之间的对抗,其中的战斗所使用的多是短的或不太长的兵器,并且是以徒步和单个作战为主,仿佛戏曲中的"短打"。陈先生的叙述使"朴刀杆棒"的故事不仅与"银字儿"划清了界限,而且也和"士马金鼓"区别开来。陈先生在文中还点出了这些使"朴刀杆棒"者是"亡命江湖"的人和打抱不平的"侠盗","朴刀杆棒"的故事是表现他们"亡命"生活的。

这一点非常重要,因为它把这类作品与古代讲述的游侠与刺客生活的故事分别开来(游侠和刺客的故事可以称之为古代的"短打")。还要注意到《都城纪胜》和《梦粱录》讲到"朴刀杆棒""变泰发迹"都把它们附在"公案"类之后,无论是"武打"("朴刀杆棒")还是"发迹"("变泰发迹")都与公案(也就是被官府冤枉的案子)有关。这一点我原先也感到奇怪,因为我们一见"公案"马上就会联想到包公、海瑞断案的故事。其实在宋元时不少"公案"类作品一般都带有平反"冤假错案"和打抱不平的因素。而造成冤假错案的一定都有官府势力或黑恶势力掺入其中。这就需要正义的武力去解决,"朴刀杆棒"就代表了出自社会底层的武力。我们一看元代的"水浒"戏就明白这个道理了。那些戏都是写梁山

---

[1] 胡士莹《话本小说概论》,中华书局,1980,第111页。

英雄的,也就是写"朴刀杆棒"的,但几乎个个都可以纳入"公案"戏范畴。"水浒"戏的作者认为官府的权力掌握在异族的"达鲁花赤"(戏中往往用"衙内"来代表)手里,受冤枉者像窦娥那样空自呼天喊地也没用,而"替天行道"的"朴刀杆棒"一来问题就解决了。于是,管他是不是戴着"茜红巾"的盗匪呢!

## 朴刀和朴刀代表的意象

### 一、什么是"朴刀"?

前面谈"水浒"要素时,讲到"朴刀杆棒",言其在宋元间已经被视为强盗的"意象"。宋元话本小说中"朴刀杆棒"多次出现,《水浒传》中尤多。"朴刀"究竟是什么样子的?甚至"朴"如何读音?一般读者也未必都很清楚。"朴"在这里读作"泼",在宋代也写作"泼""拨""搏""博""铍"等,完全取音,没有定字。这种兵器在宋元的通俗文艺作品中屡屡出现(下面将举例说明),却不见著录于宋人曾公亮等所编著的集大成性质兵书《武经总要》上。《武经总要》在记载刀时说:

> 右手刀,一旁刃,柄短如剑。掉刀,刃首上阔,长柄施镈。锯刀,刃前锐,后斜阔,长柄施镈。其小别有笔刀。此皆军中常用。其间健斗者,竞为异制以自表,故刀则有太平、定我、朝天、开山、开阵、割阵、偏刀、车刀、匕首之名,掉则有两刃、山字之制,要皆小异,故不悉出。

书中绘图介绍了八种刀,包括掉刀、锯刀、欢耳刀、掩月刀、戟刀、眉尖刀、凤嘴刀、笔刀等,独不及朴刀;近代所著的数种兵器史,也不介绍朴刀。可见或是此兵器早已湮没无闻,而且在考古上也无证物;或是它只是流行于民间而不能登大雅之堂的粗陋的兵器(如钉耙),历代兵学家并不把它视为真正的武器。我以为这两种原因全有。

当代一些学者强作解人,《辞源》把朴刀解作:窄长有短把的刀。《汉语大词典》解作：一种刀身窄长、刀柄较短的刀。双手使用。而且给出的图片与腰刀差不太多，其实认真读一下《水浒传》就会对朴刀的形制、功能有比较直观的认识。

首先，应该弄明白的，它不是"短把"的腰刀，这在《水浒传》中多次提到，如第三回和第二十二回：

> 且说少华山上朱武、陈达、杨春三个头领，分付小喽啰看守寨栅，只带三五个做伴，将了朴刀，各跨口腰刀，不骑鞍马，步行下山，迳来到史家庄上。

> 宋江、宋清却分付大小庄客："小心看家，早晚殷勤伏侍太公，休教饮食有缺。"弟兄两个各跨了一口腰刀，都拿了一条朴刀，迳出离了宋家村。

这两回都清清楚楚写明了，腰刀可以"跨"（同挎），也就是挎在腰带上，而朴刀则要"拿"或"将"（带着）。怎么拿呢？第十四回有"刘唐拈着朴刀赶来"的句子。"拈"是用手指拿，可见朴刀的"把"是很细的，用手指就可搞定，而腰刀则要"可把攥"（用手掌和手指拿）。

第二，朴刀是刀杆细长，刀头较小，类似于长枪、花枪，因之又称之为"朴刀枪"。第四十七回，写到梁山讨伐祝家庄：

> 石秀挑着柴，便望酒店门前歇了。只见店内把朴刀枪又插在门前。每人身上穿一领黄背心，写个大"祝"字。

第五十六回的"三山聚义打青州"描写梁山队伍下山"绣彩旗如云似雾，朴刀枪烁雪铺霜"。不仅《水浒传》中这样写，南宋景定间所修的《建康志》的《武卫志》中记载"军器库"中所储备的兵器中就有"小朴刀枪一十二百八十八条"，"珠红油大朴刀枪一百条"[1]。因为朴刀与长枪形状相近，把柄细长，所以就能和长枪一样放在长枪架子上，以便使用。《水

---

[1]《景定建康定》卷三十九。

浒传》中有多处写到这一点,如第十四回,刘唐追雷横讨钱:

> 刘唐便出房门,去枪架上拿了一条朴刀,便出庄门,大踏步投南赶来。

刘唐在"枪架"上拿朴刀,晁盖也到"枪架"去找,奇怪"枪架上朴刀又没寻处"。也是因为朴刀细长这个特征,《水浒传》中写到放置朴刀时,常常用个"倚"字。比如武松夜闯鸳鸯楼,先"把朴刀倚在门边,却掣出腰刀在手里"。这里用词很细,因为朴刀长,不便于黑灯瞎火中杀人,所以把它倚立在门边,拔出腰刀,悄悄推门。

因为刀杆细长,朴刀能像撑竿跳的竿子一样撑着人往高处蹿越。《水浒传》第三十一回,写武松血溅鸳鸯楼之后,趁着夜色跑到孟州城下。武松"就女墙边望下,先把朴刀虚按一按,刀尖在上,棒梢在下,托地只一跳,把棒一拄,立在壕堑上"。这个细节也展示了朴刀的形状。

第三,朴刀的用法。从上面的例子,朴刀的形状样子基本上定下来了。它细长,类似长枪。那么它如何使用呢?它的主要功能是"搠",也就是刺与戳。

> 武松握着朴刀,向玉兰心窝里搠着。两个小的亦被武松搠死。一朴刀一个,结果了。走出中堂,把栓拴了前门。又入来,寻着两三个妇女,也都搠死了在房里。武松道:"我方才心满意足,走了罢休!"

这是武松在鸳鸯楼杀戮的尾声。描写动作的用词十分精确,因为朴刀的功能是"刺",所以武松手的动作是"握",而且一定是双手,因为要握住细长的朴刀杆儿,必须双手。从中可见武松用心之狠。第四十三回写李逵追打李鬼,"李逵挺起手中朴刀,来奔那汉。那汉那里抵当得住,却待要走,早被李逵腿股上一朴刀,搠翻在地。一脚踏住胸脯,喝道:'认得老爷么?'"我们看李逵使用朴刀时的姿势,用"挺"字,这个词义有挺直伸直的意思,只有用于"扎""刺"的兵器,才用"挺"字,这是与后面"捌翻"相应的。《水浒传》描写朴刀功能也有直接用"戳"的。第四十七回写杨雄、石秀协助李应与祝家庄交战,"祝彪抵当不住,急勒回马便走。早被杨雄一朴刀戳在马后股上。那马负疼,壁直立起来,险些儿把祝彪掀在马下"。这些例子都说明了朴刀与长枪的功能差不太多,只是"刺""戳"的创伤面更大一些。不过,朴刀毕竟不能等于长枪,它还是有刀的功能的。"当下卢先锋当前跃马,杀人城中,正迎着皇叔方垕。交马只一合,卢俊义又忿心头之火,展平生之威,只一朴刀,剁方垕于马下。"卢俊义与方腊部队交锋时,连连损兵折将,十分气恼,见到方腊的叔叔方垕不是"捌"了,而是挥刀而"剁"了。

通过上述三点,我们对朴刀的形制、用法有了个基本认识。它应该是刀头小而尖,刀杆细而长,主要功能是"捌",也能砍和剁。为什么我们说它是一种非常粗陋的兵器呢?

## 二、介于兵器与农具之间的朴刀

宋代是个重文轻武的朝代。朝廷不提倡学武,对于民间的习武活动有着严格的控制,对于兵器也有严厉的管制。《宋史·兵志十一》[1]记载,宋代建国之初,就对兵器实行严厉管制:

>开宝三年(970)五月,诏:"京都士庶之家,不得私蓄兵器。军士素能自备技击之器者,寄掌本军之司;俟出征,则阵牒以请。品官准法听得置随身器械。"时兵部令史冯继升等进火箭法,命试验,且赐衣物束帛。
>
>淳化二年(991),申明不得私蓄兵器之禁。

连军士自备的"技击之器",平时也要寄放在"本军之司",到出征时,再打报告要,多荒唐。《续资治通鉴长编》也记载开宝四年(971)"禁河东诸州民徙内郡者私蓄兵器"。

宋仁宗景祐二年(1035):

---

[1]《宋史》卷一九七,中华书局。

> 诏广南东、西路民家不得私置博刀，犯者并锻人并以私有禁兵律论。初，转运使言，民为盗者多持博刀，捕获止科杖罪，法轻不能禁，故更此条。

当然，还有许多失载的禁令。在这种情况下，一种介于兵器与农具之间的武器出现了：

> 仁宗天圣八年（1030）三月诏："川峡路今后不得造着袴刀，违者依例断遣。"五月，利川路转运使陈贯言："着袴刀于短枪杆、拄杖头，安者谓之'拨刀'；安短木柄者，谓之'畲刀'。并皆可着袴。'畲刀'是民间日用之器，川峡山险，全用此刀开山种田，谓之刀耕火种。今若一例禁断，有妨农务，兼恐禁止不得，民犯者众。请自今着袴刀为兵器者禁断；为农器者放行。"乃可其请。[1]

天圣八年，宋仁宗下了一道荒唐的圣旨，禁止川峡路（今鄂西、重庆东西一带）造"着袴刀"。利州（今川北一带）转运使陈贯上奏言，这个诏书很难执行，"着袴刀"，不长，可以挂在裤腰上。它极简陋，安上短把就是用于"刀耕火种"的"畲刀"，是为农具；安上长把（也就是"短枪杆"）才是"朴刀"（"拨刀"）。川峡一带，山高路险，少有开阔的农田，老百姓全凭此器以开山种田。完全禁掉，根本不可能。于是，他建议不要禁着袴刀，不要禁安短把的畲刀，只禁"拨刀"就可以了。实际上，两种刀怎么能分开呢？刀头是活的，能装能卸。平常装短把儿种地，有需要了就换成长把儿的兵器。刀头能装能卸，在《水浒传》中也有细致的描写，第六十一回写卢俊义到山东与梁山好汉交战前做准备工作时，这样写道：

> 卢俊义取出朴刀，装在杆棒上，三个丫儿扣牢了，赶着车子，奔梁山泊路上来。

---

[1]《宋会要辑稿·兵》一八五之二六。

这里的"朴刀"只是个刀头，安把之处有螺口，杆棒的一端有螺丝，而且是"三个丫儿"，安装好了，十分结实。

### 三、宋元通俗文学中，朴刀是盗匪的意象

朴刀虽然粗陋，但易得而便宜，并且不违法，所以常常为民众所用。这有些像现代北方农村常用的长把儿镰刀。山区农民外出，背个背篓，拿个长把儿镰刀，在山间行走时，清除荆棘，驱赶虫蛇，便利好用。

古代浪迹江湖的游民腰间挎上一把着袴刀，手执一条杆棒，就增加了安全感。《水浒传》中写到长途的旅行者几乎都带着朴刀（只要把着袴刀装在杆棒上就是）。第二十二回，写宋江和弟弟宋清出行：

> 宋江、宋清却分付大小庄客："小心看家，早晚殷勤伏侍太公，休教饮食有缺。"弟兄两个各跨了一口腰刀，都拿了一条朴刀，迳出离了宋家村。两个取路登程，五里单牌，十里双牌，都不在话下。

不仅逃罪亡命的宋氏兄弟，做贩运生意的客商也要拿把朴刀的。熟悉江湖生活的"说话"人便把它编入话本之中，成为"说话"中的一类，并把与"江湖亡命"和绿林生活有关的作品皆归入此类。我们从宋元话本和宋金南戏、元杂剧中也可以看出使用"朴刀杆棒"者多是盗匪游民，如宋人话本《错斩崔宁》中描写拦路抢劫的"静山大王"：

> 头带干红凹面巾，身穿一领旧战袍。腰间红绢搭膊裹肚，脚下登一双乌皮皂靴。手执一把朴刀。

《大宋宣和遗事》写到晁盖智取了梁师宝的十万贯金珠后逃走，晁父为官府所拿，管押解官：

> 行至中途，遇着一个大汉，身材迭料，遍体雕青，手内使柄

泼镔铁大刀，自称铁天王，把晁太公抢去。

"泼镔铁大刀"就是镔铁大泼刀，"泼"同"朴"。铁天王就是晁盖，其身份是江湖侠盗。《警世通言》中的《万秀娘报仇山亭儿》就是南宋罗烨《醉翁谈录》所记属于"朴刀"类的《十条龙》[1]，当然，它经过了明人的加工。其中多处写到强盗与侠盗皆使用朴刀。万秀娘被苗忠等三个强盗抢劫前，作品这样写道：

> 大官人（指苗忠）听得说，三人把三条朴刀，叫："铁僧随我来。"去五里头林子前等候。

写到具有侠义心肠的穷人尹宗，为了奉养老母到一个庄中去窃取财物，不料遇到万秀娘自杀，便仗义救了她。尹宗使的也是朴刀。

> 忽然黑地里隐隐见假山子背后一个大汉，手里把着一条朴刀，走出来指着万秀娘道……

南宋温州南戏《张协状元》中五鸡山强盗上场时有段自白：

> 自家不务农桑，不忺砍伐，嫌杀拽犁使耙。懒能负重担轻，又要赌钱，专欣吃酒。别无运智，风高时放火烧山；欲逞难容，月黑夜偷牛过水。贩私盐，卖私茶，是我时常道业；剥人牛，杀人犬，是我日逐营生。一条扁担，敌得塞幕里官兵；一柄朴刀，敢杀当巡底弓手。假使官程担仗，结队火劫了均分；纵饶挑贩客家，独自个担来做已有。

这是刚刚从小农分化出的江湖人，为了谋财，什么犯法的勾当都敢干。正像他的身份一样，其所使用的武器还是从农具中分化出来的，"扁

---

[1]《宝文堂书目》著录名为《山亭儿》。

担""朴刀"都是官府不能禁的,但在那个冷兵器时代也一样是很厉害的武器。

现在很难断定《水浒传》中哪些情节和文字是宋代遗下的,哪些是明代最后写定者的手笔。书中许多人物不论阶层、身份都使一把朴刀,卢俊义还是大财主时就使一把朴刀,与他身份不合。雷横、朱仝、武松等具有县衙公人身份的吏胥也使朴刀,他们带领的士兵、差役也用朴刀,仿佛对于他们也禁用兵器似的。《水浒传》中的"朴刀"泛滥,可能是由于最后写定此书的施耐庵对于朴刀的使用范围已经不像宋人、元人那样清晰的缘故。

传世宋元小说中使用朴刀的一般都限定在盗贼或者是社会底层人士;高官、军人、衙役、富人一般不会使用朴刀。例如《碾玉观音》中咸安郡王用的就是"大青刀""小青刀";讲史的《五代史平话》写到朱温、郭威这些出身底层的将领,他们也不用朴刀。写朱温为救刘文政劫法场:

打听得齐州扫洒法场,要出重囚。朱温与牛存节诈做卖柴人,藏刀仗放柴内,用大车载入城,藏刀在裤内。在法场人丛中,四散分布了人。到日中时分,有监斩官杨巡检名庆的,押刘文政赴法场处断。牛存节鸣锣为号,朱温等各执刀奔来,将刘文政夺了,出北门望鲍山路去。

故事中没有特别强调"刀"的类型,他们使用的武器就是"刀"。唐末五代时期,没有兵器之禁,老百姓可以持有武器。此书中写郭威在战场与敌人交锋:

那时郭威跃马,手轮双刀,突入裴约阵上格斗,杀伤三十余人,将董璋抢归。

他使的是"双刀"。《刘知远诸宫调》写到诸军士用的兵器则是"麻札吊圈刀",这是与盾牌配套的兵器。可见宋元通俗文学作品中,作者们对于使用朴刀人身份的定位是很清晰的,不会什么人都给他一把朴刀,否则

"朴刀杆棒"的分类就没有意义了。

在"水浒"戏作者们的思想里非常明晰，只有强盗才使用朴刀。元初李文蔚的《燕青博鱼》第四折"离亭筵歇指煞"有几句描写燕青引以为骄傲的梁山强人的装束：

> 还了俺这石榴色茜红巾，柳叶砌乌油甲，荷叶样烟毡帽，百炼钢打就的长朴刀，五色绒刺下的香绵袄。

从燕青这段颇具自豪感的唱词中可以想象，红头巾、乌油甲、荷叶帽、五色绵袄、长朴刀大约就是敢于树立旗帜起来造反的草莽英雄的典型服饰（元末造反的农民也着红巾。南戏《拜月亭》中第九出"绿林寄迹"，山上草寇静山大王戴上金盔就头痛，说还是戴"这红帽儿安稳"）。朴刀是这些草莽人物护身和向社会抗争与进攻的武器。据此我们可以推断，起码在江湖艺人眼中"朴刀"已经成为强悍的、带有武器的游民的意象。带武器的、强悍的游民，在当时正统人士眼中离盗匪已不远了，至少是有盗匪嫌疑的。

这一点在元杂剧《争报恩三虎下山》中有所反映。剧中济州通判赵士谦、王腊梅怀疑梁山好汉关胜是盗贼，而士谦的妻子李千娇却为之辩护说他不是"贼"：

> 你道他是贼呵。（唱）他头顶上又不、又不曾戴着红茜巾、白毡帽。他手里又不曾拿着粗檀棍、长朴刀，他身上又不穿着这香绵衲袄。[1]

从这段辩护可见在当时人们的印象里强盗、贼人、打家劫舍者的装束就应该戴红帽子、穿香绵衲袄和带杆棒朴刀。可见"杆棒朴刀"在元代已经成为盗贼的意象，其中最主要的还是"朴刀"。

---

[1] 臧晋叔《元曲选》，中华书局，1958，第160页。

# 杆棒与杆棒的故事

## 一、杆棒与宋统治者对它的态度

有的关于"说话"的分类把朴刀和杆棒放在一起作为一类,而罗烨的《醉翁谈录》中把两者分开了,而且各有各的故事。

"杆棒",《辞源》解作:用作武器的粗木棒。《汉语大词典》解作:用作兵器的木棒。关于"杆棒"解释此类小说在当时的"说话"中具有一定的数量,因此朴刀、杆棒这两件兵器在早期的通俗文艺作品中是经常可以碰到的。可以确定是创作于13世纪初的《董解元西厢记》开篇就唱道:"打拍不知个高下,谁曾惯对人唱他说他?好弱高低且按捺。话儿不提朴刀杆棒,长枪大马。"因为《西厢记》演唱的是"银字儿"一类哀艳缠绵的爱情故事(当时分类为"烟粉"),所以开篇点题,与"朴刀杆棒""士马金鼓"类的武故事划清界限,宜于闺中人欣赏。

按说杆棒这种武器原始人甚至类人猿时代就有了,简单至极,但在宋代杆棒使用已经有了成套的武艺,宋太祖赵匡胤就曾使棒,对此宋人津津乐道。蔡绦的《铁围山丛谈》中说:"铁棒者,乃艺祖厌微时以至受命后,所持铁杆棒也。棒纯铁尔,生平持握既久,而爪痕宛然。恭唯神武,得之艰难,一至斯乎?"所以在《千里送京娘》小说中赞美他"八百军州真帝王,一条杆棒显雄豪"。提一条杆棒行天下,十八般武艺非敢道自矜夸。因此,杆棒还是进入了《武经总要》,但介绍非常简单,言"长细而坚重者"为杆棒。杆棒也称棍棒,在南北宋之交,宋步兵面临金人铁骑,棍棒也有其长处:

> 建炎二年(1128)五月十三日京东西路提点刑狱公事程昌弼言:"今州县之间军器乏少。乞令诸州县择本土坚韧之木,广置棍棒,其长等身,径可及握,不劳远求,指日可办。比弓弩,则无挽拽之能否;比刀剑,则无锻炼之工程。用之以御铁骑则出其右,

盖铁骑非箭凿锋刃可害。"从之。[1]

当然这是北宋刚刚灭亡时无可奈何的选择。因为州县兵器库中没有了储存，才不得已而用杆棒（文中称"棍棒"）。它"其长等身，径可及握"，取之极易。这种质地很粗糙的兵器，比起弓箭刀剑，制作简单，原料也很低廉。但金人骑兵，马也是身披铠甲，刀剑不能伤，还不如用棍棒扫马腿。所以得到宋高宗的同意，甚至在实战演练时也有棍棒和棍棒加上"刀头"的朴刀出场：

> 高宗建炎元年，始颁密院教阅格法，专习制御铁骑摧锋破敌之艺，习全副执带出入、短桩神臂弓、长柄膊刀、马射穿甲、施用棍棒；并每年比拟春秋教阅法，别立新格行下。一日短桩神臂弓给箭十只，射亲去垛一百二十步。长柄膊刀谓长一丈二尺以上，用毡皮裹为头者，余教阅振华军称膊刀准此，引斗五十次，不令刀头低坠至地。并每营拣选二十人阅习，放炮、打亲，旨长柄膊刀手本色相斗，并短桩神臂弓手、长柄膊刀手施用棍棒，各击虚三十次。

"膊刀（朴刀）""棍棒"都是粗劣的武器，平时只流行于民间，不为兵家所重视。在国难时期，其对付铁骑又有独特功效，于是如何使好这些武器也成为训练与考核的内容。

其实杆棒虽然被朝廷视为武器，但却没有被重视过，因而就没有被禁止过。而且北宋初乾德五年（967）宋太祖下诏："比者强盗持仗，虽不伤人者皆弃市。自今虽有杆棒，但不伤人者，止计赃以论其罪。""明火执仗"是抢劫犯罪的要件，执杖抢劫本来要杀头的，改为不伤人就不杀头，实际上是不把杆棒当作兵器看待。

再举一个反面的例子。宋仁宗一度想加强地方维持治安的力量，扩大乡兵，于庆历元年（1041）下诏："遍令天下各增募额外弓手。"通判睦州

---

[1]《宋会要辑稿》一八五之二十八。

张方平表示反对，上书为皇帝分析利害八事。其第五条说：

> 敕文自教阅时量借甲弩器械，教习披带，教罢便仰管辖官员收纳入库；其弓箭刀锯及木枪杆棒之类，即许自置，以备本乡村教习者。夫奋挺揭竿，犹足以资啸聚之势，况人知斗战，家有利兵，不可启也。请令逐人所置弓箭器械，各自标认，悉纳州县，每当教阅，及遇有盗贼勾抽会合之时，据数给付，事毕随纳，常令官吏点检。其有损动，即番次给出，各令修换。[1]

张方平把杆棒看得很重，他说古有揭竿而起的事，不要让老百姓自置"弓箭刀锯及木枪杆棒"，让他们家有利兵，再人人会武，是很危险的事。但皇帝没有接受他的建议。

从这些记载可见，宋代朝廷管制得特别严格的是那些精巧锋利和杀伤力较大的兵器。而朴刀杆棒，一来比较粗陋，打击力度小；二来人们日常生活中又不可少，它们的工具作用大于兵器作用；第三，它们不是骑在马上作战的兵器，而是步行打斗用的，杀伤力小。因此，统治者对于老百姓拥有这些兵器采取了睁一只眼闭一只眼的态度，时禁时放，缺少一贯之制。

杆棒与朴刀又有着天然的联系，因为朴刀是着裤刀与杆棒结合而成，没有杆棒只有刀头，只是把可以插在腰带的着裤刀安上杆棒后才成完整的朴刀。闯荡江湖的人平时只是拿着杆棒，刀头藏在腰间，有必要时再安在一起。卢俊义从梁山之下路过，准备与梁山好汉打一仗时，才把杆棒与刀头组合成朴刀。因此，"说话"人把朴刀杆棒视为一体，两种故事归为一类也是不奇怪的。

## 二、朴刀、杆棒的故事

宋代在记录宋代"说话"技艺和"说话"资料的专书《醉翁谈录》中，把"说话"按照内容分为八类："灵怪""烟粉""传奇""公案""朴刀""杆棒""神仙""妖术"等。"朴刀"类中收录了十一个名目，我们

---

[1]《续资治通鉴长编》卷一三一。

可以确知其故事内容的仅有三四个，如《十条龙》《陶铁僧》就是上面引的《万秀娘报仇山亭儿》。《青面兽》是杨志卖刀的故事，我们从《大宋宣和遗事》中可以得知其梗概，也与杀人造反有关。《李从吉》又名《徐京落草》，《水浒传》第七十八回写高俅带领十节度使围剿梁山，"十节度使"中有"徐京、杨温、李从吉"。又说，这十节度使"旧日都是绿林丛中出身，后来受了招安，直做到许大官职"。徐京"幼年游历江湖，使枪卖药"，是个纯粹的游民。游民落草成为强人，后来又受招安，这是"朴刀"类"说话"的典型情节。有的我们仅据题目虽然难以推测其故事内容，如"大头虎""李铁铃""赖五郎""圣人虎""王沙马海""燕四马八"之类，但从这些人名或绰号看，他们就不是安分守己之辈。唯独"杨令公"一篇，胡士莹先生认为是写杨家将老令公杨业故事的，恐不确。如果真是写杨业的，或许是杨业在"弱冠事刘崇"之前也有过一段造反落草的经历，或许站在宋继周的正统立场上把刘崇的"北汉"小朝廷看作武装叛乱集团，因此，把杨业少年时那段臣事北汉的经历看作从逆。总之，绝不会是写杨业抗辽事迹的，因为这类故事应该属于"士马金鼓"系统的。

前面说过朴刀在早期通俗小说和戏曲中成为强人游民和侠盗悍匪的意象；"朴刀"类的"说话"则以讲述他们的冒险生涯与传奇般的经历为主。

"杆棒"的故事也多出现在与游民生活有关的话本之中。罗烨《醉翁谈录》中所列的"杆棒"类小说目录有《花和尚》《武行者》《飞龙记》《梅大郎》《斗刀楼》《拦路虎》《高拔钉》《徐京落草》《五郎为僧》《王温上边》《狄昭认父》等。罗烨云："此为杆棒之序头。"[1] 从这些存目中大体上可以看出，它们也多是描写游民生活的。如"花和尚""武行者"这两个故事为《水浒传》所采录，他们都是梁山最重要的领袖人物。"拦路虎"，即《杨温拦路虎传》。"徐京落草"前面已述。"五郎为僧"即杨家将兵败后，五郎在五台山出家为僧。在江湖艺人眼中，僧道是与游民身份很接近的群体。另外，宋代"说话"，在说及杨令公后人事时多与绿林有关，如杨温、杨志或曾闯荡江湖，或曾落草为寇。"狄昭认父"，胡士莹《话本小说概论》云"本事不详"。我想它可能与北宋出身军汉、屡建军功的狄青的传说有

---

[1] 所引《醉翁谈录》皆见辽宁教育出版社1998年排印本，名《新编醉翁谈录》。

关。民间戏曲中流传着狄青征西时与单单国双阳公主成亲的故事,"狄昭"就是狄青遗在双阳国的儿子。"杆棒"正是狄昭浪迹江湖寻父时所持的兵器,它也比较适合狄昭的身份。宋代以来通俗小说中,这类私生子闯荡江湖找寻生身父亲的故事很多,关索寻父也是一例。其他如《梅大郎》《斗刀楼》《高拔钉》等,情节尚不能推测。《飞龙记》是写赵匡胤如何靠一根杆棒荡平天下,建立宋王朝的故事。按照《醉翁谈录》的标准,《警世通言》中的《赵太祖千里送京娘》也应该属于"杆棒"类的故事。

宋太祖赵匡胤并非出身什么世家贵胄,其父脱离宗族,入赘于他人。在江湖艺人眼中赵匡胤是与自己相差不远的下层社会的游侠,在《赵太祖千里送京娘》中描写他"力敌万人,气吞四海。专好结交天下豪杰,任侠使气,路见不平,拔刀相助,是个管闲事的祖宗,撞没头祸的太岁。先在汴京城打了御勾栏,闹了御花园,触犯了汉末帝,逃难天涯"。这个流浪四方的未来天子使用的就是一根杆棒。在故事的开篇就写道:

> 自他未曾发迹变泰的时节,也就是个铁铮铮的好汉。直道而行,一邪不染。则看他《千里送京娘》这节故事便知。正是:说时义气凌千古,话到英风透九霄。八百军州真帝主,一条杆棒显英豪。

赵匡胤就是用这条杆棒,打遍天下,匡扶正义,并建立了大宋王朝。在《飞龙全传》中为了适合赵匡胤"真龙天子"的身份改为"蟠龙棒",为其外观增加了龙的文饰,这一改动虽然起了衬托作用,但不如"杆棒"更近真实。早期通俗小说写杆棒的有《杨温拦路虎传》。小说的主人公杨温是杨老令公的曾孙,善使杆棒。他浪迹江湖,用杆棒夺回被强人劫走的妻子,也和其他绿林好汉混在一起,后来立功边疆,官至安远军节度使、检校太保。在"说话"人心目之中,他也属于"欲得官,杀人放火受招安"的强人一伙。故事中写到杨温使用杆棒技术的娴熟和武艺的高超:

> 只见将五条杆棒来,撇在地上。员外道:"你先来拣一条。"杨官人觑一觑,把脚打一踢,踢在空里,却待脱落,打一接住。

员外道："这汉为五条棒，只有这条好，被他拣了。"

杨温还打翻了被书中众人认为最会使棒的山东夜叉李贵。《醉翁谈录》之外可以列入"杆棒"这一目的还有《史肇弘龙虎君臣会》（明人收入《喻世明言》）。据说这个话本是"京师老郎流传"，话本描写平时偷鸡摸狗的无业游民郭威（后周开国君主）和史肇弘二人如何发迹变泰的故事。小说描写了郭威的无赖相，他们常常偷了人家的狗，杀了煮熟了卖。把所住村坊一带的狗都偷光了。郭威使用的兵器主要也是杆棒，他"一棒打翻"李霸遇，受到当朝贵官符令公的知遇，一路官运亨通，直到登上皇位。"说话"人描写他落魄时的情景："朝登紫陌，一条杆棒作朋侪；暮宿邮亭，壁上孤灯为伴侣。"但他正是靠了这一根杆棒，在兵荒马乱的五代打出天下，发迹变泰，获取富贵。

杆棒长达五尺，立着正好齐眉，又称"齐眉棍"。严格说来，它是长兵器中的短兵器，短兵器中的长兵器。如果步战，它可以横扫众人，颇具优势，多为绿林中的首领所用（《西游记》美猴王所用"金箍棒"也是杆棒的变种，它是众猴的首领）。而朴刀是可长可短的兵器，它与杆棒配合在一起成为绿林做"生意"两件必不可少的工具。如果说朴刀是江湖好汉谁都可以使用的话，而杆棒则多为江湖游民团伙中的领袖人物所用。

总之，"杆棒"类的故事一般要比"朴刀"类的故事复杂一些，"朴刀"类大多叙述流浪江湖的游民或绿林豪杰的故事，而且以描写其"不法"行为为主；"杆棒"类所说的故事既有描写游民闯荡江湖寻求出路的，也有叙述落魄人物东山再起经历的。持杆棒者大多有些来历或身份，大可至"真龙天子"，小也是王侯将相，至少也得是个绿林好汉中的头头（当然在"说话"人心目中这些人的地位都可以互换）。他们的故事大多以发迹变泰而告终。可是在一般老百姓眼中，"朴刀杆棒"还是"强贼盗匪"的象征。我们从上面引的元杂剧《争报恩三虎下山》中可以看出"红茜巾"、"长朴刀"、"粗檀棍"（杆棒）这三项是盗匪或造反者的标志。这些故事虽然江湖艺人们常常以贬斥的口吻推荐给受众，但其意在用这些游民和底层人士冒险求生存、求发展的故事刺激生活在平庸现实中的人们的好奇心。把游民们的冒险生涯与传奇般的经历加以夸张和美化，把绿林山寨描绘成理想国，把带有盲目色彩的暴力行为书写成个人意志的自由伸张，如同北宋绿林豪杰王寂因为杀了下乡听取诉讼的县尉，将入山谷造反，他号召愿意与他同行的：

> 相与割牲祭神，结为友。出入数百，椎牛、椎豕，掠墓、劫民、烧市，取富贵屋财，民拱手垂头，莫敢出气。白昼杀人，官吏引避；视州县若无有，观诏条如等闲。[1]

处于社会最底层的游民们喜欢这类故事，因为只有在这类故事中，他们长久被压抑在内心的郁积的能量才能有所发泄，也使其他一些不能"举动自专由"的人获得一次自我伸张的机会。于是有了"朴刀杆棒"的故事。元曲中也把这类故事称之为"绿林"故事。《青楼集》中有不少善于演出"绿林"故事的艺人，如国玉第"长于绿林杂剧"；平阳奴"一目眇，四体文绣。精于绿林杂剧"；天锡秀"善绿林杂剧，足甚小，而步武甚壮"。[2]可以想见，绿林杂剧的剧目一定不少，所以才能产生一批专门饰演这类作品的名艺人。由此我们可以得出结论说：宋代"说话"和元代杂剧[3]中都有"朴刀杆棒"的科目，专门叙述"强贼盗匪"的故事。

### 三、"朴刀杆棒"故事的性质

从上面的例证中读者可以感觉到宋代艺人们所说的"朴刀杆棒"的故事都是以打斗为核心内容的，但这种打斗不是两国或两支正式的武装之间的交锋，只是一帮执短兵器、不着盔带甲的人之间的打斗。

前面我说到"短打"，这是借用中国传统戏曲中的专有名词，它是指使用拳脚或短兵器能够与敌人接近打斗，打斗者不穿武将所穿的"长靠""箭衣"，一般也不骑马（在舞台上就是不拿马鞭），穿的也属于短打扮，穿"包衣包裤"或"夸衣"，裤口袖口紧缩，显得干练利索，这样才

---

[1]《青琐高议·王寂传》，中华书局，1959。
[2]《青楼集》，《中国古典戏曲论著集成》（二），中国戏剧出版社，1959。
[3]《太和正音谱》。

有利于近战。述说这类故事的戏曲人称之为短打戏,像《三岔口》《快活林》《八蜡庙》《恶虎村》《白水滩》《连环套》《野猪林》(鲁智深的兵器是禅杖,似乎很像长兵器,其实,它是杆棒的变形,仍属于长兵器中的短兵器,一般用来徒步作战)之类。因此,借用戏曲中"短打戏"这个术语来定义宋元时期通俗文艺作品的"朴刀杆棒"的故事。只是短打戏所涵盖的内容更为宽泛一些。"朴刀杆棒"这一类故事主要是描写游民闯荡江湖生活的,"朴刀杆棒"是他们闯江湖的工具。这种生活小者是作奸犯科,大者则是违法乱政,造反闹事,其中主人公干的事情大多都是反主流的,是为主流社会所不容的。但因为这类故事内容的新鲜、刺激、富于趣味,又为各个阶层的受众所喜爱,所以长期处在边缘状态,甚至是禁而不绝。

宋代以前没有"朴刀杆棒"的故事,这是宋代江湖艺人的创造。宋以前文学作品中述及"短打"的故事多是描写贵族或上层人士之间的打斗,或者说多是游侠与刺客的故事。这些游侠刺客手中所用的兵器大多是"匕首"(专诸刺王僚、荆轲刺秦王都用的是匕首)、"吴钩"(也称"吴刀",是一种双锋两刃状如弯刀的短兵器)和"宝剑"(宝剑更能体现使用者身份的华贵,所谓"美人如玉剑如虹"),这些短兵器名贵而华丽,为富贵家庭的青年所喜爱,也与他们的身份相合,因此"吴钩"和"宝剑"就成了象征游侠的意象,这与游民、底层人士和盗匪密切相关的"朴刀杆棒"是大异其趣的。

曹植是较早以诗歌描写侠客(与汉代游侠不同的一种"游侠")生活的,从这些描写中可以感受到如果侠客们要打斗的话也是近距离的短打。如《代结客少年场行》中写道:

> 骢马金络头,锦带佩吴钩。
> 失意杯酒间,白刃起相仇。
> 追兵一旦至,负剑远行游。
> 去乡三十载,复得返旧丘。
> 升高临四关,表里望皇州。
> 九涂平若水,双阙似云浮。
> 扶宫罗将相,夹道列王侯。

> 日中市朝满，车马若川流。
> 击钟陈鼎食，方驾自相求。
> 今我独何为，坎壈怀百忧。

这是可以"十步杀一人"的侠客。侠客也会因杀人报仇、躲避官府的追捕而行游四方，但他们不是穷途末路的流浪汉，一般也不会因为生活无着而去拦路抢劫。他们本来都是富贵人家的子弟，纵然一时不便，也是交游遍天下，自有朋友接济的，如同李白诗中所说，"天生我材必有用，千金散尽还复来"。而且有许多朋友还以能接济这样的侠客而自豪呢！

游侠即使不能像王侯将相那样风光，却也别有一种豪气。唐代陈子昂《感遇》诗第三十四首描写的就是一位"避仇至海上，被役出边州"的报国类的游侠，他们敢于攻击现实秩序，"赤丸杀公吏，白刃报私仇"。但就是他们远走避仇、处于逆境之中的时候，所想的还是"每愤胡兵人，常为汉国羞。何知七十战，白发未封侯"。这些都是带有贵族气派的侠客，他们手中所执、腰间所佩的只能是金妆玉饰象征其贵族身份的吴钩和宝剑。

古代的刺客也是持短兵器的，但他们的短兵器多是匕首，它短小易藏，便于发动突然袭击。曹沫要盟，专诸刺王僚，荆轲刺秦王，都是为历代文人所熟知的。这种匕首短小锋利，可以刺穿重甲，甚至要以剧毒之药淬之，以期一击而致敌人死命。因此，这种匕首也是以珍异名贵著称的，持匕首遂成为刺客的象征。连汉代画像砖刻中描述曹沫、荆轲故事的也多突出他们的匕首。

宋代以前的短打故事大多是描写统治阶级之中的青年人追逐冒险生活的，但其基础是全社会的尚武精神，习武是统治阶级中的青年人不可缺少的教养。其中有些人不甘于平庸生活，向往冒险新奇，仗剑远游，才为歌咏游侠诗歌提供了新题材。五代以后，重文轻武，整个社会丧失了尚武精神，士大夫已经彻底文人化，上层社会的青年沉溺于温柔富贵之乡，一些精英的所谓高雅生活，不过就是吟诗作文，拍曲填词，整个统治阶层都在弱化。好武之风下沉于社会底层，自宋元以来所谓"武林"都不免有些江湖色彩。偶尔一见的尚武好侠，也不过就是《儒林外史》中"侠客虚设人头会"一类的滑稽戏，那些推崇张扬武风的大多是非愚即妄的人物，如娄

三、娄四公子之类。

所谓尚武之风下沉，也就是说尚武精神转移到主流社会以外的游民身上（他们如不"尚武"也难以生存），他们或为谋生，或为健身，有的甚至向往"学成文武艺，售与帝王家"。这是宋代的通俗文艺作品中之所以产生了以"朴刀杆棒"为内容的武故事的根本原因。《水浒传》前七十回就是"朴刀杆棒"的故事，主人公多是游民和社会边缘人，手执朴刀杆棒，游走江湖，演出一幕又一幕活剧，为明代水浒成书奠定了基础，这些故事也成为《水浒传》中最感人、最精彩的篇章。

## "发迹变泰"的故事

### 一、"发迹变泰"的社会背景

如果说"朴刀杆棒"的"说话"是以演说游民生活的内容为主的话，那么"发迹变泰"则反映了游民的心态与向往。

"发迹变泰"，其义非常简单，就是现今普遍流行于口头的"发了"，也就是说由社会底层突然跃居社会高层；由一贫如洗暴发为富可敌国；由处处倒霉突变为万事亨通。总之，是从一无所有转变为无所不有，从万人之下变成万人之上。这种向往，不仅处于社会最底层的游民有，也是不满足于现状的人（用负面语言说也就是"不逞之徒"）的共同愿望。就人的本质来说，它也是人的共同向往，可惜对绝大多数人来说这只能是镜中花、水中月，是可望而不可即的。于是，他们就想听一听或看一看别人"发迹变泰"的故事以求得慰藉，因为文艺的功能之一就是使观赏者心中的愿望能够虚拟地实现。自己不能"发迹变泰"，看看别人也聊胜于无。

前面说过，中国秦朝以后社会等级与经济上的阶级虽还存在，并且界限森严，不容混淆，但是绝非一成不变，而是时时处在流动之中。

唐朝中期以后，经济上的阶级分化与社会等级上的垂直流动日渐迅速。五代十国期间，游民或兵痞的发迹变泰和出身低微的宋朝太祖赵匡胤的黄袍加身给人们留下深刻的印象。再加上北宋的灭亡和南宋的建立，一些人从社会的顶端跌了下来，一些人则由社会的底层升了上去，发迹变泰成了司空见惯的现象。特别是两宋小规模的兵变、民变以及游民结社反抗和绿林山寨扰乱社会秩序与地方治安的情况特别多，据何竹淇《两宋农民战争史料汇编》记载，仅北宋就有三百余起，其中用"抚"的办法解决的有数十起，而且在北宋中叶以后，随着宋王朝的衰落，统治者更多地采取了"抚"的策略。总的来说，宋代三百多年的历史中，统治者对待大规模骚乱的态度是以"抚"为主，以"剿"为辅。所谓"抚"也就是《水浒传》经常提到的"招安"。招了"安"，大小首领皆有官做。前面所引的《青琐高议·王寂传》中写到王寂造反以后，久而厌倦，又恰逢朝廷大赦，"一切无道得从自新"。此时作为领袖的王寂：

乃取酒饮其徒，告之曰："山行水宿，草伏蒿潜，跳跃岩谷中，与豺虎为类，吾志已倦。今幸天子濡大泽，以洗天下罪恶，吾党转祸为福之祥。愿从吾者皆行，不然吾自为计。"党中有鼠辈眈眈，颜色拂厉，悖语嗷然，寂捽斩之座前。他皆跳跃叫呼曰："吾今得为良民，归见故乡亲戚，死无恨焉。"

这段虽然是小说，但是很真实，的确反映了力量不够强大的造反者的心态。一般造反者希望归乡与亲属一起过安定生活，而造反队伍的领袖则向往获得一官。王寂也是如此。"朝廷闻其名，许自陈其艺，欲以一官荣之"。宋代历史上也有不少类似的例子。绍兴六年（1136），福州一带自号"滚海蛟"的海盗郑广，纵横海上，"云合亡命，无不以一当百，官军莫能制"，朝廷没有镇压良策，于是，下诏招安，封郑广为"保义郎"。当了官的郑广在拜谒上官时众官不肯理他，他愤愤不平，写下一首"诗"云：

郑广有诗上众官，文武看来都一般。众官做官却做贼，郑广做贼却做官。[1]

从"罪在不赦"的罪犯陡然升为管辖一方的官员，这种变化有多大，简直是天差地别，这不是"发迹变泰"是什么？这类的事例，当时很多，

---

[1]［南宋］岳珂《桯史》，中华书局，1987。

乃至形成民谚，广泛流传。

> 建炎后俚语，有见当时之事者。如"仕途捷径无过贼，上将奇谋只是招"。又云"欲得官，杀人放火受招安；欲得富，赶着行在卖酒醋"。[1]

在两宋之交这种事件极多，游民从中发现了一条求生存、图发展的道路。此时也正是江湖艺人非常活跃和通俗文艺创作兴盛的时期，它们必然会在江湖艺人的头脑里留下更深的印象，目睹了世事沧桑，人海浮沉，"说话"才开发出了"发迹变泰"这一门类。它最早见于《都城纪胜》，此书在记载临安瓦子里"说话"品类时提到，"小说，……如烟粉、灵怪、传奇；说公案，皆是搏刀杆棒及发迹变泰之事"。《梦粱录·小说讲经史》中也提到小说公案类，包括"朴刀杆棒，发迹变泰"。这类作品与其他题材的作品一样，是现实生活在作者头脑中的反映。在北宋相对还算太平的时代，虽然也有小规模的游民造反、农民武装反抗，但总的说来对社会影响不大，没有进入公众视野，因此艺人也就没有以此为题材的创作。

作为游民的江湖艺人特别向往改变自己的处境，梦想一步登天，"发迹变泰"。他们在编演这类通俗文艺作品时寄托了对"发迹变泰"的向往，并把它表达得淋漓尽致。《史弘肇龙虎君臣会》话本写游民史弘肇、郭威的发迹变泰，并处处流露出羡慕之情。"这未发迹的好汉姓甚名谁，怎地发迹变泰"？"史弘肇是个发迹变泰的人"，"指望投拜符令公，发迹变泰"，"则是史弘肇合当出来，发迹变泰"。看"说话"人这样描写史弘肇"发迹变泰"后的景象：

> 做到单、滑、宋、汴四镇令公。富贵荣华，不可尽述。碧油墼拥，皂纛旗开。壮士携鞭，佳人捧扇。冬眠红锦帐，夏卧碧纱厨。两行红袖引，一对美人扶。

---

[1] 庄绰《鸡肋编》，中华书局，1983。

除了文字华丽一些，其实质内容是不是与阿Q在土谷祠做梦自己成了"革命党"之后的得意情景漫然无别？最后作者还要补上一笔：

> 周太祖郭威即位之日，弘肇已死，追封郑王。诗曰：结交须结英与豪，劝君莫结儿女曹。英豪际会皆有用，儿女柔脆空烦劳。

读者从这些叙述中可以感受到"说话"艺人垂涎三尺的情态，因为"发迹变泰"本身也是江湖艺人们强烈的向往。这种故事也在感染着当时的广大听众。

大约最早讲"发迹变泰"的是讲《新编五代史平话》的江湖艺人。五代十国的最高统治者与文臣武将许多都出身于游民或兵痞。《新编五代史平话》中述及他们的"出身"特别是在表现其无赖的一面时，要比正史详尽多了。正史据官方记载和文献所修，多有讳饰。而"平话"演出老百姓专爱听统治者不甚光彩的故事，因此，统治者的种种流氓行为是艺人们津津乐道的。有些民间传说，反映了江湖艺人对重要历史人物和重大历史事件的理解，但总的说来，"平话"还是摆脱了"为尊者讳"的桎梏，也许更真实一些。如《汉史平话》中写后来称为"后汉"皇帝的刘知远家世贫困，父亲早丧，随母改嫁到慕容家，因为其流氓习气，也不见容。后入赘于李家，受到妻舅的侮辱与排挤，在战乱之中只有当兵才有"发迹"（《汉史平话》已经用"发迹"这个词）的可能。刘知远终于走上这条路，在乱世中脱颖而出，最后登上皇位。这个故事流传极广，刘知远的幸运，刘妻李三娘对丈夫的忠贞，以及她为此所付出的极其沉重的代价，故事所体现的世态凉薄都特别能打动听众或观众。在说唱艺术中有《刘知远诸宫调》（现有残本，据考证是12世纪的金刻本），其中很细致地描写了在贫困与痛苦之中的李三娘看到刘知远初步发迹变泰的标志——"九州安抚使金印"时的行动和心态，她紧紧抱紧金印，不肯还给刘知远：

> 【黄钟宫·出队子】三娘变得嗔容恶，骂薄情听道破。你咱实话没些个，且得相逢知细琐，发迹高官非小可。
>
> 【尾】金印奴家紧藏着，休疑怪不与伊呵，又怕是脱空谩哄我。

这种女人对于富贵的态度不论在今人眼中,还是在古代文人士大夫眼中不仅不美,而且令人厌恶。可是作为江湖艺人——也就是游民知识分子,他们就是这样理解生活的——生怕这突然来的富贵是假的,要狠命把住——没有人对此加以指责。元杂剧作者刘唐卿有《李三娘麻地捧印》(已佚),从剧名来看可能更强化了这个令人作呕的情节。而几经文人修改和刊刻的南戏《白兔记》便删去了这个情节,只是突出了三娘谴责刘知远的再娶,忘了苦难中的前妻。从这个细节可见江湖艺人与文人作者价值取向的差别。文人在"发迹变泰"面前总还有点矜持。

在皇权专制社会中最大的"发迹变泰"是登上皇帝宝座,特别是由出身于最底层的游民一跃而成为皇权专制社会金字塔尖上的人物,其中要经过多少艰苦的奋斗,有过多少传奇般的机遇,当事者要运用多少阴谋诡诈之术和干过多少背信弃义的勾当、使用过多么残忍不仁的手段才能实现!这些都是富于刺激性的通俗小说的题材。《新编五代史平话》(以下简称《平话》)所写五个皇帝中有四个是游民出身,包括后梁的朱温、后晋的石敬瑭、后汉的刘知远、后周的郭威。这样写虽然不是毫无根据,但是《平话》中有意着重刻画他们未"发迹变泰"时所经历的艰苦和与游民一样没家没业的流浪生活,并突出他们与常人的不同之处,渲染他们的冒险生涯,艳羡他们的"泼天的富贵"。从这些《平话》对情节的选择可见江湖艺人们的历史观。如朱温的故事,则写他早年丧父,与二兄到刘崇家佣工,刘崇对他很好,叫他与其子刘文政一起去读书,朱温却拉着文政饮酒赌博、弄枪使棒,干一些非法的勾当,最后落草造反,二人结成死党,朱还数次冒生命危险去营救因命案入狱的刘文政。《平话》中着意刻画了朱温的雄武、诡诈和讲义气。正史中的石敬瑭是个出身于少数民族的兵痞,而《平话》中却为他增添了一段流浪生活史。说他十岁在猎雁时与其兄争斗,打落哥哥的两颗门牙,不敢回家,"浪荡走出外州去。得个娄试没家收拾去做小厮,教敬瑭去牧羊"。他在牧羊时,把羊排作两阵,指挥斗羊,并且敢与狼斗,"手搏生狼"。石为人沉默寡言,城府很深,善于装病,在关键时刻又勇于决断,心狠手辣。后周的创建者郭威在正史中多褒语,很少写其劣迹。《平话》也把他作为游民的"发迹变泰"者去写。言其年幼丧父,

《水浒传》的成书 211

与母亲一起寄居在舅舅家里。七八岁时为舅舅放牛,就敢于用大柴棒从虎口中夺牛,十一岁时就因用竹弹弓误杀邻人小孩顾驴儿,被官府在脸上刺个雀儿,自此便有了"郭雀儿"的绰号。《平话》中突出他残忍好杀的一面,十五六岁时因买剑而杀人;从军后因被他人冒功,借酒浇愁,喝完酒不付账反而杀死了店主酒保等,纯是一派流氓恶霸作风。《史弘肇龙虎君臣会》写郭威非但蛮横不讲理,而且偷鸡摸狗。这些恶德,在江湖艺人们看来似乎不是什么大问题[1]。江湖艺人们看重的是实际功利,忽视道德是非的评价,皇帝都做了,那些坑蒙拐骗又算什么呢!而且从其内心来看根本不认为这些就是什么恶德。

《新编五代史平话》中所写的朱温、石敬瑭、刘知远、郭威,加上吴越国主钱镠(见《喻世明言·临安里钱婆留发迹》),乃至宋代开国君主赵匡胤(说到赵匡胤时艺人们有所忌讳),这些从社会底层崛起的游民,因为行为全无规范,敢于向社会强行索取,没有任何顾忌与心理障碍。正是基于此,他们才能获得成功,从而"发迹变泰",登上皇帝的宝座。他们是蔑视和根本不遵守现行的社会规范的。

在叙述这些故事时几乎都有一个固定的模式:他们都是上天属意的贵人,即使在穷困潦倒之时,也会得到"天"在冥冥之中的呵护。他们遇到灾难就会逢凶化吉,有超自然的力量相助;他们睡觉休息时,不是蛇穿七窍,就是红光罩体。此时往往就会被有德、有远见之人识破,如果此人是老者就要把女儿嫁给他以改换门庭(如刘知远就是被李三娘之父发现的,郭威是被柴仁翁发现的——《平话》的说法);如果此人是位女子,那便非嫁他不可(如《史弘肇龙虎君臣会》中姓阎的妓女发现未来的高官史弘肇,从宫中被遣散的柴贵人发现郭威等)。在士大夫或今人看来这是十分可笑,而且极庸俗的,可是在江湖艺人眼中这就是慧眼识英雄。《史弘肇龙虎君臣会》中写从后唐宫中遣出的掌印的柴夫人,十分富有,却要嫁卖狗肉的"郭大郎"(郭威),并派媒人王婆去说。这是为常人所不能理解的。

---

[1] 这与论人极苛的宋代士大夫是根本不同的。鲁迅就曾举例说,《大唐三藏取经诗话》写偷人参果是唐僧指使的,到了文人写的《西游记》中就开脱了唐僧,完全是三个徒弟所为。因为高僧是不能有污点的。

王婆劝阻道:"夫人偌大个贵人,怕没好亲得说,如何要嫁这般人?"这件事连郭威本人都不相信,当王婆向他认真去说媒时,郭"心中大怒,用手打王婆一个漏风掌",把王婆打倒在地。他认为"兀谁调发你来厮取笑",这时只有柴夫人自己坚信:自看见他是个"发迹变泰"的贵人!所以非他不嫁,当然最后都是不负期待者所望的。正像上面所引《史弘肇龙虎君臣会》最后的下场诗所说,交朋友、结亲都是一笔投资,一定要认准人。这种模式不仅宋元通俗文学作品中如此,它一直影响到后来的各种类型的通俗文艺。许多通俗文艺作品中千篇一律的"大团圆"格局,就来源于此。后世的"才子佳人"、"洞房花烛"、中状元、做高官的模式就是"发迹变泰"故事的变种。直到现在,这种模式成了观众心理期待的定式,因此许多现代作品,特别是面向广大民众的通俗文艺作品仍然摆脱不了这个公式。

"发迹变泰"不仅是做皇帝,当高官也可以。史弘肇(五代时人,见《史弘肇龙虎君臣会》)、赵旭(北宋时人,见《赵伯升茶肆遇仁宗》)、郑信(北宋熙宁间人,见《郑使节立功神臂弓》)、范希周(南宋时人,见《冯玉梅团圆》)、杨温(南宋时人,见《杨温拦路虎传》),这些故事中的主角除了赵旭外都是游民,他们或曾闯荡江湖,或曾参与造反,都不是宗法社会中的循规蹈矩之人。他们毫无例外地通过各种途径或手段成为高官。

从早期通俗文艺作品来看,其中叙述的"发迹变泰"的故事都是描写主人公做皇帝或做官的,也就是说通过掌握政治权力来改变自己的地位与处境。从这一点上来说,作者——江湖艺人或书会才人都是"皇帝本位"和"官本位"的信奉者。他们认为只有掌握了权力才是"发迹变泰"的根本,有了权就有了一切(当时的现实生活也就如此)。至于通过发财致富来改善自己的社会地位的故事还没有进入他们的视野之内(明代通俗小说就有了这个主题)。这一方面是生活没有为作者提供这类素材,另外也与他们思想意识的局限有关。游民本是一无所有的,社会动乱才为他们提供了"发迹变泰"的机会,他们凭着一刀一枪改变自己的现实处境。中国自唐末以后哪一次大动乱没有造成大规模的剧烈的社会垂直流动?在这样的垂直流动中,变化最大的就是原来位在社会顶层的皇室与原来处于社会底层的游民。这种巨大的变迁是最引人注目的,并且是极富戏剧性的。作为游民的江湖艺人对这类题材有亲切感,容易引起共鸣与创作的冲动。至于

《水浒传》的成书  213

平常时期一点一滴的财富积累，最后积沙成塔，成为富甲一方的财主，就很少有戏剧性（除了像传说中的沈万三发现了"聚宝盆"），很难成为通俗文艺的题材，何况这种资本积累在宋元时期还没有普遍出现，怎么会引起通俗文艺作者的关注呢！

## 二、"发迹变泰"故事的社会影响

"发迹变泰"类的通俗文艺作品是现实生活的反映，更表现出了游民的政治向往。其中渗透了游民对于当时政治现实的理解，他们认为出现了社会动乱就有了机遇，抓住机遇就可能彻底改变自己的命运。他们不仅在"说话"中这样讲，在戏曲中这样演，用这种思想意识去影响听众与观众（以至连近世的阿Q都懂得借"革命"之机"发迹变泰"；胡传魁也知道"乱世英雄起四方"之必然），有时甚至把它变成现实生活，自己真的这样去做。明代初年的陶宗仪在《辍耕录》第二十七卷"胡仲彬聚众"条记载：

> 胡仲彬乃杭城勾栏中演说野史者，其妹亦能之。时登省官之门，因得夤缘注授巡检。至正十四年七月，招募游食无籍之徒，文其背曰："赤心护国，誓杀红巾"，八字为号，将遂作乱。为乃叔首告，搜其书名簿得三册，才以一册到官，余火之，亦诛三百六十余人也。

这是一位善于寻找机会"发迹变泰"的江湖艺人，看来还是江湖世家，因为不仅他会"演说野史"，其妹也是个行家。他熟知古往今来黑暗的政治操作，已经通过关系做了"巡检"的小武官，按照现实游民追求的标准已经算"发迹"了，宋代一些被招安的授"保义郎"也就是正九品阶官，相当于职官巡检。当然，这离通俗文艺作品中经常写到的"发迹变泰"还很遥远，不能满足这位熟知话本野史的艺人的欲求。当时正处于红巾大起义之中，他便以"护国"和镇压"红巾"为旗帜，聚集力量，待机而起，想在乱哄哄的武力政治角逐中分得一杯羹，从而改变自己的地位。胡仲彬没有想到会被自己的叔父告发，戏未开场就结了尾。那些想借着这个机会跟着胡仲彬一起发迹变泰的三百六十余个"游食无籍之徒",只是为了这一点点梦想而丢了脑袋。

表现游民生活与理想的通俗文艺作品的大量产生,除了现实生活与作者思想意识上的原因之外,听众与观众的喜好更是决定性的因素。通俗文艺本质上是市场文艺,它是商品,受到市场的约束与规范,也就是说,听众或观众手中的货币决定着它的兴衰。"朴刀杆棒"和"发迹变泰"这类以反映游民生活和梦想为主的故事,之所以繁荣到可以成为独立的品种,关键在于有许多对此极感兴趣的听众,也正是这个原因它经过数度打压而不灭。

在城市瓦子勾栏中,艺人面对的是平民百姓,其中不少是游民和接近游民的市井细民,如佣工、店员、小商小贩、手工业者以及游手好闲之徒。两宋京城汴京、临安之中还有一群特殊的听众——军人。前面讲过两宋禁军(俗称八十万禁军)多是由游民无赖所组成,他们大多驻扎在首都以拱卫京师,无事时便容易聚众闹事。统兵者怕他们无事生非,便有意地利用听书看戏以耗散他们多余的精力。京都艺人也懂得这一点,把他们当作重要的服务对象。《东京梦华录·诸色杂卖》记载:"或军营放停乐人,动鼓乐于空闲,就坊巷引小儿妇女观看。"可见军营之中也常常聚集艺人演出,艺人的鼓乐一响,自然会招引许多附近坊巷居住的小儿妇女(可能大部分是禁军家属)一同观看。这是北宋的情况。到了南宋,这一点成为带兵将领的自觉意识。《梦粱录·瓦舍》云:

> 顷者京师甚为士庶放荡不羁之所,亦为子弟流连破坏之门。杭城绍兴间驻跸于此,殿岩杨和王因军士多西北人,是以城内外创立瓦舍,招集妓乐,以为军卒暇日娱戏之地。

"杨和王"指杨沂中(杨存中),代州人,故他所统率的士兵多是"西北人"。南宋初绍兴间,杨率部勤王,驻扎在临安,他怕士兵背井离乡,过不惯南方生活,再加上闲暇生事,因此建立瓦舍,召集艺人,以娱悦士卒,发泄他们过剩的精力。由此可知,平时这些士兵必然也是艺人们重要的听众和观众。因此,"说话"与杂剧中必然要有一些迎合他们需要与口味，以及反映他们思想意识和精神需求的作品，这样才能拢住这批听众和观众。而生活状况、社会地位与这些游民听众十分接近的江湖艺人或书会才人，对他们的需求与口味也是不陌生的。这些听众大多数对那些"哀感顽艳"的才子佳人类的作品兴趣不大，而那些凭着"朴刀杆棒"打遍天下最终"发迹变泰"的故事，却一定能激起他们的共鸣。这些故事富于传奇性、刺激性，对那些流落在外回归渺茫的士兵们也有抚慰作用，何况表现游民英雄的故事里也包含着他们的梦想呢！

## 由"朴刀杆棒""发迹变泰"发展来的《水浒传》

### 一、改朝换代的路径——从"朴刀杆棒"到"发迹变泰"

"朴刀杆棒"与"发迹变泰"这两类表现游民生活与理想的通俗文艺作品在宋代以前是没有的，因此可以这样说，这类作品是原创性的，其创造者就是两宋江湖艺人。我们应该充分肯定其原创性的意义，而且它们逐渐演变为一种模式，深刻地影响了后来通俗小说的发展。

这样江湖艺人就有可能把本来属于"讲史"类的作品（如"东西汉演义""说唐"等）转化成为个人英雄传奇。艺人们在塑造这些"个人英雄"形象时往往远离历史，按照他们的理想好恶去处理人物，于是豪门贵族也好、文人士大夫也好，一律向游民靠拢，成为游民化了的形象。这样就把"朴刀杆棒""发迹变泰"两种故事类型设计成为一种"打天下坐天下"的模式，凡是改朝换代的历史都成了一些手执"朴刀杆棒"出身社会底层的草莽英雄挑战现实秩序、打倒老贵、跻身新贵的过程。而且，这成为江湖艺人惯用的套路，凡涉及改朝换代，概莫能外。例如唐兴隋亡是个代表了不同贵族集团利益的群雄争霸过程，可是在江湖艺人口中变成了程咬金、秦琼、徐懋功、尉迟敬德一帮游民在打天下坐天下的争斗中逐渐认识到真龙天子的过程。程咬金做了三年瓦岗寨的假皇帝——混世魔王（这是毫无历史依据的。为了编造这个情节，作者甚至割舍了瓦岗寨第一任真正的领袖翟让），但他最后带着一帮拜把子的兄弟投了大唐，成为唐王朝的开国功臣，他们的图像被画在凌烟阁上，这些出身底层和游民的英雄都经历了从"朴刀杆棒"到"发迹变泰"的过程。其他述说王朝兴亡的评书如《西汉演义》《东汉演义》《飞龙全传》《大明英烈传》都可以说是由"朴刀杆棒"到"发迹变泰"的故事。

总之,"朴刀杆棒"是古代社会底层人士游走江湖保卫自己和争取生存反抗社会的武器,而"发迹变泰"是他们美丽的梦想。前者似乎是实现后者的手段,后者是前者奋斗的终点。随着人口的激增与人均土地占有量的减少,游民人数在不断增长,而中国古代社会结构和统治者治理天下的思想却不能产生根本的变化以适应这种改变,并着力解决这一矛盾(例如开放国门并倡导国人走出国门,到人口少的地区谋求生存)。从日渐瓦解的现时的社会秩序里涌出的大量游民绝不会有真正的出路,更不可能有辉煌的终点。由于竭力打拼和碰上机遇,少数游民在社会动乱中实现了出人头地和改换门庭,但绝大多数的底层人士不会有如此好运气,等待他们的是更多的苦难,甚至是辗转沟壑。

自秦始皇实现了"大一统"以来,古代的中国就在一治一乱中动荡,基本上是二百年一个轮回。宋代和宋代以后人口的增减也成为社会稳定与否的要素,因为当小农的生产方式和宗法的组织结构不能适合过多人口时,游民便大量产生了。他们的生存受到威胁,使他们常常处在焦虑之中,自然而然,他们必然是反抗既定秩序的先锋与中坚,再有了游民文化的启示,造反就会成为寻常事。游民和各阶层的社会边缘人争生存、求发展的进程,仿佛就是在"朴刀杆棒"与"发迹变泰"的现实和梦想的交替之中不停地挣扎,重复着世世代代的悲喜剧,从而使全社会成员都要在"太平犬"与"乱世人"中做出可悲的选择,使得古代的中国社会在一治一乱的反复震荡中徘徊不前。

## 二、《水浒传》是许多"朴刀杆棒""发迹变泰"故事的有机结合体

前面说过,两宋时"朴刀杆棒"类故事中,有些是描写梁山泊好汉冒险生涯的故事,它们流传演变成为"水浒"系列。这个系列的故事在南宋颇为流行,并被《醉翁谈录》著录。故事中有奋斗、有暴力,当然更有"发迹变泰",然而,由于民族斗争十分激烈,本来只是伸张游民追求的故事不得不用"忠义"这个带有意识形态色彩的观念加以包装,强调实践

"忠义"与"发迹变泰"并不矛盾，这一点在后来的《水浒传》中又加以张扬，甚至直接用"忠义"命名"水浒"故事，称为《忠义水浒传》。

元代出现了大量的"水浒"戏，传世的元代"水浒"戏中多是手执"朴刀杆棒"的梁山泊好汉在实行"替天行道"，攻破黑牢，解救遭受冤屈的人们，为他们报仇雪恨。

明代写成的《水浒传》在主题上继承了"忠义""替天行道"这两个看似矛盾的思想意识，但在当时特殊情势下和传统的浮云蔽日、奸邪蔽主这一命题下统一起来。外抗强敌，内除奸佞都是"替天行道"，也更符合忠义的原则。

《水浒传》是集"朴刀杆棒""发迹变泰"的故事于大成的长篇小说，它真实地反映了游民的奋斗与生活，是许多江湖人的个体奋斗史。《水浒传》前七十回就是林冲、史进、鲁智深、晁盖、武松、宋江、戴宗、李逵、石秀、杨雄、柴进、张青、孙二娘、顾大嫂、卢俊义等许多游民或社会边缘人的故事，从他们的行事与行事方式和喜怒哀乐中刻画人物，反映生活。这些江湖人几乎都是手持"朴刀杆棒"打开通道，杀出新天地，因此可以说《水浒传》就是写"朴刀杆棒"的。翻一下宋元传世的话本和明代通俗小说，它们涉及"朴刀杆棒"的次数全部加起来也没有《水浒传》一书多。《水浒传》比较集中地表现出了游民的意识和理想，成为游民反抗主流社会的教材和江湖人奋斗的百科全书。

《水浒传》把手持朴刀杆棒的游民们的造反精神写到极致，并且把发迹变泰的路径也说得极为豁明确，或换个说法，梁山好汉们的造反聚义的目的是实现忠义，而向皇帝贡献忠义就能有官做。怎么能把造反与忠义联系在一起呢？有时看似可笑，但作者却有自己的解释。例如智取生辰纲之后，案子被破，官府来捉，围剿三阮所住的石碣村，三阮与晁盖等人用计抵抗。当官府的捕盗巡检与何观察乘船向石碣湖进剿时，只听得芦苇中间，有人唱歌：

打鱼一世蓼儿洼，不种青苗不种麻。
酷吏赃官都杀尽，忠心报答赵官家。

这是阮小五用渔歌嘲弄来捕人的官府衙役。他把武装拒捕、攻击地方政府说成是对皇帝的忠心和最好的报答，因为它们都是一帮"酷吏赃官"。《水浒传》第三十二回宋江与已经是戴罪之身并准备上山寨落草的武松告别说：

> 如得朝廷招安，你便可撺掇鲁智深、杨志投降了。日后但是去边上一枪一刀，博得个封妻荫子，久后青史上留得一个好名，也不枉了为人一世。我自百无一能，虽有忠心，不能得进步。兄弟，你如此英雄，决定得做大官。可以记心，听愚兄之言，图个日后相见。

把"朴刀杆棒"、"发迹变泰"、忠义、青史留名结合得天衣无缝。但究其实质可以说这是为了达到"发迹变泰"的目的才倡导造反。梁山好汉一度被招安授官，从表面上看也是"发迹变泰"了，可是最终还是悲剧。他们不仅没有解决促成他们走上造反道路的社会问题，而且连自己的问题也没有解决，一些人再次游荡江湖，一些人丢掉了性命。有的论者说因为走招安道路，所以造成了悲剧，如果坚持造反，"杀到东京，夺了鸟位"，就不是悲剧了。这些人不懂得皇权专制与游民武装造反只是一个问题的两面，做皇帝仅仅是一个人，不可能是集体做皇帝。且不说一人称帝万骨枯，就是靠武力打下天下后，皇帝身边功劳盖世的文臣武将恐怕也很难久享富贵，会有许多人沦为悲剧，因为靠暴力打天下的王朝都有一个暴力继续释放的过程。历代屠戮功臣并非当事的皇帝特别残暴（如刘邦、朱元璋等），而是世态使然，不得不这样做。与此相反，宋代开国皇帝赵匡胤陈桥驿黄袍加身，靠政变起家，他就采取了"杯酒释兵权"的温和手段。因此即使是"夺了鸟位"，宋江做了皇帝不仅社会结构没有变，就是对李逵一类打天下的勇敢分子来说也未必不是悲剧。

# 《水浒传》的主题

## 简单的回顾

《水浒传》自诞生以来，以其独特的思想艺术魅力引起许多读者的喜爱，同时在如何评价《水浒传》上也产生了争议。这一争就是五百余年，近五十年来，争论尤剧，因为如何评价它往往有政治因素掺和在内。

那么《水浒传》究竟是写什么的？它的主题是什么？这在不同的时期则有不同的说法，对于文学名著的研究与评价往往是与社会思潮同步的，社会思潮往往要通过对文学名著的批评来表现自己。

《水浒传》写成于明代中叶早期，当它被作为一部完整的文学巨著刊刻出来的时候，正处于思想解放、个性觉醒的时期，此时许多学者对《水浒传》是肯定的，说它所表现的梁山好汉"诵义负气，百人一心。有侠客之风，无暴客之恶"[1]。这是把梁山的英雄看作是实现正义公正的社会良心。托名李卓吾的《〈忠义水浒传〉叙》也明确指出《水浒传》是"发愤之作"，其内容就是表现"水浒忠义"的，把罗贯中、施耐庵看成是宋遗民，他们借写伏身草莽的英雄豪杰事迹表达对异族统治的不满。从艺术上来说李卓吾还把《水浒传》视为天下之至文[2]。倡导性灵和思想解放的公安派袁宏道、竟陵派及张岱都对《水浒传》有极高的评价。

直到明末，因为连年天灾人祸，民变蜂起，大明江山摇摇欲坠，许多

---

[1] 天都外臣《水浒传叙》，见《水浒全传》，人民文学出版社1954年排印本。
[2] 李贽《童心说》，见《焚书》卷三。

底层民众以《水浒传》为造反指南，统治者才意识到《水浒传》流传的威胁。明崇祯十五年（1642）"大张榜示"严禁《水浒传》刊印流行，命令"坊间家藏"《水浒传》之版者"不许隐匿"，都要"速行烧毁"。到了清代，皇权专制加强，统治者实行全面的社会控制，此时的主流舆论对《水浒传》多持否定态度，说它是"诲淫诲盗"之作，是为不逞之徒立传，把《水浒传》视为最败坏人心的作品。最高统治者多次下诏禁止刊刻和出售《水浒传》。

清末西学东渐，有许多受到新思想影响的研究者借《水浒传》以比附当时社会的斗争，20世纪初，定一的《小说丛话》中说《水浒传》"独倡民主、民权之萌芽"，并指出作者：

> 因外族闯入中原，痛切陆沉之祸，借宋江之事，而演为一百零八人。以雄大笔作壮伟文，鼓吹武德，提振侠风，以为排外之起点。

民族主义、民权、民主都是当时中国的现实要解决的社会问题，可是把它们加之于《水浒传》有点拟之不伦，此书中也没有这类价值的存在。

王钟麟在《中国三大小说家论赞》中指出《水浒传》是讲平等、均财产的"社会主义小说"。[1]钱玄同在给陈独秀的书信中称赞施耐庵有社会党人的思想，《水浒传》一书的主脑在于表现"官逼民反"。有的甚至用以借喻"实行宪政"或当代革命。鲁迅对这些议论嘲讽道：

> 说《水浒传》里有革命精神，因风而起者便不免是涂面剪径的假李逵。[2]

1949年新中国建立后阐释《水浒传》的思想意义则定"农民起义说"为一尊，20世纪五六十年代，对于这点的背离往往会招致批判；"文化大

---

[1] 以上所引诸家说法皆见《水浒研究资料汇编》。
[2] 鲁迅《〈奔流〉编校后记》。

革命"中要整所谓的"党内走资本主义道路的当权派",所以"《水浒》这部书"又成为"好就好在投降,做反面教材,使人民都知道投降派"[1]的工具,这时谁要再赞美《水浒传》又会给他带来无妄之灾。由此可见,对于《水浒传》主题与思想内容的阐发往往与当时的思想运动和主导社会的政治倾向有着极为密切的关系。

虽然中国的文艺批评历来比较着眼于政治,强调文学作品的政治社会作用,但像《水浒传》这样似乎永远被政治化的作品还是不多的。《水浒传》是有阅读能力的人都要读的,评论它却往往不是读后的感动而是世道人心的需要,这是因为《水浒传》在艺术上的成功和内容的新奇迷倒了无数读者,书中所蕴含的思想倾向和张扬的精神力量可做多种解读,因此引起众多思考者的兴趣。就笔者本人来说,青少年时期也是读《水浒传》入迷的,只是在历经坎坷和饱阅世相之后,才下决心对它进行解析,因此研究《水浒传》绝不只是发思古之幽情,更是基于对当代问题的思考。

## 《水浒传》是什么人的故事?

### 电视剧《水浒传》引起的人心激荡

"水浒"的故事流传了七八百年,《水浒传》成书也有五六百年,不仅整个故事为人们熟知,就是其精神倾向也浸润于许多人头脑之中。因此《水浒传》电视剧在荧屏上一出现,"该出手时就出手"这支起伏跌宕、带有山东大汉豪气的歌曲就唱遍了京城的大街小巷。许多出版社争先恐后地推出各种版本的《水浒传》,甚至有些研究《水浒传》的论著也搭车问世,一时间出现了小小的"《水浒》热"。我以为这种"热"不过是头几年"武侠小说热"的继续。《水浒》中的"武"与"侠"再度使观众特别是年轻观众兴奋起来。

---

[1] 毛泽东语录。见《人民日报》1975年9月4日。

正像"武侠热"一样,"《水浒》热"负面作用也是远大于正面意义的。人们确实喜欢《水浒传》,但并不因为它是农民武装反抗的"教科书"。六十多年前,鲁迅先生就说过:"中国确也盛行着《三国志演义》和《水浒传》,但这是为了社会还有三国气、水浒气的缘故。"(《叶紫作〈丰收〉序》)不能排斥一些读者从艺术趣味和个人性格角度喜欢《水浒传》,《水浒传》的成就也是多方面的,一言以蔽之的论断都会有片面性。但我以为鲁迅的意见更能反映问题的本质。鲁迅是古代通俗小说研究的专家,又对中国的国民性问题有深入的研究,因此他的话是值得我们重视的。那么什么是"水浒气"和"三国气"呢?这个问题至今没有见到确切的解释,我以为其所指就是近百年来弥漫于社会的"游民气",但不敢自是,曾写信向现已故去的何满子先生请教,他回信说要比我说的"游民气"的"范围更广一些",鲁迅是"慨叹构成人民精神奴役的,整个理应过时的旧意识、旧风习、旧文化之存在"[1]。《水浒传》这一类最初形成于游民之手(第一代江湖艺人)的通俗文学作品,是负载着强烈的游民意识的,它与社会上的"游民气"相互作用,波及许多并非游民的人,挑动人性中阴暗的角落,从而鼓动成为一股热潮,散播着与现代文明、法治社会不和谐的声音。这一点还是许多喜爱和研究《水浒传》的人认识不足的。

近二十年来,思想解放,许多文史界的研究者逐渐突破对于"农民起义"的迷信(20世纪五六十年代"农民起义"的研究是史学界的"五朵金花"之一),对《水浒》的阐释有所突破,从而打破"农民起义说"的一统天下,先后提出了"为市民写心说""忠奸斗争说"以及"地主阶级内部革新派与守旧派之争说""综合主题说",最近又有"反腐败说"等。应该说这些解释都有一定的道理,反映了《水浒传》思想内容的一面,但我以为都没有抓住《水浒传》的本质。这些论点大多还是没有从作品总的创作倾向出发,而是从某种理念出发,甚至是为了适应某种思潮而产生的。自然,这些议论也就缺少说服的力量。然而,我觉得有些问题还是没有说清楚,没有讲透《水浒》之所以吸引人之处,以及《水浒传》正面、负面的社会影响之所在。拙作《游民文化与中国社会》一书,对《水浒》中某

---

[1] 出自2008年1月何满子先生的来信,此次征引,先生去世半载,何限人琴之感。

些问题提出了自己的意见,受到一些《水浒》研究者和爱好者的关注。由于该书受到体例的限制,不可能把我有关《水浒》的想法完全表达出来,因此才又写了这本小册子,进一步阐述我对《水浒传》的意见。

## 江湖人说给江湖人听的故事

小题的这句话是套用台湾学者孙述宇先生的,这里不敢掠美。孙先生在《〈水浒传〉的来历、心态与艺术》一书中说,《水浒传》是"强人说给强人听的故事"。孙先生认为北宋、南宋之交,金兵入侵,中原混战,军队溃败,社会失控,天下大乱。黄河、淮河流域流窜的武装力量兵匪难分,被视为忠于赵宋的武装力量,所谓的忠义之士——"忠义人"也多是招安或收编之后的称谓。其中一些归附到岳飞的麾下,就成为名噪一时的岳家军。孙氏认为《水浒传》一书可能就是这一类"忠义人"所作,因此书中既有北方忠义人聚寨自保的故事,也有许多情节是影射岳飞忠义为国、最后冤屈而死的这个重大历史事件的。这些"忠义人"大多来源于"盗匪",后来被南宋朝廷开给空头官职都成了"官"和"官军"。后一解散,官匪更加不分。他们的故事具有冒险性、传奇性,为老百姓喜闻乐见。困守于山寨的武装人员,日日处于焦虑之中,也喜欢听这类故事,因此催生了这种"朴刀杆棒"改变个人命运的故事。

孙氏用的"强人"(不是中国近三十年流行的"强人",而是指强盗)我觉得不够准确,涵盖面太狭。"强人"只是一种职业,毕竟只有少数人跨入这个行当,不能全面地概括《水浒传》的内容,也不足以说明《水浒传》的本质。这里用"江湖人"以替代,因为"江湖人"是一种身份,它包含面要广泛得多。再说如果"强人"沦为说故事者,并以此谋生,那他就不是强人了,而是江湖艺人了,是属于江湖人范畴的。至于《水浒传》写的虽是"强人"(强盗),但这些"强人"很少有职业强盗,大多是社会边缘人或游民,由于各种原因从主流社会中游离出来,经过种种曲折上了梁山,但他们都把梁山泊看作暂时的安身寄命之所,幻想一朝以轰轰烈烈的方式回归主流社会,也就是"若做官,杀人放火受招安",从而发迹变泰。后来招安失败,梁山好汉或死于非命,或真的做了官,或重操旧业,或流落江湖……《水浒传》完整地描绘了游民和社会边缘人物求生存、求发展奋斗的成功与失败。其中所表达的思想也主要是游民的思想意识（由于《水浒传》的最后写定者是沉沦社会下层的文士，其中就不免渗透了一些文人意识），反映了游民的好恶。

  《水浒传》是江湖人说给江湖人听的故事，这个故事的最初作者一定不是坐在书斋的文人，必然有一定的江湖经历，从作者对宋江集团"一边倒"的、无条件的拥护和赞颂的态度（有人认为这是对农民起义造反精神的赞颂，这种说法不能解释为什么作者对其他与梁山类似的武装斗争就持否定态度），显示出其强烈的帮派性。这说明原初作者一定与这个集团有着某种利益关系，正像孙述宇先生所推断的，原初作者有可能就是宋江集团瓦解后流落江湖的人物，北宋灭亡后，逃难到江南回忆起他们曾在宋大哥统领下驰骋两河流域、所向披靡、震动朝廷和接受招安进京做官的风光和平定方腊为朝廷做的贡献，把这些都向当时受到朝野一致肯定评价的北方"忠义人"方面靠拢，因此宋江的故事才被南宋民众认同，同时作者对于宋江和宋江集团的感情也连带被接受。这位原初作者不太可能是写作者，而是个口头讲述者。此时正当通俗文艺蓬勃发展之时，许多流浪江湖的游民投入了这个队伍，讲述宋江故事的当是其中的一个。

  我们前面叙述了南宋时期形成的"水浒"系列故事，除了《大宋宣和遗事》中从杨志丢失花石纲、杨志卖刀到玄女娘娘授给宋江天书、三十六将齐聚梁山泊、受招安、平方腊的《水浒传》雏形之外，还有许多以梁山泊英雄为写作对象的个案，如《醉翁谈录》中记载的《石头孙立》《青面兽》《武行者》《花和尚》等个人英雄传奇。能够把游民的冒险生活经历的实况及其趣味性讲出来，把自己的愤懑不平表达出来的人，已经不是一般的游民了，而是有了一定生活经验、懂得如何奋斗如何自己争取利益的江湖人了，也就是我在前面讲到的江湖艺人。因此，如说得更确切一些，"水浒"的故事是江湖人说给与自己相同命运的人听的。

**这个故事的主角是谁？**

  《水浒传》的主角是谁，或换句话说，书中讲的是什么人的故事？这是理解《水浒传》的起点。我们知道，小说是通过对人物形象的描写来反映现实生活和表达作者的思想倾向的，也就是说人物性格的成长发展的历史以及在这个过程中所演绎出的故事是该作品主题的载体。因此，只要我们对"水浒"主要描写对象及其故事做一些分析就可以得出较为接近事实的结论。

## 一、一百零八将的身份

《水浒传》是一部英雄传奇，主要是写水泊梁山的一百零八位头领的遭遇与追求的。那些在一百零八位头领之下，跟着头领们摇旗呐喊的喽啰们，虽然没有完全在作者视野之外，但也是被作者忽略不计的。过去的正统人士称这些人为"盗匪"，孙述宇称他们为"强人"正是这种思想意识的沿袭，最近五六十年的大陆史学家一看到史籍有"盗匪""盗贼"字样马上便谥之为"农民起义"。这些都是贴标签式的分析方法，不仅无助于对文学作品的理解和欣赏，也把古代社会简单化了。文学的对象都是活生生的具体的生命，塑造着鲜活的人物形象。每个生命，也就是说每个鲜活的形象都有其独特的历史，很难用"盗匪""盗贼"或"农民造反的英雄"来概括。《水浒传》中描写众多人物的历史，其中大多上了梁山，成为一百零八将中的一员。

过去的批评家关注梁山好汉一些表面的东西，如喜好舞枪弄棒、注重义气、反对官府和地方恶霸、救民水火、替天行道等，其实这些并非推动情节发展和人物性格形成的最重要的因素；这些人物求生的、渴望发迹的这些内在的、最有生命力的动力被忽略了，从而在批评上表现出泛道德化倾向。

《水浒传》所描写的人物大部分都是游离于主流社会之外的人物，他们或是逃祸，或是为了谋生，或是由于任性而行，或是因为幻想发达而脱离原有的平庸生活，经历了种种曲折最后齐聚梁山。如果从身份说他们大多是我们前面说过的游民和社会边缘人。他们是《水浒传》的主角。

那么这一百零八人都是些什么人物呢？这里不妨做个统计和分析。《水浒传》在第七十一回"忠义堂石碣受天文　梁山泊英雄排座次"中给读者提供了一百零八位好汉的名单。这些人按照出身或职业大体上可以分成游民、吏人、武将、手工业者、农民、商人、庄园主、其他等类。人数最多的是游民，五十余人；其次是武将，约二十人；第三是吏人，十人；勉强算农民的只有五人（阮氏三雄、解珍、解宝），而且这五人也不是"锄禾日当午，汗滴禾下土"式勤苦耕作的宗法农民，而是渔民和猎户。

## 二、作为梁山主力的游民

什么是游民呢？中国古代是宗法社会，脱离了宗法网络、没有稳定收入和固定居处的人都可称之为游民。游民挣扎在社会的最底层，为了生存，他们往往会使用各种手段以获取生活资料。读者想要详细了解，可参照拙作《游民文化与中国社会》中的有关章节。毛泽东在他早年写的《中国农民中各阶级的分析及其对革命的态度》[1]中谈到"游民无产阶级"时，把农村的游民分为五种：兵、匪、盗、丐、娼妓。"他们的谋生的方法：兵为'打'，匪为'抢'，盗为'偷'，丐为'讨'，娼妓为'媚'，各不相同，谋生弄饭吃则一。他们乃人类中生活最不安定者。"把游民只局限在这五类中未免狭隘，但这五类人是游民，而且还是游民中的"最不安定者"是完全正确的。

《水浒传》中的游民以"盗"为多，而且还往往是占山为王的大盗。《水浒传》的一百零八人，最后都上了梁山，都可以说是"盗"，当然不能这样算。这里只以梁山好汉上山以前赖以谋生的手段进行分析。梁山除了自己底班人马和初次聚义就选择了梁山的人物以外，许多头领还是其他小山头的山大王，如少华山的朱武、陈达、杨春；桃花山的李忠、周通；清风山的燕顺、王英、郑天寿；黄门山的欧鹏、蒋敬、马麟、陶宗旺；对影山的吕方、郭盛；登云山的邹渊、邹润；芒砀山的樊瑞、项充、李衮；法华寺的郁保四……这是有组织的游民，还有个体的抢劫者，如活跃在道路上、江河之中的李俊、张横、童威、童猛，开夫妻黑店的张青、孙二娘等，其他如盗马贼段景住、小偷小摸的时迁等。这些没有任何政治诉求，只是以杀人抢劫为业的人，在任何社会里都是非法之徒，为绝大多数人所否定。

---

[1]《中国农民》1926年第一期。

游民并不是完全从事非法活动的，也有许多并无祸害民众行为的。但由于他们脱离了宗法网络、脱离了农村，又没有正当职业，生活没有保障，随时随地都有可能卷入反社会活动。这样的游民在一百零八人中也占有一定的比例。他们漂泊江湖，浪迹四方，属于"生活最不安定"之列，如在家乡"打杀了人"逃亡在外做小牢子的李逵；打伤了人，四处"躲灾避难"的武松；"自幼漂荡江湖，多走途路，专好结识好汉"的刘唐；贩羊卖马折了本，回乡不得，流浪蓟州、靠打柴度日的石秀；打把式卖艺闯荡江湖的病大虫薛永；"权在江边卖酒度日"的王定六；"平生最无面目，到处投人不着"的焦挺；"因赌博上一拳打死个人"，奔逃在江湖上的石勇，这些都是无家无业的流浪汉。他们的共同点除了脱离了主流社会秩序、沉沦于社会底层之外，就是：爱好拳棒，好勇斗狠；天不怕、地不怕，敢于干犯法纪；讲义气，专好结识好汉等，这是他们在江湖上生存和发展的本钱。有了这些他们才能够与主流社会对抗，杀人放火，攻击官府，用暴力向社会索取属于自己或不属于自己的利益。他们在江湖上游荡期间，有的直接投奔绿林，不以当"盗贼"为讳；有的寻找一切机会以改善自己境遇，哪怕为此触犯国法。梁山泊中大量小喽啰的主体当然也是游民。

**三、梁山泊智囊——游民知识分子**

宋代经济的发展使得人们对于文化的要求日益迫切，科举考试平民化程度的提高更增强了这种迫切性，而造纸技术和雕版印刷的发展和发明使得书籍易得，又为一般平民接受教育提供了物质基础。在这多种因素的刺激下，宋代文化教育得到空前的发展，使得读书人大量增多。然而官府对于知识分子的吸纳能力毕竟有限，有些人掌握了一定文化，做官不行，又弄得无家无业，就成了我所说的游民知识分子。这些人可能成为江湖艺人，可能成为各种各样的江湖骗子，可能成为豪门贵府的帮闲，也可能参与造反活动。统治阶级对于这一点特别恐惧。北宋庆历三年（1043）山东临沂虎翼军卒王伦率十多人策动兵变，震动一时，欧阳修曾向皇帝上书说：

> 臣窃闻京西贼盗日近转多，在处纵横，不知火数。所患者素无御备，不易枝梧，然独幸贼虽猖狂，未有谋画。若使其得一晓

事之人，教以计策，不掠妇女，不杀人民，开官库之物以赈贫穷，招愁怨之人而为党与。况今大臣不肯行国法，州县不复畏朝廷，官吏尚皆公然迎奉，疲民易悦，岂有不从？若凶徒渐多而不暴虐，则难以常贼待之，可为国家忧矣。以此思之，贼众虽多，尚可力破，使有一人谋主，卒未可图。臣前因王伦贼时，曾有起请十余事。内一件，乞出榜招募诸处下第举人及山林隐士、负犯流落之人，有能以身入贼算杀首领，及设计误贼陷于可败之地者，优与酬奖。所贵凶党怀疑，不纳无赖之人以为谋主。[1]

可见当时虽然武装造反者时有发生，但多属乌合之众，因为没有"晓事之人"为之谋主。能做谋主的在欧阳修看来就是"下第举人及山林隐士、负犯流落之人"，其实也就是绝了进入统治阶级希望的文人士子或说游民化了的知识人。

梁山上具有举足轻重地位的军师吴用，副军师、宗教代表公孙胜都是这类人士。无论什么朝代，游民骚乱、农民抗争没有这类人士的参加，民众的造反活动闹不大，有了这些人，情况就不一样了，他们会提出斗争策略、会神道设教，从而吸收更多的人加入反抗的队伍。因此，要使造反队伍壮大，必须有此类人物参与决策。例如为北宋真宗时益州起事的王均出谋划策的"宰相"张锴，就是"粗习阴阳，以荧惑同恶"的道士之流[2]。南宋初杨幺起义最初的领袖钟相也是巫师、道士一流，史书上说他"以左道惑众"[3]。北南宋之交割据于两河之间的李成，忽而忠义，忽而叛离，忽而降齐，他的叛宋与谋主陶子思密切相关。陶曾为道士，史书说他"诞妄喜谈兵"（北宋之末、南宋之初许多道士都是这样。北宋之亡，就亡在好谈兵的道士手中），在李成还是"忠义"部队之时，遇到这个老道。陶子思为李成出谋划策，"谓成面有割据之相，宜驱虏良民十万，往四川据成都，保有西蜀，成信其说，遂生异志"[4]。此时宋高宗对两河之间的"忠

--------

[1]《论募人入贼以坏其党札子（庆历三年）》，见《欧阳永叔集》。
[2] 见《通鉴长编纪事本末·王均之变》，中华书局，1964年排印本。
[3] 熊克《中兴小纪》，福建人民出版社，1985年排印本。
[4] 徐梦莘《三朝北盟会编》卷第一一八"炎兴下帙"十八。

义"军也是满怀猜疑,于是李成叛变。高宗对主谋陶子思的愤恨远远超过李成。公孙胜作为梁山泊的宗教象征,这是武装造反民众的精神支柱。当敌人联手邪教时,他也要显示出自己法术的力量。主流传统是不讲怪力乱神的,不仅儒家这样,佛道两教也尽量向这方面靠拢(宗教不能彻底不讲神怪),但作为江湖艺人的作品,神怪是必不可少的。

梁山上的吴用是宋江等武装抗争活动的重要决策人。从军事上来说吴用是对外作战的总指挥,无论是几次出击性质的作战,如打青州、高唐州、大名府、曾头市,还是防御性的战争,如两赢童贯,三败高俅,都是吴用出谋划策,从而赢得胜利。扩大梁山实力,招募有影响的人士入伙,也多是吴用一手操作,促成了梁山的兴旺发达。另外梁山组织上的安排、量才任用,使得一百零八将各有职掌,基本上也是吴用用心谋划的结果。看来局面很大,但从思想上来说格局又很小。教过书的吴用(那时儒家经典是必教书)仿佛很少受到儒家的影响,这在古代的读书人中还是不多见的。《水浒传》吴用说得最多的可能就是"看我略施小计",这种作风也是为文人士大夫所不取的。他的才学谋略也只被视为"小夫蛇鼠之智"(宋濂言),他确实应该属于游民这一阶层,可称为游民知识分子。

### 四、社会边缘人——梁山的领导与中坚

社会边缘人在前面已经分析过。一百零八将中的社会边缘人主要是三类。一是由于宋朝廷的政策被推至社会边缘的下层武官,一是胥吏衙役,一是自我选择的社会边缘人。这三类人加起来三十余人。他们绝大部分是山寨的高层领导,三十六天罡中绝大部分是社会边缘群体,这在前面也已说过。我们常说中国古代是农民起义最多的国家,如果我们统计一下,绝大部分的领导者都是游民或社会边缘人。历史上第一次农民起义的领导者陈胜、吴广就是居无定所、为人佣工的游民。刘邦是个亭长,是个最底层的芝麻绿豆官,可是他为人洒脱,不守家族宗法的规矩,处于社会边缘。项羽是倒运的贵族,也是社会边缘群体中的一员。最后一次规模最大的太平天国运动,它最重要的领导人从天王洪秀全到东西南北王、翼王,哪一个人能出游民和社会边缘人这两个圈子,哪一个是地道的农民?因此所谓"农民起义",大多是因为天灾人祸使社会底层人士实在不能生存,才在有

社会经验的游民或社会边缘人的领导下,以武装形式求生存的运动。

　　勉强算农民的阮氏三雄、解珍、解宝,实际上是渔民和猎户(从大农业的角度来看他们属于农民),在农民这个群体中他们也属于边缘人物。打鱼和狩猎这两个行当需要一定的武功(起码是身强力壮),有过游荡生活的经历,眼界相对比较开阔,独立面对社会的能力也比较强,与死守在一块土地上的庄稼汉有很大区别,历代造反领袖这类出身的很多。前面讲到的梁山泊渔民张荣就是一个。

## "水浒"故事中第一反派也是游民

　　高俅是《水浒传》中最重要的负面人物。作品一开篇除了楔子的"洪太尉"外,他是第一个向读者亮相的,水浒中英雄好汉也是被他引出场的,而且成为梁山最重要的对立面,在《水浒传》中他是推动整个故事情节进展的重要人物形象之一,高俅是书中的第一反派。我们看一下作者对高俅身世的介绍:

> 且说东京开封府汴梁宣武军,一个浮浪破落户子弟,姓高,排行第二。自小不成家业,只好刺枪使棒。最是踢得好脚气毬。京师人口顺,不叫高二,却叫他做高毬。后来发迹,便将气毬那字,去了毛傍,添作立人,便改作姓高名俅。这人吹弹歌舞,刺枪使棒,相扑顽耍,颇能诗书词赋。若论仁义礼智,信行忠良,却是不会。只在东京城里城外帮闲。因帮了一个生铁王员外儿子使钱,每日三瓦两舍,风花雪月,被他父亲开封府里告了一纸文状。府尹把高俅断了四十脊杖,送配出界发放。东京城里人民,不许容他在家宿食。高俅无计奈何,只得来淮西临淮州,投奔一个开赌坊的闲汉柳大郎,名唤柳世权。

　　他随柳大郎住了三年,后来遇赦,得以回东京汴梁。柳还给他写了一封介绍信,投奔柳大郎在东京开生药铺的亲戚董将仕。董不想收留,用计把他推了出去。作者把高俅设计成一个典型的游民。他没有了宗族,被父亲告了忤逆，逐出家门，并在开封府立案，被发配到淮西。从此高俅没有了家和固定居址，以依附他人为生。他的爱好也是自甘于主流之外，如"刺枪使棒""踢得好脚气毬"等，这都不是向往进入主流社会的人必备的知识和技能。如果一个正经人家的子弟如此，会被称为自甘下流。高俅的外在条件几乎与燕青差不多，完全有资格上梁山，成为其中合格的一员。如果不是命好，一步到位地结识了最高统治者，而是受到打压或冤屈，说不定也会造反闹事，成为"农民起义"的领袖。

然而高俅是《水浒传》中的第一反面人物，为人唾骂近千年，为什么会这样？仅仅因为他是奸臣吗？宋徽宗赵佶在位的二十五年中贪恋权位、祸国殃民的奸臣真是太多太多，数个十个八个，例如蔡京、童贯、王黼、朱勔、李彦、梁师成（以上六个被太学生陈东称为"六贼"）、何执中、杨戬、谭稹、孟昌龄等，才能轮上高俅。高俅又跟这些大奸臣不一样，他还与千年以来为文人士大夫和广大民众共同崇拜的苏东坡有点因缘。《水浒传》作者故意隐瞒了这一点：

> 董将仕思量出一个缘由。将出一套衣服，写了一封书简，对高俅说道："小人家下，萤火之光，照人不亮，恐后误了足下。我转荐足下与小苏学士处，久后也得个出身。足下意内如何？"高俅大喜，谢了董将仕。董将仕使个人将着书简，引领高俅迳到学士府内。门吏转报小苏学士，出来见了高俅，看罢来书，知道高俅原是帮闲浮浪的人，心下想道："我这里如何安着得他！不如做个人情，荐他去驸马王晋卿府里做个亲随。人都唤他做小王都太尉，便喜欢这样的人。"当时回了董将仕书札，留高俅在府里住了一夜。次日，写了一封书呈，使个干人，送高俅去那小王都太尉处。

董将仕把高俅推到"小苏学士"那里，而且作者又让"小苏学士"也讨厌高俅是"帮闲浮浪的人"，又把他转送给驸马王晋卿。其实，历史真相与此有别，南宋王明清的《挥麈录》曾记高俅与苏家关系事：

> 高俅者，本东坡先生小史，笔札颇工。东坡自翰苑出帅中山，

留以予曾文肃，文肃以史令已多辞之，东坡以属王晋卿。元符末，晋卿为枢密都承旨时，祐陵为端王，在潜邸日，已自好文，故与晋卿善。在殿庐待班，邂逅。王云："今日偶忘记带篦刀子来。欲假以掠鬓，可乎？"晋卿从腰间取之。王云："此样甚新可爱。"晋卿言："近创造二副，一犹未用，少刻当以驰内。"至晚，遣俅赍往。值王在园中蹴鞠，俅候报之际，睥睨不已。王呼来前询曰："汝亦解此技邪？"俅曰："能之。"漫令对蹴，遂惬王之意，大喜，呼隶辈云："可往传语都尉，既谢篦刀之况，并所送人皆辍留矣。"由是日见亲信。踰月，王登宝位。上优宠之，眷渥甚厚，不次迁拜。其侪类援以祈恩，上云："汝曹争如彼好脚迹邪！"数年间建节，循至使相，遍历三衙者二十年。领殿前司职事，自俅始也。父敦复，复为节度使。兄伸，自言业进士，直赴殿试，后登八坐。子侄皆为郎。潜延阁恩幸无比，极其富贵。然不忘苏氏，每其子弟入都，则给养问恤甚勤。靖康初，祐陵南下，俅从驾至临淮，以疾为解，辞归京师。当时侍行如童贯、梁师成辈皆坐诛，而俅独死于牖下。

高俅跟的就是苏轼苏东坡，而不是什么"小苏学士"（这是后人用以专称苏辙的），所谓"小史"也就是"小秘书"，不能用"书童"比附，因为后者是奴仆，"小史"专司抄写一类工作。唐代诗人李商隐十六岁时到令狐楚门下，说是"入天平幕"实际上也是令狐楚的"小史"。这种"小史"也能参加科举考试，并通过考试进入仕途。《挥麈录》说高俅"笔札颇工"，除了指书法外，还应包括人情往来的信札便笺之类的属文。这些都得到东坡的赏识，说明他还是有一定学识的，不仅书法好，还有一定的文字组织能力。元祐九年（即绍圣元年，1094）哲宗亲政，政治上倒向新党，作为旧党代表人物的苏轼被贬做定州知州，朝廷形势大变。东坡在给苏辙的《东府雨中别子由》诗中说："今年中山去，白首归无期。"所以走时才将尚很年轻的高俅托付给王晋卿。高俅在王那里待了四五年，因为元符末年已是1100年了。

赵佶在1100年登皇帝位，高俅随之走向官场。然而并非像小说中所说

"没半年之间，直抬举高俅做到殿帅府太尉职事"。太尉是武官中的首席，高俅前后经二十年历遍"三衙"（即"殿前司""侍卫马军司""侍卫步军司"的合称），即在所有统领禁军的衙门全都干过之后，才被提拔为太尉。他正式拜太尉是政和七年（1117），《宋大诏令集》收有任命他的诏令——《高俅拜太尉制》，下面注明时在"政和七年正月十日"。此时距徽宗登基已经十七年，距东坡将他转托于王晋卿已经二十三年。高俅也还懂得感恩，荣升之后，一直感念当年苏轼对他的照拂，每当苏轼后人到京城办事"则给养问恤甚勤"。不要忘了此时正在严打"元祐奸党"，徽宗下令将司马光为首的元祐旧臣（大多不赞成王安石变法）三百零九人刻名于石，立于朝堂，各州各县亦刻之，而且他亲自书写，号为"元祐奸党"碑。苏轼、苏辙皆名列其中，此时政治气候险恶，如有争端或不同意见，官员每每把"元祐奸党"作为帽子，互相扣来扣去。对于像苏家兄弟这样名声大、具有影响力的"党人"，人们避之唯恐不及，谁敢沾边儿？高俅官高，而且是徽宗的幸臣，树大招风，一言一行都是众目所瞩的，也是言官们上奏的材料。他能不避嫌疑照拂苏轼后人，而且史家把它记录下来，可见在史家王明清眼里高俅还不是一无可取之人。

然而小说作者是把高俅写成一个坏到底的人物，他不仅是个奸臣，在政治上一无可取，从不以朝廷为念，而且在道德上也是个"仁义礼智，信行忠良"一点没有的人，简直就是众恶所归。如认自己本家兄弟为螟蛉义子，这在生活在宗法制度下的人看来就是颠倒伦常。对于正直的王进是睚眦必报；对于安分守己的部下林冲则是不择手段地陷害，目的只是为了抢夺他的妻子。高唐州知州高廉是个会妖术的恶官，他是高俅的叔伯兄弟，也是依仗着高俅才敢无恶不作……为什么在北宋的众多奸臣中单单选了高俅作第一反派？恐怕背后还是有不传于世的史实，不妨做些推度。

"水浒"故事自南宋产生以来就有强烈的倾向性，宋江集团所做的事情一切都对，对反对梁山的人和势力都采取敌对态度，既然是敌人了，那么一切都坏。这样强烈的爱憎故事，必然与创作者切身利益密切相关。孙述宇推断宋江故事原始的叙述者可能就是与宋江集团有关的人士，甚至可能就是其中的一员。高俅作为朝廷最高武官，对于宋江集团的最终覆灭起了举足轻重的作用（我怀疑征方腊后宋江集团的领导人物死于非命可能与高俅有关），因此叙述者对他恨之入骨，把全部怨恨都集中在他身上。南宋人说到靖康之耻时，无不痛心疾首，但很少有人公开指斥荒唐误国的宋徽宗，而对他提拔和重用的朝廷重臣大多贬之为奸臣，高俅也不例外。因此在临安最初演说宋江故事时把高俅提出作为对立面来处理，上下一致，绝不会有异议。

按照小说所写，高俅也是出身于社会底层的游民，这就让造反的游民对他缺少些神秘感，从而也就没有了敬意。而且，高俅不是靠"学成文武艺，售与帝王家"的正当方式，而是靠佞幸方式（说通俗点儿就是靠把皇帝伺候舒服了）登上国家最高殿堂的，这是自古以来被社会舆论所耻笑的。《史记》《汉书》都有《佞幸传》，用以讽刺这种进身方式。《汉书》在"赞"中说："然进不繇道，位过其任，莫能有终，所谓爱之适足以害之者也。"《论衡·定贤》也说，这种只是以"骨体娴丽，面色称媚"的妾妇方式处处讨好和顺从皇帝，其地位虽然一路飙升，但于国有害，于己无益。当然，高俅不是《佞幸传》中所说"以色事人"的佞幸，只是以一技（踢球）进身，但这种不由"道"进也受到人们的蔑视，因为古代的"技"不仅被人们看不起，而且它只是满足帝王个人需求的，而"道"才是为了社稷、为了天下的。

唐顺宗时王叔文主持的"永贞革新"运动，是针对宦官专权的，按说应该得到当朝士大夫的支持。但王叔文不是科举出身，是靠棋艺"待诏翰林"，曾在东宫伺候太子，德宗皇帝驾崩后，太子即位，因缘际会，获得高位，所以被视为小人，为士林所轻。他主政，许多正直的朝官不能接受。顺宗身体极差，不能亲政，后立李纯（唐宪宗）为太子，"永贞革新"面临失败，王叔文长吟"'出师未捷身先死，长使英雄泪满襟'，因歔泣下，人皆窃笑之"。为什么当时舆论不同情革新的失败，还嘲笑王叔文？因为士大夫普遍地认为王叔文自比诸葛亮太荒唐了。诸葛亮是刘备三顾茅庐请出来的，所以他对国家社稷责任是出于君子之道。而王叔文进不由道，是个贪婪竞进之徒，有什么资格自比诸葛武侯？"君子居易以俟命。小人行险以徼幸"。行不由道，贪图侥幸，中途翻车，这在士大夫看来是罪有应得，毫无悲剧性，而自己把自己视为失败的悲剧英雄，当然是件很滑稽的事。

# 《水浒传》的主题
## ——江湖人奋斗成功与失败的故事

### 被冷落的农民诉求

多年来许多论者把《水浒传》的主题定位于"歌颂农民起义",但如果对此书做客观地分析,不仅仅梁山泊里的造反者根本没有什么农民,而且《水浒传》一书基本上没有反映农民的诉求。什么是农民的诉求?首先是土地问题。农民与土地最亲,这是不证自明的道理。中国古代是小农社会,以农为本,而农的根本就是土地。举国上下都把土地视为最可靠的财富,有了土地就有了一切。可是《水浒传》中丝毫没有土地的位置,没有一个梁山好汉的奋斗目标是为了取得土地,没有一个人在梁山分得了大量的金银财宝后,想回家乡买房子置地,或寄回家去置下土地以为子孙安排。没有提出土地要求的群众斗争,哪能称之为农民的斗争?不仅梁山的英雄好汉自己不想,而且在梁山主导的军事和政治行动中也没有去为农民想一想,关心一下他们的土地问题,哪怕仅仅是为了收买人心。

书中没有任何情节写到农民因为没有土地而苦恼,也没有任何故事写到土地占有者对无地农民剥削的残酷,也没有因土地问题而爆发的争斗。《水浒传》中不是没有涉及土地占有者与他们"庇荫"下的无地农民的关系。如"三打祝家庄"的祝家庄,"庄前庄后,有五七百户人家,都是佃户",可是这些佃户都是跟着庄主祝朝奉走的,战后,在宋江看来祝家庄"一境村坊人民",本来是应该"尽数洗荡"的,只因有钟离老人一个,救了石秀,才赦免了他们。又如李逵的哥哥李达是地主家的长工,李逵因劫法场,被官司追捕,李达也受到连累,被官府捉了去,赖有东家为他证明辩护,并替他"上下使钱",才使他免受追究。这是多么"好"的一个东家。《水浒传》一开头写史进主持的庄园,他们父子也与庄客、农民的关系十分和谐。当史进提出要组织起来防止少华山强人骚扰、共保村坊时,众人答道:"我等村农,只靠大郎作主。"这就是《水浒传》作者眼中无地农民与土地占有者的关系。

梁山好汉们剿灭了像祝家庄、曾头市等大土地所有者之后也没有想到把当地的土地分给穷人或者帮助过他们的人。这些都说明梁山好汉心里从来没有考虑过土地问题。

正面的主角如此，反面人物也是这样。高俅是想夺去谁的土地吗？书中唯一涉及土地的是高俅的本家弟弟高廉的小舅子殷天锡看上和抢夺柴进的叔叔柴皇城的花园。但那只是个后花园，"水亭尽造的好"，是供个人玩乐的，与供生产的土地无关。因此《水浒传》一书，无论是从正面还是从负面来看，都根本没有土地诉求。

书中出现过不少庄园主，只要他是与梁山或梁山好汉有正面关系，无不写得慈眉善目，待人可亲，他们兢兢业业地管理着家业，告诫子弟不要为非作歹。如史家庄的史太公对邂逅投宿的王进母子说，"如今世上人那个顶着房屋走哩"。桃花庄的刘太公自己面临着女儿被盗匪强娶，连他的庄客对来投宿的鲁智深都很不耐烦，而刘太公却喝住了庄客，向鲁智深道歉，请他住了下来，并好酒好菜款待他。揭阳镇上的穆太公对于来投宿的流配犯人宋江也是一样接待，给他们安排住处，准备饭菜。他还约束儿子，斥责他无端生事，制止他半夜三更敲门打户，激恼村坊。在穆太公庄上那夜，宋江看到穆太公引着三个庄客，深夜擎着灯火四处照看的情景，对公差说这位太公像他的父亲一般，"件件都要自来照管。这早晚也未曾去睡，一地里亲自点看"……这些细节中包含着作者对这些有家有业、又能敬业勤业的老人们的深情。他们通达人情，乐于助人，为人谦恭诚恳。那些与梁山有关人物为敌的庄主，如陷害解珍解宝的毛太公、害李逵的曹太公等人，才是为富不仁，丧尽天良。

有人说《水浒传》的作者歌颂了农民，这是不确的。《水浒传》通篇歌颂的是那些敢于反抗、敢于追逐自己的利益、为此敢于杀人放火的"英雄"，一般民众只是衬托英雄的群氓。书中写到白虎山孔太公庄上庄客："长王三，矮李四。急三千，慢八百。笆上粪，屎里蛆。米中虫，饭内屁。鸟上刺，沙小生。木伴哥，牛筋等。"如果歌颂农民，不会如此糟蹋他们吧。

农民另一个诉求就是轻徭薄赋，北宋以后，徭役少了，主要是赋税问题。王安石变法许多条款中需要钱来支付，免役、雇役把劳役地租货币化,市易、均输、青苗等新法都需要钱运行,然而农民不生产钱,只有政府铸钱。当时铜钱短缺(外流量也很大),商业经营可以用交子替代,农民只能以农产品易钱,然后再向政府交钱。一来一往,政府从农民身上掠夺了更多的血汗。当时农民对新法不满的原因即在此,后来蔡京等人实行的新法,变本加厉,把本来以强国为目的的新法,变成了满足最高统治者奢侈性需求的手段。农民饱受苛捐杂税之苦,渴望减轻赋税,这在《水浒传》中也没有丝毫反映。

可见,梁山作为一股武装力量没有明确的政治目标,一百零八将基本上还是一个抢劫集团。在归顺朝廷之前,他们虽然有几次离开梁山出征,但都不是为了实现某种政治目的。如闹江州是为了劫法场拯救梁山的恩人宋江;打祝家庄是因为祝家庄就在郓州,临近梁山,而且它又打出"填平水泊擒晁盖,踏破梁山捉宋江"的旗号;攻高唐州是为了救柴进;打青州是为了救宋江的徒弟孔明;打曾头市只是为了一匹名马;打大名则是为了收卢俊义……与朝廷几次交锋也只是反围剿。

从这些可见,梁山好汉虽然多次进攻官府管辖的州府,也屡屡抗拒朝廷征剿,但没有攻城略地、建立政权、另起炉灶的打算,更无明确的政治目标,因此他们始终只是占山为王、落草为寇的山寨主。所谓"农民起义"云云,根本与他们不相干。

## "为市井细民写心"

那么《水浒传》是不是"为市井细民写心"?这种主张在近二三十年来似乎比"歌颂农民起义"说更有市场。这个意见出自鲁迅的《中国小说史略》。他说:

> 《三侠五义》为市井细民写心,乃似较有《水浒》余韵,然亦仅其外貌,而非精神。时去明亡已久远,说书之地又为北京,其先又屡平内乱,游民辄以从军得功名,归耀其乡里,亦甚动人歆羡,故凡侠义小说中之英雄,在民间每极粗豪,大有绿林结习,而终必为一大僚隶卒,供使令奔走以为荣宠,此盖非心悦诚服,

乐为臣仆之时不办也。

意为《水浒》与《三侠五义》都是"为市井细民写心"的,只不过《三侠五义》中写的游民是跟随一个大官、心甘情愿地为朝廷驱遣,通过为朝廷建立功业以改善自己的处境和地位;而《水浒传》中的游民是敢于对抗朝廷、敢于造反、敢于大胆地去索取自己利益,从而改善自己境遇的游民。

20世纪80年代欧阳健、萧相恺在《水浒新议》中指出《水浒》所写不是什么"农民起义",而是"武装的绿林豪侠集团",并重提"为市井细民写心"说。应该说这是正确的。可是他们又认为"绿林豪侠""基本上产生于市民社会这块土壤之中,又反过来反映维护了市民阶级的利益和要求"。这点意见起码有两处是值得商榷的。

其一,"市民社会""市民阶级"这些词是有特定内涵的。市民社会是指在一定程度上摆脱了政治权力束缚,由有独立意识的公民为主体的社会。这样社会的出现,不仅要依仗工商业经济的发展,还要靠有独立意识的公民组成的"市民阶级"和独立健全的法制。欧洲资本主义工商业的萌芽和发展、市民阶级的出现是有赖于主权城市的存在,而古代中国的大城市都是封建阶级的政治和军事据点,与欧洲的主权城市根本是两回事,尽管两宋期间中国许多城市的手工业、商业、服务业要比欧洲主权城市发达多了,但城市从事工商业服务业的百姓不享有权利(甚至可以说皇权专制社会中除了皇帝,任何人都不享有权利,官吏的权力只是皇帝临时授予的,随时可收回来),不成为公民。不要说宋代没有形成市民阶级,就是到了明代一些带有近代特点的市民也只是在经济性的中小城市自发地产生,大城市仍是皇权专制的核心。宋代大城市中皇权专制权力对于工商业的限制和打压使得城市中的繁荣停留在畸形状态,市民阶级、市民社会都难以形成,一有动乱,政府垮台,社会也自然解体。

其二,混淆了"市井细民"与市民阶级。这是两个完全不同的概念。市民阶级在马克思主义经典作家看来是近代资本主义社会中资产阶级与无产阶级的前身。它不仅是个经济概念,也是享有权利和承担义务的法律概念。而"市井细民"这个词始用于宋代,如《宋史·食货志二》有这样的句子:"市井细民朝夕鬻饼饵熟食以自给者,或不免于告罚。"元明清皆用,是指生活在城市中底层社会的人物。这些人大多靠出卖劳动力为生,过着朝不保夕的生活,接近我所说的游民,与游民有别的就是他们在城市生活的时间更为长久一些。说"绿林豪侠"为这些人物"写心",大体不错,但他们生活在城市时间较久,已经没有游民那么多冒险精神了。

市井细民,包括大量的游民和处于社会底层的、接近游民的城市贫民、军汉之类。宋代大城市如汴京、临安之类人口都曾经发展到一百多万,工商业畸形繁荣。有论者把这种畸形繁荣视为资本主义萌芽,实际上这种繁荣是以小农经济的破产为前提的。失去土地的人大量涌入城市,使得劳动力价格下降,给城中的贵族官僚地主富商提供了廉价的劳动力,以满足他们的高消费。这样城市的繁荣多是表现在商业、服务业和与奢侈消费直接相关的手工业上。这在《东京梦华录》(记载北宋汴京的繁华)、《梦粱录》、《都城纪胜》、《西湖老人繁盛录》、《武林旧事》(记载南宋都城临安的繁荣)等书中都有详细的记载。这种繁荣往往不是社会进步的标志,而是社会崩溃的前兆,其繁盛也是"其兴也勃,其亡也忽"的。在这样的城市中没有什么家当的"市井细民",如同《水浒传》中写的郓城卖糟腌的唐牛儿、卖汤药的王公,阳谷县卖雪梨的郓哥、卖炊饼的武大郎,平时只是糊口,没有任何保障,经不得任何风浪。不要说受到市井恶霸的打压,像唐牛儿、郓哥受点他人官司的连累也会垮掉的。这种没有前途、现实生活也不确定的人必然追求当前的享乐,梁山好汉的"论秤分金银,异样穿绸锦。成瓮吃酒、大块吃肉",自然也是市井细民的向往,只是他们没有好汉那样的能耐(所以宋代武风沉于社会底层)和机遇(所以他们希望能交到宋江那样的朋友)。对官府迫害良民的抗议、对社会乱象的揭示、对昏君奸臣的抨击都在不同程度上受到"市井细民"欢迎,但更重要的是《水浒传》中所写的游民在江湖上的奋斗(所谓"朴刀杆棒"的故事)和他们对于暴发的幻想(所谓"发迹变泰"的故事),才是更深层次的"为市井细民写心"。

## 江湖人奋斗成功与失败的故事

### 一、江湖人物质上的追求

从宏观上说，《水浒传》是写梁山上英雄群体的成功与失败的；从微观上来看，《水浒传》也写了许多游民和社会边缘人物（这两种人就是江湖人的主体）在多灾多难的生活挣扎中的成功与失败。金圣叹说："《水浒传》写一百八人性格，真是一百八样。"这是不准确的。实际上，梁山上的英雄写活的不过二三十人而已。其中写出个人身世变迁和思想发展的不过十来个人而已。《水浒传》前七十回故事中的宋江、鲁智深、史进、林冲、杨志、武松、三阮、李逵、石秀等人都有奋斗成功与失败的故事。宋江等前五位本不是游民，他们是其他阶层的边缘人物，生活迫使他们从边缘滑向游民，为生存的奋斗（这是做游民的第一课）中，他们也饱尝了人间的酸甜苦辣。上了梁山，受了招安，取得了比原来更高的社会地位，似乎快要到达他们所希望的"封妻荫子"的目的了，最后，由于招安的失败，一切都破产了。以前奋斗所取得的成功全部付之东流。

当然，他们五位由于经历和原来社会地位的差别，在个人追求上也有些不同，例如宋江就有较明确追求个人发达的愿望；而史进是没有社会经验的农村青年，偶然卷入了"官匪之争"，急于摆脱，去找在延安的师傅王进，到那里"讨个出身，求半世快乐"；林冲安分守己，不幸为高俅陷害，成了犯人，还想挣扎着返回东京一家团聚；杨志念念不忘的是"洒家是三代将门之后，五侯杨令公之孙"，"做到殿司制使官"，只是因为"失陷了花石纲"，才成为不能回京的罪犯，他向往的是官复原职；鲁智深个人想法少一些，在修成正果之前，他打抱不平，救人危难，"禅杖打开危险路，戒刀杀尽不平人"，不为官府所容，被迫进入绿林，这是坚持正义者在这个苦难世界的追求。我认为唐以后基本上没有《史记》《汉书》上所说的那种为了他人利益不吝牺牲自己的"侠"了，但鲁智深是个例外，他可以说是《水浒传》中唯一合格的"侠"。总的说来，这些人向往的成功大多与个人社会地位的提高有关。

武松以后几位大多生活在社会的最底层，许多人是纯粹的游民。他们所追求的成功则主要是个人物质生活的改善和被压抑个性能够得到某种程度的伸张与解放。吴用劝说三阮加入劫取生辰纲行动时，阮小五曾以羡慕的口吻赞美梁山泊一伙人生活："他们不怕天，不怕地，不怕官司。论秤分金银，异样穿绸锦。成瓮吃酒，大块吃肉。如何不快活！"后来听说吴用劝他们加盟劫取生辰纲发笔横财时，三阮毫无心理障碍，十分痛快地答应了。阮小二还赌咒发誓："我三个若舍不得性命相帮他时，残酒为誓，教我们都遭横事，恶病临身，死于非命。""阮小五和阮小七，把手拍着颈项道：'这腔热血，只要卖与识货的！'"他们几位一走上造反的道路，占山为王，物质上贫困和精神上受压抑的两个问题就基本解决了。从个人对人生的理解与要求的角度来看，生活在最底层的游民获得成功可能更多一些。他们不会有宋江那种"恰如猛虎卧荒丘，潜伏爪牙忍受"的有志不得一伸的痛苦，更不会有"敢笑黄巢不丈夫"那种冲动。因此一旦能在江湖上"杀人放火"，他们就有了一种"三不怕"的畅快感。当然，他们在提升社会地位和获取物质利益问题上不会摇摆，官位来了他们也不会拒绝。阮小二、阮小五在征方腊时阵亡，阮小七被封为盖天军都统制，他也上任做官去了。后来他遭奸臣陷害被追夺了官诰，复为庶民，他"心中也自欢喜，带了老母，回还梁山泊石碣村，依旧打鱼为生，奉养老母，以终天年"。因为经历了宦海风波，当吃饭不成问题的时候，回到乡下继续务农打鱼，对他们来说不是苦差事。

武松虽然出身贫苦，但由于身强力壮，武艺高强，从小喜欢闹事。他误以为打死了人才流浪江湖。武松是个善于学习的人，结识了宋江学到许多社会和江湖的知识，做过阳谷县的都头，又熟悉官场运作的一套。因此，他很快从清河县这个小城镇的贫民成长为江湖人，渴望"学成文武艺，售与帝王家"。但在破方腊之后，武松也看破官场与红尘。他告别宋江，出家六和寺，做了清闲道人，八十而终。

李逵可能是梁山泊里出身最贫困的，与哥哥李达都是雇农。李逵打死了人，逃到江州，在戴宗手下当个小牢子，是个差役。前面讲过，宋代吏胥没有收入，他们都从民众和打官司的人身上榨取。戴宗向宋江勒索"常例钱"的情景写在书中，没有写李逵，但李逵肯定是戴宗的帮凶。他穷又好酒、好赌，对钱的渴望更甚于他人。初遇宋江时，宋江给他十两银子，此时李逵已经在体验成功的喜悦了。尽管在现代读者看来，这未免有点卑微。李逵不会这样看，他穷了半辈子，又没有收入，这次撒了一点小谎，就成功地得到十两银子，不啻得到一笔巨款；而且，其社会地位极为卑微，突然有位江湖领袖视其如亲人，仿佛小学生遇到大师，其喜悦、其成功感可以想见。

梁山好汉的追求在前七十回写得最为生动，特别吸引人。作者熟悉这些江湖人的生活和需求，因此在这些回目里淋漓尽致地描写了这些处于社会底层的人奋斗与成功的故事。梁山泊排座次后，从这之前以"朴刀杆棒""发迹变泰"故事为主，改变成以"士马金鼓"故事（包括梁山与朝廷的战争和征四寇）为主。江湖艺人和下层文人不熟悉这些，因此越写艺术性越差。

### 二、江湖人的精神追求

《水浒传》的最后写定者是下层文人，不赞成无条件追求和赞美成功，像高俅这类游民的成功作者是持否定态度的。作者肯定人格的尊严与力量，像高俅这种用踢球小技巴结端王的做法是被鄙视的。与之对立的是下层军官鲁达，就其人格来说真是上上品的人物，他不追求自己的个人利益，处处为他人、为弱小者。最后，他修得了正果，在佛教信仰者来说，这是最大的成功。鲁智深写下了"平生不修善果，只爱杀人放火。忽地顿开金枷，这里扯断玉锁。咦！钱塘江上潮信来，今日方知我是我"，然后"焚起一炉好香，放了那张纸在禅床上，自叠起两只脚，左脚搭在右脚，自然天性腾空"。

梁山好汉不是没有精神追求的，只是其精神追求是从物质追求中引申出来的。好汉们最重要的精神追求就是朋友相聚，或称"聚义"。"聚义"本来是游民追求财富所必需的手段（筹划"智取生辰纲"的活动，作者就称之为"七星聚义"，山寨的分赃所在叫聚义厅）。游民长时期的奋斗过程中，感到需要有共同命运的人的协助，久而久之，手段仿佛便成了目的。古代宗法人有宗族、家族作为靠山，游民则依靠小团体，有了小团体他们才觉得有力量，才有了一切。这样梁山好汉把相聚或聚义看成自己最重要的理想与追求就是毫不奇怪的了。为此，作者设计了"洪太尉放走妖魔"的情节，并借用真人的口说，"此殿内镇锁着三十六员天罡星，七

《水浒传》的主题　245

十二座地煞星，共是一百单八个魔君在里面。上立石碑，凿着龙章凤篆天符，镇住在此。若还放他出世，必恼下方生灵"。这个神话说明一百零八将本是来自一处，他们被放出后，散落人间，自他们的诞生就带有渴望团聚的基因。上天还注定一百零八将的领袖是天魁星宋江，因此一百零八将中的英雄好汉初见宋江都会有早闻大名、希望与之相见的表示；越是底层人物，这种愿望就越强烈。宋江的死党李逵初见时，先是怕戴宗骗他，拿他取笑，后来知道确实，马上"拍手叫道：'我那爷！你何不早说些个，也教铁牛欢喜！'扑翻身躯便拜"。李逵是最坚定主张一百零八人长久相聚的人，他坚决主张造反，"便造反怕怎地！晁盖哥哥便做了大皇帝，宋江哥哥便做了小皇帝。吴先生做个丞相，公孙道士便做个国师。我们都做个将军。杀去东京，夺了鸟位，在那里快活，却不好！不强似这个鸟水泊里！"这不是什么政治宣言，而是要与这些兄弟长相聚的热望。他坚决反对招安最重要的理由就是一招安兄弟便不能相聚了。对于破坏相聚的人，梁山好汉不能容忍。林冲火并王伦的理由就是他破坏英雄相聚。

　　林冲杀了王伦，手拿尖刀，指着众人说道："据林冲虽系禁军，遭配到此，今日为众豪杰至此相聚，争奈王伦心胸狭隘，嫉贤妒能，推故不纳，因此火并了这厮……"

"英雄相聚满山寨，好汉同心赴水洼"便成为梁山好汉的精神追求。
　　招安是对相聚的破坏，即使"征四寇"中一百零八将一个不死，也不可能都在一个地方做官，兄弟终日相聚。何况在征方腊中死了大部分人，后来有的出家、有的还乡、有的漂洋过海，四处星散，但以宋江为首的四个核心人物还是互相有心灵感应，最后直到死，这四人仍要相聚。这也就是《三国志通俗演义》中刘关张"桃园三结义"所说的"不求同年同月同日生，只愿同年同月同日死"。宋江服了朝廷的毒酒后，把李逵从润州招来，并对他说："我为人一世，只主张'忠义'二字，不肯半点欺心。今日朝廷赐死无辜。宁可朝廷负我，我忠心不负朝廷！我死之后，恐怕你造反，坏了我梁山泊替天行道忠义之名。因此请将你来，相见一面。昨日酒中，已与了你慢药服了，回至润州必死。你死之后，可来此处楚州南门外，有个蓼儿洼，风景尽与梁山泊无异，和你阴魂相聚。我死之后，尸首定葬于此处。我已看定了也。"李逵按照宋江的要求，死葬蓼儿洼。后来，吴用、花荣得到"异梦"，得知宋江已死，吴用也与花荣在宋江坟前自缢。吴用说，"魂魄与仁兄同聚一处，以表忠义之心"。其实这个"忠义"重点在"义"，不是儒家仁义的"义"，而是兄弟义气的"义"，是英雄豪杰聚义的"义"，这是游民结合奋斗的纽带。

"聚义"从表面上看有儒家伦理学说的支持，儒家讲究"五伦"，朋友是其中的一伦。然而游民"聚义"中的义气与儒家倡导的"朋友有信"还是有很大差别的，两者仅在外部形式上十分接近。《水浒传》的作者有意无意地用儒家对朋友一伦的理解去阐释江湖流浪者结合时所遵循的道德规范——义气（这种"义"只是因利结合的纽带）。为了实现义气，他们不怕干犯法纪，如智取生辰纲事发，宋江连夜给晁盖通风报信；宋江从外地逃回家，县里差役朱仝、雷横到宋江家中抓捕时，各怀鬼胎，都想网开一面；宋江在江州落难，梁山主要头领为报宋江帮助过他们的大恩，驰骋千里劫法场等。另外宋江、柴进等人肯花钱帮助江湖的落难人士，甚至长时期养在家中。这些不仅受到广大游民信奉，也得到一些主流社会人士（古代不是法治社会，即使主流社会的人也是把道德看得大于王法的）的理解和认同。

义气是宋江能够在江湖上充当领袖的主要素质，本书在分析宋江这个人物时指出，这种义气不过是他在江湖的一笔投资，但生活在底层、每顿饭都成问题的游民是不计动机的，只要有白花花的银子，他们就会从心底发出真诚的感激。柴进家中宋江遇到贫病交加又被主人冷落的武松时，对武松的关切，不仅表现在物质上的帮助，而且更多地体现在对武松人格的尊重和前程的关怀，使武松从内心深处感到"江湖上只闻说及时雨宋公明，果然不虚，结识得这般兄弟，也不枉了"。"结识得这般兄弟"这句话很有代表性，它是梁山好汉的共同追求。对于"义"之化身的宋江，不仅邂逅相逢的江湖人"纳头便拜"，而且有远从千里之外来的追随者，石勇就是"多听得往来江湖上人说哥哥大名，因此特去郓城县投奔哥哥"。没面目焦挺"平生最无面目，到处投人不着"，只好到"平生只好杀人"的丧门神鲍旭那里落草，最后还是梁山收留了他。

"聚义"使梁山事业走向发达、成功，形成一百零八将的大"聚义"，把游民的武装造反推上了高峰。游民们迷信"聚义"，把它变成一种超越物质的追求，最后，水泊梁山的全体英雄好汉在"义"字的旗帜下走上不成功的招安之路。招安给他们带来毁灭。关于不成功的招安下面专章来谈。

游民还有一个他们弄不清楚但却贯穿了前七十回的一种"精神流"或说"潜意识流"，这与其说是更大的精神追求，还不如说是个梦——江湖人的梦。

# 江湖人的梦

## 底层人的"快活"梦

  《水浒传》是写游民奋斗的成功与失败的,游民处在社会最底层,他们的追求都是切切实实的,很少有玄虚的。饥要食,寒要衣,赌博没钱了要银子,似乎与梦不相干。的确,《水浒传》前七十回"梦"字都特别少,正经写梦有第四十二回的宋江躲人追捕,藏到九天玄女娘娘庙里,梦到九天玄女娘娘授天书给他。第六十五回的"托塔天王梦中显圣"主要警告宋江"有百日血光之灾,则除江南地灵星可治"。其他就很少写梦了。只有后来的金圣叹,因不同意赞美梁山好汉造反,特在七十回后增加了一回"卢俊义惊噩梦",暗示一百零八将都将被一网打尽,赶尽杀绝。

  我们说《水浒传》很少说梦,但不等于其中的人物没有梦。第十五回阮小五对吴用说起梁山泊王伦等人生活时:"他们不怕天,不怕地,不怕官司。论秤分金银,异样穿绸锦。成瓮吃酒,大块吃肉。如何不快活!"阮小七感叹道:"人生一世,草生一秋。我们只管打鱼营生,学得他们过一日也好。"这"不怕天,不怕地"的"快活"的生活,难道不是阮氏兄弟的梦?为此,他们觉得能过一天也就满足。第四十一回李逵跳将起来道:"放着我们有许多军马,便造反怕怎地!晁盖哥哥便做了大皇帝,宋江哥哥便做了小皇帝。吴先生做个丞相,公孙道士便做个国师。我们都做个将军。杀去东京,夺了鸟位,在那里快活,却不好!不强似这个鸟水泊里!"这也是许多梁山人潜意识中的梦,只有初入江湖的李逵敢于把它以"跳将起来"的激烈方式宣扬出来罢了。其实,他们之中的绝大多数也未必知道

"做皇帝"是怎么一回事,只是意识到做皇帝可能是最快活的。就像阿Q幻想他"革命"了之后的情景,"好,……我要什么就是什么,我欢喜谁就是谁"。这实际上也是追求一种快乐、快活,也就是物质上的满足和精神上的随心所欲,至于这样做是否合理合法、是否会给他人带来伤害,则是他们思力所不及的。因此有时这种快活就表现在"犯法""杀人"上。吴用在引诱"三阮"参与路劫生辰纲时,故意渲染梁山头领的幸福生活:

> 吴用道:"恁地时,那厮们倒快活。"阮小二道:"如今该管官司,没甚分晓,一片糊突。千万犯了迷天大罪的,倒都没事。我弟兄们不能快活。若是但有肯带挈我们的,也去了罢。"阮小五道:"我也常常这般思量:我弟兄三个的本事,又不是不如别人。谁是识我们的!"

因为吏治腐败,政府管制能力不强,一片糊涂,"千万犯了迷天大罪的,倒都没事",所以人们心存侥幸,先抓一把再说。生活在底层的人大多对于犯法本身没有畏惧,畏惧的是犯法之后被官府抓住。我们从"智取生辰纲"这个故事来看,作者预先设置了"生辰纲",无论从送者方面还是受者方面来说都是不义的,从而为抢劫涂饰上一层似乎"正义"的色彩,但他们并不是用这些不义之财干什么善事,而是借此创造过"快活"生活的条件。因为底层社会对于江湖人来说,生活的艰难与痛苦给他们积累了太多的心理能量,打、杀能够促进这些郁积能量的释放,从而产生一种"快活"感,但这些给他人所带来的灾难往往是理性缺失的人不太关注的。

梁山人中以李逵最喜欢打杀,而且杀人之后,快活感十足,上天所降的石碣上把他命名为"天杀星"。如果说犯法劫财是由于贫困,人们还能有某种程度的理解,而通过"杀人"特别是"虐杀"去追求快活就是令人憎恶的了。江州劫法场为了救宋江、戴宗,李逵杀了许多不相干的看客,他就大感痛快,后来描写李逵虐杀黄文炳一场,不仅李逵痛快,就连作者也大感快活了。调唆蔡九知府陷害宋江的黄文炳固然十分可恶,被抓到后,他只求速死,可是"李逵拿起尖刀,看着黄文炳笑道:'你这厮在蔡九知府后堂，且会说黄道黑拨置害人，无中生有撺掇他。今日你要快死，老爷却要你慢死！'便把尖刀先从腿上割起……众多好汉看割了黄文炳，都来草堂上与宋江贺喜"，李逵直言"黄文炳那贼也吃我得快活"。

这种"快活"实在可怕。中国文明史上的你杀过来我杀过去、流血千载的厮杀，有时不完全是为了利益，"快活"也成为许多人不可释怀的追求，这不更可悲吗？"三打祝家庄"故事中，扈家庄最后成为梁山的团结对象了。可是鲁莽的"李逵正杀得手顺，直抢入扈家庄里，把扈太公一门老幼，尽数杀了，不留一个"。当宋江责备他不听军令、不能立功时，李逵笑道："虽然没了功劳，也吃我杀得快活。"这种表现简直是毫无人性。漠视他人性命，同时也贱视自己生命的人对社会的破坏远远大于建设，是任何有秩序的社会都不能容忍的。因此，可以说江湖人的快活梦中对物质上的追求是令人同情的，而对精神无拘无束的向往虽然应予理解，但这个梦绝大多数是不会实现的，只能时隐时现于醉梦中。但真要实现也不得了，这就会实现老子所说的"天地不仁，以万物为刍狗"。

《水浒传》还是写了一个令人感动的快活梦。第一百一十四回"涌金门张顺归神"，这是与方腊作战最艰难时刻，在最前线的水军商议如何破敌，浪里白条张顺主动从涌金门水门潜入杭州，要从水下打开一条通路。杭州布防极严，张顺自知其处境的艰难危险，但他为了报答宋江多年的"好情分"不惜用生命一搏。写到这里，作者对于张顺有段心理描写：

> 这西湖，故宋时果是景致无比，说之不尽。张顺来到西陵桥上，看了半晌。时当春暖，西湖水色拖蓝，四面山光叠翠。张顺看了道："我身生在浔阳江上，大风巨浪，经了万千，何曾见这一湖好水！便死在这里，也做个快活鬼！"说罢，脱下布衫，放在桥下。头上挽着个穿心红的髻儿，下面着腰生绢水裙，紧一条膊膊，挂一口尖刀，赤着脚，钻下湖里去。

出身江湖又值戎马倥偬的张顺站在西陵桥上，面对西湖，"看了半晌"，这是《水浒传》不多见的情节。张顺是在那里欣赏和感受大自然的美，还是想到此去凶多吉少？此时张顺的一生、家乡、归宿，从自己眼前闪过。这大约是抱定了牺牲的决心了，对人间美景做最后的一瞥。果然是"壮士一去兮不复还"，张顺死在涌金门下的枪箭之中，但他仍旧不会忘掉"快活"，而且要做个"快活鬼"，这个快活不需要大块肉、大碗酒，更不需要打打杀杀，而只是"水色拖蓝，四面山光叠翠"的美丽西湖为伴。作者这样写张顺之死，不仅有气魄，而且给读者以美的想象。《水浒传》写了那么多的"死"，大约以此最有诗意。

不过《水浒传》所写的江湖人的快活梦主要展现在前七十回中，或者说在"朴刀杆棒"和"发迹变泰"的故事里。前七十回的故事写了许多江湖人不幸的遭遇与他们奋斗的故事，每个故事从矛盾的发生到解决都是从被压抑到快活的过程。如林冲从白虎堂受陷害经过种种曲折到逼上梁山，最后火并王伦，才彻底摆脱了被压抑的状态；又如武松从沧州的柴大官人家出场到打虎、遇兄等，直到上二龙山才算摆脱厄运；其他如鲁智深、宋江、石秀、解珍、解宝、晁盖等人的遭遇都有这一个发展变化曲线。最后大家齐聚梁山，实现"天上罡星来聚会，人间地煞得相逢"，这种聚会给他们带来无比的欢快。每一个矛盾的解决，每一个星宿上梁山都会出现一个快乐的高潮，一个个快乐的高潮形成了快乐迭出的节奏，使读者有一种对于这些浪迹江湖的人美好结局的期待。这展现的就是游民通过"朴刀杆棒"的冒险生涯获得"发迹变泰"的结果。七十一回之后，从"朴刀杆棒""发迹变泰"逐渐演变为"士马金鼓"的故事，与大量的写王朝兴废讲史类的作品区别不大了，自然兴味减低了许多。

## 梁山人的皇帝梦

### 中国人的皇帝情结

自秦始皇发明了"皇帝"这个词以后，仿佛它在人们心目中有着极崇高的地位，似乎是神圣不可侵犯的。说到某个具体的皇帝不能形诸口头笔下，皇宫中有各种各样巧妙的称呼，以避免直接说到"皇帝"。皇帝的通称是"陛下",皇帝自称为"朕",专用的东西要加上"御"字,称之为"御用",上阵打仗叫"御驾亲征",如果打不过,逃跑了叫"蒙尘""巡狩",死了叫"山陵崩"。无论官民,如果言语冒犯到皇帝,那也不能用今天的话说是"海瑞骂皇帝"之类,在律条上还创造了一个词,称为"指斥乘舆",也就是语言伤及皇帝的车子……都不敢明白地把这条"罪行"说成是"指斥皇帝"。

可是在"皇帝"取得极尊崇地位的同时,它也成为各个阶层的人追逐的目标。秦末陈胜、吴广起兵反秦,陈胜就用"王侯将相宁有种乎"来鼓励造反者,陈胜本人的目标就是做皇帝(这从他不尊奉楚国之后就可以得知)。项羽、刘邦看到秦始皇的威风和气派,项羽说"彼可取而代之",刘邦说"大丈夫当如此也"。陈胜是贫雇农,项羽是没落贵族,刘邦是接近游民的农村基层干部。他们无一例外地都想当皇帝,真是无师自通、不学而能。这种皇帝情结当然不只是他们三个人有,只要天下出现乱象,起兵争帝者便大有人在。东汉末,天下大乱,曹操以武力平定北方,他就说"设使国家无有孤,不知当几人称帝,几人称王"(《让县自明本志令》)。即使天下无事之时,想做皇帝的野心家也不能说没有。

另外,皇帝又有不神圣的一面。中国朝代的周期基本上是二三百年一变,在战乱之中,"几人称帝,几人称王"的情况是经常出现的,与日本天皇的"千年一系"不同,中国的皇位像走马灯一样,"乱哄哄,你方唱罢我登场"。从这一点上来说,皇帝又是平淡无奇、毫无神圣可言的。中国近两千年中,社会的垂直流动是很剧烈的,变动最大的就是最上层的皇室和最下层的游民。五代以来,确实有些游民做了皇帝,五代十国时期大多数的皇帝与国主是各色游民出身,以兵痞为多。在很多人看来,皇位不仅最被人们羡慕,而且只要自己荣膺"天命",就是有可能争取到的。所以才会有孙悟空所说的"皇帝轮流做,明年到我家"。这种想法在其他民族文化中可能是不多见的。

### 《水浒传》表达皇帝梦的障碍

宋代通俗文艺作品中,把描写强烈追求提升自己社会地位直至"做皇帝"的作品称之为"发迹变泰"类。所谓"发迹变泰"类是指写下层社会人士（大多是游民）的皇帝梦的（或退而求其次，做达官贵人）作品。我们从中国人的"皇帝情结"的强烈来看，梦想"做皇帝"，武装起来"反皇帝"都不是什么了不得的政治品质，只要情势许可，或者主持者认为情势可能，按照中国人的习惯思维许多人都会这样干，但以挣扎在生死线上的游民表现得最为积极。中国最高权力实际传承方式只有两种，一是血缘，这从夏禹算起有四千年，从有文字记载的商朝算起也有三千多年；另一个是打天下坐天下，这从陈胜、吴广、项羽、刘邦算起也有两千多年。特别是后一种是底层人物改变处境、觊觎皇位的唯一道路。既然梁山好汉是凭着"朴刀杆棒"闯天下，这本身就带有竞争皇帝宝座的意思，不在于主持者是否公开声明他想不想当皇帝。实际上《水浒传》中也有许多情节表达了江湖人对于皇权和大宋天子的挑战。第三十四回当镇三山黄信押着囚车从清风山路过时，清风山寨主燕顺等人劫囚车，黄信亮出官方的招牌，燕顺等人道："莫说你是上司一个都监，便是赵官家驾过，也要三千贯买路钱。若是没有，且把公事人当在这里，待你取钱来赎。"这是直接点了当朝皇帝。第三十五回宋江等人在酒店请酒保要与石勇换一换座位，当时两人尚不相识。石勇大怒，拍着桌子道："你这鸟男女，好不识人！欺负老爷独自一个，要换座头！便是赵官家，老爷也鳖鸟不换。高则声，大脖子拳不认得你。"还高叫"便是大宋皇帝也不怕他"，而且书中不止一次以不屑的口吻挑战当朝皇帝。第三十九回，戴宗带着宰相蔡京家信被梁山泊开的酒店用药药倒，醒了后他惊讶店主拆了蔡的信，店主朱贵笑道："这封鸟书打什么不紧！休说拆开了太师府书札，便有利害，俺这里兀自要和大宋皇帝做个对头的。"从这些例子都可以看出武装造反不管最终结局是什么，但只要走上了这一步就是对最高统治者的挑战，就是"反皇帝"，几乎没有不反皇帝的自组织的武装，除非是在国难时期响应皇帝召唤的勤王之师。至于打不打到"东京去夺了鸟位"，那要看武装本身的力量和主持者的政策方针了。《水浒传》的作者非常懂得这个道理，李氏藏本《忠义水浒传》的"引言"一开始就说得清清楚楚，一百零八将降临人世，武装奋起，必然会"哄动宋国乾坤，闹遍赵家社稷"。因此这类直指国家社稷、皇帝的话头如"水浒寨中左右列百十个英雄好汉。搅扰得道君皇帝盘龙椅上魂惊,丹凤楼中胆裂","掀翻天地重扶起,戳破苍穹再补完"是很多的。

当然梁山泊主持人没有公开说自己就要做皇帝,批评北宋皇帝荒淫无道就该取代的地方不多(但《水浒传》许多文字描写对徽宗是基本否定的),因为它自南宋时就已在社会上公开演出,南宋说北宋的故事,其忌讳一定很多,不可能正面大肆描写下层人士争相抢做北宋皇帝的故事,这是要触犯朝廷律条的。因此书中虽然李逵说过让晁盖哥哥做"大皇帝",宋江哥哥做"小皇帝"(第四十一回),晁盖去世后,李逵又鼓动宋江"做了大宋皇帝"(见第六十回,就是这两句话也不一定是宋代话本流传下来的,而是明代作者的笔墨)。作者对此还是持批评态度的,而且李逵是个粗人,对现实问题没有合乎实际的考量,并不能代表水泊梁山的主流意见,所以他才能说出这样的话来,听众也能容忍,官方才不会计较。而宋江是梁山上的领导人,他要从梁山的全局和当时的情势考虑,没有想争皇帝做,但不等于他没有政治上的诉求。作者在故事安排上还让自宋代以来就被称作"铁天王"的晁盖早早归天,这在"石碣授天文"一节中说得清清楚楚,"在晁盖恐托胆称王,归天及早",以避免称孤道寡的嫌疑。

## 《水浒传》中的皇帝梦

《水浒传》中一些特别讲义气(通俗地说就是肯花银子)、滥交江湖豪杰的人物都是有"异志"的。柴进是后周世宗柴荣嫡孙,虽然表面上说宋太祖赵匡胤受禅于柴氏,但后朝对于前朝子孙即使不赶尽杀绝,也是要防之又防的。赵匡胤曾内定三条,就有"不杀柴氏子孙",宋仁宗时又"令有司取柴氏谱系,于诸房中推最长一人,令岁时亲奉周室祀事。如白身,即与京主簿,如为班行者,即比类换文资,仍封崇义公,与河南府,郑州合人差遣,给公田十顷,专管勾陵庙。应缘祭飨礼料所需,皆从官给。如至知州资序,即别与差遣,却取以次近亲,令袭爵授官,永为定式"(《宋史·礼·宾礼四》)。直到宋徽宗时还特别强调赵匡胤帝位来自柴家禅让,并重申对柴氏后裔的优待政策。神宗元丰六年开封府曾上言:"'周柴氏之后，乞自今诸房子孙令具生年月日注籍．'从之。"[1] 从这些规定来看，柴进既"是大周柴世宗嫡派子孙。自陈桥让位有德，太祖武德皇帝敕赐与他誓书铁券在家中"，就要伺奉周室陵庙香火的，有封爵，有官给，还有一定差遣，不允许在家里一味逍遥。像柴进这样在家里"专一招接天下往来的好汉，三五十个养在家中"，还扬言在家里接待流放犯人，又与占山为王的梁山好汉交厚，这本身就是犯忌的行为。柴进放着好好的日子不过，冒着风险干这些违法的事情干什么？虽然喜好交游，"行则连舆，止则接席""公子爱敬客，终宴不知疲"是贵族、有钱人的美好品德，在一定时期内甚至是时尚，但在别人则可（如《水浒传》一开始写的柳大郎，他是"一个开赌坊的闲汉"，"名唤柳世权。他平生专好惜客养闲人，招纳四方干隔涝汉子。高俅投托得柳大郎家，一住三年"），在柴进则不可，因为他是逊位皇帝之后，在新朝里就要处处小心。吴越国之后钱惟演，位至宰相，因被言官弹劾"与后家通婚姻，落平章事"，宰相当不成了，去世之后，朝廷议其谥号时还说"晚节率职自新，有惶惧可怜之意，取《谥法》追悔前过曰'思'"（《宋史本传》）。可见宋朝最高统治者虽然较历代统治者宽仁一些，但在帝位这个极为敏感的问题上，也是不容含糊的。柴进这种广交天下边缘分子或说危险分子的做法是不是有什么不轨的企图，其中是否包含着对曾经有过的帝位的怀恋？这些只有柴进自己知道，但官府要整柴进则一定会从这个角度去看的。朝廷、官府严格关注柴氏家族，柴氏家族子孙都要在开封府注籍。幸亏柴进只是小说中的人物，如果现实中真有此人，那是没有好下场的。《大宋宣和遗事》和《宋江三十六赞》中都有"小旋风柴进"，但其中都没有写到他是后周柴氏之后。后来的"水浒"故事的柴进逐渐演变成"大周柴世宗嫡派子孙"，也在暗示着作者的皇帝情结。

宋代"水浒"的故事中，晁盖曾自称"铁天王"，也是智取生辰纲的主使人。《水浒传》中晁盖是东溪村的"富户"，"专爱结识天下好汉，但有人来投奔他的，不论好歹，便留在庄上住。若要去时，又将银两赍助他起身，最爱刺枪使棒，亦自身强力壮，不娶妻室，终日只是打熬筋骨"。

---

[1]《续资治通鉴长编》卷三四〇。

他要干什么不是很明显吗？可以看出这些特别注重"义气"、广交天下豪杰的人，实际上都是在暗地制造一种组织的力量。在专制社会里，只有政府才是有组织的力量，而平民百姓都是单个的人，政府可以随意压迫整治。一些人用钱财把有反抗力的人组织起来，本身就是与政府对抗，其内心深处必定隐藏着强烈的政治诉求。这一点江湖上的人都了解，所以梁中书一派人由大名向汴京运送生辰纲，江湖人知道了便到东溪村来找晁盖，请他出头带领大家牟取这注大财。这说明江湖人对晁盖的认同、拥护和他在江湖上的领袖地位。不过这个"铁天王"有些生不逢辰，在金人铁蹄驰骋中原之时，老百姓还是把"赵官家"视为国家民族的代表，不能接受另一个"铁天王"来"乱天纲"了。

柴进没有自己拉杆子干事，只是支持了江湖上的边缘人；晁盖早死，其盖棺论定也只是个山大王。《水浒传》中喜爱交接天下豪杰的人物中只有宋江表现出强烈的政治上的诉求。他"平生只好结识江湖上好汉，但有人来投奔他的，若高若低，无有不纳，便留在庄上馆谷，终日追陪，并无厌倦。若要起身，尽力资助，端的是挥霍，视金似土"。而且，家里还有地窨子，以备不时之需。梁山的第一把手是宋江，从他向往"招安"的政治方案中可见他的诉求是做宋朝的官吏，"封妻荫子，福祚绵长"。有些论者鄙视这种没有"大志"的诉求，认为想做皇帝才好。其实天下皇帝只有一个，在这座王朝大厦没有倒塌的征兆之时，这种取向是要受到统治者的全力反击的，成功的概率很小。与此相反，如果退而求其次，当自己有一定力量的时候，伸手向皇帝要官做，这样成功概率就很大。它往往只是皇帝一句话而已。无论要做皇帝或要做官，只是起事者审时度势做出一种对策，两者并没有本质的差别，其目的都是为了发迹变泰。南北宋之交，武装造反的人，待自己羽毛丰满之时，再投降朝廷做官是很普遍的事（详说见本书谈"招安"部分），所以当时老百姓有"若要官，杀人放火受招安"之说。这种政治诉求倒不是游民所独有的，被迫揭竿而起的人大约都有这种心态。不过"水浒"的故事，最早是由江湖艺人这个游民群体创造的，他们是从游民的"变泰发迹"理解梁山好汉的政治诉求的。

# 梁山人的平等梦

## 平等就是个梦

"平等"是抽象的，空讲"平等"就不免是个"梦"。讲"平等"的前面必须加上一个限制词，即什么样的"平等"，政治的？经济的？法律的？人格的？现今人类所理解的平等主要是法律的、政治的平等。这种平等是市场经济的产物，它是从等价交换和自由贸易中获得灵感并提供了行使机会的。中国古代的平等观念始自先秦的墨家，墨子倡导的"兼爱"，正是把所有的人等量齐观，不管他与自己远近亲疏，这种平等近于人格的平等。游民不是新的生产力和新的生产关系的代表，也缺少文化知识，提不出一套关于新的社会模式的构想。然而由于长期沉沦在社会底层，受尽他人白眼与凌辱，他们既能产生凌辱他人、欺压他人的愿望（这是从现实生活中学到的），也会有对平等的人际关系（特别是在他们的小团体内部）的追求。除了不侈谈"兼爱"（根本也不会接受）以外，游民的平等观念或许从墨家那里得到一些启示。平等关系在封建社会中只有朋友关系近之。

美国诺贝尔文学奖得主布克夫人（赛珍珠）在20世纪30年代翻译《水浒传》时，把书名译作《皆兄弟也》。这是借用《论语》中的"四海之内，皆兄弟也"，用以表达人们对于美好的人际关系的期待与理想。这也是梁山好汉的口头禅。第二回少华山头领陈达攻打华阴县，从史家庄借路。陈达见了庄主史进开口就说："'四海之内，皆兄弟也'，相烦借一条路。"第四回逃避追捕的鲁达，向帮助他的赵员外致谢。赵也说："'四海之内，皆兄弟也'，如何言报答之事。"可见这话在当时的普及程度，几乎人人会说。特别是走江湖的，遇到困难、寻求帮助，这句话是张口即来的。直到现在北京话中还有"肩膀齐为兄弟"，既然是兄弟，当然就接近平等了。

## 游民的平等观

游民在表达自己对人际关系的平等原则的追求时还是脱离不了主流

社会所崇奉的儒家,用儒家的话语作为自己的思想材料。儒家强调"五伦"——君臣、父子、夫妇、兄弟、朋友。如果说主流社会更注重前四伦的话,"朋友"一伦则受到游民的欢迎。他们把与自己同命运又肯于帮助自己的人称之为"朋友","在家靠父母,出外靠朋友"是常常挂在口头的。这些脱离了家族宗法制度的游民们希望人们把他们看作兄弟,必要时拉他们一把,因此,不能说布克夫人对《水浒传》的译名没有道理。可是鲁迅先生对这个译名颇不以为然。在他给姚克的信中说:"近布克夫人译《水浒》,闻颇好,但其书名,取'皆兄弟也'之意,便不确,因为梁山泊中人,是并不将一切人们都作兄弟看的。"这段话讲得十分深刻。《水浒传》中虽然处处以"兄弟"相称,但大多数还都是萍水相逢的游民,他们一见如故,互相提携,情逾骨肉,但这种感情总是带有互相利用的成分。因此,这种"兄弟之情"就不是普施于所有人的。贪官污吏不必说,是梁山好汉打击的对象,就是许多无辜的平民百姓也常常死于好汉们的板斧朴刀之下。江州劫法场时,李逵就是不问何人,"抡着大斧,只顾砍人","一斧一个,排头儿砍将去"。此时李逵的心中有什么兄弟之念。因为宋江而坐了监狱的唐牛儿,宋江在郓城有那么多相好的,也没有嘱咐他们特别看顾一下唐牛儿。对于武松、李逵就不是这样,因为武松等江湖人有回报能力。

梁山好汉"兄弟"的称呼是仅仅给予那些能够与自己相互救助的人的,或者说就是给予属于自己帮派或有可能与自己结成帮派的人的。这种互救的小团体是通过结拜或结义方式固定下来的。游民只要进入了这样的组织,他们彼此之间便被认为是平等的了。所谓"兄弟"式的平等就是人格的平等,如后来天地会中常说的"哥不大,弟不小"。实际上,这不仅离政治上、经济上的平等遥远得不可以道里计,就是真正的人格平等也没有完全做到,李逵与宋江之间就有明显的依附关系。

游民寻找朋友与同道人的结合是有着功利目的的,其目的就是从事某种冒险活动,与寻求精神慰藉的交友有根本的区别。要从事冒险活动不能没有秩序纪律,因此这种结合不仅分为追随者与被追随者,两者之间有很大的差别,而且主从之间有着严格的等级界限,彼此之间还被制度和纪律约束。被追随者虽然称为"大哥",但他是小团体的核心,并对追随者拥有极大的处置权力。第七十一回里李逵酒醉说了一些不得体的话,第二天一些头领去看他,责备他说,你昨天酒醉骂了宋江哥哥,他要杀你。李逵回答:"我梦里也不敢骂他!他要杀我时,便由他杀了罢。"可见两人关系也不是平等的。

## 《水浒传》中人的平等梦

梁山泊的组织可以说是游民结义的一种高级形式。有的研究者说"梁山泊"群体体现了当时革命农民的社会理想,这是不确的。社会理想是指对未来社会组织的理想,社会组织是人类交往的产物,但它不能脱离物质性的生产活动。而游民绝大多数是不从事物质生产活动的,有的甚至厌恶生产劳动,从根本上说游民是谈不到什么社会理想的。如果我们非要说游民有什么"社会理想",那也不过是他们关于人际关系的放大。当他们要从事风险性很大的活动时,需要从松散的群体组成具有严格的组织纪律的集团。《水浒传》所描写的梁山泊武装集团的组成及其原则就反映了游民的社会理想。

梁山泊只是与政府相对抗的武装集团的据点,并不具备社会所有的功能和特征(例如它就不具有组织社会生产的功能),但是它以其独特的人际关系不仅为宋元时期的江湖好汉们所神往,亦成为后世游民追求的理想。当一些游民实现了组织化以后,许多游民就直接把他们所依附的游民团体称之为"梁山",把它看作是自己的希望和靠山。《水浒传》第七十一回,作者用生动的语言描写了梁山好汉的"平等"关系:

> 八方共域,异姓一家。天地显罡煞之精,人境合灵杰之美。千里面朝夕相见,一寸心死生可同。相貌语言,南北东西虽各别;心情肝胆,忠诚信义并无差。其人则有帝子神孙,富豪将吏,并三教九流,乃至猎户渔人,屠儿刽子,都一般儿哥弟称呼,不分贵贱;且又有同胞手足,捉对夫妻,与叔侄郎舅,以及跟随主仆,争斗冤仇,皆一样酒筵欢乐,无问亲疏。或精灵,或粗卤,或村朴,或风流,何尝相碍,果然认性同居;或笔舌,或刀枪,或奔

驰,或偷骗,各有偏长,真是随才器使。可恨的是假文墨,没奈何着一个"圣手书生",聊存风雅;最恼的是大头巾,幸喜得先杀却"白衣秀士",洗尽酸悭。地方四五百里,英雄一百八人。昔时常说江湖上闻名,似鼓楼钟声声传播;今日始知星辰中列姓,如念珠子个个连牵。在晁盖恐托胆称王,归天及早;唯宋江肯呼群保义,把寨为头。休言啸聚山林,早愿依瞻廊庙。真可图王霸业,列两幅仗义疏财金字牌,竖一面替天行道杏黄旗。

这是梁山泊好汉们的平等梦最集中的一次表达,历来被研究者所赞颂,认为它表达了梁山人对未来理想社会的设计。下面我们对它做一些分析。

游民面对社会时两点感受最深,一是生活没有保障,没吃没喝;二是受到主流社会的歧视。上了梁山,成瓮吃酒,大块吃肉,这在人们看来是"天天过年"。第一个问题解决了,所以要讲梁山泊好处时,第二个问题自然成了陈述的对象。《水浒传》中有"仗义疏财归水泊,报仇雪恨上梁山"的句子。如果说上句讲的是经济问题的话,后面一句主要是在诉说社会对他们的歧视,所以才积累了许多仇恨。上面所引赞文当中也讲到这个问题。那些"假文墨"(指占据主流地位的文士)、"大头巾"(官僚)不仅视游民如土芥,就是那些有些体面的吏员、武将也不在他们眼下,连一个八九品文知寨刘高都看不起武知寨花荣。所以梁山好汉要在水浒寨中实行"平等"。他们脱离了宗法,宗法制度中规定的角色位置对他们来说都失去了意义,没有存在的必要,于是经济上的阶级(富豪与劳动者,以及跟随主仆)、政治上的等级(帝子贵族与将吏、屠儿刽子)、社会分工(猎户渔人)、家庭中的角色的差别(夫妻、叔侄郎舅)、宗教文化差异(三教九流)都不存在了。他们之间"都一般儿哥弟称呼",这在宗法人看来是无论如何也不能理解的。皇权社会是个等级森严和注重名分的社会,并把这些看作是"名教",是"万古纲常",像贾宝玉脖子上那块玉,是维系社会生存的命根子。《水浒传》对这个命根子提出挑战,应该说是最大胆的。

梁山好汉在畅抒理想中最闪光的部分,是他们对于不同个性的容忍和对于人尽其才的向往。一百零八人在上梁山以前他们的社会地位、人生经历、文化教养都有很大差异,性格更是千差万别。作者倡导不同个性的人要学会互相容忍，在书中一些情节的描写中也体现这一点，如柴进与李逵、朱仝与雷横、杨雄与石秀等。浪迹江湖的人都有一定的谋生术，他们希望这种谋生手段都能得到切实的发挥。

近世论者特别爱谈梁山泊的"经济平等"，实际上，这种"平等"只是财物的均分。游民们不事生产，他们的思考达不到经济领域，因此，作为经济平等的基础，生产资料共有问题游民是不可能提出的。梁山好汉们想到的只是把抢掠来的金银财宝，人手一份。这个"人"还只是众头领，是不包括小喽啰的。

游民的人格平等在他们结合的初期可以大体上做到，但在他们的非法活动和武装抗争中，买卖越做越大，这就需要订立制度来维护小团体"工作"的顺利与效率。这时往往就要强调"兄弟关系"中"长幼有序"的一面。慢慢地"兄弟关系"就变为口头的了，其实质已经是"上下关系"了。一百零八将中不是分为"天罡""地煞"吗？而且就是在天罡地煞各自序列中还是有前有后的。第七十一回天门大开，"石碣从天而降"，揭示出一百零八人的名位后，宋江以代天宣旨的口气对众头领说："上天显应，合当聚义。今已足数，上苍分为定位，为大小二等。天罡地煞星辰，都已分定次序。众头领各守其位，各休争执，不可逆了天言。"这个郓城小吏也学着封建统治者的样子，神道设教[1]，要梁山头领们服从这种"上下有等"的安排。当然，如果斗争再发展，根据地扩大了，需要建立政府性质的临时机构，游民自然而然就要向"贵贱有别"发展，从而形成统治与被统治的关系。因此从"长幼有序"到"上下有等"，再到"贵贱有别"，是合乎逻辑的发展过程。贵贱有别形成后，有谁再想重温"兄弟情谊"，就不免要大触霉头了。游民对平等的向往终归是个梦。

---

[1] 李贽在《水浒传》第七十一回"总评"中认为石碣"天书"是吴用使的"石碣天文之计"，又说，"梁山泊如李逵、武松、鲁智深那一班，都是莽男子汉，不以鬼神之事愚弄他，如何得他死心塌地"。

# 《水浒传》的思想倾向与创新

# 《水浒传》的思想倾向

前面谈到水浒故事形成过程中的诸因素时说到了"忠义",这里着重分析长篇小说《水浒传》的思想内容所涉及的忠义问题。《水浒传》又名《忠义水浒传》,有的本子甚至简称为《忠义传》,可见"忠义"在《水浒传》中的重要地位。不过如果我们细读《水浒传》文本可以感受到七十回梁山排座次以前梁山人谈"忠义"与七十回以后有很大的不同。前七十回梁山人谈论"忠义",作者也用以赞美梁山人,但细读都缺少必要的内涵,似乎是外贴的标签。而七十回后,即招安与招安之后"征四寇"中的"忠义"才确确实实构成了问题,成为一种思想倾向。

## 从"忠义"这个词谈起

"忠""义"这两个概念在先秦文献中已频繁使用,也都用以定位人与人之间的伦理关系。然而,两个概念结合起来使用却迟至东汉。我看到最早的资料是《后汉书·冯衍传》,冯衍写了封信责备田邑投降刘秀,田邑回信说自己的老母诸弟都被人家抓起来,而且新朝(王莽建立的朝代)已亡,"诚使故朝尚在,忠义可立,虽老亲受戮,妻儿横分,邑之愿也"。意思是说,王莽新朝都垮台了,尽忠没有了对象,我还对谁"忠义"?东汉和帝永元三年(91)的皇帝诏书中说:"朕望长陵东门,见二臣之垅,循其远节,每有感焉!忠义获宠,古今民同。可遣使者以中牢祠,大鸿胪求近亲宜为嗣者,须景风绍封,以章厥功。"汉和帝看到西汉开国功臣萧何、曹参的坟墓,想起他们的功绩,感慨万分,遂遣使者,为他们立祠纪念,以昭示他们的"忠义"。从这两例可见"忠义"这个词一开始使用,就用于臣民与朝廷的关系,它是个事上的伦理观念。

东汉末年,朝廷失控,天下大乱,几百年靠经学涂饰的画皮纷纷剥落,野心家、书呆子、忠臣都露出本来面目。有挟天子以令诸侯的,有打着勤王旗号图谋不轨的,有拥兵自重割据一方的,有不管不顾干脆刻玺称帝的。于是摇摇欲坠的朝廷表彰"忠义",甚至设立了"忠义将军"的名号。庐江太守陆康因为积极剿灭黄巾,汉献帝即位之后,远在庐江(今安徽潜山一带)的陆康还按时"上计"(每年一次的地方向朝廷申报制度)和进奉贡品,表示这位地方大员还承认朝廷,于是汉献帝加封他为"忠义将军"。三国时期,征战不断,晋短暂统一之后,紧接着"八王之乱""五胡乱华"。中原板荡,生灵涂炭,但随之产生了大量的"忠义"。《晋书》开始设置了"忠义传"。其序写得特别清楚:

> 晋自元康之后,政乱朝昏,祸难荐兴,艰虞孔炽。遂使奸凶放命,戎狄交侵;函夏沸腾,苍生涂炭;干戈日用,战争方兴。虽背恩忘义之徒不可胜载,而蹈节轻生之士无乏于时。

对"忠义"无保留地歌颂。被列入"忠义传"第一名的就是嵇绍,在八王之乱中,在侍卫官员纷纷逃跑的情况下,侍中嵇绍以身体保卫了晋惠帝,其血溅在皇帝的龙袍上。嵇绍是"竹林七贤"之一嵇康的儿子。嵇康是曹魏时人,又是皇室的亲戚,被谋图篡位的权臣司马昭所杀,后来司马昭之子司马炎篡位建立晋朝。嵇绍忘却父亲之仇出仕做官,而且为晋朝尽忠而死,颇为世人所讥。史臣不同意,为嵇绍辩护说:

> 或有论绍者以死难获讥,杨椎言之,未为笃论。夫君,天也。天可仇乎?安既享其荣,危乃违其祸,进退无据,何以立人?嵇生之陨身全节,用此道也。

史臣认为"君"就是"天",人能够仇恨天吗?肯定了君王、皇帝的绝对统治,那么也就确立了"忠义"的绝对价值。晋惠帝活了下来,后来,人们整理洗涤龙袍时,他还动情地告诉下面说:"上面有嵇侍中的血,不要洗掉。"以"何不食肉糜"著名的晋惠帝,人们在谈论这个白痴皇帝时很少说到这件事。"嵇侍中血"也成为著名的典故,文天祥的《正气歌》中就有"为严将军头,为嵇侍中血"之句。

到了唐朝更注重"忠义"人物史料的保存,新旧《唐书》都有"忠义传",可见这篇传记的编写是取之于唐国史馆旧文。此篇与《晋书·忠义传》专收王室危难中献身牺牲的人物不同,它是从打江山时记录起,包括最早劝李渊起事、在群雄逐鹿中特别忠于李渊但并未为之死节的夏侯端(贞观元年夏侯端病死)。这就扩大了忠义的范围,使得忠义人有可效法性。五代期间,各朝短促,还来不及再文治(所谓文治也就是教化,宣扬某种意识形态,鼓励百姓为本朝献身),就下台了,因此尽管每朝也有死节之士,但却没有忠义。宋代享国久,对待士人又比较宽松,儒学发达,而且酝酿出更有理论色彩的理学。有宋一代三百一十九年,外患之多,历朝莫比,从开国到灭亡,辽、西夏、金、蒙古,迭相为患。北宋为金所灭,南宋被蒙古所灭。异族入侵,也激起士大夫、民众捍卫家园和保卫朝廷的决心。因此,宋代一朝出的"忠义"特别多。元人所修《宋史》中的"忠义传"竟有十卷之多。在"二十四史"中为最多的(仅次于《宋史》的是《明史》,有七卷)。《宋史·忠义传序》中说:

> 士大夫忠义之气,至于五季,变化殆尽。宋之初兴,范质、王溥,犹有余憾,况其他哉!艺祖首褒韩通,次表卫融,足示意向。厥后西北疆场之臣,勇于死敌,往往无惧。真仁之世,田锡、王禹偁、范仲淹、欧阳修、唐介诸贤,以直言谠论倡于朝,于是中外缙绅知以名节相高,廉耻相尚,尽去五季之陋矣。故靖康之变,志士投袂,起而勤王,临难不屈,所在有之。及宋之亡,忠节相望,班班可书,匡直辅翼之功,盖非一日之积也。

这段议论大体上概括了由五代以来到南宋末关于"忠义"的演变。即使是宋初名臣，如范质、王溥，但他们也都是历转几朝的高官。开始倡导名节的宋统治者宋太宗评论范质说："宰辅中能循规矩、慎名器、持廉节，无出质右者，但欠世宗一死，为可惜尔。"范质的能力、操守在宰相中没有超过他的，但他也曾是后周的宰相，后周亡，他没有殉节就成为最大缺点了。可是太宗不说，如果范质殉周而死，还有宋代合格的宰相吗？

《宋史·忠义传》还把"忠义"分了等级：

> 奉诏修三史，集儒臣议凡例，前代忠义之士，诚得直书而无讳焉。然死节、死事，宜有别矣：若敌王所忾，勇往无前，或衔命出疆，或授职守土，或寓官闲居，感激赴义，虽所处不同，论其捐躯徇节，之死靡二，则皆为忠义之上者也；若胜负不常，陷身俘获，或慷慨就死，或审义自裁，斯为次矣；若苍黄遇难，殒命乱兵，虽疑伤勇，终异苟免，况于国破家亡，主辱臣死，功虽无成，志有足尚者乎！若夫世变沦胥，毁迹冥遁，能以贞厉保厥初心，抑又其次欤！至于布衣危言，婴鳞触讳，志在卫国，遑恤厥躬，及夫乡曲之英，方外之杰，贾勇蹈义，厥死唯钧。以类附从，定为等差，作《忠义传》。

最高的是为国家、君王主动献身，慷慨赴义，没有犹豫，最好是死得很"烈"；如果战败被俘，或者被杀，或者自裁，这就次了一等；兵乱之中，仓皇之际，糊里糊涂地赴死，虽然不能确定死者是否真的英勇慷慨，但总算已经死了，胜于苟且偷生者，这是第三等。那些在改朝换代之后，不仕新朝，但因为没有死，算是忠义的最下一等。至于那些真心为了国家朝廷，或因上书建言而死或保卫家乡而牺牲的平民百姓，算最低一等，而"附从"于上面诸等之后。连献身都要分等，这个设计必出于理学家之手。

## 《水浒传》前七十回中的"忠义"

前面提到《水浒传》七十回前后中的"忠义"是有区别的。前面谈到"忠义"无论是出自小说中人物之口，还是作者出面的评论，一涉及忠义就是用来评价梁山人的。其标准不一，但只要是梁山人物或有利于梁山的人都会许以忠义。为什么会出现这种情况呢？"忠义"这个概念本来是用于评价臣民与朝廷关系的，对于走上武装反抗道路的梁山人已经不存在忠义不忠义的问题了。然而"忠义"是当时朝野最流行，也是最激动人心的观念，说话人要在临安瓦子里演说"水浒"故事舍弃"忠义"简直是不可思议。最便捷的办法就是把梁山好汉与当时北方忠义人挂起钩来，增加社会对他们的认同。这一点前面已经讲到，明人在《水浒传》写作时承袭这种倾向，这样的例子很多。

例如，第八回写的是林冲发配。卷首题诗的后四句：

> 忠义萦心由秉赋，贪嗔转念是慈悲。
> 林冲合是灾星退，却笑高俅枉作为。

这个"忠义"是指鲁智深的。鲁智深为朋友两肋插刀，合乎"为人谋而不忠乎"的准则；他的"杀人须见血，救人须见彻"的办事态度是被义气推动的。如果从朋友这一伦论定鲁智深的行为，确实合乎忠义原则，无愧于忠义之士的称呼。这个论定甚至可以说能够得到主流社会的认同，因为"为他"的原则受到所有正直的人肯定。而有些对"忠义"的认定，大约只有站在梁山这一边才会首肯。

晁盖等人上梁山、火并王伦之后，山寨得到很大的发展，梁山人要生存就要团结，不能像王伦那样心胸狭隘，也不能老是发生火并。这都是消耗自己元气的。作者对于此后梁山头领行为描写并评论说："自此梁山泊十一位头领聚义，真乃是交情浑似股肱，义气如同骨肉。有诗为证：

> 古人交谊断黄金，心若同时谊亦深。
> 水浒请看忠义士，死生能守岁寒心。"

这是用"忠义"赞美梁山人团结的。可是这种"似股肱""同骨肉"的"交谊""深谊"，能够历岁寒而不变的目的，却是为了实现成功的抢劫，为了抵御官兵的围剿。这不仅是当时主流社会不能认同的，在今天评论者来看，《水浒传》的作者是完全站在一百零八将一边，梁山人不管做了什么都是"忠义人"。这不是以事论事，而是以派论是非了。这反映了"水浒"故事的最初作者有着强烈的帮派意识，完全站在梁山一边。这样的例子很多。如第十二回写杨志凑了"一担儿钱物"，想靠此贿赂枢密院官员恢复过去的官职。有诗评论他这种行为：

> 清白传家杨制使，耻将身迹履危机。
> 岂知奸佞残忠义，顿使功名事已非。

这个"忠义"是指杨志。作者同情杨志是"三代将门之后，五侯杨令公之孙"（老令公杨业的后人），称之为"忠义"。这就很勉强。杨志是因为失职丢官的，并非出于奸佞陷害，杨志又返回企图以贿赂复职也不是什么光彩行为，"奸佞残忠义"既是无的放矢，也表明凡是一百零八将之列的不管其表现如何，一概认同为忠义。

第二十二回，宋江杀了阎婆惜之后，受到郓城县官府的追拿，而郓城县捕快朱仝因与宋江私人友谊颇深，不仅不去捉拿，而且为他出主意，帮他逃跑躲避。作者认为朱仝看顾宋江是出于"一腔忠义"：

> 四海英雄思慷慨，一腔忠义动衣冠。
> 九原难忘朱仝德，千古高名逼斗寒。

宋江被发配江州，题反诗于浔阳楼，被奸人黄文炳深文罗织，作者痛斥黄文炳：

> 文炳趋炎巧计乖，却将忠义苦挤排。
> 奸谋未遂身先死，难免剜心炙肉灾。

这里的"忠义"是指宋江。

三十多年前"评论《水浒》"运动中把晁盖说成梁山的"左派"，是"正确路线的代表"，实际上，他也说过"忠义"。杨雄、石秀上山时，他

《水浒传》的思想倾向与创新　271

听说因为时迁偷鸡才发生了与祝家庄的冲突，勃然大怒，要把二人推出杀了。当宋江劝他宽恕二人时，他发表了对于梁山"路线"的意见：

> 俺梁山泊好汉，自从火并王伦之后，便以忠义为主，全施仁德于民。一个个兄弟下山去，不曾折了锐气。新旧上山的兄弟们，各各都有豪杰的光彩。这厮两个把梁山泊好汉的名目去偷鸡吃，因此连累我等受辱。今日先斩了这两个，将这厮首级去那里号令，便起军马去，就洗荡了那个村坊，不要输了锐气。如何？

晁盖把"忠义"理解为"全施仁德于民"，但这仅限于不偷上，没有谈到抢劫。实际上晁盖这段话的思想背景是强盗对于鼠窃狗偷的蔑视，认为小偷小摸会丢梁山的面子。从前七十回看不到梁山"施仁德于民"的行为，就凭杨雄、石秀汇报的几句话就要"洗荡了那个村坊"，也算不上什么"仁德"，这样的"忠义"不过是一句空话，然而晁盖还要郑重其事地谈，就是任何时代想要有所作为的人，都不能不考虑被大多数人认同的思想意识。

晁寨主归天之后（晁盖归天在第六十回），宋江把梁山泊办公大厅（其实也就是分赃之处）"聚义厅"改称为"忠义堂"。这是把晁盖的口头许诺，制作成招牌悬挂起来。20 世纪 70 年代评论"水浒"的政治运动中，把宋江执掌梁山泊大权之后把"聚义厅"改为"忠义堂"作为他改变晁盖的"正确路线"，成为"投降派"的重要罪证之一。其实，正如上面所说，晁盖也没否定"忠义"，而且早就以"施仁德"的"忠义"自居了，宋江只不过把它公开化。这是反主流的武装力量在政治上日益成熟的表现，是向当时广大民众宣传的需要。难道不宣传"我们是'施仁德'行'忠义'的一伙"，而觍颜自称我们就是只顾及自己小团体的坐地分赃的一伙？因此，梁山人把堂号改了，一方面是为自己定位，另外也表明梁山山寨从武装抢劫集团向有政治诉求的武装集团的过渡。

梁山寨最初只是几个头领带着几百喽啰的小团伙，头领与喽啰之间差距不大，那时团伙之间的黏合剂主要是"义气"；当梁山发展了，越来越有明显的政治倾向之后，头领之间，头领与喽啰之间距离越来越大，兄弟义气一类较为平等的意识形态就越来越失去效力，于是，对于本集团的效忠问题变得日益重要。这个问题应该说是梁山领导集团如宋江、吴用等首先发现的，从小说中可以看到是他们首先强调要对山寨忠义。例如当梁山根据当时的形势需要河北卢俊义来入伙，吴用自告奋勇到河北诱使卢上山：

> 吴用道："小生凭三寸不烂之舌，尽一点忠义之心，舍死忘生，直往北京，说卢俊义上山，如探囊取物，手到拈来。"

待卢俊义被梁山用计弄上山之后，宋江亲自出面劝降：

> 宋江起身把盏，陪话道："夜来甚是冲撞，幸望宽恕！虽然山寨窄小，不堪歇马，员外可看忠义二字之面，宋江情愿让位，休得推却。"

这里的"忠义"已经不是对朝廷、对社会或普通百姓了，而是对梁山这个小集团了。宋江、吴用是梁山一、二把手，他们都把请卢俊义上山当作一件大事去做。而且卢如上山，抓住了杀死晁盖的史文恭，宋江就要执行晁盖遗嘱，这关系着宋江、吴用以后在梁山的地位，因此，对待请卢上山的态度是对梁山忠诚度的考验。吴用、宋江都使用了"忠义"这个概念，既是自我剖白，也是说给梁山其他头领听的，要大家共同遵守。

从这些分析可见，虽然前七十回用"忠义"处很多，但往往是字面相同，内涵有别。以赞美梁山好汉者为多，只要是梁山人自然"忠义"；另外"忠义"这个词梁山人用于对外宣传，向社会表白；在梁山事业逐渐做大后，梁山人也用以凝聚自己。

## 七十回之后的"忠义"

自第七十一回梁山泊排座次之后，先是梁山请求招安，为此与朝廷打了几仗，多是正规战争。招安之后则是"征四寇"，这些也多是以"两国交兵"的形式进行的。这类故事在宋代"说话"分类中应该属于"士马金鼓"。

传统的"士马金鼓"的故事绝不只是写双方在战争中的胜败兴衰,其中必有忠奸的斗争。有一心一意为国尽忠的,也有为了一己利益,或因与忠臣有个人恩怨,从中破坏,以此构成故事的第二矛盾线索。《水浒传》七十回以后也大体如此。在"征四寇"的故事中,既有梁山好汉与"四寇"的交锋,也有朝内奸臣的干扰,最后"四寇"虽被梁山英雄剿灭,但这些被招安的一百零八将也大多走到生命的尽头,不是在战争中牺牲,就是被奸臣陷害,宋江、吴用等梁山的主要头领被逼自杀,上演了一出绝世悲剧。在这场绝世悲剧中突出了宋朝廷统治者的薄情寡义,也集中表现了梁山头领特别是宋江的忠义。

## 一、 追求招安

第七十回以后的"忠义"主要是通过梁山人立志为朝廷效忠来表现的,这才是主流社会承认的忠义。这在梁山第一把手宋江身上表现得最为明显。前面说到历史上的宋江是"勇悍豪侠",率领三十六人在中原大地上驰骋纵横,打遍州县无敌手。在元杂剧中的宋江尚有此风。《同乐院燕青博鱼》中的宋江一上场自报家门:"因带酒杀了阎婆惜,一脚踢翻烛台,延烧了官房,被官军拿某到官,脊杖了六十,迭配江州牢城军营。"从作为到语气,都是一身的草莽气。可是到了《水浒传》中吏人出身的宋江却像个谦谦君子。在前七十回中宋江也还有偶尔露峥嵘的地方。如第三十九回"浔阳楼宋江吟反诗",宋江酒醉之后在浔阳楼上题下《西江月》和七绝各一首:

  自幼曾攻经史,长成亦有权谋。恰如猛虎卧荒丘,潜伏爪牙忍受。
  不幸刺文双颊,那堪配在江州。他年若得报冤仇,血染浔阳江口。

  心在山东身在吴,飘蓬江海漫嗟吁。
  他时若遂凌云志,敢笑黄巢不丈夫。

宋江并非遭受冤狱，他是个杀人犯，还是在郓城县知县和衙门里的吏胥朋友的照应之下才得以从轻处理，发配江州，来到江州后又受到戴宗的关照、小牢子李逵的崇拜，每日饮酒游逛，生活的幸福指数不低。然而，他内心深处有更高的追求，因此酒醉之后，其潜在想法不免涌上心头，"我生在山东，长在郓城，学吏出身，结识了多少江湖上人，虽留得一个虚名，目今三旬之上，名又不成，功又不就，倒被文了双颊，发配来在这里。我家乡中老父和兄弟，如何得相见！"如果想成就功名，那就不该"学吏"，既然学了吏，如果还有非分之想，必然就要走一条不被主流社会认同的险路。宋江在这里流露出思想深处反叛的一面，如那首七绝的三、四两句，宋江公然以黄巢自命，并且把学黄巢看成是"凌云志"。最奇怪的是，《西江月》中的"他年若得报冤仇，血染浔阳江口"，谁是宋江的"冤仇"？此回之前只有二人，一是阎婆惜，一是清风寨刘高的太太再加上刘高，可是这些人早已做了宋江的刀下之鬼了。因此，宋江所说的冤仇就是主流社会，他的报复是带有反社会性质的，后来李逵劫法场时，抡起两把大斧，向看热闹的江州居民们"排头砍去"，正是宋江报复思想的实践。古代底层人士漠视生命，一有战乱，乱抢乱烧、乱砍乱杀总不能避免，就出于这种报复观念。前七十回是写江湖人奋斗的，宋江题写反诗就是题中应有之义。黄文炳对这些诗的解释，并没有冤枉宋江。

七十回以后，宋江当了梁山的一把手，其江湖奋斗生涯已经达到顶端。此时他把眼光转向主流社会，要实现其"功名"了，这在古代是极其自然的。一个山大王，他还要发展自己，他的目光应该盯向哪里？当皇帝？那需要许多配合，天下形势、时机、自己的力量等等。在这些条件都不具备时，最实际的就是"改邪归正"，凭着自己的力量在朝廷中分一杯羹。宋江选择的就是这条道路，而且表现得特别积极，在《水浒传》中这种志向就被作者称为"忠义"。第七十一回，梁山排座次后，排宴庆祝，宋江大醉，此时他：

乘着酒兴，作满江红一词。写毕，令乐和单唱这首词，道是："喜遇重阳，更佳酿今朝新熟。见碧水丹山，黄芦苦竹。头上尽教添白发，鬓边不可无黄菊。愿樽前长叙弟兄情，如金玉。　统豺虎，御边幅。号令明，军威肃。中心愿，平虏保民安国。日月常悬忠烈胆，风尘障却奸邪目。望天王降诏，早招安，心方足。"

这是宋江第一次强调自己对国家的忠肝义胆，虽然他还没有放弃凝结江湖人关系的义气——"愿樽前长叙弟兄情，如金玉"，但更重要的还是要与宋最高统治者建立起君臣关系。这就引起那些对于团体依赖比较强的弟兄们的反对，其中心智不足的李逵反对最为强烈。

只见武松叫道："今日也要招安，明日也要招安去，冷了弟兄们的心！"黑旋风便睁圆怪眼，大叫道："招安，招安！招甚鸟安！"只一脚，把桌子踢起，撷做粉碎。

他们之所以如此激动，不是像过去的评论者所说的武松、李逵的造反精神最强，反对投降路线，而是出于对另一个社会条件下生活的恐惧。游民大多来自宗法农民，宗法制度使他们个性萎缩。他们成为游民后，在江湖上几经奋斗，建立了自己信任的团体，在这个团体中他们可以大块吃肉，大碗吃酒，可以成套穿衣服，大秤分金银，要他们付出的不过就是出去打打杀杀，而且打打杀杀也就是他们的爱好。因此有了梁山，他们如鱼得水，没了梁山会如何，他们连想也没想过。招安以后比现在好还是差，这些对他们来说也是个未知数。而且要归顺朝廷，宋大哥就要忠义，说是"忠义"，其重点在于"忠"，而"忠"是个事上的观念；注重"事上"，必然要冷落了横向的"兄弟"关系。宋江虽然也说，他不会忘了"弟兄情"，但敏感的武松已经感受到这将要"冷了弟兄们的心"。武松出身游民，除了因为偶然打虎当了阳谷县的都头那段时间外，对他人都有不同程度的依赖，最早是柴进，后来是宋江，杀嫂之后是施恩、张青、孙二娘，上二龙山是鲁智深、杨志。李逵看似最勇敢，实际上离了他人，李逵简直很难存活，他对小团体依赖性最大。虽然武松早在孔家庄时就对宋江说过，"只是由兄弟投二龙山去了罢。天可怜见，异日不死，受了招安，那时却来寻访哥哥未迟"。其实武松是一百零八将中最早说招安的，但还原武松当时的语境，他也是怕给宋江惹麻烦，谢绝宋的邀请，还是表现出很深的对于结义兄弟的依赖之情的。武松、李逵反对招安是感性的，反映了他们对宋大哥的依赖。鲁智深则是从理性反对招安，对皇帝不信任，认为没好下场。他人格比较独立，谁也不靠，提出如若招安还不如散伙，鲁智深不怕独立云游天下。当然反对招安不只武、李、鲁三位，凡是上梁山较久、资格老的、组织归属感强的、独立性较弱的，对招安起码也是不积极，有的坚决反对。

宋江对朝廷输忠，内遭到自己团体内一些人的反对，外受到朝内奸臣的破坏。小说从七十一回开始就招安问题策划，并与朝廷挂钩，他们先走汴京名妓李师师的门路，把梁山对朝廷的忠诚上达天庭。经过许多曲折，克服了来自朝廷与梁山反招安势力制造的种种障碍，并且以自己的实力与朝廷两次交手，打败童贯，生擒高俅，最后徽宗皇帝感到只有招安才是上策，于是派朝廷中亲梁山的代表人物宿元景到梁山负责招安。在宋徽宗的诏书上最后终于承认梁山泊一百零八将虽然犯有过恶，但他们是有忠义之心的：

> 切念宋江、卢俊义等，素怀忠义，不施暴虐，归顺之心已久，报效之志凛然。虽犯罪恶，各有所由，察其衷情，深可怜悯。朕今特差殿前太尉宿元景，赍捧诏书，亲到梁山水泊，将宋江等大小人员所犯罪恶，尽行赦免。给降金牌三十六面、红锦三十六匹，赐与宋江等上头领；银牌七十二面、绿锦七十二匹，赐与宋江部下头目。赦书到日，莫负朕心，早早归顺，必当重用。故兹诏敕，想宜悉知。

这时宋江、梁山所标榜的"忠义"终于与朝廷上认同的"忠义"重合了。当宋江等人最后将"山中应有屋宇房舍，任从居民搬拆。三关城垣，忠义等屋，尽行拆毁"之时，表明他们与自己原来所张扬的"忠义"告别了。因此可以说，招安是一百零八将实现"忠义"的起点，因为招安了，与皇帝确立了君臣关系，这才是主流社会认同的"忠义"，此前的"忠义"不过是梁山人的自说自话。

## 二、"征四寇"中委曲求全

我在后面专论招安文字中说，许多招安最后以悲剧告终，其根源就在于互不信任。中国传统上就是"天无二日，国无二主"，而所谓的"主"天下者都靠暴力支持，所以在一国之中绝不允许有异己的暴力存在。宋代重文轻武的目的就在于防止这种暴力的出现，禁止百姓持有武器是为了防微杜渐。当异己武装出现以后，统治者第一反应是武力消灭；招安就其本质来说是统治者力量不足的反映。招安之后，统治者必然害怕异己的武装旧病复发，再度举起反抗的大旗，因此千方百计要把旧日造反者的武装缴械，而昔日造反者又怕失去武装可能被统治者杀害。麻秸秆儿打狼——两头害怕，这就是朝廷与梁山人共同的尴尬处境。但主动权是在朝廷手中的。幸好，北宋末是个动乱频仍的时期，统治者焦头烂额，新招来的造反武装正好替他去剿灭不肯或尚未招安的造反武装。

梁山山水寨虽然拆毁了，可是当朝廷要打散一百零八将这个集团的时候，宋江等人不能接受，梁山诸将反应强烈："'我等投降朝廷，都不曾见些官爵，便要将俺弟兄等分遣调开。俺等众头领生死相随，誓不相舍。端的要如此，我们只得再回梁山泊去。'宋江急忙止住。遂用忠言恳求来使，烦乞善言回奏。"这是招安后，梁山与朝廷的第一次交锋，最后以一百零八将全体去征辽，离开汴京告终。梁山虽然被招安了，但只要一百零八将这个集团还存在，这支武装力量还没有解散，矛盾交锋总是不可避免的。宋江在这个交锋中委曲求全，处处忍让，成就了其"忠义"的品格。

第一次忍让就是征辽出发前的"陈桥驿滴泪斩小卒"。事情起因是皇帝犒劳即将出发的全体官兵，"徽宗天子，次早令宿太尉传下圣旨，教中书省院官二员，就陈桥驿与宋江先锋犒劳三军。每名军士酒一瓶，肉一斤，对众关支，毋得克减"。结果中书省派发的厢官，把一瓶酒减为半瓶，一斤肉减去六两，由此与梁山一个军校发生冲突。军校责备厢官贪污，厢官恼羞成怒，大骂："你这大胆，剐不尽、杀不绝的贼！梁山泊反性尚不改！"军校大怒，把这个厢官杀了。这个事件很有典型意义，不仅宋朝历史上有这样的事情，历朝历代都不可免。作为主帅宋江怎么办？他面临着考验，是选择义气还是忠义？

>宋江哭道:"我自从上梁山泊以来,大小兄弟,不曾坏了一个。今日一身入官,事不由我,当守法律。虽是你强气未灭,使不的旧时性格。"

然而,他还要考虑"俺如今方始奉诏去破大辽,未曾见尺寸之功,倒做下这等的勾当,如之奈何?"他选择"忠义",让军校自缢,然后斩首号令全军。《水浒传》的作者设计这个故事情节时,把它的发生地安排在"陈桥驿"是有深意的。它距离汴京仅四十里,古代开封城里去河北方向旅行的人,往往要在这里同送行的亲人分别。宋江等北上征辽,必然路过这里,皇帝在这里犒劳他们等于为他们送别,合情合理。可是这里又是记录着宋代开国皇帝赵匡胤背弃忠义的地方。他曾在这里拥兵不前,发动了陈桥兵变,从孤儿寡妇手里夺取了天下,建立大宋王朝。而在这里宋江做的是服从朝廷,"当守法律",杀了军校为厢官偿命,表达了对宋王朝的忠诚。

在征四寇的全部过程中,这种交锋仍在不断发生。而且每一次都是对梁山特别是对宋江忠诚度的考验。作者为了强调宋江的忠义,设计了一些情节,用一些故事高调评价宋江的忠义表现。如征辽过程中,宋江与辽国交战遇到困难,他又在惝恍迷离的梦中二度见到玄女娘娘,她对宋江说:"吾传天书与汝,不觉又早数年矣。汝能忠义坚守,未尝少怠。"破辽后,路过五台山,拜见鲁智深的师傅智真长老,这位有道高僧说:"久闻将军替天行道,忠义根心,深知众将义气为重。吾弟子智深跟着将军,岂有差错。"这是高僧的评价。紧接着又遇到"相貌古怪,丰神爽雅"的高士许贯忠,又用他的口赞美宋江:"将军慷慨忠义,许某久欲相侍左右。因老母年过七旬,不敢远离。"神仙、高僧、高士异口同声地肯定宋江等人的忠义。在征讨田虎时,兵败乔道清,宋江就要自刎,他的忠义感动了土神,拯救了宋江一干人等。梁山为宋朝打败了大辽,逼辽向大宋投降。后来又擒了田虎、王庆,为朝廷建立了一系列功勋,可是梁山一百零八将受到什么对待呢?他们没有得到封赏,宋江自叹命薄,觉得是因为自己耽误了兄弟们的前程。梁山众人大多还是白衣,而且到了汴京,不让进城,特别是灭王庆之后还"传旨教省院出榜禁约,于各城门上张挂。但凡一应有出征官员，将军头目，许于城外下营屯扎，听候调遣。非奉上司明文呼唤，不许擅自入城。如违定依军令拟罪施行。差人赍榜，迳来陈桥门外张挂榜文"。这一榜文引起梁山众人的强烈反应，"众将得知，亦皆焦燥，尽有反心。只碍宋江一个"。吴用找水军诸将领商议事情：

> 李俊、张横、张顺、阮家三昆仲，俱对军师说道："朝廷失信，奸臣弄权，闭塞贤路。俺哥哥破了大辽，剿灭田虎，如今又平了王庆。止得个皇城使做，又未曾升赏我等众人。如今倒出榜文，来禁约我等不许入城。我想那伙奸臣，渐渐的待要拆散我们弟兄，各调开去。今请军师自做个主张。和哥哥商量，断然不肯。就这里杀将起来，把东京劫掠一空，再回梁山泊去，只是落草倒好。"

这是一个重要的信号。被招安的异己武装力量如果受到不公正待遇，而且他们还有力量，再度造反的可能性极大。宋代就有许多这样的例子，统治者常常借此指责异己力量的反复无常，就不检讨自己做得是否公正。吴用告诉李俊等人这取决于宋江。宋江怎样呢？

> 宋江道："军师，若是有弟兄们但要异心，我当死于九泉，忠心不改！"次日早起，会集诸将，商议军机。大小人等都到帐前。宋江开话道："俺是郓城小吏出身，又犯大罪。托赖你众弟兄扶持，尊我为头。今日得为臣子。自古道：'成人不自在，自在不成人。'虽然朝廷出榜禁治，理合如此。汝诸将士，无故不得入城。我等山间林下，卤莽军汉极多。倘或因而惹事，必然以法治罪，却又坏了声名。如今不许我等入城去，倒是幸事。你们众人若嫌拘束，但有异心，先当斩我首级，然后你们自去行事。不然，吾亦无颜居世，必当自刎而死，一任你们自为。"众人听了宋江之言，俱各垂泪，设誓而散。

这实际上在凸显宋江的"忠义"。古代统治者宣扬的道德，首创在先秦,后来越来越倾向强势的一面。比如忠义这种道德,在儒家创始人那里还是兼顾上下两面,还强调有来有往的相对性。可是越到后来越强调下对上的忠,至于上面理解不理解,有没有正面的回应是被忽略的。甚至上面越不理解,上面越没有正面回应,甚至尽是负面回应,下面的忠就越有价值。换句话说,就是上面越不承认你的忠,你就越要忠,这才是真正的"忠臣"。宋江委曲求全的"忠义"正是沿着这条思路展开的。用宋朝廷不公正的对待和梁山弟兄尽要造反来反衬宋江对待"忠义"的坚定。

### 三、忠臣不怕死——宋江用死来证明自己的忠义

征四寇中前面的三寇(辽、田虎、王庆),梁山一百零八将,一人也没有牺牲(有的研究者据此认为,古本《水浒传》招安后只有征方腊一个故事,前三寇是后来加的),而征方腊一役中则死伤大半,再加上病死、出家、辞别,回到汴京只剩二十七人。虽然徽宗皇帝表示:"朕知卿等众将,收剿江南,多负劳苦。卿之弟兄,损折大半,朕闻不胜伤悼。"又对死者与生者各有封赏,生者又有戴宗、柴进等人辞官不做,只剩了十多人,可还是被高俅等人用皇帝名义害死他们。卢俊义被水银和慢性毒药杀害;宋江则被赐予毒酒,当宋江喝下毒酒之后,才知道中计。他感叹:

> 我自幼学儒,长而通吏。不幸失身于罪人,并不曾行半点异心之事。今日天子信听谗佞,赐我药酒。得罪何辜!我死不争,只有李逵见在润州都统制,他若闻知朝廷行此奸弊,必然再去啸聚山林,把我等一世清名忠义之事坏了。只除是如此行方可。

中了朝廷的毒计,但他并未恨皇帝;自己快要死了,还惦记着梁山等人的"一世清名忠义之事",防止弟兄再去啸聚山林,他把在润州的李逵叫来,把朝廷的毒酒,在李逵不知情的情况下,也让他喝了,并对他说:

> 兄弟,你休怪我!前日朝廷差天使赐药酒与我服了,死在旦夕。我为人一世,只主张"忠义"二字,不肯半点欺心。今日朝廷赐死无辜。宁可朝廷负我,我忠心不负朝廷!我死之后,恐怕

你造反，坏了我梁山泊替天行道忠义之名。因此请将你来，相见一面。昨日酒中，已与了你慢药服了。回至润州必死。你死之后，可来此处楚州南门外，有个蓼儿洼，风景尽与梁山泊无异。和你阴魂相聚。我死之后，尸首定葬于此处。我已看定了也。

如果说《水浒传》的作者有意识地把"忠义"作为自己创作追求的话，那么宋江劝李逵服毒酒就是"忠义"的最高潮。自孔子开始就强调"人不知而不愠"；屈原也"以忠信见疑"，仍不去国，最后怀沙自沉，自古就被认为是忠的典范；唐代韩愈所作的《幽拘操》设想作为臣子的周文王即使被昏君纣王无罪拘押也要唱"臣罪当诛兮，天王圣明"。古人认为真正的大忠是不被理解的，不仅皇帝不理解，甚至百姓也不理解，因此才称之为"孤忠"。《水浒传》也正是按照这个思路塑造七十回之后的宋江的。宋江不仅受到奸臣的陷害，皇帝也不理解，其周围的弟兄也不理解，甚至作者也感觉到自己写出来，恐怕后世的读者也会不理解。因此，在《水浒传》结尾之前，不仅写了"楚州百姓感念宋江仁德，忠义两全，建立祠堂，四时享祭。里人祈祷，无不感应"；而且还让已经做了太上皇的宋徽宗后悔，下旨"敕封宋江为忠烈义济灵应侯，仍敕赐钱，于梁山泊起盖庙宇，大建祠堂，妆塑宋江等殁于王事诸多将佐神像，敕赐殿宇牌额，御笔亲书'靖忠之庙'。济州奉敕，于梁山泊起告庙宇"，最终让皇帝承认了宋江等人的"忠义"。这也是对读者的安慰与补偿吧。

现代的读者更不能忍受作者对宋江在忠义上的态度，大多读者从直觉上就觉得这些情节特别别扭，这对前七十回《水浒传》表现出"不怕官司不怕天"的英雄气是一种抵消，有的觉得这些情节不真实，江湖豪客哪有这样做无本生意的？有的评论者认为这是脱离生活，宣扬愚忠和奴才哲学。这些都有道理，但我总觉得身处社会下层的《水浒传》作者，似乎没有必要像一些道学家那样强调君王对于臣子的绝对权力。作者这样写可能包含着现代读者难以理解的一种隐痛，这就是一些评论家提到过的岳飞冤案问题。

## 四、宋江形象背后岳飞的影子

学术界较早意识到宋江及"水浒"的故事与南宋的抗金名将岳飞及其

遭遇有关的是台湾学者孙述宇。他在《〈水浒传〉的来历、心态与艺术》一书中指出"鄂王的巨影投入这个故事（水浒故事）之中"，"真正把事迹演在这小说（《水浒传》）里的重要历史人物，是岳飞。小说里宋江的一些特质是从他身上来的。"这包括宋江的仗义疏财，名满江湖，为国效力，被诬毒死和后来的平反、封侯立庙等。是不是宋江这个文学形象的许多特点都来之于岳飞还可以研究，但就对朝廷"忠义"这一点来说是有道理的。为什么《水浒传》中的宋江与《大宋宣和遗事》以及元杂剧"水浒"戏中的宋江有那么大的不同？为什么宋江远离他的山大王的身份，完全没有了草莽气，像一个受到冤屈顿颡泣血的孤臣孽子？这太像人们心目中的岳飞了。

岳飞精忠报国，被诬冤死，可以说是古今第一冤案。杭州西湖岳庙就是一个冤案纪念馆，受难者、害人者同处一堂，大约全国只此一家。千古而下，人们都在为岳飞抱屈，认为是千古奇冤。这种意识在南宋更强烈，岳飞惨死是南宋民众永恒的痛。特别是当他们受到金人、后来是蒙古人南侵的威胁或实际灾难时，他们自然而然就想到岳飞。南宋魏庆之《诗人玉屑》中有云：

> 岳王之死，天下冤之，填在西湖之傍，人多题咏，独叶靖逸一诗甚佳。公之孙珂守武昌日，以此诗，尝致遗于靖逸焉。诗云："万古知心只老天，英雄堪恨亦堪怜。如公少缓须臾死，此虏安能八十年？漠漠凝尘空偃月，堂堂遗像正凌烟。早知埋骨西湖路，学取鸱夷理钓船。"

叶靖逸就是叶绍翁，他诗中所说的"如公少缓须臾死，此虏安能八十年"，岳飞若是晚死一些时间，恢复了中原，哪还会有虎视眈眈的金人？这是当时大多数宋人的看法，虽然未必现实，但金人和后来蒙古人的威胁逼得他们常常会想起岳飞。遗憾、惋惜、心痛、愤怒这些复杂的情感每每会围绕岳飞冤案展开，有机会就要释放出来。

前面讲到宋江造反集团的故事始于"说话"（龚开与言"宋江事见于街谈巷语"），为了使主流社会也能接受一个武装造反抢劫的故事，必须要拟之以忠义人。而岳飞本人就是忠义人出身，一度曾是太行山忠义人八字军首领王彦的部下。后来岳飞南下成长为独当一面的军事统帅，他了解北方忠义人的力量，制定了"连结河朔"的计划，太行山著名的忠义人赵云、梁青（当地人称"梁小哥"，有的研究者认为他是燕青的原型）也都历经千难万险投奔岳飞。岳飞还派人到中原活动，如投奔岳飞的山东忠义人李宝就被派回到京东一带活动，促使中原抗金势力的再度崛起。[1] 岳飞与忠义人、忠义组织都有如此密切的关系，因此要反映忠义人的心声就很难绕开岳飞。当"水浒"系列中关于"朴刀杆棒""发迹变泰"的故事完成，或者说以宋江为首的武装集团形成、故事转入"士马金鼓"以后，岳飞的战斗成长故事的被借鉴似乎是顺理成章的事情。

《水浒传》七十回以后宋江与岳飞的确有可比性。第一，他们都是身处在北宋末、南宋初这个乱世，外有强敌，内有骚乱（按照小说来看宋江的年龄只比岳飞年长十余岁）；第二，他们都是一支强大的相对独立武装力量的首领，宋江统领梁山旧部，一百零八将，岳飞是岳家军；第三，朝廷对他们二人都是又依赖、又猜忌；第四，他们都想为国建立功勋，但又都面临着朝内昏君和奸臣的掣肘；第五，都出身于社会底层，因此对于老百姓的诉求有一定的理解；第六，做统帅之时都过了而立之年，既有阅历，又富春秋。两人有这么多相似之处，自然就很容易比照岳飞的真人真事来编宋江的故事。孙述宇先生就罗列出许多，如宋江招安投降后的征四寇、征辽、平田虎、王庆、方腊等，这些大多是子虚乌有，可能是借鉴了岳飞追剿张用、曹成，平定过江西的虔寇及湖南的杨幺，以及他在抗击金人侵略方面的丰功伟绩。小说描写宋江仗义疏财，极其大方，人称"及时雨"，天下归心。其实，北宋末江湖网络尚未发达到如此程度，一个小吏能搞得江湖皆知是不可想象的。这当是借鉴了岳飞的声望。他招贤纳士、积极联系中原忠义人，与各阶层的人有广泛的接触。岳飞不爱钱，每有胜仗，朝廷赏赐巨万，高宗还拨了湖北一带赋税给他作军饷，他就用这些钱赈济百姓，分给部下，奖赏有功人员，因而颇得民心、军心、士心。以方面大员的身份和转战四方的经历，岳飞名扬天下，南北皆知，是当时国

---

[1] 王曾瑜《尽忠报国——岳飞新传》，河北人民出版社，2007。

内声望极高的名人。北方忠义人辗转到南方，有的指名投奔岳飞。岳飞在武昌时，连战败的金兵都懂得要到岳飞那里投降，"此岳爷爷军，争来降附"[1]。这种声望是其他人不能企及的。另外宋江临死前还怕李逵坏了梁山的忠义，拉他也饮了毒酒，后又有吴用、花荣在宋江坟前上吊从死。岳飞也有部将张宪与儿子岳雷从死。

前面讲到宋江有可能在平方腊之后被杀，后来也没有被平反，更没有封侯立庙的记载。而《水浒传》虚构了宋江被害，但很快宋徽宗就弄清了真相并给予封侯立庙的待遇。南宋初武将蒙冤而死，后被平反得以封侯立庙的唯有岳飞。《三朝北盟会编》记载绍兴三十年，高宗还在位的时候就下令为岳飞建庙，"北虏犯边，连年大举，上思曰：'岳飞若在，虏军岂容至此？'即时下令修庙宇云"[2]。宋孝宗继位后为岳飞平反，谥为武穆，召见岳霖时说："卿家纪律、用兵之法，张、韩远不及。卿家冤枉，朕悉知之，天下共知其冤。"[3] 在当时的背景下，人们看到宋江结局必然联想到岳飞。

岳飞对于宋王朝的忠心耿耿，不仅在当时武将中首屈一指，就是标榜忠义的文臣也不能与他相比。《宋史》中记录岳飞与人一段对话，人有问："天下何时太平？"岳飞回答："文臣不爱钱，武臣不惜死，天下太平矣。"这话的另一面是文臣有点怕死、武将有点爱钱还是可以原谅的。岳飞兼有这两点，他既不怕死，也不爱钱。不怕死是他作为武将的本色，对于生活享受——钱，他也是拒绝的。朝廷的赏赐，他几乎都用来奖励将士，自己是两袖清风，不好钱，不好色，不建大屋舍。似乎人间的物质享受一无所好，其实岳飞有精神支持，这就是对国家的忠诚和国耻给他的精神刺激。在劝皇帝立储问题上，岳飞不是愚不可及之人，他也不是认识不到这个问题的重大。专制主义体制中，每一次权力转移都是危机四伏的，即使国之重臣，如果不是别有所图，都避之唯恐不及。而宋高宗立储又有着极不平常的意义，高宗无子，他本身在战争中受惊吓失去了生育能力，他的"储"是收养的义子；而且认"义子"又是一次血缘的转移。自宋朝太宗

---

[1]《宋史·岳飞传》卷三六五。
[2] 徐梦莘《三朝北盟会编》卷第二〇七"炎兴下帙"一〇七。
[3]《金佗稡编》，转引自《岳飞新传》，上海人民出版社，1983。

以后北宋皇帝都是太宗赵光义的直系子孙。靖康之变后，太宗一系子孙被芟夷殆尽，只余高宗一人。高宗无子，太宗系也无人，只好找了太祖赵匡胤之后赵眘等二人做义子。立谁做太子是一个多么重大而又艰难的选择，谁都不敢碰这个问题。何况岳飞提建议时高宗才三十来岁，谁能断定高宗今后就不能生育了。可是当金人经常放出话来要用立钦宗之后相威胁的时候，立太子是巩固国本、安民心的重要举措，岳飞不计个人安危在这个重大而又敏感的问题上的表态正表现了他的赤胆忠心。岳飞死后，鄂州有位军士，为"忠义所激"吟诗一首：

  自古忠臣帝王疑，全忠全义不全尸。
  武昌门外千株柳，不见杨花扑面飞。[1]

可见，在当时平民百姓心目中，岳飞是位忠绝义绝的人物。《水浒传》中写宋江的忠绝义绝而又以悲剧收场，其样板只能是岳飞。

为了适应时代，"水浒"的作者把忠义定为小说的基调。可是这个基调在前七十回似乎只是个门面，名实不符；而七十回以后，随着小说内容的转变，忠义凸显出来了，一个被招安的山大王，成为全忠全义却被朝廷阴谋害死的忠良。"自古忠臣帝王疑，全忠全义不全尸"，这几乎是皇权专制时代广大民众永恒的痛。

# 《水浒传》的思想创新（上）

## 思想上的突破

  分析文学作品谈思想创新是不是有点赶时髦？不是。因为任何文学作品都不能没有思想，关键是这些思想从思想史的角度来看有没有创造性，

---

[1] 转引自《岳飞新传》，上海人民出版社，1983。

提供了一些什么新的东西。特别是对于古代文学，古人的思考很多时候是以文学形式表现的，因此研究古代文学尤其应该注意它的思想创新问题。

近几十年来，人们在撰写文学史时都很关注思想家对文学的影响，也就是说文学史中都有思想史的影子；至于文学在思想史上有什么地位却很少有人谈及，除了研究先秦两汉思想史的人还注意从一些文学作品中撷取资料，如神话传统、《诗经》、《楚辞》、两汉的辞赋还都纳入他们的视野。此后就不行了，研究唐代思想史有谁关注过杜甫诗歌对儒家思想的突破呢？至于通俗文学作品中所蕴含的底层社会人的思想意识更少被研究者关注。实际上，在传播手段尚不发达的古代，文艺作品对于民众的影响远远大于今日。民众的思想除了受其生活形态的决定以外，就是受通俗文艺作品的影响了。

人们论及古代社会运动时也多就经济政治上找原因，很少关注意识形态特别是文艺作品对于人的思想的影响，也就是说中国思想史的演变发展与文艺作品没有多大关系，甚至不承认通俗文艺作品也可以是思想的载体，从而研究者在分析通俗文艺作品时忽略了它们对思想发展演变的贡献。这是不公正的，也不符合事实。

尤其像《水浒传》这部出现最早、流传广远的通俗文学作品，在民间的影响力远远超过各种典籍。书中所提供的许多思想观念，有很强的说理性。《儿女英雄传》的"序"说"彼《水浒》诸书，以皮里阳秋为旨趣，其说理也隐而微。是书以眼前粟布为文章，其说理也显而现"[1]。对《水浒传》表层思想和内涵旨趣都有一定的认识。这些为底层社会接受甚至使用。因此研究《水浒传》应该弄清楚它提供了一些什么样的、又是前人所未论及的思想观念？这些观念在社会运动中起了什么作用？

鲁迅先生曾说："自《红楼梦》出来以后，传统的思想和写法都打破了。"(《中国小说的历史的变迁》) 这个意见主要是从《红楼梦》艺术创新的角度考察的。如果从思想史角度，我们是不是可以说自《水浒传》出来以后把传统思想中的思维定式打破了呢？这是个大问题，我的学力也许不足以解决这个问题，但愿意在这里提出来供治思想史者参考。

---

[1] 黄霖编选《中国历代小说论著选》(修订本上)。

《水浒传》可以说是中国第一部白话长篇小说（它与《三国志通俗演义》孰先孰后，目前还没有统一的认识，但《三国志通俗演义》是半文言的，如从小说语言发展来看，"三国"似应在先），它在思想史上也有影响，其影响表现在，书中所叙述的故事（特别是前七十回）在总体倾向上是与主流社会相对抗的，虽然，作者时时用符合主流社会规范的思想淡化它，但这个总的倾向是掩盖不住的。这种对抗是建立在维护《水浒传》中主人公利益的基础上的，因此，作者在其描写中只支持梁山好汉的对抗，而不是肯定一切的武装对抗。通俗小说所提供的"思想"不是我们现在所理解的系统的思想认识体系，只是由作品情感所负载的一种思想情绪的指向。前者（指系统的思想）只在文人士大夫中有影响，而后者却通过艺术感染力渗透在广大的受众群之中，通俗文艺的受众面广，对社会的影响是很难估量的。

　　作者在《水浒传》中提出一些过去人们很少使用或根本不使用（起码不见记载）的概念和话语，建立了一个与主流社会既有区别又有联系的话语体系，底层社会的人对此耳熟能详，并以此成为他们常常使用的语言。一个思想家借以影响社会的思想是靠自己独特的话语和概念及其论证过程。例如儒家的"仁、义、礼、智、信""天、人"，佛家的"四大皆空"，等等。《水浒传》是通俗文学作品，是靠形象影响读者的，书中的人物和描写中经常使用的一些话语以其生动性、形象性和趣味性悄悄地渗入读者的血液，并进一步活跃在民众口头，例如"忠义""替天行道""义气""聚义""不义之财，取之无碍""好汉的勾当""逼上梁山"等。这些通过《水浒传》以及与《水浒传》有关的各种文艺作品深入广大民众，影响他们的精神世界，甚至塑造了他们的性格，使得接受这些观念的人，在行为上也会相应地突破主流社会为人们设立的种种规范，干出无法无天的事来。这些是评论家关注不够的。

## 游民的"造反有理"

　　如果不把"造反"这个词现代化、意识形态化，其意思就是对当时政权的暴力反叛，用儒家常用的一个词就是"犯上作乱"。"犯上作乱"这个词最早出自《论语·学而》，是孔子的弟子有若说的，当然这也是孔子所同意的。

> 有子曰："其为人也孝弟，而好犯上者鲜矣；不好犯上，而好作乱者，未之有也。"

这是维护现存制度的言论，理所当然地得到历代统治者和主流社会的普遍认同。不过孔子时代的"犯上作乱"与后世的民众造皇帝的反还是不一样的，那时多是家族或部族内的事件，局限在一家或一国之内。那时的国也很小，大多相当于现在一个县或几个县。这一国乱了，往往要招来其他国的干涉。后世说的搅乱全局的、以推翻现世统治者为目的的造反，始于陈胜、吴广、项羽、刘邦，它是伴随着皇权专制社会一起诞生的。

"犯上作乱"包含的意义要更广泛一些，指一切可以动摇现存统治的言论与活动，有时甚至一个统治者不喜欢的念头、情绪都有可能被看作是犯上作乱。而"造反"是极端的"犯上作乱"，因为它确指的是一种暴力行为，这更为统治者所恐惧、所反对。在统治者看来，"造反"是属于"十恶不赦"的弥天大罪。老百姓不用去干，就是想一想、说一说也是罪不容诛的。唐律中对于只是口头造反的案子，"口陈欲反之言，必无真实之计者"，可不处死，只是流放两千里。到了《大明律》中，不管"说"还是"做"，只要涉及造反，便一律处死，有的甚至灭三族、九族。《水浒传》写成于明代，在书中肆无忌惮地描述"造反有理"，那是需要一些胆识的。

《水浒传》所描写的"造反"还主要是游民的暴力反叛，也就是乱世中大大小小山头，以及各类杆子的打家劫舍的活动。作者心中也很明确地知道，一上了山，加入了杆子，参与造反活动，就是与主流社会决裂了，就是陷入"十恶不赦"大罪了，这对当时的良民来说是极敏感问题。可是从游民的眼光来看，在走投无路时，这也不失为一条出路。当少华山的朱武邀请史进为少华山的寨主时，史进说：

> 我是个清白的好汉，如何肯把父母的遗体玷污了？你劝我落草，再也休题。

这有些"当着和尚骂贼秃"的意思,可是说者、听者都不以为忤,可见这是符合当时主流意识形态的,大家都这样看,甚至朱武他们也不例外。史进说出了真相,从而制止了朱武的进一步相劝。此时史进还没有冲出宗法成为游民,还可以到关西经略府找师父王进,因为有这条出路,所以他还要选择,不会很快下海。这是符合生活真实的。其他如林冲、宋江、武松、卢俊义也都有这个徘徊过程,有的人曲折更多、时间更长。书中真实地描写了他们走向梁山的外在和内心的困难及矛盾,但是更突出了他们不上梁山所面临的种种苦难和生命的危殆,这就从反面说明梁山"聚义"、共同反抗的必要。这只是问题的一方面。

　　《水浒传》展现在读者面前更多的是作者面对人们走上造反道路时的坦然心态,这种心态不仅是良民们所没有的,而且超越了一般占山为王的绿林好汉。作者对梁山上英雄好汉们攻州陷府、打击敌视梁山的地方武装势力,甚至借道抢粮没有感到有什么不对。作者对造反的这种态度不能不影响读者。

　　从《水浒传》总的倾向来看,它并没有否定"上山"下海,并把它看作是好汉们被迫不得已时的一个明智的选择(当然只局限于上梁山和与梁山有关的"山")。游民,特别是受到官府逼迫而成为游民的人,他们要想生存,最后只有聚为团伙、拿起武器,以暴力反抗官府、保卫自己这一条路好走。从《水浒传》一书中的形象描写和作者的议论中都可以说明这一点。我们读《水浒传》,只有读到林冲在一片风雪交加中上了梁山,读者为他悬着的心才算放了下来,为他终于获得安全而庆幸;"智取生辰纲"的七雄战败何涛之后上了梁山,读者才会觉得这些好汉终于有了一个美好的结局。这是用形象的塑造告诉读者这些英雄好汉上梁山是对的。《水浒传》还把五湖四海的人上梁山与"朝廷做个对头"称作"聚义",把他们冲破重重险阻,终于实现了"聚义"比喻为:"撞破天罗归水浒,掀开地网上梁山。"把参加梁山造反队伍比作冲破天罗地网,这是作者对于英雄好汉们武装反抗的直接肯定和歌颂。不仅从文学史角度看,这是第一次,即使从思想史上说,也是没有先例的。《水浒传》产生之前还没有一位作者敢于在白纸黑字上如此大胆地肯定造反活动。

《庄子》中有《盗跖》篇，似乎是最早"歌颂"强盗的文字。实际上那只是不满社会现实的落魄士人的愤激之言，并借以对儒家一些观念进行批判。"批林批孔"运动中，这篇文字被歪曲成歌颂"造反"的，其实满不是这么回事。《盗跖》篇中根本没有否定盗跖"脍人肝而脯之"和给百姓万民造成苦难的强盗本质，只是要讲明古往今来圣贤、强盗都差不太多，谁也比谁好不到哪里！其目的不是借圣贤歌颂强盗，而是借强盗否定圣贤。直白地说就是指圣贤为强盗。不过此文倒是从"万物一也"的角度对造反的强盗有些曲谅。另外一篇是乐府中的《东门行》。本篇写了一位被贫穷所迫打算仗剑铤而走险的白头士子，老婆劝阻没有管用，他还是仗剑出了东门，加入了在他老婆看来是干非法勾当的队伍。但这篇还是更多肯定了那位贤惠的妻子，宁肯没吃没喝，她也不赞成丈夫的为非作歹、铤而走险。诗中还突出了生活现实与法律道德之间的矛盾。

## 官场现实与造反有理

《水浒传》描写了现实社会和官场的种种腐败、黑暗与不公。作者最反感的是来非正道的大官。到了宋代，官员的来源基本已经制度化了。大官除了是一些贵族宗亲担任以外，绝大部分文武官员都是一步一步提升上来的。《水浒传》一开始就写了殿帅府太尉高俅的官来源不正。"殿帅府"为"殿前司都指挥使司"的别称，是负责皇帝禁军的，地位极为重要。"太尉"是武官之首，正一品。可是如此重要的官位却是靠陪皇帝踢球踢出来的。不用说高俅是个无德无学无才的宵小，就是个德才兼备之人也要受到官场和社会的冷眼、正人君子的鄙视（唐代的"二王八司马"中的王叔文就是一例）。因为这种陪皇帝玩乐的身边人物是被视为佞幸的，根本是不能进入政治圈子的。这是古代的用人规则之一，徽宗皇帝没有遵守这个规则，是官场最大的腐败。《水浒传》写高俅是投入了巨大的蔑视的，它以此开篇，目的是突出"乱由上作"。国家溃烂是由皇帝身边开始的。

其次是揭示宋朝"重文轻武"的政策使得武官不仅不受重视，而且受到同级文官的压迫、歧视，如清风寨的刘高与花荣，东平府的太守程万里和都监董平都是例子。武官地位低，负的责任却大。而且对他们极不放心,越有才干、责任感越强的人越不受信任。梁山上的头领中有大量的武官其原因就在此。宋江非得积极招安,最后被朝廷赐死原因也在此。《水浒传》中尽量突出武官在社会中的重要和人品的高尚,以及他们所受到的不公正的待遇。

第三,是不给吏人以出路。过去许多研究者评论到宋江都说他是个"小官吏"。这个判断是错误的,直到廖仲安发表《再评宋江》才改过来(《文学遗产》1985年第二期)。宋江是"吏"不是"官",宋代以后,"官"和"吏"有很大的差别。"吏"大多是一辈子也当不上"官"的。"官"大多还是现存制度的维护者(因为现存社会与他利益相关),而"吏"因为杜绝了升迁的希望,对这个社会的稳定毫无责任感(生辰纲案败露,宋江为晁盖通风报信就是一例),他们干事唯自己利益是求,干危害社会和有损于现存制度的事情绝不会受到来自内心的谴责。书中第二十二回说到宋江家中为什么有个地窨子以为藏身之所:

> 原来故宋时为官容易,做吏最难。为甚的为官容易?皆因那时朝廷奸臣当道,谗佞专权,非亲不用,非财不取。为甚做吏最难?那时做押司的,但犯罪责,轻则刺配远恶军州,重则抄扎家产,结果了残生性命。

这是站在"吏人"立场上为自己开脱的话。实际上,他们也常干作奸犯科之事,躲藏是很必要的。现存制度的安危与他们不是痛痒相关,所以他们不会考虑统治者的根本利益,并愿意与各种反社会人士交往,两边沾光。他们实际上是主流社会的边缘人。

佞幸专权,武官受压,吏人没有出路,这三条是《水浒传》作者认为官场最黑暗之所在,也是"上梁山""造反有理"理由之所在。宋代"重文轻武","尚武"之精神在主流社会中丧失殆尽,下沉于江湖社会的游民之中。江湖游民是亲近武人的(《水浒传》提到的英雄好汉没有不好武的,因为他们没有其他本钱,"武"乃是他们的谋生之道),吏人又往往与游民有密切的交往,甚至成为游民的领袖,两者都与游民密切相关。武官的领袖是高俅那样陪皇帝玩耍的佞幸。这样的游民如何能够"学成文武艺,售与帝王家"呢？而且佞幸当道，一切正直的、有自尊的、能自爱的人怎么能在这种人手下讨生活呢？武官受到文官歧视，自然就很少有发展的机会和前途，而且时刻处于危险之中。"吏人"被压迫，又受到主流社会的歧视。在这种情况下，武官、吏人、游民这三种人"上梁山"几乎成为必然。这就是宋代诗人华岳所说：

>草莱之雄，未能尽致，反有以滋他日匹夫窥觊之私；山林之奸，不能尽收，适有以启异时萧墙睚眦之衅。[1]

华岳所说"草莱之雄""山林之奸"就是我们上面所说的三种人之中的豪杰之士。华岳也看出他们如不被朝廷所罗致，最终会走上与朝廷对抗的道路。《水浒传》所写的造反必然是宋朝社会现实的反映，也是作者感情逻辑的指向，因此，《水浒传》一书宣扬的是游民的"造反有理"，这是破天荒的事情。然而也应该看到由于经济和社会状况的局限、缺少异质文化的碰撞和游民本身文化素养的低下，这些"豪杰之士"除了勇敢地撞破天罗地网、夺取政权和简单地与传统思想正负对立外，提不出什么更新的、有建设性意义的思想。

## 造反的内容

作者认同和支持的造反活动到底是些什么行为呢？过去一些评论家抽象地看这个问题，把朱贵所表示的"兀自要和大宋皇帝做个对头"和李逵所说的"晁盖哥哥做大皇帝，宋江哥哥做小皇帝"视为梁山好汉的奋斗目标，并把这个目标神圣化，这不符合实际，也很荒谬。当然作为游民追求的"发迹变泰"，如果能实现这个目标更好，当皇帝是最大的发迹。但梁山好汉具体的造反生活离这个追求还很遥远。我们看一下武松在十字坡与张青、孙二娘两口子闲聊时的情形，他们"两个又说些江湖好汉的勾当，却是杀人放火的事"。把两个公差"惊得呆了，只是下拜"。武松对他们说

---

[1] 转引自廖仲安《再评宋江》。

"我等江湖上好汉们说话,你休要吃惊,我们并不肯害为善的人"。这里武松明确地表示有个远离主流社会的"江湖"存在,这个"江湖"是生活在主流社会中的人所不理解的。"江湖"上活动的人就是脱离了主流社会的游民,江湖是游民生活的空间。武松与张青、孙二娘的对话坦诚地介绍了游民的造反生活或说反社会活动就是"杀人放火"。

"杀人放火"这个词很刺激,也很不好听。这是因为游民脱离了主流社会没有必要对自己的话语进行文饰,而且他们也缺少文化,很难找出得体的语言替代过度刺激的词汇。实际上统治阶级也在这样干,他们就不这样说。鲁迅曾说的从来不是什么"思想、主义"之类的理想促使中国人去奋斗,扰乱中国的"只是两种物质——刀与火。'来了'便是他的总名"(《热风·圣武》)。统治阶级嫌它"触目",便"奉献一个谥法,称作'圣武'"。"圣武"说得通俗一点也就是"杀人放火"。统治阶级镇压老百姓和武装反抗者是这样,被压迫的人的反抗也是这样。

老百姓的"杀人放火"是暴君"教育培养"和暴政"熏陶浸渍"的结果。暴政每日每时都在以强制性的剥削和令人不堪忍受的压迫折磨着老百姓,特别是脱离了宗法网络保护的游民,如果他们自己没有自卫能力,很多难以想象的苦难都会降落在他们头上。林冲被高俅陷害失去了"八十万禁军教头"的官职,被发配以后,那两个解差——董超、薛霸对林冲肉体的折磨,他到达发配场所——沧州牢城营时差拨对他的羞辱,都是他在原来地位时做梦都梦不到的。在这种"教育"和"浸渍"下,有教养的、能够隐忍的林冲在火烧草料场时杀了陆谦、富安等仇人之后,性格有了很大改变。这在抢众庄客酒吃的场面中有很生动的表现。这时他已经是一个十足的"强人"了,"杀人放火"对他来说已经是小菜一碟了。

对于"杀人放火"既不要过度贬斥,也不应理想化,认为造反者所杀都是罪有应得之人,不是。不仅不是,而且这些英雄好汉的刀下之鬼,绝大多数是无辜的,是屈死的冤魂。不仅大规模的军事行动如此(如江州劫法场、上元灯节攻打大名府等),就是好汉们单枪匹马去报仇本来是不必滥杀的,可是在这些江湖好汉心目之中早已把多杀、滥杀视为一种英雄行为,所以写到此作者也就控制不住他的笔了。其中最典型的例子是武松"血溅鸳鸯楼"。实际上其中与武松有仇、在武松看来是该杀的只有张都监、张团练、蒋门神三人；然而武松一连杀了十五人，张都监家的使唤人、妻子儿女奴婢，一个不留，在武松看来，非如此不能"心满意足"，在作者看来，非如此不能表现"杀人者打虎武松"的豪气。因此，梁山好汉的"杀人放火"式的造反也非普通百姓的福音。普通的百姓在梁山好汉与《水浒传》作者心目中不过是些"长王三，矮李四。急三千，慢八百。笆上粪，屎里蛆。米中虫，饭内屁。鸟上刺，沙小生。木伴哥，牛筋等"无足轻重的人物罢了。多杀他们一个也不会多，少杀他们一个也不会少。这与儒者理想主义的"行一不义，杀一不辜，而得天下，皆不为也"（《孟子》）是不能同日而语的。

为什么长期以来人们把这种"杀人放火"式的造反看成是解决阶级矛盾和社会问题的唯一手段？其根本原因是，中国古代专制制度下没有和平解决不同阶级或不同阶层人们之间矛盾的机制。儒家倡导"仁政"理想本来是具有淡化暴力的作用，但是历代统治者谁也没有把"仁政"作为具体政策去实施。当社会矛盾激化，老百姓忍无可忍，拿起武器反抗时，统治者的第一反应就是暴力镇压。暴君们迷信武力，认为暴力可以解决一切问题，对于反抗者什么样的残暴手段都使得出来。社会上弥漫着一派暴力气氛，在这种情况下怎么能不出现造反者的过度反应呢？有的评论家认为梁山好汉的造反活动是对现存制度的挑战，这是不准确的。实际上，他们只是着力改变在这个制度中人们的位置，并以暴力的形式实现。他们在这个变化中夺取物质利益以求得生存。这使主流社会的人听来感到恐惧与惊奇，而在江湖上的人看来是理所当然，因为非如此则不能生存。《水浒传》写出了一部分游民理直气壮地在既定社会中改变自己地位的理想。秦末的陈涉虽然说过："王侯将相宁有种乎？"但这仅仅是简单的一句话，《水浒传》把它写成一本书。

除了"杀人放火"外，就是主动破坏现存的社会秩序。例如抢劫财物，开设黑点，设局诈骗等，目的是取财，把社会搅得没有安全感。"智取生辰纲"一节表明，连有武装押送的大宗财物都没法保障自己的安全。这些破坏行为，有的从表面上看来并没有刀枪相撞，但都是以暴力作背景的，而且，一言不合，刀兵相见，从破坏秩序变为杀人放火只在转瞬之间。

## 不许他人造反

　　梁山好汉对自己的造反行为是肯定的，并用"天罡""地煞"转生下世来说明它的合理性。虽然有时他们也说，"上梁山"是"暂栖身"，《水浒传》的作者对于梁山好汉的造反也是大力歌颂。然而对于其他的造反者则是竭力贬斥，表现出维护正统的样子。有人认为那是因为梁山被朝廷招安，成为统治阶级的帮凶，才去镇压其他杆子的造反活动。事实不然，在招安之前，早已这样。如瓦罐寺的和尚生铁佛崔道成、飞天夜叉丘小乙哪一个不是"杀人放火"的"绿林中强贼"；作者让鲁智深和史进把他们两个打杀，并把这写成是主持正义。鲁智深、杨志上二龙山对原寨主邓龙也是持否定态度的，后面对待王庆、田虎、方腊就更是这样，他们不仅被作者口诛笔伐，而且也都被梁山好汉作为"寇"镇压。对此有人感到不可理解，实际上，这就是游民的常态。鲁迅的《阿Q正传》中就写到阿Q反对他人造反，并对"杀革命党"非常爱看，到处宣扬，好像对他们十分痛恨，也很正统；可是当他感到"赵老太爷""假洋鬼子"一类很可恨，真"他妈妈的"以后，他也要作"革命党"了，而且预支了"革命党"的声威，着实地使他神气了一阵子。但就在这样的时刻，他仍然不准小D、王胡、赵白眼等人革命。因此，不准人们"革命"的，不仅有"假洋鬼子"，游民们对其他与自己身份相似的人的革命也是不准许的。因为当他们看到革命或造反有利益可图的时候是不允许他人染指的。因此有《水浒传》支持梁山的造反活动是一点也不奇怪的。游民的反社会活动中也是充满了帮派性的。

　　在拙作《游民文化与中国社会》中，我论述了游民的帮派性，《水浒传》中作者把上梁山看作是英雄好汉的归宿，一切都以梁山为准。能够上梁山，成为梁山泊的一员头领仿佛是他们最大的幸福，其他一切都可以不计。《水浒传》所写的游民的帮派性就体现在对梁山事业的认同上。例如，宋江、花荣等人设计，诱使官府杀了秦明一家老小，后来，秦明也上了梁山，在他与宋江、花荣等共事过程中，一点异样的反应也没有。其他人士也是如此。仿佛除了上梁山这个伟大事业以外的一切都无足轻重。那么，对梁山所做的一切《水浒传》都肯定赞成也就不奇怪了。

## 造反者的话语体系

历来我们见于书面的只有一种话语体系，那就是主流社会的话语。这些不仅充斥于经史子和文人士大夫的各种著作之中，也流行于老百姓的口头。久而久之，成为一种集体认知（许多情况下还是集体无意识）支配着人们的思想意识和行为。为什么简单的词语就能支配人的思想和行为呢？因为每个词语都有特定的文化内涵，甚至社会意义。20 世纪 50 年代当新社会要和过去彻底决裂，在这种社会背景下，哲学史家冯友兰提出"抽象继承法"。其意思是古代社会儒家思想中的仁义礼智、忠孝节义是封建的东西，不能继承，但这些词（如仁义礼智、忠孝节义等）可以继承下来，填充进无产阶级思想。此论一出，群起而攻之。认为"语言是思想的物质外壳"（斯大林语），两者不能剥离。当然这种说法绝对了一些，怎么不能剥离？但剥离需要时间，词汇话语的转变需要一定环境和时间。那时急着革命，一看到这流行了几千年、携带着陈腐内容的词汇就感到恐惧，因此怀疑冯友兰借继承之名，行贩卖之实。由此可见，简单词语往往携带丰厚的内容或有强烈倾向的情绪。

马克思的名言，统治阶级的思想就是统治思想。这是如何实现的呢？就是通过对话语权力的掌握实现的。从《水浒传》开始，出现了一整套与主流社会相对立的造反者的话语体系。当然，这种话语不是作者编造的，最初它们一定活跃在广大游民口头，经过江湖艺人的总结提炼，并写成了文字，编织在通俗著作里，通过各种渠道流播在广大民众之中。这种话语与主流话语一样也是蕴含着特定的思想意识的。《水浒传》所提供的与传统悖谬的思想意识许多也是通过话语的流播实现的。

经过五六百年的流传，生活在现代的我们不觉得《水浒传》在话语方面提供了些什么新东西。这一点只有通过文学史、文化史的排比才看得出来。这样的例子还很多，这里我们选一些对后世影响较大的词语做些分析。

### 一、好汉

"好汉"这个词虽然不始见于《水浒传》，但是它在此书中的独特含义被后世的下层民众所接受。我们从《旧唐书》中初见这个词的使用：

初则天尝问仁杰曰:"朕要一好汉任使,有乎?"仁杰曰:"陛下作何任使?"则天曰:"朕欲待以将相。"对曰:"臣料陛下若求文章资历,则今之宰臣李峤、苏味道亦足为文吏矣。岂非文士龌龊,思得奇才用之,以成天下之务者乎?"则天悦曰:"此朕心也。"仁杰曰:"荆州长史张柬之,其人虽老,真宰相才也。且久不遇,若用之,必尽节于国家矣。"

到了宋代,宋祁修《新唐书》认为"好汉"不雅,改为"奇士",这个解释是对的,但少了点口语神韵。不过实行重文轻武政策的宋代,士大夫认为通过读书取得功名的人才算得上"好"。《默记》中记载,韩琦帅定州时,要惩处总管狄青手下将领焦用,狄青为之讲情,说焦用有军功,是"好儿"。韩琦驳斥他说:"东华门外以状元唱出者乃好儿,此岂得为好儿耶!""好儿"也即"好汉"。在韩的眼中,通过科举考试考出来的状元才是"好汉"。有"军功"算什么,充其量不过一个兵痞而已。

宋代江湖上开始把好汉这个称号给予一些英勇的打拼之士。《齐东野语》记载活跃在山东一带对南宋时附时叛的强人李全,这个很像梁山人的人物,在遇到类似扈三娘式的人物杨姑姑时,其兄杨安儿对李全说:"你是好汉,可与我妹挑打一番。若赢时,我妹与你为妻。"从这里可见江湖人对好汉的理解。《水浒传》承继的就是这种意义的"好汉",它不仅与"武"联系在一起,而且还带有不遵守国家法纪、专干一些作奸犯科之事的意思。《水浒传》中第一次出现"好汉"就是指少华山上的强盗朱武、陈达、杨春三人。第八回在介绍柴进时说他"专一招接天下往来的好汉,三五个养在家中"。所谓"好汉"多是"流配来的犯人"。第十四回说他接待天下"好汉",又说他"最爱刺枪使棒,亦自身强力壮,不娶妻室,终日只是打熬筋骨"。第十五回,介绍阮氏三兄弟,说他们"与人结交真有义气,是个好男子","好男子"也即"好汉"之义。其他如不怕死,遇事敢作敢当等都属于"好汉"的行为。这些说法与主流社会对"好汉"的看法有了根本的区别。在分析《水浒传》主题时曾说"水浒"是游民说给游民听的故事。他们对"好汉"的理解实际上是游民对自己的认识和评价,这种自我肯定和评价由于《水浒传》的艺术感染力得到广大受众的理解与认同。因此，自"水浒"故事普及以后，社会公认了这个用法。于是，"好汉"之名流于天下，不仅通俗文艺作品使用，而且也用于现实生活，为那些处于社会下层、又不甘于穷困以没世、并有几分强力的游民，找到了一个恰当的称呼。凡是敢于与主流社会对抗的秘密组织的成员、打家劫舍的绿林豪强、闯荡江湖的各类人士乃至称霸一方、为人所惧的痞棍，都会被畏惧者恭送一顶"好汉"的帽子。驯良的老百姓突然遇到一个劫道的匪徒，惊恐万状，对匪徒如何称呼，过去没有，自读了《水浒传》之后，便有了一个现成的称呼："好汉爷"。现代作家老舍也说，"土匪们对于下过狱的人们，谥以嘉名曰'好汉'"（《老张的哲学》）。有了"好汉"这个"嘉名"，便有了自我慰藉，干了违反社会舆论的事情，在心理上也不会造成负担。

### 二、聚义

佛学中有"聚义"这个词，但与《水浒传》中所用的"聚义"不相干。"聚义"是"好汉"们结合起来的专用词。在拙作《游民文化与中国社会》中曾对"桃源三结义"做了分析、解译。"聚义"的含义比"结义"更广泛一些，游民们凡是在"干大事"（大多是干与当时法律相抵触的事情）时的结合，这种结合有暂时的，也有较为久远的，都称之为"聚义"。《水浒传》智取生辰纲前晁盖、吴用、公孙胜、三阮等人就有"七星聚义"。这是为取生辰纲的暂时的结合。结合前也有些仪式，如在"后堂前面列了金钱、纸马、香花、灯烛，摆了夜来煮的猪羊、烧纸"。然后六人在神前发誓，"我等六人中但有私意者，天诛地灭，神明鉴察"，烧化纸钱，喝散福酒。较为长久的"聚义"可以第七十一回"石碣受天文""英雄排座次"为例。这是梁山最大的一次"聚义"。这次是以"聚义"的形式，在梁山这个地盘上建立一个带有政权性质的法外的秩序。当然，这次"聚义"的仪式也更为隆重。

游民聚义的目的是做干犯当时社会法纪的事情，大多情况下就是劫财取物，那么他们坐地分赃的地方也就称之为"聚义厅"。梁山在宋江掌权之后把"聚义厅"改名为"忠义堂"，虽然只是"招牌换记"，但确有向主流社会靠拢之义。

"聚义"这个词产生以后是用于游民的组织化过程，游民在社会上争取自己的利益，面对的是强大的有组织的政府和带有组织色彩的宗法网络，而他们则是无权无勇的个体。要使自己强大就要组织起来。最简单的组织是结拜义兄义弟，"聚义"是结义的发展。不过"聚义"始终没有像"好汉"那样得到主流社会的普遍认同。游民把自己的结合加一个"义"字以自慰，可是在主流社会的人看来，"聚义"这个词仍然带有绿林色彩。明清两代，乃至近代，"聚义"这个词几乎被通俗小说用滥了，但主流社会文件上基本没有出现过。可见主流社会认为它只属于盗匪或江湖。鲁迅讽刺20世纪30年代国民政府大员们就有这样的句子："大江日夜向东流，聚义群雄又远游"。这是把这些居于庙堂的大人物，视为山大王了。"聚义"一词反映了游民对自己组织化的向往与肯定。

### 三、义气

前面我对"义"作为伦理观念进行了分析。"义气"是"义"的通俗表达，本来是一回事，士大夫也用。南宋初，抗金将领韩世忠与刘光世不和，宋高宗为他们和解时说："烈士当以义气相许，先国家之急而后私仇。小嫌何足校。"[1] 这里的"义气"就是义。为了国家才是义，个人之间一些小恩怨，根本不值得计较。但将"义气"这个概念普及到民间是靠通俗小说，最初是"说三分"中所创造的"桃园三结义"故事中把刘关张的结合视为义气的样板。金元南戏《杀狗记》中就有这样的唱词："却不道赛过关张有义气？冷清清冻死你做街头鬼，又还是孙荣背负你归。"明代的《水浒传》和《三国志通俗演义》中对"义气"做了淋漓尽致的描写和宣扬以后，"义气"逐渐与"义"区分开来，它成为人与人之间交往时的道德观念。我在《游民文化与中国社会》中曾指出，"义气"是游民借以团结同伙的道德，它是与"报"联系在一起的，它是游民和带有游民气的人在江湖上的一笔笔投资。宋江在江湖上最负盛名的就是"义气"，这是他凭金钱和冒险行为买来的，所以常常自我表白。"及时雨""呼保义"的绰

---

[1]《建炎以来系年要录》卷八十四。

号以及后来他在梁山上的地位就是这些投资的回报。

"义气"是包含着感恩图报的内容的,因此当这个词随着通俗文艺作品流播到民间的时候,下层社会的人就把它看作是同命运的人互相帮助的道德,但其希望回报的思想还是隐隐蕴藏其中的。明清以来帮会等秘密组织,扩大了这一点,并且把它作为凝聚团体和连接会中的纽带。洪门、青帮、哥老会开香堂,掌门的训话,千言万语都会围绕着"义气"二字。没有了义气,这些组织就不存在了。从这一点上说,义气就成了这些组织的意识形态。江湖人浪迹四方,靠的是人缘,多一个朋友多一条路,结交朋友也义。这与儒家讲究的志同道合的交友之道是大不相同的。样板戏《沙家浜》中的反派人物胡传魁也懂得"俺胡某讲义气终当报偿",就因为胡传魁是江湖人。老舍先生描写下层社会人们生活的作品,判断一个人是否关心他人,用的就是"义气"这个概念。脱离了主流社会的"江湖客"们则更是把"义气"作为判断一个人是否是自己人的一个标志。"义气"这个概念虽然没有完全摆脱游民气质,但还是被大多数人所运用、所宝贵。那些干犯法纪的人也以"义气"(主要指不出卖同伙)互相勉励。"义气"实际上是隐性社会的人对抗主流社会的一种武器,然而现在主流社会的人也在用,有些大人物也常说我们是"讲义气的",可见这个词义也在慢慢演变。"义气"这个词还是为伦理学增加了一个新概念,它是应该写入伦理学史的。

### 四、江湖

前面对江湖的内涵,其形成与演变已经做了详细论述,这里不再重复,只说一下这个词语的应用。《水浒传》中的江湖本来是江湖人(包括游民与社会边缘人)生活和奋斗的空间,这里本是干犯法纪、为非作歹的渊薮;而后世把许多非官方的场合都称作江湖,把官场以外的其他"场"(指一些存在却无形又很难把握的存在称作"场"),比如商场(商业争斗)也称为江湖。随着"江湖"这个词语的活跃,并进入各个领域,江湖的纵横捭阖、血腥杀气也都随之而至,使其失去本色。江湖这个词的流行对于主流社会的游民化与江湖化起了推动作用。特别是近四五十年来,新派武侠小说把"江湖"浪漫化、文人士大夫化,人们几乎不知江湖的本来面目,把江湖看成很美的一个场,这引起更多青年人的追捧。实际上用这个艺术化的江湖与现实生活中的江湖一比较，就可以看出它们是南辕北辙的。《水浒传》中"江湖"的出现本来是宋代以来社会生活的反映，但这个词语的出现确实带动了"江湖"的发展，推动了隐性社会的运动。[1]

### 五、上梁山与逼上梁山

西汉末年新市人王凤、王匡组织荆州的饥民武装起义，并以绿林为根据地，这支军队当时称之为"绿林军"。从此留下"绿林"这个词，用以指聚集在山林荒野的武装反抗者和武装劫盗集团。继承西汉的东汉政权创业者刘秀的武装起事不过是绿林的继续，所谓"光武创基，兆于绿林"，因此，主流社会是肯定"绿林"的，然而后来它却变成了与主流社会对抗的武装力量的代名词，但它所带有的褒扬性质却没有改变。例如唐代李涉诗《井栏砂宿遇夜客》有句云："暮雨潇潇江上村，绿林豪客夜知闻。""绿林豪客"虽然是强盗，但在这首诗中却如此温文尔雅。正因为它不完全是个负面词语，所以才有人以上"绿林大学"自豪。后世能和"绿林"齐名，并作为民间武装反社会力量象征的称呼是《水浒传》的"梁山"。自从"水浒"故事中的"梁山"这个词产生后，它就不是那个坐落在今山东省的小土山包了。它成为造反者的圣地，给许多武装反叛者以想象力，成为他们敢于把造反事业坚持下去的精神力量。早在明代初年，刘基写的《咏梁山泊分赃台》诗云："突兀高台累土成，人言暴客此分赢。饮泉清节今寥落，何但梁山独擅名。"那时《水浒传》还没有问世，仅凭南宋人创作的"水浒"故事和元杂剧中的"水浒"戏就独享大名于世了。明末《水浒传》几乎成了家喻户晓的作品，梁山的影响更是不可估量。崇祯时的刑科给事中左懋第在向皇帝上奏写的"题本"中说：

> 李青山诸贼啸聚梁山，破城焚漕，咽喉梗塞，二京鼎沸。诸贼以梁山为归，而山左前此莲妖之变，亦自郓城梁山一带起。[2]

---

［1］转引自李贽《焚书》。
［2］转引自《水浒传资料汇编》。

明代万历间白莲教起事的首领徐鸿儒特别相信梁山泊的故事，特意把自己的活动总部迁至郓城梁家楼，并模仿宋江礼贤下士。清代的秘密会社则把他们的组织直称作梁山。

《水浒传》描写和塑造了梁山的形象，为了说明"上梁山"的合理性，书中从第七回起叙述了好汉林冲被迫上梁山的过程，通过这个故事读者把同情心都交了林冲，并从内心赞同他这个选择。"逼上梁山"这个词就是这样产生的。这就给了现实生活中许许多多受到不公正待遇又得不到伸张的人以勇气，给在现实生活中实在活不下去的人指了一条"出路"。当这些无路可走的人或因为受传统的熏陶浸渍而有些畏葸的时候，"上梁山""逼上梁山"这些简单词语会给他们以鼓舞，鼓励他们迈出那关键的一步。主流社会中也会有些人士因为有"逼上梁山"的故事，对某些造反者产生些同情和理解。"上梁山"与"逼上梁山"是"造反有理"的过程与归宿。

## 六、不义之财，取之何碍

智取生辰纲之前，刘唐赶到郓城鼓动晁盖领头劫取生辰纲时说：

> 小弟打听得北京大名府梁中书，收买十万贯金珠宝贝玩器等物，送上东京，与他丈人蔡太师庆生辰。去年也曾送十万贯金珠宝贝，来到半路里，不知被谁人打劫了，至今也无捉处。今年又收买十万贯金珠宝贝，早晚安排起程，要赶这六月十五日生辰。小弟想此一套是不义之财，取而何碍。便可商议个道理，去半路上取了。天理知之，也不为罪。

晁盖接受了这个意见，后来他对吴用也说，"此等不义之财，取之何碍"，后来公孙胜也说过这样的话。意思是梁中书作为大奸臣蔡京提拔的赃官，大刮地皮，攒了十万两银子的金银珠宝，运到东京给蔡京祝寿，在晁盖等人看来，这些就属于"不义之财"，他们就可以掠取它，"大家图个一世快活"。劫取财货者代代有之，可是在《水浒传》之前没有如此理直气壮为这种掠取做辩护的（唐代诗人刘叉理直气壮拿韩愈的金子不还，那是个人问题），这是"水浒"故事开的头。而且这个道理在"水浒"的语境很容易被读者接受，蔡京、梁中书都是臭名昭著的赃官，他们的钱财也多是搜刮老百姓来的。自《水浒传》以后，这个道理被下层民众所接受，并且成为游民劫掠生涯中一个重要的"理论"。实际上，尽管在它产生的具体语境上有几分合理性，但总的说来，它仍是"强盗逻辑"。

然而这种"逻辑"有个貌似有理的支撑，那就是"劫富济贫"。实际上就《水浒传》中的描写来看，梁山好汉"劫富"是经常的，"济贫"则难得一见。生辰纲是被劫掠者们瓜分了，没见他们救助任何人。梁山泊的好汉们攻打下的高唐州、华州、曾头市这些富裕的城镇，也没有见他们接济民众，尽管当地民众已经饱受了梁山好汉与防守者之间战争的苦难。只有在打下祝家庄、青州、东平府之后稍有表现，不过大多也是补偿性质的。因此，"劫富济贫"永远只是游民的反社会活动中寻求社会下层民众普遍支持的一种手段，不会给一般老百姓带来许多好处。

"不义之财"，这个"不义"又到底如何确定？很明显这是由劫掠者来定的，这样就导致他想劫掠谁，谁的财货就属于"不义"。这样的说法实际上是劫掠者扩大了反社会活动的整体性，因为谁都有可能成为被害者，怎么能说"取之何碍"呢？它妨碍到整个社会。

这种观念不仅流行于秘密会社、非法团体，社会下层的一般民众对此也能谅解。觉得"为富不仁"之徒，被抢被劫，大快人心。这种意识如果在"人治"社会中流行，危害尚不明显，因为那时本来就是多重标准的，假如在法治社会中仍持这种观念，其实就是以犯罪对待犯罪了。

### 七、论秤分金银，异样穿绸锦；成瓮吃酒，大块吃肉

这是吴用邀请阮氏三兄弟参加劫取生辰纲时，阮小五对吴用说的赞美梁山好汉的话，这也表明了下层社会的人对于物质生活的追求。如果再稍全面一点的话，加上前面的"不怕天，不怕地，不怕官司"，这可能就是他们全部的精神与物质追求了。中国古代生产力低下，下层民众的物质生活一直处于低水平状态。吃饱饭的问题历来是中国的最大问题，下层社会中老老实实的普通人，但求一饱也就可以了；而那些"豪杰"之士的要求就会高一些，食肉饮酒就是他们对生活最大的向往。战国时期孟子谈到他

所鼓吹的"仁政"时,说在"仁政"条件下,"七十者可以食肉矣"。"人生七十古来稀",在那时的医疗条件下,有多少人能活到七十?人生苦短,仁政难期,劳动者能食肉的机会是少而又少的。至于更为困苦的游民,衣食尚且不足,他们对温饱的诉求就更为强烈。"成瓮吃酒,大块吃肉",这对于不愁衣食的文人士大夫来说不仅平淡无奇,而且可鄙可嗤,因为他们追求的是"食不厌精,脍不厌细"。然而,这却能给那些辗转于沟壑的游民以强烈的刺激。如果联想到"水浒"故事产生的背景——北南宋之交的时候,中原经济受到战乱的严重破坏,粮食奇缺,饥人相食,就更会感到奔走江湖的游民的这种要求是很容易理解的了。

这是从物质层面来说,实际上"酒、肉"本身还有精神层面的意义。"成瓮""大块"的吃法就不是那些文质彬彬的文人士大夫和循规蹈矩的人所敢问津的,它带有尚武之风,带有一股豪气或者说蛮气,这正像鸿门宴上,樊哙在盾上切生彘肩而食一样,显示出那些敢于与主流社会抗争的人的英雄气概。这样它的刺激不仅在于饥饿者的肠胃,而且也壮了那些畏葸退缩者的肝胆,鼓励那些缺少衣食的游民去挑战现实秩序,武装抗争,实现自己的追求。

《水浒传》的这股草莽气特别富于浪漫色彩,数百年中被这种追求所鼓动的游民和下层人士不知凡几。对于这一点,清末的梁启超有一段话说得很好:

> 今我国民,绿林豪杰遍地皆是,日日有桃源之拜,处处为梁山之盟,所谓"大碗酒、大块肉、分秤称金银、论套穿衣服"等思想,充塞于下等社会之脑中,遂成哥老、大刀等会,卒至有如义和团者起,沦陷京国,启招外戎,曰:唯小说之故。[1]

这段话说的主要就是《水浒传》。如果我们深入研究一下这些下层民众组织的内部文献,就可以发现他们从理想到组织、从观念到语言几乎都是借鉴《水浒传》的。

---

[1] 梁启超《论小说与群治之关系》。

### 八、仗义疏财与劫富济贫

仗义疏财只出现在前七十回，出现在游民挣扎奋斗的故事之中。儒家文化重义轻利的传统对于财货是主张有聚有散的。传说禹父鲧，得知人们要反对自己，于是高筑城池，保护财货，而"禹知天下之叛也，乃坏城平池，散财物，焚甲兵，施之以德，海外宾伏，四夷纳职，合诸侯于涂山，执玉帛者万国"（《淮南子·原道训》），认为散财施惠，安抚四方，才能真正避免灾难。人们把这样做看作是政治智慧。《说苑》中记载晋文公的故事，也提到"财聚而不散，人将争之"这个命题，把不能散财看作是灾难的根源。可是现实生活中聚财成为大多数人在财货问题上的选择，认为如此才能安家立身，有安全感。因此，散财或说疏财成了难能可贵的品质。作为脱离了宗法网络、无依无靠的游民，需要别人帮助和扶持，更希望世间的有钱人都是能够散财的人。

《水浒传》是写游民奋斗与理想的，书中毫无保留地歌颂仗义疏财是很自然的。为什么要加上"仗义"二字？这就明确地告诉人们，救济的对象应该是游荡江湖、朝不保夕的穷哥们儿。最被歌颂的三位仗义疏财者是晁盖、宋江、柴进。《水浒传》中第一次出现"仗义疏财"这四个字就是由作者出面表彰柴进，称他是"仗义疏财欺卓茂，招贤纳士胜田文"。把他比作汉代不与人计较利益的贤吏卓茂和战国时期慷慨纳士的孟尝君。柴进资助梁山山寨的初创，帮助林冲上梁山，宋江、晁盖、武松等许多梁山好汉都得过他的好处。所谓好处，说明确些就是银子。宋江更是这样，他走到哪里，银子便撒到哪里。

"仗义疏财"这四个字在书中除了作者评论外，多出于身处困境的游民之口。林冲报仇雪恨、火烧草料场之后，四处逃亡，又为柴进所救。他感谢柴进说："既蒙大官人仗义疏财，求借林冲些小盘缠，投奔他处栖身。异日不死，当以犬马之报。"此时，林冲已经从一个小军官彻底变为有罪案在身的游民。武松杀嫂之后，流放的路上，在十字坡黑店与张青夫妇谈起江湖，盛赞宋公明"仗义疏财，如此豪杰"。宋江初见李逵便给他十两银子，李逵感激不已，寻思道："难得宋江哥哥，又不曾和我深交，便借我十两银子。果然仗义疏财，名不虚传。"身在社会底层，为钱所困，才会对他人的仗义疏财特别敏感和特别感激。

"仗义疏财"这个词大约起源于元代民间，元杂剧屡有使用。如郑廷玉的《看钱奴买冤家债主》就有"如今那小的仗义疏财"之说。元代的仗义疏财还没有什么特别深的含义，主要是指不吝啬、肯施舍，任何人都能用。经过《水浒传》的使用，仗义疏财有了特别的含义，使它带有江湖气和英雄气了。它是英雄好汉之间的惺惺相惜，又成为他们之间的连接纽带。仗义疏财是江湖人崇仰的精神品质，哪个仗义疏财，经过江湖人的宣扬就会名满江湖，成为此人在江湖上行走的资本，手面特别大的就有可能成为江湖领袖。明中叶以后，通俗文艺作品中使用仗义疏财的逐渐增多，它逐渐成为标准甚至是优秀江湖人的标志。《说唐》中秦琼、单雄信在绿林中享有极高的声望就在于他们仗义疏财，也是这种品质奠定了他们在江湖上的领袖地位。就连不是写江湖生活的《儒林外史》，其中也有一回是"马纯上仗义疏财"，写马为了救蘧公孙的灭门之灾，在蘧公孙不知情的情况下，为朋友两肋插刀，花光了一年的束脩。这"仗义疏财"为有点迂腐的马二先生涂上了几分侠气、英雄气。

　　后世论及梁山好汉往往以"劫富济贫"评价他们行为的正义性。其实他们没有做过以此为目的的事情。《水浒传》中写散财货于民众仅有三处。一是打破祝家庄之后，宋江本来要洗荡村坊，石秀陈述了祝家庄村民钟离老人帮助他的事迹，祝家庄才免遭洗荡，每家发了一石米；第二次是打下青州后，考虑到作战时烧了许多民房，"天明，计点在城百姓被火烧之家，给散粮米救济"，其他金帛米粮都装车运回梁山；三是打下大名府后，把"金银宝物、缎匹绫锦，都装载上车子"运回梁山，并打开粮仓，一部分运走，一部分分给"满城百姓"。真正无条件分粮给百姓只有大名一次，可能还与大名距梁山太远，粮食体积大、长途运输不便有关。因此很难说梁山以劫富济贫为宗旨，甚至这个词都没有在《水浒传》出现过。劫富济贫出现于明末，那时海上枭雄郑芝龙（郑成功之父）自称是"劫富施贫"。而且当时朝廷也承认，工科给事中颜继祖上言："海盗郑芝龙生长于泉，聚徒数万，劫富施贫，民不畏官而畏盗。"[1]此后，如清代的通俗文学作品，特别是侠义小说中才较多用"劫富济贫"这个词。

[1]《明史纪事本末》卷七十六。

为什么人们对《水浒传》有这个印象,从而认为这个概念出自"水浒"呢?我以为这与《水浒传》屡屡讲到仗义疏财有关,而且往往在仗义疏财之后会说到"扶危济困"或"济困扶危"。张顺第一次见到宋江时纳头便拜道:"久闻大名,不想今日得会。多听的江湖上来往的人,说兄长清德,扶危济困,仗义疏财。"武松、石勇等好汉见到宋江时都在"仗义疏财"之后加上"济困扶危"。疏财是肯花钱,扶危是接济贫困。这不是"损有余而补不足"吗?不过这是自愿的,并非"劫"的结果,劫富济贫与《水浒传》没有什么关系。

## 话语的力量

《水浒传》所贡献又被后世广泛应用的造反者的话语体系,除了上面罗列的"好汉""义气""聚义""上梁山""逼上梁山""不义之财,取之何碍""大碗吃酒,大块吃肉""仗义疏财"及其衍生的"劫富济贫",还包括我在后面讲的"替天行道""招安"等。这些词汇,就单个来看,似乎没有大逆不道之处,但它们组织结合在一起便构成了与主流社会抗争的话语系统。这些不仅意在说明造反有理,而且也在告诉造反者应付统治者的技巧和策略。这些话语既是他们对抗主流社会时的心理支撑,也是他们应付社会现实生活的手段。这一点也被统治阶级中的敏感者所发现,上面所引的明末左懋第"题本"就说《水浒传》一书:

> 以宋江为梁山啸聚之徒,其中以破城劫狱为能事,以杀人放火为豪举,日日破城劫狱,杀人放火,而日日讲招安以为玩弄将士之口实。不但邪说乱世,以做贼为无伤,而如何聚众竖旗,如何破城劫狱,如何杀人放火,如何讲招安,明明开载,且预为逆贼策算矣。

左懋第也看到这两个方面,一方面是造反者有了与官府朝廷对抗的手段与策略(明末统治者对此感受最为真切,张献忠就是用忽而接受招安、忽而反叛来捉弄前来镇压的明朝军队),另一方面,"有强力而思不逞"的人也被《水浒传》解除了精神束缚，使他们意识到对于既定的社会秩序反一下也没有什么了不起（梁山好汉不是已经这样做了吗？最后他们还都成为官员），从而大胆地走上造反的道路。

晚清四大"中兴名臣"之一的胡林翼说"一部《水浒》，教坏天下强有力而思不逞之民"[1]。其实这只是问题的一个方面，它还以潜移默化的方式使主流社会的人对那些铤而走险的抗争者产生几分理解。他们认识到这些造反者并非不可理喻的人物。明末郑敷教的笔记中记载了他在黄河中遇盗的情况，群盗必欲杀之，但未得到首领的批准，他终被释放，在笔记中感慨地写道："余深感宋公明仁人大度也。"[2]这也是通过这一套话语系统实现的。强盗与被劫的一方有了共同的话语，就比较容易沟通了，不会因为误解而付出不必要的成本了。

当然，主流社会对《水浒传》这一套话语接受的程度也是不一样的。有的接受程度比较深一些，如"好汉""义气""江湖"等几乎各个阶层的人都在用，甚至忘记了它原本的意义；有的较浅，如"不义之财，取之何碍""论秤分金银，异样穿绸锦"等，这大体上是在绿林人士中流传；其他如"聚义""梁山""逼上梁山""替天行道""招安"等介于两者之间。

话语不仅形成物质力量，影响着此后的社会运动，实际上它也是一种思想，《水浒传》的独特话语表达的是敢于通过武装力量争取自己利益的游民思想。这种思想也应该在思想史上有它的一席之地。

# 《水浒传》的思想创新（下）

"替天行道"从话语角度来看，它是极有力并带有政治诉求的口号。这个口号产生之后，影响了八九百年，直到现在仍然在某些人的头脑中起作用；从思想史角度来看，它是对皇权专制和权力独占制度的一个挑战，带有强烈的造反色彩。这种思想不是只停留在意识形态上，而且具有很强

---

[1][2] 转引自《〈水浒传〉资料汇编》。

的实践性。

## "替天行道"的出现

前面讲到话语的力量时也提到"替天行道",它也属于造反者的话语体系。这个口号出现虽晚,但它几乎成了《水浒传》对后世影响最大的一个观念。

"替天行道"这个词最早出现在什么时候?已不可考。就我所见到的元代以前的文献中没有。最早还是见于元杂剧高文秀的《黑旋风双献功》和康进之的《梁山泊李逵负荆》。高剧在结尾时有四句韵文:

> 黑旋风拔刀相助,双献头号令山前。
> 宋公明替天行道,到今日庆赏开筵。

"替天行道"在高剧中仅出现这一次。《梁山泊李逵负荆》中"替天行道"便成了梁山表现自我和号召群众的标志了。《李逵负荆》一开篇就有:

> 杏黄旗上七个字,替天行道救生民。

在这个剧中,被伪梁山好汉抢走了女儿的王林还赞扬梁山说,你山上的头领都是替天行道的好汉。这出戏中,"替天行道"一共出现了三次。高文秀与康进之都被元曲研究者认为是元代早期作家。可见"替天行道"这个词在元初就已经很流行了,当时南宋还没有亡,南方"说话"人在演说宋江故事时是说他们的"忠义";而在北方山东一带(高文秀是山东东平人,康进之是山东棣州人),下层文人在写宋江的故事时是强调他们的"替天行道"。哪一种观念更能反映游民的心态呢?我以为是后者。

前面说过,南宋"说话"艺人之所以在宋江故事中强调"忠义"主要是为了适应当时的舆论氛围;而元朝由于统治者是异族人,对汉人的统治就不那么在行,蒙古人似乎没有久居中原的计划似的,不像满族统治者那样认真虚心地学习汉人的统治术。因此在意识形态统治方面,有的法令看来很严，如《元史·刑法志·刑法》中规定："诸民间子弟，不务生业，辄于城市坊镇，演唱词话，教习杂戏，聚众淫谑，并禁治之。"但这能不能贯彻下去很难说，因为我们看到不仅在民间如山西、山东等地杂剧创作盛行，就是在元统治中心——大都也集中了一大批杰出的杂剧作家和颇受欢迎的艺人。在这种环境下，作家与艺人的思想得到较为自由的表现。于是，本来流行在下层社会的观念"替天行道"便记载到书面上来了。甚至可以设想宋江故事中"替天行道"的口号原来就在北方流行，只是宋统治者南渡之后这种明显带有抗上的观念在社会上才不能公开了。

在元代戏曲中"替天行道"是被视为山大王标志的，不仅梁山的杏黄旗上写的是"替天行道"，在写到其他山大王时，也会出现这个词。《宜秋山赵礼让肥》中赵礼在遇到以人的心肝下酒的山大王马武时唱道："他那片杀人心可敢替天行道。"这句话明显地告诉人们，只有敢杀人才能替天行道，它更表现了这个口号造反的属性。许多游民造反者也用这个旗帜来证明自己武装反抗的合理性，可见它是带有叛逆性的。

## "替天行道"的道教来源

元代以前"替天行道"这个观念虽然没有见诸记载，但"行道""天行道"却是个常常被人们提起的话头，无论是儒家，还是道家全这样用。从中我们还是可以寻绎出其来龙去脉的。儒家经典《左传·僖公十三年》记载晋国大饥，向秦国买粮，有人反对卖粮给晋国，秦臣子百里说："天灾流行，国家代有。救灾恤邻，道也。行道有福。"这还是泛指人皆可行之"道"，所说的"道"是指的爱人之道。《孟子·公孙丑上》所说的"夫子加齐之卿相，得行道焉"，这就是士人"行道"了，当然这个"道"是指"仁政"，也包含有爱人之意。

"天行道"这种观念出于早期道教（太平道）。《太平经》有言：

天行道，昼夜不懈，疾于风雨，尚恐失道意，况王者乎？三光行道不懈，故著于天而照八极。失道光灭矣。[1]

王者行道，天地喜悦；失道，天地为灾异。[2]

是故古者圣人，知天格法，不可妄犯也。故上古时人深知天尊道、用道、兴行道，时道王。[3]

从我们引的这些话中可见原始道教对于"行道"的意见，他们认为"道"是大自然、社会和人类的规则，按此规则而行才会风调雨顺、天下太平、长生久视。天是"行道"的，圣王也是"行道"的，人类也应照此而行。道教把"天"人格化了，并且强调"天"的行动能力。鲁迅在致许寿裳的信中曾说"中国根底全在道教"。这是讲道教在中国许多领域渗透之深，它甚至融入了老百姓的日常生活，对其许多行为起着指导和规范作用。一些讲史小说，当写到改朝换代时，其中必有个指导者，称之为"阴阳"（例如《大唐秦王词话》把唐开国名将李靖就写成"阴阳"）。所谓"阴阳"就是道士，他们上知天文，下知地理，呼风唤雨，撒豆成兵，无所不能，是造反武装的灵魂，在队伍中起着很重要的作用，可以说是造反队伍中的宗教代表。《水浒传》中公孙胜就是这种身份的人物。武装造反者从道教那里接受了对"天"能"行道"的认知，而造反的游民有着强烈的主动进击精神，当他们感到"天"不能"行道"时，便要发挥自己的主动精神——"替天行道"，以此表达自己的反抗意志。

《水浒传》的作者也很明白"替天行道"与道教的关系，他把"替天行道"这个关键词让"九天玄女"郑重地向梁山未来领袖宋江开示。九天玄女是道教的女神。《云笈七签》卷一一四中说黄帝战蚩尤之时，王母派一女神，人首鸟身，对黄帝说，我是"九天玄女"，向黄帝传授兵法兵书和政治军事策略，使黄帝得以取胜。可见《水浒传》的作者也认为这个口号是源于道教的。

宋代道教中也有类似的用法，以阐明"天"和"道"的关系。如《宋

---

[1] 见《太平经·乙部·守一明法》。
[2] 见《太平经·乙部·行道有优劣》。
[3] 见《太平经·丁部之十四》。

朝事实》卷七"道释"部分其中就记有"真君"对凤翔知府李铸说的话："为官求理在贞明，智慧俱通临事情。观天行道合阴德，食君爵禄常若惊。""观天行道"与"替天行道"不仅只有一字之差，而且造词方式也是相同的。

## 什么是"替天行道"？

什么是"替天行道"？这要从元人对它的理解说起，因为元代人最早使用了这个词。前面所引《双献功》中的"宋公明替天行道"是与"黑旋风拔刀相助"相对的，那么"替天行道"就可以与"拔刀相助"互训。康进之《李逵负荆》说得更为明确："替天行道救生民"。《还牢末》中则把"替天行道"与主持正义联系起来。在剧之末尾，宋江说："俺梁山远近驰名，要替天行道公平。"从这些来看，"替天行道"是指梁山好汉能够救民于水火，为天下主持公道。元代杂剧中提到"替天行道"的地方大多做此解。

"替天行道"是一个临界性的口号，它极富弹性，可以做出许多解释，因为"天"和"道"这两个概念都有点模糊性。"天"既可指人格化的"天"，也可以指"天子"，即皇帝。"道"这个概念更是人言人殊。明初有关梁山的杂剧中"替天行道"就与元杂剧中有所差异，例如《梁山七虎闹铜台》就有"安邦护国称保义，替天行道显忠良"的句子，把"替天行道"与"安邦护国""显忠良"联系起来。《梁山五虎大劫牢》中把这些说得更具体，在第一折【混江龙】的曲子中表白说："爱的是忠臣孝子，敬的是德行贤良，害的是倚势挟权豪贵客，救的是无挨困苦孤孀。"

"替天行道"含义的变化，从词语上来看似乎不大，其实质是有不小差别的。前面说过元代文士特别是元初文士，社会地位低下，潦倒沉沦，思想意识接近游民。《双献功》作为正面人物宋江的上场诗，即我们前面引过的"家住梁山泊，平生不种田"和此后的"风高敢放连天火，月黑提刀去杀人"。这首诗恣意渲染"劫""偷""杀人""放火"，并大胆歌颂，这些词的作者绝非普通文士。在这种思想和心态的支配下，"替天行道"就会带有强烈的反抗现存社会秩序的色彩。其目的也不会是单纯的拯救哀哀无告的平民百姓,实现公平正义,而是要在政治斗争和经济斗争中表现出主动精神,自己去拿本应该属于自己的一份(这些只是他们的想法,在用暴力实现目的的时候必然会溢出目的之外)。

而《闹铜台》《大劫牢》中的"安邦护国""显忠良"就有着回归主流的倾向了,这与明代中叶完成的长篇小说《水浒传》中倡导的回归忠义的"替天行道"有一致之处。

不过"替天行道"中有个"天"字,再结合"水浒"戏中"替天行道"主要是指平反冤假错案,替官府行权,如果去除了玄虚缥缈的幻想,那么这个"天"就是明确指蒙古基层政权了。元代政治中的一个重大问题就是冤案太多,因为蒙古以一个文化落后的民族统治文化高度发展的汉民族,其统治政策、法律本身就会存在许多问题(如把人分四等,其法律地位有别)。何况当时大多行政官员没有文化,并大多不认识汉字,那时行政司法一体,这些文盲官、糊涂官审案时不出问题才是特例。冤案一多,天昏地暗,老百姓自然企盼有替天行道者出现。

## 《水浒传》的"替天行道"

元杂剧中"水浒"戏扬弃"水浒"故事的忠义主题,确立"替天行道"的口号,用替天行道来说明梁山泊事业的正面性。"水浒"戏的这一点为创作于明代的《水浒传》所继承。然而《水浒传》是从南"水浒"发展来的,主导的意识形态是"忠义",因此其中"替天行道"的口号很难有再度发展的机会。

然而《水浒传》前七十回的忠义不过是悬赘附疣,其故事真实的内容是"朴刀杆棒""发迹变泰",梁山的扩大发展和英雄好汉"发迹变泰"的故事之中出现了"替天行道"的意识。

《水浒传》中"替天行道"最早出现在第十九回,林冲火并之后,即将迎来梁山泊事业的大发展,此回结局,作者写道:"替天行道人将至,仗义疏财汉便来。"这里是把晁盖等人看作"替天行道"之人的,把他们的"发迹变泰"称作"替天行道"。江湖艺人把一些江湖人本来只是改善自己命运的追求涂上一层政治色彩。《水浒传》写了那么多山寨山头,如少华山、对影山、清风山、桃花山、宝珠寺等，山大王也有数十人，但没有一个有政治追求，只有梁山的晁盖（包括以后的宋江）才是"替天行道"，只有梁山树起了"替天行道"的大旗，与一般抢劫集团划清了界限。"替天行道"这个口号的出现使得梁山泊集团政治化了，成为有了政治追求的武装团体。

《水浒传》对"替天行道"最权威的解释当是第四十二回九天玄女向宋江授"天书"时叮嘱他：

> 宋星主！传汝三卷天书，汝可替天行道为主，全忠仗义为臣，辅国安民，去邪归正。他日功成果满，作为上卿。吾有四句天言，汝当记取，终身佩受，勿忘于心，勿泄于世。

《大宋宣和遗事》中虽也有"授天书"的情节，但九天玄女娘娘这段话中仅有"忠义"，没有"替天行道"。而且所有的南"水浒"的故事中都没有"替天行道"这个口号。不过《水浒传》中九天玄女娘娘也没有把"忠义"忘了，而是把它与"替天行道"结合在一起，"替天行道"为主，"忠义"为辅，目的是辅国安民。这种理解是接近明初杂剧的，把"民"和"国"联系在一起。第五十三回戴宗向公孙胜的老师罗真人说"晁天王、宋公明仗义疏财，专只替天行道，誓不损害忠臣烈士，孝子贤孙，义夫节妇，许多好处"。这与《大劫牢》中"爱""敬""害""救"那段唱词没有什么区别。第五十六回宋江本人向徐宁劝降时，更进一步把它与"招安"联系起来："现今宋江暂居水泊，专待朝廷招安，尽忠竭力报国，非敢贪财好杀，行不仁不义之事。万望观察怜此真情，一同替天行道。"仿佛"替天行道"与官方的意识形态没有什么区别了。第六十五回宋江对索超说，许多朝廷的军官之所以投降梁山，是因为"朝廷不明，纵容滥官当道，污吏专权，酷害良民，都愿意协助宋江，替天行道。若是将军不弃，同以忠义为主"。可见随着梁山好汉向主流社会回归，向"忠义"回归，元杂剧中消失的"忠义"，《水浒传》中又回来了。"替天行道"有了"忠义"做后盾，就理直气壮起来，在攻打大名府时，把它堂而皇之地写入声讨檄文与安民告示：

梁山泊义士宋江，仰示大名府，布告天下：今为大宋朝滥官当道，污吏专权。殴死良民，涂炭万姓。北京卢俊义乃豪杰之士。今者启请上山，一同替天行道。特令石秀先来报知，不期俱被擒捉。如是存得二人性命，献出淫妇奸夫，吾无侵扰。倘若误伤羽翼，屈坏股肱，拔寨兴兵，同心雪恨。大兵到处，玉石俱焚。天地咸扶，鬼神共佑。劫除奸诈，殄灭愚顽。谈笑入城，并无轻恕。义夫节妇，孝子顺孙，好义良民，清慎官吏，切勿惊惶，各安职业。谕众知悉。

这事情虽然与"水浒"戏的故事有类似之处，但这是旗帜鲜明地声罪致讨的明文，而且把"替天行道"与为民除害、杀贪官污吏、保护良民、保护"义夫节妇"等结合起来。把"替天行道"与"忠义"说成本属一体，这也得到老百姓的理解。第六十五回写张顺下山到建康请神医安道全，路遇一老汉：

老丈道："他山上宋头领，不劫来往客人，又不杀害人性命，只是替天行道。"张顺道："宋头领专以忠义为主，不害良民，只怪滥官污吏。"老丈道："老汉听得说，宋江这伙，端的仁义。只是救贫济老，那里似我这里草贼。若得他来这里，百姓都快活，不吃这伙滥污官吏薰恼。"

这不仅写出了梁山的宣传得到民众的承认，而且突出了梁山好汉与一般"草贼"有根本的区别。忠义堂前高高飘扬的杏黄旗，上面书写的是"替天行道"，说明梁山不是一般山寨，而是有政治诉求的武装团体了。第七十一回"忠义堂石碣受天文　梁山泊英雄排座次"，更利用神道设教的手法，将这种政治诉求神权化：从地里挖出的石碣上，一边镌刻着"替天行道"，一边镌刻着"忠义双全"。

当它的权威确立了，作者就能充分利用"替天行道"这个口号的弹性，特别是七十回以后就淡化它的造反性，用"招安"解释"替天行道"。

支持梁山"招安"的朝内人士宿太尉和宋徽宗枕头旁边的女宠李师师都在徽宗皇帝面前为梁山"招安"说好话，他们也是用"替天行道"表彰梁山好汉"忠义"的。在李师师家，燕青在李的掩护下对宋徽宗说：

> 宋江这伙，旗上大书"替天行道"，堂设"忠义"为名，不敢侵占州府，不肯扰害良民，单杀赃官污吏、谗佞之人，只是早望招安，愿与国家出力。

"愿与国家出力"，为王前驱，似乎已经完全归顺了朝廷，与统治者完全站在一起了，朝廷应该无条件接纳他们才是。然而，北宋统治者没有马上对梁山招安，《水浒传》中说是因为朝中奸臣破坏，我以为根本的问题是最高统治者对他们不相信，认为"替天行道"是欺骗，它只是一个与朝廷争夺民众的幌子。第七十四回，御史大夫崔靖上奏说"替天行道"只是"曜民之术"（欺骗老百姓的手段）。对梁山人物的分析是"此等山间亡命之徒，皆犯官刑，无路可避，遂乃啸聚山林，恣为不道"。另外，他们觉得这个口号里还是隐藏着老百姓不该有的东西，即那些"亡命之徒"的无所畏惧的进击精神（"恣为不道"）。不是在特别没有办法的时候，封建统治者不会接纳这些"替天行道"的好汉的。

在古人看来，"天行道"除了上天以外，只有最高统治者敢用，其他谁（包括王公大臣）也不敢声张自己可以这样做。应该说只有脱离宗法网络的游民敢为天下先（否则不能生存）。游民没有社会依靠之后才逐渐认识了自己的力量，他们觉得当"道"不能行于天下的时候，自己有权去代替"天""行道"。游民提出和利用这个口号表明，他们敢于依靠自己的力量改善自己的境遇，使自己有个比较好的出路和前途，不必靠谁赐予。也就是说，他们力图使用不合法的（在中国古代，也根本没有合法的手段）、暴力的手段去实现即使在封建统治者看来也是合理合法的目的。如"全忠仗义为臣，辅国安民，去邪归正"，敬重保护"忠臣孝子"，清除"赃官污吏"，乃至"救生民"，铲除不公，实现社会正义，这些乃是社会上下的共识，谁也不能说它们不该实现。关键在于谁去实现它。

在统治者看来，程序比目的更重要，也就是说"谁给"比"给什么"

更重要。梁山好汉们的要求虽不过分，但应该等着朝廷赐予，不可自己去取，如果老百姓要自己动手去取，统治者认为这是违背程序的，至少被认为是一种僭越行为。统治者认为自己的权力是得之于天的，"行道"是自己的职责，更是自己的权力。这个权力不能随便假手于王公大臣和左右亲信，如果形成这种局面，那就是"太阿倒持""大权旁落"。统治者内部尚且如此，何况是处于社会最底层的游民？在最高统治者看来，"道"宁肯不"行"，也不能允许处在被统治地位的人代他去"行道"，也就说"庖人虽不治庖，尸祝不越樽俎而代之"。在统治者还有力量的时候，他们绝不能允许人民自己去取统治者答应赐予的东西，认为这样就是"犯上作乱"。可是当他们力量不足或稍有理性的时候便较慎重地考虑一下这个口号的实际目的，放松一点对程序的苛求，给它们一定的存在空间。由此可见"替天行道"的临界性。被统治阶级把它当作反抗或牟利的旗帜，统治阶级有时也可以容忍。它能把大批的具有反抗精神的群众（在封建时代主要是游民）集合到这面旗帜下与政府对抗，也能带领具有一定规模的武装造反队伍向朝廷投降，招安做官。

当游民受到招安归顺朝廷以后，这个口号也要做些调整。宋江带领梁山好汉投降朝廷以后，便收起了"替天行道"的杏黄旗，打出了上写有"顺天""护国"字样的两面红旗。从"替天"到"顺天"，把自己这点主动进击精神收起了，这是统治者所愿意看到的。从《水浒传》七十一回以后的情节看，宋江的"替天行道"还是真诚的，他把这个口号看成梁山好汉忠于朝廷、忠于国家的招牌，当也是绿林出身的王焕带兵来清剿梁山时，斥责宋江："安敢抗拒天兵！"而宋江回答是："我这一班儿替天行道的好汉，不道得输与你。"意思是"你是'天兵'，但我们是'替天行道'"！旗鼓相当。后来征辽国时，连辽君臣也知道梁山是"替天行道"的。而且宋江连身后都考虑到了，当朝廷赐死宋江时，宋江还对李逵说："我死之后，恐怕你造反，坏了我梁山泊替天行道忠义之名。"所以给李逵的酒中也下了毒药，二人一起归天。这里作者是要塑造一个与岳飞类似的"宁可朝廷负我，我忠心不负朝廷"的忠臣形象。

## 《水浒传》之后的"替天行道"

"水浒"戏和《水浒传》问世以后,"替天行道"的口号不胫而走。我想这与它的通俗性有关,谁都能懂,不像《太平经》中说得那样复杂晦涩。人们一看"水浒"戏,一听《水浒传》都明白了"替天行道"是怎么一回事儿。另外,宋江的"宁可朝廷负我,我忠心不负朝廷"的忠臣形象,为"替天行道"赢得了道德制高点。因此许多不能见容于主流的行为甚至非法行为都爱打出"替天行道"的旗帜,为自己争颜面、找合法性,争取在主流社会立足。后世的许多绿林豪强、游民暴动、农民造反都爱模仿梁山好汉,自称"替天行道"。如《说岳》中岳飞手下大将牛皋,在占山为王时,自称"公道大王",聚众山中,称孤道寡,替天行道。这虽是小说家言,但也的确反映了明代中叶以后的风气。清代最大的游民组织天地会,始终高张"替天行道"的旗帜,把梁山作为自己的模仿对象。他们这样做,就是考虑到这面旗帜是进可以攻、退可以守的,并且具有号召力,能为大多数人所接受。一百年前,义和团在"反清灭洋"时打的是"替天行道"的旗帜;后来"助清灭洋"了,还是这面旗帜(见《西巡回銮始末记》),似乎很自然。义和团的大师兄们从来没有觉得这有什么矛盾,当局也能容忍。民国时期大小杆子的土匪也常常以"替天行道"为旗帜。例如民国初年河南的白朗就是这样,有一首民歌唱道:"老白狼,白狼老。抢富济贫,替天行道。人人都说白狼好,两年以来贫富都均了。"可见"劫富济贫""替天行道"一类旧式口号还有很强的号召力。其实正像英国学者贝思飞所说:"向穷人慷慨解囊——无论是发放食物还是在队伍经过时大把抛掷钱币——也有助于抬高土匪乐善好施的形象,同时又增加了施予者自我满足感。"(《民国时期的土匪》)"替天行道"给老百姓带来不了什么实际利益。

"替天行道"最初是游民提出的口号,而且反映了游民的主动进击精神,然而它的思想内容并没有超出皇权社会的思想体系。从本质上来说,它可以作为缓和社会危机的一个手段,对皇权社会的长治久安是起着协调作用的。皇权专制社会这个超稳定的社会结构是不自觉地在动态中实现的,游民各种形式的暴力抗争也正是这个"动态"中的一部分。造反从当时的统治者角度看是破坏社会秩序,是颠覆性的,可是从后世的研究者来看,这种造反恰恰是自觉不自觉地修复了皇权社会。暴力消灭的是皇权社会的悬赘附疣,新建的王朝与旧王朝没有什么本质的区别。

元代杂剧的"替天行道"对社会是有颇为广泛的影响的。取代元朝的游民皇帝明太祖朱元璋在自己的尊号上加上了"开天行道"四个字,无疑这是对"替天行道"的模仿,从山大王的朱元璋到开国皇帝明太祖当然要从"替"到"开"了。

《水浒传》是整合了有关宋、元的"水浒"故事成书的,就其总的思想倾向来说是要宣扬忠义。然而前七十回英雄聚义故事与忠义关系不大,因此,忠义往往与故事情节游离,成为附加的标签。只有到了聚义完成之后,故事矛盾逐渐转为梁山与朝廷的关系时,忠义才逐渐显露出来,而且由于时代的原因和南宋传下的故事,把当时忠义的榜样岳飞的悲剧遭遇融入其中,这样,就给《水浒传》作者的整合带来很大的困难。于是使得前七十回与以后的故事在主调上显得不和谐,宋江的形象离生活原型太远,成为这部小说的败笔。

本章说的思想创新,不是讲《水浒传》所贡献的以前思想家没有涉及的思想观念有多么进步,对于人类社会的进展有多么重要的正面价值。我着眼于它所反映的底层社会游民的思想情绪,很少甚至根本不见于其他记载,而这些通过系列话语对于后世社会运动影响极大,甚至对于生活在社会底层的人的思想起了主导作用。这是研究《水浒传》和社会运动的人必须注意的。

# 《水浒传》中的江湖人物

前面我说过,《水浒传》,特别是前七十一回主要写游民江湖,讲述了许多江湖人"发迹变泰"的故事和江湖上芸芸众生的喜怒哀乐。这些故事往往成为以后走江湖者正面或反面的教材。这些人物中有江湖领袖,有摇羽毛扇的(古人所谓"谋主"),有老江湖,也有许多江湖新秀,还有更多的不由自主在江湖上混迹的芸芸众生。

## 成功的江湖领袖——宋江

### 山大王与江湖领袖

山大王很好理解,就是盗匪头头,可是过去一看到这个人物就定性为"农民起义领袖",变得不能批评,使得研究不能展开。山大王的主要任务就是带领喽啰抢劫,然后主持上下大体上都能满意的分配。当然,他们也希望山寨兴旺,能够有效抵御官军的清剿,但这需要许多条件的凑泊,不一定能实现,总的来说一般的山大王没有远略,过一天算一天。有些厌倦了盗匪生活的就想回归主流社会。《青琐高议·王寂传》写壮士王寂杀吏后,与一帮无赖子割牲祭神,结为兄弟,到山中落草,成为山大王。过了一段时间后,他就与同党说,"山行水宿,草伏蒿潜,跳跃岩谷中,与豺虎为类,吾志已倦"(可见山寨生活并不都像梁山泊那样浪漫)。后来借新皇帝登基,大赦天下,得以洗手不干,回归社会。

前面讲过江湖是隐性社会,既然是个社会则必然有其秩序,有秩序则必有领导与被领导（隐性社会的领导与被领导的关系不是选的和任命的，大多情况下是自然形成的），于是就有江湖领袖。既然江湖是隐性社会，那么其领袖也大多处于地下或半地下状态（如《说唐》中二贤庄的员外单雄信）。江湖领袖也可能下海，成了山大王，但这种山大王往往比一般的山大王有点眼光，不局限于"抢东西、抢人"，也不单纯追求"夜夜洞房，天天过年"的生活，而想把山寨事业做强做大，给弟兄们寻求更好更光明的出路。他原有的江湖领袖的身份也会对他的设想提供助力。如果形势适宜，这种具有双重身份的山大王也可能起而夺天下，从隐性社会的领袖一跃而为天下共主，这也不是完全不可能的。汉代的开国皇帝刘邦就做过芒砀山的山大王，当然这是少之又少的。

我们分析宋江要兼顾宋江山大王和江湖领袖这双重身份。梁山泊的三代寨主，王伦、晁盖、宋江，王伦是纯粹无大志的山大王，晁盖、宋江都是实实在在的江湖领袖，后来又兼山大王。还有一个可以称为江湖领袖的，但他没有这样的愿望，这就是柴进。

王伦只是个"山大王"，如同少华山的朱武、桃花山的李忠。但王伦与这些山大王不同之处在于，他是"不及第的秀才，因鸟气合着杜迁来这里落草"。他对杨志说自己曾到汴京考过武举。宋代的武举考试很荒谬，主要考"文"，又是文官主持的，像王伦这类半瓶醋的"秀才"，武不武，文不文，受气是肯定的。他没有"十分本事"，又没有过闯荡江湖的经历，没有黑道艰难的历练，突然一竿子插到底，直接做了"山大王"，成了山头老大，肯定"不服水土"。王伦天生又是小心眼，心胸狭小，不能容人。先是不接受柴进推荐的林冲，再三刁难，为自己制造了宿怨；后来又拒绝来投的晁盖、吴用这股远胜梁山的力量，给受"鸟气"的林冲以火并的机会。王伦身死事败，为江湖笑。"李卓吾批"中嘲笑他说"可惜王伦那厮，却自家送了性命。昔人云：'秀才造反，十年不成。'岂特造反，即做强盗，也是不行底"。这是个不成功的山大王。

晁盖与王伦不同，在上梁山以前已经被江湖人默认为领袖了，所以有了生辰纲这一大注财富，公孙胜、刘唐不自己当老大组织人劫取，而是千里迢迢跑到郓城县来找晁盖，举这位不相识的人为老大，向他献宝，可见在江湖上晁盖所受信任之深和威望之高。有此机缘，林冲火并了王伦之后，才有可能推举他为领袖。

  （林冲）手拿尖刀，指着众人说道："据林冲虽系禁军，遭配到此，今日为众豪杰至此相聚，争奈王伦心胸狭隘，嫉贤妒能，推故不纳，因此火并了这厮。非林冲要图此位。据着我胸襟胆气，焉敢拒敌官军，剪除君侧元凶首恶。今有晁兄仗义疏财，智勇足备。方今天下，人闻其名，无有不伏。我今日以义气为重，立他为山寨之主。好么？"众人道："头领言之极当。"

  威猛如林冲都认为凭着自己的心胸胆气，不能"拒敌官军"，不能剪除"元凶首恶"。而晁盖"智勇足备"，"无人不伏"，能带领大家干，而且晁盖"仗义疏财"，决不会亏待大家，这是江湖人选择头领的关键。晁盖正是靠这些品质成为梁山泊上下一致拥护的第一把手。

  可是晁盖当了山大王后，所做的仅仅是"再教收拾两边房屋，安顿了阮家老小。便教取出打劫得的生辰纲——金珠宝贝，并自家庄上过活的金银财帛，就当厅赏赐众小头目，并众多小喽啰。当下椎牛宰马，祭祀天地神明，庆贺重新聚义。众头领饮酒至半夜方散。……一连吃了数日筵席，晁盖与吴用等众头领计议，整点仓廒，修理寨栅，打造军器——枪刀弓箭，衣甲头盔——准备迎敌官军。安排大小船只，教演人兵水手，上船厮杀，好做提备"。除了给大家多分财帛，拢住人心外，就是大吃大喝和安排一些事务性的工作。晁盖曾是众望所归的江湖领袖，但他真的担纲之时，却令人感到他力不从心，很少有实际作为，其工作的水平也就是一般的山大王。

  晁盖力图做的是好山大王，不施暴虐，又得到了享乐的资源，他多次告诫部下"只可善取金帛财物，切不可伤害客商性命"。这能算什么呢？最多也就是《故事新编》中写的"华山大王小穷奇"，只要求路人"留下一点纪念品"，而不"剥猪猡"，更不杀人。晁盖和他手下弟兄们也满足于"不怕天，不怕地，不怕官司。论秤分金银，异样穿绸锦。成瓮吃酒，大块吃肉"，关上寨门做皇帝。如果拿江湖领袖这个准则要求晁盖，他还差许多。比如他应该对于天下与周遭的形势有点理解，对于山寨事业发展有些期待，对于山寨的工作有个长短的计划与安排，对于追随他的众弟兄有点责任感，为他们的以后做出安排。这些方面，我们除了看到梁山打造兵器、防备官军进攻，没忘记搭救陷在牢狱的白胜和酬谢对梁山有恩的宋江以外，再也感受不到晁盖的作为了。他是一个合格的山大王，却不是称职的江湖领袖。

晁盖最大的问题是缺少江湖领袖资质，因为做江湖领袖是有点政治性了，这就需要眼光和手段。晁盖不仅没有眼光，而且胸无城府。领袖人物必备的抬高自己、神化自己的策略，有拉有打、纵横捭阖的手段，以及培植自己的贴身力量等方面，晁盖全无作为。他最大的毛病是事情紧急时，没有主意（如在江州劫法场），应急的智慧和能力很差。这是他不能称职的根本原因。

为什么在江湖上晁盖被视为领袖呢？因为江湖只是一个"场"（这些前面已经讲到），是由于江湖人的活动游走形成的，江湖领袖不是江湖人选出来的，而是江湖人凭接触和口耳相传的印象得出来的。什么才能得到江湖人的美誉？第一就是仗义疏财。江湖人落魄不偶，衣食无着，甚至挣扎在生死边缘，只要稍施援手，就容易得到他们发自内心的拥护。柴进为什么在江湖上有极好的声誉？在饭馆里霸着桌子不肯让人又狂言连"大宋皇帝也不怕他"的石将军石勇，开口便说："老爷天下只让得两个人，其余的都把来做脚底下的泥。"那两个人中第一个就是柴进。同样在江湖上有很好名声的晁盖，听到林冲说到柴进时都感慨地说："小可多闻人说，柴大官人仗义疏财，接纳四方豪杰，说是大周皇帝嫡派子孙。如何能勾会他一面也好。"可见柴进的江湖声誉之高。这个声誉是他拿银子换来的。沧州道上酒店老板介绍说："你不知俺这村中有个大财主，姓柴名进，此间称为柴大官人，江湖上都唤做小旋风，他是大周柴世宗子孙。自陈桥让位，太祖武德皇帝敕赐与他誓书铁券在家中，谁敢欺负他。……（他）常常嘱付我们：'酒店里如有流配来的犯人，可叫他投我庄上来，我自资助他。'"这在外人看来有点"神经"，为什么要厚待罪犯？实际上这正是富贵闲人追求不平凡生活的一种表现，如同《儒林外史》中娄三、娄四公子闲着没事要设"人头会"一样。因为"犯人"不管是好是坏，大多是有点特殊性的，令人好奇。柴进有的是花不完的钱，他用这些钱招待一下"流配来的犯人"，说不定就能碰上一个令柴进激动的人物，林冲不就是一个吗？然而柴进不是真正的交际家，也没想拉拢江湖人拥戴他当领袖，所以他的钱没少花，但没花在刀刃上；他只有声誉，并没有拉拢到多少江湖豪杰。幸好，他的江湖上行走只是玩票，没有追求实际的收益，没有做领袖的想法，所以即使被迫上了梁山，也只是干个闲差。真正的江湖领袖是宋江。

## 一个成功的江湖领袖

《水浒传》中的宋江是成功的江湖领袖，后来下海又成为有眼光、有抱负、有策略的山大王，但是他在身份转换过程中，急于求成，又不会做官，最后演了一出人生悲剧。然而这不能否定他在江湖上与山寨中的作为。

### 一、脚踩黑白两道

宋江出场[1]时已经不是统治者希求的良民了。书中介绍说，他与父亲务农，守些田园过活，"于家大孝"，人称"孝义黑三郎"，这是最为主流社会肯定和赞美的道德品质。宋江还在郓城县兼着押司的职务，负责案卷，他是个公职人员（当时称为"公人"）。他"刀笔精通，吏道纯熟"，"且好做方便，每每排难解纷，只是周全人性命。如常散施棺材药饵，济人贫苦，赒人之急，扶人之困"。在郓城县里，宋江有极好的声誉和人事关系。阎婆惜的事出来了，从知县、朱雷二都头到三班衙役都主动替宋江分解和摆平，打压原告。这些说明在主流社会中宋江是个吃得开的人物。然而有良好的社会关系不等于他是良民，如同《儒林外史》的潘三（潘自业），为人豪爽，人称"潘三爷"，一出场也是众星拱月，说一不二，实际上也就是个无恶不作的"市井奸棍"。

为什么说宋江不是"良民"呢？因为此时，他名为郓城县负责公文的吏人，这个行当既是官面，又要与"贼情公事"即所谓黑道打交道。元

---

[1] 有的学者认为古本的《水浒》应从第十八回宋江出场开始："只见县里走出一个吏员来……""那押司姓宋名江，表字公明，排行第三，祖居郓城县宋家村人氏。为他面黑身矮，人都唤他做黑宋江。"

代杂剧《鲁智深喜赏黄花峪》宋江一上场就说："自小为司吏，结识英雄辈。"所谓"英雄"就是江湖上称雄称霸的人物。可见宋江已经脚踩黑白两道，是黑道白道全都吃得开的人物。前面已经说到吏胥在宋代的地位，宋江本身是处在社会边缘的，很易滑落江湖，其行为本身又说明他早已与江湖建立了密切的联系。所以才会一见晁盖的案卷，第一个念头就是，"晁盖是我心腹弟兄。他如今犯了弥天之罪，我不救他时，捕获将去，性命便休了"。所以甘冒着风险舍命去救。

《水浒传》告诉读者宋江具备了江湖领袖的基本素质：第一，仗义疏财，这是最被游民和江湖人崇拜的品质。《水浒传》故事中，宋江是最大方的，他走到哪里，银子就撒到哪里，仿佛是赵公元帅。金圣叹也随之处处批评、鄙薄这种"以银子为交游"的恶劣作风。这是从文人士大夫立场上看问题，如果站在八天没有吃饱饭的游民立场上绝不会这样想。这时他们连做梦都会梦到朋友的帮助。江湖人常说的"出外靠朋友"，期待的就是这种有恩有义的朋友。宋江正因为有银子，在江湖朋友身上也肯于花银子，他才成为江湖人崇拜的对象，在游民奋争的江湖上，宋江是备受爱戴的"大哥大"。

第二是宋江"更兼爱习枪棒，学得武艺多般"，尽管以后的宋江故事里并没有证明他"学得武艺多般"，但是因为好武、习武是江湖人必备的品质，而且是梁山好汉团结的基础，所以江湖人必须有此品质。既然朝廷重文轻武，那么江湖就应该反其道而行之，"重朝廷之所轻，轻朝廷之所重"。这也是《水浒传》的核心价值之一。从这个简单介绍里我们就可知道，这些介绍说明宋江虽然是脚踩两只船，但这两条船都是很坚实的。在黑白两道宋江都为自己营造了广阔的空间，宋江是主流社会、隐性社会都吃得开的人物，这是专制社会中江湖领袖和造反领袖人物很重要的特征。

前面我们讲过吏胥在宋朝是没有工资的，后来经过苏辙的呼吁，朝廷六部九卿的吏人有了点工资，地方州县的吏胥还是没有。他们所担任的事情极繁，很多与利益有关。正如司马光所说："又府史胥徒之属，居无廪禄，进无荣望，皆以啖民为生者也。上自公府省寺、诸路监司、州县、乡村、仓场、库务之吏，词讼追呼、租税繇役、出纳会计，凡有毫厘之事关其手者，非赂遗则不行。是以百姓破家坏产者，非县官赋役独能使之然也,大半尽于吏家矣。"[1]"居无廪禄,进无荣望"这两句说的似乎就是宋江,平常没有收入,又没有进身升迁的希望,只能通过做吏的机会大发横财,也就是"以啖民为生",要吃老百姓。老百姓的"破家坏产",吏胥有不可推卸的责任。宋江手面那么大,出手阔绰,他不像柴进是世代贵胄,有着花不完的钱,他无非就是一个小财主,有个小庄园也不会太大,其花销来源应该是与做吏有关的。

古代州县与吏胥有关的日常政务就两件大事,一是刑事民事诉讼,一是租税徭役。这些事情都与金钱有极密切的关系,但它们又非得经过吏胥之手,于是"非赂遗则不行"了。这类事情《水浒传》中写了许多,不仅反面人物如董超、薛霸者流如此,即使正面人物甚至是梁山一百零八将中的人物如戴宗、雷横、蔡庆、蔡福索贿受贿都很丑恶,但只要是倾向梁山的,《水浒传》并不以为非。书中没有正面写宋江如何索贿受贿,但宋江有更体面的办法得到这一切。而且吏胥弄钱的各种门径中,最有油水的就是"涉黑案"。黑道来钱容易、出手阔绰。当生辰纲案暴露以后,宋江在第一时间内"担着血海也似干系",飞马报与晁盖知道,后来晁盖在梁山当了一把手之后,马上派刘唐拿了一百两黄金作为酬谢。这就是一例。像这类事情,大概不会只有晁盖一例。不用宋江索贿,宋江也鄙薄像戴宗似的索贿[2],主动送上门来的一定不少。宋代以来官匪不分、兵匪不分、警匪不分,黑白两道混淆,就源于宋代对衙门吏胥的政策。

## 二、花钱买来的领袖?

当然,宋江不是一生下来就脱离主流社会、立志做江湖人的。大约宋江出生以前,宋家也就是一个小有产业的家族了。家庭对他这个长子(宋江绰号"孝义黑三郎",这个"三"有可能是家族大排行,包括不出五服的堂兄弟,从《水浒传》看,他确是宋太公的长子),肯定会有些期盼。宋江自己也曾赋诗言志:"自幼曾攻经史,长成亦有权谋。恰如猛虎卧荒

---

[1]《温国文正公文集》卷二十三。
[2] 宋江讥笑戴宗拿着棍子向人索贿:"人情,人情,在人情愿。你如何逼取人财,好小哉相!"

丘，潜伏爪牙忍受。"当时读书人最大的企望就是"朝为田舍郎，暮登天子堂"，学而优则仕。宋代科举制度日益完备而且比较公正，出身于平民家庭而能通过科举走上仕途的越来越多，有的甚至获得高位，给大多数读书人以刺激，鼓励他们走这条道路。宋江的文才比较一般，大约是投考科举无望，才到县里做吏。宋代做吏一般都在本地，虽然名声不太好，但在本地做吏能给家族带来许多实际的利益，因此当时的大家族往往把自己的子弟分为两拨，念不好书的，可以在家乡做吏胥，以保护家族利益；读书好、有文才的子弟则送往京城参加科举考试，争取到朝廷里做官，取得清望。这样家族才能壮大起来。

做了吏的读书人大多也就没有"登天子堂"的希望了，此时他们的唯一理想也许就是弄钱了。宋江在弄钱之外还交朋友，而且把弄来的钱花在交朋友和施舍孤弱上，也许这是他与一般吏胥的不同之处。朋友本属儒家的五伦之一，交朋友本身不是坏事。儒家的朋友之道是"责善辅仁"，是提高自己思想境界之助。但宋江交的朋友不是这类朋友，从《水浒传》一书中，我们也看不到他与文人士大夫交往的痕迹，他交的是江湖上的朋友。这一点书中写得很明确：

> 平时只好结识江湖上好汉，但有人来投奔他的，若高若低，无有不纳，便留在庄上馆谷，终日追陪，并无厌倦（"终日"二句写尽宋江对朋友无微不至的关切与尊重）。若要起身，尽力资助。端的是挥霍，视金似土。人问他求钱物，亦不推托。

闯荡江湖之人，四处漂泊，居无定所。对于这些人的投奔，宋江一律欢迎，不仅有吃有喝有住，走时还有盘缠赍送，特别不易的是"终日追陪，并无厌倦"。常言"人无千日好，花无摘下红"。久在江湖奔走的武松、石秀都懂得这个道理，因为他们都受过白眼冷遇。全部《水浒传》中唯有宋江违背了这条规律，他对各个层次的江湖朋友不烦、不厌倦，这是最难得的，花钱还在其次。应该承认宋江虽然是个江湖领袖，但也不乏好善之心。对于钱，他看得很轻，梁山送他一百两黄金，他只收了一锭，其余退回，后来还想把它给卖汤药的王公，作为这个孤独老人的养老送终之资。书中描写宋江的心理活动,"何不就与那老儿做棺材钱,教他欢喜?"这是他特别会花钱之处,使有限的金钱发挥了最大的作用。

例如,武松在柴进的庄园里住了一年,其花销少说也得数十两银子吧,而且武松是在有了人命案之后逃到"柴大官人处躲灾避难"的,本来应该对柴进有更多的亲近感。可是由于武松脾气不好,左右人都说他的坏话,柴进对武松也简慢了,使得这个亡命者有了人情冷暖之感,对柴进不无怨言,甚至想投奔宋江。宋江在柴进处初见武松,就留"武松在西轩下做一处安歇"。宋江为人很细,看武松的落魄相,就拿出银子为他做衣服,人是衣服马是鞍嘛,结果还是柴进出的钱。此后宋江"每日带挈他一处饮酒相陪,武松的前病都不发了"。等到武松到清河县寻哥哥时,宋江一送再送,并认了武松作为兄弟,最后:

> 宋江叫宋清身边取出一锭十两银子,送与武松。武松那里肯受,说道:"哥哥客中自用盘费。"宋江道:"贤弟不必多虑。你若推却,我便不认你做兄弟。"武松只得拜受了,收放缠袋里。宋江取些碎银子,还了酒钱。武松拿了哨棒。三个出酒店前来作别。武松堕泪,拜辞了自去。宋江和宋清立在酒店门前,望武松不见了,方才转身回来。

这真是江湖上做大哥的"范儿",有情有义,那"一锭十两银子"顶寻常的百两、千两,其中包含着关切与期待,是人们很难学到的。从中我们可以看到宋江送钱,不单纯是钱,里面有一份人情在,这往往是其他"仗义疏财"的江湖人未必能想得到的。江湖领袖被江湖人称为"大哥",这一称呼本身就包含着江湖人对于关爱的期待,宋江是最能满足这种期待的,同样仗义疏财的晁盖、柴进都不能。而且晁盖、柴进等不会与江湖人沟通交流,《水浒传》中很少见他们与投奔来的江湖人谈心,更无宋江的"终日追陪,并无厌倦"的风范。因此"宋大哥""公明哥哥"独能叫响江湖,而且流传后世。

《水浒传》也说晁盖"仗义疏财",但晁盖多是被动的,如解救刘唐是因为刘是奔他来的,在三阮身上花钱是因为要拉他们入伙,后来救宋江因为宋对梁山有恩，没有见过晁盖主动帮人。宋江帮人多出于主动，在揭阳镇上看到病大虫薛永在那里卖艺，到要钱时，打钱的托盘转了两周，众人都白着眼看他，没有一个给钱。此时宋江身为流放的配军，却给了五两银子，难怪薛永感激涕零："这五两银子，强似别的五十两。自家拜揖，愿求恩官高姓大名，使小人天下传扬。"对于李逵也是这样。初见李逵，李逵正赌输了钱，宋江马上拿出十两银子帮他翻本。从此李逵对他五体投地，至死相随。宋江虽然主动散钱，仿佛赵公元帅，但其内心有没有小九九，我们不必做诛心之论，但宋江为这些江湖人解了难，这些人自会把他的事迹广泛传播。用后世江湖隐语说也就是帮助宋江扬名立万。另外，这些江湖人各有特长，如武松的武功和为人诚笃，李逵的忠直与一个心眼，薛永浪迹江湖的经验，对于宋江来说都是宝贵的。客观上这是宋江在江湖上的一笔投资，为他在江湖上行走开辟了道路。我们宽容点说，这种散钱的方式已经成为宋江性格的组成部分，如果这些钱成为一笔巨大投资，成为他在江湖上发展的助力，那么也并非设计好的，可以说这是无目的的合目的性。宋江与柴进滥花钱、凡是流放犯就有一份资助不同。

给江湖人花钱，被江湖人视为"义气"，这不同于救助弱小。宋江给王公百年归寿的钱；给卖糟腌的唐牛儿点零钱花，帮他们解决点困难，这都不是"义气"，而是施舍，是不需回报的。我认为义气所施的对象是与自己命运相等之人，施予者是企望回报的，而且江湖人也这样看。因此江湖上有言"滴水之恩，当涌泉相报"。当清风山要投奔梁山泊时，秦明表示质疑，"只是没人引进，他如何肯便纳我们"。宋江给他讲了生辰纲的故事，秦明听了马上转忧为喜。在这方面，宋江也是很清楚的。他在向晁盖通报消息时就对他说："哥哥不知，兄弟是心腹弟兄，我舍着条性命来救你。"这是报出了自己为此举动所付出的风险代价，不可等闲视之。江湖人的确也给了他许多有形和无形的回报，江州劫法场是人们都看到的，至于宋江在江湖上的名望，许多江湖人闻名即拜，则是无形的。后来，他上了梁山当了第二把手（晁盖还在的时候），受到梁山好汉的拥戴，这都是自然而然的。《水浒传》中说：

（宋江）且好做方便。每每排难解纷，只是赒全人性命。如常散施棺材药饵,济人贫苦,赒人之急,扶人之困。以此山东、河北闻名,都称他做及时雨。却把他比做天上下的及时雨一般,能救万物。

孟子说:当民众饱受暴君的虐待,此时有了圣王出世,人们盼望圣王"若大旱之望云霓也。归市者不止,耕者不变。诛其君而吊其民,若时雨降,民大悦"[1]。宋江既能施舍,又能满足江湖人的期待,被江湖人视为"义薄云天",受到江湖人无条件的拥护,被称为"及时雨",其含义与"大救星"相去不远了。

### 三、江湖领袖之路

宋江在脚踩黑白两道时,已经颇具江湖人望,被视为"救星";但他真正成为江湖领袖还在于在江湖上奔走时所遭遇的磨难。正像李卓吾批语所说:"凡是有用人,老天毕竟要多方磨难他。只如宋公明,不过一盗魁耳。你看他经了多少磨难。"因而李卓吾说宋江是"真命强盗","真命"如同真龙天子一样。宋江杀阎婆惜之后,便离开家乡,走向江湖。第一次磨难就是在清风山的两次危难,都差点一命呜呼。后来他指挥清风山的兵马,连同青风寨武知寨花荣打破了青州官军的围剿,"大闹青州道",收服了来围剿他们的青州兵马统制霹雳火秦明和兵马都监镇三山黄信,最后带领这一干人等投奔梁山泊。

第二次磨难是宋江被父亲书信骗回家,结果被郓城知县抓起来,发配江州,一路上几经风险,多次面临死亡,好容易挣扎到了江州,遇到戴宗、李逵,受到他们的照应;又酒醉浔阳楼,题反诗,被赋闲在家的通判黄文炳发现、控告,被判处斩刑,幸得梁山和一路结识的好汉劫法场,宋江、戴宗得救,又到无为军抓了黄文炳,报了仇,与大家共赴梁山。这一次宋江正式下海,上梁山做了山大王。

从这两次磨难中,宋江感受到了自己在江湖上的位置与威望,每当自己有意无意地亮出"及时雨宋公明"这块牌子时,江洋大盗也好,地痞混

---

[1]《孟子·梁惠王下》。

混也好，都会肃然起敬，"纳头便拜"，拥戴他为大哥。清风山上锦毛虎燕顺等人很自然地便把山寨的军事指挥权让给宋江，自己听其调遣。这增加了宋江的自信，甚至有点自我膨胀了。到了江州，监狱长戴宗成了仆从，李逵就是打手，这时宋江的自我感觉与他囚徒的身份形成巨大的反差，所以才有浔阳楼醉题反诗之举。题反诗正是宋江渴望上山下海这种内心冲动的外化。第一次磨难中，宋江在清风山实习了山大王的工作，从派兵打仗，设计招降，到攻城掠寨，率队转移，都干得有模有样。最后，清风山这一伙人马"宋江教分作三起下山，只做去收捕梁山泊的官军"，一起投梁山去。宋江不仅显示了做山大王的能力，也很快具备了山大王的凶狠与残酷。杀刘高夫妇、杀黄文炳的血腥已经令人咋舌；为了收服秦明，宋江还派人假作秦明把青州城外数百家的男子妇人杀倒一片，切断秦明返回青州的路，秦明一家老小也因之被青州的慕容知府处死。这还是郓城县内几乎获得人们一致好评的宋江吗？

在江湖上受到格外推重的宋江感到做领袖的风光，也逐渐领会到做好领袖的诀窍。其中最重要的就是不断地抬高自己、神化自己，要有自己的力量和自己的政治主张。如果说宋江初闯江湖时的行为还有点"无目的的合目的性"的话，江州以后做领袖的目的意识就越来越自觉（晁盖不成功就是缺少这种意识），于是便自己神化自己了。

如浔阳楼题反诗后，黄文炳向蔡九知府告发宋江，蔡以为"量这个配军，做得什么"，不予重视。黄就借"街市小儿谣言"，"耗国因家木，刀兵点水工。纵横三十六，播乱在山东"，说它应在宋江身上。后来宋江被救出，回到梁山大聚会，在庆喜筵席上，宋江向众头领又说起受奸人陷害一事："叵耐黄文炳那厮，事又不干他己，却在知府面前胡言乱道，解说道：'耗国因家木'，耗散国家钱粮的人，必是家头着个木字，不是个宋字？'刀兵点水工'，兴动刀兵之人，必是三点水着个工字，不是个江字？这个正应宋江身上。那后两句道：'纵横三十六，播乱在山东。'合主宋江造反在山东。以此拿了小可。"初到梁山，晁盖要宋江做一把手，宋江坚决不干，甚至"若要坚执如此相让，宋江情愿就死"。但他又讲了这个故事，并通过解释这首童谣表明在山东造反的领头人应该是宋江，而非其他人。这不是给晁盖难堪和借他人之口褒扬自己吗？宋江为人处世很有经验，他说的这些话不是无心之言。紧接着就是回乡接老爸，他又制造了九天玄女授天书的神话。在"还道村受三卷天书，宋公明遇九天玄女"中，宋江迈出神化自己的重要一步。"这娘娘呼我做星主，想我前生非等闲人也。这三卷天书，必然有用"。这与"耗国因家木"是互相呼应的，所谓"上应天象""下有谣谶"。但"遇九天玄女"毕竟只是宋江一人的"遭遇"，不好向众人宣布，只悄悄地与吴用讲了，并"与吴学究看习天书"。吴用心领神会，懂得神道设教对建立梁山秩序的重要，这样才有了"忠义堂石碣受天文，梁山泊英雄排座次"。如果没有"神"的帮助，很难想象这些来自不同山头、分属不同集团的一百零八位将领，怎么能够建立起令行禁止的战斗秩序。

**四、"架空晁盖"与"聚义厅改为忠义堂"**

江湖如同主流社会一样，也存在权力之争，不同的是对于确定下来的权力，在主流社会相对稳定，而江湖上则瞬息万变。比如一个皇朝确定下来，少说也要几十年，长点就一二百年，这一二百年内，这个王朝就被神化为神圣不可侵犯。江湖领袖哪有这样长的？另外，主流社会中被确定下来的秩序，一般不允许更动；而江湖是正在形成中的秩序，如不是有生死纪律的秘密帮会，江湖人都有选择的自由。

宋江上了梁山后，面对的是安于山大王生活、很少有长远打算的晁盖，自己和弟兄们今后如何？难道一辈子占山为王，老了怎么办？似乎他没有考虑过。就是抵御政府的征讨围剿，也没有一套说法。中国人的传统中对于做事，特别是规模动静较大的事情（例如起兵反叛之类）很注重"说法"，也就是要设计一套或真或假的理由，没有"理由"就有点"名不正，言不顺"的感觉，很难得到人们的认同。晁盖没有"理由"（"大块吃肉，大碗喝酒"的理由拿不出手），宋江就要制造"理由"，这从一上山就开始了。

这个"理由"就开始于宋江为自己制造的神话。九天玄女在救宋江脱险时对他说的："汝可替天行道为主，全忠仗义为臣，辅国安民，去邪归正。他日功成果满，作为上卿。"这段话可以视为宋江自己的政治纲领，其中最重要的就是"替天行道"四个字。此后宋江未当政时没有公开宣布,但肯定与自己的亲信说了,鼓励他们这样干。于是,在戴宗、李逵到蓟州请公孙胜时,公孙胜的师傅罗真人不放,戴宗向罗真人求告说,"晁天王、宋公明仗义疏财,专只替天行道,誓不损害忠臣烈士、孝子贤孙、义夫节妇,许多好处"。当然这里晁天王只是连类而及,其实晁盖都不一定知道有"替天行道"这个词。晁盖在世时宋江第一次说"替天行道"是在第五十六回劝说金枪手徐宁上梁山,"见今宋江暂居水泊,专待朝廷招安,尽忠竭力报国,非敢贪财好杀,行不仁不义之事。万望观察怜此真情,一同替天行道"。待晁盖第六十回被史文恭射死后,宋江暂时代理寨主之时,公开宣布梁山泊的政治方针就是"替天行道":

　　小可今日权居此位,全赖众兄弟扶助,同心合意,同气相从,共为股肱,一同替天行道。如今山寨人马数多,非比往日。可请众兄弟分做六寨驻扎。聚义厅今改为忠义堂,前后左右,立四个旱寨,后山两个小寨,前山三座关隘,山下一个水寨,两滩两个小寨。今日各请弟兄分投去管。

　　为读者所熟悉的梁山泊"替天行道"的杏黄旗也是在宋江执政之后打出来的。第六十一回赚卢俊义上梁山,通过卢的眼睛看出:"卢俊义……只听得山顶上鼓板吹箫。仰面看时,风刮起那面杏黄旗来,上面绣着'替天行道'四字。转过来打一望,望见红罗销金伞下,盖着宋江。"如果没有"替天行道"这个"理由",或说政治方针,梁山泊只是个抢劫集团。这里的山大王有可能较别处的盗匪好些,但不会有本质区别。有了这个政治方针才从盗匪向武装政治集团过渡。

　　在"评论《水浒》"的政治运动中,还"把晁的聚义厅改为忠义堂"看成是定宋江为投降派的铁证。其实每个盗匪集团的山水寨中都有聚义厅,并非梁山泊所独有,其功能是干什么呢?就是坐地分赃的地方,如《水浒传》第二十回所写"晁盖等众头领都上到山寨聚义厅上,簸箕掌栲栳圈坐定,叫小喽啰扛抬过许多财物在厅上,一包包打开。将采帛衣服堆在一边,行货等物堆在一边,金银宝贝堆在正面。众头领看了打劫得许多财物,心中欢喜。便叫掌库的小头目,每样取一半收贮在库,听候支用。这一半分做两份。厅上十一位头领均分一分，山上山下众人均分一分。把这新拿到的军健，脸上刺了字号，选壮浪的分拨去各寨喂马砍柴，软弱的各处看车切草"。宋江不甘心把梁山泊永远定位在盗匪集团上，虽然今后还要抢劫，还要分赃，但先从换掉这个不名誉的名字开始。"忠义堂"是具有传统意识形态，并能得到广大民众认同的名号。

从上述可见，宋江在下海之前就有一定的政治理念，上梁山之后便把自己的理念付诸实施，自然与没有任何方针的晁盖拉开了距离，追随他们的江湖人可以自由选择。又由于晁盖不作为，处处看到宋江在做事。因此不是"架空晁盖"，而是晁盖自我"空洞化"，或说自己甘心"大权旁落"。后世评论"水浒"，多有主流社会的"从一而终"的观念，认为晁盖上梁山最早，人们就应该永远奉他为梁山之主，仿佛旁人不能觊觎更不能染指他的权力，不懂得江湖上权力转移非常频繁，有能力的上，没能力的下，甚至被火并，王伦就是一例。虽然《水浒传》的文字里也隐隐透露晁盖对宋江的不满，临终前竟给宋江设下一个铁门槛，让他不能逾越，甚至要断了他成为梁山泊之主的期望。书中写道：晁盖"转头看着宋江，嘱付道：'贤弟保重。若那个捉得射死我的，便叫他做梁山泊主。'"但总的说来，宋、晁二人还是善始善终，晁盖归天之后，其神主牌位上写着"梁山始祖天王晁公神主"，在残酷的政治斗争中，这个结局就算不错了。晁盖故去了，他成了梁山泊的精神领袖。

## 举措失当的身份转换

如果说宋江作为江湖领袖和山大王都是成功的话，那么在其回归主流社会和身份转换的过程中则是失败的，而且酿成一百零八将的悲剧和个人悲惨的下场。虽然七十一回之后宋江身份转换中以及转换后的生涯描写里受到了各个时代主流意识形态的冲击（如南宋的忠义，元末以来"驱逐鞑房"的民族意识等），但从总体上来看写宋江回归主流、热衷招安做官与"水浒"原有的主题——"朴刀杆棒"和"发迹变泰"——并没有根本的冲突，就是说作者的原意也是要写宋江"要做官，杀人放火受招安"的，主流意识形态的干扰并没有影响这个主题表达，只是小说中过多地为宋江的

"忠义"唱赞歌,甚至把南宋军民对于岳飞的同情、悲悯和尊敬投射在宋江身上,则使得"杀人放火受招安"这个主题表达得不近人情。那个时代既然扯起了造反的旗帜(如果用造反集团定义梁山泊,它似乎还不够格,梁山泊在宋江领导期间仅是个有政治追求的抢劫集团),失败的几率几乎是百分之百;成功当皇帝的几率连千分之一、万分之一都没有,那么造反者在求死的冲动之后(造反之起,其领导者大都有求死的冲动),冷静下来考虑问题的时候,妥协求生肯定是大多数人的选择。回归主流社会,过安定生活,只要有可能,还是大多数人的愿望。宋江的"招安"不是什么"背叛",而是一百零八将多数人的愿望。

从历史事实来看,宋江也是被招安了,还做了官。历史上的宋江集团被招安是出于双方的需要,而小说中招安的故事写得缺少逻辑性(例如为什么在梁山泊全面优势、朝廷处在军事劣势的情况下,宋江还急着要招安),但接受招安还是使得宋江这个江湖领袖的形象更完整。因为作为江湖大哥有责任把弟兄带出泥沼,走上光明前途。遗憾的是,宋江对于高级官场政治操作缺少理解(甚至作者也是不甚了了),认为只要忠诚就会被君王认同,就会被朝廷接受,就会一路顺风。其实事情哪有那么简单,忠而被谤、信而见疑几乎是古往今来铁定的官场逻辑。忠臣好下场的不多。再说,宋江所带领的是一帮江湖人,就算宋江本人投降朝廷的目的是"全忠仗义,辅国安民",但你能保证一百零八将都这样想?其实绝大多数人归顺的目的还是谋生存、求发展,与当初的下海当盗匪没有什么区别。在这些方面宋江没有什么考虑,没有在朝廷之中建立自己的安全保障系统。既然能够花钱买通"忠臣"(凡是站梁山一边的都是忠臣)宿元景,为什么不肯花钱拿下朝中的奸臣蔡京、童贯、高俅?他们不比"忠臣"更爱钱?其实疏通忠臣不要花很大力量,因为他已经站在你一边了,需要下力搞定的是奸臣。宋江只着眼于不太管事的"艺术家皇帝"——宋徽宗,这是他重大的失策。梁山泊招安以后,队伍并没有被打散,是有实际力量的,宋江对此也没有充分利用,以保护自己和弟兄的安全。

从宋江的个人悲剧来看就是他在身份的转换过程中举动失措,分不清哪些在主流社会中只是门面语,哪些是潜规则。比如"全忠仗义,辅国安民",如果是一般的朝臣说这些话,皇帝尽管未必全信,还要听一听,一个曾经做过盗匪的抢劫集团的首领说这些话，皇帝连听也不要听的，根本建立不起来互信。可悲的是宋江单方面相信朝廷，主观上还要按照忠臣的准则办事，并认为这就会得到皇帝的认同，结果是一杯毒酒了终身。

## 宋公明——永远的江湖大哥

《水浒传》中的宋江有成功与失败，并非完美的人格，后世评论家对宋江这个形象也是有褒有贬，但是对底层社会，特别是游民团体，宋大哥是绝对的正面形象，公明哥哥成为他们的领袖和保护者的代名，其地位仅次于游民膜拜的关圣。天地会的入门诗就有"桃园结义三炷香，有情有义是宋江"的句子。江湖领袖为什么叫"大哥"而不叫"大爷"呢？因为这个江湖是游民生活的空间，而游民之间的组织，最初都是平等的，而且特别标榜平等。它不像主流社会（当时的社会是皇权专制社会），一谈到人与人之间的关系，首先要想到的不是里外远近，尊卑贵贱，而是平等的组合。那时还没有新的组织形式为他们提供结合的范式，他们只能模仿宗法关系中的兄弟，建立他们之间的关系。这种关系直到近世的秘密会社中仍然如此。秘密帮会天地会常挂在口头的就是"四海之内皆兄弟""哥不大，弟不小"。

作为"大哥"宋江是合格的。这在他投入江湖之前就做了许多铺垫，颇为现代读者訾议的不经过花荣同意就把他的妹妹嫁给毫无心肝的秦明，把"天然美貌海棠花"的扈三娘嫁给"五短身材，一双光眼"的矮脚虎王英，在当时江湖人看来这正是大哥体贴人情之处，这也是宋江受到江湖人发自内心拥护的原因。梁山泊一百零八将，他们所受教养不同，贫富不一，地位悬殊，只有宋江能把这些很少有共同点的人黏合起来。对于社会地位高的呼延灼、关胜等朝廷武将，和地方富豪卢俊义、李应等，宋江能礼贤下士，仁厚待人，极尽谦卑、谦恭之能事；对于武松、石秀等社会层次较低的人则是推心置腹，痌瘝一体；如李逵那种蛮横粗鲁的作风，恐怕是人见人怕，常人所不能堪，连利用他的戴宗也有些讨厌他，经常戏弄他，唯有宋江对李逵却十分殷勤，甚至连对他责罚、打骂也都用父母责罚孩子的态度，旁人从中感受的也是亲切，这些都是做"大哥"的资质。

宋江壮大了梁山的队伍，并关心自己集团的每一个成员，希望善始善终，把梁山这艘巨舰引向安全的港湾（当然这一点不成功），安排好梁山兄弟的后半生，努力让他们有个好的结局（这一点也不成功）。如果我们不拿现代社会革命领袖的标准来要求他，就是从那个时代武装头领的角度来观察他，应该说梁山兄弟还没有跟错了人。李逵临死前说"生时伏侍哥哥，死了也只是哥哥部下一个小鬼"，李逵这种深情是梁山泊许多将领的感受，吴用、花荣就双双自缢宋江坟前。宋江尽了大哥的职责，这种人在武装反叛的领袖人物中也不是很多的。关于宋江的故事在其身后的广泛流传可能与此有关。

## 大哥形象的类型化

"大哥"本来是江湖团伙的领袖，更是中国传统通俗文艺作品类型化的人物形象，这种形象的出现往往有李逵式的人物为陪衬，暗示这些大哥们所带领的是有进击精神（或说造反精神）的一伙，他本身是具有领袖或潜在的领袖身份的。他们有可能成长为政治集团的领袖，也可能是一个集团的首领，但是他们不可能只生活于个人的私生活中，必然参与社会斗争。这种"大哥"超出了游民和江湖的生活范围，如《三国志通俗演义》中的刘备本是一国之长，在小说中则是"大哥"的形象，有张飞作陪衬；岳飞是爱国的、带有儒风的高级将领，然而在《精忠说岳》中他是"大哥"，并有牛皋作陪衬。其他如《说唐》中的秦琼，有程咬金作陪衬；《杨家将》中的杨延昭，有孟良、焦赞等作陪衬。这些"大哥"都是历史上实有其人的，在历史上他们地位各异，性格也有差异，然而他们在通俗文艺作品中出现时，都有了相近的性格（例如性格仁厚、关怀他人），在故事所描写的社会生活中起着类似的作用。

为什么会出现这种现象？一是生活本身的昭示。许多"打天下"的人物就是这种组合。有时人们说他们都是配着套来的，直到清末的曾国藩与鲍超的关系仍与此相类似。江湖艺人在自己的生活实践中，看到许多具有强烈造反精神的江湖人的文明度比较低，他们必须有"大哥"一类的人引导才好前行；而一帮有领袖欲的社会边缘人物只有在李逵这一类型人物为他打拼的努力下,他的愿望和理想才可以实现。从游民文化的反社会性来看,"大哥"式的人物是因李逵式的人物的存在而存在的。或者说"大哥"类型的人物是游民造反生涯的制动器。二是"大哥"这种类型的人物具有一定的政治上的模糊性(从上面的分析可以看出),以市场为目的的通俗文艺作品的创作需要他,因为他们的思想行为经常可以做两种或两种以上的解读,这样才能为这些以描写游民生活和奋斗内容的文艺作品在专制主义统治下争取存在的空间。三是许多通俗文艺作品都是江湖艺人创作的,"大哥"的形象最初也是江湖艺人创造的。后来他们不仅用这种理解诠释游民生活,而且把历史上或现实中的许多故事照此理解去诠释,于是就出现了许许多多并非游民领袖的"大哥"。这种创造不仅成为一种创作模式,而且成为一种欣赏习惯,甚至把"大哥"这个词语运用到生活之中,成为一种共名,不仅土匪中、起义军中有"宋大哥",在日常生活中,那些带有点逆反倾向的集团中的头头也往往被人尊称为"某大哥",这种影响一直波及近代,只要关心一下反映这类生活的文艺作品都可以看到。

# 江湖的中坚力量(上)

## 摇羽毛扇的吴用

### 一、游民知识分子

作为文学形象来看,吴用塑造得不是很成功,但这个形象在梁山泊有着极重要的地位,其所蕴含的社会内容也极丰富,还是应该做深入分析的。

吴用的身份当属于游民知识分子。宋江的文化水平并不逊于吴用,甚至高于吴用,但前面分析宋江并未谈他是游民知识分子,因为宋江有稳定的职业和相当的财富,因此只能按照宋江的职业——吏胥来确定其身份,视之为社会边缘人。而吴用确是游民知识分子,拙作《游民文化与中国社会》中说,学而优则仕,这就是古人读书的目的,读书人奔走于出仕的路途上,不管他是否做了官,都被视为是"士"。"游民知识分子则大多绝了出仕做官的愿望,不在这条路上奔走了。他们靠被文人士大夫所不齿的职业或手段去谋生",他们不是"士"了。另外"游民知识分子比一般游民更具有'游'的特点,也就是说,他们的流动性更大",而且"他们中间的许多人是溷迹社会下层的,并与游民有着较密切的联系,成为游民的首领,或者是游民的意识、理想和情绪的表达者"。这类人物在宋代(特别是在南宋)开始大批地出现。吴用是符合这个标准的。

在经济、政治、文化和科学技术多种因素的刺激下,宋代的文化教育得到空前的发展,使得读书人大量增多。有些掌握了一定文化但由于各种原因绝了做官的希望,又没有一定产业可以高卧归隐的知识人,就成了我所说的游民知识分子。这些人可能成为江湖艺人,可能成为各种各样江湖骗子,可能成为豪门贵府的帮闲,也可能参与造反活动,关键在机遇。底层人物搞起来的无论是武装反叛,还是武装抢劫,都会因为领导人没文化,而使活动的效益与规模受到影响,这时就需要有策划人,需要摇羽毛扇的出场协助。梁山上具有举足轻重地位的军师吴用,副军师、宗教代表公孙胜都是这类人士。有了这些人,情况就不一样了,他们会提出斗争策略,会神道设教,从而吸收更多的人加入反抗的队伍。此类人物参与决策,对于武装力量的壮大起着决定作用。例如为北宋真宗时益州起事的王均出谋划策的"宰相"张锴,就是"粗习阴阳,以荧惑同恶"的道士之流(见《通鉴长编纪事本末·王均之变》)。南宋初杨幺起义最初的领袖钟相也是巫师、道士一流,史书上说他"以左道惑众"(熊克《中兴小纪》)。梁山上的吴用、公孙胜也是宋江等武装抗争活动的重要决策人。

## 二、作为军师的吴用

吴用是个三家村学究,只是教授几个小小蒙童的乡村教师。中国虽然号称尊师重道,实际上对这种农村启蒙老师是很看不起的。《儒林外史》写了一个周进,他就是吴用一类角色,因为老成谨厚,谁都看不起,甚至包括他的学生及学生家长,被人嘲笑戏弄。而吴用不是这样,平时结交江湖朋友,在江湖上有自己的字号,一提智多星、吴学究、加亮先生,江湖朋友都知道;他还注意维持好在本地的关系,与独霸村坊的富户晁盖有很好的交情。从这些地方都可以看出吴用不是个安分守己的人物。他主动介入

"智取生辰纲"的活动，而且成为谋主，诱使"三阮"入伙，完成了"七星聚义"，策划方案，最后把那十万贯金银珠宝搞到了手。从此他就成为晁盖、宋江武装集团的军师。

江湖艺人对这位军师的学识与才智极尽赞美之能事，其出场的《临江仙》云：

> 万卷经书曾读过，平生机巧心灵，六韬三略究来精。胸中藏战将，腹内隐雄兵。
>
> 谋略敢欺诸葛亮，陈平岂敌才能，略施小计鬼神惊。字称吴学究，人号智多星。

就拿他在卢俊义家写的"藏头诗"（寓"卢俊义反"）来看真是显示不出什么才学来，与宋江在汴京李师师的筵席上那首《念奴娇》（天南地北，问乾坤何处可容狂客）根本不在一个档次上。至于政治与军事谋略，江湖艺人在塑造吴用的形象时尽量把他往《三国志通俗演义》中的诸葛亮身上靠，表面上有些像，其道号就叫"加亮先生"（《大宋宣和遗事》就叫吴加亮），仿佛比诸葛亮还高上一筹。实际上两者有明显的区别，虽然在"说三分"（《三国志平话》）和元杂剧中诸葛亮的形象被"妖道化"了，但《三国志通俗演义》的作者还是想还原诸葛亮的本来面貌。诸葛亮是个政治家，有政治目标和政治理想，对天下大事有个整体的认识和未来的设想，三顾茅庐，"隆中对"，未出茅庐而知天下三分。这些描写生动的故事情节十分成功地塑造了这位胸怀开阔、举止从容、谨慎对待出处进退的儒者政治家的风貌。而吴用则是风闻有注横财要从此地过，马上凑了上去，看看自己有没有加入从而得到分一杯羹的机会。虽然《三国志通俗演义》中的诸葛亮有些"智而近妖"，但他还是有人文关怀的。第九十回写诸葛亮七擒孟获，火烧藤甲军，许多兵将死于山谷之中。诸葛亮垂泪叹曰："吾虽有功于社稷，必损寿矣！"左右将士，无不感叹。这是作者感叹，也写出了诸葛亮作为军师的自责，这是从尊重生命出发的。吴用则是以成功为目的，很少考虑到这种成功会给他人带来祸害，赤裸裸地表现出游民贱视自己生命、漠视他人生命，只关注自己的成功和利益的特点。

吴用与晁盖等人初上梁山之时，寨主王伦不愿意接纳他们，于是，吴用秘密策划了林冲火并王伦。然后是鹊巢鸠占，反客为主，毫无不安之感。林冲请晁盖为山寨之主，晁盖有些惭愧，说自己"强杀只是个远来新到的人，安敢便来占上"？可是林冲把第二位让于吴用时，他就很少推辞，认为自己当然是第二位的人物。从表面上看来他是秀才打扮，"生得眉清目秀，面白须长"，一派文质彬彬，可是丝毫没有人文关怀，其行事残忍程度与李逵相去无几。他设计赚取卢俊义，不仅把卢俊义搞得家破人亡，卢俊义本人也是备尝苦难，在正月十五日放灯过节时攻城，更是使大名府城中老百姓吃尽了苦头。负责军事总调度的吴用根本没有顾及老百姓，还是柴进看到乱杀不好，"寻着吴用，急传下号令去，教休杀害良民时，城中将及损伤一半"，这才得到一些缓解。为了赚取朱仝，杀了年方四岁、生得端严美貌的小衙内。事情是李逵干的，主意是吴用出的，其罪更大于李逵。这些都表明，读过书、教过书的吴用（那时儒家经典是必教书），仿佛没有受到儒家的东西什么影响，这在古代读书人中还是不多见的。

梁山泊在作者笔下一百零八人团结一致，亲密无间，实际上也有小圈子，不仅身份不同的人很难糅合到一起，即使都是山大王，也因为来自不同山头而有隔阂。不过这些都在"结义"和"替天行道"的名义下被掩盖了起来。宋江上山后，梁山就渐渐分出两大派系，一是晁盖，一是宋江。前面说过晁盖是个不作为的山大王，而宋江却充满了进击精神，积极进取。原属于晁盖小圈子的吴用，看到宋江势力大、人气高，不声不响走到宋江团队中来了。书中虽未细写，但也提到宋江得到"九天玄女""天书"之后，回到山寨"与晁盖在寨中，每日筵席，饮酒快乐，与吴学究看习天书。不在话下"。晁盖只有与宋江一起饮酒吃饭的份儿，而研习"天书"，却只有宋、吴二人。作为有想法的二把手，宋江是把吴用看成自己心腹的。从此吴用一心追随宋江，唯宋江马首是瞻。七十一回后，梁山泊形势大好，宋江一心一意想招安，最有可能矫正宋江一厢情愿幻想的是吴用，而且他作为军师也有这个责任，而吴用则是无所作为。在征辽的故事中，有辽国使者欧阳侍郎劝降故事。欧阳走后，宋江问吴用的意见：

　　吴用听了，长叹一声，低首不语，肚里沉吟。宋江便问道：

"军师何故叹气?"吴用答道:"我寻思起来,只是兄长以忠义为主,小弟不敢多言。我想欧阳侍郎所说这一席话,端的是有理。目今宋朝天子至圣至明,果被蔡京、童贯、高俅、杨戬四个奸臣专权,主上听信。设使日后纵有功成,必无升赏。我等三番招安,兄长为尊,止得个先锋虚职。若论我小子愚意,从其大辽,岂不胜如梁山水寨。只是负了兄长忠义之心。"宋江听罢,便道:"军师差矣!若从大辽,此事切不可题。纵使宋朝负我,我忠心不负宋朝。久后纵无功赏,也得青史上留名。若背正顺逆,天不容恕!吾辈当尽忠报国,死而后已。"

虽然宋江征辽的故事,系《水浒传》成书之后的补作,但吴用降辽的主张还是符合他的游民性格的,不就是解决个人发展问题吗?"人生失意无南北",到哪里不是吃饭、做官、发财呢?吴用就是这个思路,由于宋江的反对,未能付诸实现。

《水浒传》吴用说了好几次"看我略施小计",这也有自吹自擂之意。他的"小计"也常常有不灵甚至误事的时候。江州假信就是一例,宋江没救了,把戴宗也绕了进去,最后不得不远行千里之遥,到江州冒险劫法场;打劫生辰纲号为"智取",其实,不智之处很多。头一年的生辰纲被人劫走,抢劫者也没张扬,但直到晁盖等人"二取"之时,还未破案,可见其抢劫者都是高手,他们事前设计之缜密,事后灭迹之迅速,都远在晁盖、吴用这一拨之上。而黄泥冈这次,"取"了不到一个月,庆祝的筵席还没有吃完,远来的客人还没有告辞还乡,这个案子就破了,县里的差役就打上门来,晁盖的老宅也被毁了,如果不是在紧急关头宋江舍命向晁盖泄密,这个案子也许就被一锅端了,一个也跑不了。吴用的智在何处?也许真的是"无用"。

当然,吴用作为军师有着强大的话语权,因为在江湖人眼中的"军师"都应该是"懂奇门,知遁甲,通阴阳,晓八卦;运筹帷幄之中,决胜千里之外",无所不能,得到所在集团上下一致的信任。吴用也是如此,在关键时刻和人心浮动之时,吴用善于运用他的话语权,对于集团或大哥的决定做出合理的解释。公孙胜一上门,向晁盖说明是为生辰纲之事,吴用马上接上话头："保正梦见北斗七星坠在屋脊上，今日我等七人聚义举事，岂不应天垂象。此一套富贵，唾手而取。我等七人和会，并无一人晓得。想公孙胜先生江湖上仗义之士，所以得知这件事，来投保正。"于是，自计划劫取生辰纲以来所发生的一切都得到"上应天象"的合理解释。第六十五回，梁山人马围攻大名府，久攻不下，天又降大雪，宋江身体不适，很想退兵，但此时有个最大的心理障碍，就是"义气"。因为卢俊义、石秀还关在大名府的死牢里，退军会不会威胁到他们的生命，是不是显得不够义气？义气是梁山泊里好汉之间的黏结剂，这是忽视不得的。此时宋江与吴用合作搞了个晁盖显灵，让晁盖神灵昭示只有退兵才是出路。这次做梦的是宋江，解释的是吴用。宋江对众人讲晁大哥显灵托梦给他说他有"百日血光之灾"。吴用道："既是晁天王显圣，不可不依。目今天寒地冻，军马难以久住。权且回山守待，冬尽春初，雪消冰解，那时再来打城，未为晚矣。"这就决定了退军。在绝大多数情况下，吴用与宋江配合得十分成功。

吴用善观人情，善于利用神道设教、怪力乱神的知识或话语把事物作对自己有利的解释，避免祸端；在战争中，排兵布阵也还有一套，现在称为谋略。其特点是利用人与人之间的信任关系，打入对方，最后来个背叛（对原有信任关系的背叛，如孙立与栾廷玉的师兄弟关系），也善于用对方人际间的缝隙为自己制造机会（如挑拨林冲与王伦火并）。这样的人内心也极阴暗，怀疑一切（如大刀关胜投降梁山泊后，关胜出兵，吴用仍对他很怀疑，派将领监视），处处显示出小家子气，毫无政治家、军事家的风度。因此，他谋略和军事上的技术技巧，也多是文人士大夫所称的"小夫蛇鼠之智"（宋濂语），不足与语大道，他确实应该属于游民这一阶层，是个不折不扣的游民知识分子。

## 面目不清晰的宗教代表公孙胜

### 一、前半期的公孙胜——江湖游方道士

从《水浒传》全书来看，公孙胜是梁山泊副军师和宗教代表。武装起事、造反是风险性极大的，都要乞灵于天帝鬼神，一是给起事者以心理安

慰，一是能调动更多力量的参与。因此在这些武装集团中大都有宗教人士（要擅长巫术）参加。《水浒传》中除了宋江自己搞些装神弄鬼活动（吴用配合）外，公孙胜就是一个通法术、有法力的宗教代表。

公孙胜出场很早，第十五回的回目就叫"吴学究说三阮撞筹　公孙胜应七星聚义"，是公孙胜的出场回次。在这回中，公孙胜的戏就占了半回，其出场也很有戏剧性。晁盖、吴用、刘唐和三阮六人，就劫取生辰纲这件大事，已经商量妥当，焚表盟誓，告祭上天，然后"在后堂散福饮酒"，以预祝合作成功。正在此时公孙胜来到晁盖门前胡闹，给钱米也不要，就是要见晁盖。看门庄客解决不了，把晁盖请出来相见。晁盖出来一看来人不仅行为怪，打扮也很古怪。他眼中的公孙胜，除了"身长八尺，道貌堂堂"外：

头绾两枚鬅松双丫髻，身穿一领巴山短褐袍，腰系杂色采丝绦，背上松纹古铜剑。白肉脚衬着多耳麻鞋，锦囊手拿着鳖壳扇子。八字眉，一双杏子眼，四方口，一部络腮胡。

"丫髻"本来是未冠者的发式，陆游的《老学庵笔记》中有"有老道人状貌甚古，铜冠绯氅，一丫髻童子操长柄白纸扇从后"的记述。公孙胜一人兼老道与道童，老不老，小不小，十分滑稽。晁盖问其来历，那先生答道："贫道复姓公孙，单讳一个胜字，道号一清先生。小道是蓟州人氏。自幼乡中好习枪棒，学成武艺多般，人但呼为公孙胜大郎。为因学得一家道术，亦能呼风唤雨，驾雾腾云。江湖上都称贫道作入云龙。贫道久闻郓城县东溪村保正大名，无缘不曾拜识。今有十万贯金珠宝贝，专送与保正作进见之礼。未知义士肯纳受否？"这也是一派江湖口。先说自己能够"呼风唤雨，驾雾腾云"，如果真是这样，何不像直升机似的，直接降落在晁盖院子里，何必在门口与看门的庄客聒噪；另外那"十万贯金珠宝贝"好像就裹在公孙胜的道袍之中了，公孙胜远从千里之外而来，就是把这笔巨大财富慷慨地赠给晁盖作为进见之礼。当然，这都是子虚乌有，要拿到还要冒险去做。但江湖上干盗窃这一行的，知道这注财货，就已经把这笔财算在自己的账上了；如果盗窃不成，则为失手，如同失去自己财物一样。这是行外人很难理解的。

公孙胜自称"小道是蓟州人氏",当时蓟州(今天津市蓟州区)是辽国的领土,公孙胜怎么住在外国呢?可能是南宋临安"说话"人不谙北方地理情况,信口胡言的(后面的杨雄、石秀的故事也有这个问题)。

读者在公孙胜出场时看到的这个老道不过是个普通的游方道士罢了,做些稀奇古怪的装束,说些不兑现的大话,这些都是江湖人的常态,可是要从平常人角度来看是很怪诞的。

从公孙胜出场到第四十二回他回蓟州"接老母"(一去不返),这一段可算作公孙胜的前半生,在这一段公孙胜介绍自己时也说了他会"一家道术,亦能呼风唤雨,驾雾腾云",但从来也没有表演过,看来只是些空话。这个时期,他与一般的梁山好汉没有什么区别,说他为宗教代表也有些勉强。为什么要写与一般头领无异的公孙胜呢?可能与"水浒"故事的形成有关。《大宋宣和遗事》中讲述宋江故事时就有了公孙胜(公孙胜既非被派运花石纲十二"指使"中的一个,也不是取生辰纲八个壮汉中的一个,可能属于原来就在梁山泊中的强人),那时还没有一百零八将,还是"纵横三十六",就这三十六人中的一个,公孙胜也有绰号"入云龙"。在南宋"水浒"系的故事中也一定有公孙胜的故事,明代的《水浒传》不能弃之不顾,因此就有其前半生的故事。

## 二、后半期的公孙胜——有修养的道士

到了第五十三回公孙胜二次出山,此时是为救柴进,梁山要破高唐州,遇到太守高廉有妖术,此时的公孙胜已经叫"清道人"了。其所居修道之处,完全是个神仙世界,所谓"流水潺漫,涧内声声鸣玉珮。飞泉瀑布,洞中隐隐奏瑶琴。若非道侣修行,定有仙翁炼药"。公孙胜就在这个地方炼丹。经过反复请求,罗真人允许公孙胜出山,帮助宋江与高廉作战,此时公孙胜的装束与出场时也大不相同:

星冠耀日,神剑飞霜。九霞衣服绣春云,六甲风雷藏宝诀。腰间系杂色短须绦,背上悬松文克定剑。穿一双云头点翠皂朝靴,骑一疋分鬃昂首黄花马。名标蕊笈玄功著,身列仙班道行高。

把这段与他出场时的打扮比较一下，可见他已经完全从一个江湖游方道士变成打醮做法事的法师了，然后就是呼风唤雨，撒豆成兵。后来他所参与的战斗中，几乎是千篇一律，都是以道士的身份做法事，战胜对方。

古代战争中气候因素起的作用很大，所谓"天时、地利、人和"，天时是决定战争胜负重要三因素之一，因此自诩能够呼风唤雨的道教徒就成为古代军队中不可或缺的人物。特别是军事力量较弱的一方就更寄希望于法术，底层的武装造反者，在其初起时，力量远不能与朝廷相比，因此他们的队伍中这类人物尤多。前面说公孙胜是"宗教代表"，听到这个词，人们会与欧美军队中为将士提供宗教服务的神父牧师等同起来。其实，两者有根本的区别，神父牧师做的工作主要是照顾将士们的心灵，使他们的心灵、灵魂不至于在激烈的血腥的战争中失衡；而古代中国的宗教代表们，在将士的眼里是有神功的，他们应该利用自己的神功为自己一方提供帮助（如《三国志演义》中的诸葛亮"借东风"），甚至直接出面参战。

在宋江等人俘虏王庆、献俘之后，梁山泊诸将被封为官，此时公孙胜向宋江告辞，回乡奉母修道：

> 向日本师罗真人嘱付小道，已曾预禀仁兄，令送兄长还京师毕日，便回山中。今日兄长功成名遂，贫道就今拜别仁兄，辞别众位，便归山中，从师学道，侍养老母，以终天年。

宋江等挽留，他没有接受，飘然而去。公孙胜没有参加征方腊的战争（许多学者认为征辽、征田虎、征王庆三个故事是后来加的，那么公孙胜辞别当在宋江等招安以后）。

从公孙胜后半生的故事和描写来看，他已经是一位很有道行的道士了，而且带有文人士大夫气质，懂得出处去就；与其出场时的热衷财货、满口江湖话语的游方道士判然两人，因而使得公孙胜这个形象不仅模糊，而且前后充满矛盾。为什么会出现这种状况？我想公孙胜前半生主要是继承南宋"说话"人传下来的故事，就是一位江湖人，靠搞一些非法活动谋生；而后半生则出于后来底层文人的编写，这位文士是把公孙胜作为梁山的宗教代表来写的，不仅写他的神功道行，更注重其素养。道教人士构成复杂，其高者，与文人士大夫无别，甚至还多一分不食人间烟火的超然气度，而底层道士，游走江湖，依靠各种手段行骗的也不在少数。南宋遗留的公孙胜的故事就是底层道士的故事，而《水浒传》在完成公孙胜整个形象时，又按照高级道士的形象来刻画公孙胜，前后大相径庭，因而给读者留下的文学形象是模糊不清的。

## 说李逵

### 一、所谓的"赤子之心"

自《水浒传》产生以来，人们对李逵的评价大多是正面的，几乎是一致赞扬的。第一位点评《水浒传》的李卓吾就说他是"情真意实，生死可托"，甚至把他视为"忠义"的代表人物，并感慨地说"此李大哥之所以不可及也与"。大名鼎鼎的金圣叹认为李逵是"上上人物"，称他是"一片天真烂漫到底"，并且用孟子评述"大丈夫"的话来评价李逵[1]，说他是"富贵不能淫，贫贱不能移，威武不能屈"的。现代人说他最忠于梁山农民起义事业，对于梁山的忠诚与热爱是他做事情的出发点，并认为李逵对封建统治者威胁最大，是彻底的造反派。还有的评论家说他是"人见人爱"的人物形象。而同样大名鼎鼎的鲁迅先生就说他对李逵的残忍很是"憎恶"，因而就喜欢张顺把李逵淹得"两眼翻白"（见《集外集·序言》）。

我同样也不喜欢李逵。有一次讲座，我讲到《水浒传》中的李逵就说，如果我身边坐着的就是李逵，那我是没有安全感的，威胁你安全的人，你会喜欢他吗？有人也许问，你又不是宋徽宗（宋江等人被毒杀后，宋徽宗尚夜梦李逵抡两把大斧向他杀来，被吓醒），为什么感到不安全呢？

实际上李逵威胁的不仅是宋徽宗，他离宋徽宗很远，《水浒传》那样写只是一个象征，其实他给普通人造成的威胁更大。

像我这样的普通人之所以怕他，主要基于两个原因：第一，李逵不讲

---

[1] 皆见朱一玄、刘毓忱所编《水浒传资料汇编》，百花文艺出版社，1981。

道理。他自己也说，我是先打后商量。世间的事都有个"理"在管着。虽然极端的"阶级论者"认为不同的阶级立场有不同的"理"，我却不以为然。如果真是这样，这个世界早就分裂了。因为没有共同的"理"是没有办法对话的，正像没有共同的游戏规则没法坐在一起玩牌一样。一起打桥牌，各按照各的牌理出牌，那是连一局也进行不下去的。我承认在某些问题上，处在不同社会地位、阶级地位会有不同的理解，但在绝大多数问题上是有共同语言的。一个人要生存就要遵守理，即使发生对抗，甚至是你死我活的斗争，也应遵守共同认可的规则。因此对李逵这样不讲道理的人我就不能忍受。王小波曾说知识分子的长处是讲理，所以他们就怕遇上不讲道理的人，更怕不讲道理的时代。我算不算知识分子？不敢说。但是我相信天下有几条可以称作"几何公理"的道理管着。人生活在这个世界上是要受这些大道理管的。对于那些任何道理都不顾的人我是心存畏惧的，在生活中更要敬避三舍。

第二，中国有数千年的文明积淀，过去人们从绝对的阶级论出发，认为这是"旧传统"，应该予以否定，于是，他们只能回到野蛮；而作为游民的李逵，似乎无师自通地否定了大部分的文明积淀，返回原始。有的人说这是"赤子之心"。这个比喻不错，"赤子"就是没有经过文明熏陶的小动物，与小猫、小狗一样，能够玩于股掌，但是不能与它讲理，除非事先经过训练。但是运用这个比喻的批评家忘了，赤子、小狗、小猫是没有力量的，它们尽管没有文明规范的约束，但也不能给你造成伤害。如果你面临的是体重二三百斤、遍体黑毛、豹眼环瞪、大喝一声宛如霹雳的"赤子"，你受得了吗？他使着两把大斧，随时能杀出一条血路。这样的"赤子"你敢直接面对吗？因此用"赤子"的比喻丝毫不能表示李逵的可爱，如果你深想一下，反而会增加恐惧。赤子用小肉手拍你脸一下，你会笑个不停，试想如果李逵那张像蒲扇一样的黑掌给你一个耳光你会有什么感受？

二、游民的典型

李逵的出身是个游民，如戴宗所介绍，他在家乡"因为打死了人，逃走出来。虽遇赦宥，流落在此江州，不曾还乡"。他出场时已经有了固定工作——江州监狱的小牢子（笼统称之为差役，文辞叫作"胥"，其实就是衙门里的打手），但这个工作没有收入，要靠他从犯人身上努力榨取，戴宗向宋江要"人情"的凶恶劲就是例子，李逵索要的方式只能比戴宗更凶恶，其收入还不少，吃喝之外还有余裕去赌钱（可以想象要高出他做长工的哥哥很多）。可是就凭李逵的智力，肯定输多赢少，长期处在经济困难的阴影下。我在前面说胥吏属于社会边缘人，而就小牢子李逵来看，他仍然保留着游民的作风和气质，因此把他当作《水浒传》中的游民形象的代表来分析，离事实不会太远。

李逵出身于贫寒的农家，哥哥给人家做长工，估计李逵在未犯罪前也干类似的营生。戴宗介绍他说，打死了人，遇赦了也不还乡。李逵是沂州（今山东临沂）人，却在江州（今江西九江）做小牢子，有数千里之遥。"为他酒性不好，多人惧他，能使两把板斧，及会拳棒，见今在牢里勾当"。为什么不还乡？农民是安土重迁、留恋故土的，想来李逵在城市的生活比在农村苦做好得多，除了老母外，他也许不再想家了。阿Q要不是在城里犯了事，官府抓他，他也不会回未庄的。李逵游荡惯了，赌钱、喝酒、吃肉，今朝有酒今朝醉，这些都是典型的城市游民的作风。在农村保持这些生活方式都是不可能的，所以李逵在此间乐不思蜀了。这一点就与本分的宗法农民有了根本的差别。李逵五大三粗，能打能闹，肯定是戴宗索黑钱的打手。动起手来不会手软，像宋江这样的罪犯死了不就像"打杀一个苍蝇"！李逵这样的游民没有自己固定的主张，在谁的手下就为谁卖力。原先为"节级哥哥"戴宗卖力，后来，宋江待他更胜于戴宗，李逵遂成为宋江的死党和贴身保镖。

李逵几乎具有游民的全部特征，这种特征虽然是其社会地位和生活经历决定的，但是这些性格特征极易给人造成伤害，在文明社会里与他人是很难协调的。

### 三、文明被褫夺以后

上面说的两条，实际上就是一条，也就是脱离宗法的人，也被宗法文明所抛弃，他们日日夜夜都为生存这个第一需要而奔波，自然他们也逐渐摒弃了宗法文明，那时又没有新的文明，所以李逵在文化上是接近赤裸状态的，也就是我们常说的野蛮状态。他的许多行为只是被人的一些原始本能支配的。这是游民文化特征，它在李逵身上有突出的表现。

说李逵在文明上返回原始，这在吃饭问题上表现得淋漓尽致（人在食、色这两个问题上最容易返回原始本能）。李逵出场不久，有一次与宋江、戴宗一起吃饭，宋、戴二人嫌鱼不新鲜，吃了一点就放下了。此时李逵嚼了自己碗里的鱼，"便伸手去宋江碗里捞将过来吃了，又去戴宗碗里也捞过来吃了，作滴滴点点淋了一桌子汁水"，宋江眼见着李逵把三碗鱼汤和骨头都嚼吃了，便叫酒保给他切二斤肉来吃。酒保说了一句"小人这里只卖羊肉，却没牛肉，要肥羊尽有"。"李逵听了，便把鱼汁劈脸泼将去"，原因是"这厮无礼，欺负我只吃牛肉，不卖羊肉与我吃"。这叫什么性格？是"天真"？谁能领受这样的"天真"。这就是原始的野蛮。先贤只懂得"逸居而无教，则近于禽兽"，忽视了如果没有饭吃，也没有受过教育，那么可能就是禽兽。几千年的文明积淀，在这里一扫而光。李逵出身贫困，一直挣扎在饥饿边缘，吃饭的问题是困扰他的最大问题，又没有受过文明教育，返回野蛮是极自然的。

这些仅仅是自我表现，对他人的妨碍、伤害还不大，如果以此施之于人际关系，施之于社会，其残酷性会充分展示出来。李逵的无心之过还不说，如江州大砍看客，"三打祝家庄"时杀了扈三娘一家。这里就举他两次有意的行为。例如第五十一回，李逵杀"小衙内"。这个年方四岁、"端严美貌"的孩子被李逵用大斧劈作两半。为了赚取朱仝上梁山，便把一个无辜的孩子那样残酷地杀害，李逵丝毫不以为非。另外是第七十三回"黑旋风乔捉鬼"，写李逵为狄太公"捉鬼"，逮着狄太公的女儿与人私通。李逵把他们的头砍下：

> 再提婆娘尸首与汉子身尸相并，李逵道："吃得饱，正没消食处。"就解下上半截衣裳，拿起双斧，看着两个死尸，一上一下，恰似发擂的乱剁了一阵。李逵笑道："眼见这两个不得活了。"

这里不仅仅是没有了文明，也没有了人性。这里没有对死者的尊重（本来中华民族是有这个传统的，"死者为大"就是这个规则的体现），有的是以杀人为乐趣（简直就是恶鬼），这就是进入文明社会以前人们的蛮性遗留。如果社会上尽是这样的人，就要考虑是不是又回到了野蛮时代。这种野蛮不管人们用多么美妙的词去修饰它，都不能改变其非人的本质。

李逵最被人们赞美的就是所谓的"彻底的造反精神"（这是极具政治性的断语）。作为游民的李逵是有着鲜明的反社会性特征的，但这只表现在他的乱打乱撞上，而没有什么政治目的，因此用那种极具政治性的话语评断其行为是十分荒唐的。这正如老虎偶然吃掉了一个资本家，你不能说他具有无产阶级革命精神一样。李逵根本没有这方面的心力。上梁山后，他仿佛心智开了，几次鼓吹打到东京，夺了鸟位，做皇帝、丞相、将军。是不是此时李逵有了阶级觉悟，体会到政权的重要性了？不是。李逵追随宋江上了梁山以后，平生大愿已经得到满足，能够"大碗吃酒，大块吃肉"了，还有什么比这更惬意呢？打到东京去做皇帝、做将军只不过是这种生活的放大罢了，并非要搞什么反对大宋王朝的革命。另外，打到东京去，使他能有更多的杀人机会。他一生最大的爱好就是"打杀"，他是把打架（或放大为打仗）、杀人看作生活一部分的，不论是谁，只要杀人就好。好像他有生以来就是以杀人为目的的，所以江湖艺人带着赞赏的口吻为他命名为"天杀星"。革命与李逵的人生目的正相反，正像鲁迅所说"革命是并非教人死而是教人活的"[1]，因此李逵的行为与某些研究者所说的"革命"（而且是彻底革命）不相干！

马克思主义讲的"革命"是与生产发展、社会进步联系在一起的，不单纯是改朝换代、打江山坐江山（这种观念与被革命的朝廷的主张没有区别）。革命不是要人死，而是要人活的。李逵有什么进步观念？如果让他坐了江山，他会比大宋朝廷的统治者还要荒唐，从"李逵寿张乔坐衙"一回就可以看出。如果说老百姓在大宋朝廷统治下还是"做稳了的奴隶"，而在李逵统治下则是"做不稳的奴隶"。两者都是"奴隶"，不必褒此抑彼。而且这个"做不稳"绝不是意味着老百姓正处在良性转化时期，而是求生不得，求死多门，其生存环境正在恶化。因此，"天杀星"的"打天下"只是搅乱天下，从中自己获得好处，并让自己"杀"得开心，并没有

---

[1] 鲁迅《二心集·上海文艺之一瞥》。

《水浒传》中的江湖人物　353

给老百姓带来什么好处。所以我把李逵的反抗只视作反社会行为。长期生活在宗法网络之中的人，个性萎缩，在社会动乱中少有作为，而靠板斧和拳头为自己开路的李逵遇到事情，拳头永远在说话前面。李逵这种主动进击精神正是游民在斗争中易于取得成功的原因，特别当他面对的是个性萎缩的宗法农民的时候。所谓"先下手为强，后下手遭殃"，你还没有想好，人家的板斧早已把你的头砍掉了。

这种很少有文明积淀的游民，在参与造反活动时必定紧紧跟定一位"大哥"，很少有独立性。在通俗文学作品中，这类人物也一定是与"大哥"的形象一起出现的。李逵是紧跟宋江的（这已经成为一个模式，如张飞一定要跟定刘备，牛皋一定要跟定岳飞，程咬金一定要跟定秦琼，等等）。当然这是作者的设计，但也是有现实生活的逻辑为依据的。因为有谋略、有野心的"大哥"一定要有死心塌地为他效劳的兄弟他才能成功，而能效死力的"英雄"，必然是缺乏心智的，如果他独立奋斗，也不会有好结果，必须有"大哥"的带领，这样才能在胜利的果实中分一杯羹。两者相需，自然互相爱护，有些像儒家倡导的朋友之道，所以也博得了一些主流社会人士的称赞，实际上是一狼一狈，与朋友之道不相干。

"大哥"拉拢人的手段主要就是利益，说直白一些就是银子、金钱。生活在社会底层的游民最需要的就是这个，所以到处撒银子的宋大哥就被称为"及时雨"了。我们从李逵初见宋江时，宋江就送给他十两银子，这给李逵带来了莫大的喜悦和震动，并马上就认为宋大哥果然"仗义疏财，名不虚传"，也决定了他对宋江的忠诚。从此他跟定了宋江，终身不改。而且为了不在宋江面前丢脸，他甚至不顾游民在赌场上的规则和面子，胡抢乱闹，当场出丑。

在对宋江的态度上，前七十回李逵的形象比较一致。七十回以后，作者在续写此书时，可能苦于没有材料，便从元杂剧有关"水浒"的故事中剪裁来充实篇幅，其中"李逵负荆"故事的增入，对前七十回梁山故事中"只讲敌我，不讲是非"的原则有所冲淡，与前七十回的李逵形象也有些不协调（元杂剧的水浒戏中，有个完全不同于《水浒传》中的李逵），因为《水浒传》不是出自一人之手，前后有些矛盾是可以理解的。

像李逵这样给"大哥"式人物做打手的勇敢分子，在现实生活中我也见过一些。他们头脑简单，易于被人利用，往往跟定了某一位"大哥"之后，就很少有二心了（有人为此而褒扬他们），这不是因为道德淳厚，而是因为缺少转变的心眼与能力，常常是一条道走到黑。如果你很有心机想利用这种人，当然认为他很"可爱"，因为他可以任你驱使，能够给你生产利益，替你做你做不到或因为某种理由不肯做的事情，甚至为你去献身！可是对于那些不想把别人当作自己喽啰驱使的人，只愿意与他人做平等交往的人，他们就不会选中李逵做朋友，更希望与文明人沟通。像李逵这种蛮不讲理、缺少理性思考、出手极黑的人，对于不想驱使他人的人来说是可厌、可恶又可怕的。

### 四、造反集团中不能没有李逵式人物

李逵这类人物是武装造反集团以及一切反主流的社会集团中绝不可缺少的人物。造反之初在物质和精神两方面都大大弱于主流社会。千疮百孔的主流社会，矛盾众多，但瘦死的骆驼比马大，造反者面临的仍是强大的国家武装力量。不要说揭竿而起的平民暴动，就是有充分准备的地方武装反叛势力也无法与中央力量相比，更重要的是反叛者大多有精神枷锁，并不一定有正义为后盾。像史进那样没有什么文化、又生活闭塞的农村青年，当他走投无路时，少华山头领朱武要拉他下海："哥哥便只在此间做个寨主，却不快活。虽然寨小，亦堪歇马。"史进断然拒绝："我是个清白好汉，如何肯把父母遗体来玷污了？"武松早年就浪迹江湖，没有下海之时，也是社会的底层人物。后来他经历了杀嫂报仇、血溅鸳鸯楼，杀人二三十口，犯下滔天大罪，当要到二龙山藏身时还对宋江说："武松做下的罪犯至重，遇赦不宥。因此发心只是投二龙山落草避难，亦且我又做了头陀，难以和哥哥同往。路上被人设疑。……只是由兄弟投二龙山去了罢。天可怜见，异日不死，受了招安，那时却来寻访哥哥未迟！"直到这个时候还惦记着招安、回归主流社会，把二龙山落草看作是无可奈何的选择。可见正常人要走上反叛道路有多艰难，他们要克服巨大的心理障碍，害怕上无以对祖先，下愧子孙。宋江上梁山的过程几经周折，不能说成是作秀。平时，他偷偷与黑道往来，有兄弟义气、交友忠义等理念为自己开脱，可真的走进黑道，心理还是很难承受的。

但还是有像李逵这样心智不是很健全的人，又沉沦于社会底层，没有依傍、没有呵护，受尽苦难，却很少受到同情。他们几乎对一切都不满意、都仇恨，想毁掉一切才开心。他们希望通过打打杀杀发泄自己郁积已久的痛苦与仇恨，三天不杀人手就痒痒。这种人进了造反集团就是摆脱了一切束缚、不怕苦不怕死、一往无前的勇敢分子。

造反集团的领袖也最钟爱这种人物，因为这类人物比较好愚弄、好控制，心甘情愿受大哥的驱使，大哥不敢或不便说的话，勇敢分子却口无遮拦马上说了出来；大哥想做又觉得太下作的事，勇敢分子去干；大哥既有心理障碍，又损害自己光辉形象的事，这时就会有勇敢分子去干。用现在话说，大哥的心里会有多爽！例如江州劫法场后，宋江被众人救出，刚刚回到梁山，但他不放弃及时宣传和神化自己的机会，于是，借着控诉黄文炳对他的陷害的机会，向梁山好汉介绍山东流行的童谣有"耗国因家木，刀兵点水工"。这种自我推销违反中国的做人传统，可是勇敢分子听懂了这话的意思就憋不住了。李逵马上"跳将起来道"：

> 好哥哥，正应着天上的言语。虽然吃了他些苦，黄文炳那贼也吃我杀得快活。放着我们有许多军马，便造反怕怎地！晁盖哥哥便做了大皇帝，宋江哥哥便做了小皇帝。吴先生做个丞相，公孙道士便做个国师。我们都做个将军。杀去东京，夺了鸟位，在那里快活，却不好！不强似这个鸟水泊里！

李逵挨了戴宗一通骂，其实这不正是宋江想要说的吗？不过他不好意思明说罢了。另外，梁山要把朱仝弄上山，派了一群人去"请"他，李逵是要在这些人中扮恶人的。朱仝正心急火燎地找寻他所看护的"小衙内"，李逵已经把小衙内砍死，可是他还能装模作样地去拜见朱仝："拜揖节级哥哥，小衙内有在这里。"还能毫无愧怍地说："小衙内头须儿，却在我头上。""被我把些麻药在口里，直挖出城来。如今睡在林子里。你自请去看。"这就是勇敢分子的功能，所以他们是江湖大哥须臾不能离开的。

李逵在梁山上屡犯错误，有时甚至是违反梁山自己的律条，如杀死已经与梁山暗通款曲的扈三娘一家，杀已经投靠梁山的韩伯龙。按说都是罪在不赦的。可是李逵也只被宋江骂了几句，没有什么事。对于宋江的责骂，也被李逵当作一种特殊关照去享受，正像民谚所说的"打是疼，骂是爱"，因之最后宋江把毒酒给李逵喝了，李逵也无怨言。宋江与李逵这一对大哥与勇敢分子善始善终。

## 五、为什么有那么多人喜欢李逵？

固然这些"勇敢分子"们的残酷野蛮也可以说是皇权专制文化的一部分，但身处主流社会的人，受到儒家的熏染和制约，其野蛮和残酷受到社会舆论的控制，不能不有所收敛。而游民没有了角色位置，摆脱了社会舆论的控制，因而其残酷野蛮表现得淋漓尽致，而且时常有现实生活中的斗争来强化它。他们崇信的就是赤裸裸的丛林法则。

仔细分析《水浒传》中李逵的表现（特别是前七十回），几乎很少有正面意义的东西，为什么历来读"水浒"的人对这个形象颇多赞扬呢？如说他"崇尚正义""嫉恶如仇""率意天真""善恶分明"。除了用所谓"阶级分析"认为他出身贫雇农，所做的一切自然就是正当的这种贴标签式的"分析"可以不论以外，研究者对李逵的高评价大约有以下几个原因：

第一，人们讨厌伪善、机诈，对于率真（不管他作恶还是行善），只要不伤及自己都能有几分谅解，像江州杀人这样的事情，读者要遇上会作何想？李卓吾说"李逵者，梁山泊第一尊活佛也，为善为恶，彼俱无意，宋江用之，便知有宋江而已，无成心也，无执念也"[1]。善恶都没有了，还谈什么批评？批评的任务就是要分清善恶。有的研究者说，李逵没有理性，他泯灭了"善恶"，只凭感情和直觉做事。难道不通过理性的作恶就可以原谅吗？实际上，这种不通过理性的乱杀乱打给社会造成的破坏更大，凡是见过乱世暴民所作所为的都会对这点有所体会，暴民大多都是没有通过头脑就去作恶。三十多年前我遇到过一个年轻人，平常接触中，也并非不明事理。有一次，街上有两拨人打群架，他爱热闹，拿了把菜刀就上街了，出门不到五分钟就砍死一个人，死者与他无仇无冤，为此这个年轻人判了个无期徒刑。没有理性的行为是不值得肯定的。

---

[1]《李卓吾批评水浒传述语》。

第二，李逵的野蛮残酷似乎都是为着"正义"事业。这是因为作者特别是宋江故事最初的演说者把自己的感情倾向都设定在梁山一边（并非梁山的所作所为都属于正义），这种倾向性影响了读者，对于梁山好汉本来就存在着三分同情，何况李逵又是梁山好汉中最不怕死的人呢？因此读者感到李逵为宋江所做的一切都是为了正义。实际上，宋江与李逵接触伊始，宋江就用自己在江湖上的名声和十两银子买断了李逵的心。李逵为梁山做的一切并非都经过深思熟虑。

第三，李逵的残暴，对于读者来说也是个发泄。这发泄是不自觉的，说明我们的潜意识中也有野蛮残暴的东西。文艺作品本身有一种宣泄作用，作家在文艺作品中设定好为社会公认的标靶，然后请李逵这个"天杀星"把它残忍地除去，使读者的目的得到虚拟实现，取得皆大欢喜的效果。当然有时作者设定是该杀的标靶，可是读者并不这样看，结果读者从这场杀戮中感受到的仅仅是残酷。

第四，《水浒后传》的作者陈忱在评论李逵时说："要去养娘，反背来喂虎，不害其为孝；差去请公孙胜，反杀罗真人，不害其为友；赌博而抢注钱，不害其为廉；作主人而自贪饕，不害其为礼；赚卢员外而扮哑道童，访李师师而充伴当，打擂台而妆卧病，坐寿张县而责原告，疑宋江而砍倒杏黄旗，做神行而偷吃牛肉，取鲜鱼而被张顺灌水，任人抟弄，插科作诨，天机所发，触处成趣。"这种只强调动机，不管效果的评论是因为论者完全站在效果承受者之外的，而且在评论这些时，论者抬高了自己的地位，把李逵只看作是无知的孩子，对于他的胡闹都采取放任和谅解的态度。这种论点接受者的内心深处，是把李逵看成喜剧演员，认为李逵只是给自己逗乐的。无论是他打人、杀人、胡说乱闹，目的都是逗人一笑的，而不是眉毛一皱就可能杀掉你或者杀掉我的角色。那么李逵做什么不可以呢？这正像关在笼子里的猛虎，其威武雄姿，极具美感，如果把笼子外的观赏者请到笼子之内，或把猛虎放出笼子之外，陈忱上面所说的那些趣话就一句也说不出来了。文学批评有时也要设身处地地去想一想。

# 江湖人的楷模——武松、石秀

## 一、今人的质疑

《水浒传》塑造的武松、石秀这些典型的江湖人形象，长期以来受到读者的喜欢，特别是武松，已经成为坚毅、勇敢、不怕任何困难的共名。关于武松的戏曲、曲艺作品特别多，也为武松这个形象的家喻户晓做了贡献。可是，具有现代思想的读者对于这样的形象就有了质疑。民国时期，欧阳予倩就写了话剧《潘金莲》，在为潘金莲翻案的同时也把武松视为礼教的维护者和牺牲者；20世纪80年代魏明伦荒诞川剧《潘金莲》更进一步张扬了这些主张。关于石秀，金圣叹的评点中就指出，他在潘家和翠屏山杀四人只是为了证明自己的不白之冤，报复太过。20世纪30年代施蛰存写的小说《石秀》被誉为是"新感觉派"的代表作品，其中着力描写了石秀在金钱、女人问题上的心理冲突及其变态。这些新派的知识人也是看到了一些长期被认为是英雄好汉的形象中，其心理潜质是存在问题的。今天分析起武松、石秀心理上变态的原因，都能理解到这与他们长期处在社会底层、没有正常社会生活有关，或说他们人格上的一些缺欠是他们低下的社会地位和漂泊不定的游民生活状态造成的。然而《水浒传》的作者没有现代知识人的这些认识，他创作武松、石秀等人物形象（他们的形象不是一代作者完成的）还是要把他们当作江湖人的典范来塑造的。作者对他们的英雄气概、拼命精神和精明地处理矛盾的能力还是毫无保留地予以赞赏的。

## 二、不同的道路

武松、石秀都是江湖人，但两人的出身不同，武松是清河县城的小市民，早年父母双亡，被哥哥带大。哥哥武大郎又是个性格懦弱、身材短小之人。武松小的时候，肯定受人欺侮，哥哥无力庇护弟弟，因此武松渴望亲情、渴望父母般的庇护。当这些期待无望时，他就用积极学武来挣得自立的能力和人格上的独立。他冷眼看世间，对于"恩""仇"都特别敏感，以眼还眼，以牙还牙。后来因与县衙门中吏人（机密）打架，武松误认为打死了他，便逃了出来，浪迹江湖。江湖磨砺了他，《水浒传》中，武松一出场，已经是个成熟的江湖人了。宋江一见到武松马上说："江湖上多闻说武二郎名字，不期今日却在这里相会，多幸，多幸！"宋江是个精细人，看到武松是个汉子，也看到他对亲情的期待，便以江湖大哥的态度对待他。武松第一次感受到人情的温暖。后来他对宋江的感情，大概仅次于李逵。前面引的武松要到二龙山下海谢绝宋江对他的邀请时说的那段话非常诚恳、动情，最后是"……天可怜见，异日不死，受了招安，那时却来寻访哥哥未迟！"让人感受到这个铁打的汉子深情的一面。

石秀出身屠户，自己是个行商。"因随叔父来外乡贩羊马卖，不想叔父半途亡故，消折了本钱，还乡不得，流落在此蓟州，卖柴度日。"他是从行商堕入游民的。石秀大约在蓟州一带生活了一段时间，富有江湖生活的经验，也有下海的期待，当他投入梁山泊后就成为颇有主见和处理紧急事务能力的江湖人。

### 三、共同的江湖经验

武、石都是成熟的江湖人，其共同点就是待人接物，颇有一套。前面我说过，宗法人长期生活在宗法网络中，很少以个体身份面对社会，他们事事都有族长或家长代表，个性是萎缩的。当他们从宗法网络中游离出来以后，不会面对社会是他们最大的问题。《水浒传》中的李逵是个典型。一方面是因为没有文化、性格鲁莽、智力低下，单独面对社会时，便会处处出错，发生许多笑料，也误造成过许多血案。而武松、石秀则很会处理人际关系，基本上不会发生这些错误。武松在柴进家时显得有些不会与周围人搞好关系，可能与他初入江湖和病体不支有关，弄得连号称"小孟尝"的柴进对他都厌烦了，简慢了。可是经过与宋江往来后，则很快恢复到正常状态，也纠正了他对柴进的错误看法。在与柴进告别时所说"实是多多相扰了大官人"，也很得体。景阳冈打虎之后，本应受一千贯的奖赏，当阳谷县知县把这笔钱给他时，武松说："小人托赖相公的福荫，偶然侥幸，打死了这个大虫。非小人之能，如何敢受赏赐。小人闻知这众猎户，因这个大虫，受了相公责罚。何不就把这一千贯给散与众人去用？"这一席话说得多么"外场"，不仅猎户感激，连知县也认为武松"忠厚仁德"，最后把他留在县里做"都头"。武大郎被害，武松失去了唯一的亲人，很悲痛，但在调查死因时，他很冷静，且看与负责殡葬的团头何九叔的交锋：

> 何九叔心里已猜八九分。量酒人一面筛酒，武松更不开口，且只顾吃酒。何九叔见他不做声，倒捏两把汗。却把些话来撩他。武松也不开言，并不把话来提起。酒已数杯，只见武松揭起衣裳，飕地掣出把尖刀来，插在桌子上。量酒的都惊得呆了，那里肯近前。看何九叔面色青黄，不敢做气。武松捋起双袖，握着尖刀，对何九叔道："小子粗疏，还晓得'冤各有头，债各有主'。你休惊怕。只要实说，对我一一说知武大死的缘故，便不干涉你。我若伤了你，不是好汉。倘若有半句儿差错，我这口刀，立定教你身上添三四百个透明的窟窿。闲言不道，你只直说我哥哥死的尸首是怎地模样。"

武松行事多么老到，一开始不说话，一杯一杯喝闷酒，酝酿一种愤怒即将爆发、恐怖就要来临的氛围（现代电影中黑社会老大常常用这种手段威逼对方），当何九叔正在惴惴不安的时候，武松这个全县尽知的打虎英雄突然把雪亮的匕首插在何九叔的面前。然后，是一通恫吓但又给对方留有余地的盘问。此时不要说何九叔事前就不认可西门庆的贿赂、害人等犯罪行为，就是西门庆的死党也会被吓得屁滚尿流，会把自己知道的一切统统倒出来。这就是老江湖的手段，要比官府动不动就用严刑拷打的逼供还要管用。对付老于世故的何九叔是这样，当他找小青年郓哥核实奸夫时则是另一副面孔，称郓哥为"好兄弟"，又赞扬他小小年纪"倒有养家孝顺之心"。武松很痛快地拿出五两银子给郓哥，希望他能到衙门做证："我有用着你处。事务了毕时，我再与你十四五两银子做本钱。你可备细说与我：你怎地和我哥哥去茶坊里捉奸。"郓哥也配合得非常好。武松又请了周围邻居到家吃饭，让他们见证武大郎被害的经过，逼迫潘金莲和王婆招供，并当场杀了潘金莲祭兄，把王婆捆好准备送衙门，后又找到和斗杀了西门庆，在诸事都办利落了之后，武松准备到阳谷县衙门自首，他向目击了这一切的邻居们告别时说：

《水浒传》中的江湖人物　361

>小人因与哥哥报仇雪恨，犯罪正当其理，虽死而不怨。却才甚是惊吓了高邻。小人此一去，存亡未保，死活不知。我哥哥灵床子，就今烧化了。家中但有些一应物件，望烦四位高邻与小人变卖些钱来，作随衙用度之资，听候使用。今去县里首告，休要管小人罪犯轻重，只替小人从实证一证。

话中有对邻居的歉意，有自己为兄报仇不避一死的决心，有对亡兄所遗下家资的安排。光明磊落，坦坦荡荡，把道理摆在明面，希望邻居实事求是，证明这一切。武松这些有理有利有节的做法感动了阳谷县的民众，赢得了他们的理解支持，连受过西门庆贿的阳谷县令，也同情"武松是个义气烈汉"，把文案都改轻了。这个案子中武松一共杀了两个人，还把谋害武大郎的帮凶王婆送上了衙门，王婆被处以"剐刑"。而武松只得到"脊杖四十，刺配二千里外"的刑事处分，没有抵命。这不能不说与他处理的方式、方法有关。武松杀嫂报仇一段是《水浒传》写得最好的篇章之一，它可以作为江湖人自己申冤报仇典型范例之一。

有人认为武松杀潘金莲和西门庆这两个烂人断送了自己的前程有些不值，问题不能这样看，作为江湖人，出了家丑，亲哥哥被与人通奸的嫂嫂害死，不去报仇，是会被江湖人所贱视的。以后见人矮半截，这是顶天立地的武松忍受不了的耻辱，为兄申冤报仇是他唯一的选择。

武松后来与施恩交往，为施恩报仇，醉打蒋门神、血溅飞云浦、鸳鸯楼、十字坡与张青、孙二娘交往，这些为现代读者诟病的事迹，在江湖人看来也都是范例。因为贯穿这些事件中的就是江湖义气，武松处理一切事情都是本着义气原则的，不过这义气，现代读者有的能接受，有的不能接受罢了。从这些故事中可以看出，久在江湖的武松有着丰富的经验，一般人在他正常的时候很难暗算他。在危急时刻他都能先发制人，给对方以惩戒。

武松在江湖上挣扎得太久了，他看惯了也看透了一切。他本来很注重恩仇，也想找个大哥作为依赖，而且兄弟们能常常聚在一起（他反对招安，主要出于对梁山泊这个团体的依赖）。经历了梁山大团聚、排座次、招安、平四寇，他隐隐感觉到江湖、官场除了一个在朝、一个在野外，本质没有多大区别了；兄弟之间，不要说义兄义弟，就是亲哥哥武大郎又给了他多少温暖呢？只有他刚搬到哥哥家时嫂嫂的一番话，真是有点亲情的温馨，但其中又包裹着邪恶。武松心冷了，他对宋江说道："小弟今已残疾，不愿赴京朝觐。尽将身边金银赏赐，都纳此六和寺中陪堂公用。已作清闲道人，十分好了。哥哥造册，休写小弟进京。"他留在杭州六合寺中正式出家（以前的度牒是假的），死在杭州，葬在杭州，杭州人根据小说为他修了坟墓，这坟一直传到1964年，在胡乔木主张清扫西湖周围坟墓时才被平毁。

石秀与武松一样都有不怕死敢打敢拼的精神。《大宋宣和遗事》中他的绰号是"弃命二郎"，《水浒传》改成"拼命三郎"，"弃"是舍弃，拿命不当命，而"拼命"则突出了他的一往无前、什么也不在乎的生活态度。所以当他一出场偶遇戴宗、杨林，戴宗试探性地说："这般时节认不得真。一者朝廷不明，二乃奸臣闭塞。小可一个薄识，因一口气，去投奔了梁山泊宋公明入伙。如今论秤分金银，换套穿衣服。只等朝廷招安了，早晚都做个官人。"石秀马上就感慨："小人便要去，也无门路可进。"多么容易下水。因为他浪迹江湖已久，吃尽了单独一人的无依无靠之苦，特别希望有个靠山，"背靠大树好乘凉"。可惜，杨雄很快回来找他，戴宗、杨林怕被公差识破身份，匆匆溜走了，引诱没有完成。但石秀还是找到了一个小靠山——蓟州府的差人"两院押狱，兼充市曹行刑刽子"的杨雄。

小靠山当然比不上大靠山，杨雄家潜伏着许多麻烦。他为杨雄岳父潘公经营肉铺时，产生了误解，一度想走。当潘公解释清了，石秀留了下来，却遇到了更大麻烦，杨雄之妻潘巧云与海和尚的不正当关系。久走江湖人第一眼就看出了潘与海的暧昧关系，书中有一段描写很生动，先是潘向石秀介绍了海和尚的情况，石秀漫不经心随意答道"缘来恁地"。"自肚里已有些瞧科。那妇人便下楼来见和尚。石秀却背叉着手，随后跟出来。布帘里张看，只见那妇人出到外面，那和尚便起身向前来，合掌深深的打个问讯。"海和尚、潘巧云两人是或在寺庙、或在深闺生活的小男女，哪知道江湖人的眼睛有多厉害，石秀的尤其厉害，仿佛X光，极具穿透力。因此现代作家就用弗洛伊德的性压抑理论分析石秀，只有性压抑的男性才特别关注年轻女人的这类问题，这不能说没有道理。石秀江湖漂泊，没有性生活，但不等于没有性要求。这种要求既被生活条件所限制，又为江湖人的要远离女性的道德观念所束缚，使得人性不能张扬，正当欲望被压抑，压抑的结果就是对有性诱惑女性的痛恨与敌视，《水浒传》中对于女性的态度基本上就是由此决定的，说透了没有什么可奇怪的。可是古人不懂得这些，一些底层的知识人以能禁欲为高尚，以揭示或打压别人的这类行为为正义，对此还持歌颂态度。即使在残酷事件迭出的《水浒传》中，翠屏山血案也够令人震惊。这个血案是石秀策划的："哥哥，只依着兄弟的言说，教你做个好男子。"在翠屏山石秀激起杨雄的怒火，撺掇他以极残酷的手段对付自己的妻子，使得这个刽子手充分展示了自己本事。原来屠戮妇女在江湖人看来就是"好男子"！

石秀在战斗中两个事例特别显示出这位江湖人成熟、老到和拼命的精神。在到祝家庄探路时，他很会与底层民众联系，博得钟离老人的同情，使他弄清了祝家庄盘陀路的走向，把梁山泊军队从危境中引导出来。这是他初到梁山时立的大功。

二是在大名府劫法场。卢俊义被发配，半路让燕青救下，又被官府抓回，燕青、杨雄回梁山报信决定如何救卢俊义脱险，留下石秀一人在大名府继续打探消息。此时大名府将卢俊义判为死刑，而且就在大名开刀问斩。梁山本部远在千里之外，石秀如何搭救卢俊义？只有他一人做决断。处死卢俊义那天，石秀在临近法场的酒楼上喝酒，他看着楼下熙熙攘攘看热闹的人群，顷刻之间，卢俊义就要命丧刑场：

> 蔡庆早纳住了头，蔡福早掣出法刀在手。当案孔目高声读罢犯由牌，众人齐和一声。楼上石秀，只就那一声和里，掣着腰刀在手，应声大叫："梁山泊好汉全伙在此！"蔡福、蔡庆撇了卢员外，扯了绳索先走。石秀从楼上跳下来，手举钢刀，杀人似砍瓜切菜。走不迭的杀翻十数个。一只手拖住卢俊义，投南便走。原来这石秀不认得北京的路，更兼卢员外惊得呆了，越走不动。

这里表现了石秀作为一个江湖人独立作战的本色，他真是不愧"拼命三郎"这个绰号。终于寡不敌众，被官军拿住，押解到梁中书的面前：

> 石秀押在厅下,睁圆怪眼,高声大骂:"你这败坏国家,害百姓的贼!我听着哥哥将令,早晚便引军来打你城子,踏为平地。把人砍做三截。先教老爷来和你们说知。"石秀在厅前千贼万贼价骂。厅上从人都吓呆了。梁中书听了,沉吟半晌。叫取大枷来,且把二人枷了,监放死囚牢里。

不仅官员们吓呆了,连梁中书的心里也在打鼓,他"沉吟半晌",也是在反复掂量。可见石秀这种敢打敢拼精神的震慑力。

武松、石秀可以看作是江湖人的楷模。从宗法社会游离出来的游民,他们要想成为江湖人还要在江湖上闯荡、奋斗。这些人仿佛是没头苍蝇,弄不好就会命丧黄泉。他们既不能畏葸不前,也不能乱撞瞎闯,如何掌握好节律,是一个成功江湖人的标尺。武松、石秀的成功经验告诉闯江湖的游民,首先要有什么都不怕的英雄气概,敢闯,没有什么过不去的沟沟坎坎。这种信念是宗法人最缺乏的。武松、石秀的英雄气概在《水浒传》一书中除了鲁智深以外,也罕有其匹。其次才是处理事情的经验和手段。武松对待官府、对待邻居、对待邪恶都是有理有节,井井有条,尽管命运也把他逼上了二龙山,但他要达到的目的几乎都达到了,在命运允许的范围内,他做得可能算最好了。从这个角度来说,他应该是成功的江湖人。石秀也是这样,命运把他抛到社会的最底层,每天靠打柴度日,干一天吃一天,但是不管在蓟州杨雄家,还是后来在梁山泊,他都能以自己的主动精神和精明细致把别人托给他的事情办到最好,连最后他对潘巧云的报复也是翻倍的,以致令现代的读者不能认同。但就江湖人的认识来说,他把"仇"也报到极致。石秀最后能够名列天罡,与他一起上山的时迁排到倒数第二,这与石秀的奋斗是分不开的,连杨雄的高列天罡,也是沾了石秀的光。

武松、石秀给江湖人以鼓舞,也教给他们如何在江湖上达到自己的目的。

## 农民出身的江湖人

传统中国的生产方式是自给自足的小农经济,历来也以农民最多,占了总人口的百分之九十以上。游民大多也是脱离了宗法网络控制的农民,因之堕入江湖中的也以农民为最多。很长时间内,人们把《水浒传》这部反映游民生活和思想意识的小说认作是描写和歌颂农民武装起义,也不是没有原因的。梁山泊数以万计的小喽啰中大约以破产农民为最多,然而一百零八将中真正出身农民的却很少,因之出身农民的江湖人决定不了梁山的走向。

一百零八将中也有勉强可以算作农民的,如打鱼的阮小二、阮小五、阮小七;打猎的解珍、解宝。这还是从大农业角度来看待的,他们不是典型的束缚在宗法网络中、每日面对黄土背朝天的农民。"三阮"之中,除了小二外,小五、小七都没有家室,他们平常除了打鱼外,"亦曾在泊子里做私商勾当"。这个"私商勾当"恐怕就是没有本钱的买卖——抢劫。他们都比较穷困,但仍喝酒吃肉赌钱。我们看这一段描写:

> 阮小二叫道:"老娘,五哥在么?"那婆婆道:"说不得,鱼又不得打,连日去赌钱,输得没了分文,却才讨了我头上钗儿,出镇上赌去了。"阮小二笑了一声,便把船划开。阮小七便在背后船上说道:"哥哥正不知怎地,赌钱只是输。却不晦气!若说哥哥不赢,我也输得赤条条地。"吴用暗想道:"中了我的计。"两只船厮并着,投石碣村镇上来。划了半个时辰,只见独木桥边一个汉子,把着两串铜钱,下来解船。阮小二道:"五郎来了。"吴用看时,但见……那阮小五斜戴着一顶破头巾,鬓边插朵石榴花,披着一领旧布衫,露出胸前刺着的青郁郁一个豹子来。里面匾扎起裤子,上面围着一条间道棋子布手巾。

从这些描写来看阮氏三人就是不好好干活、不顾家、不顾老母、只管自己痛快舒服的渔民不良子弟。老五把老母亲的头钗"讨"走,作为赌资,老二作为哥哥听了老母的控诉,没有反应,只是"笑了一声"。老爸没了,在家里他最大,要替代父亲的职责管弟弟的,何况老娘又告了状,这说明阮小二在家里没有尽职。在吴用的眼中,小五的外形也是一副渔村潦倒浪子的派头。没有生计,又好吃好喝好赌,最容易被拉下水。其实,不用拉,三阮本来已在水里。当打鱼是三阮的主业时,抢劫(在泊子里做私商勾当)仅仅是个副业,当他们打不了鱼(客观原因是天旱水浅,梁山泊深水区又不能去;主观原因是沉迷于赌钱喝酒)时,"在泊子里做私商勾当"就上升为主业。可是又没有那么多"私商勾当"可做,因此当他们猜到吴用的来意原来是要拉他们做这没本钱的"私商勾当"时,便马上兴奋起来:

> 晁保正敢有件奢遮的私商买卖,有心要带挈我们,一定是烦老兄来。若还端的有这事,我三个若舍不得性命相帮他时,残酒为誓:教我们都遭横事,恶病临身,死于非命!

这是一段在加盟犯罪集团时的典型话语,表示了坚决参与的决心。"奢遮"意为"了不起",拉着他们弟兄三个去做一笔了不起的大买卖,阮氏兄弟要比去梁山泊深水区(据说那里有大鱼)兴奋一万倍。因为即使那里能捕到大鱼,还是要自己动手,要付出劳动,去撒网拉网!哪里有"做私商勾当"痛快,只要动动手大批的金银珠宝就来了,这是多少船鱼的价值!为了表达他们对于拉扯他们的老大的忠诚,阮小五、阮小七还拍着脖子说:"这腔热血,只卖与识货的。"这话应该说很丑陋,比莎士比亚所说的守财奴为丢失钱袋而哭泣还丑陋。有的研究者还赞美说这是"一腔热血",热血是应该洒给惩恶行善、洒给正义事业的。

阮氏三兄弟不只是口头上说"不怕天,不怕地,不怕官司",他们真的如此,因为他们向往"论秤分金银,异样穿绸锦;成瓮吃酒,大块吃肉"的梁山好汉的生活。他们有足够的胆量和能力去实现这种"成瓮吃酒,大块吃肉"的充满豪气的生活。这其中是没有农民什么事的。阮氏三兄弟肯定不是社会认可的"良民",不仅过去官府要追捕,今天的社会也不会原谅。不仅官府不会认同,普通的平民百姓也不会认同。抢劫自古有之,它的形成有社会因素,但即使是因为社会的不公造成这种犯罪,抢劫也不是什么高尚行为,它是给个人和社会造成痛苦的犯罪。

　　三阮的出身,虽可归属在农民之内,但他们已是处于边缘状态的农民,他们平时就有犯罪活动,由于规模不大,也比较隐蔽,未被发现,还未成为被缉捕之人,但他们是犯罪或造反人员的后备军,只要条件适合,就会走上武装造反的道路。后来生辰纲事件被发现遭到当局的追捕,他们也是武装反抗中的积极分子,但这种反抗并非代表农民,当然更不会提出反映农民利益的口号。后来何涛抓捕他们时,阮氏兄弟唱着渔歌与官府作战。这反映他们视打仗、打架为儿戏,与人奋斗,其乐无穷。正像京剧《打渔杀家》中萧恩(晚年的阮小七)对丁府教师爷说的:"娃娃讲打?老汉幼年之间,听说打架,好比小孩子过新年,穿新鞋子一般。"阮氏兄弟唱的也是:"打鱼一世蓼儿洼,不种青苗不种麻。酷吏赃官都杀尽,忠心报答赵官家。""老爷生长石碣村,禀性生来要杀人。先斩何涛巡检首,京师献与赵王君。""赵官家""赵王君"都是空话,或说是嘲弄,杀人放火才是真。后来在征方腊中阮小二兵败怕受辱自杀,阮小五在与方腊一方的娄丞相作战中死掉。阮小七在方腊被扫平时,戴了方腊做皇帝的平天冠,穿了龙衣玉带,意在学他造反,罚为庶民。"阮小七见了,心中也自欢喜。带了老母,回还梁山泊石碣村,依旧打鱼为生,奉养老母,以终天年。后自寿全六十而亡。"这是阮氏兄弟的结局。

　　解珍、解宝为人比三阮好一些,他们是安分守己的登州(今在山东)猎户,绝少财产,在乡村也属于乡村下户,平时靠打猎为生。登州山上发现猛虎,勒派三日内要捕捉到,解氏兄弟也签了"甘限文书",如果届时不能捕到,则"痛责枷号不恕"。解氏兄弟上山蹲守了三夜,好容易打伤了老虎,却从山上落到当地恶霸毛太公的庄后园里。兄弟上门索要,不仅不给,毛太公反而诬告"解珍、解宝,白昼抢劫",将他们抓了起来。又因为毛氏父子知道解氏兄弟武艺高强,毛太公、毛仲义商议"'这两个男女,却放他不得。不若一发结果了他,免致后患。'当时父子二人,自来州里,分付孔目王正:'与我一发斩草除根,萌芽不发。我这里自行与知府的打关节'"。为了活命,他们求到表姐顾大嫂,顾大嫂设计联合登州兵马提辖病尉迟孙立和地方上的一些闲汉,劫牢反狱,把解珍、解宝救了出来,然后,到毛太公庄园"就把毛太公、毛仲义并一门老小,尽皆杀了,不留一个。去卧房里搜检得十数包金银财宝,后院里牵得七八疋好马,把四疋梢带驮载。解珍、解宝拣几件好的衣服穿了。将庄院一把火齐放起烧了"。然后孙立、孙新、顾大嫂、二解等一同奔梁山而去。历来评论《水浒传》,常讲是写"官逼民反""逼上梁山"故事的。其实真正被官府或地方恶势力逼上梁山的仅有两宗,一是林冲,因为写在《水浒传》开篇十回以内,所以特别引人关注;另外一宗就是解珍、解宝,他们也是被逼上梁山的。二解上梁山后,面目便模糊不清了,没有什么特别的表现。

另外还有一个农民出身的,这就是九尾龟陶宗旺。他进入梁山也比较早。江州劫法场后,宋江与梁山诸人返回梁山泊路途中经过黄山门,这个山头也有一股强人,为首者是"摩云金翅"欧鹏,第四名才是"庄家田户出身。惯使一把铁锹,有的是气力,亦能使枪轮刀"的陶宗旺。上梁山后,陶宗旺变成了负责建设或制造工程的将领,让他负责监督"掘港汊,修水路,开河道,整理宛子城垣,筑彼山前大路。他原是庄户出身,修理久惯","监造攻城器具",监理"添造房屋并四边寨栅""筑补城垣"。陶宗旺只是要凑足一百零八人的充数人物,更不要说他会对梁山泊政策方针有什么影响了。正常的农民生活根本没有进入《水浒传》作者视野,因之他们的经济要求、政治诉求当然不在小说的描写范围之内。

# 江湖的中坚力量(下)

## 武官是梁山泊的主体

能够影响梁山泊政策方针和梁山现实走向的是在一百零八将中占近两成的武将、武官。他们不仅人数多,而且武艺高强,社会地位也高(相对一百零八将中的吏胥出身与游民出身者),他们之中有"郡马"(宣赞),有州兵马都监(黄信)、统制(秦明)、统领(凌振)、团练使(魏定国)、提辖(孙立)等。而且梁山日益强大后,受到官府正规军的围剿,双方打的也是正规战,这是通过排兵布阵和步兵、骑兵兼用的混合或集团的作战方式，与偷袭、胡打乱打（如李逵劫法场手持板斧排头砍人）不一样，它是有一套规制的。因此，熟悉这一切的军官出身的将领在梁山中的地位就越来越重要了。

前面讲过，武官特别是低级武官很容易堕入江湖这个带有反主流倾向的群体，武将按说是"官"，是统治集团的重要组成部分，而宋代的"重文轻武"政策，把社会养成轻视武人的风气和习惯。北宋宋庠曾给皇帝上奏章，批评朝廷在科举考试中把武举与文举安排在一起，"并与武举人杂坐庑下，泊搞辞写卷，皆俯伏笘上，自晨至晡，讫无饮食，饥虚劳瘁，形于叹嗟。虽仅能成文，可谓薄其礼矣"。所谓"薄其礼"是指对于文士的不公，文士是士人，而在宋庠心目中武士（武举人）与痞子差不多。"又沉武举人等，才术肤浅，流品混淆，挽弩试射，与兵卒无异。"[1]"兵卒"就是《水浒传》常说的"贼配军"，这等人怎么能与士人混淆在一起呢？其实考试才短短的几个时辰，就这样短的时间都令宋庠等人痛心疾首，可见当时的社会对于武人的鄙薄。

宋代兵制的特点，把武官排挤到了边缘地位，特别是下层武官。宋代朝廷对于武官之疑忌也为历代所少有，北宋建立过大功的杰出将领王德、狄青等都受到许多不公正待遇。南宋许多抗金名将被朝廷和文臣掣肘，岳飞等抗金名将的冤死都与歧视武官的风气有关。武人受到歧视，再加上军人多来自游民、流民，当兵要被黥面，与罪犯流放一样待遇。对军人不尊重，也使军人失去自尊，常常闹事，使得宋代军队实际上成为"一种特殊的游民群体"（详见《游民文化与中国社会》）。北宋两次较具规模的武装反抗的领导者——益州的王均、贝州的王则都是小军官。北南宋之交，这种现象更多。建炎二年（1128）建州兵乱，《建炎以来系年要录》记载：

> 军士叶浓等相与谋，互杀妻子以为变。是夜，纵火焚掠，盗本州观察使印，突城而出，进犯福州。

"互杀妻子"是游民在"起大事"、闹造反时往往要采取的步骤。由叶

---

[1] 宋庠《元宪集·贤良等科廷试设次札子》，文渊阁《四库全书》本。

浓军人造反事件来看，宋朝军人思想与行为方式真是与游民相差无几。

武官边缘化，如再被迫害，极易逼上梁山，林冲就是一例。《大宋宣和遗事》中写被派去押送花石纲的宋朝十二指使，后来就因为受到不公正的待遇，出走到太行山落草为寇。宋代兵变和武官领导的暴力反抗也很多，《水浒传》中也带有明显的敌视文官、同情武将的情绪，在起着画龙点睛作用的诗词和联语中贬斥"大头巾"（对高级文官的戏称）、"假酸文"（称文士），这与作者的游民立场及梁山领袖的构成有很大关系。

武将边缘化，在《水浒传》中也有明显的反映。特别能说明问题的是清风寨武知寨小李广花荣与文知寨刘高的矛盾。宋代把一些地理形势险要的寨子作为一级行政单位，其序位肯定比县还要低。其知寨本来都用武官差遣，品级当然也在七品以下。清风寨原来只花荣一人把守，就这么一个芝麻绿豆官，朝廷还不放心武人，又派个文知寨刘高来，而且刘高是正的，花荣是副的，受他的气。宋江在清风山救了刘的老婆，当宋江见到花荣时，对他说起此事。花荣说：

> 近日除将这个穷酸恶醋来做个正知寨，这厮又是文官，又没本事，自从到任，把此乡间些少上户诈骗，乱行法度，无所不为。小弟是个武官副知寨，每每被这厮怄气，恨不得杀了这滥污贼禽兽。兄长却如何救了这厮的妇人？

真是切齿之声可闻，要积累多少愤恨才能说出这样的话来？花荣是恨透了这刘高。通达人情世故的宋江还要给他们调解，说"冤仇可解不可结"，要替同僚"隐恶而扬善"，正好借这次救刘高的老婆来显一显花荣的好处。这个计划还没有实施呢，宋江先被刘高抓了起来，也正是刘高老婆使的坏，正应了花荣的预见。刘高这个"文人"及其老婆真是浓缩了人性之恶，把曾经帮过他的人打入十八层地狱。最后花荣走上造反的道路，正是重文轻武的结果。

秦明与青州知府慕容彦达的关系没有深写，但从慕容彦达一见假秦明来攻打青州，不问真假，也不调查，马上把秦明的家小抓了起来并杀掉，把人头挑在城墙头，就说明了文官对武官的疑忌。实际上一百零八将中的许多武将都是受到文臣压抑的,如呼延灼、关胜等。所以《水浒传》中处处批评"大头巾",几乎无恶不与"大头巾"相关,连矮脚虎王英没有"押寨夫人"都说:"况兼如今世上都是大头巾弄得歹了,哥哥管他则甚?"

## 武将的代表——关胜

《水浒传》中关胜是比照着《三国志通俗演义》关羽写的。关羽本是三国时蜀汉名将,但在江湖艺人的演说中逐渐把他及刘备和张飞作为一组游民成功人士来描写。宋代在讲本朝故事时处处模仿"三国",其原因很多,最重要的有两点:一是江湖艺人要借演说的故事寄托自己的情怀。他们说"三国"不会完全按照历史真实去说,而用其游民的生活经历以及游民的思想意识去理解历史、填充历史,于是君臣关系就变成了"桃园三结义"的义兄义弟关系,其起事也要经过"往太行山落草"。二是中国通俗文艺创作中人物和故事情节的类型化。因此宋江像刘备、吴用像诸葛亮、李逵像张飞等现象就出现了,所以关胜像关羽更是极其自然的事。关胜到第六十三回才出场。为解救大名府,他被丑郡马宣赞(《水浒传》的一百零八将中没有姓赵的,贵族就两位,一是柴进,一是与当朝皇帝有点亲戚关系的郡马宣赞,但郡主还嫌他长得太寒碜,自杀了)举荐。宣赞介绍他说:

> 此人乃汉末三分义勇武安王嫡派子孙,姓关名胜,生的规模,与祖上云长相似。使一口青龙偃月刀,人称大刀关胜。现做蒲东巡检,屈在下僚。此人幼读兵书,深通武艺,有万夫不当之勇。

如此材质,还有名祖,才做一个从八品的小武官,这正是宋代重文轻武的表现。后来关胜率领兵马攻打梁山,围魏救赵,以解大名之围。一度小胜,后遭打败被俘。宋江礼贤下士,没费多少力气,关胜就投降了,比卢俊义省事得多。这是因为武将本来就处在官僚集团的边缘,不仅不被重视,有时还受文官的气,这在写花荣等人时有很好的描写,所以他们很容易走上造反的道路,特别是在社会动乱时期。

关胜这个人物在《大宋宣和遗事》中就有了。不过在该书中一会儿称"关胜",一会儿称"关必胜"。大刀这个道具已经有了,因为那时关胜的绰号就是"大刀"。其实乃祖关羽并不使刀,似乎是使剑,因为《三国志》本传说到关羽斩颜良时有这样的句子:"策马刺良于万众之中,斩其首还。"既能"刺",又能"斩",只能是剑。南朝梁陶弘景所撰《古今刀剑录》(四库馆臣认为,此书有后人窜入文字)记载"关羽为先主所重,不惜身命。自采都山铁为二刀,铭曰'万人'。及羽败,羽惜刀,投之水中"。不过这个说法不为后世关注,唐人提到关羽使用的兵器时,还是说他使剑。如郎士元在《关羽祠送高员外还荆州》[1]还说关是"一剑万人敌"。到了北宋中叶,有些变化,如苏轼的好友李鹰的《关侯庙》诗中则言"横槊勇冠军"[2],"槊"同"矟",乃是丈八蛇矛,关公似乎是使槊。到什么时候关公才使刀呢?大约是北宋、南宋之交,也就是关羽声名鹊起之时。金末元好问的《续夷坚志》中言,"济源关侯庙大刀,辛丑岁忽生花十许茎"。这才是后世人所熟悉的关侯所用的青龙偃月刀。元初郝经的《汉义勇武安王庙碑》中描写的"旌甲旗鼓,长刀赤骥",则完全是《三国演义》中关羽的形象了。帝俄时期的大佐柯兹洛夫于1908年在我国甘肃黑城子挖走金代所刻年域"义勇武安王位",其中有关羽、周仓、关平等人的形象,周仓所执的就是一把长刀。其中人物的服饰打扮与近世很接近了,成为关羽的标准像[3],后世无论画像或是庙中的塑像,一律以此为准。郝经在上面所引"庙碑"还提到刘备与关羽"约为兄弟,死生一之",这种说法也只见于民间传说,而不见于文人士大夫正式的记载。

关羽被封武安王是在北宋末年,北宋初年关羽名声是呈下降趋势的。唐肃宗把姜太公封为武成王,享受与孔夫子同等待遇。关羽、张飞都是配享武成王的。到了宋代,开国皇帝赵匡胤于乾德元年(963)到武成王庙(祭祀周代的开国功臣姜尚)视察,当他看到两廊壁上参与配享的历代武将画像时,当场指示,只有"功业始终无瑕者"才有资格配享武圣姜太

---

[1] 见《全唐诗》卷二四八,上海古籍出版社影印本。
[2] 见《济南集》卷一,《四库全书》本。
[3] 见《中国民间年画史图录》,上海人民美术出版社,1991。

公。结果是关羽、张飞等二十二人被黜。[1] 由于通俗文艺的兴起，关公地位一再向上蹿升。又传说关公斩了在解州（关羽老家）盐池作祟的蚩尤，宋徽宗三度提高关公的封爵，崇宁元年（1102）追封其为忠惠公，大观二年（1108）加封武安王，宣和五年（1123）敕封义勇武安王。宣和年间是关公声望如日中天的时期，如果此时真是有一位"与祖上云长相似"的关胜还会"屈在下僚"？一定会众星拱月似的被人们捧到宋徽宗跟前，赢得皇帝的欢心。

再说关胜距关羽（去世于公元220年）约有九百五十年以上，可以说是关羽四十世孙。按照遗传学原理，儿子有父亲一半的遗传基因，孙子有爷爷四分之一，曾孙八分之一，玄孙十六分之一，以此类推，关胜身上也只有关羽一万亿分之一的遗传基因，可是他长得"端的好表人材。堂堂八尺五六身躯，细细三柳髭髯，两眉入鬓，凤眼朝天，面如重枣，唇若涂朱"，简直就是他祖先的复制品，甚至他骑的马也是九百多年前的赤兔马，使人感到滑稽。

元杂剧中关胜倒是另有一番模样。《争报恩》中写宋江派关胜下山打探事情，许久不归，很焦急。关胜一出场就是卖狗肉的情节，他受宋江之命下山打探消息，病在客店中了，当他病好了以后，要回梁山而无盘缠，于是便偷了人家一只狗，煮熟了去卖。这才是江湖人的本色，平时四处奔走，遇到三灾八难，自己也能设法处理。尽管手段有点下流，但求生是第一位的。从这个情节里读者看到的是一个游民的形象。后来关胜卖狗肉时打昏了丁都管，女主人李千娇庇护了他，他拜李千娇为义姐，并感激万分地说："休道是做兄弟，便笼驴把马，愿随鞭镫。"用如此谦卑口吻对一个妇女说话，这在《水浒传》一百零八将中还不多见。这个关胜对于我们是不是很陌生？但他更符合江湖艺人的原始创意。《水浒传》中的关胜更像是底层文人的手笔，完全是盗版的关羽。不仅在外形是照猫画虎，而且写其行为和动作不像生活中的正常人，如写到梁山的张横等人夜里到关胜驻地去偷营劫寨救阮小二：

---

[1] 见《续资治通鉴》卷三。

> 且说张横将引三二百人，从芦苇中间，藏踪蹑迹，直到寨边。拔开鹿角，迳奔中军。望见帐中灯烛荧煌，关胜手拈髭髯，坐看兵书。

这完全是关帝庙中关老爷的塑像，毫无生气可言。正像马幼垣在《水浒人物之最·最假的离谱之人》中所说，这种造假已经超出了一般的造假，这"简直是肆意侮辱读者的智慧"。

## 小武官出身的林冲

梁山好汉排座次时，林冲被封为马军五虎将之二，他是梁山泊重要的将领，但在朝廷时他还不是严格的武将。林冲出场时介绍他说："这官人是八十万禁军枪棒教头林武师。"前面已经讲到林冲只是兵头将尾的人物，并非武官当中重要人物。作者为了突出他与高俅的矛盾，有意把他的官职提升，能相匹配。林冲这个人物形象在《大宋宣和遗事》中就有了，属于被朱勔所派押送花石纲的十二个指使之一，然而没有关于他个人的故事，只是留下绰号名曰"豹子头"。《水浒传》也按照这个绰号塑造林冲的外形，这"官人生的豹头环眼，燕颔虎须，八尺长短身材，三十四五年纪"。通俗文艺作品中的这种描写是一种令人心颤胆寒的长相。《警世通言·崔衙内白鹞招妖》中写不谙世事的年轻公子崔衙内到酒馆买酒，接待他的酒保就是"身长八尺，豹头燕颔，环眼骨髭，有如一个距水断桥张翼德，原水镇上王彦章"。衙内看了酒保，大吃一惊，第一反应是："怎么有这般生得恶相貌的人？"看来林冲的长相是"恶相貌"的，其性格脾气当如三国时的张飞、许褚。如果在传统的戏曲中，林冲就应由花脸来扮演。可是，从《宝剑记》起林冲都是"俊扮"，由"生"来扮演，京剧还是扮相极好的武生。《水浒传》中林冲的外形与他的性格脾气是不相符的，也就是《水浒传》中对于宋代传下的林冲形象做了较大的改动。石昌渝怀疑，林冲的名字虽然在宋代就有了，但林冲的故事可能写于明代正德期间，反映的是刘瑾专权下政治黑暗的情况。这一说，不是没有道理的。

《水浒传》中所塑造的林冲形象是很成功的，不仅文笔生动，其性格言行与其生活处境十分相符，其生活的变迁和命运的坎坷给其性格所造成的影响也很可信。即使从现代的文学评价体系来看，小说中林冲的故事也属于上乘。

林冲的武艺很好，作为教头其职责是教授士兵，是凭技术吃饭的，所以他也在不断提高自己的技艺。他观看鲁智深舞动重达六十二斤的禅杖，虎虎生风，不由得喝彩道："端的使得好！"他关注这些为的是提高自己的技艺。林冲本性善良、有同情心（从救李小二可见），重朋友、讲操守，他有自己做人的尊严，可能有一时的软弱，但最终尊严是不能出让的，这是他最后走上造反道路的根本原因。《水浒传》写了几位因被统治者迫害不得已走上梁山的人，林冲是最典型的一个。

林冲在东京有稳定收入，有个美满温暖的小家，他没有任何非分之想，甚至也不滥交匪人（如宋江）。他不幸的导因就是由于妻子美丽，被顶头上司高俅的儿子看中，非要他让出不可。游民出身的高俅本来一无所有，只是由于机遇，成了政治上的暴发户，官居殿前司都指挥使，加官太尉，成为武官中的最高阶，又因为掌握保卫皇宫的禁卫军，所以他也成为京师有实权的高官。人的地位可以在瞬间改变，从街头的痞子到朝堂的高官，但是谁也不能给这些新贵们以相应的教养。高俅没有儿子，认自己的叔伯兄弟为义子，这在注重宗族关系与伦理道德的宋代已经很荒唐了；高俅又教子无方，对儿子千依百顺，使其成为作恶多端的"花花太岁"。在高位的高俅与林冲发生了冲突，想出了种种下流办法来陷害、迫害林冲，逼其就范。林冲所拥有的物质和精神上的财产被高俅们一件件剥夺了，他们还想要林冲的性命；开封府对林冲网开一面，仅把他充军发配，高俅又令解差董超、薛霸在发配途中陷害他，幸有鲁智深相救，林冲得以挣扎到发配流放之地；就这样，高俅又密令走狗富安、陆谦火烧草料场，企图烧死林冲，即使烧不死他，按律林冲也得死。也是"天可怜见林冲"，林冲一一都逃过来，得以不死，并且在一夜之间，他的性格彻底变了。

刚出场的林冲是温文尔雅的，当他与鲁智深见面，林冲彬彬有礼打问："师兄何处人氏？法讳唤做什么？"并介绍自己说："恰才与拙荆一同来间壁岳庙里还香愿。林冲听得使棒，看得入眼，着女使锦儿自和荆妇去庙里烧香。林冲就只此间相等。不想得遇师兄。"谦逊中又有几分矜持，林冲毕竟是官嘛。当他听说自己的老婆被人家调戏了，火冒三丈，可是当他抓住了事主，准备饱以老拳的时候，"却认得是本管高衙内，先自手软了"。他不愿意将事情闹大，毁坏了自己的正常生活，"既在矮檐下，怎敢不低头"，林冲性格中的软弱性表现出来了，这一切是有牵挂的人共同的，不应诟病。发配中林冲受尽了两个恶公差董超、薛霸（后遂成为恶公差的共名）的侮辱和虐待，还替那两个恶公差求情："非干他两个事，尽是高太尉使陆虞候分付他两个公人，要害我性命。他两个怎不依他。你若打杀他两个，也是冤屈。"可见林冲的善良。但忍让、委曲求全都是有一定限度的，最后他的一切都丧失了，包括他幻想中的机会也破灭了。林冲对着助纣为虐的陆谦说："杀人可恕，情理难容。"于是他怒吼了，亲手杀死了牢城的差拨、高衙内的帮闲富安和出卖他的陆谦，而且将陆谦等"三个人头发结做一处，提入庙里来，都摆在山神面前供桌上，再穿了白布衫，系了胳膊，把毡笠子带上，将葫芦里冷酒都吃尽了。被与葫芦都丢了不要。提了枪，便出庙门投东去"。从事罪犯心理研究的人很注重罪犯是否亲手杀过人，凡亲手杀过人的，其心理必然会产生巨大变化，非常人所能理解。在这个大雪夜，杀了三个人的林冲，又冷、又渴、又饿，身体与精神都要崩溃了。他向夜间有灯光和火光的草屋、向庄户人求助。如果是在平时，林冲会怀着感激和赔着小心向人求助的。可是这次，特别是在求酒而不得的时候：

> 林冲怒道："这厮们好无道理！"把手中枪看着块焰焰着的火柴头，望老庄家脸上只一挑将起来，又把枪去火炉里只一搅，那老庄家的髭须焰焰的烧着。众庄客都跳将起来。林冲把枪杆乱打。老庄家先走了，庄家们都动弹不得，被林冲赶打一顿，都走了。林冲道："都去了，老爷快活吃酒。"土坑上却有两个椰瓢，取一个下来，倾那瓮酒来吃了一会。剩了一半，提了枪，出门便走。

林冲虽出身于军官，可能他没亲手杀过人，不像三阮、李逵以杀人为乐，因此，杀人给他带来极大的刺激，仿佛变成凶神恶煞，不讲谦卑了，也不讲礼了，在这个世间，林冲没有什么可怕的了。在朱贵酒店里林冲题了一首自暴身份的反诗,读《水浒传》只知宋江有反诗,其实林冲题的"他年若得志,威镇泰山东",也是为皇权专制所不能容的。如果被纠察出来也有杀头的危险。可是在他杀人之后,这一切都无所谓了。"仗义疏财归水泊,报仇雪恨上梁山。"他认为上了梁山,一切都纾解了,他走入另外一个世界了。他没有想到这个世界照样有艰辛,林冲受到心胸狭隘的王伦的排挤,内心又积累了一重郁闷,于是在晁盖上梁山时,林冲的怒火又一次爆发,上演火并王伦一场。在众人汹汹、不知所措之时,"吴用就血泊里拽过头把交椅来,便纳林冲坐地,叫道:'如有不伏者,将王伦为例。今日扶林教头为山寨之主。'"此时的林冲已经是成熟的江湖人:

> 林冲大叫道:"差矣,先生!我今日只为众豪杰义气为重上头,火并了这不仁之贼,实无心要谋此位。今日吴兄却让此第一位与林冲坐,岂不惹天下英雄耻笑。若欲相逼,宁死而不坐。我有片言,不知众位肯依我么?"

于是他先推举了晁盖为山寨之主,并且确立了寨主、军师(吴用)、宗教代表(公孙胜)"鼎分三足,缺一不可"的领导集团。林冲当着全寨公开自己的不足:"据着我胸襟胆气,焉敢拒敌官军,剪除君侧元凶首恶","小可林冲,只是个粗卤匹夫,不过只会些枪棒而已。无学无才,无智无术。今日山寨,天幸得众豪杰相聚,大义既明,非比往日苟且。学究先生在此,便请做军师,执掌兵权,调用将校,须坐第二位"。林冲的话指出了梁山未来的发展道路,此时的林冲已经成为成熟的、眼光、胸襟博大的江湖人了。过去讲到林冲特别强调他的"逼上梁山",其实林冲的遭遇说明了一个社会边缘人如何变为江湖人的过程,其中的曲折艰辛,说明了尽管边缘人容易滑落江湖,但真正的堕入江湖还是随着各人性格的不同,各有其艰难的。此后他成为梁山泊最坚定的领导人之一,几乎所有梁山的对外战争,林冲几乎是无役不与的,为梁山立了许多战功,在招安问题上也较宋江更清醒。

## 贵族中的边缘人——柴进

《水浒传》一百零八将中没有一个人姓赵,却有一个姓柴的。这个事实告诉我们什么信息呢?它表明了作者对于赵宋王朝的态度,尽管为了适合主流社会的舆论,"水浒"故事中也谈"忠义",实际上,对大宋是不怎么认同的。

柴进是"水浒"故事中很重要的人物。《大宋宣和遗事》和《宋江三十六赞》中都有柴进,绰号也都是"小旋风",都没有特殊事迹。"遗事"只是写到柴进是押送花石纲十二指使中的一人。但"柴"是一个敏感的姓氏,宋代开国皇帝的帝位就取于柴氏寡妇孤儿之手。应该说赵匡胤还不是苛酷之人,他留给子孙的三条"祖训",第一条就是不杀柴氏子孙。宋仁宗时柴氏后代又被封为崇义公,给田千顷,以奉祀周室祭祀。宋徽宗重和元年(1118)闰九月,在不废崇义公之封的条件下,又立周恭帝(赵匡胤的帝位就取之于恭帝)之后为宣义郎,监周氏陵庙,世世为国之"三恪"[1]。这次封赠距宋江起事只一二年,当时百姓还有印象,所以就把宋江一伙三十六人之一的柴进,写成周代皇室之后。连周室之后都参与了造反的队伍,以突出积累的社会问题之严重,更重要的是,编书人要借此提高宋江队伍的档次,所以不仅拉了武将、官吏、财主来参加这个队伍,而且也没有忘了贵族。柴进虽有贵族身份,但由于他的自我边缘化,他已经不属于统治集团一伙了。

在中国两千多年的皇权专制时代里,参加造反的人们当中,出身统治阶级或富贵人家的不在少数,而且这些人往往比为自己切身利益而奋斗的游民或其他阶层(如农民、手工业者、商人)更超脱一些。当然,这些人的参与也有不同的目的,大致可分三类:一是有政治野心,统治阶级常

---

[1] 三恪:武王克殷,未及下车,就封黄帝之后于蓟,封帝尧之后于祝,封帝舜之后于陈。用这三封,来表示恭敬,是称"三恪"。清赵翼《二十二史札记》卷二十五中说:"徽宗诏柴氏后已封崇义公,再官恭帝后为宣义郎,监周陵庙,世为三恪。南渡后,高宗又令柴叔夜袭封崇义公,理宗又诏周世宗八世孙承务郎柴彦颖袭封崇义公。此皆见于本纪及续通鉴长编者。盖柴氏之赏延直与宋相终始,其待亡国之后,可谓厚矣。"

用的一个词就是"不逞之徒"(如隋末的杨玄感),这些多是老谋深算之徒,比较有眼光,会政治操作。二是一些生活优裕的青年,他们对于社会的不公、多数人的苦难可能更为敏感(贾宝玉就是一例),如果条件适宜,他们就可能成为反叛者。三是也多是青年,他们吃饱了饭,无事可做,又对声色犬马没有太多的兴趣,对于游侠、行侠仗义等抱有许多不切实际的想象,他们也有可能卷入武装造反活动,因为有时游侠、行侠仗义与武装造反很难区别。至于柴进,我以为属于第三种情况。第三种与第二种容易混淆,关键看主体"形而上"的东西多不多,柴进似乎就想做单纯的孟尝君。孟尝君就是为养客肯花钱。

柴进在《水浒传》中将出场时,林冲遇到的酒店主人介绍说柴进"专一招接天下往来的好汉,三五十个养在家中,常常嘱咐我们酒店里:'如有流配来的犯人,可教他投我庄上来,我自资助他。'"还说他是个大财主,"此间称他柴大官人,江湖上都唤他小旋风"。书中把他写成一个不安分的贵族财主。如果这个贵族财主姓赵还好,可是他姓柴。柴进是亡国之后,在两晋之后,赵宋之前,亡国之后的君王大多下场很惨,不仅没有什么封"三恪",而且大多惨死,因而"愿自今已往,不复生帝王家"是许多亡国之君可怜的祈祷之词。亡国的后代即使有存活下来的,大多也是隐姓埋名,悄悄地活着。如果能有正常的社会生活,也会以韬光养晦为立身安家之本。如五代十国时吴越王钱氏之后,如钱惟演、钱惟治、钱昱等都是谨慎小心,以诗词书法自娱,以文名于当世。而柴进好武,喜欢使枪弄棒,家里养着武术教师,就不正常了。这些在专制社会中都是很犯忌的事情,宋代的统治者尤其讨厌民众学武,柴进不仅不避讳,还经常向他人述说自己的身份和爱好。第五十一回朱仝问他为什么李逵杀了人躲在他的庄子里,柴进文绉绉地回答:

> 容禀。小可平生专爱结识江湖上好汉。为是家间祖上有陈桥让位之功,先朝曾敕赐丹书铁券,但有做下不是的人,停藏在家,无人敢搜。

这段话好像《西厢记》中张君瑞回答红娘的话语,当时红娘说"谁问你来"?！要用今天流行的话语来说，"纯粹有病"。如果站在当时主流社会的立场上分析，它至少有三个错误：一是"陈桥让位之功"，这话岂能是挂在口头的，即使朝廷主动说起来，自己也要谦逊两句，赵氏先祖取天下那是天命，而非"谁让"的；二是"专爱"云云，这在主流社会看来是结交"匪类"，而柴进还很引以为自豪；三是窝藏罪犯，他还以为有了丹书铁券就可以保护任何犯了弥天大罪的人，实际上皇帝可以随时宣布某些人或某些行为罪在不赦之列。这说明江湖艺人描写柴进这个人物加入了自己的想象成分，或由于对上层政治和法律运作不了解，想当然；或是为了拔高梁山泊，加重其成员在主流社会的地位，让听众知道，梁山泊上的人并非都是鼠偷狗盗之徒，还有皇帝亲赐丹书铁券的持有者。柴进下海之后，梁山泊在与上层社会打交道时，都少不了他出场，如上东京汴梁走李师师的门子，混入皇宫，删去御榻屏风上宋江的名字，至于到方腊军中做卧底，最后还被方腊招了驸马，既不符合柴进人物身份，又大悖现实生活的逻辑，纯粹是作者捏造出来的故事。

未下海时的柴进对他的所作所为丝毫没有感到是违法和危险的，也丝毫没有紧张感，干得很轻松，很像玩票，没有认识到他的行为会给他所属的主流社会带来危害。柴进写亲笔信把林冲介绍到梁山，他没想到林冲对于梁山泊的发展壮大起了决定性作用。不过柴进对于当时主流社会破坏力之大被南宋"水浒"故事作者意识到了，因为他们给柴进起的绰号就是一个明证。据王利器先生考证说"旋风"是当时一种"火炮"的名字。他在《(水浒)英雄的绰号》[1]中说："宋石茂良《避戎夜话》卷上：'其炮有七梢、五梢、三梢、两梢、独梢、旋风、虎蹲等炮。'"这是当时非常厉害的火器。李逵绰号"黑旋风"，说明他对社会的冲击力是很大的；而"小旋风"是仅次于李逵的。只从武力角度不好理解，如果考虑到柴进的身份，他对梁山聚义所起的作用以及他对主流社会破坏的程度是远大于李逵的。

---

[1] 见王利器《耐雪堂集》。

# 一百零八将中真正的侠客鲁智深

## 一、为了他人的和尚

金圣叹读到鲁智深故事，有段批语写得很感人："写鲁达为人处，一片热血，直喷出来。令人读之，深愧虚生世上，不曾为人出力。"《水浒传》中真正令人血脉偾张之处就是鲁智深救人的故事，《水浒传》电视剧主题歌所云："路见不平一声吼，该出手时就出手。"只有鲁智深能够当此品评。鲁智深才是人们心中期盼的"侠"。

前面说到《水浒传》是写游民奋斗成功与失败故事的，尽管小说中的英雄好汉们特别羡慕豪侠义侠，实际上一百零八将中真正能称侠的仅有鲁智深一个。我在《游民文化与中国社会》中讲到游侠有两个重要的特征，一是反主流的，二是为他的。《史记·游侠列传》中的游侠都具有这两个特征。而一百零八将中，能够"为他的"大约只有鲁智深一人。鲁智深能够为了他人抛弃自己的一切，为了不相识的金氏父女，抛弃官位和人的正常生活；为了不相识的刘太公父女，挺身而出与杀人放火的强盗搏斗；为了救朋友林冲连和尚也做不了了，最后不能不走上与社会对抗的道路，上了二龙山。鲁智深的堕入江湖是他自我选择的结果，但选择的目的不是为了个人的生存发展，这是他与游民不同的地方。鲁智深也可以说是被逼上梁山的，也就是说丧失了正义的社会，逼得人们不能有尊严地活着，人的尊严包括主持正义的权利。谁想为他人伸张正义就受到政府的打压，就不得不站在政府的对立面去。

## 二、一任性情的和尚

鲁智深是个"胖大和尚，脱的赤条条的，背上刺着花绣"，因此人送绰号"花和尚"。从外观上看，这是个粗糙已极的形象，然而在整个《水浒传》中，他也是个感情细腻已极的人物，是真正的性情中人。

什么叫性情？性就是人的本性，情乃"性之动"。说到《水浒传》的性情中人，评论者往往想到李逵，忽略了鲁智深。其实所谓李逵性情，即动物性本能，它遵循的是弱肉强食的丛林法则，谁强大，谁能打人杀人，谁就有理。李逵的"性情"是可怕的。鲁智深的"性情"主要体现了人性中关怀同类的一面，孟子说的"人性善"，"恻隐之心，人皆有之"，也就是说同情心是基于人性的，每个人都有的。过去一些哲学史家批评说这是"主观唯心主义"。现在这个观念在"神经元经济学"中得到了试验验证。神经元经济学的研究者指出，我们的同情心长在大脑中一个固定的位置，命名为F5的区域。社会的趋同性、人类的"同情共感"也就是一个物种的不同个体基于"镜像神经元"实现了"神经网络共享"。用中国的古话说就是"人溺己溺，人饥己饥"的情感是受动于大脑中一定区域的神经元的。鲁智深的行为不是出于某种理念的驱动而是基于这种同情心。他在酒楼与史进、李忠喝酒受到女子啼哭的干扰，十分焦躁，生气，待找来金氏父女一问，才知道他们被欺负，十分同情，才去打抱不平，三拳打死镇关西。同样李逵与宋江、戴宗、张顺在浔阳楼上吃酒，一个卖唱女子来唱歌，干扰了李逵要在众人面前畅述英雄情怀，他一巴掌把卖唱女打昏了，害得宋江还要拿出钱来赔偿。这就是二人的不同之处。但二人又都是随性而动，没有经过什么大脑，是性情的产物，不同的是李逵走的是自我为中心的动物本能，而鲁智深则出于人类的同情心。当然也有动机不坏但结局却很糟糕的。如在瓦官寺他想帮被生铁佛崔道成和飞天夜叉丘小乙驱逐和迫害的两位老和尚，结果却导致他们投井而死，原因就是鲁智深没有很好的策划，鲁莽而动，把事情搞糟了。但这与李逵任性而动完全不同，李逵的"性情"基于动物性本能，其"性情"就落实在"打""杀"上，所以很容易成为黑道"大哥"的打手，成为打先锋的刽子手；而鲁智深就很难用纯粹的"打"和"杀"来调动他。像为拉朱仝上山入伙而杀小衙内的事情，鲁智深是绝对不干出来的。这就是李逵、鲁智深性情区别之所在。

　　鲁智深舍命救林冲、史进是出于义气。在一百零八将中，他与林、史的关系最好。与史进相交是由于二人相识最早，他感受到史进有农家子弟的淳朴和真挚，又在赤松林中得到他的帮助，战胜崔道成、丘小乙，拿下瓦官寺；与林冲仅仅在大相国寺见过一面，但两人互相欣赏，惺惺相惜，虽见的只是一面，但建立了很深厚的感情。林冲被诬陷发配，并且高俅派人密谋暗中杀害林冲。鲁智深千里尾随，不惮辛劳，当他在野猪林救下林冲后，说了一段特别深情的话：

兄弟，俺自从和你买刀那日相别之后，洒家忧得你苦。自从你受官司，俺又无处去救你。打听的你断配沧州，洒家在开封府前又寻不见。却听得人说监在使臣房内，又见酒保来请两个公人说道："店里一位官人寻说话。"以此洒家疑心，放你不下。恐这厮们路上害你，俺特地跟将来。见这两个撮鸟带你入店里去，洒家也在那店里歇。夜间听得那厮两个做神做鬼，把滚汤赚了你脚。那时俺便要杀这两个撮鸟，却被客店里人多，恐妨救了。洒家见这厮们不怀好心，越放你不下。你五更里出门时，洒家先投奔这林子里来，等杀这厮两个撮鸟。他到来这里害你，正好杀这厮两个。

先是"放你不下"，后是"越放你不下"，从这话的声口真不能想象，这是出自一个粗糙的胖和尚之口。他用行为证明自己对朋友一往情深。对于史进也是如此，鲁智深上梁山后，对宋江说："智深有个相识，李忠兄弟也曾认的，唤做九纹龙史进，见在华州华阴县少华山上……洒家常常思念他。昔日在瓦官寺救助洒家恩念，不曾有忘。洒家要去那里探望他一遭，就取他四个同来入伙。未知尊意如何？"到了华州，得知史进因为行侠仗义，被华州贺太守抓了起来，鲁智深得知消息，第二天一早不顾众人拦阻，就独自闯华州。这就是鲁智深的义气。他的义气不是白花花的银子，而是一颗赤诚的心，全部《水浒传》中只有鲁智深的义气可作如是观，其他的义气都不免与利益挂钩。

### 三、缺少做强盗的素质

鲁智深先在官场、佛门，后堕入江湖，招安后又回到官场。在江湖上，他做了靠打劫为生的强盗，他从事这个职业，不像其他从业者那样心安理得。他对这个职业的操作手段"打""抢""杀"是有心理障碍的，尽管他的武功惊人。鲁智深在桃花山向李忠、周通告别时，李、周下山打劫客商为他送行。鲁智深内心的想法是："这两个人好生悭吝。见放着有许多金银，却不送与俺，直等他去打劫得别人的，送与洒家。这个不是把官路当人情，只苦别人。洒家且教这厮吃俺一惊。"他认为打劫是"苦别人",是"把官路当人情"。鲁智深十分饥饿时,在瓦官寺找老和尚要粥吃,和尚说没有,后来他发现了粥,就责备他们:"你这几个老和尚没道理!只说三日没吃饭,如今见煮一锅粥。出家人何故说谎?"智深肚饥,于是不顾老僧,端起锅就喝。"那几个老和尚都来抢粥吃。才吃几口,被智深一推一交,倒的倒了,走的走了。智深却把手来捧那粥吃。才吃几口,那老和尚道:'我等端的三日没饭吃。却才去村里抄化得这些粟米,胡乱熬些粥吃,你又吃我们的。'智深吃五七口,听得了这话,便撇了不吃。"这说明即使在极其饥饿的条件下鲁智深都不能心安理得地去抢,去打人、杀人,反而有些惭愧地放下了粥锅。这种素质的人是当不了强盗的,他怎能与那些整天想着"大块吃肉,大碗吃酒""论秤分金银,整套穿衣服"的好汉相比呢?因此不论在二龙山,还是在梁山泊,鲁智深都是个异类。

三山聚义打青州之时,孔明被捉。二龙山的杨志知道孔明、孔亮是宋江的徒弟,劝他们到梁山求救。鲁智深一听也十分感慨:

> 正是如此。我只见今日也有人说宋三郎好,明日也有人说宋三郎好。可惜洒家不曾相会。众人说他的名字,聒的洒家耳朵也聋了,想必其人是个真男子,以致天下闻名。前番和花知寨在清风山时,洒家有心要去和他厮会。及至洒家去时,又听得说道去了,以此无缘,不得相见。罢了,孔亮兄弟,你要救你哥哥时,快亲自去那里告请他们。洒家等兄在这里,和那撮鸟们厮杀。

到了梁山泊宋江不让他认同的地方也很多,他多采取默然的态度,但在招安问题上,他表态了:

> 只今满朝文武,俱是奸邪,蒙蔽圣聪。就比俺的直裰,染做皂了,洗杀怎得干净!招安不济事!便拜辞了,明日一个个各去寻趁罢。

李逵等人反对招安,是因为他们对梁山泊这个小团体的依附,离开了它,便不知道如何生存、生活。鲁智深不同,他是对梁山泊的厌倦。"宋三郎"不是"奇男子",弟兄聚义、坐地分赃也不是他向往的。这些都与他的性情不相容。所以他说与其招安,还不如尽快早点散伙,各寻各的出路。

### 四、性情的回归

鲁智深最后也还是随大家招安了,当他们出兵征辽路过五台山时,鲁智深与宋江一起拜见鲁智深的师傅智真长老,长老对他说:"徒弟一去数年,杀人放火不易!"鲁智深默默无言,心有领悟,凭性情出发,很难伸张正义。宋江根本不懂鲁智深,还替他辩解道:"久闻长老清德,争耐俗缘浅薄,无路拜见尊颜。今因奉诏破辽到此,得以拜见堂头大和尚,平生万幸!智深和尚与宋江做兄弟时,虽是杀人放火,忠心不害良善,善心常在。今引宋江等众弟兄来参大师。"其实,这些对于鲁智深来说是毫无意义的。在擒方腊以后,梁山一伙都沉溺在欢乐之中,宋江向鲁智深说:

"那和尚眼见得是圣僧罗汉,如此显灵,令吾师成此大功!回京奏闻朝廷,可以还俗为官,在京师图个荫子封妻,光耀祖宗,报答父母劬劳之恩。"鲁智深答道:"洒家心已成灰,不愿为官,只图寻个净了去处,安身立命足矣。"宋江道:"吾师既不肯还俗,便到京师去住持一个名山大刹,为一僧首,也光显宗风,亦报答得父母。"智深听了,摇首叫道:"都不要!要多也无用。只得个囫囵尸首,便是强了。"宋江听罢,默上心来,各不喜欢。

这些煞风景的话令宋江不快,但鲁智深还是清楚地表明,我与你们不是一伙的,我不再与你们同路。他在六合寺圆寂了,并留下一篇颂子:

平生不修善果,只爱杀人放火。忽地顿开金枷,这里扯断玉琐。咦!钱塘江上潮信来,今日方知我是我。

最后,鲁智深在自己心中回归了自己。大惠禅师给他的考语是:

鲁智深，鲁智深！起身自绿林，两只放火眼，一片杀人心。忽地随潮归去，果然无处跟寻。咄！解使满空飞白玉，能令大地作黄金。

在一百零八将中，鲁智深是个特例。《水浒传》中因为写了这样一个纯真的人才给读者"满空飞白玉""大地作黄金"之感。

# 江湖上的芸芸众生（上）

江湖上更多的还是混饭吃的芸芸众生。江湖人都靠什么职业混饭吃呢？大体上可分为两类，一类是合法的，一类是非法的。一般说来，古代的非法面要比现代窄，除了杀人越货，或用坑蒙拐骗、盗窃等手段占有他人财物外，大多是政府不管的。另一类是合法的，这一类多属于服务业，例如演艺、交通、饮食、中介等。然而即使是合法职业中也有许多非法的元素。如开店的把店开成了黑店，渡船的搞成了黑船，中介的强买强卖、一手赚两家等。生活在主流社会的人对于走江湖的人和接近江湖职业的从业者都要防着一手，怕给自己带来危害。过去有句俗谚说"车船店脚牙，无罪也该杀"，就是因为赶车的、船夫、开店的、脚夫、牙行这五个行当虽然都是正当的职业，或在江湖上游走，或平时与江湖人打交道比较多，沾染了他们的习性，或者从业者中以游民为主，特别容易堕入江湖，因此主流社会对这些人特别警惕。元代徐元瑞的《吏学指南》中说：

> 司县到任，体察奸细、盗贼，阴私谋害，不明公事，密问三姑六婆，茶房、酒肆、妓馆、食店、柜房、马牙、解库、银铺、旅店，各立行老，察知物色名目，多必得情，密切告报，无不知也。

其中所列要秘密查访的地方，自"茶房"以下多是犯罪的渊薮，也就是江湖人最活跃的地方。这一节讲的江湖上的芸芸众生也多在这些地方谋生计，求发展。

## 车夫王英

《水浒传》出现的有名有姓干车行的只有王英一人。书中介绍他说:"这个好汉,祖贯两淮人氏,姓王名英。为他五短身材,江湖上叫他做矮脚虎。原是车家出身。为因半路里见财起意,就势劫了客人。事发到官,越狱走了,上清风山,和燕顺占住此山,打家劫舍。"《水浒传》中把王英写得很不堪,先是看上清风寨知寨刘高的老婆,把她劫来,非要把她做押寨夫人不可,宋江劝他把人放了,说她是朝廷命官的夫人,并说贪恋女色最为江湖好汉所轻视,称之为"溜骨髓"。王英不听,反而强辩说:"哥哥听禀:王英自来没个押寨夫人做伴。况兼如今世上,都是那大头巾弄得歹了。哥哥管他则甚!胡乱容小弟这些个。"后来在清风山头领的压力下被迫放弃。宋江经历了被刘高夫妇陷害之后,再度抓到刘高的老婆,王英还想要这个没有一点人味的女人,气得燕顺"拔出腰刀,一刀挥为两段。王矮虎见砍了这妇人,心中大怒。夺过一把朴刀,便要和燕顺交并"。直到最后宋江许愿再给他娶个好的,这才算完结。攻打祝家庄时,与扈三娘交战,书中写道:

> 这王矮虎是个好色之徒,听得说是个女将,指望一合便捉得过来。当时喊了一声,骤马向前,挺手中枪便出迎敌一丈青。两军呐喊。那扈三娘拍马舞刀,来战王矮虎。一个双刀的熟闲,一个单枪的出众。两个斗敌十数合之上。宋江在马上看时,见王矮虎枪法架隔不住。原来王矮虎初见一丈青,恨不得便捉过来。谁想斗过十合之上,看看的手颤脚麻,枪法便都乱了。不是两个性命相扑时,王矮虎却要做光起来。

最后这个不堪之人在宋江撮合下娶了扈三娘,现代读者很因这个结局为扈三娘抱不平。其实,在元杂剧《王矮虎大闹东平府》中王英与扈三娘已经是夫妻,而且很恩爱。这出戏中王英是主角,他奉命到东平府去为梁山采购过元宵节的花灯,徐宁是他的副手。临行时扈三娘还千叮咛、万嘱咐,盼他安全归来,结果王英还是与吕彦彪打擂,打败吕彦彪,并生擒了杨衙内,胜利回到梁山。也就是说,在《水浒传》成书之前,王英曾风光过。小说中把王英写成这个样子,看来主要因为他好色。其实更应该谴责的,是王英做车夫时见财起意,把坐他车的客人劫了,后被官府抓了,他越狱逃跑,才上了清风山,做了山大王。作者没有谴责这种行为,也许是视之为当然,觉得车夫这样干属于常态。不过《水浒传》中并没有具体写车夫的故事,但写了半路抢劫杀人的船夫。

## 船老板张横

车船都是交通工具,本应给人们的行走带来便利。可是自古以来都是"江湖多风波",行走大不易。不仅自然条件给行者带来困难,交通工具的操纵者也会利用他的优势给行走制造危难,从而获取非法利益。宋江在揭阳镇上得罪了当地恶霸穆弘、穆春兄弟。这兄弟俩连夜追赶宋江,宋江跑到浔阳江边,正赶上张横撑着一条小船过来,宋江等人以为救星来了,便上了船。没有想到这个船夫比恶霸还黑,船行到江心,张横口里唱起湖州歌[1]来。唱道:"老爷生长在江边,不怕官司不怕天。昨夜华光来趁我,临行夺下一金砖。"此时,宋江被吓酥了,但还有幻想,当张横问他们"要吃板刀面,却是要吃馄饨"时,宋江等求饶,张横说:

> 你说什么闲话?饶你三个!我半个也不饶!你老爷唤做有名的狗脸张爹爹。来也不认得爷,去也不认得娘。你便都闭了鸟嘴,快下水里去。

他说出了一句实话,要弄钱就得是"狗脸",连爹娘也不认。江湖上干这种行当的收入完全与心黑的程度成正比,心越黑,收入越多。张横说自己是狗脸,连爹娘都不认,但他还是认了宋江,使他失去了这一大笔生

---

[1] 这一回中写的故事当在江西浔阳江,可是文中提到的"湖州歌"和"小孤山"所涉及的地点都在杭州或杭州附近,可见这段故事原创者当是南宋临安艺人。他们不知江西实际情况,只能用自己生活中已有的经验来叙述。

意。也许是李俊在侧吧，他不能不遵循江湖规则。张横这样的人，看是船老板，实际上与盗匪无别。因为渡宋江等是夜晚，所以采取了直接杀的形式，但大白天的就不好这样做买卖，不过他们另有高招。他说："当初我弟兄两个，只在扬子江边做一件依本分的道路。"这个"依本分"的买卖怎么做呢？张横说：

> 我弟兄两个，但赌输了时，我便先驾一只渡船，在江边净处做私渡。有那一等客人，贪省贯百钱的，又要快，便来下我船。等船里都坐满了，却教兄弟张顺，也扮做单身客人，背着一个大包，也来趁船。我把船摇到半江里，歇了橹，抛了钉，插一把板刀，却讨船钱。本合五百足钱一个人，我便定要他三贯。却先问兄弟讨起。教他假意不肯还我。我便把他来起手。一手揪住他头，一手提定腰胯，扑咚地撺下江里。排头儿定要三贯。一个个都惊得呆了，把出来不迭。都敛得足了，却送他到僻净处上岸。我那兄弟自从水底下走过对岸。等没了人，却与兄弟分钱去赌。那时我两个，只靠这件道路过日。

看来恫吓、诈骗在张横看来都是"依本分"的正当生意。

到河心船老板才打钱，这是很多地方渡船的规矩，晚清小说《小五义》中的船家说："有句俗言，你可知道，船家不打过河钱。拿船钱来。"（第一百零五回）用江河风险来恫吓乘客，这就是为什么老百姓对于船老板有那些负面看法的原因。

## 黑店店主孙二娘、张青

车船是人们的代步工具，大多也是在白天，尚危险重重；而旅店则多是行人夜间的休息之所，其危险程度更甚于车船。旅店始于先秦，战国时期，由于人口流动加剧，旅店异常繁荣。法家的理想国中根本就不允许有人口流动出现，农民必须固定在他所耕作的土地上，因此商鞅变法在发布开垦土地命令的同时，也有"废逆旅"之举。所谓"废逆旅，则奸伪躁心私交疑农之民不行。逆旅之民无所于食，则必农，农则草必垦矣"。商鞅荒唐地设想：没有了旅店，就杜绝了人口流动，人们就都老老实实务农了，这是倒果为因。不过这也反映了由于旅店的发展也使得一些不法之徒借此从事犯罪活动。宋代文言小说《夷坚志》中就有旅店、浴堂杀客人卖人肉的记载。

《水浒传》中写了许多黑店，其中最著名的，也是最黑的就是十字坡。武松进了十字坡酒店，一看情形不对，马上提高了警惕，并对老板孙二娘半开玩笑半戏弄地说："我从来走江湖上，多听得人说道：'大树十字坡，客人谁敢那里过？肥的切做馒头馅，瘦的却把去填河。'"孙二娘矢口否认。实际上黑店都是这样操作，正像宋江在揭阳岭黑店对店主东催命判官李立所说的"如今江湖上歹人多有，万千好汉着了道儿的。酒肉里下了蒙汗药，麻翻了，劫了财物，人肉把来做馒头馅子。我只是不信，那里有这话"。他说了自己却不信，结果当场就被李立麻翻。只是因为伙计不在家，宋江的崇拜者李俊来了，才逃一死。不过揭阳岭地处偏僻，这个在山旮旯儿的旅店，常常数日不开张，害的人少些。十字坡就不同了，它坐落在通往孟州的必经大道上，往来客商不断，自然害人也多。不过，这次孙二娘打了眼，她自认为麻翻了来客，马上指示伙计们：

这个鸟大汉，却也会戏弄老娘。这等肥胖，好做黄牛肉卖。那两个瘦蛮子，只好做水牛肉卖。扛进去，先开剥这厮。

这比传说更精细了，瘦的也不浪费。当然江湖老手不会吃"老娘的洗脚水"的，反而是孙二娘被武松轻易拿下。最后孙二娘的丈夫张青出场，向武松赔罪，武松一看都是江湖人才了了这场恩怨。原来这对夫妇都是杀人老手，黑店是夫妇两人经营。孙二娘是冷血动物，只要能赚到银子，不管谁她都下手。一百零八将被她相中了两个，一个鲁智深，一个武松。前者已麻翻，被运到工作间准备开剥，被张青救下；后者是她被打翻，差点自己被剥。张青引着武松参观了他们的工作车间——人肉作坊：

仿佛这不是人间。《水浒传》研究者马幼垣称孙二娘是"最凶残的禽兽"一点也不为过。为了给这爿店漂白一下，张青特向武松说明：

小人多曾分付浑家道："三等人不可坏他。第一是云游僧道，他又不曾受用过分了，又是出家的人。

　　第二等是江湖上行院妓女之人。他们是冲州撞府，逢场作戏，陪了多少小心得来的钱物。若还结果了他，那厮们你我相传，去戏台上说得我等江湖上好汉不英雄。

　　第三等是各处犯罪流配的人，中间多有好汉在里头。切不可坏他。"

　　这段话是张青在为自己辩解，言自己黑店是不害江湖人的。其实这也是江湖规则，并非张青所发明。云游僧道、妓女、江湖艺人和大多数流放发配的犯人都是江湖人，应该有点惺惺相惜的态度，对他们网开一面。但"最凶残的禽兽"孙二娘不管这些，只要条件合适，她照干不误。这说明所谓自律规则是不可信的，特别是这些自律与自己的利益相冲突的时候。

　　梁山人所开的酒店也都是这类黑店，这样的黑店也坏了正常旅店的名誉。不过旅店是江湖人的聚会之所，黑白两道，都很关注。梁山就把旅店、酒店作为自己的秘密联络点，打探消息，识别访客，成为梁山寨主的"耳目"和"招接四方好汉"的据点。一般经营者，也要在黑白道之间周旋，这就要求经营者有眼光和足够的应对能力，也变得非常势利，传统文艺作品中不少是讽刺"店主东"的，如《秦琼卖马》的店主东王老好，《连升店》中的店主都是。

## 鱼牙子张顺

　　前面"船老板"一节中张横向宋江讲完当初"依本分"的生意后，又说道："如今我弟兄两个，都改了业。我便只在这浔阳江里做些私商。兄弟张顺，他却如今自在江州做卖鱼牙子。"牙就是古代说的驵侩，现在说的中介。中国自古轻商，对于一手托两家（买卖双方）的中人更没有好感。明代有个笑话颇能反映这种情绪：

玉皇大帝要修建凌霄殿，资金不足，想把广寒宫典卖给人间的皇帝，但他又不好直接同人间的皇帝讨价还价，须找一个中间人，但这个中间人也必须是一位王爷才好，思来想去，便想到了灶王爷，于是便请灶王爷与人间皇帝讲价。灶王爷来到人间的朝廷，朝中大臣都吃惊地说："天庭所选派的这个中人，怎么长得这么黑呀！"灶王爷笑着说："天下哪有中人是（清）白的？"

《水浒传》没有过分渲染张顺的"黑"，不过也写到他的权力之大，从中可以隐约地感到他黑。在张顺没有到场时，大约有八九十只渔船"都缠系在绿杨树下"，船上渔人全都懒洋洋地各自干各自的事情。头天打的鱼，到了次日的下午，"一轮红日，将及沉西，不见主人来开舱卖鱼"。可见张顺是垄断了浔阳江鱼的买卖，他不来，鱼不能开市，李逵去买，渔夫只得告诉他不卖。浔阳酒楼只好卖头天的不新鲜的鱼。其实，并非鱼是张顺的，八九十条渔船也各有主人。之所以要等他来才能开市，是因为作为"鱼牙子"，他要从每份交易中获得报酬，如果各自交易了，他的报酬向谁要去？要多少？等他来了，他看着渔民甲乙丙丁……交易，甲卖了五百斤，他抽五百斤的钱，乙卖了两百斤他抽两百斤的钱。可见张顺是个有霸权的鱼牙子，渔民称他为"主人"。从中人到主人，可见当地渔民已经屈服在这个霸权之下。至于他的霸权如何来的？小说中没有写，我想无非是靠两个拳头打出来的。

## 开赌坊的柳大郎、顾大嫂和施恩

### 一、嗜赌成性的江湖好汉

"车船店脚牙"中只有脚行没谈，《水浒传》中虽然写了脚夫，但没有写有名有姓的人物，只作为群像存在。故略去不谈，改谈赌。

赌在江湖世界中也有重要的地位，宋代随着城市发展与工商业、服务业的繁荣，赌博也盛行起来。定州是北边重要城镇，元祐八年（1093）苏轼知定州，在《乞降度牒修定州禁军营房状》中讲到定州军纪涣散情况说"城中有开柜坊人百余户，明出牌榜，招军民赌博"。一个定州尚且如此，其他地方可以想见。但宋代统治者禁赌也很严，《宋刑统》专门有一条"博戏赌财物"来惩治赌博犯罪。其中说"诸博戏赌财物者，各杖一百，赃重者，各依已分准盗论（输者亦依已分为从坐）"。"其停止主人及出玖（赌头）若和合（聚赌牵头者）者各如之。"处罚不能说不重，只要参加赌博的，被抓住，不管输赢，一人一百板子；如赌局大，输赢钱多（赃重）则按偷盗论。那么这个"赃重"指多少钱呢？《宋刑统》注中指"五匹"，这是唐代货币计量单位，大约折合宋代钱币为七贯半。李逵在江州一次输了十两银子，银子是明初以后流通的主要货币[1]，约合宋代十贯钱，照此而论，李逵这一番赌也应"准盗论"了。尽管刑罚很重，律条很严，但赌博很难与游戏划清界限，商品经济繁荣，再加上官员们执法不力，人们对于赌博总有一种谅解在，很难把赌钱的人与盗贼等同视之。

《水浒传》中多处写到赌博，江湖人嗜赌的极多，特别是出身游民的江湖人。有人即使没有饭吃，也要去赌。如三阮、李逵、张横、张顺、雷横、邹渊、邹润、汤隆，石勇还"因赌博上一拳打死了个人"，都是赌博的狂热分子。这些人没有一点生活的乐趣，赌博还能给他们点刺激，所以他们热衷于赌。因此越没钱越赌，越赌越没钱，恶性循环。

其赌博的形式大体上是"掷骰子"和"掷钱币"。这在第一百零五回有描写：

> 那些掷色的在那里呼幺喝六，颠钱的在那里唤字叫背。或夹笑带骂，或认真厮打。那输了的，脱衣典裳，褪巾剥袜，也要去翻本。废事业，忘寝食，到底是个输字。那赢的意气扬扬，东摆西摇，南闯北趱的寻酒头儿再做。身边便袋里，搭膊里，衣袖里，都是银钱。到后捉本算帐，原来赢不多。赢的都被把梢的、放囊的拈了头儿去。

"色"即是"骰子"；"呼幺喝六"指赌徒叫"幺点"或"六点"；"颠

---

[1] 银子在明代永乐之后，才逐渐在明代人日常生活起作用，由此可见《水浒传》成书当在明初以后。

钱"即是"掷钱";"唤字叫背","字"指钱币的正面,"背"指钱币的背面。这些赌博形式简单,见输赢很快,所谓"一翻两瞪眼"。这些玩法可能刹那之间让你倾家荡产。

北宋统治者对于赌博的组织者和赌博场地的提供者是与赌徒一样看待的,他们所涉及的财物肯定比单个赌徒要多,因此,他们大多是要被当作盗贼论处的。小说中写到开赌坊的人,一是柳大郎,一是顾大嫂,还有一个垄断了孟州道快活林赌坊的施恩。

### 二、柳大郎

如果用《水浒传》衡量好汉的标准——扶危济困、仗义疏财来衡量的话,柳大郎也应该是宋江、柴进一级的人物。可惜他帮的是高俅,这在梁山系统看来是敌方,所以柳大郎声名远不能与宋江、柴进等人相提并论。高俅被驱赶出汴京,到淮西临淮州"投奔一个开赌坊的闲汉柳大郎,名唤柳世权。他平生专好惜客养闲人,招纳四方干隔涝汉子。高俅投托得柳大郎家,一住三年。后来……放宽恩大赦天下。那高俅住在临淮州,因得了赦宥罪犯,思乡要回东京。这柳世权却和东京城里金梁桥下开生药铺的董将仕是亲戚,写了一封书札,收拾些人事盘缠,赍发高俅回东京,投奔董将仕家过活"。应该说柳大郎还是有始有终,来时接待,回去时给了盘缠,还给写了推荐信。高俅回到汴京也受到董将仕接待,应该说也是柳大郎的功德,特别值得一提的是,高俅发迹变泰之后,成了炙手可热的高太尉,柳大郎也没有去找他。他还是个施恩不望报的人。柳大郎开赌坊,自己又没有什么特殊的背景,就要做广结善缘的菩萨。如果不是这样,老得罪人,买卖很容易被人踢的。

### 三、顾大嫂

顾大嫂开的赌坊兼做饮食生意。顾大嫂是解珍表姐,他介绍顾时说她"开张酒店。家里又杀牛开赌。我那姐姐,有三二十人近他不得。姐夫孙新,这等本事,也输与他。只有那个姐姐和我弟兄两个最好"。的确如解珍所说,当顾大嫂决定要劫牢反狱救二解时,最大的难点是如何动员她的"伯伯"(丈夫的哥哥)参与。于是她装病,引诱孙立来探病。她直截了当地向孙立表达了，他们打算到城里劫牢，然后上梁山，请孙立也参加，否则孙立难免"近火先焦，伯伯便替我们吃官司坐牢"。

孙立道："我却是登州的军官，怎地敢做这等事！"顾大嫂道："既是伯伯不肯，我们今日先和伯伯拼个你死我活。"顾大嫂身边便掣出两把刀来。邹渊、邹润各拔出短刀在手。孙立叫道："婶子且住，休要急速，待我从长计较，慢慢地商量。"

孙立要先回去收拾行李家私，顾大嫂都不同意，要"一就去劫牢，一就去取行李不迟"。显得特别霸气而专横，毫无女人作风，令人咂舌。可是细想起来没有她为人处世的霸气和专横的作风，没有她的一身功夫，顾大嫂开不了赌坊。去赌钱的都是什么人？我们前面举的《水浒传》中那些赌徒，三阮、李逵、张横等，哪个是省油的灯？没有顾大嫂那种浑不吝和当机立断的性格，怎么能吃这碗饭！干这种与江湖密切相关的行当（赌坊、妓院、娱乐场所等），或有很强的官方背景，或有黑道的支持，或者自己能打能闹，又有一批朋友相帮，这三条中至少要有一两条，否则非但赚不了钱，反而会把命搭上。

从顾大嫂这个形象也可以看到赌博是与犯罪密切相关的。

### 四、施恩

武松流放发配到孟州牢营安平寨以后，变成了一个被优待的特殊犯人。他没有被打"杀威棒"，住高级的单人牢房，吃有鱼有肉有汤有酒的好饭，还有犯人伺候："一个便把藤簟纱帐，将来挂起，铺了藤簟，放个凉枕"，真如同住旅店一样。这就是牢城管营（牢营长官，仿佛现在的监狱长）儿子施恩所为，他需要武松帮助，这是先期投资。在正常人看来这是不正当收买，但游民也视作义气，也把它看作仗义疏财的一种。武松也很清楚施恩的意图，但他仍然把这些当作好意接受了下来，并准备回报。正像小说中的题诗所说"远戍牢城作配军，偶从公廨遇知音"。武松找到对他格外优待的施恩，施恩最初还扭扭捏捏，要把"知音"姿态做足些，武松却性急不耐，施恩终于把真实意图说了出来：

> 小弟自幼从江湖上师父学得些小枪棒在身，孟州一境，起小弟一个诨名，叫做金眼彪。小弟此间东门外，有一座市井，地名唤做快活林。但是山东、河北客商们，都来那里做买卖。有百十处大客店，三二十处赌坊、兑坊。往常时，小弟一者倚仗随身本事，二者捉着营里有八九十个拼命囚徒，去那里开着一个酒肉店。都分与众店家和赌钱兑坊里，但有过路妓女之人，到那里来时，先要来参见小弟，然后许他去趁食。那许多去处，每朝每日，都有闲钱，月终也有三二百两银子寻觅。如此赚钱。

现代人看到这段自述，施恩那样坦然地从可怜的妓女身上刮钱，会感到他真不是个东西。可是小说作者与他笔下的武松却不以为非，这就是游民的"只讲敌我，不问是非"一例。施恩既然是梁山一百零八将之一，又是武松的好朋友，他做的一切都不会遭到作者的质疑和贬斥。他的买卖做得要比柳大郎、顾大嫂大多了，快活林有百十处大客店，三二十处赌坊、兑坊（兑换银钱的买卖），虽然属于施恩出资经营的只是个"酒肉店"，但客店、赌坊、兑坊不仅都要从他这里购买酒肉，供客人消费，妓女在这里营业要经过他允许，而且他们"都有闲钱"孝敬，这就透露了施恩实际上垄断了快活林的一切经营活动，商业、服务业要正常经营都要向他交保护费。读到这里我们终于明白了，为什么开一家酒肉店就需要八九十个"拼命囚徒"作打手？施恩年轻，虽然说得含混，但也把真相点破了。施恩的父亲，国家命官老管营就会说多了，他对武松说：

> 义士如此英雄，谁不钦敬！愚男原在快活林中做些买卖，非为贪财好利，实是壮观孟州，增添豪杰气象。不期今被蒋门神倚势豪强，公然夺了这个去处。非义士英雄，不能报仇雪恨。义士不弃愚男，满饮此杯，受愚男四拜，拜为长兄，以表恭敬之心。

姜还是老的辣，这一番话就比施恩的原话体面了很多（面对武松这个他管辖的囚徒，他没有忘记自己的官员身份）。施恩开酒肉店，不是为了赚钱，而是为了促进当地市面繁荣，给国家壮门面，这还真是有点现代意识，古今官员话语也大抵相类。

写到这里应该告诉读者，施恩比柳大郎、顾大嫂坏多了。虽然柳、顾的经营赌坊是一种江湖行业，这是"好人干不了，干的没好人"的。柳和顾为了保证其经营正常进行，也要花钱雇打手，遇到搅局的也要开打。而施恩利用一帮囚犯作为打手，没有任何成本，便轻易垄断和控制这些令人望而生畏的"买卖"，其恶的程度当然是柳、顾不能望其项背的。

这个事例就发生在离宋朝京城不远的孟州，人们还能相信这个国家的道德、法律、制度吗？钱摧毁了这一切，施恩垄断的几项（赌坊、兑坊、妓女卖笑）都是最来钱和来钱最快的，当然不能让恶棍蒋门神去干，武松醉打蒋门神之后，"买卖"收了回来，重新确立了施恩在快活林的独霸地位。武松还以为自己主持正义，他当众训话：

> 众位高邻都在这里。小人武松，自从阳谷县杀了人，配在这里，闻听得人说道："快活林这座酒店，原是小施管营造的屋宇等项买卖。被这蒋门神倚势豪强，公然夺了，白白地占了他的衣饭。"你众人休猜道是我的主人。他和我并无干涉。我从来只要打天下这等不明道德的人！我若路见不平，真乃拔刀相助，我便死也不怕！今日我本待把蒋家这厮一顿拳脚打死，就除了一害。且看你众高邻面上，权寄下这厮一条性命。只今晚便教他投外府去。若不离了此间，再撞见我时，景阳冈上大虫便是模样。

武松也感到底气的不足，他不好说是施恩指使他来打蒋门神的，并声明这与施恩"并无干涉"，他听别人说蒋门神强占施恩酒店，而我武松"只要打天下这等不明道德的人"。这次没打死他，还是看在各位"高邻面上"。冠冕堂皇，其言甚辩，可惜都是谎言。武松给施恩带来的不仅是恢复旧日的产业，而且"自此施恩的买卖，比往常增加三五分利息。各店家并各赌坊、兑坊，加利倍送闲钱来与施恩。施恩得武松争了这口气，把武松似爷娘一般敬重。施恩自此重霸得孟州道快活林"。对于各个店家则是虎去狼来，施恩重霸快活林，加重了对他们的剥削，增加了"三五分利息"。

从这个故事里可见，当时的商业、服务业也在江湖化，不仅在不同江湖人之间争来夺去，而且官匪勾结（施恩、蒋门神都有官方背景，只是所属不同）在正当与非正当的经营中榨取超额利润。

施恩应该受到赞扬的是，后来蒋门神勾结张团练、张都监陷害武松，把他打入牢中，施恩父子还是做到了与武松患难与共，花了许多钱，使他得以不死于孟州监牢里，使得武松在发配过程中，大闹飞云浦，杀死公差及刺客，并血溅鸳鸯楼。

### 偷鸡摸狗的时迁

某日，电视台采访艺人谈及江湖春（唇）典，"春典"也就是秘密语，江湖春典也就是江湖人互相沟通时的秘密语。当这位艺人谈到春典时非常兴奋，但他也很困惑，说我们的春典与小偷的一样，互相能懂，真奇怪。其实，一点也不怪。小偷、江湖艺人皆属于江湖。江湖上有"金""荣""拦""横"之说。"金"指相面算卦等行当；"荣"则指小偷，"拦"指赌徒，"横"指抢劫。又有"巾"、"皮"（卖药的）、"彩"（变戏法的）、"挂"（打把式卖艺的）、"柳"（唱戏的艺人）的合称。可见江湖艺人曾经与其他江湖人有密切的关系，他们之间要交流，所以才有共用的春典。

过去江湖上称小偷为老荣或小绺，现在的小偷自称为"佛爷"。时迁是高唐州人，书中说杨雄救过他，在他偷听到杨雄、石秀杀了潘巧云后要上梁山，他便随之而行。途中，他们住在祝家庄旅店，时迁犯了老毛病，偷了人家报时的鸡，被祝家庄拿住。当杨雄、石秀上了梁山，述说祝家庄经过，并请晁盖等好汉搭救时迁时，晁盖大怒，喝令小喽啰："将这两个与我斩讫报来！"并说：

> 俺梁山泊好汉，自从火并王伦之后，便以忠义为主，全施仁德于民。一个个兄弟下山去，不曾折了锐气。新旧上山的兄弟们，各各都有豪杰的光彩。这厮两个，把梁山泊好汉的名目，去偷鸡吃，因此连累我等受辱。今日先斩了这两个，将这厮首级去那里

号令,便起军马去,就洗荡了那个村坊,不要输了锐气。如何?

这一番话颇能体现梁山好汉对于偷鸡摸狗这一类人的看法。认为杨雄等人打着梁山泊的旗号去偷鸡吃,丢了梁山的脸,先斩了他俩,传首祝家庄,让他们看看梁山好汉不是偷鸡贼。为什么晁盖对于偷鸡摸狗如此反感,难道拦路抢劫就胜于小偷小摸?电影《天下无贼》中小偷嘲笑打劫的强盗干的事"一点技术含量都没有",以自己偷窃技巧之高为荣;而晁盖则认为偷摸是人们不齿的事情。对于自己干的抢劫,无论是"智取"也好,强取也好,则认为是凭实力吃饭。其内在心态则是:现在天下无道,好像"秦失其鹿,天下共逐之,于是高材疾足者先得焉"。自己要作"高材疾足者",把自己放在"干大事"的位置上。而鼠窃狗盗,以满足口腹之欲,则是卑鄙猥琐的小人行为。实际在老百姓看,小偷小摸,只让你损失财物,不损失人;而抢劫则随时有可能威胁到人命,劫匪比小偷更可怕。宋江有眼光,阻止了晁盖的不智行为,并定下攻打祝家庄的计划。在"忠义堂石碣受天文"中,讲到一百零八将人人平等,提出"或精灵,或粗卤,或村朴,或风流,何尝相碍,果然识性同居;或笔舌,或刀枪,或奔驰,或偷骗,各有偏长,真是随才器使"。把"偷骗"也作为一种"材质"看待,而且把它摆在与"刀枪"(打斗)平等的地位上,《水浒传》中最重视的就是"刀枪",这等于在梁山诸位英雄好汉面前,为时迁等从事偷盗提升了等级。

时迁在上山后的确也建立不少功劳,他有许多特长,《水浒传》中形容他:

> 骨软身躯健,眉浓眼目鲜。形容如怪族,行步似飞仙。夜静穿墙过,更深绕屋悬。偷营高手客,鼓上蚤时迁。

他有轻功,会飞檐走壁,是天生的打探消息的特工材料。时迁也被梁山充分利用,为梁山建立了许多功勋,与许多天罡星中将领相比,毫不逊色。呼延灼的"连环马"曾对梁山构成很大威胁,要破连环马,就需要收服会使钩镰枪的御前金枪班教师徐宁;徐宁最珍视的是他祖上传下的镇家之宝"雁翎锁子甲"，时迁却能把它偷来，使得梁山有机缘接近和收服徐宁。这是他为梁山建立的第一大功。后来打大名府，救卢俊义，大名城高濠深，攻打不易。时迁化装成乞丐，混入大名府中。于元宵之夜，火烧翠云楼，制造混乱，内外相应，破了大名，救了卢俊义、石秀，时迁应是第一功。梁山为晁盖复仇，攻打曾头市，一度处在胶着状态，时迁等被派往做人质，时迁由于胆大心细，成为实质的牵头人，内外夹攻，拿下了曾头市，时迁功劳又不小。但最后在排座次时，时迁被排在一百零七位，仅在笨盗马贼段景住之前，连一事无成还出卖过晁盖、吴用的白胜都在他前面，显然有些不公。看来梁山好汉对于偷盗的成见仍没有全变。最后，时迁没有死于争战，而是死于疾病。也许他有足够的聪明保护自己吧。江湖上，时迁成了"老荣"们的祖师爷，每年享用他们的祭奠。

对于时迁这样技艺高强的神偷，读者还是有几分喜爱的，时迁成为后世戏曲家关注和描写的对象。为什么受众对小偷有兴趣呢？正像《天下无贼》中所说，小偷是需要技巧的。人们欣赏的是这种技巧。于是，通俗文学作品中就不断地塑造"神偷"的形象，如《二刻拍案惊奇》中《神偷寄兴一枝梅 侠盗惯行三昧戏》。其入话写道：

且如宋朝临安有个剧盗，叫做"我来也"，不知他姓甚名谁。但是他到人家偷盗了物事，一些踪影不露出来，只是临行时壁上写着"我来也"三个大字。第二日人家看见了字，方才简点家中，晓得失了贼。若无此字，竟是神不知鬼不觉的，煞好手段！

可见作者按捺不住对这类人的赞美。凌蒙初塑造了"一枝梅"，其后清代《彭公案》中的杨香武，《大八义》中的赵不肖，民国的《燕子李三》等都被写成正面的神偷形象。

## 江湖上的芸芸众生（下）

上半部分多讲的是凭个人力气、武艺或技艺打拼的江湖人。游民一无所有，行走江湖，弄饭吃的渠道很多，有凭智力机巧或仅有的一点点知识学问吃饭的，也有凭色相吃饭的，但这些都离不开说话，人们称之为吃开口饭的。闯江湖的人，没有一副伶牙俐齿是不行的。江湖语云："巾（也有写作'金'的）、皮、彩、挂，全凭说话。"

## 江湖术士李助的两张面孔

古代所说的医卜星相大多称为江湖术士，这些既为统治者所疑忌，但又是他们离不开的人物。江湖术士在江湖上非常受尊重。说起江湖的行当，大多是以算命相面打头。按"春典"说，它称为"巾"行，其内部仍有细分，有"七十二巾"之说。江湖人的反社会活动，大多有他们的身影。李助是一百二十回《水浒传》"四寇"之一王庆的军师。王庆当年是汴京开封府衙门的排军，因遇怪异求助于问卜，从而结识了在汴京卖卦的李助。王庆初见李助，他眼中的这个算命先生是：

> 头带单纱抹眉头巾，身穿葛布直身，撑着一把遮阴凉伞，伞下挂一个纸招牌儿，大书"先天神数"四字。两旁有十六个小字，写道："荆南李助，十文一数。字字有准，术胜管辂。"

此时的李助还很落魄，没有多少生意。当王庆向他买卦，李助看他行动不方便，先给他一枚铜钱，要他向太阳祷告；看他动作迟缓，又从药铺问了王庆致病情由，然后开始："日吉辰良，天地开张。圣人作易，幽赞神明。包罗万象，道合乾坤。与天地合其德，与日月合其明，与四时合其序，与鬼神合其吉凶。今有东京开封府王姓君子，对天买卦。甲寅旬中乙卯日，奉请周易文王先师，鬼谷先师，袁天纲先师，至神至圣，至福至灵，指示疑迷，明彰报应。"这一套令王庆似懂非懂的话出自《易传》，显得玄之又玄，使人莫测高深。卜者用以抬高自己，恫吓问卜者。然后利用他对王庆的了解（王庆的为人以及与童贯女儿私通之事几乎整个汴京无人不知），用术士的"轻敲响卖"（探求对方情况要"轻"，悄然不觉；给对方的断语要重、要"响"）技巧，震住顾客。

李助将课筒发了两次，叠成一卦道："是水雷屯卦。"看了六爻动静，便问："尊官所占何事？"王庆道："问家宅。"李助摇着头道："尊官莫怪小子直言！屯者，难也。你的灾难方兴哩。有几句断词，尊官须记着。"李助摇着一把竹骨折叠油纸扇儿，念道：

"家宅乱纵横，百怪生灾家未宁。非古庙，即危桥。白虎冲凶官病遭。有头无尾何曾济，见贵凶惊讼狱交。人口不安遭跌蹼，四肢无力拐儿撬。从改换，是非消。逢着虎龙鸡犬日，许多烦恼祸星招。"

恫吓是江湖术士的惯技，无论医星相卜，都常常使用，目的是吓住顾客，使顾客内心惶惶，增加对江湖术士的依赖。这是李助作为卖卜人时的面孔，其目的就是为了赚钱。

李助在汴京毫无发展，回到老家荆南。当他再见到王庆时，这位江湖术士已经从卖卦吃饭的变成了处处寻找机会的不逞之徒。此时王庆已经是逃亡的身负多条人命的犯罪分子；李助受段家之托，要把段三娘许给王庆为妻。李助来做媒，一见王庆原来是熟人。他说：

自从别后，回到荆南，遇异人授以剑术，及看子平的妙诀。因此人叫小子做金剑先生。近日在房州，闻此处热闹，特到此赶节做生理。段氏兄弟知小子有剑术，要小子教导他击刺。所以留小子在家。适才段太公回来，把贵造与小子推算。那里有这样好八字！日后贵不可言。目下红鸾照临，应有喜庆之事。

"贵不可言"是江湖术士要鼓动对方进行反社会活动的口头禅。相面的说面相"贵不可言"，堪舆家（看风水的）说某块地"贵不可言"……这不可言的"贵"就是做皇帝。中国人本来就有不少人是有皇帝梦的，被这样的星相家一煽动，马上就会上套。王庆也是如此，在娶了段三娘以后，事情闹大，真面目暴露被官方追捕。于是在李助的引导下，上山落草，当山大王。由于房州围剿，被王庆打败，房州又发生兵变，那些叛军反而与王庆合作，王庆遂占领了房州。"分头于房山寨及各处竖立招军旗号，买马招军，积草屯粮。远近村镇，都被劫掠。那些游手无赖，及恶逆犯罪的人，纷纷归附。""遂拜李助为军师，自称楚王。遂有江洋大盗，山寨强人，都来附和。三四年间，占据了宋朝六座军州。王庆遂于南丰城中，建造宝殿，内苑宫阙，僭号改元。也学宋朝，伪设文武职台，省院官僚，内相外将。"李助当了丞相。

传统造反队伍中的谋主往往不是政治家，甚至不是军事家，而是知奇门晓遁甲的星相家，因为造反者最初都是力量有限，需要天命的支持，而这些星相家都是天命的制造者。星相家大多是不得志的游民知识分子，四处游走，寻找机会。平时可能靠医卜星相为生，遇到合适的时机、合适的人，便会演出李助说王庆的一幕。王庆没有成功，王、李的下场都很惨。如果成功了他们便是新朝的皇帝与丞相。

实际上传统的中国人从实用理性出发都对算命卜卦相面这一套有较实际的看法。梁山要赚卢俊义上山，派吴用前往大名府以卖卦的形式说卢俊义百日之内必有血光之灾，要避免灾难，只有到东南躲避。当卢俊义要躲避时，管家李固就说："主人误矣！常言道：'卖卜卖卦，转回说话。'休听那算命的胡言乱语。"燕青也说："主人在上，须听小乙愚言。这一条路去山东泰安州，正打从梁山泊边过。近年泊内是宋江一伙强人在那里打家劫舍，官兵捕盗，近他不得。主人要去烧香，等太平了去。休信夜来那个算命的胡讲。到敢是梁山泊歹人，假装做阴阳人来煽惑，要赚主人那里落草。"这些说得都很准确，都指出了卖卦者不可信。但还是阻挡不了卢俊义，他的理由是："宁可信其有，不可信其无。自古祸出师人口，必主吉凶。我既主意定了，你都不得多言多语。"因为没有坚定的宗教信仰，灵魂深处没有主心骨，对于不可知的未来，充满了惧惕心理，因此卜人恫吓，往往特别灵验。江湖术士正是抓住这一点，对于问卜者，先要吓，特别是对那些有丰厚家资的人。他企望的不是得，而是不失，吴用抓住他这个心理，一发而中。

## 江湖艺人白秀英

白秀英是汴京唱诸宫调的艺人，她可能在京城已经不够火了，或者是想赚更多钱，走穴（正字应是《水浒传》使用的"趓"）来到郓城县。又碰巧她的男友被任命为郓城县知县，这就是机会。"旧在东京，两个来往。今日特地在郓城县开勾栏。"到了郓城自然会给她提供许多方便。

宋代是通俗文艺娱乐空前发展的时代，但大城市，特别是首都与地方小县城的差别还是很悬殊的，京城过了气的艺人，到地方上仍然会受到极大的追捧。第一零四回写到西京（洛阳）到房州走穴女艺人受当地城乡民众追捧的情况十分生动：

> 更有村姑农妇，丢了锄麦，撇了灌菜，也是三三两两，成群作队，仰着黑泥般脸，露着黄金般齿，呆呆地立着，等那粉头出来，看他一般是爹娘养的，他便如何恁般标致，有若干人看他。当下不但邻近村坊人，城中人也赶出来睃看。把那青青的麦地，踏光了十数亩。

正是《陌上桑》中所写的"耕者忘其犁，锄者忘其锄"。白秀英到郓城的热火程度是通过县民李小二的嘴向雷横说出的：

> 都头出去了许多时，不知此处近日有个东京新来打趓的行院，色艺双绝，叫做白秀英。那妮子来参都头，却值公差出外不在。如今见在勾栏里，说唱诸般宫调。每日有那一般打散，或有戏舞，或有吹弹，或有歌唱，赚得那人山人海价看。都头如何不去睃一睃？端的是好个粉头。

那时艺人真是很辛苦，要会许多节目和多种艺术形式，你没能力就别吃这碗饭。白秀英能歌善舞，会杂技，还会成本大套的诸宫调。诸宫调在当时是一种全新的艺术形式，便于演唱长篇故事。她的老爸白玉乔为她把场，兼主持人、经理人等：

只见一个老儿，裹着磕脑儿头巾，穿着一领茶褐罗衫，系一条皂绦，拿把扇子上来，开呵道："老汉是东京人氏，白玉乔的便是。如今年迈，只凭女儿秀英，歌舞吹弹，普天下伏侍看官。"锣声响处，那白秀英早上戏台，参拜四方。拈起锣棒，如撒豆般点动。拍下一声界方，念了四句七言诗，便说道："今日秀英招牌上，明写着这场话本，是一段风流韫藉的格范，唤做'豫章城双渐赶苏卿'。"说了开话又唱，唱了又说。合棚价众人喝采不绝。雷横坐在上面，看那妇人时，果然是色艺双绝。

看来是个很合格的江湖艺人。他们凭自己本事吃饭，在风波险恶的江湖上奔走。对于江湖艺人来说，最难的是演出后的打钱。如果冲州撞府在街头上打野呵的江湖艺人最怕刮风下雨，一下子就会把人冲散。白秀英他们是在勾栏里演出，没有这种情况，他们遇到的最大难点是向谁要钱和向谁不能要钱。每个地方都少不了有不能碰、不许碰的人物。所以江湖艺人到了一个地区，先要拜码头，了解地方情况，请求三老四少多照应。白玉乔仗着白秀英与县太爷的关系，有点尾巴翘上天了，对郓城县的事情一无所知。《水浒传》白秀英打钱一段写得特别精彩：

白秀英托着盘子，先到雷横面前。雷横便去身边袋里摸时，不想并无一文。雷横道："今日忘了，不曾带得些出来。明日一发赏你。"白秀英笑道："头醋不酽彻底薄。官人坐当其位，可出个标首。"雷横通红了面皮道："我一时不曾带得出来，非是我舍不得。"白秀英道："官人既是来听唱，如何不记得带钱出来？"雷横道："我赏你三五两银子，也不打紧。却恨今日忘记带来。"白秀英道："官人今日见一文也无，提甚三五两银子。正是教俺望梅止渴，画饼充饥。"白玉乔叫道："我儿，你自没眼，不看城里人、村里人，只顾问他讨什么。且过去，自问晓事的恩官告个标首。"雷横道："我怎地不是晓事的？"白玉乔道："你若省得这子弟门庭时，狗头上生角。"

江湖艺人打钱更是一种技艺，白秀英也运用得十分娴熟。她对观众十分有礼，但又逼着对方出血。雷横是个老实人，不会与女人打交道，更不要说应付如此娇艳的女艺人了。他只有防守和告饶的份儿。白秀英话语中夹杂着讥讽，雷横也听出来，如果白玉乔不插话，白秀英再讽刺两句尽了兴也就完了。江湖艺人会说能说，除了会说逢迎话外，也很会说讽刺和挖苦的话。北京常说作艺的人嘴损，平常少说话，留点口德。白氏父女因为在郓城得意，更发挥他们会损人的一面，没想到碰到的是个硬汉，为了嘴痛快，把命丢了。千不该，万不该，白玉乔不该插嘴，雷横本来被白秀英弄得很尴尬，有一肚子气没处撒去，白玉乔作为一个老江湖，犯了一个最不该犯的错误，就是"强龙不压地头蛇"，何况你还不是"强龙"。不就是女儿与新任县太爷好吗？你知道郓城县水有多深、多浑？当人家警告他"使不得！这个是本县雷都头"，他还不知道刹车，接着还说"只怕是驴筋头"。这一顿打就不可避免了。白秀英借着"枕边风"把雷横告了下来，还要知县把雷横押出去"号令示众"，"定要把雷横号令在勾栏门首"，还命看守的禁子们"绷扒（牢捆）他"，出他的丑。禁子不情愿，还威胁他们。白秀英、白玉乔把事情做到极致，最后命丧郓城。

这件事说明白玉乔虽是老江湖了，但确是小人得志。闯江湖人，即使是事事顺利，也要怀着三分警惧。白秀英后来的举动简直是找死，她的父亲也没有制止她，实际上是放纵，最后就是人财两失一场空。他们父女的遭遇对于江湖艺人来说是个警戒。

宋代江湖艺人已经非常活跃，处处都有江湖艺人的身影。

## 打把式卖艺的薛永、李忠

按照近世的春典，靠打把式吃饭的称为"挂子行"。武术在宋代以前是贵族所必修，因之武艺是带有贵族气的。宋代重文轻武，武术沉沦于社会底层，游民闯江湖如果不会个三拳两脚，就很难生存发展。因此江湖人大多会武，好刺枪使棒也成为梁山好汉的最大相同点。又因为宋代手工业、商业、服务业的繁荣，武术也成了可以换钱的一门技艺，这更降低了

"武"的社会地位。卖艺兼卖膏药的病大虫薛永，就出身于军官，后来沦落，成为江湖艺人。我们看他的自述：

> 小人祖贯河南洛阳人氏，姓薛名永。祖父是老种经略相公帐前军官。为因恶了同僚，不得升用。子孙靠使枪棒卖药度日。江湖上但呼小人病大虫薛永。

其祖父是军官，不能升职，父亲和自己又不会别的，只好靠使枪棒卖膏药为生。但是卖艺光靠武艺好不行，关键还得会要钱，这要会说。薛永练完了要钱，要钱一段话也很得体，但揭阳镇上没有人给钱，独独流放犯人宋江给了五两银子。此时，薛永应该反省，为什么没人给钱，是不是自己有做得不到的地方。可是薛永不仅没这样做，反而讽刺揭阳镇的看客：

> 恁地一个有名的揭阳镇上，没一个晓事的好汉，抬举咱家！难得这位恩官，本身现自为事在官，又是过往此间，颠倒赍发五两白银！正是：当年却笑郑元和，只向青楼买笑歌。惯使不论家豪富，风流不在着衣多。这五两银子，强似别的五十两。自家拜揖，愿求恩官高姓大名，使小人天下传扬。

这种做法不仅有害自己，还给"恩官"招来怨恨。江湖俗谚云："巾皮彩挂，全凭说话。"意思是说，江湖这些表演的行当，有的话多，有的话少，但不管话多话少，要想拿到钱全靠话说得到位。

挂子行的收入极其有限，宋江一下子给了五两银子，薛永真的很感动。打虎将李忠在鲁达向他借银子时，他拿出二两银子，鲁达气得掷还给他。做军官的鲁达真是有点不懂得跑江湖的苦。当他邀请李忠与史进一起吃酒时：

> 李忠道："小人的衣饭，无计奈何。提辖先行，小人便寻将来。贤弟，你和提辖先行一步。"鲁达焦燥，把那看的人，一推一交，便骂道："这厮们挟着屁眼撒开！不去的洒家便打。"众人见

是鲁提辖，一哄都走了。李忠见鲁达凶猛，敢怒而不敢言，只得陪笑道："好急性的人！"

这是老江湖的修养，难道李忠没有脾气？然而，其一，他对鲁达的大名可能知道，这是个鲁莽人物；其二，鲁达是当地的军官，自己在他的"贵宝地"谋生，好歹也要有三分逊让。这样一比，更可以看出白玉乔真是小人暴发户的嘴脸了。

## 娼妓阎婆惜、李师师

### 一、阎婆惜

阎婆惜是娼妓吗？读者可能有疑问。因为《水浒传》中说媒拉纤的王婆介绍阎婆惜情况时这样说：

> 押司不知，这一家儿，从东京来，不是这里人家。嫡亲三口儿，夫主阎公，有个女儿婆惜。他那阎公平昔是个好唱的人，自小教得他那女儿婆惜，也会唱诸般耍令。年方一十八岁，颇有些颜色。三口儿因来山东投奔一个官人不着，流落在此郓城县。不想这里的人，不喜风流宴乐。因此不能过活。在这县后一个僻净巷内权住。昨日他的家公因害时疫死了。这阎婆无钱津送，停尸在家，没做道理处。央及老身做媒。我道这般时节，那里有这等恰好。又没借贷处。正在这里走投没路的。只见押司打从这里过来，以此老身与这阎婆赶来。望押司可怜见他则个，作成一具棺材。

照这个话说阎婆惜是个良家妇女，到山东只是投奔亲戚，因寻亲戚不着才沦落到郓城。但为什么又说"这里的人，不喜风流宴乐"呢？看来还是想要在这里卖唱、卖艺，但没打响。不能说郓城人"不喜风流宴乐"，白秀英不是在郓城搞得挺火吗？实际上，阎婆惜一家大约是在京城混不下去，才来到郓城，不料时运不济，没打响，阎公还客死他乡。阎婆想要把阎婆惜许给宋江时，另说了一番话：

> 我这女儿长得好模样，又会唱曲儿，省得诸般耍笑。从小儿在东京时，只去行院人家串。那一个行院不爱他。有几个上行首，要问我过房几次，我不肯。只因我两口儿无人养老，因此不过房与他。不想今来到苦了他。我前日去谢宋押司，见他下处无娘子，因此央你与我对宋押司说："他若要讨人时，我情愿把婆惜与他。我前日得你作成，亏了宋押司救济，无可报答他，与他做个亲眷来往。"

阎婆的话倒有几分真情。"行院"就是妓院，良家妇女到妓院干什么？而且许多妓院都喜欢阎婆惜，希望阎婆把她卖给妓院，阎婆以无人养老没有答应。但我们从王婆的介绍和阎婆的述说，以及阎婆惜言行来看，阎婆惜不是在行院做买卖的妓女，而是个私窠子。因为她的年龄、长相、技艺都有优势，行院才想买她。《水浒传》关于她的身世含糊其词，其实《大宋宣和遗事》中说得很清楚，"刘唐将带金钗一对，去酬谢宋江。宋江接了金钗，不合把与那娼妓阎婆惜收了。争奈机事不密，被阎婆惜知得来历"，所以导致宋江杀惜。元杂剧中也说杀了"娼妓阎婆惜"。《水浒传》成书以前，都把宋江与阎婆惜写成嫖客与妓女的关系（京剧还保留了这个传统，"杀惜"称作《乌龙院》），因为宋江对她信任，当她移情别恋时，以此为把柄，想敲宋江一笔大钱，宋江气愤、忌妒和恐惧之极才杀了她。《水浒传》把好汉都定位为不好色，当然一百零八将之首宋江就更不能好色，但杀阎婆惜的故事是宋江下海落草的关键，整个故事不能删，把她改成为报宋江之恩而嫁给宋江的外室，这样就避免了宋江寻花问柳的故事。但有些地方不合理，例如没有"内室"，何来"外室"？如果要真是外室，宋江的家在乡下，平时上班就应该住在阎婆惜那里，不能想去就去，不想去就不去了。而且很奇怪，书中写到宋江负气从阎婆惜那里出来，"一直要奔回下处来"，这说明宋江在县城里还有住处。作者也感到这样处理背离了阎婆惜的原始身份，有些故事发展就不合逻辑。因此书中作者两次提到"这婆惜是个酒色娼妓，一见张三，心里便喜，倒有意看上他"，"阎婆惜是个风尘娼妓的性格，自从和那小张三两个搭上了，他并无半点儿情分在那宋江身上"。这是从性格角度解释阎婆惜故事的逻辑。其实在对待宋江问题上更显示出阎婆惜作为一个闯荡江湖妓女的行事风格。宋江把招文袋遗落在阎婆惜那里，袋中有一锭金子和一封梁山泊的感谢信，信中还有梁山给宋江一百两黄金的信息。当发现招文袋里面有黄金和宋江通贼的信息时，阎婆惜的心理活动是：

> 好呀！我只道吊桶落在井里，原来也有井落在吊桶里。我正要和张三两个做夫妻，单单只多你这厮。今日也撞在我手里！原来你和梁山泊强贼通同往来，送一百两金子与你。且不要慌，老娘慢慢地消遣你。

宋江有把柄在她手里，在与阎的交涉中处处是守势，显得非常窝囊，而阎婆惜攻势凌厉，其语言若有利刃。当宋江本着事实说自己没有收梁山的一百两黄金时，阎婆惜马上反驳：

> 可知哩！常言道："公人见钱，如蝇子见血。"他使人送金子与你，你岂有推了转去的。这话却似放屁！做公人的，"那个猫儿不吃腥"？"阎罗王面前，须没放回的鬼"。你待瞒谁！便把这一百两金子与我，值得甚么！你怕是贼赃时，快熔过了与我。

宋江确实没有，当他说变卖家私，凑足一百两黄金时，阎婆惜反击道：

> 你这黑三倒乖！把我一似小孩般捉弄。我便先还了你招文袋这封书，歇三日却问你讨金子，正是"棺材出了，讨挽歌郎钱"。我这里一手交钱，一手交货。你快把来，两相交割。

这种口风像一个十八九岁的女孩子吗？先是"老娘慢慢地消遣你"，接着向宋江讲"道理"，里面夹杂着威胁："便把这一百两金子与我，值得甚么！你怕是贼赃时，快熔过了与我。"最后是看穿一切世相："我这里一手交钱，一手交货。你快把来，两相交割。"完全是个久在江湖的女光棍的口吻。阎婆惜以为她完全有能力操纵这一切了，没想到宋江最后这一刀，一切心机化为乌有。

阎婆惜比下面要谈的李师师"鸨子气""江湖气"更浓，这可能与她的贫困和在江湖上奔波有关。

### 二、李师师

李师师是货真价实的娼妓。师师实有其人，历史上关于她的风流传说也很多，这里只谈《水浒传》塑造的李师师这个文学形象。宋江想招安，想走宋徽宗宠爱的李师师的门路。像李师师、赵元奴这样的名妓，一百两白银想求见一面都不可得。李师师虽有大名而不骄矜，虽然有皇帝光临，但不恃宠而藐视一切，这与白秀英比较起来就雍容大气多了。特别是在宋徽宗面前说了一些实事求是的话。燕青在徽宗面前承认自己从梁山来，并讲明梁山希望朝廷招安。宋徽宗责问："寡人前者两番降诏，遣人招安，如何抗拒，不伏归降？"这是宋徽宗从蔡京、童贯等人处得到的消息。这完全是欺蒙。燕青为之详辩，徽宗半信半疑。此时，李师师在一旁插言："陛下虽然圣明，身居九重，却被奸臣闭塞贤路，如之奈何？"

这虽是一句很普通的话，但却一句顶一万句。它把徽宗从责任者中排出，把板子打在蔡京等人屁股上，所以徽宗听得很舒服，"嗟叹不已"。

《水浒传》作者虽然对青年妇女（或说性感的女性）有一种敌视情绪，大约李师师在作者设计的招安活动中有重要的地位，所以对她的坏话不多。

## 城市街痞牛二

汴京牛二的戏不多，在《水浒传》占的篇幅不到半回，但给读者留下的印象极深，而且作为典型形象流传了下来。我们在今天仍然经常看到牛二式的人物，在城市的大街小巷晃动，网上更是充斥着牛二式人物。在他还没有出现在读者面前时，我们就感到这个人不一般，"只见两边的人都跑入河下巷内去躲。杨志看时，只见都乱撺，口里说道：'快躲了，大虫来

也.'"京城的人,按说都见过大世面的,就如此怕他,可见其威力。书中有首词形容其丑陋肮脏,并介绍他:

> 原来这人是京师有名的破落户泼皮,叫做没毛大虫牛二。专在街上撒泼行凶撞闹。连为几头官司,开封府也治他不下,以此满城人见那厮来都躲了。

按照宋代户籍制度的编排,居住在城市称坊郭户,再根据有无住房,分为主户客户,又据财产的多少将主客户分为十等。牛二这个"破落户"应该属于低等级的坊郭客户。他没有财产,没有固定收入,是城市贫民,也就是我所界定的游民。他专靠"在街上撒泼行凶撞闹"吃饭,说明这个贫困的城市游民流氓化了。杨志卖刀,说刀是宝刀,有三个特点:"第一件砍铜剁铁,刀口不卷。第二件吹毛得过。第三件杀人刀上没血"。前两个都验证了:

> 牛二又问:"第三件是甚么?"杨志道:"杀人刀上没血。"牛二道:"怎么杀人刀上没血?"杨志道:"把人一刀砍了,并无血痕,只是个快。"牛二道:"我不信,你把刀来剁一个人我看。"杨志道:"禁城之中,如何敢杀人?你不信时,取一只狗来,杀与你看。"牛二道:"你说杀人,不曾说杀狗!"杨志道:"你不买便罢,只管缠人做甚么?"牛二道:"你将来我看。"杨志道:"你只顾没了当!洒家又不是你撩拨的。"牛二道:"你敢杀我?"杨志道:"和你往日无冤,昔日无仇,一物不成,两物见在。没来由杀你做甚么?"牛二紧揪住杨志说道:"我偏要买你这口刀。"杨志道:"你要买,将钱来。"牛二道:"我没钱。"杨志道:"你没钱,揪住洒家怎地?"牛二道:"我要你这口刀。"杨志道:"俺不与你。"牛二道:"你好男子,剁我一刀。"杨志大怒,把牛二推了一跤。牛二扒将起来,钻入杨志怀里。杨志叫道:"街坊邻舍都是证见。杨志无盘缠,自卖这口刀。这个泼皮强夺洒家的刀,又把俺打。"街坊人都怕这牛二,谁敢向前来劝。牛二喝道:"你说我打你,便打

杀直甚么！"口里说，一面挥起右手，一拳打来。杨志霍地躲过，拿着刀抢入来。一时性起，望牛二嗓根上搠个着，扑地倒了。杨志赶入去，把牛二胸脯上又连搠了两刀，血流满地，死在地上。

牛二撞上杨志卖刀，两人都倒霉。杨志倒霉是碰见这样一个无赖，简直是块臭胶皮糖，扔不了，甩不掉，讹上自己了，最后只能快刀斩乱麻，还得为他打官司；牛二倒霉是，他每次撒泼耍赖都能得手，赚得一笔好处，没想到遇到杨志这样一个硬汉，水火不进，最后把命丢了。得到好处的是汴京市民，这个汴京一害被轻易地除掉了。市民没有忘记杨志的功劳，在打官司时为他做了证，说了话。

牛二无赖的特点是不讲理，我们的文化传统中不太注重讲理，牛二把不讲理搞到极端。"我就是要你的刀，你不给，你就杀了我"。这就是牛二一番话的精华。牛二没有权，有权直接就叫下人替他办了。牛二这样一个无权无势无钱的人物，怎么会养成这样的性格？看来都是环境造成的。宗法社会中，人的个性是萎缩的，多一事不如少一事。此时出来个天不怕、地不怕的牛二，人们怕招惹是非，也怕打不完的官司，因此对于牛二都采取躲和让的态度，能躲就躲。他来了，人们就跑；跑不及的，被他讹上，就吃点亏让他了。于是，牛二就越来越嚣张。开封府为什么不管？牛二也没犯大事，民事小事，都是民不举、官不究的。有人以为地方官手握无限的权力，其实不是这样。远州远县，天高皇帝远，权力相对大些，所以有"灭门的知县"（得罪本地知县，知县能灭他一门，极言知县权力之大）之说。首都的地方官受的制约很多，朝廷的言官整天盯着地方，开封官员要出点事，就是言官上言的好材料。因此汴京地方官拿牛二这样的无赖也没多少办法。再说牛二讹诈的就是普通的平民百姓和外地人，这些人都没有告，官员哪会有主动精神去料理这等没有油水的事？日久天长，牛二就成了"没毛大虫"。要是在天高皇帝远的州县，遇上颇有手段的能吏，就凭这个外号，就能问牛二一个死罪，但在汴京不行。

杨志在《水浒传》中是个倒霉人物，押运花石纲"来到黄河里，遭风打翻了船，失陷了花石纲"，丢了官职；弄了"一担儿钱物"，想走门子复职，结果没走通，被高俅骂了一顿；穷得走投无路，卖祖传宝刀，碰上牛二。走江湖，一要有胆，二要有眼，三要能侃。杨志胆气足够，但眼力不成，牛二也没眼力，两个没眼力的碰到一起就有了一死、一流放的结局。

城市中这样的痞货，所在多有。汴京"酸枣门外三二十个泼皮破落户中间，有两个为头的，一个叫做过街老鼠张三，一个叫做青草蛇李四"，他们被鲁智深打服，蓟州有"踢杀羊张保"等都是敢于在街面上闹事，官府又拿他们无可奈何的人物。

## 变泰发迹的高俅

前面在"水浒故事中第一反派也是游民"中分析了高俅的出身，以及《水浒传》为什么把他作为梁山好汉的对立面来写。应该说高俅还不是一般的游民，他已经在江湖上闯荡，成为江湖人，谙熟江湖手段。他在朝中做了高官，把这些也都带到朝廷、带到官场，朝廷、官场的江湖化就不可避免了。官场、朝廷如果都是高俅一类人主政，久而久之，官场也就成了江湖；相反，如果江湖都是一批宋江类的人，以"忠义"为江湖人相互关系的黏结剂，那么它与主流社会还有什么区别，当然，这也是不可能的。然而以忠义为招牌的却大有人在，这样，朝廷与江湖、主流社会与非主流社会、显性社会与隐性社会还有什么区别？实际上，在现实生活中，两者也多是你中有我，我中有你的。学理研究只是为了阐述方便才把他们分别来说的。

# 不是结语的结语

写到这里，这本书已经够冗长的了，但关于《水浒传》与江湖关系的话题仿佛还没有完全说尽，其中最重要的还有个江湖人的回归问题。"江湖"这个隐性社会与主流社会一样，不是静止不动的，而是处于不停变化的动态之中，于是江湖人的前途问题自然而然地被提出了。《水浒传》给出了一个答案，就是可以通过接受朝廷的招安回归主流社会。读古书也要站在当时当地人的立场想一想。如果您是宋代的普通人，甚至是位沦落草莽的江湖人，也许您也会想到，如果打江山无望，自己奔走草莽、伏窜山林，到哪里算一站啊！年轻时这种大开大合的生活还能支持，可到老了怎么办？这都是正常人会思考的问题。如果朝廷招安，肯定会被他们视为一个机会的。皇权专制社会是人治社会，而人治社会政治的最大特点就是不确定性。因此，招安不会一帆风顺，双方需讨价还价，这也成了江湖人与朝廷斗争的一个手段。不过这些问题，作者将会在另文中剖析，以期与读者分享。